NUNCA

KEN FOLLETT

NUNCA

Traducción de Ana Isabel Sánchez Díez,
Raúl Sastre Letona y José Serra Marín

PLAZA JANÉS

Título original: *Never*
Primera edición: noviembre de 2021

© 2021, Ken Follett
© 2021, Penguin Random House Grupo Editorial, S. A. U.
Travessera de Gràcia, 47-49. 08021 Barcelona
© 2021, Ana Isabel Sánchez Díez, Raúl Sastre Letona
y José Serra Marín, por la traducción
© 2021, Penguin Random House Grupo Editorial USA, LLC
8950 SW 74th Court, Suite 2010
Miami, FL 33156

Impreso en México - *Printed in Mexico*

ISBN: 978-1-64473-482-7

21 22 23 24 25   10 9 8 7 6 5 4 3 2 1

Cuando me documentaba para *La caída de los gigantes*, me impactó darme cuenta de que la Primera Guerra Mundial fue una guerra que nadie quería. Ningún líder europeo de ninguno de los dos bandos tenía intención de que sucediera. Pero, uno por uno, los emperadores y primeros ministros tomaron decisiones —decisiones lógicas y moderadas— que nos acercaron un pasito más al conflicto más terrible que el mundo ha conocido. Llegué a creer que todo fue un trágico accidente.

Y me pregunté: ¿podría volver a ocurrir?

Dos tigres no pueden vivir en la misma montaña.

Proverbio chino

PAÍS DE MUNCHKIN

PRÓLOGO

Durante muchos años, James Madison ostentó el título de presidente más bajo de Estados Unidos, con su metro sesenta y tres de estatura. Hasta que la presidenta Green batió ese récord: Pauline Green medía apenas metro y medio. Y como le gustaba señalar, Madison había derrotado a DeWitt Clinton, que medía más de metro noventa.

Ya había pospuesto su visita al «País de Munchkin» en dos ocasiones. Desde que estaba en el cargo, el operativo se había programado una vez cada año, pero siempre había algo más importante que hacer. Esta vez, la tercera, sentía que debía ir. Era una agradable mañana de septiembre del tercer año de su mandato.

Este ejercicio era lo que se conocía en términos militares como un RoC Drill o Ensayo de la Operación, y su objetivo era que los altos cargos gubernamentales se familiarizaran con lo que debían hacer en una situación de emergencia. Simulando que Estados Unidos estaba siendo atacado, la presidenta Green salió rápidamente del Despacho Oval en dirección al Jardín Sur de la Casa Blanca.

La seguían con paso presuroso varios miembros clave de su gabinete, que nunca se encontraban muy lejos de ella: su consejero de Seguridad Nacional, su secretaria jefe, dos guardaespaldas del Servicio Secreto y un joven capitán del ejército que llevaba un maletín forrado en cuero conocido como «el balón nuclear», que contenía todo lo que la presidenta necesitaba para iniciar una guerra atómica.

El helicóptero que los esperaba formaba parte de una flota, y por analogía con el resto de los aparatos en los que viajaba la presidenta, recibía el nombre de *Marine One*. Como era de rigor, un marine uniformado de azul se cuadró en posición de firmes mientras ella subía con paso ligero las escaleras de la aeronave.

Pauline recordó que la primera vez que había viajado en helicóptero, hacía ya unos veinticinco años, había sido una experiencia bastante incómoda, con duros asientos de metal en un espacio angosto, y tan ruidoso que resultaba imposible hablar. Ahora era muy diferente. El interior del aparato era como el de un jet privado, con confortables asientos tapizados en piel beis, aire acondicionado y un pequeño lavabo.

El consejero de Seguridad Nacional, Gus Blake, se sentó junto a ella. Era un general retirado, un afroamericano grande y corpulento de pelo corto canoso, que exudaba un aire de fortaleza tranquilizadora. Tenía cincuenta y cinco años, cinco más que Pauline. Había sido un miembro clave de su equipo durante la campaña presidencial, y ahora era su colega más cercano.

—Gracias por hacer esto —dijo Gus mientras el helicóptero despegaba—. Sé que no te apetecía mucho.

Tenía razón. A Pauline no le hacía mucha gracia tener que relegar cuestiones más importantes y estaba impaciente por acabar cuanto antes.

—Es una más de esas obligaciones que hay que cumplir —dijo ella.

El trayecto fue corto. Mientras el helicóptero descendía, comprobó su aspecto en un espejo de mano. Lucía una impecable melena rubia estilo bob y un maquillaje suave. Los ojos de color castaño claro traslucían su habitual carácter compasivo, aunque su boca podía trazar una línea recta que reflejaba una determinación implacable. Cerró el espejo con un gesto seco.

Aterrizaron en un complejo de naves de almacenamiento

situado a las afueras de Maryland. Su nombre oficial era Instalación n.º 2 de Almacenamiento de Archivos Excedentes del Gobierno de Estados Unidos, aunque aquellos que conocían su verdadera función lo llamaban simplemente el País de Munchkin, en referencia al lugar al que Dorothy había ido a parar tras el tornado en *El mago de Oz*.

El País de Munchkin era una instalación secreta. Todo el mundo había oído hablar del Complejo de Raven Rock en Colorado, el búnker subterráneo donde los altos mandos militares tenían planeado refugiarse en caso de que estallara una guerra nuclear. Raven Rock era una instalación real que cumpliría una misión trascendental, pero ese no sería el lugar al que iría la presidenta. Mucha gente sabía también que, en los subterráneos del Ala Este de la Casa Blanca, se encontraba el Centro Presidencial de Operaciones de Emergencia, utilizado en situaciones de crisis como la del 11-S. Sin embargo, no estaba diseñado para hacer frente a un desastre postapocalíptico de larga duración.

El País de Munchkin podía garantizar la supervivencia de un centenar de personas durante un año.

La presidenta Green fue recibida a pie de nave por el general Whitfield. A sus casi sesenta años, era un hombre de rostro redondeado y rollizo, actitud afable y una marcada carencia de agresividad marcial. Pauline estaba bastante segura de que a aquel hombre no le interesaba lo más mínimo matar enemigos, a pesar de que, al fin y al cabo, para eso se adiestraba a los militares. Su falta de beligerancia debía de ser una de las razones por las que había acabado en aquel puesto.

A simple vista, el complejo operaba como una verdadera instalación de almacenamiento, con letreros que dirigían a los vehículos de transporte hacia un muelle de descarga. El general Whitfield condujo a la comitiva a través de una pequeña puerta lateral y, al cruzar el umbral, la atmósfera cambió por completo.

De pronto se encontraron ante unas enormes puertas dobles que no habrían desentonado en absoluto a la entrada de una prisión de máxima seguridad.

El ambiente de la sala en la que entraron resultaba sofocante, con su techo bajo y unas paredes que parecían cernerse sobre sus ocupantes, como si tuvieran varios metros de grosor. El aire tenía un sabor como a embotellado.

—Esta sala a prueba de bombas tiene como finalidad proteger la zona de los ascensores —aclaró Whitfield.

Al entrar en el ascensor, Pauline sintió desaparecer en el acto la irritante sensación de impaciencia que le provocaba aquel simulacro, más bien innecesario. Aquello resultaba francamente impresionante.

—Con su permiso, señora presidenta —prosiguió Whitfield—, descenderemos hasta el nivel inferior y luego iremos subiendo.

—Me parece muy bien, gracias, general.

Mientras el ascensor bajaba, Whitfield explicó con orgullo:

—Señora presidenta, estas instalaciones le proporcionarán una protección absoluta en el caso de que Estados Unidos sufra una de las siguientes contingencias: una plaga o pandemia; un desastre natural, como el impacto de un meteorito contra la Tierra; tumultos o disturbios civiles de máxima gravedad; una invasión consumada por parte de fuerzas militares convencionales; un ciberataque a gran escala, o una guerra nuclear.

Si aquella enumeración de catástrofes potenciales pretendía tranquilizar a Pauline, no lo consiguió. Solo sirvió para recordarle que el fin de la civilización era posible, y que ella tendría que refugiarse en aquel agujero bajo tierra para intentar salvar los últimos vestigios de la raza humana.

Pensó que preferiría morir en la superficie.

El ascensor descendió a gran velocidad durante un buen rato antes de aminorar la marcha, hasta que por fin se detuvo.

—En caso de que haya problemas con los ascensores —comentó Whitfield—, también hay una escalera.

Lo dijo como una gracia, y los miembros más jóvenes de la comitiva soltaron unas risas pensando en la gran cantidad de escalones que habría. Sin embargo, Pauline recordó cuánto tardaron en bajar las escaleras aquellos que trataban de escapar del World Trade Center en llamas, y ni siquiera esbozó una sonrisa. Gus tampoco sonrió, advirtió Pauline.

Las paredes del complejo subterráneo estaban pintadas en tonos de verde calmado, crema tranquilizador y relajante rosa pálido, pero aun así seguía siendo un búnker bajo tierra. La inquietante sensación persistió mientras le enseñaban la suite presidencial, los barracones alineados con largas hileras de catres, el hospital, el gimnasio, el comedor y el supermercado.

La Sala de Crisis era una réplica de la que había en los subterráneos de la Casa Blanca, con una larga mesa en el centro flanqueada por sillas para sus asistentes. En las paredes había una serie de grandes pantallas.

—Aquí recibimos toda la información visual que llega a la Casa Blanca, y a la misma velocidad —explicó Whitfield—. Podemos ver todo lo que ocurre en cualquier ciudad del mundo hackeando las cámaras de tráfico y de videovigilancia. Contamos con radares militares que suministran información en tiempo real. Como bien sabe, las fotos vía satélite tardan un par de horas en llegar a la Tierra, pero aquí las recibimos al mismo tiempo que en el Pentágono. Podemos captar la señal procedente de cualquier cadena de televisión, lo cual puede sernos de gran utilidad en las raras ocasiones en que la CNN o Al Jazeera consiguen una historia antes que nuestros servicios de inteligencia. Y contamos con un equipo de lingüistas para subtitular de forma instantánea los informativos emitidos en idiomas extranjeros.

Las instalaciones disponían de una planta energética con un depósito de combustible diésel del tamaño de un lago, un sistema autónomo de calefacción y refrigeración, y un tanque de agua de casi veinte millones de litros alimentado por un manantial subterráneo. Pauline no era una persona especialmente claustrofóbica, pero experimentó una sensación de ahogo ante la idea de verse atrapada allí abajo mientras el mundo exterior quedaba del todo devastado. Inspiró hondo, tomando conciencia de su propia respiración.

Como si le leyera el pensamiento, Whitfield añadió:

—Nuestro suministro de aire procede del exterior, depurado a través de una serie de filtros que, además de ser resistentes a las explosiones, impiden la entrada de cualquier tipo de contaminante, ya sea químico, biológico o radiactivo.

«Muy bien, pero ¿qué pasará con los millones de personas que quedarán en la superficie desprovistos de toda protección?», pensó Pauline.

—Señora presidenta —dijo Whitfield cuando finalizó el recorrido—, su oficina nos ha informado de que no almorzará con nosotros antes de marcharse, pero le hemos preparado un pequeño refrigerio por si cambiaba de opinión.

Siempre ocurría lo mismo. A todo el mundo le gustaba la idea de charlar un rato de manera informal con la presidenta del país. Pauline sintió una punzada de compasión por Whitfield, encerrado bajo tierra en aquel puesto tan importante aunque sin la menor visibilidad. No obstante, se obligó a reprimir el impulso y a ceñirse a su estricto horario.

Pauline rara vez perdía el tiempo comiendo con gente que no fuera de su familia. Celebraba casi sin descanso reuniones en las que se intercambiaba información relevante y se tomaban grandes decisiones. Había reducido de manera drástica el número de banquetes a los que debía asistir en calidad de presidenta. «Soy la líder del mundo libre —había dicho—. ¿Por qué tengo que pasar tres horas charlando con el rey de Bélgica?»

—Es muy amable por su parte, general —se excusó—, pero debo regresar a la Casa Blanca.

Una vez de vuelta en el helicóptero, Pauline se abrochó el cinturón y sacó de su bolsillo un pequeño objeto de plástico, plano y rectangular, del tamaño de una cartera. Era lo que se conocía como la «Galleta», y solo se podía abrir rompiendo el envoltorio plástico. En su interior había una tarjeta con una serie de cifras y letras: los códigos que daban autorización para desencadenar un ataque nuclear. El presidente del país debía llevarla consigo todo el día y tenerla junto a su cama toda la noche.

—Gracias a Dios, la Guerra Fría ya acabó —dijo Gus al ver lo que estaba haciendo.

—Este horrible lugar me ha recordado que seguimos viviendo al borde del abismo.

—Solo debemos asegurarnos de que esa Galleta no llegue a utilizarse nunca.

Y Pauline, más que nadie en este mundo, tenía esa responsabilidad. Había días en que sentía el peso de esa carga sobre sus hombros. Y ese día le resultaba especialmente pesada.

—Si alguna vez vuelvo al País de Munchkin —dijo—, será porque he fracasado.

DEFCON 5

NIVEL MÁS BAJO DE ALERTA.

I

Visto desde un avión, el coche habría parecido un lento escarabajo arrastrándose por una playa infinita, con el sol reflejándose sobre su negro caparazón reluciente. En realidad, el vehículo iba a unos cincuenta kilómetros por hora, la velocidad máxima a la que se podía circular con cierta seguridad por aquella carretera llena de grietas y socavones imprevistos. A nadie le hacía gracia que se le pinchara una rueda en pleno desierto del Sáhara.

La carretera partía hacia el norte desde la ciudad de Yamena, la capital del Chad, y atravesaba el desierto en dirección al lago Chad, el mayor oasis del Sáhara. El panorama era una amplia y vasta extensión de arena y rocas, con algunos arbustos resecos y amarillentos y algún que otro afloramiento disperso de piedras grandes y pequeñas, todo ello en la misma tonalidad de un ocre pálido, tan monótono como un paisaje lunar.

El desierto resultaba tan enervante como el espacio exterior, pensó Tamara Levit. El coche en el que iban era como una nave interestelar, y si tenía algún problema con su traje espacial podría morir. Sonrió ante aquella comparación un tanto fantasiosa. En cualquier caso, echó un vistazo a la parte trasera del vehículo, donde había dos garrafas de plástico tranquilizadoramente grandes, llenas de agua suficiente para mantener con vida a los pasajeros en una situación de emergencia, quizá hasta que llegara la ayuda.

El vehículo era de fabricación estadounidense, diseñado para avanzar por terrenos difíciles, con el chasis alto y marchas cortas. Y aunque tenía los cristales tintados y Tamara llevaba puestas las gafas de sol, la luz que se reflejaba en la carretera de cemento le irritaba los ojos.

Los cuatro ocupantes llevaban gafas de sol. El conductor, Alí, era un lugareño nacido y criado en el Chad. En la ciudad solía vestir vaqueros y camiseta, pero ese día lucía una larga túnica hasta los tobillos que recibía el nombre de *galabiya*, con un pañuelo de algodón enrollado algo suelto en la cabeza, la vestimenta tradicional para protegerse del implacable sol.

Junto a Alí, en el asiento del copiloto, viajaba un soldado estadounidense, el cabo Peter Ackerman. El fusil que llevaba despreocupadamente sobre el regazo era un arma estándar del ejército estadounidense, una carabina ligera de cañón corto. El soldado, de unos veinte años, era uno de esos muchachos que rebosaban de una alegría afable y chispeante. A Tamara, que rondaba los treinta, le parecía absurdamente joven para llevar un arma tan mortífera. Pero al chico no le faltaba confianza en sí mismo, e incluso en una ocasión había tenido el descaro de pedirle una cita. «Me caes bien, Pete —le había dicho ella—, pero eres demasiado joven para mí.»

En el asiento de atrás, junto a Tamara, viajaba Tabdar «Tab» Sadoul, un agregado de la Misión de la Unión Europea en Yamena. Tenía el pelo castaño y lustroso, y llevaba una moderna melena larga, pero por lo demás parecía un ejecutivo en su tiempo libre, con sus pantalones caquis y camisa azul claro, arremangada para mostrar sus muñecas bronceadas.

Tamara era agregada de la embajada estadounidense en Yamena. Llevaba su habitual ropa de trabajo: un vestido de manga larga encima de los pantalones y su melena oscura recogida bajo un pañuelo. Era una vestimenta práctica que no ofendía a nadie, y con sus ojos marrones y su tez olivácea ni siquiera parecía extranjera en aquellas tierras. En un país como el Chad, con una altísima tasa de criminalidad, no convenía destacar mucho, sobre todo si eras mujer.

Echó un vistazo al cuentakilómetros. Llevaban ya un par de horas en la carretera y se estaban acercando a su destino. Tamara se sentía tensa ante el inminente encuentro. Había mucho en juego, incluida su carrera.

—Nuestra tapadera es que estamos realizando un trabajo de investigación sobre el lago Chad —dijo Tamara—. ¿Cuánto sabes acerca del tema?

—Lo suficiente, creo —respondió Tab—. El río Chari nace en África central y recorre unos mil cuatrocientos kilómetros hasta desembocar aquí. El lago abastece de agua a la población de cuatro países: Níger, Nigeria, Camerún y el Chad. Los habitantes de esta región son pequeños campesinos, pastores y pescadores. Su pescado favorito es la perca del Nilo, que puede alcanzar hasta dos metros de largo y pesar cerca de doscientos kilos.

Tamara pensó que, cuando los franceses hablaban inglés, siempre parecía que estaban intentando llevarte a la cama. Y tal vez fuera así.

—Supongo que no pescarán muchas percas —dijo—, ahora que el nivel del agua ha descendido tanto.

—Tienes razón. El lago abarcaba una extensión de más de veinticinco mil kilómetros cuadrados, pero ahora alcanza apenas la mitad. Y mucha de esta gente se encuentra al borde de la hambruna.

—¿Qué opinas del plan de los chinos?

—¿Un canal de dos mil quinientos kilómetros de longitud para traer agua desde el río Congo? No es de sorprender que el presidente del Chad esté entusiasmado con la idea. Quizá sea factible, ya que los chinos son capaces de hacer cosas extraordinarias, pero resultaría bastante costoso y tardaría mucho tiempo en llevarse a cabo.

Los superiores de Tamara en Washington y los de Tab en París contemplaban las inversiones chinas en África con una mezcla de admiración asombrada y profunda desconfianza. El gobierno de Pekín gastaba miles de millones y realizaba grandes proyectos, pero ¿qué buscaba en realidad?

Con el rabillo del ojo, Tamara percibió un destello en la distancia, un fulgor como si la luz del sol se reflejara en el agua.

—¿Nos estamos acercando al lago? —le preguntó a Tab—. ¿O es solo un espejismo?

—Ya debemos de estar cerca.

—Busca un desvío a la izquierda —le dijo Tamara a Alí, y luego lo repitió en árabe.

Tanto ella como Tab dominaban el árabe y el francés, las dos lenguas principales del Chad.

—*Le voilà* —señaló Alí en francés. Ahí está.

El coche aminoró la marcha al aproximarse a un cruce, marcado únicamente por un montón de piedras apiladas.

Abandonaron la carretera y enfilaron por una pista de arena y gravilla, que en algunos puntos resultaba difícil distinguir del desierto circundante. No obstante, Alí conducía con seguridad y confianza. A lo lejos, Tamara atisbó unas pequeñas manchas verdes difuminadas por la calima brumosa, probablemente árboles y arbustos que crecían junto al agua.

Junto a la pista de tierra, vio los restos de una camioneta Peugeot abandonada hacía tiempo, una carrocería herrumbrosa desprovista de ruedas y cristales, y pronto divisó otras señales de presencia humana: un camello amarrado a un arbusto, un perro con una rata en el hocico y, esparcidos aquí y allá, latas de cerveza, neumáticos gastados y restos de polietileno.

Pasaron junto a un huerto, cuyas plantas alineadas en pulcras hileras regaba un hombre con una simple regadera, y por fin llegaron a la aldea, unas cincuenta o sesenta casuchas diseminadas sin ningún criterio ni patrón callejero. La mayoría de las viviendas eran las tradicionales chozas de un único espacio, con paredes circulares fabricadas con ladrillos de adobe y tejados en punta hechos con hojas de palmera. Alí conducía a ritmo de caminata, serpenteando entre las chozas y evitando a los niños descalzos, las cabras de grandes cuernos y las hogueras para cocinar al aire libre.

—*Nous sommes arrivés* —soltó cuando por fin detuvo el vehículo. Hemos llegado.

—Pete —dijo Tamara—, ¿te importaría poner el fusil en el suelo del coche? Tenemos que parecer estudiantes de ecología.

—Claro, señora Levit.

El joven soldado colocó el arma a sus pies, con la culata oculta bajo el asiento.

—Antes esto era una próspera aldea de pescadores —explicó Tab—, pero ahora el agua queda demasiado lejos, al menos a un kilómetro y medio.

El asentamiento ofrecía una desgarradora imagen de pobreza, el lugar más mísero que Tamara había visto en su vida. Lo bordeaba una franja costera larga y plana que tiempo atrás debía de haber estado sumergida bajo las aguas del lago. Los molinos que antiguamente bombeaban el agua hasta los campos ahora quedaban demasiado alejados de la orilla, y estaban abandonados y deteriorados, con sus aspas girando en vano. Un exiguo rebaño de ovejas escuálidas pastaba entre los matorrales, vigiladas por una niña con una vara en la mano. Tamara vislumbró el lago rielando en la distancia. Palmeras de rafia y arbustos *moshi* crecían cerca de la orilla. Pequeños islotes salpicaban la superficie lacustre. Tamara sabía que los más grandes servían de escondrijo a los grupos terroristas que asolaban las aldeas cercanas al lago, robando a sus habitantes lo poco que tenían y golpeando sin piedad a quienes trataban de impedirlo. Gente que ya vivía en la más absoluta pobreza quedaba aún más hundida en la miseria.

—¿Qué hacen esas mujeres en la orilla? ¿Tú lo sabes? —preguntó Tab.

Había como una media docena de mujeres plantadas en los bajíos, sacando agua de la superficie con cuencos planos. Tamara conocía la respuesta.

—Extraen algas comestibles. Nosotros las llamamos espirulina, pero la palabra que ellas utilizan es *dihé*. Filtran el agua para cribar las algas y luego las secan al sol.

—¿Y tú has probado la espirulina?

Ella asintió con la cabeza.

—Sabe a rayos, pero por lo visto es muy nutritiva. Puedes comprarla en las tiendas de comida orgánica.

—Nunca he oído hablar de ella. No parece muy del gusto del paladar francés.

—Tú deberías saberlo.

Tamara abrió la puerta y bajó del coche. Al dejar atrás el aire acondicionado, sintió como si el calor la abrasara. Se echó el pañuelo hacia delante para intentar protegerse el rostro. Luego sacó una foto de la orilla con el móvil.

Tab salió del vehículo y se le acercó. Se había puesto un sombrero de paja de ala ancha que no pegaba con su atuendo —de hecho resultaba un tanto cómico—, pero a él no parecía importarle. Era un hombre elegante, aunque no vanidoso. A Tamara eso le gustaba.

Ambos procedieron a examinar la aldea. Entre las chozas había pequeñas parcelas cultivadas, surcadas de acequias para el riego. Tamara era consciente de que el agua debía ser acarreada desde muy lejos, y con profunda consternación comprendió que eran las mujeres las que se encargaban de esa tarea. Vio a un tipo enfundado en una *galabiya* que vendía cigarrillos charlando amigablemente con los hombres y flirteando un poco con las mujeres. Tamara reconoció la cajetilla blanca con la cabeza de esfinge dorada: era una marca egipcia llamada Cleopatra, la más popular en toda África. El tabaco debía de ser de contrabando o directamente robado. Fuera de las chozas había aparcadas algunas motos y motocicletas, y también vio un Volkswagen Escarabajo muy viejo. Las motos eran el medio de transporte más habitual del país. Tamara tomó algunas fotos más.

Sintió que el sudor empezaba a chorrearle por los costados bajo la ropa. Se enjugó la frente con una punta del pañuelo de algodón que le cubría la cabeza. Tab sacó un pañuelo rojo con lunares blancos y se lo pasó por debajo del cuello de la camisa.

—La mitad de las chozas están vacías —dijo.

Tamara observó con más atención y reparó en que algunas de las viviendas estaban muy deterioradas. Las techumbres de hojas de palmera estaban llenas de agujeros y los ladrillos de adobe empezaban a desmoronarse.

—Mucha gente ha abandonado la región —prosiguió Tab—. Imagino que todo aquel que tenía a donde ir se ha marchado. Pero hay millones que se han quedado atrás. Esto se ha convertido en una zona catastrófica.

—Y no ocurre solo aquí —señaló Tamara—. Este fenómeno, la desertificación del borde meridional del Sáhara, se está produciendo por todo el continente, desde el mar Rojo hasta el océano Atlántico.

—En francés llamamos a esta región Le Sahel.

—Nosotros utilizamos la misma expresión: «el Sahel». —Tamara se dio la vuelta para ver el coche. El motor seguía en marcha—. Supongo que Alí y Pete se quedarán dentro con el aire acondicionado puesto.

—Si saben lo que les conviene, no saldrán. —Tab miró alrededor con gesto inquieto—. No veo a nuestro hombre.

Tamara también estaba preocupada. Tal vez estuviera muerto. Aun así, habló con voz calmada:

—Nuestras instrucciones son que él nos encontrará. Mientras tanto, tenemos que representar nuestro papel, así que al lío, echemos un vistazo.

—¿Cómo?

—Que echemos un vistazo.

—Pero ¿qué has dicho antes? ¿Al lío?

—Perdona. Supongo que eso lo decimos en Chicago.

—Pues igual ahora soy el único francés que conoce esa expresión —repuso Tab con una amplia sonrisa—. Bueno, creo que primero deberíamos hacer una visita de cortesía a los ancianos de la aldea.

—¿Por qué no te encargas tú? De todos modos, a una mujer no le prestarán la menor atención.

—De acuerdo.

Tab se marchó y Tamara empezó a deambular por el poblado tratando de parecer tranquila, tomando algunas fotos y hablando con la gente en árabe. Muchos de los aldeanos cultivaban una pequeña parcela de tierra árida, o tenían unas pocas ovejas o una vaca. Había una mujer que se ocupaba principalmente de remendar redes de pesca, aunque quedaban ya muy pocos pescadores; un hombre poseía un horno y fabricaba cuencos de barro, aunque casi nadie tenía dinero para comprarlos. Quien más quien menos estaba desesperado.

Una destartalada estructura formada por cuatro postes que sostenían un entramado hecho a base de ramitas servía de tendedero. Una mujer joven estaba tendiendo la colada, bajo la atenta mirada de un niño de unos dos años. Las ropas presentaban los vívidos tonos naranja y amarillo tan apreciados por los chadianos. Cuando terminó de colgar la última prenda, la mujer se sentó al pequeño en la cadera, se dirigió a Tamara, y hablándole en un esmerado francés escolar con fuerte acento árabe, la invitó a entrar en su casa.

La joven se llamaba Kiah y su hijo, Naji. Le contó que era viuda. Debía de tener unos veinte años y era de una belleza deslumbrante, con las cejas negras, los pómulos muy marcados y una curvada nariz sarracena. La expresión de sus ojos oscuros traslucía fortaleza y determinación. Tamara pensó que podría ser interesante conocerla mejor.

Siguió a Kiah a través del umbral, bajo y arqueado, y se quitó las gafas de sol al pasar del resplandor exterior a la oscura penumbra. El interior de la choza era un espacio angosto, apenas iluminado y suavemente aromatizado. Tamara notó bajo sus pies una espesa alfombra y percibió en el aire un olor a canela y cúrcuma. A medida que sus ojos se ajustaban a la penumbra, distinguió unas mesitas bajas, un par de cestas para guardar cosas y algunos cojines en el suelo, pero nada que pudiera reconocer como mobiliario convencional, ni sillas ni armarios. A un lado había dos jergones de lona que se usaban como camas y unas gruesas mantas de lana pulcramente apiladas, con brillantes estampados de rayas de color rojo y azul, para soportar las frías noches desérticas.

La mayoría de los estadounidenses considerarían aquella morada un lugar de una extrema pobreza, pero Tamara sabía que no solo era un espacio confortable, sino que allí se disfrutaba de cierta prosperidad, superior a la media. Kiah le ofreció con orgullo una botella de la cerveza local llamada Gala, que tenía en un cubo con agua para enfriarla. Tamara pensó que sería un gesto de cortesía aceptar su hospitalidad; de todos modos, estaba sedienta.

Un grabado de la Virgen María colgaba dentro de un marco barato en la pared, lo cual indicaba que Kiah profesaba la fe cristiana, al igual que el cuarenta por ciento de la población del Chad.

—Supongo que fuiste a un colegio de monjas —dijo Tamara—, y que allí aprendiste francés.

—Sí.

—Lo hablas muy bien.

A decir verdad, no era cierto, pero Tamara quería mostrarse amable.

Kiah la invitó a sentarse en la alfombra. Antes de tomar asiento, Tamara se acercó a la puerta y, nerviosa, echó un vistazo al exterior entornando los ojos contra el súbito fulgor del sol. Miró hacia el coche. El vendedor de cigarrillos estaba inclinado sobre la puerta del conductor, con un cartón de Cleopatra en la mano. A través de la ventanilla pudo ver a Alí, con el pañuelo anudado a la cabeza, agitando los dedos con desdén para despachar al vendedor. Estaba claro que no quería comprar tabaco barato. Entonces el tipo le dijo algo a Alí y este, cambiando por completo de actitud, bajó del coche con expresión de disculpa y le abrió la puerta trasera. El vendedor entró en el vehículo y Alí cerró rápidamente.

«Así que es él —pensó Tamara—. Pues su disfraz ha resultado de lo más efectivo. Me ha engañado por completo.»

Sintió un gran alivio. Al menos el hombre seguía con vida.

Tamara miró alrededor. Nadie en la aldea parecía haberse percatado de que el vendedor subía al coche. Y ahora ya nadie podía verlo, oculto tras los cristales tintados.

Tamara asintió satisfecha y volvió al interior de la choza.

—¿Es verdad que todas las mujeres blancas tienen siete vestidos y una criada que le lava uno cada día? —le preguntó Kiah.

Tamara decidió responder en árabe, ya que el francés de la joven tal vez no fuera suficientemente bueno. Se quedó un momento pensativa.

—La mayoría de las mujeres europeas y estadounidenses suelen tener muchos vestidos —dijo al fin—. La cantidad exacta depende de si son ricas o pobres. Siete vestidos es una cantidad bastante habitual. Una mujer pobre suele tener solo dos o tres, mientras que una mujer rica puede llegar a tener hasta cincuenta.

—¿Y todas tienen criadas?

—Las familias pobres no. Una mujer con un buen sueldo, como una doctora o una abogada, suele tener a alguien que le limpie la casa. Las familias ricas sí que tienen muchas criadas. ¿Por qué quieres saberlo?

—Estoy pensando en irme a vivir a Francia.

Tamara ya se lo había figurado.

—¿Por qué quieres marcharte?

Kiah hizo una pausa para ordenar sus pensamientos. Le ofreció en silencio otra cerveza, pero Tamara negó con la cabeza. Tenía que mantenerse alerta.

—Mi marido, Salim, era pescador y tenía su propio barco. Salía a faenar con tres o cuatro hombres y compartían las capturas, pero Salim se quedaba con la mitad, ya que el barco era suyo y además sabía dónde estaban los mejores bancos de peces. Por eso nos iba mejor que a la mayoría de nuestros vecinos —añadió Kiah, alzando la cabeza con orgullo.

—¿Y qué ocurrió? —preguntó Tamara.

—Un día los yihadistas asaltaron el barco para robarle el pescado. Debería haber dejado que se lo llevaran, pero Salim había capturado una perca del Nilo y se negó a que se la arrebataran. Así que lo mataron y se llevaron toda la pesca. —Se la veía muy afectada al contarlo. Su noble rostro se contrajo de dolor. Hizo una pausa para contener la emoción—. Sus amigos me trajeron el cuerpo.

El desgarrador relato enfureció a Tamara, aunque no la sorprendió. Los yihadistas no solo eran terroristas islámicos, sino también una banda de criminales. En aquellas tierras, ambas cosas iban de la mano. Y además se ensañaban con alguna de la gente más pobre del planeta. A Tamara la ponía furiosa.

—Después de enterrar a mi marido —continuó Kiah—, me pregunté qué debería hacer. No sabía manejar el barco ni tampoco dónde estaban los mejores lugares para pescar, y aunque lo hubiera sabido, los hombres no me habrían aceptado como patrona. Así que vendí el barco. —Una fiera expresión fugaz cruzó por su rostro—. Algunos trataron de comprármelo por menos de su valor, pero me negué a hacer tratos con ellos.

Tamara empezaba a percibir la férrea determinación que anidaba en el interior de aquella mujer.

—Pero el dinero de la venta del barco no durará para siempre —prosiguió Kiah, con un deje de desesperación en la voz.

Tamara era consciente de la importancia que tenía la familia en aquel país.

—¿Y qué hay de tus padres? —le preguntó.

—Mis padres murieron. Mis hermanos se marcharon a Sudán, donde trabajan en una plantación de café. Salim tenía una hermana. El marido de esta me dijo que, si le vendía el barco a un precio barato, cuidaría siempre de mi hijo y de mí —concluyó Kiah, y se encogió de hombros.

—Pero no te fiabas de él.

—No quería vender el barco a cambio de una promesa.

«Una mujer que sabe lo que quiere, y sin un pelo de tonta», pensó Tamara.

—Ahora mi familia política me odia —añadió Kiah.

—Así que te quieres marchar a Europa… ilegalmente.

—Todo el mundo lo hace.

Eso era cierto. A medida que el desierto seguía expandiéndose hacia el sur, cientos de miles de personas desesperadas abandonaban el Sahel en busca de un lugar donde vivir y trabajar, emprendiendo un peligroso viaje con rumbo al sur de Europa.

—El viaje es muy caro —prosiguió Kiah—, pero con el dinero de la venta del barco podré pagar el pasaje.

Sin embargo, el dinero no parecía ser la cuestión principal. Por el tono de su voz, Tamara notó que Kiah estaba asustada.

—Normalmente llegan al sur de Italia —continuó la joven—. Yo no sé hablar italiano, pero tengo entendido que desde allí es fácil cruzar a Francia. ¿Es eso cierto?

—Sí. —Ahora Tamara tenía prisa por volver al coche, pero sentía que debía responder a las preguntas de Kiah—. Se puede llegar por carretera a través de la frontera. O en tren. Pero lo que planeas es tremendamente peligroso. Los traficantes de personas son delincuentes. Podrían quedarse con tu dinero y desaparecer.

Kiah hizo una pausa y se quedó pensativa, tal vez buscando una manera de explicarle a aquella privilegiada visitante occidental cómo era su vida allí. Al cabo de un rato, dijo:

—Sé muy bien lo que pasa cuando no hay suficiente comida para alimentar a tu hijo. Lo he visto con mis propios ojos. —Apartó la vista, como recordando, y añadió con voz queda—: El crío empieza a perder peso, pero al principio no parece demasiado grave. Luego se pone enfermo. Una infección infantil como la que suelen pillar muchos niños, con manchas en la piel, mocos o diarrea. Pero al pequeño que pasa hambre le cuesta mucho recuperarse, y luego coge otra enfermedad. Está cansado todo el tiempo, no tiene ganas de jugar y no para de gemir, lloriquear y toser, tan solo se queda tumbado muy quieto. Hasta que un día cierra los ojos y no vuelve a abrirlos nunca más. Y a veces la madre está tan exhausta que no tiene ni fuerzas para llorar.

Tamara la miró con los ojos llenos de lágrimas.

—Lo siento mucho. Te deseo toda la suerte del mundo.

Kiah recuperó su aplomo.

—Ha sido muy amable al responder a mis preguntas.

Tamara se puso en pie.

—Ahora tengo que marcharme —dijo con cierta torpeza—. Gracias por la cerveza. Y, por favor, intenta averiguar todo lo que puedas sobre esos traficantes de personas antes de entregarles el dinero.

La joven asintió sonriendo, un gesto educado para responder a unas palabras que resultaban bastante innecesarias. «Kiah es consciente de la necesidad de ser precavida con el dinero mucho más de lo que yo lo seré jamás», pensó Tamara con pesar.

Al salir de la casa de Kiah vio a Tab, que regresaba al coche. Era cerca del mediodía y ya no se veía a ningún aldeano. Seguramente se habían metido en sus chozas para resguardarse del implacable sol. El ganado había buscado la sombra bajo unos refugios destartalados, sin duda construidos para tal fin.

Cuando alcanzó a Tab, percibió un ligero aroma a sudor fresco sobre piel limpia, con un toque de sándalo.

—Está en el coche —dijo ella.

—¿Dónde se había escondido?

—Era el vendedor de cigarrillos.

—Pues me ha engañado por completo.

Llegaron al coche y, cuando se montaron, el aire acondicionado los recibió como un soplo de brisa ártica. Tamara y Tab se sentaron a ambos lados del vendedor, que apestaba como si no se hubiera duchado en muchos días. Sostenía un cartón de tabaco en la mano.

Tamara no pudo contenerse.

—¿Has encontrado Hufra?

El vendedor de cigarrillos se llamaba Abdul John Haddad y tenía veinticinco años. Había nacido en el Líbano pero se crio en New Jersey, y no solo era ciudadano estadounidense, sino también agente de la Agencia Central de Inteligencia.

Cuatro días atrás se encontraba en el país vecino de Níger. Conducía un maltrecho todoterreno Ford, aunque todavía en buen estado en cuanto a mecánica, por una larga colina a través del desierto al norte de la ciudad de Maradi.

Abdul llevaba unas botas de suela gruesa. Eran nuevas, pero

habían sido convenientemente tratadas para parecer viejas. La parte superior del calzado se veía gastada y rayada, con los cordones disparejos y la piel manchada con esmero para que pareciera muy usada. Cada una de las suelas tenía un compartimento oculto: uno era para un teléfono de última tecnología; el otro, para un dispositivo que recibía únicamente una señal especial. En uno de los bolsillos llevaba un móvil barato, a fin de desviar la atención.

El dispositivo se encontraba ahora en el asiento del copiloto, y Abdul lo iba mirando cada pocos minutos. La señal le confirmaba que el cargamento de cocaína que llevaba un tiempo siguiendo se había detenido en algún lugar más adelante. Puede que simplemente hubiera hecho una parada en algún oasis donde hubiera una gasolinera, si bien Abdul confiaba en que se tratara de algún campamento del EIGS, el Estado Islámico del Gran Sáhara.

La CIA estaba más interesada en los terroristas que en los narcotraficantes, pero en aquella parte del continente todos eran lo mismo: una serie de grupos locales, vagamente asociados con el EIGS, que financiaban sus actividades políticas mediante el lucrativo negocio del tráfico tanto de drogas como de seres humanos. La misión de Abdul consistía en seguir el itinerario de aquel cargamento con la esperanza de que lo condujera a alguno de los escondrijos de la organización terrorista.

Se creía que el líder del EIGS —en la actualidad, uno de los peores asesinos en masa del mundo— era un hombre conocido como Al Farabi. Sin duda se trataba de un seudónimo: Al Farabi era el nombre de un filósofo medieval. También era conocido como «el Afgano», ya que era un veterano de la guerra de Afganistán. Si había que dar crédito a los informes, ejercía una influencia de gran alcance en el ámbito del terrorismo islámico: desde su base en territorio afgano, había viajado a través de Pakistán hasta la provincia rebelde china de Xinjiang, donde había establecido contacto con el Movimiento por la Independencia del Turquestán Oriental, un grupo terrorista que buscaba separarse de China y establecer una república independiente para el pueblo uigur, de mayoría musulmana.

Ahora Al Farabi se encontraba en algún lugar del norte de África, y si Abdul conseguía dar con su paradero, asestaría un golpe al EIGS que podría resultar mortal.

Abdul había estudiado a fondo fotografías borrosas tomadas a larga distancia, dibujos hechos por artistas, recreaciones informáticas, retratos robot e informes con su descripción, y estaba bastante seguro de que reconocería a Al Farabi si lo viera: un hombre alto de pelo canoso y barba oscura, que a menudo era descrito como poseedor de una mirada penetrante y un porte de gran autoridad. Y si lograba acercarse lo bastante a él, Abdul podría confirmar que se trataba efectivamente de Al Farabi basándose en su rasgo más distintivo: una bala estadounidense le había arrancado la mitad del pulgar izquierdo, dejándole un pequeño muñón que mostraba con orgullo mientras contaba que Alá le había protegido de la muerte, al tiempo que le advertía de que debía andarse con más cuidado.

En cualquier caso, Abdul no debía intentar capturar a Al Farabi, tan solo localizar su posición e informar de ello. Según se decía, el líder terrorista se escondía en una base secreta llamada Hufra, es decir, «el Agujero». Sin embargo, en toda la comunidad de la inteligencia occidental, nadie conocía su ubicación.

Abdul llegó a lo alto de la colina y aminoró la velocidad hasta detener el coche al otro lado de la cima.

Ante él se extendía una ladera que descendía suavemente hasta una vasta planicie que refulgía bajo el calor. Entornó los ojos contra el fuerte resplandor: no llevaba gafas de sol, ya que la gente de la región las consideraba un signo de riqueza y Abdul necesitaba que lo vieran como a uno más. A lo lejos, a unos pocos kilómetros, creyó atisbar una aldea. Se giró en el asiento, retiró un panel de la puerta lateral y sacó unos prismáticos. Luego bajó del todoterreno.

Los binoculares revelaron la imagen distante en toda su nitidez, y lo que vio hizo que el corazón le latiera con fuerza.

Se trataba de un asentamiento formado por diversas tiendas y barracones de madera improvisados. Había numerosos vehículos, la mayoría bajo unas cubiertas destartaladas para protegerlos de las cámaras vía satélite. Otros estaban tapados con lonas estampadas con los colores del camuflaje desértico, y por su forma podrían ser piezas de artillería montada. Unas cuantas palmeras delataban la existencia de un manantial cercano.

No había mucho misterio: era una base paramilitar.

Y Abdul tuvo la impresión de que se trataba de una base importante. Calculó que debía de albergar varios centenares de hombres y, si no se equivocaba con respecto a las piezas de artillería, estaban formidablemente armados.

Incluso podría tratarse de la legendaria Hufra.

Levantó el pie derecho para sacar el teléfono de su bota y tomar una fotografía, pero se detuvo al oír a su espalda el sonido de un camión, todavía lejano pero acercándose deprisa.

Desde que había abandonado la carretera asfaltada, no había visto ningún vehículo. Debía de tratarse casi con total seguridad de un camión del EIGS que se dirigía hacia el campamento.

Miró alrededor. No había ningún lugar donde ocultarse, no digamos ya donde esconder un todoterreno. Durante tres semanas había corrido el riesgo de ser descubierto por la gente a la que estaba espiando, y ahora parecía que estaba a punto de ocurrir.

Abdul tenía su historia preparada. Lo único que podía hacer era contarla y confiar.

Echó un vistazo a su reloj barato. Eran las dos de la tarde. Imaginó que a los yihadistas les costaría más matar a un hombre que estaba rezando sus plegarias.

Se movió a toda prisa. Devolvió los prismáticos a su escondite detrás del panel de la puerta. Abrió el maletero, sacó una vieja alfombra raída y, tras cerrar el portón de golpe, la extendió en el suelo. Su educación había sido cristiana, pero sabía lo suficiente de oraciones musulmanas para simularlas.

La segunda plegaria del día se llamaba *zuhr* y se rezaba después de que el sol hubiera alcanzado su cenit, lo cual podía ser en cualquier momento entre el mediodía y media tarde. Se postró en la posición preceptiva, con la nariz, las manos, las rodillas y los dedos de los pies tocando la alfombra. Luego cerró los ojos.

El rugido del camión se oía cada vez más cerca: ascendía con penas y trabajos por la cuesta al otro lado de la colina.

De repente, Abdul se acordó del dispositivo de seguimiento, que continuaba aún en el asiento del copiloto. Maldijo entre dientes: aquello lo delataría en el acto.

Se puso en pie de un salto, se precipitó hacia la puerta del pasajero y agarró el aparatito. Utilizó dos dedos para soltar el cierre del compartimento oculto en la suela de su bota izquierda. Con las prisas, el dispositivo se le cayó en la arena. Lo recogió rápidamente y, por fin, logró introducirlo en la bota. Cerró el compartimento y se apresuró a regresar a la alfombra.

Volvió a arrodillarse.

Con el rabillo del ojo vio cómo el camión coronaba la loma y frenaba en seco junto al todoterreno. Abdul cerró los ojos.

No se sabía las plegarias de memoria, pero las había escuchado lo suficiente como para murmurarlas más o menos.

Oyó cómo las puertas del camión se abrían y cerraban, y luego unas fuertes pisadas acercándose.

—¡Levántate! —ordenó una voz en árabe.

Abdul abrió los ojos. Eran dos hombres. Uno sostenía un fusil, el otro llevaba una pistola enfundada. Detrás se veía el camión, cargado con sacos de lo que parecía ser harina: sin duda, comida para los yihadistas.

El del fusil era el más joven de los dos. Tenía una barba rala y llevaba unos pantalones de camuflaje y un anorak azul que habría resultado más apropiado para un día lluvioso en Nueva York.

—¿Quién eres? —le espetó con brusquedad.

Abdul se metió rápidamente en su papel, el del vendedor ambulante afable y campechano.

—Amigos —respondió sonriendo—, ¿por qué molestáis así a un hombre que está rezando sus plegarias?

Hablaba un árabe coloquial y fluido con acento libanés. Había vivido en Beirut hasta los seis años y sus padres habían seguido utilizando el árabe en casa después de emigrar a Estados Unidos.

El hombre de la pistola tenía el pelo entrecano. Habló en un tono más calmado:

—Pedimos perdón a Alá por interrumpir tus plegarias. Pero ¿qué estás haciendo aquí, en este camino perdido en medio del desierto? ¿Adónde te diriges?

—Me dedico a vender cigarrillos —contestó Abdul—. ¿Queréis comprarme algún paquete? Los vendo a mitad de precio.

En la mayoría de los países africanos, una cajetilla de Cleopatra costaba el equivalente en moneda local a un dólar. Abdul los vendía por la mitad.

El joven abrió el maletero del todoterreno. Estaba lleno de cartones de Cleopatra.

—¿De dónde los has sacado?

—De un capitán del ejército sudanés llamado Bilel.

Su historia resultaba plausible: todo el mundo sabía que los oficiales sudaneses eran una panda de corruptos.

Durante un rato nadie dijo nada. El hombre mayor se quedó pensativo. El joven parecía impaciente por usar su fusil, y Abdul se preguntó si alguna vez habría disparado contra alguien. Su compañero no se veía tan nervioso. Seguramente sería más lento, pero más certero.

Abdul sabía que su vida estaba en juego. O bien creían su historia, o bien intentarían matarle. Si tenía que pelear, se abalanzaría primero contra el mayor. El joven dispararía, pero era más probable que errara el tiro. Aunque, a tan corta distancia, era difícil que fallara.

El hombre mayor volvió a hablar:

—Pero ¿por qué estás precisamente aquí? ¿Adónde pensabas ir?

—Hay un poblado más adelante, ¿no es así? Aún no he alcanzado a verlo, pero un hombre en un café me dijo que allí encontraría clientes.

—Un hombre en un café…

—Siempre estoy buscando clientela nueva.

—Regístralo —ordenó el mayor a su compinche.

El joven se echó el fusil a la espalda, lo cual supuso un alivio momentáneo para Abdul. Sin embargo, el mayor sacó su pistola de 9 milímetros y le apuntó a la cabeza mientras el otro lo cacheaba.

El yihadista joven encontró el móvil barato y se lo pasó a su compañero.

Este lo encendió y empezó a pulsar botones con gesto decidido. Abdul supuso que estaba buscando el directorio de contactos y la lista de llamadas recientes. Lo que encontró corroboraba su tapadera: hoteles cutres, talleres de reparación, cambistas y un par de prostitutas.

—Registra el coche —ordenó a continuación.

Abdul permaneció de pie observando. El tipo joven empezó por el maletero abierto. Extrajo la pequeña bolsa de viaje y vació su contenido en el suelo. No había gran cosa: una toalla, un Corán, algunos artículos de aseo, un cargador de móvil. Sacó todos los cartones de tabaco y levantó el panel del suelo: debajo solo había una rueda de repuesto y una caja de herramientas. Sin volver a colocar nada en su sitio, abrió las puertas traseras. Pasó las manos por el respaldo y la base de los asientos, y luego se agachó para mirar debajo.

En la parte delantera, el joven yihadista buscó bajo el salpicadero, en el interior de la guantera y en los bolsillos laterales. Se fijó en que el panel de la puerta del conductor estaba un poco suelto y lo retiró.

—¡Unos prismáticos! —exclamó triunfante.

Abdul notó que le recorría un escalofrío. Los prismáticos no eran tan incriminatorios como un arma, pero eran muy costosos y, además, ¿para qué iba a necesitarlos un vendedor de cigarrillos?

—Resultan muy útiles en el desierto —dijo Abdul, notando

cómo aumentaba su desesperación—. Seguro que vosotros también lleváis unos.

—Estos parecen muy caros. —El mayor los examinó atentamente—. «Hechos en Kunming» —leyó—. Son de fabricación china.

—Así es —confirmó Abdul—. Los conseguí gracias al mismo capitán sudanés que me vendió los cigarrillos. Una auténtica ganga.

Una vez más, su historia resultaba verosímil. El ejército sudanés compraba gran cantidad de material a China, su principal proveedor de armamento. La mayoría del equipamiento acababa en el mercado negro.

—¿Los has usado por el camino? —preguntó el tipo con gesto suspicaz.

—Pensaba hacerlo en cuanto acabase mis oraciones. Quería saber cuánto falta para llegar al poblado. ¿Cuánta gente crees que habrá allí? ¿Unos cincuenta, cien habitantes?

Su estimación a la baja era deliberada, para dar la impresión de que aún no había visto nada.

—Da igual —replicó el de las canas—. No vas a llegar allí.

Se quedó mirando fijo a Abdul durante un buen rato, seguramente tratando de decidir si creerle o matarlo.

—¿Dónde está tu pistola? —preguntó de pronto.

—¿Mi pistola? No llevo ninguna.

Y era cierto. Cuando un agente iba de incógnito, las armas de fuego solían causar más problemas de los que podían resolver. La situación en la que se hallaba constituía un dramático ejemplo: si le encontraban una pistola, resultaría más que evidente que Abdul no era un simple vendedor de cigarrillos.

—Abre el capó —ordenó el tipo mayor a su compinche.

Este obedeció. Abdul sabía que no había nada escondido en el compartimento del motor.

—Nada —informó el joven.

—No pareces muy asustado —le dijo el mayor—. Como puedes ver, somos yihadistas. Podríamos decidir matarte.

Abdul lo miró a los ojos, pero se permitió temblar ligeramente.

—*Inshallah* —dijo. Si Dios quiere.

El hombre asintió. Ya había tomado su decisión. Le devolvió el móvil.

—Da la vuelta con el coche. Vuelve por donde has venido.

Abdul pensó que no debía parecer demasiado aliviado.

—Pero esperaba poder vender algunos… —Se interrumpió, fingiendo que sería mejor no protestar mucho—. ¿Queréis un cartón?

—¿Gratis?

Abdul se sintió tentado de aceptar, pero su personaje no podía mostrarse tan generoso.

—Soy un hombre pobre —repuso—. Lo siento…

—Vuelve por donde has venido —repitió el yihadista.

Abdul se encogió de hombros, simulando estar decepcionado por tener que renunciar a una oportunidad de venta.

—Como quieras… —dijo al fin.

El hombre le hizo un gesto a su compinche y ambos regresaron al camión.

Abdul empezó a recoger sus pertenencias esparcidas por el suelo.

El camión se alejó rugiendo.

Se quedó mirando hasta verlo desaparecer en el desierto. Cuando se perdió de vista, murmuró para sí mismo:

—Jesús, María y José… —Dejó escapar un hondo suspiro—. Por los pelos.

Tamara había ingresado en la CIA por gente como Kiah.

Creía con toda su alma en la libertad, la democracia y la justicia, pero esos valores estaban siendo atacados en todo el mundo, y Kiah era una de las víctimas. Tamara sabía que había que luchar por las cosas en las que uno creía. A menudo pensaba en unos versos de una canción tradicional: «Si debo morir y mi alma se pierde, no es culpa de nadie salvo mía». Todos éramos responsables. Se trataba de una canción góspel y ella era judía, pero el mensaje era universal.

En el norte de África las fuerzas militares estadounidenses combatían contra los terroristas, cuyos únicos valores eran la violencia, la intolerancia y el miedo. Las bandas armadas asociadas a Estado Islámico secuestraban, violaban y asesinaban a la población africana cuya etnia o religión no contaban con el favor de los señores de la guerra fundamentalistas. Toda aquella violencia, junto con el lento e inexorable proceso de desertificación al sur del Sáhara, empujaban a personas como Kiah a poner en riesgo su vida cruzando el Mediterráneo en precarios botes hinchables.

Las fuerzas de intervención estadounidenses, aliadas con los franceses y los ejércitos nacionales, se dedicaban a atacar y destruir las bases terroristas repartidas por suelo africano.

El problema era localizarlas.

El desierto del Sáhara tenía aproximadamente el mismo tamaño que Estados Unidos. Y ahí era donde entraba Tamara. La CIA cooperaba con los servicios de inteligencia de otras naciones para suministrar información que pudiera ser de ayuda a las fuerzas de intervención. Tab también estaba asignado a esa misión, aunque, de hecho, era un agente de la DGSE, la Direction Générale de la Sécurité Extérieure, el equivalente francés a la CIA. Abdul también contribuía a ese esfuerzo colectivo.

Hasta el momento, la misión había tenido escaso impacto. Los yihadistas continuaban saqueando y rapiñando gran parte del norte de África prácticamente a sus anchas.

Tamara confiaba en que el trabajo de Abdul ayudara por fin a cambiar esa situación.

No lo conocía en persona, aunque habían hablado por teléfono. Sin embargo, aquella no era la primera vez que la CIA enviaba a un agente encubierto a tratar de localizar los campamentos del EIGS. Tamara había conocido al predecesor de Abdul, Omar. Ella misma había encontrado su cadáver, con las manos y los pies cercenados, tirado en medio del desierto. Los miembros habían aparecido a unos cien metros. Era la distancia que Omar había logrado recorrer arrastrándose sobre los codos y las rodillas, mientras se desangraba hasta morir. Tamara sabía que nunca podría recuperarse de aquello.

Y ahora Abdul seguía los pasos de Omar.

Se había estado comunicando con ellos de manera intermitente, siempre que disponía de cobertura móvil. Pero hacía dos días había llamado para informar de que se encontraba en el Chad y de que tenía buenas noticias que debía comunicar en persona. Les había pedido algunos suministros y les había proporcionado indicaciones precisas para localizarlo.

Y ahora por fin sabían lo que había estado haciendo.

Tamara estaba emocionadísima, pero procuró mantener su entusiasmo bajo control.

—Puede que sea Hufra —dijo—. Y aunque no lo sea, se trata de un hallazgo fabuloso. ¿Unos quinientos hombres con piezas de artillería montada? ¡Sin duda se trata de una base de primer orden!

—¿Cuándo tenéis previsto actuar? —preguntó Abdul.

—Dentro de dos días, tres como mucho.

Las fuerzas armadas conjuntas de Estados Unidos, Francia y Níger arrasarían el campamento. Prenderían fuego a las tiendas y los barracones, confiscarían las armas e interrogarían a los yihadistas que sobrevivieran a la batalla. En cuestión de días, el viento arrastraría las cenizas, el sol agostaría los restos que quedaran y el desierto empezaría a reconquistar el terreno perdido.

Y África sería un lugar un poco más seguro para gente como Kiah y Naji.

Abdul les indicó la ubicación exacta del campamento.

Tamara y Tab tenían sendos cuadernos sobre las rodillas y anotaban todo lo que Abdul les iba explicando. Tamara estaba francamente impresionada. Apenas podía asimilar el hecho de estar hablando con un hombre que había expuesto su vida a semejantes peligros para conseguir una información tan valiosa.

Mientras tomaba notas de lo que decía, aprovechaba cualquier ocasión para examinarlo. Abdul tenía la piel oscura, la barba negra bien recortada y unos ojos de un marrón sorprendentemente claro con un brillo acerado. Su rostro se veía marcado por la tensión, y aparentaba más de los veinticinco años que tenía. Era alto y de espaldas anchas; Tamara recordó que, cuando iba a la Universidad Estatal de Nueva York, Abdul había formado parte del equipo de artes marciales mixtas.

Le resultaba extraño que Abdul fuera también el vendedor de cigarrillos. Aquel hombre se había mostrado afable y dicharachero, hablando con todo el mundo, tocando a los hombres en el brazo, guiñando el ojo a las mujeres, encendiendo los cigarrillos de sus interlocutores con un mechero de plástico rojo. El hombre que tenía delante, por el contrario, desprendía cierta aura de peligrosidad. Tamara le tenía hasta un poco de miedo.

Les dio todos los detalles del itinerario que había seguido el cargamento de cocaína. Había pasado por las manos de varias bandas y había cambiado tres veces de vehículo. Además de la base paramilitar, Abdul había descubierto dos campamentos de menor envergadura, y también les proporcionó la dirección de varios grupúsculos del EIGS ubicados en distintas ciudades.

—Esto es oro puro —exclamó Tab.

Tamara se mostró de acuerdo. Los resultados superaban con creces sus expectativas y se sentía exultante.

—Bueno —saltó Abdul con energía—, ¿habéis traído mis cosas?

—Por supuesto.

Había pedido dinero en diversas monedas locales, pastillas para las dolencias estomacales que solían afectar a quienes viajaban al norte de África, una simple brújula... y algo que había desconcertado mucho a Tamara: un cable fino de titanio de un metro de largo, sujeto por los extremos a dos mangos de madera, y todo ello cosido al interior de un fajín de algodón de los que se usaban a modo de cinturón con las túnicas tradicionales. Se preguntó si les explicaría para qué lo quería.

Tamara se lo entregó todo. Él le dio las gracias, pero no hizo ningún comentario. Miró a su alrededor inspeccionando el terreno en todas direcciones.

—Despejado —dijo—. ¿Hemos acabado?

Tamara miró a Tab.

—Sí, ya estamos —respondió este.

—¿Tienes todo lo que necesitas, Abdul? —le preguntó ella.

—Sí —contestó él abriendo la puerta.

—Buena suerte —dijo Tamara; se la deseaba de todo corazón.

—*Bonne chance* —se sumó Tab.

Abdul se echó el pañuelo hacia delante para protegerse el rostro. Luego bajó del coche, cerró la puerta y se encaminó de vuelta a la aldea, con el cartón de Cleopatra todavía en la mano.

Mientras lo observaba alejarse, Tamara se fijó en su forma de andar. No caminaba como la mayoría de los estadounidenses, como si fuera el amo del suelo que pisaba. Al contrario, adoptaba el típico arrastrar de pies de los hombres del desierto, manteniendo la cabeza gacha y protegida y realizando el mínimo esfuerzo para evitar generar calor.

Estaba fascinada por su coraje. Se estremeció al pensar en lo que le ocurriría si lo descubrían. La decapitación sería lo mejor que podría esperar.

Cuando lo perdieron de vista, Tamara se inclinó hacia delante y le dijo a Alí:

—*Yalla.* —Vámonos.

El coche abandonó la aldea por el camino de tierra hasta llegar a la carretera, donde giraron hacia el sur en dirección a Yamena.

Tab leía sus notas.

—Esto es asombroso.

—Deberíamos redactar un informe conjunto —propuso Tamara pensando en sus próximos movimientos.

—Buena idea. Cuando lleguemos, lo hacemos, así podremos presentarlo en los dos idiomas de forma simultánea.

Trabajaban bien juntos, pensó Tamara. Muchos hombres habrían tratado de tomar el control de la situación esa mañana, pero Tab no había intentado en ningún momento monopolizar la conversación con Abdul. Empezaba a caerle bien.

Cerró los ojos. Poco a poco, su euforia se fue mitigando. Se había levantado muy temprano y el trayecto de vuelta duraría unas dos o tres horas. Por su mente cruzaron imágenes fugaces de la anónima aldea que acababan de visitar: las chozas de adobe, los raquíticos huertos, el largo camino hasta llegar al agua. Pero el zumbido del motor y el siseo de los neumáticos le recordaron los viajes de su infancia, cuando iba en el Chevrolet familiar desde Chicago hasta Saint Louis para visitar a sus abuelos, recostada junto a su hermano en el amplio asiento trasero. Y, tal como solía ocurrir entonces, al final se quedó dormida.

Cayó en un profundo sueño del que solo se despertó, sobresaltada, cuando el coche frenó bruscamente.

—*Putain!* —oyó exclamar a Tab, el equivalente en francés a «¡Mierda!».

Al abrir los ojos, vio que, un poco más adelante, un camión atravesado en la calzada bloqueaba la carretera. Alrededor había media docena de hombres, ataviados con una extraña mezcla de uniformes militares y vestimentas tradicionales: una túnica del ejército con un pañuelo de algodón anudado a la cabeza, un blusón largo con pantalones de camuflaje.

Eran paramilitares, e iban armados hasta los dientes.

Obligaron a Alí a detener el coche.

—¿Qué diablos pasa? —preguntó Tamara.

—Esto es lo que el gobierno llama un control de carretera informal —respondió Tab—. Son soldados retirados o en activo que se sacan un dinerillo por su cuenta. Mediante la extorsión, claro.

Tamara había oído hablar de ellos, pero era la primera vez que se encontraba con uno de esos controles.

—¿Y cuánto hay que pagar?

—Ahora lo sabremos.

Uno de los paramilitares se acercó a la ventanilla del conductor vociferando. Alí bajó el cristal y le respondió a gritos en su dialecto. Pete cogió la carabina del suelo, pero la dejó en su regazo. El hombre que estaba junto al coche agitó su arma en el aire.

Tab parecía extrañamente calmado, pero Tamara no las tenía todas consigo. La situación podía estallar en cualquier momento.

Un hombre mayor, con una gorra del ejército y una camisa vaquera llena de agujeros, apuntó con su fusil hacia el parabrisas.

Pete respondió llevándose la carabina al hombro.

—Tranquilo, Pete —le dijo Tab.

—No dispararé si no disparan.

Tab se giró en el asiento hacia la parte trasera del vehículo y sacó una camiseta de una caja de cartón. Luego bajó del coche.

—¿Qué estás haciendo? —le preguntó Tamara, angustiada.

El francés no respondió.

Caminó hacia el grupo, con varias armas apuntándole, y Tamara se llevó un puño a la boca.

Pero Tab no parecía asustado. Se acercó al hombre de la camisa vaquera, que le apuntó directamente al pecho con el cañón de su fusil.

—Buenos días tenga usted, capitán —dijo hablando en árabe—. Hoy he venido por aquí con estos visitantes extranjeros —explicó, fingiendo ser una especie de guía o escolta—. Por favor, déjenlos pasar. —Después se giró hacia el coche y gritó, todavía en árabe—: ¡No dispares! ¡No dispares! ¡Son mis hermanos! —Y luego en inglés—: ¡Pete, baja el arma!

A regañadientes, el soldado bajó la carabina del hombro y la sostuvo en diagonal sobre el pecho.

El tipo de la camisa vaquera pareció dudar hasta que, por fin, bajó también el fusil.

Tab le entregó la camiseta y el hombre la desdobló. Era de color azul oscuro con una raya vertical roja y blanca. Tras pensarlo un poco, Tamara supuso que se trataba de la camiseta oficial del Paris Saint-Germain, el equipo de fútbol más popular de Francia. El hombre desplegó una gran sonrisa, visiblemente encantado.

Tamara se había preguntado por qué llevaba Tab aquella caja de cartón en el coche. Ahora sabía la respuesta.

El hombre se quitó su vieja camisa y se pasó la camiseta nueva por la cabeza.

La atmósfera cambió de forma radical. Los soldados se agolparon a su alrededor admirando la prenda y luego miraron expectantes a Tab.

—Tamara, por favor, ¿puedes pasarme la caja? —dijo volviéndose hacia el coche.

Ella se giró en el asiento para coger la caja de la parte trasera y se la entregó a través de la puerta abierta del coche. Entonces el francés procedió a repartir camisetas entre todos los miembros del grupo.

Los soldados estaban entusiasmados y varios se la pusieron al momento.

Tab estrechó la mano del hombre al que había llamado «capitán» y se despidió con un *Ma'a as-salaama*. Luego volvió al coche con la caja casi vacía, entró y cerró la puerta.

—Vámonos, Alí, pero sin prisas.

El coche arrancó despacio. La feliz banda de criminales hizo señas al conductor para que avanzara por un paso lateral junto al arcén, sorteando el camión atravesado. Una vez superado el bloqueo, Alí giró el volante para regresar a la carretera.

En cuanto los neumáticos tocaron el firme de cemento, Alí apretó el acelerador y el coche se alejó rugiendo del control ilegal.

Tab volvió a poner la caja en la parte trasera.

Tamara dejó escapar un largo suspiro de alivio.

—¡Has estado fantástico! —exclamó mirando a Tab—. ¿No estabas asustado?

El francés negó con la cabeza.

—Esos tipos dan miedo, pero no suelen matar a nadie.

—Es bueno saberlo —dijo Tamara.

2

Cuatro semanas atrás, Abdul se encontraba a unos tres mil kilómetros del Chad, en el país sin ley de Guinea-Bisáu, en el África occidental, catalogado por las Naciones Unidas como uno de los centros mundiales del narcotráfico. Era un lugar húmedo y caluroso, con una estación de los monzones que dejaba un ambiente lluvioso y sofocante durante la mitad del año.

Abdul estaba en la capital, Bisáu, en un apartamento con vistas al puerto. No había aire acondicionado y la camisa se le pegaba a la piel sudorosa.

Su compañero era Phil Doyle, un agente de la CIA veinte años mayor que él, que ocultaba su calva bajo una gorra de béisbol. Doyle tenía su base en la embajada de El Cairo, Egipto, y estaba al frente de la misión que ahora se le asignaría a Abdul.

Ambos miraban a través de unos prismáticos. La habitación estaba a oscuras. Si los descubrían, serían torturados y ejecutados. Bajo la tenue luz procedente del exterior, Abdul vislumbraba los contornos del mobiliario que le rodeaba: un sofá, una mesita de centro, un televisor.

Sus prismáticos enfocaban una escena que tenía lugar en los muelles: tres estibadores descamisados trabajaban duro y sudaban a mares bajo la luz de los arcos voltaicos. Estaban descargando un contenedor, transportando grandes sacos de polietileno reforzado hasta el interior de una furgoneta panelada.

Abdul habló en voz baja, pese a que el único que podía escucharle era Doyle.

—¿Cuánto pesan esos sacos?

—Veinte kilos —dijo Doyle con un marcado acento de Boston—. Casi cuarenta y cinco libras.

—Una faena de perros con este tiempo.

—Con cualquier tiempo.

Abdul trató de forzar la vista.

—No consigo leer lo que hay impreso en los sacos.

—Pone «Cuidado: sustancias químicas peligrosas», en varios idiomas.

—Parece que ya has visto antes esos sacos.

Doyle asintió.

—Los vi cuando la mafia que controla el puerto colombiano de Buenaventura los cargaba en ese mismo contenedor. Les he seguido el rastro a través del Atlántico. A partir de aquí, son todo tuyos.

—Supongo que la etiqueta no se equivoca: la cocaína pura es una sustancia química muy peligrosa.

—Ya te digo.

La furgoneta no tenía capacidad suficiente para alojar en su interior la carga de un contenedor entero. Abdul supuso que la cocaína formaría parte de un cargamento mayor y que habría viajado oculta en algún compartimento secreto.

Un hombre corpulento ataviado con camisa de vestir supervisaba el trabajo contando una y otra vez los sacos. Había también tres guardias uniformados de negro con fusiles de asalto. Cerca del muelle esperaba una limusina, con el motor al ralentí. Los estibadores paraban cada pocos minutos para beber de unas grandes botellas de refresco. Abdul se preguntó si tendrían alguna idea del valor del cargamento que estaban manejando. Supuso que no. Pero el hombre que contaba los sacos sí lo sabía. Y quien estuviera dentro de la limusina también.

—Dentro de tres de esos sacos hay unos radiotransmisores en miniatura —explicó Doyle a Abdul—. Son tres, por si roban uno o dos de los sacos, o por si, por alguna razón, separan alguno del cargamento principal. —Se sacó del bolsillo un pequeño dispositivo de color negro—. Con este aparatito podrás rastrear la señal por control remoto. En la pantalla verás a qué distancia se encuentran y adónde se dirigen. No te olvides de apagarlo, para ahorrar la batería de los transmisores. Podrías rastrearlos con un móvil, pero seguramente tendrás que ir a lugares donde no habrá cobertura, así que debe ser mediante señal de radio.

—Entendido.

—Puedes hacer el seguimiento a distancia, pero en ocasiones tendrás que acercarte al objetivo. Tu misión es identificar a las personas que manejan el cargamento y los lugares a los que se dirigen. Esa gente son terroristas y esos lugares son sus escondrijos. Tenemos que averiguar cuántos yihadistas hay en esas bases y con qué armamento cuentan, a fin de que nuestras fuerzas sepan a qué se enfrentan cuando intervengan para acabar con esos cabrones.

—No te preocupes. Me acercaré todo lo que haga falta.

Se quedaron en silencio.

—Supongo que tu familia no sabe a qué te dedicas —dijo Doyle al rato.

—No tengo familia —respondió Abdul—. Mis padres murieron, y mi hermana también. —Señaló hacia los muelles—. Ya han acabado.

Los estibadores cerraron el contenedor y la furgoneta haciendo retumbar alegremente las puertas metálicas. Estaba claro que no veían la necesidad de actuar de manera furtiva y que no temían a la policía, a la que sin duda habrían sobornado. Se encendieron unos cigarrillos y se quedaron por allí riendo y charlando. Los guardias se colgaron los fusiles del hombro y se unieron a la conversación.

El chófer bajó de la limusina y abrió la puerta del pasajero. El hombre que salió de la parte de atrás iba vestido como para ir a un club nocturno, con una camiseta debajo de una chaqueta de esmoquin que lucía un dibujo dorado en la espalda. Habló con el hombre de la camisa de vestir, luego ambos sacaron sus móviles.

—En este momento el dinero está siendo transferido de una cuenta suiza a otra —dijo Doyle.

—¿Cuánto?

—En torno a unos veinte millones de dólares.

—Es incluso más de lo que pensaba —repuso Abdul, sorprendido.

—Su precio se duplicará cuando llegue a Trípoli, volverá a duplicarse al llegar a Europa, y volverá a duplicarse cuando se venda en las calles.

Tras finalizar las llamadas, los dos hombres se estrecharon la mano. El de la chaqueta de esmoquin se acercó a la limusina y sacó una bolsa con las palabras «Dubai Duty Free» en inglés y en árabe. Parecía estar llena de fajos de billetes sujetos con una banda. Entregó sendos fajos a los estibadores y a los guardias. Los seis hombres le devolvieron una amplia sonrisa: era evidente que se les estaba pagando muy bien. Por último abrió el maletero y entregó a cada uno un cartón de Cleopatra; una especie de bonificación extra, imaginó Abdul.

El hombre se montó en la limusina, que arrancó y se perdió en la noche. Los estibadores y los guardias también se dispersaron. La furgoneta llena de cocaína se puso en marcha.

—Me voy corriendo —dijo Abdul.

Doyle le tendió una mano y Abdul se la estrechó.

—Eres un hombre valiente. Buena suerte.

Durante días, una angustiada Kiah no paró de darle vueltas a su conversación con la mujer blanca.

De pequeña imaginaba que todas las mujeres europeas eran monjas, ya que eran las únicas blancas que había conocido. La primera vez que vio a una mujer francesa normal, luciendo un vestido hasta las rodillas, medias y un bolso al hombro, se quedó tan impactada como si hubiera visto un fantasma.

Pero ahora ya estaba acostumbrada a verlas, y por instinto había confiado en Tamara, pues tenía un rostro franco y abierto, sin rastro de malicia.

Ahora sabía que las europeas adineradas hacían trabajos propios de los hombres y que no tenían tiempo para limpiar su casa, así que pagaban a sirvientas, del Chad y de otros países pobres, para que se encargaran de las tareas domésticas. Aquello la tranquilizó: había un trabajo para ella en Francia, una nueva vida por delante, una manera de poder alimentar a su hijo.

Kiah no entendía muy bien por qué las mujeres ricas querían ser doctoras o abogadas. ¿Por qué no se dedicaban a jugar con sus hijos y a charlar con sus amigas? Todavía le quedaba mucho que aprender sobre las europeas, aunque sabía lo más importante: que empleaban a emigrantes procedentes del África más desfavorecida.

En cambio, lo que Tamara había dicho sobre los traficantes de personas resultaba de todo menos tranquilizador. La mujer se había mostrado horrorizada. Y eso era lo que más angustiaba a Kiah. No podía negar la lógica que encerraban sus palabras. Ella estaba pensando en ponerse en manos de una mafia criminal: ¿qué les impediría quedarse simplemente con su dinero y ya está?

Tenía un poco de tiempo para reflexionar sobre estas cuestiones mientras Naji dormía su siesta. Se quedó mirando a su hijo, desnudito bajo una sábana de algodón, durmiendo tranquilamente, ajeno a toda preocupación. Kiah no había querido a sus padres, ni siquiera a su marido, tanto como quería a su hijo. El amor que sentía por Naji era el motor de su vida y superaba cualquier otra emoción. Pero el amor no era suficiente. El niño necesitaba comida y agua, y ropa para proteger su delicada piel del ardiente sol. Y era ella la que tenía que encargarse de satisfacer sus necesidades. No obstante, si emprendía la travesía por el desierto, también pondría en riesgo la vida de su hijo. Y era tan pequeño, tan frágil, tan inocente…

Kiah necesitaba ayuda. No podía embarcarse sola en aquel

peligroso viaje. A lo mejor, con la ayuda de un amigo, podría conseguirlo.

Mientras contemplaba a Naji, él abrió los ojos. No se despertaba lentamente como los adultos, sino de golpe. Se puso en pie, caminó tambaleante hacia su madre y dijo: «*Leben*». Le encantaba ese plato, una especie de arroz cocido con leche mazada, y su madre siempre le daba un poco después de la siesta.

Mientras alimentaba al pequeño, Kiah decidió que hablaría con Yusuf, su primo segundo. Era más o menos de su edad y vivía en la aldea vecina, a unos tres kilómetros de distancia, con su esposa y una hija de la edad de Naji. Yusuf era pastor, pero casi todo su rebaño había muerto por la falta de pastos, y ahora él también estaba pensando en emigrar antes de que se le acabaran todos los ahorros. Kiah quería hablar con él de la situación. Si al final Yusuf decidía ir, podría viajar con él y su familia y se sentiría mucho más segura.

Para cuando Kiah había vestido a Naji, ya era media tarde y el sol había superado su cenit. Se sentó al pequeño en la cadera. Era una mujer fuerte y todavía podía cargar con él largas distancias, pero no estaba segura de cuánto tiempo podría seguir haciéndolo. Tarde o temprano el niño pesaría demasiado y, cuando caminara solo, tardarían mucho más en cubrir cualquier distancia.

Kiah bordeó el lago siguiendo la orilla y cambiándose a Naji de cadera de vez en cuando. Ahora que había pasado el pico de calor, la gente había vuelto a sus quehaceres: los pescadores remendaban las redes y afilaban sus navajas, los niños pastoreaban los rebaños de cabras y ovejas, las mujeres acarreaban agua en jarras tradicionales y en grandes garrafas de plástico.

Al igual que los demás lugareños, Kiah no paraba de echar ojeadas hacia el lago, ya que nunca se sabía cuándo podía entrarles el hambre a los yihadistas y venir a saquear la aldea en busca de carne, harina y sal. A veces incluso secuestraban a muchachas, sobre todo cristianas. Kiah se tocó la pequeña cruz de plata que llevaba colgada de una cadena bajo el vestido.

Al cabo de una hora, llegó a la aldea vecina. Era muy parecida a la suya, salvo por una hilera de seis casas de cemento que habían sido construidas en tiempos mejores y ya empezaban a desmoronarse, aunque todavía estaban habitadas.

La choza de Yusuf era como la de Kiah, hecha de ladrillos de adobe y hojas de palmera. Se detuvo ante la puerta y llamó.

—¿Hay alguien en casa?

Yusuf reconoció su voz.

—Pasa, Kiah.

Yusuf estaba sentado de piernas cruzadas en el suelo, arreglando una rueda de bicicleta pinchada. En ese momento estaba pegando un parche en un agujero de la cámara de aire. Era un hombre menudo con una cara simpática, sin el aspecto severo y autoritario de la mayoría de los maridos. La recibió con una gran sonrisa: siempre se alegraba de ver a Kiah.

Su mujer, Azra, estaba amamantando a la pequeña. La sonrisa que le dedicó no fue tan acogedora. Tenía un rostro alargado y como contraído, pero no era esa la única razón por la que su expresión resultaba un tanto hosca. Lo cierto era que Yusuf sentía un afecto tal vez algo excesivo por su prima Kiah. Desde la muerte de Salim, había adoptado un papel protector que le llevaba a tocarle la mano y pasarle el brazo por la cintura con más frecuencia de la necesaria. Kiah sospechaba que le gustaría casarse con ella, y seguramente Azra tenía la misma sospecha. La poligamia era legal en el Chad, y millones de mujeres cristianas y musulmanas compartían marido.

Kiah no había hecho nada por alentar ese comportamiento en Yusuf, pero tampoco se había mostrado demasiado remisa, ya que en verdad necesitaba protección y él era el único pariente varón que le quedaba en el Chad. No obstante, le preocupaba que esa tensión entre los tres resultara una amenaza para sus planes.

Yusuf cogió una jarra de barro y le ofreció un poco de leche de cabra. Se la sirvió en un cuenco, que ella compartió con Naji.

—La semana pasada estuve hablando con una extranjera

—dijo Kiah mientras el pequeño sorbía la leche—. Era una mujer blanca de Estados Unidos que había venido a estudiar por qué se están secando las aguas del lago. Y le hice algunas preguntas sobre Europa.

—Muy inteligente por tu parte —observó Yusuf—. ¿Y qué te contó?

—Me dijo que los traficantes de personas son unos delincuentes y podrían robarnos el dinero.

Yusuf se encogió de hombros.

—Aquí también nos pueden robar los yihadistas.

—Pero es más fácil que te roben en el desierto —intervino Azra—. Y pueden abandonarte allí para dejar que te mueras.

—Tienes razón —contestó Yusuf a su esposa—. Solo digo que hay peligro en todas partes. Y si no nos marchamos, moriremos aquí.

Yusuf acababa de desestimar las objeciones de Azra, lo cual convenía a los planes de Kiah.

—Estaremos más seguros juntos, los cinco —intervino Kiah para reforzar las palabras de su primo.

—Por supuesto —dijo Yusuf—. Yo cuidaré de todos.

Eso no era lo que Kiah había querido decir, pero no lo contradijo.

—Exacto.

—He oído que en Tres Palmeras hay un hombre llamado Hakim —prosiguió Yusuf, refiriéndose a una pequeña población situada a unos quince kilómetros—. Y por lo que dicen, puede llevar a la gente hasta Italia.

A Kiah se le aceleró el pulso. Nunca había oído hablar de ese tal Hakim. Aquello significaba que su huida podía estar más cerca de lo que había imaginado. De repente, la posibilidad se hizo más real… y más aterradora.

—La mujer blanca me contó que desde Italia se puede llegar fácilmente a Francia.

La pequeña de Azra, Danna, acabó de mamar. Su madre le limpió la barbilla con la manga después y la dejó en el suelo. Danna caminó con paso tambaleante hasta donde estaba Naji y los dos se pusieron a jugar juntos. Azra cogió una jarrita de aceite y se frotó un poco en los pezones, luego se subió la pechera del vestido.

—¿Cuánto dinero pide ese Hakim? —preguntó.

—El precio habitual son dos mil dólares americanos —respondió Yusuf.

—¿Por persona o por familia? —volvió a preguntar Azra.

—No lo sé.

—¿Y los niños también pagan?

—Supongo que dependerá de si son lo bastante grandes para ocupar un asiento.

Kiah pensó que no valía la pena seguir discutiendo sin disponer de información de primera mano.

—Iré a Tres Palmeras y se lo preguntaré —dijo con impaciencia.

Además, quería ver a Hakim con sus propios ojos, hablar con él y hacerse una idea del tipo de persona que era. En un día podría recorrer los quince kilómetros de ida y los quince de vuelta.

—Deja a Naji aquí conmigo —se ofreció Azra—. No podrás hacer todo el camino cargada con él.

Kiah pensó que, si tuviera que hacerlo, sí podría.

—Gracias. Me será de gran ayuda —optó por contestar.

Ella y Azra cuidaban a menudo la una el hijo de la otra. A Naji le encantaba ir a la casa de Yusuf. Le gustaba observar a Danna e imitar todo lo que hacía.

—Ya que has hecho todo el camino hasta aquí —dijo Yusuf muy animado—, podrías quedarte a pasar la noche con nosotros y salir mañana temprano.

No era una mala idea, pero Yusuf se mostraba un tanto ansioso por dormir en la misma habitación que Kiah, y a esta le pareció ver que Azra fruncía ligeramente el ceño.

—No, gracias, tengo que volver a casa —respondió con cierta cautela—. Pero traeré a Naji a primera hora de la mañana. —Se levantó y cogió a su hijo en brazos—. Gracias por la leche. Y que Dios os acompañe.

En el Chad, las paradas en las gasolineras solían ser más largas que en Estados Unidos. La gente no tenía tanta prisa por volver a la carretera. Comprobaban el estado de los neumáticos, echaban aceite al motor y cambiaban el líquido del radiador. Tenían que ser precavidos: si el vehículo se averiaba, podían esperar días hasta que llegara la asistencia de carretera. La gasolinera era también un espacio para socializar. Los conductores hablaban con el propietario y también entre ellos, intercambiando noticias sobre controles, convoyes militares, bandas de saqueadores yihadistas y tormentas de arena.

Abdul y Tamara habían acordado un segundo encuentro en la carretera que iba de Yamena al lago Chad. El agente quería volver a hablar con ella antes de adentrarse en el desierto y, a poder ser, prefería no usar el móvil ni enviar mensajes de texto.

Abdul llegó a la gasolinera antes que ella. Para aprovechar el tiempo, le vendió al propietario una caja entera de cartones de Cleopatra. Tenía el capó levantado y estaba echando agua en el depósito del limpiaparabrisas cuando otro coche se detuvo junto al suyo. Lo conducía un chadiano, pero la pasajera era Tamara. El personal que trabajaba en la embajada nunca viajaba solo, sobre todo si se trataba de una mujer.

A primera vista, al verla bajarse del coche, Abdul pensó que podría pasar perfectamente por una mujer norteafricana. Tenía el cabello y los ojos oscuros, y llevaba un vestido de manga larga encima de los pantalones, además del pañuelo en la cabeza. No obstante, un observador más cuidadoso se daría cuenta de que era estadounidense por su manera confiada de caminar, por cómo lo miró directamente a los ojos y por la forma de dirigirse a él como a un igual.

Abdul sonrió. Tamara era una joven atractiva y llena de encanto. No tenía ningún interés romántico en ella —había sufrido un terrible desengaño hacía un par de años y aún no lo había superado—, pero le encantaba su actitud vitalista, su *joie de vivre*.

Miró a su alrededor. El establecimiento era una simple choza de adobe donde el propietario vendía también comida y agua. Una camioneta se marchaba en ese momento después de repostar. No quedaba nadie más en la gasolinera.

De todos modos, los dos prefirieron ir sobre seguro y fingieron no conocerse. Tamara le dio la espalda a Abdul mientras el conductor llenaba el depósito.

—Ayer atacamos la base que localizaste en Níger —le dijo ella en voz baja—. Nuestras fuerzas salieron victoriosas: destruyeron el campamento, confiscaron gran cantidad de armamento y tomaron prisioneros para interrogarlos.

—¿Capturaron a Al Farabi?

—No.

—Entonces la base no era Hufra.

—Los prisioneros la llaman Al Bustan.

—El Jardín —tradujo Abdul.

—Aun así, es un gran triunfo, y te has convertido en el héroe del momento.

Abdul no tenía ningún interés en ser un héroe. Mantuvo la mirada al frente.

—Tengo que cambiar de táctica.

—Muy bien… —dijo Tamara en tono dubitativo.

—A partir de ahora me resultará muy difícil actuar sin ser visto. La ruta del cargamento se dirige hacia el norte: a través del Sáhara hasta Trípoli, y luego, cruzando el Mediterráneo, hasta los clubes nocturnos de Europa. Desde aquí hasta la costa será todo desierto puro y duro, sin apenas tráfico.

—De modo que es más fácil que detecten tu presencia —dedujo Tamara asintiendo con la cabeza.

—Ya sabes cómo es el paisaje por aquí: sin humo, sin niebla, sin contaminación… Un día despejado puedes ver a kilómetros de distancia. Aparte de eso, por la noche tendría que pararme en los mismos oasis que el vehículo que transporta el cargamento.

En el desierto no te queda otra. Y la mayoría de esos lugares son pequeños, demasiado pequeños para poder esconderme. Así que lo más seguro es que me descubran.

—Tenemos un problema —dijo Tamara con gesto preocupado.

—Por suerte, la solución se me ha presentado sola. Desde hace un par de días han estado transfiriendo el cargamento a un nuevo vehículo, esta vez un autobús que transporta migrantes ilegales. No es algo inusual: en estas tierras el tráfico de drogas y el de seres humanos van de la mano, y además son muy lucrativos.

—Aun así te resultará muy difícil seguir al vehículo sin despertar sospechas.

—Por eso voy a viajar a bordo del autobús.

—¿Vas a hacerte pasar por uno de los migrantes?

—Ese es mi plan.

—Brillante… —dijo Tamara.

Abdul no estaba seguro de cómo se tomarían aquello Phil Doyle y sus superiores de la CIA. Sin embargo, poco podían hacer al respecto. El agente sobre el terreno debía actuar como mejor considerara para llevar a cabo su misión.

Tamara le planteó una pregunta de orden práctico:

—¿Qué piensas hacer con el coche y con todo el tabaco?

—Venderlos. Siempre habrá alguien dispuesto a hacerse con el negocio. Y no pienso poner un precio muy alto.

—Podemos venderlos nosotros por ti.

—No, gracias, es mejor así. Tengo que mantenerme en el papel. La venta me servirá para explicar cómo conseguí el dinero para pagar a los traficantes. Eso reforzará mi tapadera.

—Bien visto.

—Una cosa más —añadió Abdul—. De forma más o menos accidental me he topado con un activo que puede sernos muy útil. Se trata de un terrorista desencantado de Kousséri, la comuna camerunesa que se encuentra justo al cruzar el puente de Yamena. Dispone de información de primera mano y está deseando pasárnosla. Deberías ponerte en contacto con él.

—¿Desencantado? —preguntó Tamara.

—Es un joven idealista que ha visto demasiadas muertes sin sentido como para seguir creyendo en la yihad. No necesitas saber su nombre, pero se hace llamar Harún.

—¿Y cómo contactaré con él?

—Él se pondrá en contacto contigo. El mensaje mencionará un número, por ejemplo, ocho kilómetros o quince dólares. El número corresponderá a la hora en que quiere reunirse contigo, contando de cero a veinticuatro horas; es decir, quince dólares significará las tres de la tarde. El primer encuentro será en Le Grand Marché. —Tamara conocía el lugar, todo el mundo lo conocía: era el mercado central de la capital—. En esa primera reunión podréis acordar el lugar para el siguiente encuentro.

—Pero el mercado es inmenso —dijo Tamara—. Y hay cientos de personas de todas las razas. ¿Cómo nos reconoceremos?

Abdul se llevó la mano al interior de su *galabiya* y sacó un pañuelo azul con un peculiar estampado de círculos naranjas.

—Ponte esto. Él te reconocerá.

Tamara cogió el pañuelo.

—Gracias.

—De nada —respondió Abdul, antes de volver al asunto de Al Bustan—. Supongo que habrán interrogado a los prisioneros sobre Al Farabi.

—Todos han oído hablar de él, pero solo uno afirma haberlo visto en persona. Confirmó la descripción habitual: pelo canoso, barba oscura, pulgar amputado… El tipo había formado parte de un grupo en Mali al que Al Farabi adiestró en la fabricación y colocación de bombas en carreteras.

Abdul asintió.

—Me temo que cuentan la verdad. Por lo poco que sabemos de Al Farabi, parece que no está interesado en que las fuerzas yihadistas africanas trabajen de forma conjunta; pensará que es más seguro que actúen como grupos dispersos, y tal vez tenga razón. Por otra parte, quiere entrenarlos para que maten al mayor número de gente posible con la máxima eficacia. Adquirió numerosos conocimientos técnicos durante su estancia en Afganistán y ahora desea compartirlos, de ahí el curso de adiestramiento.

—Un tipo inteligente.

—Por eso no conseguimos atraparlo —comentó Abdul con amargura.

—No podrá huir de nosotros eternamente.

—Espero con todas mis fuerzas que así sea.

Tamara se giró hacia él. Lo miró fijamente, como si intentara comprender algo.

—¿Qué pasa? —preguntó Abdul.

—Para ti se trata de algo personal.

—¿Para ti no?

—No del mismo modo. —Tamara le sostuvo la mirada—. Algo te tuvo que pasar. ¿Qué fue?

—Ya me advirtieron sobre ti —replicó Abdul, aunque con una leve sonrisa—. Me dijeron que podías ser un tanto brusca.

—Lo siento. Siempre me dicen que hago preguntas demasiado directas. Espero que no te hayas enfadado.

—Tendrás que esforzarte mucho más para ofenderme. —Cerró el capó—. Voy a pagar al hombre.

Se encaminó hacia la choza. Tamara estaba en lo cierto. Para él no era un simple trabajo: era una misión. Para él no bastaba con asestar un golpe al EIGS, como había hecho al descubrir la ubicación de Al Bustan. Abdul quería acabar con todos ellos. Definitivamente.

Mientras pagaba la gasolina, el dueño bromeó con él:

—¿Quieres cigarrillos? ¡Los tengo muy baratos!

—No fumo —repuso Abdul.

Cuando salía para volver a su coche, el chófer de Tamara entraba para pagar. Tenía un par de minutos para estar a solas con ella. Le había hecho una buena pregunta, pensó. Y se merecía una respuesta.

—Mataron a mi hermana —dijo.

Él tenía seis años —ya casi un hombre, pensaba— y ella cuatro, una niñita todavía. Beirut era el único mundo que conocía: calor, polvo y tráfico, y las calles llenas de cascotes y escombros de los edificios bombardeados. Hasta mucho tiempo después no descubrió que aquello no era lo normal, que la vida no era así para la gran mayoría de la gente.

Vivían en un piso que estaba encima de un café. En el dormitorio situado en la parte de atrás del edificio, Abdul hablaba a Nura sobre lo importante que era saber leer y escribir. Estaban sentados en el suelo. Ella quería aprender todo lo que él sabía y él quería enseñárselo, pues le hacía sentirse inteligente y adulto.

Sus padres estaban en la sala de estar, en la parte delantera que daba a la calle. Tenían visita: sus abuelos habían ido a tomar café y se habían presentado dos tías y un tío. El padre de Abdul, que trabajaba como repostero en el café, había preparado *halawet el jibn* para los invitados, unos rollitos dulces con queso. Abdul ya se había comido dos. «Ya es suficiente, que te pondrás enfermo», le había dicho su madre.

Abdul pidió a Nura que fuera a por más rollitos.

La niña se apresuró a ir a buscarlos, siempre dispuesta a complacer a su hermano.

La explosión fue el ruido más fuerte que Abdul había oído en su vida. Inmediatamente después, todo quedó en el más absoluto silencio. Sintió que algo malo les había ocurrido a sus oídos, y se echó a llorar.

Fue corriendo a la salita, pero era un lugar distinto que no había visto jamás. Le llevó un tiempo comprender que la pared de la fachada había desaparecido y que la habitación había quedado al descubierto. Todo estaba lleno de polvo y del olor a sangre. Algunos de los adultos parecían estar gritando, pero no emitían ningún sonido; de hecho, no se oía nada de nada. Otros yacían en el suelo, inmóviles.

Nura tampoco se movía.

Abdul no alcanzaba a entender qué le pasaba. Se arrodilló junto a ella, agarró su bracito lánguido y la zarandeó tratando de despertarla, aunque era imposible que estuviera durmiendo con los ojos tan abiertos.

—Nura —dijo—. Nura, despierta.

Pudo oír su propia voz, aunque muy vagamente; poco a poco empezaba a recuperar el oído.

De repente su madre estaba a su lado, cogiendo a Nura en brazos. Al momento sintió que las manos de su padre lo levantaban del suelo. Llevaron corriendo a los niños al dormitorio y los tendieron con delicadeza en sus camas.

—Abdul, ¿cómo te encuentras? —le preguntó su padre—. ¿Estás herido?

El niño negó con la cabeza.

—¿Ningún rasguño?

Su padre lo examinó con cuidado y respiró aliviado. Luego se giró hacia la madre y ambos se quedaron mirando el cuerpecito inmóvil de Nura.

—Creo que no respira —dijo ella, y rompió a llorar.

—¿Qué le pasa? —preguntó Abdul. Su voz sonó como un chillido estridente. Estaba muy asustado, aunque no sabía de qué tenía miedo—. ¡No habla, pero tiene los ojos abiertos!

Su padre lo abrazó.

—Oh, Abdul, mi hijo querido. Creo que nuestra preciosa niñita ha muerto.

Fue un coche bomba, descubriría Abdul tiempo después. Habían aparcado el vehículo junto al bordillo, justo debajo de la ventana de la sala de estar. El objetivo era el café, que solía estar frecuentado por estadounidenses, a quienes les encantaban sus pastas dulces. La familia de Abdul fue un simple daño colateral.

Nunca se esclareció la autoría del atentado.

La familia consiguió emigrar a Estados Unidos, algo que era difícil pero no imposible. Un primo del padre regentaba un restaurante libanés en Newark, y le prometió que habría trabajo para él. Abdul fue a la escuela en uno de aquellos autobuses amarillos, arrebujándose en su bufanda contra aquel frío imposible, y descubrió que no entendía una sola palabra de lo que decían a su alrededor. Sin embargo, los estadounidenses eran amables con los niños y lo ayudaron, y en poco tiempo aprendió a hablar inglés mejor que sus padres.

Su madre le dijo que tal vez tendría otra hermanita, pero los años pasaron y nunca llegó.

El pasado regresó a su mente mientras conducía a través de las dunas. Estados Unidos no había sido tan distinto de Beirut —había atascos de tráfico y bloques de pisos, cafés y policías—, pero el Sáhara era sin duda un paisaje de otro mundo, con sus arbustos espinosos, agostados y sedientos en el suelo yermo.

Tres Palmeras era un pueblo pequeño. Tenía una mezquita y una iglesia, una gasolinera con taller de reparación y media docena de tiendas. Todos los carteles estaban en árabe, salvo uno en el que ponía ÉGLISE DE SAINT PIERRE. En los poblados del desierto no había calles propiamente dichas, pero allí las casas estaban construidas en hileras y sus fachadas blancas convertían las pistas de tierra polvorienta en pasajes angostos. Pese a la estrechez de los callejones, los coches se alineaban a ambos lados de la calzada. En el centro, junto a la gasolinera, había un café donde los hombres se sentaban a charlar y beber a la sombra de tres palmeras inusualmente altas que, supuso Abdul, daban su nombre al pueblo. El bar era una especie de cobertizo pegado a la fachada de una casa, con una cubierta de hojas de palmera que unos troncos finos, cortados de manera basta, sostenían a duras penas.

Aparcó y comprobó el dispositivo de seguimiento. El cargamento de cocaína continuaba en el mismo sitio, a escasos metros de donde se encontraba.

Bajó del coche oliendo el aroma a café que impregnaba el aire. Sacó varios cartones de Cleopatra del maletero, se dirigió al bar y adoptó al instante el papel de vendedor.

Consiguió vender algunas cajetillas antes de que el dueño, un tipo gordo con un enorme mostacho, empezara a quejarse. Después de ganárselo con su encanto, el dueño le compró un cartón y le ofreció una taza de café. Abdul se sentó a una mesita bajo las palmeras y dio unos sorbos al café, fuerte y amargo pese a llevar azúcar.

—Necesito hablar con un hombre llamado Hakim —dijo—. ¿Lo conoces?

—Es un nombre muy común —respondió el dueño con evasivas, aunque la mirada instintiva que dirigió hacia la puerta del taller, justo al lado, resultó más que reveladora.

—Se trata de un hombre muy respetado —repuso Abdul, un eufemismo para referirse a un importante delincuente.

—Haré un par de preguntas por ahí.

Unos minutos más tarde, el dueño se alejó andando tranquilamente en dirección al taller, con un aire despreocupado poco convincente. Poco después, un tipo joven bastante gordo salió del local y se dirigió hacia el café. Caminaba como una embarazada, arrastrando los pies apuntando hacia fuera, con las rodillas separadas, la barriga proyectada hacia delante y la cabeza echada hacia atrás. Tenía el pelo negro rizado y un bigotito ridículo, sin barba. Vestía con ropa occidental, un polo verde extragrande con unos mugrientos pantalones de chándal grises, pero de su cuello colgaba una especie de amuleto vudú. Calzaba zapatillas deportivas, aunque por su aspecto se diría que hacía años que no corría. Cuando llegó a la altura de Abdul, este sonrió y le ofreció un cartón de Cleopatra a mitad de precio.

El hombre ignoró el ofrecimiento.

—Estás buscando a alguien.

Era una afirmación, no una pregunta: los tipos como él detestaban reconocer que había algo que no supieran.

—¿Eres Hakim? —le preguntó.

—Quieres hacer negocios con él.

Abdul estaba seguro de que ese hombre era Hakim.

—Siéntate, seamos amigables —le dijo, aunque el tipo tenía una pinta tan amistosa como una tarántula con sobrepeso.

Hakim hizo una seña al dueño, supuestamente para indicarle que quería café, y luego se sentó a la mesa sin decir palabra.

—He hecho un poco de dinero vendiendo cigarrillos.

El hombre no abrió la boca.

—Me gustaría marcharme a Europa.

Hakim asintió.

—Y tienes el dinero.

—¿Cuánto cuesta? ¿Ir a Europa?

—Dos mil dólares por cabeza: la mitad al subir al autobús, la otra al llegar a Libia.

Era una cantidad enorme en un país en que el sueldo medio eran quince dólares semanales. Abdul intuyó que debía mostrarse un poco reticente. Si aceptaba demasiado deprisa, a lo mejor despertaría sospechas.

—No creo que pueda pagarte tanto.

Hakim señaló con la cabeza el todoterreno de Abdul.

—Vende el coche.

Así que ya le había estado controlando. Sin duda el dueño del café le había contado que aquel era su vehículo.

—Pues claro que venderé el coche antes de marcharme. Pero tengo que devolverle a mi hermano el dinero que me prestó para comprarlo.

—El precio son dos mil.

—Pero Libia no es Europa. El pago final debería ser a la llegada.

—Entonces ¿quién lo pagaría? La gente simplemente echaría a correr para salir huyendo.

—No me parece muy justo.

—Esto no es una negociación. O confías en mí o te quedas en tierra.

Abdul casi se echó a reír ante la idea de confiar en Hakim.

—De acuerdo, de acuerdo —dijo—. ¿Puedo ver el vehículo en el que haremos el viaje?

Hakim vaciló un poco, luego se encogió de hombros. Se levantó en silencio y echó a andar hacia el taller.

Abdul lo siguió.

Entraron en el edificio por una puerta lateral. El interior estaba iluminado por unas claraboyas de plástico transparente en el techo. Había herramientas colgadas en las paredes, neumáticos nuevos dispuestos sobre anchos estantes y un fuerte olor a aceite de motor. Sentados en un rincón, dos hombres con *galabiya* y pañuelo miraban un pequeño televisor, fumando aburridos. Sobre una mesa cercana había dos fusiles de asalto. Los hombres levantaron la vista, vieron a Hakim y volvieron a dirigir su atención a la pantalla.

—Son mis guardias de seguridad —dijo Hakim—. La gente siempre intenta robarme la gasolina.

No eran guardias, sino yihadistas, y su actitud indiferente revelaba que Hakim no era su jefe.

Abdul se mantuvo en su papel.

—¿Queréis comprar cigarrillos a mitad de precio? —preguntó la mar de animado—. Tengo Cleopatras.

Los hombres lo miraron un momento y apartaron la vista sin decir palabra.

La mayor parte del espacio del taller estaba ocupada por un pequeño autobús Mercedes con capacidad para unas cuarenta personas. Su aspecto no resultaba nada tranquilizador. Tiempo atrás debió de ser de un alegre color azul claro, pero ahora toda la carrocería se veía salpicada de manchas de herrumbre. Sobre el techo había amarradas dos ruedas de repuesto, ambas muy gastadas. Prácticamente a todas las ventanillas laterales les faltaban los cristales, aunque igual era intencionado, para que la brisa refrescara a los ocupantes. Miró en el interior y vio que la tapicería de los asientos estaba muy gastada y manchada, incluso rajada en algunos sitios. El parabrisas permanecía intacto, pero la visera que protegía al conductor estaba suelta y colgaba formando un ángulo extraño.

—¿Cuánto se tarda en llegar a Trípoli, Hakim?

—Lo sabrás cuando llegues.

—¿Es que no lo sabes?

—Nunca digo cuánto dura el viaje. Siempre se producen retrasos, y entonces los pasajeros se frustran y se enfadan. Es mejor para ellos que sea una sorpresa y se alegren al llegar.

—¿El precio cubre la comida y el agua?

—Entra lo básico, incluido el alojamiento en las paradas para pasar la noche. Los lujos se pagan aparte.

—¿Qué tipo de lujos se pueden conseguir en medio del desierto?

—Ya lo verás.

Abdul señaló con la cabeza a los guardias yihadistas.

—¿Ellos también vienen?

—Se encargarán de protegernos.

«Y de proteger también la cocaína», pensó Abdul.

—¿Qué ruta seguiremos?

—Haces demasiadas preguntas.

Abdul ya lo había presionado bastante.

—Muy bien, pero tengo que saber cuándo saldremos.

—Dentro de diez días.

—Aún falta mucho. ¿Por qué tanto retraso?

—Han surgido algunos problemas. —Hakim empezaba a enfadarse—. Y además, ¿a ti qué te importa? No es asunto tuyo. Tú preséntate ese día con el dinero y ya está.

Abdul supuso que los problemas tenían que ver con el ataque a Al Bustan. Algunos cabecillas importantes habrían resultado heridos o muertos, y eso debía de haber alterado los planes yihadistas.

—Tienes razón, no es asunto mío —dijo en tono conciliador.

—Un bulto por persona, sin excepciones —añadió Hakim.

Abdul señaló el autobús.

—Esos vehículos suelen tener un compartimento de carga bastante grande, además de los portaequipajes interiores.

Aquello ya lo cabreó del todo.

—¡Un bulto por persona!

«De modo que la cocaína viajará en el compartimento de carga», pensó Abdul.

—Muy bien —dijo—. Estaré aquí dentro de diez días.

—¡A primera hora de la mañana!

Abdul se marchó.

Hakim le recordaba a los mafiosos de New Jersey: irascibles, intimidantes y estúpidos. Al igual que aquellos, utilizaba la bravuconería y la amenaza violenta para compensar su falta de cerebro. Algunos de los compañeros de instituto de Abdul, los más tontos, habían acabado metiéndose en aquel mundillo, y él sabía cómo tratarlos. Sin embargo, tenía que recordarse que no debía parecer muy seguro de sí mismo. No debía olvidar que estaba interpretando un papel.

Y puede que Hakim fuera corto de luces, pero los guardias no lo parecían en absoluto.

Abdul regresó al coche, abrió el maletero y guardó el tabaco que no había vendido. Ya había acabado lo que había ido a hacer. Conduciría hasta otra aldea o ciudad, vendería algunos paquetes más para mantener su tapadera y buscaría algún lugar donde pasar la noche. En aquella región no había hoteles, pero siempre podía encontrar a una familia que le diera alojamiento a cambio de algo de dinero.

Mientras cerraba el portón del maletero, vio una cara que le resultó familiar. Había visto antes a aquella joven, en la aldea donde se había reunido con Tab y Tamara; de hecho, Tamara había estado en su casa. La recordaba sobre todo porque le había parecido una mujer deslumbrante, con aquella nariz arqueada que resaltaba tanto su belleza. Ahora las esculpidas facciones de su rostro daban muestras de cansancio. Sus pies bien torneados, enfundados en unas chanclas de plástico, estaban manchados de tierra. Abdul supuso que habría recorrido a pie los quince kilómetros desde su aldea, y se preguntó qué habría venido a hacer tan lejos.

Apartó la vista para no cruzarse con su mirada. Se trataba de un acto reflejo: un agente encubierto no debía entablar amistades. Algo que fuera más allá de una simple relación de conocidos podría suscitar cuestiones peliagudas: ¿de dónde eres? ¿Por qué no me hablas de tu familia? ¿Qué estás haciendo en el Chad? Esas preguntas inocentes obligaban al agente a mentir y las mentiras podían ser descubiertas. La única táctica segura era no hacer amigos.

Pero ella lo reconoció.

—*Marhaba* —saludó, visiblemente contenta de verlo.

Abdul no quería ponerse en evidencia mostrándose grosero, así que respondió con un educado y formal:

—*Salamo alayki.* La paz sea contigo.

La joven se paró para hablar y él percibió un tenue aroma a canela y cúrcuma. Le dirigió una amplia y seductora sonrisa que le aceleró el corazón. La nariz, curvada y poderosa, le daba un aire noble. Una mujer blanca estadounidense se habría sentido incómoda con aquella nariz, y de tener dinero se la habría operado, pero en aquella joven resultaba distinguida.

—Tú eres el vendedor de cigarrillos. Viniste a mi aldea —le dijo—. Me llamo Kiah.

Él resistió el impulso de quedarse mirando aquel rostro.

—Tengo que marcharme —repuso con frialdad, y fue hacia la puerta del coche.

Pero ella no se desanimaba con facilidad.

—¿Conoces a un hombre llamado Hakim?

Abdul se detuvo con la mano en la manija de la puerta y se volvió hacia ella. El cansancio era solo superficial, pensó. Parecía haber una férrea determinación en los ojos oscuros que lo miraban bajo la sombra del pañuelo.

—¿Para qué quieres verlo?

—Me han dicho que ayuda a la gente a llegar a Europa.

¿Por qué una mujer tan joven hacía semejante pregunta? ¿Tenía siquiera el dinero para costearse el viaje? Abdul adoptó el tono condescendiente de un hombre que aconseja a una mujer necia.

—Deberías dejar que tu marido se encargara de esas cosas.

—Mi marido está muerto, y mi padre también. Y mis hermanos viven en Sudán.

Eso lo explicaba todo: era viuda y estaba sola en el mundo. Además, Abdul recordaba que la mujer tenía un hijo. En tiempos mejores podría haber vuelto a casarse, sobre todo siendo una joven tan bella, pero tal como estaban las cosas a orillas del menguante lago Chad, ningún hombre querría desposar a una mujer que cargaba con el hijo de otro.

Abdul admiraba su coraje, pero por desgracia, si se ponía en manos de Hakim, su situación podría incluso empeorar. Era una joven demasiado vulnerable. Hakim podría engañarla y quedarse con todo su dinero. Sintió una profunda compasión por ella.

Pero no era un asunto de su incumbencia. «No seas estúpido», se dijo. No podía comprometerse tratando de ayudar a una viuda desdichada, aunque fuera joven y hermosa… sobre todo si era joven y hermosa. De modo que se limitó a señalar hacia el taller y a decir:

—Allí.

Dio la espalda a la viuda y abrió la puerta del coche.

—Gracias. ¿Puedo hacerte otra pregunta? —Era difícil librarse de ella. Sin esperar a que él diera su consentimiento, Kiah prosiguió—: ¿Sabes cuánto cuesta el viaje?

Abdul no quería contestar, no quería implicarse más, pero tampoco podía mostrarse indiferente a la desesperada situación de la mujer. Dejó escapar un suspiro y cedió al impulso de ayudarla aunque solo fuera suministrándole un poco de información útil.

—Dos mil dólares americanos —contestó dándose la vuelta.

—Gracias —respondió la joven viuda.

Sin embargo, Abdul tuvo la impresión de que simplemente acababa de confirmar algo que ella ya sabía. No pareció desalentada al escuchar la cantidad, así que era muy probable que tuviera el dinero.

—La mitad se paga al embarcar y la otra mitad al llegar a Libia —añadió.

—Ah. —Se quedó pensativa: por lo visto, no sabía nada de los plazos.

—Hakim dice que incluye comida, agua y alojamiento por las noches, pero nada de lujos. Es todo lo que sé.

—Te agradezco mucho tu amabilidad —dijo Kiah, y volvió a dirigirle aquella sonrisa deslumbrante, aunque esta vez atisbó cierto aire de triunfo en la curva de sus labios.

Abdul se dio cuenta de que ella había controlado toda la conversación. No solo eso, sino que le había sonsacado sutilmente la información que necesitaba. «Ha sacado lo mejor de mí —no pudo evitar pensar mientras la joven daba media vuelta y se marchaba—. Vaya, vaya…»

Se montó en el coche y cerró la puerta.

Encendió el motor y la observó alejarse pasando junto a las mesas del café bajo las palmeras y cruzando la gasolinera en dirección al taller.

Se preguntó si también subiría a aquel autobús dentro de diez días.

Metió la marcha y arrancó.

Kiah pensó que, por alguna razón, el vendedor de cigarrillos no había querido implicarse demasiado. Se había mostrado frío e indiferente, pero en el fondo sospechaba que tenía buen corazón, y al final había conseguido que respondiera a sus preguntas. Le había dicho dónde encontrar a Hakim, le había confirmado el precio y le había explicado que había que pagarlo en dos plazos. Ahora que contaba con más información, se sentía más segura.

La actitud de aquel hombre la desconcertaba. En la aldea se había comportado como el típico vendedor callejero, parlanchín, dispuesto a halagar, flirtear y mentir con tal de que la gente se desprendiera de su dinero. En cambio, esta vez no había mostrado el menor rastro de aquella campechanía. Era evidente que, de algún modo, estaba actuando.

Se encaminó hacia el taller que estaba detrás de la gasolinera. Fuera había tres coches aparcados, supuestamente para ser reparados, aunque uno de ellos parecía encontrarse en perfecto estado. Había también una pirámide de viejos neumáticos gastados. Una puerta lateral del local estaba abierta. Kiah inspeccionó el interior y vio un pequeño autobús sin cristales en las ventanillas.

¿El vehículo que llevaría a la gente a través del desierto era ese? El miedo se apoderó de Kiah. El viaje era largo y corrían el riesgo de morir. Un pinchazo podía ser fatal. «Debo de estar loca solo de pensarlo», se dijo.

En ese momento apareció un hombre joven y gordo, vestido con ropa occidental un tanto mugrienta. Kiah se fijó en que de su cuello colgaba un grisgrís hecho de cuentas y piedras, algunas seguramente grabadas con inscripciones mágicas o religiosas. Se suponía que aquellos amuletos servían para proteger a su portador de todo mal y para llevar el sufrimiento a sus enemigos.

El hombre la miró de arriba abajo con expresión codiciosa.

—¿Qué puedo hacer por tan angelical visión? —dijo con una amplia sonrisa.

Kiah supo al momento que debía tener mucho cuidado a la hora de tratar con aquel tipo. Estaba claro que, pese a su evidente falta de atractivo, se consideraba irresistible para las mujeres. Se dirigió a él en tono muy educado, tratando de ocultar el desprecio que sentía.

—Estoy buscando a un caballero llamado Hakim. ¿Es usted, señor?

—Sí, yo soy Hakim —contestó él muy ufano—. Y todo esto que ves es mío: la gasolinera, el taller y el autobús.

Kiah señaló este último.

—¿Puedo preguntarle si ese es el transporte que utiliza para el desierto?

—Es un vehículo magnífico, acabo de ponerlo a punto y está en perfecto estado. —Entonces entornó los ojos con aire suspicaz—. ¿Por qué preguntas por el desierto?

—Soy una viuda sin medios para ganarse el sustento y quiero marcharme a Europa.

—Yo cuidaré de ti, querida —repuso Hakim con excesiva efusividad. Le pasó un brazo por los hombros y a Kiah le llegó el desagradable tufo que salía de su sobaco—. Confía en mí.

Ella se apartó ligeramente retirándole el brazo.

—Mi primo Yusuf vendrá conmigo.

—Estupendo —dijo él, aunque pareció decepcionado.

—¿Cuánto cuesta?

—¿Cuánto tienes?

—No tengo nada —mintió Kiah—, pero puedo conseguir que me presten el dinero.

Hakim no la creyó.

—El precio son cuatro mil dólares americanos. Y tienes que pagarme ahora para asegurarte una plaza en el autobús.

«Este me toma por tonta», se dijo Kiah.

La sensación no era nueva. Cuando intentó vender el barco, varios hombres habían tratado de comprárselo por mucho menos de su valor. Sin embargo, no tardó en darse cuenta de que era un error desdeñar una oferta, por irrisoria que fuera. El posible comprador se ofendía al ver que una mujer le hablaba de esa manera y se marchaba enojado.

—Por desgracia, ahora mismo no tengo el dinero —prefirió contestar.

—Entonces puede que te quedes en tierra.

—Y Yusuf me ha dicho que normalmente el precio son dos mil dólares.

Hakim empezaba a enfadarse.

—Pues tal vez tendría que llevarte a Trípoli Yusuf, no yo. Parece que lo sabe todo.

—Ahora que mi marido está muerto, él es el cabeza de familia. Debo hacer lo que él me diga.

Para Hakim, eso era una verdad como un templo.

—Por supuesto que debes —concedió—. Él es el hombre.

—Me ha dicho que le pregunte cuándo saldremos.

—Dentro de diez días, al amanecer.

—Seremos tres adultos, incluyendo a la mujer de Yusuf.

—¿Niños?

—Tengo un hijo de dos años y Yusuf tiene una hija de la misma edad, pero no necesitarán asiento.

—Los niños pagan la mitad aunque no ocupen asiento.

—Entonces no podremos hacer el viaje —dijo Kiah con firmeza. Se apartó unos pasos, como si se dispusiera a marcharse—. Siento haberle hecho perder el tiempo, señor. Si pidiéramos dinero a toda nuestra familia, podríamos llegar a reunir hasta seis mil dólares, aunque los dejaríamos sin nada.

Ante la posibilidad de perder seis mil dólares, una sombra de duda cruzó por el rostro de Hakim.

—Es una lástima —dijo—. De todos modos, ¿por qué no venís igualmente el día acordado? Si el autobús no está lleno, podría haceros un precio especial.

Habían llegado a una situación de tablas, y Kiah tenía que aceptarlo.

Por supuesto, Hakim quería ocupar todos los asientos para ganar la mayor cantidad de dinero posible. Cuarenta pasajeros supondrían unos ochenta mil dólares, una auténtica fortuna. Se preguntó en qué se gastaría tanto dinero, aunque seguramente tendría que compartirlo con otros. Hakim solo debía de ser un miembro más de la organización.

Kiah tenía que aceptar sus condiciones. Era él quien tenía la sartén por el mango.

—Muy bien —dijo al fin. Y entonces recordó que debía actuar como una simple mujer y añadió—: Muchas gracias, señor.

Ya había conseguido toda la información que necesitaba. Abandonó el taller y emprendió el largo camino de vuelta a casa.

El comportamiento de Hakim no la había sorprendido en absoluto, pero, aun así, la conversación le había dejado un regusto amargo. Era evidente que el tipo se consideraba superior a todas las mujeres, aunque eso era algo bastante habitual. Sin embargo, aquella mujer blanca había tenido razón al advertirla: Hakim era un delincuente y no debía fiarse de él. Kiah había oído decir que los ladrones tenían su propio código de honor, pero no creía que fuera cierto. Un tipo como Hakim mentiría, engañaría y robaría para salirse con la suya. Y sería capaz de cometer los ultrajes más espantosos contra una mujer indefensa.

Por supuesto, en el autobús viajaría rodeada de gente, pero eso no la tranquilizaba mucho. Los demás pasajeros también estarían desesperados y asustados. Cuando una mujer sufría maltratos o abusos, a veces la gente miraba hacia otro lado y se inventaba cualquier excusa para no involucrarse.

Su única esperanza era Yusuf. Él era su familia y su sentido del honor lo obligaría a protegerla. Con Azra serían tres adultos en el grupo, así que juntos tendrían más fuerza. Los matones como Hakim solían ser unos cobardes, tal vez se lo pensara dos veces antes de enzarzarse en una pelea contra tres.

Kiah tenía la sensación de que, con la ayuda de Yusuf y Azra, podría afrontar aquel viaje.

La tarde ya empezaba a refrescar cuando llegó a la aldea de Yusuf. Tenía los pies doloridos, pero el corazón henchido de esperanza. Abrazó a Naji, quien, tras darle un beso, se alejó correteando para seguir jugando con Danna. Se sintió un pelín decepcionada: no parecía haberla echado mucho de menos, aunque eso también era señal de que había pasado un buen día y de que se había sentido seguro.

—Yusuf ha ido a echar un vistazo a un carnero —dijo Azra—, pero volverá enseguida.

Una vez más, se mostraba un tanto arisca con ella. No abiertamente hostil, aunque en cierto modo menos afable que antes.

Kiah se preguntó por qué habría ido Yusuf a ver un carnero cuando ya no tenía un rebaño de ovejas que preñar. No obstante, supuso que, aunque se hubiera visto forzado a dejar sus labores de pastoreo, seguía interesándose por el oficio. Estaba ansiosa por contar todo lo que había averiguado, pero se obligó a ser paciente. Las dos mujeres contemplaron cómo jugaban sus hijos hasta que Yusuf apareció unos minutos más tarde.

En cuanto su primo se sentó en la alfombra, Kiah anunció:

—Hakim sale de Tres Palmeras dentro de diez días. Si queremos irnos con él, tenemos que estar allí al amanecer.

Estaba tan emocionada como asustada. En cambio, Yusuf y Azra parecían más calmados. Les habló del precio, del autobús, de la discusión que habían mantenido sobre si los niños tenían que pagar.

—Hakim no es un hombre de fiar —añadió—. Tendremos

que ir con mucho cuidado a la hora de tratar con él, pero creo que entre los tres podremos manejarlo.

El rostro generalmente risueño de Yusuf ahora se mostraba pensativo. Azra no la miró a los ojos en ningún momento. Kiah se preguntó si habría pasado algo.

—¿Qué ocurre? —inquirió al fin.

Yusuf adoptó la expresión de un hombre que se dispusiera a explicar a sus mujeres los secretos del universo.

—He estado dándole muchas vueltas a este asunto —dijo en tono pausado.

Kiah tuvo un mal presentimiento.

—Algo me dice —prosiguió— que las cosas en el lago podrían mejorar.

Se habían echado atrás, comprendió Kiah consternada.

—Por el dinero que cuesta ir a Europa, podría comprar un buen rebaño de ovejas.

«Para ver cómo todas se mueren», pensó Kiah, como había ocurrido con las anteriores. Sin embargo, guardó silencio.

Él le leyó el pensamiento.

—Ambas opciones tienen sus riesgos, lo sé. Pero yo entiendo de ovejas. En cambio, no sé nada sobre Europa.

Kiah se sintió terriblemente decepcionada y quiso echarle en cara su cobardía, pero se contuvo.

—Aún no lo tienes claro —le dijo.

—Lo tengo muy claro. He decidido que de momento no nos marcharemos.

Era Azra quien lo había decidido, pensó Kiah. Nunca se había mostrado favorable a la idea de emigrar y había convencido a Yusuf para que desistiera.

Y ahora la habían dejado tirada.

—No puedo irme sin vosotros —repuso Kiah.

—Entonces nos quedaremos todos aquí —replicó Yusuf—, y de algún modo saldremos adelante.

Su ingenuo optimismo no bastaría para salvarlos. Kiah estuvo a punto de decírselo, pero una vez más se contuvo. No era buena idea contradecir a un hombre que emitía un juicio de una forma tan solemne y categórica.

Permaneció en silencio durante un buen rato.

—Muy bien, pues —dijo al cabo, por el bien de la relación con su primo—. Que así sea.

Se levantó.

—Vamos, Naji. Es hora de marcharnos. —De pronto, la idea de recorrer el kilómetro y medio que la separaba de su aldea se le hizo una montaña—. Gracias por cuidar de él —le dijo a Azra.

Se marchó. Mientras recorría penosamente la orilla, cambiándose a Naji de una cadera a otra, contemplaba el futuro que la esperaba cuando se acabara el dinero del barco. Por muy frugal que fuera, no conseguiría que durara más de dos o tres años. Y su única oportunidad para cambiarlo acababa de esfumarse.

De pronto sintió que el mundo se le venía encima. Bajó a Naji al suelo y luego se dejó caer sobre la arena. Allí sentada, dejó que su vista recorriera los bajíos del lago hasta los islotes de tierra fangosa. Mirara donde mirase, no veía ninguna esperanza.

Hundió la cara entre sus manos.

—¿Qué voy a hacer ahora?

3

El vicepresidente Milton Lapierre entró en el Despacho Oval con un blazer de cachemira azul marino que parecía británico. El tejido de la chaqueta cruzada hacía lo posible por contener la protuberante hinchazón de su tripa. Alto y de movimientos pausados, su porte ofrecía un marcado contraste con la complexión menuda de la presidenta Green, que había sido campeona de gimnasia rítmica en la Universidad de Chicago y todavía se mantenía delgada y en buena forma.

Eran tan diferentes como lo habían sido el presidente Kennedy, el elegante intelectual de Boston, y el vicepresidente Lyndon B. Johnson, el diamante en bruto de Texas. Pauline era una republicana moderada, conservadora pero flexible; Milt era el típico blanco de Georgia poco dado a transigir. A Pauline no le caía nada bien, pero le resultaba muy útil: la mantenía al corriente de lo que pensaba el ala más derechista, la ponía sobre aviso cuando ella se disponía a hacer algo que podría levantar ampollas en las filas del partido y la defendía ante los medios.

—James Moore ha tenido una idea nueva —anunció Milton nada más entrar.

Las elecciones eran al año siguiente, y el senador Moore amenazaba con arrebatarle la nominación republicana. Solo faltaban cinco meses para las cruciales primarias de New Hampshire. Aspirar a la nominación contra el presidente electo de tu propio partido era algo poco habitual, pero no inédito: en 1976, Ronald Reagan lo había intentado contra Gerald Ford, sin éxito; lo mismo había ocurrido en 1991 con Pat Buchanan y George H. W. Bush; pero, en 1968, Eugene McCarthy había logrado que Lyndon B. Johnson tuviera que abandonar la carrera presidencial.

Moore tenía sus opciones. Pauline había ganado las últimas elecciones con un ataque frontal a la incompetencia y el racismo. «Conservadurismo con sentido común» había sido su eslogan: sin extremismos, sin abusos, sin prejuicios. Había apostado por una política exterior de bajo riesgo, un control policial de baja intensidad y una política interior de baja carga fiscal. Sin embargo, millones de votantes seguían añorando a un líder bravucón cargado de testosterona, y Moore estaba ganando cada vez más adeptos.

Pauline estaba sentada tras el famoso escritorio Resolute, un regalo de la reina Victoria, pero tenía ante ella un potente ordenador con tecnología del siglo XXI. Levantó la vista hacia Milt.

—¿Qué se le ha ocurrido ahora?

—Quiere prohibir las canciones con letras obscenas de las listas del Billboard.

Se oyó una carcajada al otro lado de la sala. La jefa de Gabinete, Jacqueline Brody, se reía divertida. Era una atractiva mujer de cuarenta y cinco años y actitud enérgica, vieja amiga y aliada de Pauline.

—Si no fuera por Moore —comentó—, habría días en que ni siquiera sonreiría desde que me levanto hasta que me acuesto.

Milt se sentó en la butaca que había frente al escritorio.

—Puede que a Jacqueline le divierta la idea —dijo Milt en tono malhumorado—, pero estoy seguro de que mucha gente la va a apoyar.

—Lo sé, lo sé —concedió Pauline—. Nada es demasiado ridículo dentro de la política actual.

—¿Y qué piensas declarar al respecto?

—Nada, si puedo evitarlo.

—¿Y si te preguntan directamente?

—Diré que los niños no deberían escuchar canciones con letras obscenas y que, si fuera la presidenta de un país totalitario como China, yo también las prohibiría.

—Así estarás comparando a los cristianos estadounidenses con los comunistas chinos.

—Tienes razón —dijo Pauline con un suspiro—, es demasiado sarcástico. ¿Qué me sugieres?

—Hacer un llamamiento a los artistas, compañías musicales y emisoras de radio para que apuesten por el buen gusto y tengan en cuenta a sus oyentes más jóvenes. Después, si lo crees conveniente, puedes añadir: «Pero en este país no ejercemos la censura».

—Eso no servirá de nada.

—No, pero no te compromete y así quedas bien.

Miró a Milt con gesto escrutador. No era un hombre que se escandalizara fácilmente, se dijo. ¿Podría hacerle la pregunta que tenía en la punta de la lengua? Decidió que sí.

—¿Cuántos años teníais tú y tus amigos cuando empezasteis a decir la palabra «joder»?

Milt se encogió de hombros, nada escandalizado.

—Doce, tal vez trece.

Pauline se giró hacia Jacqueline.

—¿Y tú?

—Más o menos.

—Entonces ¿de qué estamos protegiendo a nuestros chicos?

—No estoy diciendo que Moore tenga razón —aclaró Milt—. Pero sí creo que es una amenaza para ti. En casi todos sus discursos te tacha de liberal.

—Los conservadores inteligentes saben que uno no puede detener los cambios, aunque sí puede ralentizarlos. De ese modo, la gente tiene más tiempo para acostumbrarse a las ideas nuevas y se corre menos riesgo de sufrir reacciones airadas. Los demócratas cometen el error de exigir cambios radicales aquí y ahora, y eso se les vuelve en contra.

—Intenta poner eso en una camiseta.

Era una de las muletillas de Milt. Creía que la inmensa mayoría de los votantes solo entendían los mensajes que se podían estampar en una camiseta. El hecho de que tuviera tan a menudo la razón lo hacía aún más odioso.

—Quiero ganar, Milt —dijo Pauline.

—Yo también.

—Llevo dos años y medio en este despacho y tengo la sensación de que apenas he conseguido nada. Quiero otro mandato.

—Así se habla, señora presidenta —intervino Jacqueline.

La puerta se abrió y Lizzie Freeburg asomó la cabeza, coronada por una mata de rizos oscuros. A sus treinta años, era la secretaria jefe del gabinete.

—El consejero de Seguridad Nacional está aquí —anunció.

—Bien —dijo Pauline.

En cuanto Gus Blake entró en el despacho, el espacio pareció empequeñecer. Gus y Milt se saludaron con un movimiento de cabeza: no se llevaban demasiado bien.

Ahora los tres asesores más cercanos a la presidenta estaban en la misma sala. Todos ellos —la jefa de Gabinete, el consejero de Seguridad Nacional y el vicepresidente— tenían su despacho a escasos metros en la misma planta del Ala Oeste y, debido a la mera proximidad física, eran las personas que más veían a la presidenta.

—Milt me estaba hablando sobre la propuesta de James Moore de censurar canciones pop —comentó Pauline a Gus.

El consejero desplegó su encantadora sonrisa.

—Eres la líder del mundo libre, ¿y te preocupas por unas simples canciones pop?

—Acabo de preguntarle a Milt cuántos años tenía cuando empezó a decir «joder». Ha dicho que unos doce. ¿Y tú, Gus?

—Nací en el South Central de Los Ángeles. Probablemente fue la primera palabra que pronuncié.

Pauline se echó a reír.

—Recuérdame que no utilice ninguna cita tuya.

—Querías hablar de Al Bustan, ¿no? —apuntó el consejero.

—Sí. Pongámonos cómodos.

Se levantó del escritorio. En el centro de la sala había dos sofás encarados, con una mesita de centro en medio. Pauline se sentó en uno, con Gus a su lado. Milt y Jacqueline ocuparon el de enfrente.

—Son las mejores noticias que hemos tenido de esa región en mucho tiempo —dijo Gus—. El proyecto Cleopatra está dando sus frutos.

—¿Cleopatra? —preguntó Milt.

Gus mostró un leve gesto de exasperación. Al parecer, el vicepresidente no se leía muy a conciencia sus informes.

Pauline sí.

—La CIA cuenta con un agente encubierto que proporcionó una información valiosísima sobre una base del EIGS en Níger. Ayer, un ataque conjunto de tropas estadounidenses, francesas y locales destruyó el campamento. La operación aparece explicada en los informes de esta mañana, pero puede que no te haya dado tiempo a leerlos todos.

—Por el amor de Dios —exclamó Milt—, ¿por qué tenemos que meter a los franceses en esto?

Gus le dirigió una mirada como diciendo «No te enteras de nada», pero consiguió responder con la suficiente educación.

—Muchos de esos países fueron colonias francesas —le aclaró.

—Ah, vale.

Como mujer, Pauline tenía que soportar a menudo insinuaciones de que era demasiado suave, demasiado blanda, demasiado empática para ejercer como comandante en jefe de las fuerzas armadas estadounidenses.

—Voy a anunciar esto personalmente —señaló—. A James Moore se le llena la boca cuando habla de terrorismo. Es hora de demostrarle a la gente que la presidenta Green sí que acaba de forma efectiva con esos cabrones.

—Muy buena idea.

Pauline se dirigió a la jefa de Gabinete.

—Jacqueline, ¿puedes pedirle a Sandip que organice una rueda de prensa?

Sandip Chakraborty era el director de Comunicaciones.

—Claro. —Jacqueline echó un vistazo a su reloj. Era ya media tarde—. Seguramente Sandip propondrá convocarla mañana por la mañana, para contar con la máxima cobertura televisiva.

—Estupendo.

—Acaba de llegarnos información nueva —comentó Gus—, y hay un par de detalles que no aparecen en el informe. El primero es que el ataque lo dirigió la coronel Susan Marcus.

—¿La operación estuvo comandada por una mujer? —preguntó Pauline.

Gus sonrió.

—No debería sorprenderte tanto.

—Al contrario, me parece fantástico. Ahora podré decir: «Cuando se necesita la fuerza bruta, pon a una mujer a hacer el trabajo».

—Habla de la coronel Marcus, pero también de ti.

—Me encanta.

—En el informe también pone que las armas de los terroristas eran de procedencia china y norcoreana.

—¿Por qué Pekín suministra armas a esa gente? —intervino Milt—. Pensaba que los chinos odiaban a los musulmanes. ¿No los encierran en campos de reeducación?

—No es una cuestión ideológica —contestó Pauline—. China y Corea del Norte ganan mucho dinero fabricando y vendiendo armamento.

—Pero no deberían vendérselo a los terroristas islámicos.

—Según ellos, no lo hacen. Además, existe un próspero mercado negro de venta de armas. —Pauline se encogió de hombros—. ¿Qué se puede hacer contra eso?

Gus la sorprendió apoyando a Milt.

—El vicepresidente tiene parte de razón, señora presidenta. Hay otro dato que no aparece en el informe de esta mañana, y es que, además de las armas de fuego, los terroristas contaban con tres piezas de artillería norcoreana Koksan M-1978 con proyectiles de 170 milímetros autopropulsados, montadas sobre chasis de carros de combate chinos Tipo 59.

—Dios… Eso no se consigue en un mercadillo de Tombuctú.

—Pues no.

Pauline se quedó pensativa.

—No podemos pasar esto por alto. Los fusiles ya son algo terrible de por sí, pero hay muchísimos por todo el mundo y es imposible controlar el mercado negro. En cambio, la artillería es algo completamente distinto.

—Estoy de acuerdo —convino Gus—, pero no sé muy bien qué podemos hacer al respecto. Los fabricantes estadounidenses tienen que contar con la aprobación del gobierno para vender armas en el extranjero; todas las semanas recibo montones de solicitudes en mi mesa. Otros países deberían hacer lo mismo, pero al parecer no son tan estrictos.

—Pues tendremos que hacer algo para que lo sean.

—Muy bien —dijo Gus—. ¿Qué tienes en mente?

—Podemos proponer que las Naciones Unidas adopten una resolución.

—¡Las Naciones Unidas! —saltó Milt despectivamente—. Eso no servirá de nada.

—Pondría el foco de atención sobre China. El debate en sí podría obligarlos a cambiar de actitud.

Milt alzó las manos en señal de rendición.

—Muy bien. Utilizaremos a las Naciones Unidas para atraer la atención sobre lo que están haciendo los chinos. Tendré que plantearlo así.

—No tiene sentido proponer una resolución del Consejo de Seguridad, ya que China la vetaría —comentó Gus—. Así que supongo que estamos hablando de una resolución de la Asamblea General.

—Sí —confirmó Pauline—, pero no nos limitaremos a proponerla. Debemos conseguir que la respalde todo el mundo. Nuestros embajadores deben presionar a sus gobiernos anfitriones para que apoyen la resolución, aunque con discreción, a fin de no alertar a los chinos de que vamos muy en serio.

—No creo que eso sirva para que China cambie de actitud.

—Pues entonces tendremos que recurrir a las sanciones. Pero lo primero es lo primero. Necesitamos que Chess esté al corriente. —Chester Jackson era el secretario de Estado. Su despacho estaba en el edificio del Departamento de Estado, situado a un kilómetro y medio de la Casa Blanca—. Jacqueline, organiza una reunión con él para acabar de perfilar este asunto.

Lizzie volvió a asomar la cabeza.

—Señora presidenta, el primer caballero acaba de llegar a la Residencia.

—Gracias.

Pauline aún no se había acostumbrado a que se refirieran a su marido como «primer caballero»: le sonaba un tanto cómico. Se puso en pie y los demás hicieron lo mismo.

—Gracias a todos.

Salió del Despacho Oval por la puerta que daba a la Columnata Oeste. Seguida por los dos hombres del Servicio Secreto y por el capitán que portaba el balón nuclear, recorrió dos laterales de la Rosaleda y entró en la Residencia.

Era un edificio hermoso, fabulosamente decorado y con un costoso mantenimiento, pero nunca podría considerarlo un hogar. Pensó con cierto pesar en la casa adosada en Capitol Hill en la que vivían antes, un estrecho edificio victoriano de ladrillo rojo con estancias pequeñas y acogedoras llenas de libros y fotografías. Había sofás algo gastados con cojines de colores vivos, una cama enorme y confortable, y una cocina anticuada en la que Pauline sabía exactamente dónde estaba cada cosa. Había bicicletas en el recibidor, raquetas de tenis en el lavadero y un bote de kétchup en el aparador del comedor. A veces deseaba no haberse marchado nunca de allí.

Subió corriendo las escaleras sin pararse a recuperar el aliento. A sus cincuenta años todavía estaba ágil. Atravesó el primer piso, más solemne y oficial, y subió a la segunda planta, donde estaban los aposentos de la familia.

Desde el rellano, Pauline miró hacia el Salón Este, la estancia favorita de todos en la Residencia. Vio a su marido sentado junto al gran ventanal con forma de arco que daba al Ala Este, desde el que podía verse hasta la calle Quince Noroeste y el Old Ebbitt Grill. Recorrió el corto pasillo hasta el pequeño salón, se sentó junto a él en el sofá de terciopelo amarillo y le besó en la mejilla.

Gerry Green tenía diez años más que Pauline. Era un hombre alto, de pelo canoso y ojos azules, y en ese momento llevaba un traje convencional de color gris oscuro, con camisa y una corbata de estampado discreto. Compraba toda su ropa en Brooks Brothers, aunque podría haberse permitido viajar a Londres y pedir que le confeccionaran los trajes en Savile Row.

Pauline lo había conocido cuando estudiaba en la facultad de Derecho de Yale, adonde él había acudido para dar una conferencia sobre la práctica de la abogacía en el mundo empresarial. A sus poco más de treinta años ya era un triunfador, y todas las estudiantes del aula pensaron que era un hombre muy sexy. Tuvieron que pasar otros quince años para que volvieran a verse. Para entonces, ella ya era congresista y él uno de los socios principales de su bufete.

Empezaron a salir, se acostaron y se fueron de vacaciones a París. Su noviazgo fue romántico y excitante, pero, incluso entonces, Pauline ya sabía que su relación era más de amistad que de auténtica pasión. Gerry era un buen amante, pero ella nunca había querido arrancarle la ropa con los dientes. Era atractivo, inteligente e ingenioso, y Pauline se había casado con él por todas esas razones, pero también porque no quería estar sola.

Cuando Pauline fue elegida presidenta, Gerry abandonó la abogacía para convertirse en presidente de una institución benéfica, la Fundación Estadounidense para la Educación de las Mujeres y las Niñas, un trabajo a tiempo parcial no remunerado que le permitía desempeñar su papel como primer caballero de la nación.

Tenían una hija, Pippa, de catorce años. Siempre le había gustado mucho estudiar y era una alumna de sobresalientes, por lo que se quedaron muy sorprendidos cuando la directora llamó para pedirles si podían ir a la escuela para hablar del comportamiento de Pippa.

Pauline y Gerry habían especulado mucho sobre cuál podría ser el problema con su hija. Recordando su propia adolescencia, Pauline supuso que tal vez la habrían pillado besándose con un chico de décimo curso detrás del gimnasio. En cualquier caso, no podía ser nada serio, pensó.

A ella le fue del todo imposible acudir a la reunión: la noticia habría llegado a la prensa. Por muy normales que fueran los problemas de Pippa, saldrían en la portada de todos los periódicos y abrirían todos los informativos, y la pobre muchacha se convertiría en el centro de la atención mediática del país. Lo que Pauline más deseaba en este mundo era que su hija disfrutara de un futuro maravilloso, y era consciente de que la Casa Blanca no era el entorno más apropiado para criar a una hija de catorce años. Estaba decidida a evitar a toda costa que la presión excesiva de los medios le afectara. De modo que esa tarde, con la mayor discreción posible, Gerry había ido solo a la escuela, y ahora Pauline estaba ansiosa por averiguar qué había ocurrido.

—Nunca he coincidido con la señora Judd —dijo—. ¿Cómo es?

—Inteligente y bondadosa —respondió Gerry—. La combinación idónea para una directora de escuela.

—¿Edad?

—Cuarenta y tantos.

—¿Y qué te ha dicho sobre nuestra hija?

—Pippa le cae bien. Opina que es una alumna brillante y un valioso miembro de la comunidad estudiantil. Me ha hecho sentir muy orgulloso.

Pauline tenía ganas de decirle: «Ve al grano», pero sabía que Gerry presentaría su informe de forma lógica y concienzuda, empezando por el principio. Tres décadas ejerciendo la abogacía le habían enseñado a valorar la claridad por encima de todo. Pauline dominó su impaciencia.

—Pippa siempre ha estado muy interesada por la historia —prosiguió—; estudiaba los temas a fondo y participaba en los debates. Sin embargo, de un tiempo a esta parte sus intervenciones han resultado bastante conflictivas.

—Oh, Dios —gimió Pauline.

Aquello empezaba a sonarle inquietantemente familiar.

—Tanto que el profesor ha tenido que expulsarla del aula en tres ocasiones.

Pauline asintió.

—Y a la tercera expulsión llaman a los padres.

—Correcto.

—¿Qué período histórico están estudiando ahora?

—Están dando varios temas, pero Pippa se ha mostrado problemática sobre todo cuando hablaban de los nazis.

—¿Y qué ha dicho?

—No es que cuestione la interpretación histórica que ha dado el profesor. Sus quejas se centran en que la clase no está estudiando los temas apropiados. Según ella, el programa de la asignatura adolece de un sesgo racista.

—Ya sé adónde va a parar todo esto. Pero continúa.

—Creo que, a partir de este punto, debería ser Pippa quien dé su versión.

—Buena idea.

Pauline se disponía a levantarse para ir a buscar a su hija, pero Gerry la detuvo.

—Quédate aquí. Tómate un respiro. Eres la persona que trabaja más duro en este país. Ya voy yo a buscar a Pippa.

—Gracias.

Gerry se marchó.

Era un hombre muy considerado, pensó Pauline agradecida, y así era como le demostraba su amor.

Las quejas de Pippa le resultaban familiares porque ella también se había rebelado contra sus profesores. Por aquel entonces, su principal motivo de protesta era que las lecciones trataban exclusivamente sobre hombres: presidentes, generales, escritores, músicos, todos varones. Su profesor había argumentado, de un modo absurdo a más no poder, que eso era porque las mujeres nunca habían tenido un papel importante en la historia. Y ahí fue donde la joven Pauline se puso hecha un basilisco.

No obstante, la Pauline madura no iba a permitir que el amor y la empatía le enturbiaran la visión. Pippa tenía que aprender a evitar que una discusión se convirtiera en una pelea. Y ella tendría que manejar aquel asunto con mucho tacto. Al igual que la mayoría de los problemas políticos, aquel no podía resolverse mediante la fuerza bruta, sino con sutileza.

Gerry regresó acompañado de Pippa. Era una muchacha delgada y bajita para su edad, como lo había sido su madre. No era guapa desde un punto de vista convencional, porque tenía la boca grande y la mandíbula ancha, pero su brillante personalidad iluminaba aquel rostro sencillo, y Pauline se sentía henchida de amor cada vez que veía a Pippa entrar en la habitación. Su atuendo escolar, un jersey holgado y unos simples tejanos, le daban un aire infantil. Aun así, Pauline sabía que, bajo aquella ropa, su hija se estaba convirtiendo rápidamente en una mujer.

—Ven y siéntate aquí conmigo, cielo —le dijo, y cuando su hija tomó asiento, Pauline le pasó un brazo por encima de los hombros menudos y la abrazó—. Ya sabes que te queremos mucho, y por eso tenemos que entender qué está pasando en la escuela.

Pippa se puso en guardia.

—¿Qué os ha dicho la señora Judd?

—Olvídate ahora de la señora Judd. Solo cuéntanos qué te preocupa. —Pippa se quedó callada un momento y Pauline tuvo que echarle una mano—. Es sobre las clases de historia, ¿no?

—Sí.

—Cuéntanos qué pasa.

—Estamos estudiando a los nazis, hablando sobre la gran cantidad de judíos que asesinaron. Hemos visto fotografías de los campos de concentración y de las cámaras de gas. Hemos aprendido los nombres: Treblinka, Majdanek, Janowska. Pero ¿qué pasa con toda la gente que aniquilamos nosotros? Cuando Cristóbal Colón llegó a este continente, había diez millones de indígenas americanos, pero cuando acabaron las guerras indias solo quedaban unos doscientos cincuenta mil. ¿No es eso un holocausto? Yo solo pregunté cuándo íbamos a estudiar las masacres de Tallushatchee, Sand Creek o Wounded Knee.

Pippa se mostraba indignada, a la defensiva. Era la reacción que Pauline había esperado. Sabía que su hija no iba a derrumbarse ni a pedir perdón… Al menos, no todavía.

—Me parece una pregunta muy razonable. ¿Y qué respondió el profesor?

—El señor Newbegin dijo que no sabía cuándo íbamos a estudiar esos temas. Entonces le pregunté: «¿No es más importante conocer las atrocidades cometidas por nuestro propio país antes que las perpetradas por otras naciones?». Creo que incluso la Biblia dice algo al respecto.

—Así es —apuntó Gerry, que había recibido una educación religiosa—. Aparece en el Sermón de la Montaña. Jesús enseña que, antes de sacar la paja del ojo de tu hermano, tienes que asegurarte de sacar la viga que hay en tu propio ojo y que te enturbia la visión. Y luego exclama: «¡Hipócrita!», así que sabemos que iba muy en serio.

—¿Y qué razones te dio el señor Newbegin? —preguntó Pauline.

—Me dijo que el programa de la asignatura no lo decidían los alumnos.

—Eso no está bien. El profesor se acobardó un poco.

—Exacto.

—¿Y por qué acabó expulsándote de clase?

—Porque no dejé de insistir y al final se hartó. Dijo que si no podía permanecer sentada en silencio atendiendo a la lección, debería abandonar la clase, así que me fui.

Pippa se encogió de hombros, como quitándole importancia.

—Pero la señora Judd me ha dicho que ha ocurrido en tres

ocasiones —repuso Gerry—. ¿Sobre qué fueron la segunda y la tercera discusión?

—Sobre el mismo tema. —Pippa puso cara de indignación—. ¡Tengo derecho a una respuesta!

—Ya —terció Pauline—, pero aunque tengas derecho a recibir una respuesta, lo único que has conseguido con tu actitud es que la clase continúe como antes, solo que sin ti.

—Estoy con la mierda al cuello.

Pauline fingió no haber oído la expresión malsonante.

—En retrospectiva, ¿cómo crees que manejaste la situación?

—Me castigaron por defender la verdad.

No era la respuesta que Pauline esperaba. Volvió a probar.

—¿No se te ocurren otras estrategias alternativas que valdría la pena intentar?

—¿Tragar y cerrar el pico?

—¿Puedo hacerte una sugerencia?

—Vale.

—¿Por qué no piensas una manera para que la clase pueda aprender acerca del genocidio de los indígenas americanos y también sobre el holocausto nazi?

—Pero el profesor no…

—Espera. Supón que el señor Newbegin acepta dedicar la última lección del semestre a los indígenas americanos, y que te permite hacer una presentación del tema seguida de un debate en clase.

—Él nunca haría eso.

—Igual sí. —«Lo haría si yo se lo pidiera», pensó Pauline, pero no lo dijo—. Y si no acepta, ¿no hay una Sociedad de Debate en la escuela?

—Sí. Estoy en el comité.

—Presenta una moción sobre las guerras indias. ¿Fueron los pioneros culpables de genocidio? Haz que toda la escuela se implique en la discusión, incluido el señor Newbegin. Tienes que conseguir que sea tu amigo, no tu enemigo.

Pippa empezó a mostrarse interesada.

—Muy bien, no es mala idea… un debate.

—Decidas lo que decidas, trabaja conjuntamente con la señora Judd y con el señor Newbegin. Que no parezca que se te ha ocurrido solo a ti; no se lo sueltes de golpe. Cuanto más crean que la idea ha sido suya, más te apoyarán.

Pippa sonrió.

—¿Estás enseñándome estrategia política, mamá?

—Puede ser. Pero hay una cosa más, algo que probablemente no te va a gustar.

—¿El qué?

—Todo será más fácil si, para empezar, pides disculpas al señor Newbegin por interrumpir su clase.

—¿Tengo que hacerlo?

—Creo que sí, cariño. Has herido su orgullo.

—¡Pero si solo soy una niña!

—Razón de más. Échale un poco de pomada a la herida. Te alegrarás de hacerlo.

—¿Puedo pensármelo?

—Claro. Y ahora ve a asearte mientras llamo a la señora Judd. Cenaremos dentro de unos… —miró su reloj— quince minutos.

—Muy bien —dijo Pippa, y se fue.

—Iré a avisar al personal de cocina —indicó Gerry, y también salió.

Pauline levantó el auricular.

—Por favor, póngame con la señora Judd, la directora de la escuela Foggy Bottom —pidió al operador de la centralita.

—Por supuesto, señora presidenta. —La centralita de la Casa Blanca se enorgullecía de su capacidad para contactar con cualquier persona en cualquier lugar del mundo—. ¿Tiene previsto permanecer en el Salón Este un minuto o así?

—Sí.

—Gracias, señora presidenta.

Pauline colgó. Gerry volvió al salón.

—¿Qué te ha parecido? —preguntó a su marido.

—Opino que lo has manejado muy bien. Has conseguido que enmiende su actitud sin que se enfade contigo. Una jugada muy hábil.

«También llena de cariño», pensó Pauline con cierto resquemor.

—¿Crees que he estado un poco fría?

Gerry se encogió de hombros.

—Me pregunto qué nos indica todo esto acerca del estado emocional de Pippa en estos momentos.

Pauline frunció el ceño, sin entender muy bien qué intentaba decirle su marido; sonó el teléfono antes de poder preguntárselo.

—Señora presidenta, tengo a la señora Judd al aparato.

—Señora Judd —dijo Pauline—. Espero no molestarla a estas horas.

A muy poca gente le importaría que la molestara la presidenta de Estados Unidos, pero Pauline quería ser educada.

—Por favor, no se preocupe, señora presidenta. Me alegro mucho de hablar con usted, por supuesto.

Su voz sonaba queda y afable, aunque un tanto recelosa, lo cual no era de sorprender teniendo en cuenta que estaba hablando con la máxima dirigente del país.

—En primer lugar, quiero agradecerle la preocupación que ha mostrado por Pippa. Aprecio mucho su interés.

—No tiene que dar las gracias, señora. Es nuestro trabajo.

—Es evidente que Pippa ha de aprender que no puede controlar el contenido de las clases. Y en ningún modo la llamo para quejarme del señor Newbegin.

—Se lo agradezco mucho —respondió la directora, que empezaba a relajarse un poco.

—Sin embargo, tampoco queremos reprimir el idealismo de Pippa.

—Por supuesto que no.

—He tenido una charla con ella y le he recomendado encarecidamente que pida disculpas al señor Newbegin.

—¿Y cómo ha reaccionado?

—Se lo está pensando.

La directora se echó a reír.

—Muy propio de Pippa —respondió.

Pauline también rio, y sintió que había establecido cierta relación de complicidad.

—Le he sugerido que debería encontrar una manera de exponer su punto de vista sin necesidad de interrumpir el funcionamiento normal de la clase. Por ejemplo, podría presentar una moción en la Sociedad de Debate.

—Me parece una gran idea.

—Por supuesto depende de usted, pero confío en que esté de acuerdo en lo esencial.

—Lo estoy.

—Y espero que mañana Pippa vaya a la escuela con una actitud más conciliadora.

—Gracias, señora presidenta. Se lo agradezco mucho.

—Buenas noches —se despidió Pauline, y colgó.

—Buen trabajo —la elogió Gerry.

—Vamos a cenar.

Salieron de la estancia, recorrieron el largo Pasillo Central y cruzaron el Salón Oeste hasta el Comedor Presidencial, situado en la parte norte del edificio, con dos ventanales que daban a la avenida Pennsylvania y a la plaza Lafayette. Pauline había recuperado el antiguo papel de la pared con escenas de batalla de la Revolución americana, que habían tapado los Clinton.

Pippa apareció con cierto aire compungido.

La familia solía cenar en esa estancia, por lo general a una hora temprana. La comida siempre era sencilla. Esa noche tomarían una ensalada, seguida de pasta con tomate y piña natural de postre.

—De acuerdo —dijo Pippa hacia el final de la cena—. Pediré disculpas al señor Newbegin. Le diré que me he portado como un auténtico grano en el culo.

—Buena decisión —dijo Pauline—. Gracias por escucharnos.

—Pero mejor di «como un auténtico incordio» —le aconsejó Gerry.

—Hecho, papá.

—Tomaré el café en el Ala Oeste —indicó Pauline cuando Pippa se marchó.

—Avisaré a cocina.

—¿Qué vas a hacer esta noche?

—Tengo que trabajar una hora o así para la fundación. Y cuando Pippa acabe los deberes, supongo que veremos un poco la televisión.

—Estupendo. —Le dio un beso—. Nos vemos luego.

Pauline regresó bordeando la columnata, cruzó el Despacho Oval y por una de las puertas accedió al Estudio, una estancia más pequeña e informal en la que le gustaba refugiarse cuando tenía que trabajar. El Despacho Oval era un lugar más oficial y solemne, en el que la gente entraba y salía constantemente. Sin embargo, cuando la presidenta se encontraba en el Estudio, nadie la molestaba sin llamar antes a la puerta y esperar su respuesta. Contaba con un escritorio, dos sillones y una pantalla de televisión. Había menos espacio, pero Pauline se sentía más a gusto allí, al igual que la mayoría de sus predecesores.

Estuvo tres horas haciendo llamadas y preparando la agenda de trabajo del día siguiente. Luego regresó a la Residencia y fue directa al Dormitorio Presidencial. Gerry ya estaba en la cama en pijama, leyendo la revista *Foreign Affairs*.

—Me acuerdo de cuando tenía catorce años —comentó Pauline mientras se desvestía—. Yo era un auténtico torbellino. Supongo que era cosa de las hormonas.

—Puede que tengas razón —dijo él sin levantar la vista, aunque por su tono de voz Pauline intuyó que quería decir justo lo contrario.

—¿Tienes alguna otra teoría?

Gerry no respondió directamente a su pregunta.

—Imagino que muchos chicos de su clase están pasando por los cambios hormonales propios de la edad, pero Pippa es la única que lo manifiesta.

En realidad no sabían si otros alumnos de la clase tenían un comportamiento problemático, pero Pauline se contuvo de esgrimir un argumento tan obvio.

—Me pregunto por qué será —dijo en cambio con suavidad.

Estaba convencida de saber la respuesta: Pippa era como ella, una activista nata, dispuesta siempre a luchar por sus ideales. Pero esperó a conocer la opinión de Gerry.

—En una adolescente de catorce años —dijo él—, un comportamiento así puede ser indicativo de que algo va mal.

—¿Y qué crees que va mal en la vida de nuestra hija? —preguntó Pauline en tono paciente.

—Puede que esté reclamando atención.

—¿En serio? Te tiene a ti, me tiene a mí, tiene a la señora Judd. Y ve a menudo a sus abuelos.

—Tal vez no vea lo suficiente a su madre.

«¿Así que es culpa mía?», se dijo Pauline.

Por supuesto que no pasaba suficiente tiempo con su hija. Nadie con un trabajo tan exigente como el suyo podía estar con sus hijos tanto como le gustaría. Pero el tiempo que pasaba con Pippa era tiempo de calidad. La observación de Gerry le pareció injusta.

Ahora ya estaba desnuda, y no pudo evitar fijarse en que Gerry no la había mirado mientras se desvestía. Se puso el camisón por encima de la cabeza y se metió en la cama junto a él.

—¿Llevas pensándolo mucho tiempo?

—Es una preocupación subyacente que siempre está ahí —dijo—. No era mi intención criticarte.

«Pero lo has hecho», pensó.

Gerry dejó la revista a un lado y apagó la lámpara de la mesilla. Luego se inclinó hacia ella y la besó levemente.

—Te quiero. Buenas noches.

—Buenas noches. —Pauline apagó la lámpara de su mesilla—. Yo también te quiero.

Esa noche le costó mucho conciliar el sueño.

4

Tamara Levit estaba trabajando en la embajada de Estados Unidos en Yamena, en el complejo de oficinas que conformaban la estación de la CIA. Su mesa se encontraba en la zona comunitaria; era demasiado joven para tener un despacho propio. Estaba hablando por teléfono con Abdul, quien le contó que había establecido contacto con un traficante de personas llamado Hakim. Hacia el final de la tarde, mientras redactaba un breve informe al respecto, ella y el resto del equipo fueron convocados en la sala de conferencias. El jefe de la estación, Dexter Lewis, tenía algo que anunciar.

Dexter era un hombre bajo y musculoso, vestido con un traje arrugado. Tamara pensaba que era brillante, sobre todo en las operaciones en las que había que aplicar técnicas de estrategia y engaño. Sin embargo, por la misma razón, creía que también podría ser un tipo deshonesto y falso en su vida cotidiana.

—Hemos conseguido un gran triunfo —les dijo— y quiero daros las gracias a todos. También me gustaría leeros un mensaje que acabo de recibir. —Sostenía en la mano una hoja de papel—. «Para la coronel Susan Marcus y su escuadrón, y para Dexter Lewis y su equipo de inteligencia. Estimados colegas, me complace enormemente felicitaros a todos y cada uno de vosotros por vuestra victoria en Al Bustan. Habéis asestado un golpe importantísimo al terrorismo y habéis salvado muchas vidas. Me siento muy orgullosa de vosotros. Atentamente... —Dexter hizo una pausa para aumentar el dramatismo, y a continuación concluyó—: Pauline Green, presidenta de Estados Unidos.»

El equipo allí reunido estalló en vítores y aplausos. Tamara sintió que la invadía una oleada de orgullo. Hasta la fecha había hecho un buen trabajo para la Agencia, pero aquella era la primera vez que participaba en una operación de gran envergadura y la emocionaba que hubiera sido todo un éxito.

Sin embargo, la persona que más se merecía las felicitaciones de la presidenta Green era Abdul. Se preguntó si la mandataria conocería siquiera su nombre. Probablemente no.

Y la misión aún no había acabado. Abdul continuaba trabajando sobre el terreno, arriesgando su vida y, peor aún, espiando a los yihadistas. En ocasiones, Tamara permanecía despierta en la cama pensando en él, y en el cuerpo mutilado de su predecesor, Omar, cuya sangre había empapado la arena del desierto.

Volvieron todos a sus mesas, y Tamara empezó a rememorar su antigua relación con Pauline Green. Mucho antes de que Pauline llegara a la presidencia, cuando preparaba su candidatura como congresista por Chicago, Tamara había trabajado como voluntaria en el cuartel de campaña. No era republicana, pero admiraba personalmente a Pauline. Se habían hecho bastante amigas, pensaba Tamara, pero todo el mundo sabía que las relaciones que se forjan durante las campañas electorales no suelen durar mucho, como los romances de crucero, y su amistad se interrumpió cuando Pauline resultó elegida.

El verano después de que Tamara obtuviera su máster, la CIA la había abordado para que ingresara en sus filas. No fue como en las novelas de espías. Una mujer la telefoneó y simplemente le dijo: «Soy reclutadora de la CIA y me gustaría hablar contigo». Tamara fue contratada por la Dirección de Operaciones, lo que significaba trabajar como agente encubierta. Después de la pertinente formación introductoria en Langley, recibió el curso de adiestramiento específico en un lugar conocido como la Granja.

La mayoría de los agentes de la CIA no utilizaban un arma en toda su carrera profesional. Trabajaban en territorio estadounidense o en embajadas fuertemente custodiadas, sentados delante de una pantalla, leyendo periódicos extranjeros y examinando páginas web, revisando información y analizando su posible relevancia. Pero aquellos que trabajaban en países peligrosos u hostiles solían ir armados y de vez en cuando se veían involucrados en situaciones violentas.

Tamara no era una blandengue. Había sido capitana del equipo de hockey sobre hielo en la Universidad de Chicago, pero hasta que ingresó en la CIA no sabía nada sobre armas de fuego. Su padre era un profesor universitario que nunca había sostenido una pistola en sus manos. Su madre recaudaba dinero para un grupo llamado Mujeres contra la Violencia de las Armas. Cuando en el curso de adiestramiento le dieron una automática de 9 milímetros, Tamara tuvo que mirar a sus compañeros para averiguar cómo se extraía el cargador y cómo se deslizaba la corredera.

Sin embargo, después de adquirir un poco de práctica, le satisfizo descubrir que era una tiradora sorprendentemente buena con cualquier tipo de arma.

Decidió no contárselo a sus padres.

Pronto comprendió también que en la Agencia no esperaban que todos los aspirantes terminaran el cursillo de combate. El adiestramiento era parte del proceso de selección y un tercio de los miembros del grupo original acabaron abandonando. Un hombretón de lo más fornido se dio cuenta de que le aterraba la violencia física. En un simulacro de amenaza de bomba, el tipo de aspecto más duro disparó con bolas de pintura contra todos los civiles. Unos cuantos simplemente se excusaron y se fueron a casa.

Pero Tamara pasó todas las pruebas.

El Chad era su primer destino en el extranjero. No se trataba de una estación de mucha tensión como Moscú o Pekín, ni tampoco de un lugar tranquilo y apacible como Londres o París. Sin embargo, pese a no ser un destino de primer orden, era importante por la presencia del EIGS, así que, cuando la enviaron allí, Tamara se sintió complacida y halagada. Y ahora debía dar lo mejor de sí para corresponder a la confianza que la Agencia había depositado en ella.

El mero hecho de formar parte del grupo de apoyo de Abdul ya era todo un logro. Y si este conseguía localizar el enclave de Hufra y encontrar a Al Farabi, todo el equipo se cubriría de gloria.

Ahora la jornada de trabajo había llegado a su fin. Al mirar por la ventana, Tamara vio que las sombras proyectadas por las palmeras empezaban a alargarse. Salió de la oficina. El calor del día comenzaba a remitir.

La embajada de Estados Unidos en Yamena era un complejo de unas cinco hectáreas emplazado en la orilla norte del río Chari. Ocupaba una manzana entera en la avenida Mobutu, a medio camino entre la Misión Católica y el Instituto Francés. Los edificios de la embajada eran nuevos y modernos, con las zonas de aparcamiento a la sombra de las palmeras. Su aspecto recordaba a la sede de una próspera empresa tecnológica de Silicon Valley, una imagen agradable que ocultaba la dura mano del poder militar estadounidense tras su pulcra fachada. Pero las medidas de seguridad eran férreas. Nadie pasaba ante los guardias de la verja sin una cita estrictamente verificada, y los visitantes que llegaban demasiado pronto eran obligados a esperar en la calle hasta la hora acordada.

Tamara vivía en el interior del complejo. La ciudad no se consideraba segura para los estadounidenses, y ella se alojaba en un estudio situado en un edificio no muy alto, destinado a los miembros solteros del personal.

Mientras cruzaba el recinto en dirección al bloque de apartamentos, se encontró con Shirley Collinsworth, la joven esposa del embajador. Ambas tenían la misma edad, casi treinta años, aunque Shirley vestía un traje de falda rosa que podría haber llevado perfectamente la madre de Tamara. Su papel de consorte la obligaba a lucir una imagen más convencional, pero en el fondo poseía un espíritu juvenil como el de Tamara, y se habían hecho amigas.

Shirley tenía una expresión radiante.

—¿Por qué estás tan contenta? —le preguntó Tamara.

—Nick ha logrado un pequeño triunfo. —Nicholas Collinsworth, el embajador, era unos diez años mayor que ella—. Acaba de reunirse con el General.

El presidente del Chad era conocido como «el General» y había llegado al poder después de un golpe militar. El país vivía en un estado de falsa democracia: se celebraban elecciones, pero siempre las ganaba el presidente que estaba en el cargo. Cualquier político opositor que empezara a cobrar popularidad acababa en la cárcel o sufría un accidente fatal. Las elecciones eran de cara a la galería: los cambios solo se producían por medio de la violencia.

—¿Fue el General quien convocó a Nick? —preguntó Tamara.

Aquel era un detalle importante, y el tipo de información que un agente de inteligencia debía intentar averiguar.

—No, fue Nick quien pidió verse con él. La presidenta Green va a presentar una resolución ante la Asamblea General de las Naciones Unidas, y todos los embajadores tienen que ejercer presión para conseguir su respaldo. Por cierto, esto es información confidencial, aunque a ti te lo puedo contar porque trabajas para la CIA. En fin, el pobre Nick fue al Palacio Presidencial con la cabeza llena de datos y cifras sobre acuerdos armamentísticos. El General le escuchó durante un par de minutos, prometió apoyar la resolución y luego se puso a hablar de fútbol. Por eso Nick está tan contento y eufórico.

—¡Es una noticia magnífica! Otra gran victoria.

—Aunque menor, comparada con lo de Al Bustan.

—Aun así, es un gran triunfo. ¿Vais a celebrarlo?

—Tal vez con una copita de champán. Gracias a nuestros aliados franceses, estamos muy bien surtidos. ¿Y tú?

—Una pequeña cena de celebración con Tabdar Sadoul, mi homólogo de la Direction Générale de la Sécurité Extérieure.

—Conozco a Tab. Es árabe, o medio árabe.

—Francoargelino.

—Qué suerte la tuya. Es un hombre muy sexy. Todo lo mejor de la oscuridad y de la luz.

—¿Es un poema?

—De Byron.

—Bueno, solo vamos a cenar. No voy a acostarme con él.

—¿En serio? Yo lo haría.

Tamara soltó una risita.

—Quiero decir, lo haría si no estuviera casada con mi maravilloso marido, claro —rectificó Shirley.

—Claro.

Shirley sonrió.

—Bueno, que lo paséis muy bien —se despidió ya marchándose.

Tamara siguió su camino hacia el apartamento. Sabía que Shirley solo estaba bromeando. Si de verdad tuviera intención de engañar a su marido, no bromearía al respecto.

Su pequeño estudio consistía en una habitación con una cama, una mesa, un sofá y un televisor. Era solo algo más cómodo que un alojamiento de estudiante, aunque ella lo había decorado a su gusto comprando telas locales de vivos tonos de índigo y naranja. Tenía un estante con libros de literatura árabe, una fotografía enmarcada de sus padres el día de su boda y una guitarra que aún no había aprendido a tocar.

Se duchó, se secó el pelo, se maquilló ligeramente y luego se plantó ante el armario, tratando de decidir qué ponerse. Para la ocasión, no pegaba llevar el uniforme de trabajo, que consistía en un vestido largo encima de unos pantalones.

Tamara estaba muy ilusionada con la cena. Tab era un hombre atractivo y encantador que la hacía reír, y ella quería estar radiante. Escogió un vestido de algodón hasta las rodillas con rayas finas blancas y azul marino. Era de manga corta, por lo que los más conservadores lo verían con malos ojos, así que, como en cualquier caso las noches podían ser frías, decidió ponerse un bolero azul para cubrirse los brazos. Se calzó unos zapatos azul marino de tacón bajo; nunca llevaba tacones altos. Al mirarse en el espejo, pensó que su modelo era demasiado recatado, aunque tal vez era lo más apropiado para un país como el Chad.

Pidió un coche. La embajada utilizaba un servicio cuyos conductores habían pasado por un riguroso proceso de selección. Cuando llegó su vehículo, ya había anochecido. La época de las lluvias estivales había quedado atrás y no había nubes en el cielo, que se veía salpicado por infinidad de estrellas. En la entrada del edificio la esperaba un utilitario Peugeot de cuatro puertas. Un poco más adelante había una limusina de la embajada.

Mientras se dirigía hacia el coche, vio acercarse a Dexter del brazo de su mujer. Iban vestidos de gala. Tamara se acordó entonces de que había una recepción en la embajada sudafricana. La limusina debía de ser para ellos.

—Hola, Dexter —saludó—. Buenas noches, señora Lewis, ¿cómo está?

Daisy Lewis era una mujer guapa, pero se la veía algo cohibida. Dexter conseguía que un esmoquin ofreciera un aspecto desaliñado.

—Hola, Tammy —dijo.

Era la única persona en el mundo que la llamaba así.

Reprimió el impulso de corregirlo y optó por dar un rumbo totalmente distinto a la conversación.

—Gracias por leernos ese mensaje de la presidenta Green. Creo que ha sido una gran idea. Todo el equipo se ha emocionado mucho.

Se recriminó en silencio por ser tan lameculos.

—Me alegro de que te gustara. —La miró de arriba abajo—. Vas muy arreglada. No creo que estés invitada al sarao en la embajada sudafricana.

—Por desgracia, no. —No tenía estatus para asistir—. Lo mío no es más que una cena tranquila.

—¿Con quién? —preguntó Dexter sin rodeos.

Un jefe normal no tendría ningún derecho a hacer una pregunta así, pero aquello era la CIA y las normas eran distintas.

—He quedado para celebrar el éxito de Al Bustan con Tabdar Sadoul, de la DGSE.

—Lo conozco. Un tipo competente. —Dexter le dirigió una mirada acerada—. De todos modos, no olvides que tienes que informarme de cualquier «contacto cercano y continuado» con un ciudadano extranjero, aunque sea un aliado.

—Lo sé.

Dexter respondió como si ella se hubiera mostrado en desacuerdo.

—Constituiría un riesgo inaceptable para la seguridad.

Disfrutaba haciendo ostentación de su autoridad. Daisy le dirigió una mirada llena de compasión. «A ella también la trata así», pensó Tamara.

—Entendido —respondió.

—No debería tener que recordártelo.

—Solo somos colegas, Dexter. No te preocupes.

—Mi trabajo es preocuparme. —Abrió la puerta de la limusina—. Tú solo recuerda esto: un contacto cercano y continuado significa que una mamada está bien, pero dos ya no.

—¡Dexter! —lo reprendió su esposa.

Él se echó a reír.

—Sube al coche, cariño.

Cuando la limusina empezó a alejarse, un sedán gris polvoriento aparcado cerca arrancó y siguió al vehículo: el guardaespaldas de Dexter.

Tamara se montó en el Peugeot y le dio la dirección al conductor.

No había nada que hacer con respecto a Dexter. Podría hablar con Phil Doyle, el oficial que estaba al frente de la misión de Abdul, por encima de Dexter, pero quejarse de tu jefe a sus superiores no era el modo de medrar en ninguna organización.

El trazado urbanístico de Yamena había sido planificado por

los franceses en la época colonial en que la ciudad se llamaba Fort Lamy. El coche avanzó a gran velocidad por sus amplios y magníficos bulevares de estilo parisino hasta detenerse en la entrada del hotel Lamy, que formaba parte de una cadena hotelera estadounidense con establecimientos repartidos por todo el mundo. Era sin duda el mejor lugar de la ciudad para disfrutar de una cena elegante, pero Tamara habría preferido alguno de los restaurantes locales que servían comida africana muy especiada.

—¿Tengo que recogerla? —preguntó el conductor.

—Ya le llamaré —respondió Tamara.

Entró en el suntuoso vestíbulo revestido en mármol. El hotel estaba regentado por la adinerada élite local. El Chad era un país sin costa y prácticamente desértico, pero tenía petróleo. Aun así, la inmensa mayoría de la población vivía en la miseria. Era una de las naciones más corruptas del mundo, y todo el dinero del petróleo iba a parar a los bolsillos de los poderosos y sus amigos. Parte de ese dinero la invertían allí.

Oyó el bullicio procedente del contiguo International Bar. Entró: para acceder al restaurante había que pasar por él. Magnates del petróleo, comerciantes de algodón y diplomáticos occidentales se mezclaban con políticos y empresarios chadianos. Algunas de las mujeres lucían vestidos espectaculares. La mayoría de aquellos locales habían desaparecido durante la pandemia, pero el International Bar había logrado resurgir hasta alcanzar nuevas cotas de esplendor.

Cuando se dirigía hacia el restaurante, un chadiano de unos sesenta años la saludó efusivamente.

—¡Tamara! Justo la persona que quería ver. ¿Cómo está?

El hombre se llamaba Karim y estaba muy bien relacionado. Era amigo del General, a quien había ayudado a subir al poder. Tamara estaba cultivando su relación con él para conseguir información de primera mano del interior del Palacio Presidencial. Por suerte, al parecer, Karim albergaba las mismas intenciones respecto a ella.

Vestía un liviano traje formal, gris con una fina raya diplomática, probablemente comprado en París. Llevaba una corbata de seda amarilla perfectamente anudada y el pelo, ya escaso, engominado. La besó dos veces en cada mejilla, cuatro besos en total, como si fueran parientes cercanos de una familia francesa. Era un musulmán devoto y estaba felizmente casado, pero sentía cierta debilidad por aquella estadounidense tan segura de sí misma, un interés inocente pero manifiesto.

—Me alegro de verle, Karim. —Y aunque Tamara no conocía a su esposa, preguntó—: ¿Cómo está la familia?

—De fábula, gracias, todo maravilloso, con nietos ya de camino.

—Eso es estupendo. Ha dicho que quería verme. ¿Hay algo que pueda hacer por usted?

—Sí. El General quiere hacerle un regalo a la esposa del embajador por su treinta cumpleaños. ¿Sabe qué clase de perfume le gusta?

Tamara lo sabía.

—La señora Collinsworth usa Miss Dior.

—Ah, perfecto. Gracias.

—Pero, Karim, ¿puedo decirle algo en confianza?

—¡Pues claro! Somos amigos, ¿no?

—La señora Collinsworth es una intelectual con una gran afición por la poesía. Y puede que no le haga mucha gracia que le regalen un perfume.

—Oh —dijo Karim, perplejo ante la idea de que hubiera mujeres que no quisieran un perfume.

—¿Puedo hacerle una sugerencia?

—Por favor.

—¿Qué tal una traducción inglesa o francesa de uno de los poetas árabes clásicos? Eso la complacería mucho más que un perfume.

—¿En serio? —dijo él, todavía debatiéndose sobre lo acertado de la idea.

—Tal vez algo de Al Khansa. —El nombre significaba «gacela»—. Tengo entendido que fue una de las pocas mujeres poetas.

Karim parecía dubitativo.

—Al Khansa escribía elegías para los muertos. Un poco lúgubre para un regalo de cumpleaños.

—No se preocupe por eso. A la señora Collinsworth le encantará saber que el General está al tanto de su interés por la poesía.

El rostro de Karim se iluminó.

—Sí, claro, eso resulta muy halagador para una mujer. Mucho más que un perfume. Ahora lo entiendo.

—Me alegro.

—Gracias, Tamara. Es usted una mujer brillante. —Miró hacia la barra—. ¿Le apetece tomar algo? ¿Un gin-tonic?

Tamara vaciló. Estaba ansiosa por estrechar su relación de interés mutuo con Karim, pero no quería hacer esperar a Tab. Y tampoco era conveniente involucrarse demasiado.

—No, gracias —dijo con firmeza—. He quedado con un amigo en el restaurante.

—Entonces tal vez podamos quedar para tomar café uno de estos días.

A Tamara le encantó la propuesta.

—Eso estaría genial.

—¿Puedo llamarla?

—Claro. ¿Tiene mi número?

—Se lo pediré a la policía secreta.

Tamara no estaba segura de si lo había dicho en broma, pero creía que no.

—Hablamos pronto —dijo sonriendo.

—Estupendo.

Tras dejar a Karim, cruzó el bar hasta llegar al restaurante Rive Gauche.

Aquel salón era más tranquilo. Los camareros hablaban en voz baja, los manteles amortiguaban el sonido de los cubiertos y los comensales guardaban silencio mientras comían.

El maître era francés; los camareros, árabes; y los mozos que retiraban los platos, africanos. Incluso allí había discriminación por el color de la piel, pensó Tamara.

Nada más entrar vio a Tab, sentado a una mesa cerca de un ventanal con cortinas. Él sonrió y se levantó mientras ella se acercaba. Vestía un traje azul marino con una flamante camisa blanca y una corbata a rayas. Era un atuendo algo convencional, pero lo llevaba con mucho estilo.

La besó en ambas mejillas, pero solo una vez, mostrando más decoro que Karim.

—¿Tomamos una copa de champán? —propuso Tab cuando se sentaron.

—Claro.

Tamara hizo señas para llamar a un camarero y pidió. Quería dejar claro, a Tab y a cualquiera que mirara, que aquello no era una cita romántica.

—Bueno… —dijo Tab—, ¡ha sido un gran triunfo!

—Nuestro amigo de los cigarrillos es oro puro.

Tenían mucho cuidado con lo que decían: procuraban no mencionar ni a Abdul ni Al Bustan, por si acaso había algún dispositivo de escucha oculto en el pequeño jarrón con fresias que adornaba el centro de la mesa.

El camarero llegó con el champán y ambos permanecieron callados hasta que se hubo retirado.

—De todos modos, ¿lo conseguirá otra vez?

—No lo sé. Nuestro hombre camina sobre la cuerda floja a unos treinta metros del suelo y sin red. No puede permitirse el más mínimo traspié.

—¿Has hablado con él?

—Hoy mismo. Ayer contactó con el organizador del viaje. Le dijo que estaba interesado, le preguntó el precio del pasaje y estableció su tapadera.

—¿Y le creyeron?

—Al parecer no despertó sospechas. Por supuesto, podrían estar fingiendo para tenderle una trampa. No podemos saberlo y él tampoco. —Tamara alzó su copa—. Todo lo que podemos hacer es desearle suerte.

—Que Dios lo proteja —dijo Tab muy serio.

Un camarero les trajo las cartas y ambos las estudiaron en silencio durante un par de minutos. El hotel servía cocina internacional estándar con algunos toques africanos. Tamara se decantó por el tayín, un guiso de carne y verduras con frutos secos cocinado a fuego lento en una cazuela de barro con tapa cónica. Tab pidió riñones de ternera con salsa de mostaza, un plato francés muy apreciado.

—¿Te apetece vino? —preguntó él.

—No, gracias. —A Tamara le gustaba el alcohol en pequeñas cantidades. Disfrutaba tomando vino y algún licor, pero detestaba achisparse. La posibilidad de que se le nublara el juicio la exasperaba. ¿La convertía eso en una obsesa del control? Probablemente—. Pero adelante, pídelo para ti.

—No. Para ser francés, bebo muy poco.

Tamara tenía ganas de conocerlo mejor.

—Cuéntame algo sobre ti que no sepa —le dijo.

—Muy bien —repuso él sonriendo—. Es un buen tema. Esto… —Se quedó pensativo un momento—. Crecí rodeado de mujeres fuertes.

—¡Interesante! Continúa.

—Hace años mi abuela abrió un pequeño súper en Clichy-sous-Bois, un suburbio de París. Todavía lo regenta. Ahora se ha convertido en un barrio bastante conflictivo, pero ella se niega a marcharse. Y, sorprendentemente, nunca le han robado.

—Una mujer dura.

—Es pequeña y nervuda, con manos fuertes. Con el dinero que sacaba del súper envió a mi padre a la universidad. Ahora mi padre forma parte de la junta directiva de Total, la compañía petrolera francesa, y conduce un Mercedes. Bueno, su chófer.

—Un gran logro.

—Mi otra abuela se convirtió en la marquesa de Travers cuando se casó con mi abuelo, un aristócrata arruinado que poseía unas bodegas dedicadas a la elaboración de champán. Era difícil perder dinero con eso, pero él lo consiguió. Cuando su mujer, mi abuela, tomó las riendas de las bodegas, el negocio familiar volvió a prosperar. Su hija, mi madre, amplió el negocio para abarcar también artículos de viaje y joyería. Esa es la compañía que ahora dirige mi madre con puño de hierro.

—¿La compañía Travers?

—Sí.

Tamara conocía la marca, aunque no podía permitirse comprar ninguno de sus productos.

Quería saber más de él, pero en ese momento llegaron los platos y, mientras comían, apenas hablaron.

—¿Cómo están los riñones? —preguntó ella.

—Muy buenos.

—Nunca los he comido.

—¿Quieres probarlos?

—Sí, por favor.

Ella le pasó su tenedor. Él pinchó un trozo y se lo devolvió. Tenía un sabor muy fuerte.

—¡Guau! Lleva un montón de mostaza.

—Así es como me gustan. ¿Qué tal el tayín?

—También está bueno. ¿Quieres un poco?

—Por favor. —Tab le pasó su tenedor, ella pinchó unos trocitos del guiso y se lo devolvió—. No está mal.

Probar la comida del otro era un acto muy íntimo, pensó Tamara, el tipo de cosas que suelen hacerse en una cita. Pero aquello no era más que un encuentro entre colegas. Al menos, así era como lo veía ella. ¿Cómo lo vería Tab?

De postre, Tamara tomó higos. Tab pidió queso.

El café venía en unas tazas diminutas y Tamara tomó un pequeño sorbo. Allí lo preparaban muy cargado. Echaba de menos una buena taza de café americano, más flojo.

Volvió a sacar el tema de la familia de Tab, que le parecía francamente interesante. Sabía que sus orígenes eran argelinos.

—¿Tu abuela era de Argelia?

—No. Nació en Thierville-sur-Meuse, donde hay una importante base militar. Verás, mi bisabuelo luchó en la Segunda Guerra Mundial, en la famosa Tercera División de Infantería

Argelina. De hecho, hasta le concedieron una medalla, la Croix de Guerre. Estaba todavía en el ejército cuando mi abuela nació. Pero ahora me toca a mí saber algo más de ti.

—No puedo competir con unos antepasados tan fascinantes —repuso Tamara—. En fin, soy de una familia judía de Chicago. Mi padre es profesor de historia y no conduce un Mercedes, sino un Toyota. Mi madre es directora de un instituto. —Rememoró la imagen de ambos, él con su chaqueta de tweed y su corbata de lana, ella escribiendo informes con sus gafas sobre la punta de la nariz—. Yo no soy religiosa, pero ellos van a una sinagoga liberal. Mi hermano, Simon, vive en Roma.

—¿Eso es todo? —preguntó él sonriendo.

Tamara dudó sobre si revelarle más detalles de su vida privada, y tuvo que recordarse que aquel era solo un encuentro de trabajo. Aún no estaba preparada para hablarle de sus dos matrimonios. Quizá más adelante.

—Nada de aristócratas, ni medallas ni marcas de lujo —respondió negando con la cabeza—. Ah, sí, espera. Uno de los libros de mi padre fue un superventas. Se titulaba *Esposas pioneras: mujeres en la frontera americana*. Vendió un millón de ejemplares. Fuimos famosos durante casi un año.

—Y aun así, de esa familia americana supuestamente normal salió alguien... como tú.

Sin duda se trataba de un cumplido, y no lo decía por decir. Parecía sincero.

La cena había llegado a su fin, pero era demasiado pronto para volver a casa.

—¿Te apetece ir a bailar? —preguntó, sorprendiéndose a sí misma.

Había una discoteca en el sótano del hotel. No era un club tan desenfrenado como los de Chicago o incluso Boston, pero era el local más de moda en la ciudad.

—Claro —dijo Tab—. Soy un pésimo bailarín, pero me encanta bailar.

—¿Pésimo? ¿Y eso?

—No lo sé. Todo el mundo me dice que parezco tonto cuando bailo.

Le costaba imaginar que aquel hombre tan apuesto y elegante pudiera parecer tonto. Estaba deseando verlo en acción.

Tab pidió la cuenta y pagaron a medias.

Bajaron en el ascensor. Antes de que las puertas se abrieran, oyeron el sísmico retumbar de la música electrónica, un sonido con el que a Tamara siempre se le iban los pies. El club estaba abarrotado de chadianos jóvenes y ricos ligeros de ropa. Comparado con las minifaldas de las chicas, el modelo de Tamara parecía el de una mujer de mediana edad.

Condujo a Tab directamente a la pista de baile, moviéndose al ritmo de la música aun antes de llegar.

Tab era un bailarín encantadoramente terrible. Sus brazos y piernas se movían sin el menor sentido del ritmo, pero se notaba que disfrutaba. A Tamara le encantaba bailar con él. La atmósfera sexy e informal de un club siempre despertaba en ella cierto espíritu lujurioso.

Al cabo de una hora, pararon un rato para descansar y pidieron unas Coca-Colas. Se recostaron en un sofá de la sala chill out.

—¿Has probado el marc? —preguntó él.

—¿Es una droga?

—Es un brandy elaborado con la piel de las uvas después de haberles extraído el zumo. Surgió como una alternativa barata al coñac, pero se ha convertido por derecho propio en un licor muy refinado y exquisito. Incluso puedes tomar marc de champán.

—Déjame adivinar… Tienes una botella en casa.

—Y tú tienes telepatía.

—Todas las mujeres tenemos telepatía.

—Entonces ya sabrás que quiero llevarte a mi casa para tomar una copa.

Se sintió halagada. Él ya había decidido que aquello era algo más que una relación profesional.

Pero ella no.

—No, gracias. Me lo he pasado muy bien esta noche, pero no quiero acostarme muy tarde.

—Vale.

Salieron del local. Tamara se sintió un tanto desilusionada: no tendría que haber rechazado esa última copa.

Tab pidió al portero que mandara a buscar su coche y le dijo a Tamara si quería que la llevara a casa. Ella respondió que no hacía falta y llamó al servicio de la embajada.

—He disfrutado mucho hablando contigo —dijo él mientras esperaban—. ¿Quedamos otro día para cenar? ¿Con o sin marc de champán después?

—De acuerdo.

—La próxima vez podríamos ir a un sitio más informal. Tal vez a un restaurante chadiano.

—Buena idea. Llámame.

—Vale.

En ese momento llegó el coche de Tamara. Él le sostuvo la puerta y la besó en la mejilla.

—Buenas noches.

—Que descanses.

Cuando llegó a la embajada, Tamara subió directamente a su habitación.

Mientras se desvestía, se dio cuenta de que Tab le gustaba mucho. Entonces se obligó a recordarse que era muy mala escogiendo hombres.

Se había casado con Stephen cuando todavía estudiaba en la Universidad de Chicago. No fue hasta después de la boda cuando descubrió que para él los votos matrimoniales no eran ningún impedimento para acostarse con quien le apeteciera. Se divorciaron al cabo de seis meses. Desde entonces no había vuelto a hablar con él y no quería volver a verlo en su vida.

Después de licenciarse en Chicago, hizo un máster en Relaciones Internacionales, en la especialidad de Oriente Próximo, en el Instituto de Estudios Políticos de París, Sciences Po. Allí conoció y se casó con un chico de Estados Unidos llamado Jonathan. Aquel fue un tipo de error diferente. Jonathan era un joven agradable, inteligente y divertido. El sexo resultaba un tanto descafeinado, pero estaban muy bien juntos. Al final ambos descubrieron que Jonathan era gay y se divorciaron de forma amistosa. Seguía teniéndole mucho cariño y hablaban por teléfono tres o cuatro veces al año.

Tamara creía que gran parte de su mala suerte con los hombres se debía a que eran muchos los que se sentían atraídos por ella. Sabía que era una mujer atractiva, desenvuelta y sexy, y era fácil que los hombres se fijaran en ella. El problema era que no sabía distinguir a los buenos.

Se metió en la cama y apagó la luz, sin dejar de pensar en Tab. Era realmente atractivo. Cerró los ojos para rememorar su imagen. Era alto y delgado, su pelo estaba hecho para ser acariciado y tenía unos profundos ojos castaños en los que le gustaría perderse. La ropa parecía caer sobre su cuerpo grácilmente, ya fuera vestido de etiqueta o, como esa noche, de manera más informal. A veces se había preguntado cómo podía permitirse esa ropa tan elegante, pero él mismo lo había explicado: su familia era rica.

Tamara desconfiaba de los hombres guapos. Stephen sin duda lo era. Los guapos podían ser vanidosos y egocéntricos. Una vez se acostó con un actor que al acabar le preguntó: «¿Cómo he estado?». Puede que Tab también fuera así, aunque no lo creía.

¿Sería Tab tan bueno como aparentaba ser o acabaría siendo otro de sus terribles errores? Tamara había aceptado volver a quedar con él y no podía engañarse pensando que esa segunda cita sería estrictamente profesional. «Así que supongo que lo descubriré», se dijo, y pensando en eso se quedó dormida.

5

Lo primero que Tamara hizo por la mañana fue ir a nadar a la piscina de la embajada, cuando el sol aún estaba bajo y el aire era todavía fresco y sin rastro de polvo. Normalmente estaba sola y, durante una media hora, pudo pensar en todo lo que le rondaba por la cabeza: la extraordinaria valentía de Abdul, la hostilidad de Dexter, el afecto evidente de Karim y el abierto interés sentimental de Tab por ella. Al día siguiente tendría su segunda cita con él: unas copas en su apartamento y cena en su restaurante árabe favorito.

Cuando salió del agua, descubrió que Dexter estaba sentado en una tumbona junto a la piscina, observándola. Aquello la irritó, y más cuando su mirada se demoró en su bañador mojado.

Tras envolverse en una toalla, se sintió menos vulnerable.

—Hay algo que quiero que compruebes —dijo Dexter.

—Muy bien.

—Conoces el puente N'Gueli.

—Claro.

El puente N'Gueli atravesaba el río Logone, que marcaba el límite entre el Chad y Camerún, por lo que constituía un paso fronterizo. Conectaba Yamena con la ciudad camerunesa de Kousséri, y en realidad estaba formado por dos puentes: un viaducto alto por el que circulaban los vehículos, y otro más antiguo, bajo y estrecho, por el que solo transitaban peatones.

Tamara se hizo visera con la mano y miró hacia el sur.

—El puente casi se ve desde aquí. Está como a un kilómetro y medio en línea recta.

—Es un puesto fronterizo, pero no hay una vigilancia policial estricta —prosiguió Dexter—. La mayoría de los vehículos pasan sin que los detengan. En cuanto a los transeúntes, es como si todos fueran amigos o parientes de los guardias. Solo paran a los blancos. Les hacen pagar tasas ficticias de entrada o de salida. La cantidad depende de lo ricos que parezcan, y los guardias solo aceptan efectivo. Supongo que te haces a la idea.

—Sí. —A Tamara no le sorprendía en absoluto. El Chad era famoso por su corrupción. Pero ese no era un problema de la CIA—. ¿Y qué interés tiene para nosotros ese puente?

—Uno de mis informadores me ha contado que los yihadistas han tomado el control del puente peatonal. Han apostado discretamente algunos hombres armados. No importunan a los locales, pero han incrementado el nivel de extorsión. Han aumentado los precios y comparten las ganancias con los guardias, a los que parece no importarles.

—¿Y a nosotros sí? Más bien tiene pinta de ser un asunto de la policía local.

—Si lo que cuenta mi informador es cierto, te aseguro que nos interesa, y mucho. Los sobornos no son la cuestión. Lo importante es que el EIGS quiere controlar el puesto fronterizo.

Tamara no parecía muy convencida. ¿Para qué iba a querer el EIGS algo así? No tenía ninguna importancia estratégica para los yihadistas.

—¿Es fiable tu informador?

—Bastante. De todos modos, necesitamos comprobar su historia. Quiero que vayas allí y eches un vistazo.

—De acuerdo. Necesitaré protección.

—Lo dudo. Pero si te quedas más tranquila, llévate un par de soldados.

—Hablaré con la coronel Marcus.

Tamara regresó a su apartamento, se vistió y volvió a salir al calor de la mañana. Los militares tenían su propio edificio en el recinto de la embajada. Tamara entró y localizó el despacho de Susan Marcus. Un ayudante le dijo que pasara, que la coronel vendría enseguida.

Miró a su alrededor. Una de las paredes estaba cubierta por una serie de mapas que, unidos por los bordes, conformaban un plano cartográfico a gran escala de todo el norte de África. En el centro de Níger había una etiqueta adhesiva en la que se leía AL BUSTAN. En la pared de enfrente había una gran pantalla. No había retratos familiares, solo dos ordenadores de sobremesa y un teléfono. Un sencillo organizador de escritorio de plástico contenía lápices, bolígrafos, papel y pósits. Tamara pensó que debía de tratarse de una persona obsesivamente pulcra, o decidida a no revelar nada sobre su vida privada, o ambas cosas.

La coronel Marcus formaba parte de lo que en el ejército se denominaba Nivel 2 de la Fuerza Táctica Conjunta Combinada de Operaciones Especiales, o, para abreviar, las Fuerzas Especiales.

Llegó poco después. Tenía el pelo corto y mostraba una actitud enérgica, como todos los oficiales del ejército que Tamara había conocido. Llevaba un uniforme caqui y una gorra con visera que le daban un aire masculino, aunque Tamara advirtió, bajo aquella ropa, que era una mujer guapa. Tanto su aspecto físico como el de su despacho eran comprensibles: Susan necesitaba que la trataran como a una igual en un mundo de hombres; cualquier indicio de feminidad podría ser utilizado en su contra.

Se quitó la gorra y ambas tomaron asiento.

—Acabo de hablar con Dexter —dijo Tamara.

—Debe de estar muy contento con el trabajo que has hecho con Abdul.

Tamara negó con la cabeza.

—No le caigo bien.

—Eso he oído. Tienes que aprender el arte de hacer creer a los hombres que cada éxito o triunfo es obra suya.

Tamara soltó una carcajada.

—No estás bromeando, ¿no?

—Joder, no. ¿Cómo crees que he llegado a coronel? Pues dejando que mi superior se colgara siempre las medallas. En fin, ¿qué te ha dicho Dexter?

Tamara le explicó lo del puente N'Gueli.

Cuando acabó, Susan frunció el ceño y abrió la boca como para decir algo, pero vaciló y al final optó por coger un lápiz de una mesa auxiliar y ponerse a tamborilear con él en su escritorio vacío.

—¿Qué pasa? —preguntó Tamara.

—No lo sé. ¿Qué grado de fiabilidad tiene el informador de Dexter?

—Él dice que es bueno, aunque no lo suficiente, si tenemos que ir a comprobar esa información. —Tamara se puso un poco nerviosa ante la evidente inquietud de Susan—. ¿Qué es lo que te preocupa? Eres una de las personas más inteligentes que tenemos por aquí. Si hay algo que te inquieta, quiero saber qué es.

—De acuerdo. Según Dexter, los yihadistas están exigiendo sobornos a los turistas, que no son más que minucias. Y si están repartiendo las ganancias con los guardias fronterizos, no son más que la mitad de esas minucias. Por tanto, el verdadero propósito de su maniobra sería obtener el control de un puesto fronterizo estratégico.

—Sé lo que estás pensando —dijo Tamara—. ¿Realmente les merece la pena el esfuerzo?

—Hay que considerar varios puntos. Uno: en cuanto la policía local se dé cuenta de lo que está pasando, expulsará a los yihadistas del puente, algo que pueden hacer sin demasiado esfuerzo.

Tamara no había pensado en eso, pero asintió para indicar que estaba de acuerdo.

—El EIGS solo tiene el control mientras se tolere su presencia… y eso no es realmente tener el control.

—Punto dos —continuó Susan—: el puente solo tiene importancia si se está gestando algún tipo de conflicto inminente, por ejemplo una intentona golpista, como la batalla de Yamena de 2008. Pero eso resulta muy improbable, ya que en estos momentos la oposición al General es bastante débil.

—Sí, la Unión de Fuerzas para la Democracia y el Desarrollo no está en condiciones de hacer estallar una revolución.

—Exacto. Y punto tres: en el improbable caso de que a los yihadistas se les permita quedarse allí, y en el aún más improbable caso de que la UFDD esté preparando un golpe contra el General, habrían escogido el puente equivocado. El importante es el viaducto. Su control permitiría que los tanques, los vehículos acorazados y los camiones cargados de tropas pudieran llegar desde un país extranjero directamente hasta la capital. El puente peatonal no tiene la menor relevancia.

El análisis no podía ser más certero. El cerebro de Susan trabajaba con la precisión de un reloj suizo. Tamara se preguntó por qué su mente no había logrado deducir todo eso.

—Tal vez sea una cuestión de prestigio —repuso con cierta timidez.

—Sí, como tocarte la punta de los pies. No sirve para nada, pero lo haces para demostrarte que puedes hacerlo.

—En cierto modo, todo lo que hacen los yihadistas es para ganar prestigio.

—Mmm... —Susan no estaba nada convencida—. En fin, necesitarás escolta de protección.

—Dexter opina que no, pero dice que si me quedo más tranquila puedo llevar conmigo un par de soldados.

—Dexter es gilipollas. Son yihadistas. Necesitas protección.

Al día siguiente, cuando el sol despuntaba sobre los campos de ladrillos al este de la ciudad, el pequeño convoy partió del complejo de la embajada. Susan había insistido en que todos llevaran el torso protegido con un chaleco antibalas ligero. Tamara se había puesto encima una cazadora tejana holgada, aunque seguramente más tarde tendría calor.

El convoy estaba formado por dos coches. El de la CIA era un Peugeot familiar marrón de tres años de antigüedad con el guardabarros abollado; lo utilizaban en misiones en las que no querían llamar mucho la atención, ya que en la capital había infinidad de coches como ese. Tamara iba al volante y Susan ocupaba el asiento del copiloto. El transporte militar lo conducía Pete Ackerman, el descarado soldado de veinte años que en una ocasión le había pedido una cita a Tamara. Ese vehículo no resultaba tan anónimo, un monovolumen deportivo verde con los cristales oscurecidos, que sin duda haría que la gente girara la cabeza. Sin embargo, sus ocupantes se habían quitado las gorras y habían dejado los fusiles en el suelo para que cualquiera que echara un vistazo a través del parabrisas no advirtiera que eran militares.

Las calles permanecían tranquilas mientras Tamara avanzaba a lo largo de la ribera norte del río Chari y luego cruzaba un puente en dirección al suburbio meridional de Walia. La carretera principal conducía directamente al puesto fronterizo.

Ahora estaba más nerviosa. La noche anterior apenas había podido dormir, pensando. Llevaba más de dos años en el Chad recopilando información sobre el EIGS, pero su trabajo había consistido básicamente en estudiar fotos tomadas vía satélite de oasis remotos, en busca de señales de la presencia de fuerzas paramilitares. Aún no había entrado en contacto directo con los hombres cuyo principal objetivo en la vida era acabar con personas como ella.

Llevaba un arma, una pequeña pistola semiautomática Glock de 9 milímetros, en una funda incorporada dentro del chaleco. Los agentes de la CIA rara vez entraban en acción, incluso en el extranjero. Tamara había sido la primera de su promoción en el curso de adiestramiento, pero nunca había disparado un arma fuera del campo de tiro y le encantaría que siguiera siendo así.

Las extremas medidas de protección adoptadas por Susan no habían hecho más que aumentar su nerviosismo.

Cuando los puentes gemelos sobre el río Logone aparecieron

ante sus ojos, Tamara observó que entre ellos había una separación de unos cincuenta metros y que el viaducto era mucho más alto. Salió de la carretera principal y se adentró por una pista polvorienta.

A unos veinte metros de la entrada al puente peatonal había aparcados varios vehículos aquí y allá: un minibús, presumiblemente para llevar a la gente al centro de la ciudad; un par de taxis con el mismo propósito y media docena de coches desvencijados. Tamara avanzó entre ellos y se detuvo en un lugar desde donde podía ver perfectamente ambos puentes. Dejó el motor al ralentí. El vehículo militar aparcó junto al suyo.

A simple vista, la situación parecía normal. El flujo de gente que cruzaba el puente peatonal desde la zona camerunesa era constante, mientras que muy pocos lo hacían en sentido contrario. Tamara sabía que muchos habitantes de Kousséri, la pequeña ciudad que quedaba al otro lado del río, iban a Yamena para trabajar o dedicarse a sus humildes negocios. Algunos iban en bicicleta o en burro, e incluso vio un camello. Unos pocos llevaban mercancías en cestas o en carritos destartalados. Se suponía que se encaminaban a los mercados de la capital y que por la noche regresarían, por lo que el flujo humano sería entonces en la otra dirección.

Le recordaron a los pasajeros del Loop, el metro elevado de Chicago. Aparte de la ropa, la principal diferencia era que allí todo el mundo iría acelerado, mientras que aquí no se veía a nadie con demasiadas prisas.

Tampoco los paraba nadie para interrogarlos ni para pedirles el pasaporte. Había pocas señales que indicaran que aquello era un puesto de control oficial, tan solo una pequeña edificación baja que debía de ser la caseta de los guardias. Al principio pensó que ni siquiera había barrera, pero al cabo de un momento divisó una larga pieza de madera que parecía el tronco fino de algún árbol. Estaba tirada en el suelo junto a dos caballetes, y Tamara supuso que podría ser rápidamente erigida para conformar una endeble valla.

«Esto parece de chiste —pensó—. ¿Qué estoy haciendo aquí con una pistola bajo la cazadora tejana?»

Enseguida se percató de que no todo el mundo avanzaba con un propósito determinado. Cerca del extremo más cercano del puente, apoyados contra el parapeto, había dos hombres ataviados con uniformes militares incompletos y con pistolas en las fundas del cinturón. Llevaban pantalones de camuflaje con camisas civiles de manga corta en colores vivos, una naranja y otra azul. El primero estaba fumando, el otro desayunando una especie de rollito relleno. Miraban a los que pasaban sin ningún interés. El que fumaba echó un vistazo hacia los coches aparcados sin mostrar la menor reacción.

Finalmente, Tamara divisó al enemigo y sintió un escalofrío. Unos metros más allá, al otro lado del puente, había dos hombres de aspecto serio. Uno de ellos llevaba una correa al hombro de la que colgaba algo que estaba cubierto en gran parte por un pañuelo de algodón: todo menos uno de sus extremos, del que sobresalía lo que sin duda era la boca del cañón de un fusil.

El otro miraba directamente hacia el coche de Tamara.

Por primera vez, sintió que estaba en peligro real.

Examinó al hombre a través del parabrisas. Era alto, de rostro enjuto y frente ancha. Tal vez fuera su imaginación, pero desprendía un aire de determinación implacable. No prestaba la menor atención a la muchedumbre que pasaba por su lado, como si fueran insectos. Él también llevaba un fusil parcialmente envuelto en un paño, como si no le importara que la gente pudiera verlo.

Mientras lo observaba, el hombre sacó un móvil, marcó un número y se lo llevó a la oreja.

—Hay un tipo que… —empezó Tamara.

—Lo veo —dijo Susan a su lado.

—El del móvil.

—Exacto.

—¿Y a quién está llamando?

—La pregunta del millón de dólares.

Tamara tenía la impresión de ser un blanco fácil. Estaba a tiro del fusil y el tipo podía disparar contra ella a través del parabrisas. Se la veía perfectamente y apenas tenía margen de movimiento, sentada allí dentro en el asiento del conductor.

—Deberíamos salir del coche.

—¿Estás segura? —dijo Susan.

—Aquí dentro no averiguaremos nada.

—De acuerdo.

Bajaron del Peugeot.

Tamara oía el tráfico que circulaba por el viaducto, pero no podía ver los vehículos.

Susan se acercó al coche verde y habló con la patrulla.

—Les he dicho que se queden dentro para no llamar la atención, pero actuarán de inmediato a la menor señal de problemas.

De repente, desde algún lugar impreciso, se oyó un grito:

—¡Al Bustan!

Tamara miró alrededor, confusa. ¿De dónde procedía, y por qué pronunciaría alguien esas palabras?

Entonces empezaron los disparos.

Se oyó un ratatatatá, como un redoble de batería de rock, luego un estallido de cristales haciéndose añicos y finalmente un aullido de dolor.

Sin pararse a pensar, Tamara se lanzó debajo del Peugeot.

Susan hizo lo mismo.

Se oyeron gritos de terror de la gente que cruzaba el puente. Tamara miró hacia allí y vio que trataban de huir en estampida por donde habían venido. Pero no vio a nadie disparando.

El hombre al que había estado observando no había sacado su arma. Tumbada bajo el coche, con el corazón latiendo desbocado, preguntó:

—¿De dónde coño han salido esos disparos?

—De arriba —respondió Susan—. Del viaducto.

Desde su posición, Susan podía ver el puente alto con solo asomar la cabeza, mientras que Tamara veía el puente peatonal sin necesidad de moverse.

—Los proyectiles han destrozado el parabrisas del otro coche —prosiguió Susan—. Creo que han herido a uno de los nuestros.

—Oh, Dios. Espero que se encuentre bien.

Volvió a oírse un aullido de dolor, luego otro más largo.

—Parece que sigue con vida. —Susan miró a su derecha—. Lo están sacando a rastras para meterlo debajo del coche. —Hizo una pausa—. Es el cabo Ackerman.

—Oh, mierda. ¿Y cómo está?

—No puedo verlo.

No se oyeron más gritos. Tamara pensó que era una mala señal.

Susan asomó la cabeza y miró hacia arriba con la pistola en la mano. Disparó una vez.

—Demasiado lejos —exclamó frustrada—. Veo a alguien apuntando con un fusil desde el parapeto del viaducto, pero no puedo alcanzarlo desde esta distancia con una maldita pistola.

Hubo otra ráfaga de disparos desde lo alto del puente, y una aterradora cacofonía de ruidos metálicos y estallidos de cristales retumbó a su alrededor a medida que los proyectiles impactaban contra el techo y las ventanillas del Peugeot. Tamara oyó sus propios gritos y se cubrió la cabeza con las manos. Sabía que era un gesto inútil, pero no pudo reprimir el instinto.

Sin embargo, cuando cesaron las detonaciones ninguna de las dos estaba herida.

—Está disparando desde lo alto del viaducto —repitió Susan—. Creo que va siendo hora de que saques tu arma, si te ves preparada.

—¡Joder! ¡Me había olvidado de que tenía una pistola!

Se llevó una mano a la funda sujeta al chaleco bajo el brazo izquierdo. En ese momento, los soldados empezaron a disparar.

Ahora Tamara estaba tumbada boca abajo con los codos apoyados en el suelo. Sostenía la pistola con ambas manos, procurando apuntar con los pulgares hacia delante para no pillárse los con el retroceso de la corredera. Puso la Glock en posición de disparo único; de lo contrario, se quedaría rápidamente sin munición.

Los soldados dejaron de disparar. Al momento llegó una tercera ráfaga desde el puente, pero esta vez los militares respondieron al ataque en apenas una fracción de segundo.

Tamara no podía ver el viaducto desde su posición, así que centró su atención en el puente peatonal. Se había desencadenado un gran tumulto. La gente intentaba huir a la desesperada del lugar del tiroteo, empujando a aquellos que venían en sentido contrario, que parecían menos asustados y que seguramente no sabían muy bien qué eran aquellas detonaciones. Los dos guardias fronterizos con pantalones de camuflaje estaban al final de la muchedumbre, tan aterrados como el resto de la gente y golpeando a los que tenían delante en su afán por abrirse paso y escapar lo más rápido posible. Tamara vio a alguien saltar al agua y echar a nadar hacia la otra orilla.

Se fijó en que los dos yihadistas descendían hasta la ribera del río. Mientras enfocaba las miras de la Glock hacia ellos, se pusieron a cubierto bajo el puente.

El fuego cruzado cesó.

—Creo que le hemos dado —dijo Susan—. En cualquier caso, ha desaparecido. Oh, oh… ha vuelto… No, es otro, con un pañuelo diferente. Joder, ¿cuántos hombres hay ahí arriba?

Se hizo un breve silencio.

—¡Al Bustan! —se oyó de nuevo.

Susan usó su radio para pedir refuerzos urgentes y una ambulancia para Pete.

Hubo otro intercambio de disparos entre los soldados y los atacantes del puente, pero ambos bandos estaban a cubierto y al parecer ninguno había resultado herido por el momento.

Estaban atrapados y sin posibilidad de escapatoria. «Voy a morir aquí —pensó Tamara—. Ojalá hubiera conocido antes a Tab, como unos cinco años atrás.»

En el puente peatonal, el yihadista de rostro enjuto reapareció: subía desde la orilla, justo donde terminaba el parapeto y la calzada del puente se unía con la tierra pedregosa, como a unos veinte metros de distancia. Mientras Tamara dirigía hacia él las miras de su pistola, el hombre se agachó y, en ese momento, ella supo lo que iba a hacer: tenderse en el suelo, apuntar con cuidado y disparar para cargarse a todos los que se hallaban resguardados bajo los coches, algo que, estaba segura, haría sin el menor remordimiento.

Tamara solo disponía de uno o dos segundos para reaccionar. Sin pensarlo dos veces, apuntó a la cara del yihadista mirando a través de la muesca de la mira trasera y enfocando el punto blanco de la mira delantera justo entre los ojos del hombre. En algún lugar recóndito de su mente se maravilló de lo calmada que estaba. El cañón de la pistola siguió el lento descenso de la cabeza del hombre mientras se tumbaba en el suelo. Tamara apuntaba con pulso firme, sin precipitarse, sabiendo que la única manera de no errar el tiro era un disparo tranquilo y certero. Finalmente, el yihadista se colocó en posición, agarró el fusil y levantó el cañón. En ese instante, Tamara apretó el gatillo de su Glock.

La pistola retrocedió elevándose un poco, como ocurría siempre tras disparar. Con total serenidad, Tamara bajó el cañón y enfocó de nuevo la cara del yihadista entre las miras. Entonces vio que no había necesidad de un segundo disparo: el hombre tenía la cabeza destrozada. Aun así, volvió a apretar el gatillo. En esta ocasión el proyectil impactó en un cuerpo sin vida.

—¡Buena puntería! —oyó exclamar a Susan.

«¿He sido yo? —pensó Tamara—. ¿Acabo de matar a un hombre?»

El otro yihadista reapareció un poco más allá, huyendo por la orilla del río con el fusil en las manos.

Tamara cambió de posición para mirar hacia el viaducto, aunque no había manera de saber si los tiradores continuaban allí arriba. Percibió el ruido de los coches y los camiones que seguían circulando. Oyó el rugido gutural de una moto de gran cilindrada: si los atacantes eran solo dos, igual habían escapado en ella.

Susan estaba pensando más o menos lo mismo. Habló por la radio:

—Antes de desplegaros por el puente peatonal, comprobad la zona del viaducto por si queda todavía algún atacante. —Luego se dirigió a los soldados que estaban a cubierto bajo el coche verde—: Quedaos ahí mientras nos aseguramos de que el terreno está despejado.

Gran parte del gentío que intentaba huir del puente había salido ya por el otro extremo. Tamara vio que algunos habían buscado refugio en un grupo de edificios y árboles dispersos y que asomaban la cabeza para intentar averiguar qué pasaría a continuación. Los dos guardias con camisas de colores vivos aparecieron también al final del puente, dudando sobre si volver a sus puestos.

Tamara empezaba a pensar que el ataque había acabado, pero no le importaría quedarse allí tumbada todo el día hasta asegurarse de que había pasado el peligro.

Una ambulancia del ejército estadounidense llegó a toda velocidad por el camino polvoriento y se detuvo detrás del coche verde.

—¡Todas las armas apuntando hacia el viaducto, ahora! —ordenó Susan.

Los tres soldados que no habían resultado heridos salieron de debajo del coche, se parapetaron detrás de otros vehículos y dirigieron el cañón de sus fusiles hacia el viaducto.

Dos paramédicos bajaron de la ambulancia.

—¡Debajo del coche verde! —gritó Susan—. Hay un hombre con heridas de bala.

No se oyeron más disparos.

Los paramédicos sacaron una camilla.

Tamara permaneció donde estaba. Observó cómo el otro yihadista continuaba su huida a lo largo de la orilla del río. Ya casi había desaparecido de la vista y supuso que no volvería. Los dos guardias fronterizos empezaron a cruzar cautelosamente el puente de regreso a sus puestos. Habían desenfundado sus armas, aunque demasiado tarde.

—Gracias por vuestra ayuda, chicos —masculló Tamara.

La radio de Susan crepitó y oyó una voz distorsionada: «¡Todo despejado en el viaducto, coronel!».

Tamara vaciló. ¿Estaba dispuesta a arriesgar su vida por un difuso mensaje de radio?

«Por supuesto —se dijo—. Soy una profesional.»

Salió rodando de debajo del coche y se incorporó. Se sentía débil y tenía ganas de sentarse en el suelo, pero no quería parecer frágil delante de los soldados. Se apoyó un momento en el guardabarros del Peugeot y examinó los agujeros de bala. Sabía que algunos proyectiles podían atravesar fácilmente la carrocería. Había tenido mucha suerte.

Entonces se recordó que era una agente de inteligencia y que tenía que recopilar toda la información posible sobre el incidente.

—Averigua si hay heridos o muertos en el viaducto —le dijo a Susan.

Esta se llevó la radio a la boca y preguntó al respecto.

—No hay cuerpos, solo algunas manchas de sangre.

Uno o varios hombres heridos habían conseguido huir, concluyó Tamara.

Solo quedaba el que ella había matado.

De forma decidida, echó a andar hacia el puente peatonal, notando ya las piernas más fuertes. Se acercó al cuerpo. No cabía la menor duda de que el yihadista estaba muerto: tenía la cabeza destrozada. Cogió el fusil de sus manos inmóviles. Era un arma corta y sorprendentemente ligera, un fusil *bullpup* con cargador curvo. Había un número de serie en el costado izquierdo del cañón, cerca de donde se juntaba con el armazón. Tamara constató que el fusil había sido fabricado por Norinco, la Corporación de Industrias del Norte de China, una compañía armamentística propiedad del gobierno chino.

Apuntó con el cañón hacia el suelo, echó hacia atrás el retén y extrajo el cargador. Luego abrió el cerrojo y sacó el proyectil que quedaba en la recámara. Se guardó el cargador y la bala en los bolsillos de la cazadora y, con el fusil descargado, caminó de vuelta hacia los coches.

—Lo llevas como si fuera un perro muerto —le dijo Susan al verla.

—Ya le he quitado los dientes.

Los paramédicos estaban subiendo la camilla a la ambulancia. Tamara cayó en la cuenta de que ni siquiera había hablado con Pete, y se apresuró a acercarse.

La inmovilidad de su cuerpo no presagiaba nada bueno.

—Oh, Dios… —exclamó deteniéndose en seco.

El rostro de Pete estaba pálido y sus ojos miraban hacia arriba.

—Lo siento, señora —dijo uno de los paramédicos.

—Una vez me pidió una cita —contestó Tamara, y se echó a llorar—. Le dije que era demasiado joven. —Se secó la cara con la manga, pero las lágrimas no dejaban de brotar—. Oh, Pete… —dijo a su rostro inmóvil—. Lo siento tanto…

—Señora presidenta, tengo al padre del cabo Ackerman en línea. El señor Philip Ackerman —anunció el operador de la centralita.

Pauline odiaba hacer aquello. Cada vez que tenía que hablar con los padres de un hijo muerto en acto de servicio, se le desgarraba el corazón. Se obligó a pensar en cómo se sentiría si Pippa muriera. Era la peor parte de su trabajo.

—Gracias. Pásemelo.

—Soy Phil Ackerman —dijo una grave voz masculina.

—Señor Ackerman, soy la presidenta Green.

—Sí, señora presidenta.

—Lamento mucho su pérdida.

—Gracias.

—Pete ha dado su vida, y usted ha dado la de su hijo, y quiero que sepa que el país le está profundamente agradecido por su sacrificio.

—Gracias.

—Creo que es usted bombero, señor.

—Así es, señora.

—Entonces sabrá lo que significa arriesgar la vida por una buena causa.

—Sí.

—No puedo aliviar su dolor, pero sí decirle que Pete ha entregado su vida para defender a nuestro país y nuestros valores de libertad y justicia.

—Yo también lo creo —dijo él, y se le quebró la voz.

Pauline consideró que era el momento de dejarlo con su dolor.

—¿Puedo hablar con la madre de Pete?

El hombre pareció dudar.

—Está muy afectada.

—Bueno, si ella quiere…

—Me está diciendo con la cabeza que sí.

—Muy bien.

—¿Sí? —dijo una voz de mujer.

—Señora Ackerman, soy la presidenta. Lamento mucho su pérdida.

La mujer rompió a llorar y Pauline notó que las lágrimas anegaban sus ojos.

—Querida, será mejor que me pases el teléfono —se oyó decir al marido al fondo.

—Señora Ackerman —repitió Pauline—, su hijo ha muerto por una causa de enorme trascendencia.

—Ha muerto en África —repuso ella.

—Sí. Nuestras fuerzas destacadas allí…

—¡África! ¿Por qué lo envió a morir a África?

—Este es un mundo cada vez más pequeño y…

—Ha muerto por África. ¿A quién le importa África?

—Entiendo cómo se siente. Yo también soy madre…

—¡No puedo creer que lo enviara a morir así!

Pauline quería decir: «Yo tampoco puedo creerlo, señora Ackerman, y me rompe el corazón», pero guardó silencio.

Al cabo de un momento, Phil Ackerman volvió a ponerse al teléfono.

—Lo siento.

—No tiene por qué disculparse, señor. Su mujer está sufriendo un terrible dolor. Mis más sinceras condolencias.

—Gracias, señora.

—Adiós, señor Ackerman.

—Adiós, señora presidenta.

Durante el resto del día tuvieron que dar parte de lo ocurrido.

El ejército señalaba que se había tratado de una encerrona: una información falsa para atraerlos al puente y tenderles una emboscada. Susan Marcus estaba segura de ello.

La CIA discrepaba de esa versión, que dejaba en muy mal lugar a Dexter, pues implicaba que había confiado en un informador que lo había engañado. Más bien era al contrario, argumentó Dexter, el soplo había sido fiable: cuando llegaron los militares, los yihadistas que estaban en el puente peatonal fueron presa del pánico y pidieron refuerzos.

A las seis de la tarde, Tamara ya no tenía ningún interés en saber cuál de aquellas versiones se acabaría aceptando. Estaba mental y emocionalmente agotada. De vuelta en su estudio, consideró meterse en la cama, pero sabía que no lograría conciliar el sueño. No paraba de ver en su mente el cuerpo sin vida de Pete y la cabeza destrozada del hombre de rostro enjuto al que había matado.

No quería estar sola. Entonces se acordó de que tenía una cita con Tab. Su instinto le decía que él sabría calmarla. Se duchó y se cambió: se puso unos tejanos y una camiseta con un chal de algodón por encima para mantener el decoro. Luego pidió un coche.

Tab vivía en un bloque de apartamentos cerca de la embajada francesa. No era un edificio ostentoso y Tamara supuso que podría haberse permitido algo mejor, pero eso le habría obligado a utilizar dependencias diplomáticas sometidas a controles más estrictos.

—Pareces exhausta —dijo Tab al abrir la puerta—. Pasa y siéntate.

—Me he visto envuelta en una especie de tiroteo.

—¿El del puente N'Gueli? He oído algo sobre eso. ¿Estabas allí?

—Sí. Y Pete Ackerman ha muerto.

La tomó del brazo y la llevó hasta el sofá.

—Pobre Pete. Y pobre de ti.

—He matado a un hombre.

—Oh, Dios…

—Era un yihadista y estaba a punto de dispararme. No me arrepiento de lo que he hecho. —Se daba cuenta de que a Tab podía contarle cosas que había sido incapaz de decir durante la declaración oficial—. Pero era un ser humano, y en un momento estaba vivo, moviéndose, pensando, y al siguiente apreté el gatillo y estaba muerto, no era más que un cadáver. No consigo quitármelo de la cabeza.

Sobre la mesita de centro había una cubitera con una botella de vino blanco abierta. Tab sirvió media copa y se la ofreció. Ella tomó un sorbo y la dejó en la mesa.

—¿Te importa si no salimos a cenar?

—Claro que no. Llamaré para cancelar.

—Gracias.

Tab sacó su móvil. Mientras él hacía la llamada, Tamara echó un vistazo a su alrededor. Aunque era un apartamento sencillo, el mobiliario se veía caro, con amplios sillones mullidos y gruesas alfombras. Había una pantalla de televisión enorme y un sofisticado equipo de música con grandes altavoces de pie. La copa de vino era de cristal.

Dos fotografías enmarcadas en plata sobre una mesita auxiliar captaron su atención. Una mostraba a un hombre trajeado de tez oscura con una elegante rubia de mediana edad, sin duda los padres de Tab. En la otra, una mujer árabe, menuda y de aspecto enérgico, posaba ante el escaparate de un pequeño súper: debía de ser la abuela de Clichy-sous-Bois.

—Hablemos de otra cosa —propuso ella cuando Tab colgó—. ¿Cómo eras de jovencito?

Él sonrió.

—Fui a una escuela bilingüe, la Ermitage International. Era buen estudiante, pero a veces la liaba.

—Vaya. ¿Y qué cosas hacías?

—Ah, nada del otro mundo. Un día me fumé un porro antes de la clase de matemáticas. El profesor no podía entender por qué de pronto me había vuelto completamente estúpido. Pensaba que era una especie de numerito para hacer reír a los demás alumnos.

—¿Qué más?

—Me uní a un grupo de rock. Por supuesto, teníamos un nombre americano: los Boogie Kings.

—¿Y eras bueno?

—No. Me echaron tras la primera actuación. Yo tocaba la batería, y mi sentido del ritmo era como mi forma de bailar.

Tamara soltó una risita, la primera vez que reía tras el tiroteo.

—Después de dejar el grupo, empecé a portarme mejor.

—¿Tuviste alguna novia?

—El colegio era mixto, así que sí.

Ella captó un brillo de añoranza en sus ojos.

—¿De quién te estás acordando?

Se le veía un tanto avergonzado.

—Esto…

—No tienes por qué contármelo. No quiero ser indiscreta.

—No me importa, pero si te lo digo, a lo mejor suena a fanfarronada.

—Da igual. Dímelo.

—La profesora de inglés.

Tamara rio por segunda vez. Empezaba a sentirse más como ella misma.

—¿Y cómo era?

—Unos veinticinco años. Guapa, rubia. Solíamos besarnos en el cuarto del material.

—¿Solo besos?

—No, no solo besos.

—Chico malo…

—Estaba loco por ella. Yo quería que nos fugáramos para irnos a Las Vegas a casarnos.

—¿Y cómo acabó la historia?

—Ella consiguió trabajo en otra escuela y desapareció de mi vida. Me quedé destrozado. Pero las penas de amor no duran mucho cuando tienes diecisiete años.

—¿Un clavo saca otro clavo?

—Podría decirse así. Era una chica estupenda, pero, verás, tienes que enamorarte y desenamorarte muchas veces para saber qué estás buscando.

Ella asintió. Le parecieron unas palabras muy sensatas.

—Sé muy bien a qué te refieres.

—¿Ah, sí?

Y entonces lo soltó:

—He estado casada dos veces.

—¡Vaya, eso sí que no me lo esperaba! —Sonrió, y su expresión de sorpresa se suavizó—. Cuenta, cuenta… Bueno, si te apetece.

Y Tamara se lo contó. Se alegraba de que le recordaran que en la vida había algo más, aparte de armas y muerte.

—Stephen fue tan solo un error de juventud. Nos casamos en mi primer año de universidad y nos separamos antes de las vacaciones de verano. No he hablado con él desde entonces y ni siquiera sé dónde vive.

—Suficiente de Stephen —dijo él—. Si te sirve de consuelo, a mí me pasó lo mismo con una chica llamada Anne-Marie, aunque no nos casamos. Háblame del número dos.

—Jonathan fue algo más serio. Estuvimos casados cuatro años. Nos queríamos, y en cierto modo seguimos queriéndonos.

Hizo una pausa, pensativa. Tab esperó pacientemente unos momentos, luego, con delicadeza, la animó a seguir.

—¿Qué pasó?

—Jonathan es gay.

—Ah. Una situación incómoda...

—Al principio yo no lo sabía, obviamente, y creo que él tampoco, aunque al final reconoció que siempre había tenido sus dudas.

—Y quedasteis como amigos.

—En realidad seguimos estando unidos. Bueno, todo lo unidos que pueden estar dos personas que viven a miles de kilómetros de distancia.

—Pero ¿estáis divorciados? —preguntó Tab con cierto énfasis.

Por alguna razón, parecía ser un dato importante para él.

—Sí, claro —respondió ella con firmeza—. Ahora está casado con un hombre. —Tamara quería saber más de él y añadió—: ¿Y tú? ¿Has estado casado? Debes de tener... ¿qué, treinta y cinco?

—Treinta y cuatro. Y no, nunca me he casado.

—Pero, después de la profesora de inglés, seguro que tuviste alguna relación importante.

—Cierto.

—¿Y por qué no te casaste?

—Hummm... Creo que mi experiencia ha sido parecida a la tuya, solo que nunca llegué a contraer matrimonio. He tenido rollos de una noche y aventuras desastrosas, y he estado con un par de mujeres fantásticas con las que he mantenido relaciones largas... pero no para siempre.

Tamara tomó otro sorbo de vino. Estaba delicioso, advirtió.

Tab estaba empezando a abrirle su corazón y ella deseaba con todas sus fuerzas que continuara. Las muertes de esa mañana seguían acechando en el fondo de su mente como fantasmas a la espera de abalanzarse sobre ella, pero aquella conversación resultaba reconfortante.

—Háblame de alguna de esas mujeres fantásticas. Por favor...

—Muy bien. Viví con Odette tres años en París. Era lingüista, hablaba varios idiomas y trabajaba como traductora, en especial del ruso al francés. Era realmente brillante.

—¿Y…?

—Cuando me destinaron aquí, le pedí que nos casáramos y se viniera conmigo.

—Oh. Entonces era algo serio.

A Tamara le dolió un poco que hubiera llegado tan lejos como para proponerle matrimonio. «Qué tonta soy», se dijo.

—Sí que era serio, al menos por mi parte. Ella habría podido realizar su trabajo de traductora desde aquí; es una profesión que te permite trabajar a distancia, al fin y al cabo. Pero me contestó que no. «Muy bien, pues casémonos y rechazaré el traslado», le dije. Entonces me contestó que no quería casarse conmigo en ninguno de los dos casos.

—Ufff…

Tab se encogió de hombros no muy convencido.

—Yo iba más en serio que ella, y lo descubrí por las malas.

Tab solo estaba fingiendo despreocupación. Tamara podía ver que aquello había resultado muy doloroso para él y le dieron ganas de estrecharlo entre sus brazos.

Tab hizo un gesto como restándole importancia.

—Pero basta ya de desgracias pasadas. ¿Te apetece comer algo?

—Sí —dijo Tamara—. No he comido en todo el día. No me entraba nada, pero ahora estoy hambrienta.

—Veamos si tengo algo en la nevera.

Ella lo siguió a la pequeña cocina. Tab abrió la puerta del frigorífico.

—Huevos, tomates, una patata grande y media cebolla.

—¿Quieres que salgamos a cenar fuera? —sugirió Tamara.

Esperaba que dijera que no: no se sentía preparada para estar en un restaurante rodeada de gente.

—Ni hablar. Aquí hay suficiente para un banquete.

Cortó la patata en dados y los frio, preparó una ensalada de tomate y cebolla, y finalmente batió los huevos e hizo una tortilla. Se sentaron a cenar en unos taburetes frente a la encimera. Tab sirvió un poco más de vino.

Tenía razón: aquello era un auténtico banquete.

Después de cenar, Tamara volvió a sentirse persona.

—Creo que debería irme —dijo con cierta reticencia.

Sabía que, cuando se acostara sola en su cama, los fantasmas volverían a aparecer y estaría indefensa.

—No tienes por qué marcharte —repuso él.

—No sé…

—Ya sé qué estás pensando.

—¿Ah, sí?

—Solo déjame decirte que, decidas lo que decidas, me parecerá bien.

—No quiero dormir sola esta noche.

—Entonces duerme conmigo.

—Pero no me apetece tener sexo.

—No esperaba que quisieras.

—¿Estás seguro de esto? ¿Sin besos ni nada? ¿Tan solo estrecharme entre tus brazos y abrazarme mientras duermo?

—Me encantaría hacerlo.

Y lo hizo.

6

El aire de Pekín era respirable aquella mañana. Lo había dicho la chica del tiempo, y Chang Kai se fiaba de ella, así que se vistió con el equipamiento de ciclismo. Confirmó el pronóstico cuando respiró por primera vez al salir del edificio. Aun así, se puso la mascarilla antes de subirse a la bici.

Tenía una bicicleta de carretera Fuji-ta con el cuadro de aleación de aluminio ligero y la horquilla de fibra de carbono. Cuando arrancó, le pareció que apenas pesaba más que un par de zapatos.

Ir en bicicleta al trabajo era la única manera de hacer ejercicio que Kai podía encajar en su agenda. Con los colosales atascos de Pekín, tardaba lo mismo que conduciendo, así que no le restaba tiempo a su jornada laboral.

Kai necesitaba hacer ejercicio. Él tenía cuarenta y cinco años, y su esposa, Tao Ting, treinta. Estaba delgado y en forma, y además su altura era superior a la media, pero siempre tenía presente esa diferencia de quince años y se sentía en la obligación de estar tan ágil y lleno de energía como Ting.

La calle en la que vivía era una arteria principal con carriles exclusivos para bicis que separaban a los miles de ciclistas de los cientos de miles de coches. Había ciclistas de todo tipo: trabajadores, escolares, mensajeros uniformados e incluso oficinistas elegantes vestidas con falda. Al abandonar la calle principal para enfilar una secundaria, Kai tuvo que sortear el tráfico automovilístico serpenteando entre camiones y limusinas, taxis con los laterales amarillos y autobuses con el techo rojo.

Mientras avanzaba a toda velocidad, pensaba en Ting con ternura. Era una actriz preciosa y atractiva, y la mitad de los hombres de China estaban enamorados de ella. Kai y Ting llevaban cinco años casados, y él seguía estando loco por su esposa.

El padre de Kai no aprobaba su relación. Para Chang Jianjun, la gente que salía en la televisión era superficial y frívola, salvo que se tratara de políticos iluminando a las masas. Él hubiera querido que Kai se casara con una científica o con una ingeniera.

La madre de Kai era igual de conservadora, pero no tan dogmática. «Cuando la conozcas tan bien que todos sus defectos y debilidades te resulten familiares y aun así sigas adorándola, entonces puedes estar seguro de que es amor verdadero —le había dicho—. Es lo que yo siento por tu padre.»

Llegó en bici al distrito de Haidian, al noroeste de la ciudad, y entró en un gran campus al lado del Palacio de Verano. Eran las oficinas centrales del Ministerio de Seguridad del Estado, en mandarín el Guojia Anquan Bu, o el Guoanbu, para abreviar. Era la organización de espías que se responsabilizaba tanto de la inteligencia internacional como de la nacional.

Dejó la bici en un aparcabicicletas. Todavía jadeante y sudando tras el esfuerzo, entró en el edificio más alto del campus. A pesar de lo importante que era el ministerio, el vestíbulo era cutre, con mobiliario del estilo anguloso que se había considerado estimulantemente moderno durante la era de Mao. El portero agachó la cabeza en señal de deferencia. Kai era el viceministro de Inteligencia Internacional y estaba a cargo de la mitad extranjera de las operaciones de inteligencia de China. El viceministro de Inteligencia Nacional y él ocupaban cargos equivalentes, ambos bajo las órdenes del ministro de Seguridad.

Kai era joven para ocupar un puesto tan alto. Poseía una inteligencia brillante. Después de estudiar Historia en la Universidad de Pekín —que tenía el mejor departamento de Historia de China—, había cursado un doctorado en Historia Estadounidense en Princeton. Pero su cerebro no era el único motivo de su rápido ascenso. Su familia era, como mínimo, igual de importante. Su bisabuelo había participado en la legendaria Larga Marcha con Mao Zedong. Su abuela había sido embajadora de China en Cuba. Su padre era en aquel momento el vicepresidente de la Comisión Nacional de Seguridad, el comité que tomaba todas las decisiones relevantes en cuanto a política internacional y seguridad.

En resumen, Kai pertenecía a la realeza comunista. Había un término coloquial para referirse a la gente como él, a los hijos de los poderosos: era un principito, *tai zi dang*, una expresión que no se utilizaba abiertamente, sino que se pronunciaba en voz baja, entre amigos, ocultando la boca con el dorso de la mano.

Era un término peyorativo, pero Kai estaba decidido a usar su estatus en beneficio de su país, y se recordaba dicha promesa cada vez que entraba en las oficinas centrales del Guoanbu.

Cuando eran pobres y débiles, los chinos pensaban que estaban en peligro. Se equivocaban. En aquella época nadie quería aniquilarlos en serio. Sin embargo, ahora China iba camino de convertirse en la potencia más rica y poderosa del mundo. Su población era la más numerosa e inteligente y no existía ninguna razón para que el país no llegara a ocupar el primer puesto mundial. Así que corría un grave peligro. Los pueblos que habían gobernado el planeta durante siglos —los europeos y los americanos— estaban aterrorizados. Veían que la dominación mundial se les iba escapando día tras día de entre los dedos. Creían que tenían que destruir a China o ser destruidos. Nada los detendría.

Y había un ejemplo terrible. Los comunistas rusos, inspirados por la misma filosofía marxista que había impulsado la Revolución china, habían luchado por convertirse en el país más poderoso del mundo… Y los habían derribado con una crisis económica de proporciones sísmicas. Kai, como todos los demás miembros de alto nivel del gobierno, estaba obsesionado con la caída de la Unión Soviética y le daba pavor que a China pudiera pasarle lo mismo.

Y de ahí provenía la ambición de Kai. Quería ser presidente para asegurarse de que China ascendía hasta consumar su destino.

No era que se considerase la persona más lista de China. En la universidad había conocido a matemáticos y científicos mucho más inteligentes. Sin embargo, nadie era más capaz que él de guiar al país hacia la consecución de sus aspiraciones. Jamás lo reconocería en voz alta, ni siquiera ante Ting, porque ¿quién no lo consideraría arrogante? Pero en su fuero interno lo creía así, y estaba decidido a demostrarlo.

La única manera de abordar una tarea inmensa era descomponerla en partes manejables, y el reto de menor envergadura al que Kai debía enfrentarse aquel día era la resolución de las Naciones Unidas sobre el comercio de armas, propuesta por Estados Unidos.

Países como Alemania y Gran Bretaña apoyarían la resolución de Estados Unidos por costumbre; otros, como Corea del Norte e Irán, se opondrían automáticamente por la misma regla de tres. Pero el resultado dependería de los muchos países no alineados. El día anterior, Kai se había enterado de que los embajadores estadounidenses de varios países del tercer mundo habían solicitado a sus respectivos gobiernos anfitriones que les garantizaran su apoyo a la resolución. Kai sospechaba que la presidenta Green estaba organizando, en secreto, un esfuerzo diplomático ingente. Por eso había ordenado a los equipos de inteligencia del Guoanbu que operaban en países neutrales que descubrieran de inmediato si el gobierno había recibido presiones y con qué grado de éxito.

Los resultados de dicha investigación tendrían que estar esperándolo ya en su escritorio.

Salió del ascensor en la última planta. Allí había tres despachos principales: el del ministro y los dos de los viceministros. Los tres contaban con personal de apoyo en salas adyacentes.

Por debajo de aquel nivel, la organización de las oficinas centrales estaba dividida en departamentos geográficos conocidos como secciones —la sección de Estados Unidos, la sección de Japón— y en divisiones técnicas tales como la división de inteligencia de señales, la división de inteligencia de satélites, la división de ciberguerra.

Kai entró en su área de despachos saludando al pasar a secretarios y ayudantes. Los escritorios y las sillas eran funcionales, de madera contrachapada y metal pintado, pero los ordenadores y los teléfonos eran de última generación. Sobre la mesa del viceministro había una ordenada pila de mensajes de los jefes de las estaciones del Guoanbu en distintas embajadas de todo el mundo, la respuesta a la consulta del día anterior.

Antes de leerlas, Kai entró en su baño privado, se quitó la ropa de ciclismo y se dio una ducha. Allí siempre tenía un traje gris oscuro, un traje que le había confeccionado un sastre de Pekín que se había formado en Nápoles y sabía dar a sus prendas un aire relajado y moderno. Se había llevado en la mochila una camisa blanca y limpia y una corbata de color vino. Se vistió deprisa y salió preparado para afrontar la jornada laboral.

Como se temía, los mensajes señalaban que el Departamento de Estado de Estados Unidos había llevado a cabo con gran sutileza y bastante éxito una enérgica y extensa campaña de presión diplomática. Llegó a la alarmante conclusión de que la resolución de Naciones Unidas de la presidenta Green iba camino de ser aprobada. Se alegró de haberlo detectado a tiempo.

La ONU tenía poco poder para imponer su voluntad, pero la resolución era simbólica. Si se aprobaba, Washington la utilizaría como propaganda antichina. Por el contrario, su rechazo supondría un gran impulso para el país.

Kai cogió el montón de papeles y tomó el pasillo en dirección a las dependencias del ministro. Cruzó la zona de oficinas diáfanas hasta el despacho de la secretaria personal.

—¿Tiene tiempo para un asunto urgente?

La mujer levantó el auricular y preguntó.

—El viceministro Li Jiankang está con él, pero puede entrar —dijo al cabo de un instante.

Kai esbozó una mueca. Habría preferido ver al ministro a solas, pero ya no podía echarse atrás.

—Gracias —contestó, y entró.

El ministro de Seguridad se llamaba Fu Chuyu, rondaba los sesenta y cinco años y era un seguidor incondicional, veterano y fiel del Partido Comunista de China. Su mesa estaba vacía, salvo por un paquete de cigarrillos dorado de la marca Double Happiness, un mechero de plástico barato y un cenicero hecho con un casquillo militar. El cenicero ya estaba medio lleno y había un cigarrillo encendido apoyado en el borde.

—Buenos días —lo saludó Kai—. Gracias por recibirme tan rápido.

Luego miró al otro ocupante de la sala, Li Jiankang. No dijo nada, pero puso cara de preguntar «¿Qué hace este aquí?».

Fu cogió el cigarrillo, le dio una calada y exhaló el humo.

—Li y yo solo estábamos charlando. Pero dime por qué querías verme.

Kai le explicó lo de la resolución de la ONU.

Fu adoptó una expresión seria.

—Es un problema.

No dio las gracias a Kai.

—Me alegro de haberme enterado pronto —dijo Kai para dejar claro que había sido el primero en hacer sonar la alarma—. Creo que todavía estamos a tiempo de enderezar las cosas.

—Hay que hablarlo con el ministro de Asuntos Exteriores. —Fu consultó su reloj—. El problema es que yo tengo que coger un vuelo a Shanghái ahora mismo.

—Estaré encantado de informar yo mismo al ministro, señor —se ofreció Kai.

Fu dudó. Seguro que no quería que Kai hablase directamente con el ministro: eso lo situaba en un nivel demasiado alto. La desventaja de ser un principito era que a los demás les molestaba. Fu prefería a Li, pues era tan tradicionalista como él. Aun así, no podía cancelar un viaje a Shanghái solo para impedir que Kai hablara con el ministro de Asuntos Exteriores.

—Muy bien —dijo Fu de mala gana.

Kai se dio la vuelta para marcharse, pero Fu lo detuvo.

—Antes de que te vayas…

—Señor.

—Siéntate.

Kai se sentó. Tenía un mal presentimiento.

Fu se volvió hacia Li.

—Tal vez sea mejor que le cuentes a Chang Kai lo que acabas de contarme a mí hace unos minutos.

Li no era mucho más joven que el ministro, y también estaba fumando. Ambos llevaban el pelo cortado como Mao, abundante tanto por arriba como por los lados, pero corto. Vestían los trajes rígidos y de corte cuadrado que preferían los viejos comunistas tradicionales. A Kai no le cabía la menor duda de que los dos lo veían como un joven radical peligroso al que hombres mayores que él y más experimentados debían mantener bajo control.

—He recibido un informe del estudio Beautiful Films —dijo Li.

Kai sintió que una mano helada le estrujaba el corazón. El trabajo de Li consistía en controlar a los ciudadanos chinos insatisfechos y había encontrado a uno en el lugar de trabajo de Ting. Estaba casi seguro de que se trataba de alguien cercano a Ting, por no decir ella misma. Ting no era una mujer subversiva; en realidad, ni siquiera le interesaba demasiado la política. Pero era incauta, y a veces decía lo primero que se le pasaba por la cabeza sin pararse a reflexionar.

Li quería llegar hasta Kai a través de su mujer. A muchos hombres les resultaría vergonzoso arremeter contra un hombre amenazando a su familia, pero el servicio secreto chino nunca había vacilado en hacerlo. Y era un método eficaz. Kai podía aguantar un ataque contra sí mismo, pero no soportaría ver a Ting sufrir por su culpa.

—Ha habido conversaciones críticas contra el Partido —prosiguió Li.

Kai intentó que no se le notara la angustia.

—Entiendo —dijo con un tono de voz neutro.

—Lamento decirte que tu esposa, Tao Ting, participó en algunas de ellas.

Kai lanzó una mirada de odio y desprecio a Li, pues estaba claro que no lo lamentaba en absoluto. De hecho, estaba encantado de presentar una acusación contra Ting.

La situación se habría podido manejar de forma distinta. Si Li hubiera sido un buen camarada, le habría contado el problema a Kai discretamente, en privado. En cambio, había elegido acudir al ministro y maximizar el daño. Era un acto de hostilidad manifiesta.

Kai se dijo que aquellas tácticas taimadas eran las armas de un hombre que sabía que no podía ascender por sus propios méritos. Pero aquello no suponía un gran consuelo. Estaba hecho polvo.

—Esto es serio —intervino Fu—. Tao Ting podría influir en la gente. ¡Igual hasta es más famosa que yo!

«Pues claro que es más famosa que tú, imbécil —pensó Kai—. Ella es una estrella, y tú eres un burócrata viejo y estrecho de miras. Las mujeres quieren ser como ella. A ti no quiere parecerse nadie.»

—Mi mujer no se pierde ni un capítulo de *Amor en el palacio* —continuó Fu—. Creo que le presta más atención que a las noticias.

Y estaba claro que aquello lo disgustaba.

A Kai no lo sorprendió. Su madre también veía la serie, pero solo si su padre no estaba en casa. Recuperó la compostura. Haciendo un gran esfuerzo, se mantuvo educado y tranquilo.

—Gracias, Li. Me alegro de que me hayas informado de tales acusaciones.

Kai pronunció con un marcado énfasis la palabra «acusaciones». Sin negar de un modo directo lo que decía Li, le recordaba a Fu que aquellos informes no siempre eran ciertos.

Li pareció ofenderse ante tal insinuación, pero no dijo nada.

—Dime —prosiguió Kai—, ¿quién ha presentado el informe?

—El funcionario superior del Partido Comunista que trabaja en el estudio —contestó Li enseguida.

Era una respuesta evasiva. Ese tipo de informes siempre procedían de funcionarios comunistas. Kai quería conocer la fuente original. Pero no desafió a Li, sino que se volvió hacia Fu.

—¿Quiere que hable de esto con Ting, discretamente, antes de que se aplique la fuerza del ministerio de manera oficial?

Li se indignó.

—La subversión la investiga el Departamento Nacional, no las familias de los acusados —repuso como si hubieran herido su dignidad.

Sin embargo, el ministro titubeó.

—En estos casos es normal conceder cierto grado de libertad —dijo—. No nos conviene desprestigiar a personas prominentes sin necesidad. No le hace ningún bien al Partido. —Se volvió hacia Kai—. Averigua lo que puedas.

—Gracias.

—Pero date prisa. Infórmame a lo largo de las próximas veinticuatro horas.

—Sí, ministro.

Kai se puso en pie y se dirigió hacia la puerta a buen paso. Li no lo siguió. Se quedaría atrás y continuaría envenenando al ministro con sus murmuraciones, sin duda. Kai no podía hacer nada al respecto en aquel momento. Salió.

Tenía que hablar con Ting lo antes posible, pero, por muy frustrante que le resultara, de momento debía apartarla de su mente. Primero tenía que encargarse del problema de la ONU. De nuevo en su despacho, habló con su secretaria jefe, Peng Yawen, una alegre mujer madura con el pelo corto y gris y gafas.

—Llame al despacho del ministro de Asuntos Exteriores —le dijo—. Comunique que me gustaría reunirme con él para transmitirle cierta información de seguridad urgente. Hoy, a la hora que le vaya bien.

—Sí, señor.

Kai no podía moverse hasta saber cuándo tendría lugar el encuentro. El estudio Beautiful Films no estaba lejos de las oficinas centrales del Guoanbu, pero el Ministerio de Asuntos Exteriores estaba a kilómetros de allí, en el distrito de Chaoyang, donde muchas embajadas y empresas extranjeras tenían su sede. Si había tráfico denso, el trayecto podía durar incluso más de una hora.

Inquieto, miró por la ventana, por encima de los tejados dispares, con sus antenas parabólicas y sus radiotransmisores, hacia la carretera que rodeaba el campus del Guoanbu. El tráfico parecía normal, pero eso podía cambiar en cualquier momento.

Por suerte, el Ministerio de Asuntos Exteriores contestó rápidamente a su mensaje.

—Le recibirá a las doce del mediodía —anunció Peng Yawen.

Kai miró su reloj. Llegaría sin problema.

—He llamado a Monje —añadió Yawen—. Debería estar esperándolo fuera cuando llegue a la planta baja.

El chófer de Kai se había quedado calvo siendo muy joven, por eso le habían puesto el apodo de *heshang*, «Monje».

Kai metió los mensajes de las embajadas en una carpeta y bajó en el ascensor.

Su coche avanzaba a paso de tortuga por el centro de Pekín. Habría llegado antes en bicicleta. Durante el trayecto reflexionaba sobre la resolución de la ONU, pero su preocupación por Ting no dejaba de interrumpir sus pensamientos. ¿Qué habría dicho su esposa? Se obligó a concentrarse en el problema que habían creado los estadounidenses. Debía tener a punto una solución que ofrecer al ministro de Asuntos Exteriores. Al final se le ocurrió una, y para cuando llegó al número 2 de Chaoyangmen Nandajie, tenía un plan.

El Ministerio de Asuntos Exteriores era un elegante edificio alto con la fachada en curva. El vestíbulo resplandecía de tanto lujo. Estaba diseñado para impresionar a los visitantes extranjeros, al contrario que las oficinas centrales del Guoanbu, que nunca recibían visitantes, jamás.

Acompañaron a Kai al ascensor y desde allí lo llevaron al despacho del ministro, que era, si cabe, aún más suntuoso que el vestíbulo. Su mesa era un escritorio de un erudito de la dinastía Ming, y sobre él descansaba un jarrón de porcelana azul y blanco que Kai pensó que debía de ser del mismo período y, por lo tanto, de un valor incalculable.

Wu Bai era un sibarita afable cuyo principal objetivo, tanto en la política como en la vida, era evitar los problemas. Era alto y atractivo, y vestía un traje azul de raya diplomática que parecía confeccionado en Londres. Sus secretarias lo adoraban, pero sus colegas pensaban que era un don nadie. Desde el punto de vista de Kai, Wu Bai era un activo valioso. A los líderes extranjeros les gustaba su carisma, y se confiaban a él como no lo habrían hecho con un político chino más aferrado a la tradición, como por ejemplo el ministro de Seguridad Fu Chuyu.

—Pasa, Kai —dijo Wu Bai en un tono amistoso—. Me alegro de verte. ¿Cómo está tu madre? Estaba colado por ella cuando éramos jóvenes, ya sabes, antes de que conociera a tu padre.

Wu Bai a veces le decía ese tipo de cosas a la madre de Kai y la hacía reír como si fuera una colegiala.

—Está muy bien, por suerte. Y mi padre también.

—Sí, eso ya lo sé. Veo mucho a tu padre, claro, porque estoy con él en la Comisión de Seguridad Nacional. Siéntate. ¿Qué es eso de las Naciones Unidas que querías contarme?

—Me lo olí ayer y se ha confirmado a lo largo de la noche. He pensado que lo mejor sería contárselo de inmediato.

Siempre era bueno que Kai les dejara claro a los ministros que les estaba proporcionando las noticias más frescas. A continuación repitió lo que le había contado antes al ministro de Seguridad.

—Da la sensación de que los americanos han hecho un gran esfuerzo. —Wu Bai frunció el ceño con aire reprobador—. Me sorprende que mi gente no se haya enterado.

—Debo decir, en su defensa, que no disponen de los mismos recursos que yo. Nosotros nos centramos en aquello que es secreto, es nuestro trabajo.

—¡Dichosos americanos! —exclamó Wu—. Saben que odiamos a los terroristas musulmanes tanto como ellos. Más.

—Mucho más.

—Nuestros peores alborotadores son los islamistas de la región de Xinjiang.

—Estoy de acuerdo.

Wu Bai desechó su indignación encogiéndose de hombros.

—Bueno, ¿y qué vamos a hacer al respecto? Esta es la pregunta importante.

—Deberíamos contrarrestar la campaña diplomática de los estadounidenses. Nuestros embajadores pueden intentar cambiar la opinión de los países neutrales.

—Sí, bueno, podemos intentarlo —dijo Wu Bai no muy convencido—. Pero a los presidentes y a los primeros ministros no les gusta retractarse de sus promesas. Los hace parecer débiles.

—¿Puedo hacerle una sugerencia?

—Adelante, por favor.

—Muchos de los países neutrales cuyo apoyo necesitamos son lugares en los que el gobierno chino está llevando a cabo cuantiosas inversiones, de literalmente miles de millones de dólares. Podríamos amenazar con retirar esos proyectos. «¿Quieres tu aeropuerto nuevo, tu ferrocarril, tu planta petroquímica? Pues vota a nuestro favor… O ve a pedirle el dinero a la presidenta Green.»

Wu Bai frunció el ceño.

—No nos convendría cumplir esa amenaza. No vamos a perjudicar nuestro programa de inversiones por culpa de una resolución de la ONU algo problemática.

—No, pero tal vez la mera amenaza funcione. Si es necesario, bastaría con retirar uno o dos proyectos menores de manera simbólica. Además, siempre podríamos retomarlos más adelante. Pero la noticia de que se ha cancelado la construcción de un puente o de un colegio asustaría a los que están esperando una autopista o una refinería de petróleo.

Wu Bai se quedó pensativo.

—Podría funcionar. Grandes amenazas, respaldadas por una o dos retiradas simbólicas que puedan revertirse más adelante. —Consultó su reloj—. Voy a ver al presidente esta tarde. Se lo propondré. Creo que le gustará la idea.

Kai opinaba lo mismo. Durante las maniobras políticas para la elección del nuevo líder chino, más herméticas y bizantinas que las de la elección de un papa, el presidente Chen Haoran había dado a los tradicionalistas la impresión de que estaba de su lado, pero, desde que se había convertido en el líder, por lo general había tomado decisiones pragmáticas.

Kai se levantó.

—Gracias, señor. Dele recuerdos de mi parte a la señora Wu.

—Se los daré, descuida.

Kai se marchó.

De nuevo en el deslumbrante vestíbulo, llamó a Peng Yawen. Su secretaria le transmitió varios mensajes, aunque ninguno requería atención inmediata. Kai tenía la sensación de que aquella mañana había hecho un buen trabajo por su país, y de que en aquel momento podía encargarse de un asunto personal. Salió del edificio y le pidió a Monje que lo llevara al estudio Beautiful Films.

Era un trayecto largo a través de la ciudad, de regreso casi hasta el Guoanbu. Por el camino pensó en Ting. La amaba con locura, pero a veces su esposa lo desconcertaba, y en otras ocasiones, como aquella, lo avergonzaba. Se había enamorado de ella en parte porque las maneras despreocupadas de la gente del cine lo hechizaban. Su amplitud de miras y su falta de inhibición le encantaban. Siempre estaban haciendo bromas, sobre todo de carácter sexual. Sin embargo, Kai también notaba un impulso contradictorio: deseaba una familia china tradicional. No se atrevía a comentárselo a Ting, pero quería que tuvieran un hijo.

Era un tema del que ella no hablaba nunca. Adoraba que la adoraran. Le gustaba que los extraños se acercaran a ella y le pidieran autógrafos. Sus elogios la embriagaban y se alimentaba del entusiasmo que demostraban solo por conocerla. Y le encantaba el dinero. Tenía un coche deportivo, una habitación llena de ropa bonita y una segunda residencia en la isla Gulangyu, en Xiamen, a dos mil kilómetros del aire contaminado de Pekín.

No mostraba la menor predisposición a retirarse y convertirse en madre.

Pero la necesidad comenzaba a ser apremiante. Una vez cumplidos los treinta, cada vez les costaría más concebir. Cuando lo pensaba, Kai sentía pánico.

No pensaba sacarle el tema aquel día. Había un problema más inmediato.

Un grupito de admiradoras, todas mujeres, esperaban a la puerta del estudio, con su libreta de autógrafos en la mano, cuando el coche de Kai se acercó. Su chófer habló con el guardia mientras las mujeres escudriñaban el interior del vehículo con la esperanza de ver a una estrella, hasta que vieron a Kai y, decepcionadas, se hicieron a un lado. El guardia levantó la barrera y el coche entró en el recinto.

Monje conocía bien aquella enorme extensión de edificios industriales. Era primera hora de la tarde y varias personas estaban tomándose un descanso tardío para comer: los trabajadores del cine jamás podían contar con tener unos horarios de comida regulares. Kai vio a un hombre caracterizado de superhéroe sorbiendo fideos de un cuenco de plástico, a una princesa medieval fumándose un cigarrillo y a cuatro monjes budistas sentados en torno a una mesa jugando al póquer. El coche pasó por delante de varios platós al aire libre: una parte de la Gran Muralla, de madera pintada, sujeta por unos modernos andamios de acero; la fachada de un edificio de la Ciudad Prohibida y la entrada a una comisaría de policía de Nueva York, rematada con un cartel que rezaba: DISTRITO 78. Cualquier fantasía podía hacerse realidad en aquel sitio. A Kai le encantaba.

Monje aparcó delante de un edificio con aspecto de almacén. Tenía una puertecita con un rótulo indicador manuscrito que decía: AMOR EN EL PALACIO, aunque no se parecía ni por asomo a un palacio. Kai entró.

Estaba familiarizado con el laberinto de pasillos con camerinos, salas de vestuario, estudios de maquillaje y peluquería, y almacenes de equipos eléctricos. Los técnicos con vaqueros y auriculares lo saludaban con amabilidad: todos conocían al afortunado marido de la estrella.

Se enteró de que Ting estaba en el estudio de sonido. Siguió un trenzado retorcido de cables gruesos que lo llevó, por detrás de los altos paneles de un decorado, hasta una puerta con una luz roja que prohibía la entrada. Kai sabía que podía ignorar la prohibición si permanecía callado. Entró con cuidado. La gran sala estaba en silencio.

La serie estaba ambientada a principios del siglo XVIII, antes de la primera guerra del Opio, que desencadenó la destrucción de la dinastía Qing. La gente la consideraba una edad dorada, dado que la erudición, la sofisticación y la riqueza de la civilización tradicional china no tenían entonces parangón. Algo parecido al recuerdo que los franceses tenían de Versalles y de la corte del Rey Sol, o a la idealización de San Petersburgo por parte de los rusos, antes de la revolución.

Kai reconoció el decorado, que representaba la sala de audiencias del emperador. Había un trono bajo un palio con cortinas, y detrás un fresco con pavos reales y vegetación exuberante. Transmitía una sensación de formidable riqueza, hasta que te fijabas con atención y veías la tela barata y la madera desnuda que las cámaras no revelaban.

La serie era una saga familiar que los moralistas desaprobaban y calificaban de «drama de ídolos», programas protagonizados por estrellas adoradas por el gran público. Ting era la concubina favorita del emperador. En aquel momento estaba en el escenario, muy maquillada, con la cara empolvada, blanquísima, y carmín de un rojo intenso. Llevaba un tocado muy elaborado en la cabeza, tachonado de joyas; falsas, claro está. Se suponía que su vestido era de una seda color marfil con exquisitos bordados de flores y pájaros en pleno vuelo, pero en realidad era rayón estampado. La cintura era minúscula, como sin duda lo era la de Ting, y el amplio polisón exageraba su pequeñez.

Tenía una apariencia inocente y refinada, como una figura de porcelana. Lo atractivo del personaje era que la concubina no era tan pura y dulce como parecía, ni mucho menos. Podía ser terriblemente rencorosa, irreflexivamente cruel y explosivamente sexy. El público la adoraba.

Ting era la gran rival de la primera esposa del emperador, que en aquel momento no estaba en escena. Pero el emperador sí. Estaba sentado en el trono, ataviado con un abrigo de seda anaranjada con unas enormes mangas acampanadas, encima de una prenda multicolor que parecía un vestido que llegaba hasta el suelo. Su sombrero era una gorra con una punta pequeña y lucía un bigote caído. Lo interpretaba Wen Jin, un actor alto, de aspecto romántico, el ídolo de millones de mujeres chinas.

Figuraba que Ting estaba enfadada y reprendía al emperador, sacudía la cabeza, y sus ojos destellaban desafiantes. En esa actitud, su atractivo resultaba sobrenatural. Kai no alcanzaba a oír bien lo que decía su esposa, porque la sala era muy grande y Ting hablaba en voz baja. Sabía, porque ella se lo había explicado, que los gritos no quedaban bien en televisión y que los micrófonos captaban a la perfección sus vituperios discretos.

El emperador se mostraba a veces conciliador y a veces adusto, pero siempre como reacción ante ella; su personaje rara vez tomaba la iniciativa, algo de lo que el actor solía quejarse a menudo. Al final la besó. El público esperaba con ansia aquellas escenas, nada frecuentes: la televisión china era más mojigata que el equivalente estadounidense.

El beso fue tierno y larguísimo, cosa que habría podido poner celoso a Kai de no haber sabido que Wen Jin era gay hasta la médula. Se prolongó un buen rato, en absoluto realista, hasta que la directora gritó *Cut!* en inglés, y todo el mundo se relajó.

Ting y Jin se apartaron el uno del otro enseguida. Ting se secó los labios dándose golpecitos con un pañuelo de papel que Kai sabía que era una toallita desinfectante. Se acercó a ella. Su mujer sonrió sorprendida y lo abrazó.

Nunca había dudado del amor de Ting, pero de haber sido

así, aquel recibimiento lo habría tranquilizado. Estaba claro que se alegraba de verlo, aunque hiciera solo unas horas que habían desayunado juntos.

—Siento lo del beso —le dijo ella—. Ya sabes que no disfruto.

—¿A pesar de lo atractivo que es?

—Jin no es atractivo, es mono. Tú sí que eres atractivo, cielo.

Kai se echó a reír.

—Si la arruga es bella, a lo mejor. Siempre y cuando no haya mucha luz.

Ting también se rio.

—Vamos a mi camerino. Tengo un descanso. Han de poner el decorado del dormitorio.

Lo guio agarrándolo de la mano. Cuando llegaron al camerino, Ting cerró la puerta a su espalda. Era una habitación pequeña y gris, pero ella la había animado con algunos detalles: pósteres en una pared, una estantería con libros, una maceta con una orquídea, una fotografía enmarcada de su madre.

Ting se quitó enseguida el vestido y se sentó. Solo llevaba puestas sus bragas y su sujetador del siglo XXI. Kai sonrió encantado ante la imagen.

—Una escena más y creo que darán por terminada la jornada —dijo Ting—. Esta directora hace las cosas deprisa.

—¿Cómo lo consigue?

—Sabe lo que quiere y tiene un plan. Aunque nos hace trabajar a destajo. Me muero de ganas de pasar la tarde en casa.

—Te olvidas de una cosa —repuso Kai con pesar—. Hoy es el día que cenamos con mis padres.

A Ting se le ensombreció la expresión.

—Es verdad.

—Si estás cansada, lo cancelo.

—No. —Su rostro volvió a cambiar y Kai supo que estaba interpretando su papel de *Afrontar la decepción con valentía*—. Tu madre habrá preparado un banquete.

—En serio, no me importa.

—Ya lo sé, pero quiero llevarme bien con tus padres. Son

importantes para ti, así que son importantes para mí. No te preocupes. Iremos.

—Gracias.

—Tú haces muchas cosas por mí. Eres la roca que da estabilidad a mi vida. La desaprobación de tu padre es un precio muy bajo a cambio de todo eso.

—Creo que, aunque no lo reconozca, mi padre te ha cogido cariño en el fondo. Solo que tiene que mantener esa fachada de estricto puritanismo. Y mi madre ya ni siquiera finge que le caigas mal.

—Al final me ganaré a tu padre. ¿Cómo es que te has pasado por aquí esta tarde? ¿No tenías nada que hacer en el Guoanbu? ¿Los americanos se muestran comprensivos y serviciales con China? ¿La paz mundial está a punto de llegar?

—Ojalá. Tenemos un pequeño problema. Alguien ha ido diciendo por ahí que criticas al Partido Comunista.

—Madre mía, pero qué tontería.

—Lo sé. Pero la información ha llegado hasta Li Jiankang y, por supuesto, quiere sacarle el máximo provecho para hacerme daño. Cuando el ministro se jubile, cosa que está al caer, Li quiere quedarse con su puesto, mientras que todos los demás quieren que sea yo quien lo ocupe.

—Ay, cariño, ¡lo siento mucho!

—Así que te están investigando.

—Sé quién me ha acusado. Ha sido Jin. Está celoso. Cuando empezó la serie, se suponía que la estrella era él, pero ahora yo soy más famosa y me odia.

—¿La acusación tiene algún tipo de base?

—Uf, ¿quién sabe? Ya conoces a los de la industria del cine: no paran de fanfarronear, sobre todo en el bar, cuando acabamos de trabajar. Supongo que alguien diría que China no es una democracia y yo asentí dándole la razón.

Kai suspiró. Era muy posible. Como todas las agencias de seguridad, el Guoanbu creía firmemente que cuando el río sonaba era porque llevaba agua, y la gente maliciosa se valía de eso para causar problemas a sus enemigos. Era algo así como las acusaciones de brujería de tiempo atrás: una vez presentada la denuncia, resultaba fácil encontrar algo que pareciera una prueba. Nadie era del todo inocente.

Sin embargo, la noticia de que Jin podría ser el responsable le proporcionaba cierta munición a Kai.

Llamaron a la puerta.

—¡Adelante! —dijo Ting.

Se asomó el regidor, un joven vestido con una camiseta del Manchester United.

—Todo a punto, Ting, te estamos esperando.

Ni Ting ni él parecieron darse cuenta de que ella estaba medio desnuda. Así eran las cosas en el estudio, pensó Kai: desenfadadas. Le resultó fascinante.

El regidor se marchó y Kai ayudó a su mujer a volver a ponerse el vestido. Después le dio un beso.

—Nos vemos luego en casa —le dijo.

Ting se marchó y Kai se dirigió al edificio de administración y buscó el despacho del Partido Comunista.

En China, toda empresa estaba vigilada por un grupo del Partido que controlaba sus actividades, y cualquier cosa relacionada con los medios de comunicación recibía una atención especial. El Partido leía todos los guiones e investigaba a todos los actores. A los productores les gustaban los dramas históricos porque lo que transcurría en una época lejana tenía menos implicaciones políticas en la actual, así que era menos probable que sufrieran intromisiones.

Kai entró en el despacho de Wang Bowen, el secretario de la rama del Partido que operaba en el estudio.

Dominaba la estancia un enorme retrato del presidente Chen, un hombre con un traje oscuro y el pelo negro muy bien peinado, semejante a los retratos de miles de otros altos mandatarios chinos. Encima de la mesa había otra fotografía de Chen, una imagen en la que estrechaba la mano a Wang.

Wang era un hombre normal y corriente que no llegaba a los

cuarenta años, con los puños de la camisa sucios y el pelo con entradas. Por lo general, los mandos que se movían en la sombra sabían más de política que de negocios. Aun así, tenían mucho poder y había que apaciguarlos, como a dioses iracundos. Sus malas decisiones podían resultar desastrosas. Según Ting, Wang se comportaba con arrogancia con los actores y los técnicos.

Por otro lado, Kai también tenía mucho poder. Era un principito. Los funcionarios comunistas solían ser unos bravucones, pero tenían que someterse a sus superiores dentro del Partido.

Wang se mostró servil en un principio.

—Pase, Chang Kai. Siéntese, encantado de verle, espero que se encuentre bien.

—Muy bien, gracias. Me he pasado a ver a Ting y he pensado que, ya que estaba aquí, podía aprovechar para charlar un rato con usted. Una conversación que quede entre nosotros, ya me entiende.

—Por supuesto —contestó Wang, que parecía satisfecho; lo halagaba que Kai quisiera confiar en él.

El enfoque de Kai no sería defender a Ting. Eso se interpretaría como una admisión de culpa. Adoptó una estrategia diferente.

—Seguramente no le interesen los chismorreos de los platós de grabación, Wang Bowen —comentó; por supuesto, los chismorreos eran justo lo que más interesaba a Wang—, pero tal vez le ayude saber que Wen Jin le ha cogido unos celos terribles a Ting.

—Algo me habían contado —dijo Wang, que no estaba dispuesto a reconocer su ignorancia.

—Está muy bien informado. Entonces ya sabe que, cuando Jin aceptó el papel del emperador en *Amor en el palacio*, le dijeron que sería la estrella de la serie, pero ahora está claro que Ting lo supera en popularidad.

—Sí.

—Se lo comento porque es probable que la investigación del Guoanbu concluya que la rivalidad personal es el motivo de las acusaciones de Jin y que, por lo demás, carecen de fundamento. He pensado que esto podría ayudarle a estar prevenido. —Eso era mentira—. Ting le tiene cariño. —Eso era una mentira aún mayor—. No queremos que esto termine repercutiéndole a usted.

Ahora Wang parecía asustado.

—Tenía la obligación de tomarme la información en serio —protestó.

—Por descontado. Es su trabajo. En el Guoanbu lo entendemos muy bien. Es solo que no quiero que le pille por sorpresa. Tal vez quiera volver a entrevistar a Jin y redactar un breve apéndice a su informe en el que deje claro que la animosidad podría ser un factor importante.

—Ah. Buena idea. Sí.

—No es mi intención interferir, por supuesto, pero *Amor en el palacio* es una serie de tanto éxito, tan querida por el público, que sería una tragedia que algo la ensombreciera… innecesariamente.

—Sí, estoy de acuerdo.

Kai se puso en pie.

—No debo entretenerme. Como siempre, tengo mucho que hacer. Estoy seguro de que a usted le ocurre lo mismo.

—Cierto, así es —dijo Wang mientras paseaba la mirada por su despacho, en el que no había ni el menor rastro de trabajo pendiente.

—Adiós, camarada —se despidió Kai—. Me alegro de que hayamos mantenido esta conversación.

Los padres de Kai vivían en una especie de villa, una espaciosa casa de dos plantas construida sobre una pequeña parcela en un barrio residencial nuevo, muy poblado y destinado a la clase media alta adinerada. Sus vecinos eran destacados funcionarios gubernamentales, empresarios de éxito, oficiales militares de rango superior y altos cargos directivos de grandes empresas. El padre de Kai, Chang Jianjun, siempre había dicho que nunca necesitaría una casa más grande que el compacto apartamento de tres habitaciones en el que habían criado a Kai, pero en aquel asunto había cedido ante su mujer, Fan Yu… O quizá sencillamente la había utilizado como excusa para cambiar de opinión.

Kai jamás querría vivir en un barrio tan aburrido. Su apartamento contaba con todo lo que necesitaba, y además no tenía que molestarse en cuidar el jardín. La ciudad era donde se movían las cosas: el gobierno, los negocios, la cultura. En los barrios residenciales no había nada que hacer, y el trayecto hasta el lugar de trabajo era todavía más largo.

Mientras iban hacia allá en el coche, Kai le dijo a Ting:

—Mañana por la mañana le diré al ministro de Seguridad que la información contra ti procedía de un rival envidioso. Wang lo confirmará, así que abandonarán la investigación.

—Gracias, cariño. Siento que hayas tenido que preocuparte por esto.

—Estas cosas pasan, pero a partir de ahora deberías ser más discreta con lo que dices, e incluso cuando asientes.

—Lo seré, te lo prometo.

La villa estaba impregnada del olor de una cena especiada. Jianjun todavía no había llegado a casa, así que Kai y Ting se sentaron en sendos taburetes de la cocina moderna mientras Yu cocinaba. La madre de Kai tenía sesenta y cinco años. Era una mujer menuda con la cara arrugada y pelo oscuro con algunos mechones plateados. Hablaron de la serie.

—Al emperador le gusta su primera esposa porque es todo sonrisas y zalamerías —dijo Yu—, pero tiene una vena cruel.

Ting estaba acostumbrada a que la gente hablara de los personajes de ficción como si fueran reales.

—No debería confiar en ella —convino—. No siente ningún interés por nadie que no sea ella misma.

Yu sacó una bandeja de *dumplings* de sepia con la masa tan fina como el papel.

—Para que aguantéis hasta que llegue tu padre —dijo, y Kai empezó a comer con apetito.

Ting cogió uno por educación, pero tenía que conservar la minúscula cintura que le permitía ponerse los vestidos de una concubina del siglo XVIII.

Entonces llegó Jianjun. Era bajo y musculoso, como un boxeador de peso mosca. Tenía los dientes amarillos por culpa del tabaco. Le dio un beso a Yu, saludó a Kai y a Ting y sacó cuatro vasitos y una botella de *baijiu*, un licor claro parecido al vodka que era la bebida alcohólica más popular de China. Kai habría preferido un Jack Daniel's con hielo, pero no dijo nada y su padre tampoco preguntó.

Jianjun sirvió cuatro copas y las repartió.

—¡Bienvenidos! —dijo alzando la suya.

Kai bebió un sorbo. Su madre acercó los labios al vaso y fingió beber, como si no quisiera ofender a su marido. A Ting le gustaba el *baijiu*, así que vació su copa.

Jianjun rellenó su vaso y el de Ting.

—Por los nietos —brindó a continuación.

A Kai se le cayó el alma a los pies. O sea que aquel iba a ser el tema de la noche. Jianjun quería un nieto y consideraba que tenía derecho a insistir en reclamarlo. Kai también quería que Ting tuviera un bebé, pero aquella no era la manera apropiada de sacar el tema. Ni su padre ni ninguna otra persona la coaccionarían para que fuera madre. Kai decidió que no discutiría con él por eso.

—Venga, cielo mío, deja en paz a los pobres chicos —intervino Yu.

Sin embargo, no empleó su voz especial, así que Jianjun no le hizo caso.

—Ya debes de tener treinta —le dijo a Ting—. ¡No lo dejes pasar mucho más tiempo!

Ella sonrió y no dijo nada.

—China necesita más chicos inteligentes como Kai —insistió Jianjun.

—O chicas inteligentes, padre —sugirió Ting.

Pero Jianjun quería un nieto.

—Estoy seguro de que Kai quiere un niño.

Yu apartó una vaporera del fuego, llenó una cesta de *baos* y se la pasó a su marido.

—Llévalos a la mesa, por favor —le pidió.

Yu sirvió enseguida una fuente de cerdo salteado con pimientos verdes, otra de tofu casero y un cuenco de arroz. Jianjun repitió de *baijiu*; los demás no quisieron más. Ting, que comía con frugalidad, le dijo a Yu:

—Haces los mejores *baos* del mundo, mamá.

—Gracias, cariño.

Para que Jianjun no volviera a sacar el tema de los nietos, Kai le contó lo de la resolución de la ONU de la presidenta Green y la disputa diplomática por los votos. Jianjun tenía tendencia a mostrarse desdeñoso.

—La ONU nunca vale para nada —señaló. Los tradicionalistas creían que la única manera de resolver los conflictos era una guerra. Mao había dicho que el poder brotaba del cañón de una pistola—. Es bueno que los jóvenes sean idealistas —continuó Jianjun con toda la condescendencia que un padre chino se consideraba con derecho a tener.

—Un comentario muy amable por tu parte —dijo Kai.

A su padre se le escapó por completo el sarcasmo.

—De una forma u otra, tendremos que romper el anillo de acero de los estadounidenses —prosiguió Jianjun.

—¿Qué es el anillo de acero, padre? —preguntó Ting.

—Los estadounidenses nos tienen rodeados. Tienen tropas en Japón, Corea del Sur, Guam, Singapur y Australia. Además, Filipinas y Vietnam son simpatizantes de Estados Unidos. Los americanos le hicieron lo mismo a la Unión Soviética; lo llamaron «contención». Y al final ahogaron la Revolución rusa. Tenemos que eludir el destino de los soviéticos, pero no lo haremos en la ONU. Tarde o temprano, tendremos que romper el anillo.

Kai estaba de acuerdo con el análisis de su padre, pero tenía una solución distinta.

—Sí, a Washington le gustaría destruirnos, pero Estados

Unidos no es el mundo entero —repuso—. Estamos estableciendo alianzas y haciendo negocios por todo el planeta. Cada vez más países se dan cuenta de que les interesa mantener una buena relación con China, con independencia de que eso moleste a Estados Unidos. Estamos cambiando la dinámica. La lucha entre Estados Unidos y China no tiene por qué resolverse mediante un combate de gladiadores en el que el ganador se lo lleva todo. Es mejor avanzar hacia una posición en la que la guerra sea innecesaria. Dejar que el anillo de acero se oxide y se desmorone.

Jianjun no cedió ni un milímetro.

—Quimeras. Por más que invirtamos en los países del tercer mundo, los estadounidenses no cambiarán. Nos odian y quieren borrarnos del mapa.

Kai probó con otro enfoque:

—La costumbre china es evitar la batalla siempre que sea posible. ¿No dijo Sun Tzu que el arte supremo de la guerra es someter al enemigo sin luchar?

—Vaya, ahora intentas utilizar en mi contra mi fe en la tradición. Pero no funcionará. Debemos estar siempre preparados para la guerra.

Kai se dio cuenta de que empezaba a sentirse frustrado y molesto. Ting lo notó y le puso una mano disuasoria en el brazo. Él no se percató y preguntó con desdén:

—¿Y crees que podemos derrotar al abrumador poder de Estados Unidos, padre?

—Quizá deberíamos hablar de otra cosa —intervino Yu.

Su marido la ignoró.

—Nuestro ejército es diez veces más fuerte de lo que lo era. Las mejoras…

—Pero ¿quién ganaría? —lo interrumpió Kai.

—Nuestros nuevos misiles tienen múltiples cabezas nucleares cuyos objetivos se fijan de forma independiente…

—Pero ¿quién ganaría?

Jianjun dio un puñetazo en la mesa e hizo temblar la vajilla.

—¡Disponemos de las bombas nucleares necesarias para devastar las ciudades de Estados Unidos!

—Ah —dijo Kai recostándose contra el respaldo de su silla—. Qué rápido hemos llegado a la guerra nuclear…

Ahora Jianjun también estaba enfadado.

—China nunca será la primera en utilizar sus armas nucleares. Pero para evitar la destrucción total de nuestro país… ¡sí!

—¿Y qué bien nos haría eso a nosotros?

—No volveremos jamás al siglo de la humillación.

—Como vicepresidente de la Comisión de Seguridad Nacional, padre, ¿en qué circunstancias exactas le recomendarías al presidente que atacara Estados Unidos con armas nucleares, sabiendo casi con absoluta certeza que la consecuencia sería la aniquilación?

—En dos casos —respondió Jianjun—. El primero: que la ofensiva estadounidense amenace la existencia, la soberanía o la integridad de la República Popular China. El segundo: que ni la diplomacia ni las armas convencionales sean adecuadas para hacer frente a la amenaza.

—Lo dices en serio —dijo Kai.

—Sí.

—Seguro que tienes razón, cariño —volvió a intervenir Yu dirigiéndose a Jianjun. Luego cogió la cesta del pan—. Cómete otro *bao*.

7

Kiah volvía de la orilla del lago con la colada —una cesta en una cadera y Naji en la otra—, cuando un enorme Mercedes negro entró en la aldea.

Todo el mundo estaba anonadado. Podía pasar un año sin que recibieran la visita de un solo forastero, y en cambio aquella semana ya habían recibido dos. Todas las mujeres salieron de las casas para mirar.

La luna delantera reflejaba el sol como un disco ardiente. El coche se detuvo para que el conductor hablara con un aldeano que estaba deshierbando un cebollar. Después continuó hasta la casa de Abdulah, el mayor de los ancianos. Abdulah salió y el conductor le abrió la portezuela trasera. Estaba claro que el visitante era educado, ya que tenía la deferencia de hablar con los ancianos de la aldea antes que cualquier otra cosa. Al cabo de unos minutos, Abdulah bajó del coche con aire de satisfacción y volvió a entrar en su casa. Kiah supuso que había recibido algún dinero.

El coche regresó al centro de la aldea.

El conductor, que llevaba unos pantalones planchados y una camisa blanca impecable, se bajó del coche y lo rodeó. Abrió la portezuela trasera del lado del pasajero, que dejó al descubierto parte de la tapicería de piel marrón del interior.

La mujer que descendió del vehículo rondaba los cincuenta

años. Era de piel oscura, pero vestía prendas europeas caras: un vestido que le marcaba la figura, zapatos de tacón, un sombrero de ala ancha que le protegía la cara del sol y un bolso de mano. En la aldea nadie había tenido jamás un bolso de mano.

El conductor apretó un botón y la puerta se cerró con un zumbido eléctrico.

Las ancianas del pueblo la observaban desde la distancia, pero las jovencitas se arremolinaron en torno a la visitante. Las adolescentes, descalzas y con vestidos desgastados por el uso, admiraban su ropa con envidia.

La mujer sacó del bolso de mano un paquete de cigarrillos Cleopatra y un encendedor. Sostuvo un pitillo entre los labios rojos, lo encendió e inhaló con fuerza.

Era la sofisticación personificada.

Exhaló el humo y señaló a una chica alta con la piel del color del café con leche.

Las ancianas se acercaron lo bastante para oír lo que decía.

—Me llamo Fátima —dijo la visitante en árabe—. ¿Cómo te llamas tú?

—Zariah.

—Un nombre precioso para una chica preciosa.

Las otras chicas se rieron, pero era cierto: Zariah era impresionante.

—¿Sabes leer y escribir? —preguntó Fátima.

—Fui al colegio de las monjas —contestó Zariah con orgullo.

—¿Tu madre está por aquí?

La madre de Zariah, Noor, dio un paso al frente con un gallo debajo del brazo. Criaba pollos, y no cabía duda de que había levantado al valioso animal del suelo para mantenerlo a salvo de las ruedas del coche. El gallo estaba malhumorado e indignado, y Noor también.

—¿Qué quiere de mi hija?

Fátima ignoró su hostilidad.

—¿Cuántos años tiene su bella hija? —preguntó en un tono amable.

—Dieciséis.

—Bien.

—¿Por qué bien?

—Tengo un restaurante en Yamena, en la avenida Charles de Gaulle. Necesito camareras. —Fátima adoptó un tono de voz enérgico, pragmático—. Deben ser lo bastante inteligentes para tomar las comandas de comida y bebida sin equivocarse, y también tienen que ser jóvenes y guapas, porque eso es lo que quieren los clientes.

El interés de la concurrencia aumentó todavía más. Kiah y el resto de las madres se acercaron. Kiah percibió un olor, como si alguien hubiera abierto una caja de dulces, y se dio cuenta de que la fragancia procedía de Fátima, que parecía una criatura sacada de un cuento de hadas, aunque estaba allí para ofrecer algo mucho más práctico y buscado: un empleo.

—¿Y si los clientes no hablan árabe? —preguntó Kiah.

Fátima la observó con detenimiento, evaluándola.

—¿Podrías decirme tu nombre, jovencita?

—Me llamo Kiah.

—Bueno, Kiah, opino que las chicas inteligentes aprenden enseguida los nombres en francés y en inglés de los platos que sirven.

Kiah asintió.

—Claro. Tampoco serán muchos.

Fátima la miró con aire pensativo un instante y se volvió de nuevo hacia Noor.

—Jamás contrataría a una chica sin la autorización de su madre. Yo también soy madre, y abuela.

Noor parecía menos hostil.

Kiah hizo otra pregunta:

—¿Cuánto es el sueldo?

—A todas las chicas se les proporcionan las comidas, un uniforme y un lugar donde dormir. Pueden llegar a ganar hasta cincuenta dólares americanos a la semana en propinas.

—¡Cincuenta dólares! —exclamó Noor.

Era el triple del salario normal. Las propinas podían variar, eso lo sabía todo el mundo, pero incluso la mitad de aquella cifra sería un dineral a cambio de una semana cargando con platos y vasos.

—Pero ¿no hay sueldo? —insistió Kiah.

—Correcto —contestó Fátima, al parecer un tanto molesta.

Kiah se preguntó si Fátima sería de fiar. Era una mujer, y eso era un punto a su favor, aunque no determinante. Sin lugar a dudas, al describir el trabajo que ofrecía lo pintaba muy atractivo, pero eso era normal y no la convertía en una mentirosa. A Kiah le gustaban la franqueza con la que hablaba y su indiscutible glamour, pero por debajo de todo eso detectaba un poso de intensa crueldad que la inquietaba.

Aun así, envidiaba a las chicas solteras: podían escapar de la orilla del lago y encontrar un futuro nuevo en la ciudad. Ojalá ella pudiera hacer lo mismo. Consideraba que sería una camarera excelente. Y se ahorraría la terrible elección entre Hakim y la indigencia.

Pero tenía un hijo. No era capaz ni de desear siquiera una vida sin Naji. Lo quería demasiado.

—¿Cómo es el uniforme? —preguntó Zariah entusiasmada.

—Ropa europea —respondió Fátima—. Una falda roja, una blusa blanca y un pañuelo rojo con lunares blancos para el cuello. —Las chicas dejaron escapar exclamaciones de admiración y Fátima añadió—: Sí, es muy bonito.

—¿Quién se responsabiliza de esas chicas? —preguntó Noor, como buena madre, dado que, obviamente, las chicas de dieciséis años debían estar bajo supervisión.

—Viven en una casita que hay detrás del restaurante, y las cuida una mujer que se llama señora Amat al Yasu.

«Qué curioso», pensó Kiah. El nombre de la cuidadora era árabe cristiano.

—¿Eres cristiana, Fátima? —preguntó.

—Sí, pero entre mis empleados hay mezcla. ¿Estás interesada en trabajar para mí, Kiah?

—No puedo. —Bajó la mirada hacia Naji, que contemplaba a Fátima con fascinación desde los brazos de su madre—. No podría separarme de mi pequeño.

—Es muy guapo. ¿Cómo se llama?

—Naji.

—Debe de tener ¿qué? ¿Dos años?

—Sí.

—¿Su padre también es así de guapo?

El rostro de Salim destelló en la memoria de Kiah: la piel oscurecida por el sol, el pelo negro humedecido por la espuma que saltaba del mar, los pliegues en torno a los ojos, arrugados de tanto observar el agua en busca de peces. El recuerdo inesperado la llenó de una tristeza repentina.

—Soy viuda.

—Lo siento mucho. Debes de tener una vida dura.

—Así es.

—De todos modos, podrías ser camarera. Dos de mis chicas tienen hijos.

A Kiah le dio un vuelco el corazón.

—Pero ¿cómo lo hacen?

—Pasan todo el día con sus hijos. El restaurante abre por la noche, y entonces, mientras las madres trabajan, la señora Amat al Yasu cuida a los críos.

Kiah estaba sorprendida. Había dado por hecho que no podía optar al puesto. Y de repente se le abría una nueva posibilidad. Notó que se le aceleraba el corazón. Estaba emocionada y, al mismo tiempo, se sentía intimidada. Solo había ido a la ciudad un puñado de veces en toda su vida, y ahora le estaban proponiendo que se mudara a vivir allí. Los únicos restaurantes en los que había entrado eran cafeterías pequeñas como la de Tres Palmeras, pero le habían ofrecido trabajo en un establecimiento con pinta de ser terroríficamente lujoso. ¿Sería capaz de hacer un cambio tan brutal? ¿Tenía las agallas necesarias?

—He de pensármelo —dijo Kiah.

Noor hizo otra pregunta típica de madre:

—Esas chicas que tienen hijos... ¿Y sus maridos?

—Una es viuda, como Kiah. La otra... Lamento decir que fue tan tonta como para entregarse a un hombre que salió huyendo.

Las madres lo entendieron. Eran un grupo conservador, pero también habían sido chicas caprichosas en su juventud.

—Pensáoslo —dijo Fátima—, tomaos vuestro tiempo. Tengo que visitar más aldeas. Me pasaré otra vez por aquí en el camino de vuelta. Zariah y Kiah, si queréis trabajar para mí, estad preparadas a media tarde.

—¿Tenemos que marcharnos hoy? —preguntó Kiah.

Había imaginado que podría pensárselo durante una o dos semanas, no unas cuantas horas.

—Hoy —repitió Fátima.

Kiah estaba otra vez asustada.

—¿Y las demás? —quiso saber otra chica.

—Quizá cuando seáis más mayores —respondió Fátima.

Kiah sabía que, a decir verdad, las demás no eran lo bastante guapas.

Fátima se volvió hacia el coche y el conductor le abrió la portezuela. Antes de montarse, la mujer tiró al suelo la colilla del cigarrillo y la pisó. La conversación entera no le había llevado más que el tiempo que había tardado en fumárselo.

—Decidíos —dijo tras sentarse y asomar la cabeza—. Luego os veo.

El conductor cerró la portezuela.

Las aldeanas se quedaron mirando el coche mientras se alejaba.

—¿Qué opinas? —preguntó Kiah a Zariah—. ¿Te irás a Yamena con Fátima?

—Si mi madre me deja... ¡sí!

A Zariah le brillaban los ojos de esperanza y entusiasmo. Kiah solo le sacaba cuatro años, pero la diferencia de edad parecía mayor. Ella tenía un hijo del que preocuparse, y era más consciente de los peligros.

Entonces pensó en Hakim, con su camiseta sucia y sus abalorios de colores. Ahora se enfrentaba a una elección entre Fátima y Hakim.

En realidad no había mucho que pensar.

—¿Y tú, Kiah? —preguntó Zariah—. ¿Te irás con Fátima esta tarde?

La joven dudó solo un segundo.

—Sí —contestó, y después añadió—: Por supuesto.

El restaurante tenía un nombre inglés, Bourbon Street, anunciado fuera con luces de neón rojas. Kiah llegó a última hora de la tarde en el Mercedes de Fátima, junto con Zariah y otras dos chicas a las que no conocía. Entraron juntas en un vestíbulo con una alfombra gruesa y las paredes pintadas del color suave de las orquídeas blancas. Era aún más suntuoso de lo que Kiah había imaginado, y eso la tranquilizó.

Las chicas soltaron exclamaciones de sorpresa y admiración.

—Disfrutadlo —les dijo Fátima—, porque es la última vez que entraréis por la puerta principal. Hay una entrada para el servicio en la parte de atrás.

En el vestíbulo había dos hombres corpulentos, vestidos con un traje negro liso y sin hacer nada, y Kiah supuso que serían guardias de seguridad.

El salón principal era grande. A lo largo de uno de los laterales había una barra larga, con más botellas de las que Kiah había visto jamás en un solo sitio. ¿Qué tendrían dentro? Había sesenta mesas o más. En el lado opuesto a la barra había un escenario con cortinas rojas. Kiah no sabía que los restaurantes ofrecieran también espectáculos. Toda la sala estaba enmoquetada, menos un pequeño círculo de entarimado que quedaba delante del escenario y que debía de ser para bailar, dedujo.

Había unos diez hombres tomando algo y un par de chicas sirviéndoles, pero por lo demás el establecimiento estaba vacío, y Kiah supuso que acababan de abrir. Los uniformes rojos y blancos eran muy elegantes, aunque le escandalizó lo cortas que eran las faldas. Fátima presentó las chicas nuevas a las camareras, que le hicieron monerías a Naji, y al barman, que fue muy seco. En la cocina había seis cocineros afanados en limpiar y cortar verduras y en elaborar salsas. El espacio parecía pequeño para la tarea de preparar comida para todas aquellas mesas.

Al fondo, un pasillo llevaba hacia una serie de habitaciones pequeñas, cada una con una mesa, una silla y un sofá alargado.

—Los clientes pagan un precio extra por las habitaciones privadas —explicó Fátima.

Kiah se preguntó por qué alguien querría pagar más para cenar en privado. La envergadura de aquel negocio la tenía deslumbrada. Fátima debía de ser muy inteligente para gestionarlo todo. Se preguntó si tendría un marido que la ayudara.

Pasaron por una pequeña sala de personal con percheros de gancho para los abrigos y después salieron por la puerta de servicio. Al otro lado de un patio había un edificio de hormigón de dos plantas, pintado de blanco, con los postigos azules. Una mujer mayor disfrutaba del fresco del atardecer sentada a la puerta. Se puso de pie cuando Fátima se acercó.

—Esta es la señora Amat al Yasu —anunció Fátima—, pero todo el mundo la llama Jadda. —Era la forma coloquial de referirse a las niñeras.

Jadda era una mujer baja y rechoncha, pero tenía algo en la mirada que hizo pensar a Kiah que tal vez Jadda tuviera la misma vena cruel que Fátima.

Fátima le presentó a las chicas nuevas.

—Si hacéis lo que Jadda os diga, no os equivocaréis.

La puerta de la casa era una lámina de chapa ondulada clavada a un marco de madera, un diseño bastante habitual en Yamena. Dentro había varias habitaciones pequeñas y una ducha comunitaria. El piso superior era una réplica de la planta baja. Cada habitación tenía dos camas estrechas, con el espacio justo para ponerse de pie entre ambas, y dos armarios diminutos. La mayoría de las residentes se estaban preparando para la noche de trabajo, peinándose y poniéndose el uniforme de camarera. Jadda les dijo que se esperaba de ellas que se ducharan al menos una vez a la semana, cosa que sorprendió a las chicas nuevas.

A Kiah y a Zariah las pusieron en la misma habitación. Había un uniforme colgado en cada uno de los armarios, además de ropa interior de estilo europeo: unos sujetadores y unas bragas minúsculas. No había cuna: Naji tendría que dormir en la cama de Kiah.

Jadda les dijo que se cambiaran de inmediato porque empezarían a trabajar aquella noche. Kiah luchó contra el pánico. «¿Tan pronto?», se dijo. Al parecer, con Fátima todo sucedía más rápido de lo que esperabas.

—¿Cómo sabremos qué hacer? —preguntó a Jadda.

—Esta noche os emparejaremos con una veterana que os lo explicará todo —contestó la cuidadora.

Kiah se quitó la ropa y la sencilla combinación y se fue a la ducha. Después se puso el uniforme y fue a buscar a Amina, que iba a ser su mentora. En lo que a ella le pareció un abrir y cerrar de ojos, estaba entrando en el restaurante, que se había llenado enseguida. Una pequeña banda de música tocaba en directo y ya había unas cuantas personas bailando. Aunque todo el mundo hablaba árabe o francés, Kiah no reconocía ni la mitad de las palabras que decían, así que imaginó que estarían conversando sobre platos y bebidas de los que ella no había oído hablar nunca. Se sintió como una extranjera en su propio país.

Sin embargo, en cuanto Amina se puso a anotar pedidos, Kiah empezó a entenderlos. Amina preguntaba a los clientes qué les apetecía, y ellos le contestaban. A veces señalaban las entradas de una lista impresa, por lo que resultaba más sencillo asegurarse de lo que estaban diciendo. Amina apuntaba lo que elegían en una libreta y después iba a la cocina. Allí cantaba los pedidos en voz alta y luego arrancaba la hoja de la libreta y la dejaba sobre la encimera. Las comandas de bebida se las cantaba al taciturno barman. Cuando la comida estaba preparada, la llevaba a la mesa, y con la bebida hacía lo mismo.

Tras observarla durante media hora, Kiah anotó su primer pedido y no cometió ningún error. Amina le dio entonces su único consejo:

—Mójate los labios —le dijo, y se lamió los suyos para enseñarle cómo hacerlo—. Para estar sexy.

Kiah se encogió de hombros y se humedeció los labios.

Ganó seguridad enseguida y empezó a sentirse satisfecha consigo misma.

Al cabo de unas horas, las chicas hicieron turnos para tomarse un breve descanso y comer algo. Kiah se acercó corriendo a la casa para ver cómo estaba Naji y se lo encontró sumido en un sueño profundo. Era un niño tranquilo, pensó Kiah agradecida; los cambios le interesaban más de lo que lo asustaban. Kiah volvió al trabajo más calmada.

Algunos clientes se marchaban a casa cuando terminaban de cenar, pero muchos otros se quedaban, y los recién llegados se les sumaban para tomarse una copa. Kiah no daba crédito a la cantidad de cerveza, vino y whisky que bebía la gente. A ella, personalmente, no le gustaba la sensación que le producían las bebidas alcohólicas. A Salim le gustaba tomarse una cerveza de vez en cuando. No tenían prohibido beber —eran cristianos, no musulmanes—, pero, aun así, el alcohol no desempeñaba un gran papel en su vida.

La atmósfera comenzó a cambiar. Las risas se volvieron más estruendosas. Kiah se fijó en que ahora la clientela era casi toda masculina. Se quedaba de piedra cuando los hombres le ponían una mano en el brazo al pedirle una copa, o cuando le tocaban la espalda al pasar. Uno le apoyó una mano en la cadera, apenas un instante. Todo se hacía de una manera muy natural, sin sonrisas lascivas ni comentarios susurrados, pero se sentía desconcertada. Aquellas cosas no ocurrían en la aldea.

Era medianoche cuando descubrió para qué era el escenario. La orquesta comenzó a tocar una melodía árabe y las cortinas se abrieron para dar paso a una bailarina de danza del vientre egipcia. Kiah había oído hablar de ellas, pero no había visto nunca a ninguna. La mujer llevaba un traje extraordinariamente revelador. Al final del baile, se quitó el top de cuello *halter* para enseñar los pechos y, un segundo después, se cerraron las cortinas. El público aplaudió con entusiasmo.

Kiah no sabía mucho acerca de la vida en la ciudad, pero sospechaba que no todos los restaurantes tenían espectáculos de aquel tipo y empezó a inquietarse.

Echó un vistazo a sus mesas y un cliente le hizo un gesto con la mano. Era el hombre que le había puesto la mano en la cadera. Era europeo, fornido y llevaba un traje a rayas con una camisa blanca con el botón del cuello desabrochado. Aparentaba unos cincuenta años.

—Una botella de champán, *chérie*. Bollinger.

Estaba un poco borracho.

—Sí, señor.

—Llévamelo al reservado. Estaré en el número tres.

—Sí, señor.

—Lleva dos copas.

—Sí, señor.

—Llámame Albert.

—Sí, Albert.

Kiah llenó de hielo una cubitera plateada y pidió al barman una botella de champán y dos copas. Las colocó en una bandeja y el barman añadió un cuenco de *dika*, una mezcla de semillas y especias, y un plato de bastoncitos de pepino para untar. La joven se dirigió hacia el fondo del restaurante con la bandeja. Un guardia corpulento vestido con un traje negro esperaba junto a la entrada del pasillo privado. Kiah buscó el reservado número tres, llamó a la puerta y entró.

Albert estaba sentado en el sofá. Kiah echó un vistazo al reservado, pero no había nadie más. Aquello la puso nerviosa.

Dejó la bandeja sobre la mesa.

—Puedes abrir el champán —le dijo Albert.

A Kiah no la habían enseñado a abrir aquel tipo de botellas durante su formación.

—No sé hacerlo, señor, lo siento. Es mi primer día.

—Pues ya te enseño yo.

Kiah lo observó con mucha atención mientras quitaba el papel de aluminio y aflojaba el cierre de alambre. Después agarró el corcho, lo giró ligeramente y luego lo presionó para que saliera poco a poco. Se oyó un ruido que parecía un golpe de viento.

—Como el suspiro de una mujer satisfecha —dijo él—. Solo que eso no se oye tan a menudo, ¿verdad?

Se echó a reír y Kiah se dio cuenta de que su cliente había hecho un chiste, así que sonrió aunque no le veía la gracia.

El hombre sirvió dos copas.

—Está esperando a alguien —observó Kiah.

—No. —Cogió una de las copas y se la ofreció—. Esta es para ti.

—Ah, no, gracias.

—No te hará ningún daño, tontita. —Se dio unas palmaditas con la mano en el muslo carnoso—. Ven, siéntate aquí.

—No, señor, de verdad que no puedo.

Ese hombre empezaba a resultarle molesto.

—Te daré veinte pavos por un beso.

—¡No!

Kiah no sabía si se refería a dólares, a euros o a otra cosa, pero desde luego, en cualquier divisa, era un pago absurdamente alto a cambio de un beso, y su intuición le decía que se le exigiría mucho más. Le daba miedo que, aunque pareciera un hombre agradable, se pusiera insistente e intentara forzarla.

—Se te da bien negociar —dijo—. Vale, cien por un polvo.

Kiah salió corriendo del reservado.

Fátima estaba justo al otro lado de la puerta.

—¿Qué ha pasado? —le preguntó.

—¡Ese hombre quiere sexo!

—¿Te ha ofrecido dinero?

Kiah asintió.

—Cien. Pavos, ha dicho.

—Dólares. —Fátima agarró a Kiah de los hombros y se inclinó hacia ella; la joven inspiró su perfume como de miel quemada—. Escúchame. ¿Te han ofrecido cien dólares alguna vez?

—No.

—Y nunca volverán a ofrecértelos, a menos que entres en el juego. Así es como te ganas las propinas, aunque no todos nuestros clientes son tan generosos como Albert. Ahora vuelve ahí dentro y quítate las bragas. —Se sacó un paquetito plano de un bolsillo—. Y usa condón.

Kiah no cogió los preservativos.

—Lo siento mucho, Fátima —dijo—. No me gusta llevarte la contraria y tengo muchísimas ganas de ser camarera, pero no puedo hacer lo que me pides, de verdad que no. —Estaba decidida a conservar la dignidad, pero, muy a su pesar, empezaron a caerle lágrimas—. Por favor, no intentes obligarme —suplicó.

Fátima adoptó una expresión de determinación y le espetó:

—¡No puedes trabajar aquí si no les das a los clientes lo que te piden!

Para entonces, la muchacha lloraba tanto que era incapaz de responder.

El guardia de seguridad se acercó.

—¿Va todo bien, jefa? —preguntó a Fátima.

Kiah comprendió que, si decidían obligarla, el guardia conseguiría inmovilizarla sin apenas esfuerzo. De modo que cambió de actitud. Lo peor que podía hacer en aquel momento era parecer indefensa, una aldeana ignorante a la que podían mangonear. No estaba dispuesta a dejarse pisotear.

Dio un paso atrás y levantó la barbilla.

—No pienso hacerlo —dijo con firmeza—. Lamento decepcionarte, Fátima, pero es culpa tuya. Me has engañado. —Hablando despacio y con rotundidad, añadió—: Así que será mejor que no nos peleemos.

Fátima echaba chispas.

—¿Me estás amenazando?

Kiah miró al guardia.

—Está claro que no puedo pelear contra él. —Levantó la voz—. Pero puedo montar un escándalo tremendo delante de tu clientela.

—¡Eh, aquí necesitamos más bebidas! —gritó en ese momento un cliente, asomándose desde otro reservado.

—Enseguida, señor —contestó Fátima. Después pareció rendirse—. Vete a tu habitación y consúltalo con la almohada —le dijo a Kiah—. Mañana verás las cosas de otra forma y podrás volver a intentarlo.

Kiah asintió en silencio.

—Y por lo que más quieras —añadió Fátima—, que los clientes no te vean lloriquear.

La joven se marchó enseguida, antes de que Fátima cambiara de opinión.

Llegó a la puerta de servicio y cruzó el patio hasta la casa de las chicas. Jadda estaba sentada en la entrada viendo la televisión.

—Has vuelto pronto —comentó en tono de reproche.

—Sí —dijo Kiah, y subió las escaleras a toda prisa sin dar explicaciones.

Naji seguía profundamente dormido.

Kiah se quitó el uniforme, que ahora veía como el atuendo de una prostituta. Se puso la combinación y se tumbó junto a Naji. Era más de medianoche, pero oía la música de la orquesta y el clamor de las conversaciones del club. Aunque estaba cansada, no se dormía.

Zariah volvió alrededor de las tres de la mañana. Le brillaban los ojos y llevaba un puñado de dinero en la mano.

—¡Soy rica! —exclamó.

Kiah estaba demasiado cansada para decirle que estaba haciendo mal. De hecho, ni siquiera tenía claro que estuviera mal.

—¿Cuántos hombres?

—Uno me dio veinte, y al otro se lo hice con la mano por diez —contestó Zariah—. ¡Piensa en cuánto le cuesta a mi madre ganar treinta!

Se quitó la ropa y se fue al baño.

—Lávate bien —le dijo Kiah.

Zariah volvió poco después y, un minuto más tarde, estaba dormida.

Kiah permaneció despierta hasta que la luz del amanecer empezó a filtrarse por las delgadas cortinas y Naji se desperezó. Le dio el pecho para que siguiera tranquilo un ratito más y luego se vistió e hizo lo propio con su hijo.

Cuando abrieron la puerta de la habitación, no había nadie más levantado.

Salieron a hurtadillas de la casa silenciosa.

La avenida Charles de Gaulle era un bulevar amplio del centro de la capital. Incluso a aquella hora ya había gente por allí. Kiah pidió indicaciones para llegar a la lonja, el único lugar de Yamena que conocía. Todas las noches, los pescadores del lago Chad conducían en la oscuridad para llevar a la ciudad la captura del día, y ella había acompañado a Salim unas cuantas veces.

Cuando llegó, los hombres estaban descargando los camiones aún a media luz. El olor del pescado era muy intenso, pero para Kiah era más respirable que la atmósfera del Bourbon Street. Estaban organizando los mostradores plateados de sus puestos, rociándolos con agua para que se mantuvieran frescos. Lo venderían todo antes del mediodía y volverían a casa a primera hora de la tarde.

Kiah se paseó por allí hasta que vio una cara conocida.

—¿Te acuerdas de mí, Melhem? Soy la viuda de Salim.

—¡Kiah! —exclamó él—. Claro que me acuerdo de ti. ¿Qué estás haciendo aquí tan sola?

—Es una larga historia —respondió ella.

8

Cuatro días después del tiroteo del puente N'Gueli, cuatro noches después de que Tamara durmiera con Tab sin mantener relaciones sexuales con él, el embajador estadounidense ofreció una fiesta con motivo del trigésimo cumpleaños de su mujer.

Tamara quería que la fiesta fuera un éxito, tanto por Shirley, que era su mejor amiga en el Chad, como por el marido de Shirley, Nick, que se estaba rompiendo los cuernos para organizarlo todo. Por lo general era Shirley quien se hacía cargo de las fiestas —era uno de los deberes del consorte de un embajador—, pero Nick había decretado que ella no podía ocuparse de su propia celebración de cumpleaños y que la gestionaría él.

Sería un gran acontecimiento. Asistirían todos los miembros de la embajada, incluidos los agentes de la CIA, que se hacían pasar por diplomáticos corrientes. También estaban invitados todos los cargos importantes de las embajadas aliadas, así como buena parte de la élite del Chad. Habría unos doscientos invitados.

Se celebraría en el salón de baile. La embajada rara vez ofrecía bailes de verdad en aquella sala. Los tradicionales bailes de etiqueta europeos estaban pasados de moda, con su rígida formalidad y su música golpeteante. No obstante, el salón se usaba con frecuencia como escenario de grandes recepciones, y a Shirley siempre se le daba bien conseguir que la gente se relajara y disfrutara de lo lindo, incluso en los ambientes formales.

Durante su hora del almuerzo, Tamara se acercó al salón de baile para ver si podía echar una mano y se encontró a Nick revoloteando por allí. En la cocina había una tarta enorme todavía sin decorar y veinte camareros esperando a que les dieran instrucciones; fuera, sentados bajo las palmeras, los componentes de un grupo de jazz de Mali llamado Desert Funk fumaban hachís.

Nick era un hombre alto con la cabeza grande, la nariz grande, las orejas grandes, la barbilla grande. Tenía un carácter tranquilo, amable, y una inteligencia muy aguda. Era un diplomático muy competente, pero organizar fiestas no era lo suyo. Tenía muchas ganas de hacerlo bien, y daba vueltas por el salón con cara de impaciencia: no tenía ni idea de por qué las cosas estaban saliendo tan mal.

Tamara puso a tres cocineros a glasear la tarta, le dijo a la banda dónde podía enchufar los amplificadores y mandó a dos empleados de la embajada a comprar globos y serpentinas. Pidió a los camareros que trajeran unos enormes contenedores de hielo y pusieran las bebidas a refrescar. Tamara pasaba de una tarea a la siguiente atendiendo a los detalles y apremiando a los empleados. Aquella tarde no volvió al despacho de la CIA.

Y durante todo aquel tiempo no se sacó a Tab de la cabeza. ¿Qué estaría haciendo en aquellos momentos? ¿A qué hora llegaría? ¿Adónde irían después de la fiesta? ¿Pasarían la noche juntos?

¿Era Tab demasiado bueno para ser verdad?

Tuvo el tiempo justo para ir corriendo a su habitación y ponerse su traje de fiesta: un vestido de seda de un vívido azul eléctrico, que se llevaba mucho allí. Volvió al salón de baile cuando faltaban apenas unos minutos para que llegaran los invitados.

Shirley apareció unos instantes después. Cuando vio la decoración, a los camareros con sus bandejas de canapés y de bebidas y al grupo musical con los instrumentos a punto, se le iluminó la cara de felicidad. Se lanzó a los brazos de Nick y le dio las gracias.

—¡Lo has hecho muy bien! —exclamó sin ocultar su sorpresa.

—He contado con un apoyo fundamental —reconoció él.

Shirley miró a Tamara.

—Lo has ayudado tú.

—El entusiasmo de Nick nos ha motivado a todos —afirmó Tamara.

—Estoy contentísima.

Tamara sabía que lo que hacía tan feliz a Shirley no era tanto el éxito de los preparativos como el deseo de Nick de hacer algo así por ella. Y él estaba feliz porque la había complacido. «Así es como deberían ser las cosas —pensó Tamara—; ese es el tipo de relación que quiero yo.»

Llegó la primera invitada, una mujer chadiana que lucía una túnica con un estampado rojo y azul intensos.

—Qué guapa está —le susurró Tamara a Shirley—. Yo con eso parecería un sofá.

—Pero ella está magnífica.

En las fiestas de la embajada siempre se servía champán de California. Los franceses, muy educados, decían que era sorprendentemente bueno, y después dejaban las copas sin terminárselas. Los británicos pedían gin-tonics. Tamara creía que el champán estaba delicioso, pero quizá fuera porque estaba en una nube.

Shirley la miró con curiosidad.

—Te brillan mucho los ojos esta noche.

—Me lo he pasado bien ayudando a Nick.

—Tienes cara de estar enamorada.

—¿De Nick? Claro. Como todo el mundo.

—Hum… —Shirley sabía que respondía con evasivas—. He aprendido a leer lo que el amor escribe en silencio.

—Déjame adivinar —dijo Tamara—. ¿Shakespeare?

—Diez sobre diez, y te doy un punto extra por esquivar la pregunta original.

Llegaron más invitados. Shirley y Nick se colocaron junto a la entrada para recibirlos. Tardarían una hora en saludar a todo el mundo.

Tamara se puso a deambular. Aquel era el tipo de ocasión en que los agentes de inteligencia podían captar rumores por pura casualidad. Era impresionante lo rápido que se olvidaba la gente de la confidencialidad cuando las copas eran gratis.

Las chadianas habían sacado del armario sus colores más vivos y sus estampados más animados. Los hombres iban más serios, a excepción de unos cuantos jóvenes que vestían a la última moda, con chaquetas modernas y camisetas.

A veces, en aquel tipo de eventos, Tamara sufría un incómodo fogonazo de realismo. En aquel momento, mientras bebía champán y charlaba de cosas triviales, se imaginó a Kiah, desesperada por encontrar una manera de alimentar a su hijo, planteándose jugarse la vida en un viaje a través del desierto y del mar con la esperanza de encontrar algún tipo de seguridad en un país lejano del que apenas sabía nada. Qué mundo tan extraño.

Tab llegaba tarde. Iba a ser raro, verlo por primera vez desde la noche que habían pasado juntos. Se habían metido en la cama de Tab, él con una camiseta y unos bóxers, ella con un jersey y en bragas. Tab la había rodeado con los brazos y ella se había acurrucado a su lado y se había quedado dormida en cuestión de segundos. Lo siguiente que recordaba era a él sentado en el borde de la cama, vestido de traje, ofreciéndole una taza de café y diciéndole: «Siento despertarte, pero tengo que coger un avión y no quería que te despertaras sola». Aquella mañana se había marchado a Mali con uno de sus jefes de París, y estaba previsto que volviera hoy. ¿Cómo iba a saludarlo? No era su amante, pero estaba claro que era algo más que un colega.

En aquel momento se le acercó Bashir Fakhoury, un periodista local al que conocía de antes. Era un hombre brillante y provocador, así que Tamara se puso en guardia de inmediato. Le preguntó cómo estaba.

—Estoy escribiendo un reportaje en profundidad acerca de

la UFDD —contestó Fakhoury. Se refería al principal grupo rebelde del Chad, cuyo objetivo era derrocar al General—. ¿Qué piensas de ellos?

—¿Cómo se financian, Bashir? ¿Lo sabes? —No había ninguna razón para que no fuera ella quien se aprovechara de los conocimientos del periodista.

—Gran parte del dinero procede de Sudán, nuestro simpático vecino del este. ¿Qué opinas de ese país? Seguro que Washington cree que Sudán no tiene ningún derecho a interferir en el Chad.

—No es mi trabajo hacer comentarios sobre la política local, Bashir. Ya lo sabes.

—Ah, no te preocupes, es una conversación confidencial. Como estadounidense, debes de estar a favor de la democracia.

Tamara sabía muy bien que nada era nunca del todo confidencial.

—A menudo pienso en el largo y lento camino de Estados Unidos hacia la democracia —contestó—. Tuvimos que combatir en una guerra para librarnos del rey, luego en otra para abolir la esclavitud, y luego fueron necesarios cien años de feminismo para demostrar que las mujeres no son ciudadanas de segunda.

Aquel no era el tipo de declaración que Bashir estaba buscando.

—¿Estás diciendo que los demócratas chadianos deberían ser pacientes?

—No estoy diciendo nada de eso, Bashir. Solo estamos charlando en una fiesta. —Señaló con la cabeza a un joven rubio que estaba conversando con un grupo en un francés fluido, a pesar de ser estadounidense—. Habla con Drew Sandberg, es el jefe de prensa.

—Ya he hablado con Drew. No sabe gran cosa. Quiero la opinión de la CIA.

—¿Qué es la CIA? —preguntó Tamara.

Bashir se rio sin ganas y Tamara le dio la espalda.

Vio a Tab enseguida. Estaba cerca de la puerta, estrechándole la mano a Nick. Aquella noche llevaba un traje negro, con una camisa blanca reluciente y gemelos. La corbata era de un tono morado oscuro con un estampado sutil. Estaba para comérselo.

Tamara no era la única que lo pensaba. Se fijó en que había varias mujeres más mirando a Tab con disimulo. «No se acerquen, señoras, es mío», pensó. Pero no era suyo, estaba claro.

Tab le había ofrecido consuelo en un momento de angustia, se había mostrado encantador, considerado y muy compasivo, pero ¿qué le decía eso? Solo que era un buen hombre. Durante su viaje a Mali podría haber desarrollado pánico al compromiso: a los hombres les pasaba. A lo mejor se la quitaba de encima recurriendo a algún tópico en plan «Fue divertido mientras duró», «Dejémoslo así», «No estoy buscando una relación» o —el peor de todos— «No eres tú, soy yo».

Y al pensar en eso se dio cuenta de que deseaba con todas sus fuerzas empezar una relación con él, y de que se hundiría en la miseria si él no sentía lo mismo.

Tamara volvió a darse la vuelta y se encontró a Tab allí plantado. Su atractivo rostro sonriente la impactó: irradiaba amor y felicidad. Sus dudas y sus miedos se desvanecieron. Contuvo el impulso de lanzarse a sus brazos.

—Buenas tardes —lo saludó con formalidad.

—¡Qué vestido tan bonito!

Tab parecía estar a punto de besarla, así que Tamara le tendió una mano y él se la estrechó, sin dejar de sonreír embobado.

—¿Qué tal en Mali? —le preguntó ella.

—Te he echado de menos.

—Me alegro. Pero deja de sonreírme así. No quiero que la gente sepa que nos hemos hecho… íntimos. Eres un agente de la inteligencia de otro país. Dexter montará un escándalo.

—Es solo que tenía muchas ganas de verte.

—Y yo te adoro, pero vete cagando leches antes de que la gente empiece a darse cuenta.

—Vale. —Tab alzó un poco la voz—. Debo felicitar a Shirley por su cumpleaños. Discúlpame.

Hizo una pequeña reverencia y se alejó.

En cuanto se marchó, Tamara se dio cuenta de que acababa de decirle «te adoro». «Mierda —pensó—. Es demasiado pronto. Y él no me lo ha dicho a mí. Se habrá espantado.»

Se quedó mirando la espalda de Tab —la chaqueta del traje le quedaba perfecta— y se preguntó si lo habría fastidiado todo.

Karim se acercó a hablar con ella. Llevaba un traje nuevo de color gris perla y una corbata lavanda.

—Me he enterado de su aventura.

La miró con curiosidad, como si no la hubiera visto nunca. Desde el tiroteo del puente, Tamara había visto una expresión similar en el rostro de otras personas. «Pensábamos que te conocíamos —decía—, pero ahora no lo tenemos tan claro.»

—¿Qué le han contado? —preguntó Tamara.

—Que cuando el ejército de Estados Unidos no era capaz de derribar a nadie, fue usted quien disparó contra un terrorista. ¿Es cierto?

—Era un blanco fácil.

—¿Qué estaba haciendo su víctima en ese momento?

—Me estaba apuntando con un fusil de asalto desde una distancia de veinte metros.

—Pero usted no se acobardó.

—Supongo.

—¿Y lo hirió o qué pasó?

—Murió.

—Dios mío.

Tamara se dio cuenta de que había entrado en una especie de élite. Karim estaba impresionado. Pero eso a ella no le resultaba gratificante: quería que la respetaran por su inteligencia, no por su puntería. Hizo avanzar la conversación.

—¿Qué se comenta en el Palacio Presidencial?

—El General está muy enfadado. Han atacado a nuestros amigos estadounidenses. Puede que, técnicamente, los atacantes estuvieran en territorio camerunés o en una supuesta tierra de nadie en la frontera, pero los soldados estadounidenses son nuestros invitados, así que estamos molestos.

Tamara se fijó en que Karim estaba dejando claras dos cosas. En primer lugar, el General marcaba distancias respecto a los atacantes diciendo lo enfadado que estaba. En segundo lugar, daba a entender que los atacantes no tenían por qué ser chadianos. Siempre era mejor echar la culpa a los extranjeros cuando había líos. Karim incluso insinuaba que ni siquiera estaban en suelo chadiano. Tamara sabía que aquello era una chorrada, pero quería recabar información, no discutir.

—Me alegra oír eso.

—Estoy seguro de que ya sabe que el ataque lo organizó Sudán.

Tamara no sabía nada de eso.

—Los gritos de «Al Bustan» señalan hacia el EIGS.

Karim restó importancia a sus palabras con un gesto de la mano.

—Una estratagema para confundirnos.

—Entonces ¿qué opina usted? —preguntó ella en un tono neutro.

—Que el ataque lo montó la UFDD con la colaboración de Sudán.

—Interesante —fue la respuesta evasiva de Tamara.

Karim se le acercó más.

—Después de matar a su terrorista, seguro que comprobó su arma.

—Por supuesto.

—¿De qué tipo era?

—Un fusil *bullpup*.

—¿De la marca Norinco?

—Sí.

—¡Chino! —exclamó Karim con expresión triunfante—. Las Fuerzas Armadas de Sudán compran todas las armas en China.

El EIGS también tenía fusiles Norinco, y los sacaba de la misma fuente, el ejército sudanés, pero Tamara no lo mencionó a su interlocutor. Dudaba que el propio Karim se creyera lo que él le estaba diciendo. Sin embargo, era la línea que adoptaría el gobierno, y ella se limitó a registrarlo como información útil.

—¿El General va a tomar algún tipo de medida?

—¡Va a decirle al mundo quiénes son los responsables!

—¿Y cómo piensa hacerlo?

—Está preparando un discurso muy importante en el que atacará el papel del gobierno de Sudán en la subversión del Chad.

—Un discurso muy importante.

—Sí.

—¿Cuándo?

—Pronto.

—Usted y los suyos deben de estar trabajando ya en el texto.

—Por supuesto.

La agente eligió sus palabras con sumo cuidado.

—La Casa Blanca esperará que esta situación no empeore. No queremos que la región se desestabilice.

—Claro, claro, opinamos lo mismo, eso no hay ni que decirlo.

Tamara dudó. ¿Tenía agallas para lo que se le estaba pasando por la cabeza? Qué leches, sí.

—A la presidenta Green le sería de gran ayuda ver un borrador del discurso con antelación.

Hubo un silencio prolongado.

Tamara supuso que la osadía de su petición lo había pillado por sorpresa, pero Karim también se estaba planteando hasta qué punto sería útil contar con la aprobación de los estadounidenses.

A Tamara le extrañó que tuviera siquiera que pensárselo.

—Veré qué puedo hacer —contestó al final Karim.

Y se marchó.

Tamara miró alrededor y vio todo un despliegue de color. El salón de baile estaba lleno hasta los topes, y las mujeres competían por ser la que más brillaba. Las puertas francesas de doble hoja estaban abiertas para que la gente pudiera salir a fumar. Desert Funk estaba tocando una acompasada versión africana del cool jazz, pero el clamor de las conversaciones en árabe, francés e inglés ahogaba el sonido de la banda. El aire acondicionado apenas daba abasto. Todo el mundo se lo estaba pasando bien.

Shirley apareció a su lado.

—No le has dado mucho tiempo a Tabdar, Tamara.

Un comentario perspicaz.

—Tenía prisa por ir a felicitarte.

—Hace un par de semanas, en la recepción de la embajada italiana, no lo dejabas ni a sol ni a sombra.

Ahora que lo pensaba, era verdad que aquella noche había charlado mucho rato con Tab, aunque habían hablado sobre todo de Abdul. ¿Se estaba enamorando de Tab ya entonces sin siquiera darse cuenta?

—No es que no lo dejara ni a sol ni a sombra —contestó—. Teníamos que hablar de trabajo.

Shirley se encogió de hombros.

—Como quieras. Supongo que ha hecho algo que te ha ofendido. Os habéis peleado. —Observó con detenimiento a su amiga y después exclamó—: ¡No, espera! ¡Al revés! Estáis fingiendo. Es una tapadera. —Bajó la voz—. ¿Te has acostado con él?

Tamara no sabía cómo contestar a aquella pregunta. Debería decir «Sí y no», lo cual requeriría aún más explicaciones.

Shirley parecía abochornada, cosa rara en ella.

—Qué pregunta tan fuera de lugar. Lo siento.

Tamara se las ingenió para formar una frase coherente.

—Si fuera cierto, no te lo diría, porque entonces tendría que pedirte que se lo ocultaras a Nick y a Dexter, y sería injusto para ti.

Shirley asintió.

—Lo entiendo. Gracias. —Vio algo al otro lado del salón—. Me reclaman.

Tamara siguió su mirada y vio que Nick la llamaba haciendo gestos desde la entrada. De pie a su lado había dos hombres con traje oscuro y gafas de sol. Estaba claro que eran guardaespaldas, pero ¿de quién?

Siguió a Shirley a través de la sala.

Nick se dirigió con urgencia a un ayudante. En cuanto Shirley llegó a su lado, la agarró de la mano y se encaminó hacia la puerta.

Un momento después, entró el General.

Tamara nunca había visto al presidente del Chad en carne y hueso, pero lo reconoció por las fotografías. Era un hombre de unos sesenta años, con los hombros anchos, la cabeza afeitada y la piel oscura, más africano que árabe. Llevaba un traje ejecutivo de estilo occidental y varios anillos gruesos de oro. Un grupo de hombres y mujeres lo siguió hasta el interior.

Estaba de buen humor, sonreía. Estrechó la mano a Nick, rechazó la copa de champán que le ofrecía un camarero y le dio a Shirley un paquete pequeño envuelto en papel de regalo. Entonces empezó a cantar en inglés:

—*Happy birthday to you...*

Su séquito se sumó en el segundo verso:

—*Happy birthday to you...*

Miró a su alrededor, expectante, y más personas se dieron por aludidas y cantaron:

—*Happy birthday, dear Shirley...*

La banda cogió el tono y se apuntó. Al final, el salón de baile al completo entonaba:

—*Happy birthday to you!*

Y después todos se aplaudieron a sí mismos.

«Vaya, desde luego sabe hacerse con el control de una sala», pensó Tamara.

—¿Puedo abrir mi regalo? —preguntó Shirley.

—¡Por supuesto, adelante! —respondió el General—. Quiero asegurarme de que le gusta.

«Como si fuera a decirle lo contrario», pensó Tamara. Miró con el rabillo del ojo a Karim, que a su vez la estaba mirando con aire cómplice, y supo lo que era el regalo.

Shirley tenía un libro entre las manos.

—¡Es maravilloso! —exclamó—. Las obras de Al Khansa, mi poeta árabe favorita, traducidas al inglés. Gracias, señor presidente.

—Sé que le interesa la poesía —dijo el General—. Y Al Khansa es una de las pocas poetas.

—Ha sido una elección muy inteligente.

El General se sintió satisfecho.

—Le advierto que es un poco melancólica —apuntó—. Los poemas son sobre todo elegías a los muertos.

—Gran parte de la mejor poesía es triste, sin embargo. ¿No le parece, señor presidente?

—Cierto. —Agarró a Nick del brazo y lo apartó del grupo—. Me gustaría hablar con usted en privado, embajador, si es posible —dijo.

—Por supuesto —contestó Nick, y empezaron a conversar en susurros.

Shirley captó la indirecta y se volvió hacia los que la rodeaban para enseñar el libro a todo el mundo. Tamara no reveló su intervención en la elección del regalo. Ya se lo contaría a Shirley algún día, quizá.

El General estuvo hablando con Nick unos cinco minutos y después se marchó. La fiesta se animó aún más. A todo el mundo le había entusiasmado que el presidente del país se pasara por allí.

Nick estaba un poco serio, observó Tamara, y se preguntó qué le habría dicho el General.

Cuando se topó con Drew, le contó la conversación que había mantenido con Bashir.

—No le he dicho nada que él no supiera —aseguró—. Siempre puede inventarse algo, claro, pero eso es una consecuencia inevitable de celebrar fiestas en la embajada.

—Gracias por informarme —dijo Drew—. No creo que debamos preocuparnos.

La prometida de Drew, Annette Cecil, estaba a su lado. Formaba parte de la pequeña misión diplomática británica en Yamena.

—Luego iremos al bar Bisous, ¿quieres venirte? —propuso Annette.

—A lo mejor, si consigo escaparme. Gracias.

Tamara miró a Shirley y la vio decaída. ¿Qué habría sucedido para que se le aguara la fiesta de cumpleaños? Tamara fue al encuentro de su amiga.

—¿Qué pasa? —le preguntó.

—¿Te acuerdas de que te dije que el General había accedido a apoyar la resolución de la ONU sobre la venta de armas de la presidenta Green?

—Sí, me dijiste que Nick estaba muy contento.

—El General ha venido a decirle que ha cambiado de opinión.

—Mierda. ¿Y a santo de qué?

—Nick no ha parado de preguntárselo, y el General no ha parado de contestarle con evasivas.

—¿La presidenta ha hecho algo que haya podido molestar al General?

—Estamos intentando averiguarlo.

Una invitada se acercó y dio las gracias a Shirley por la fiesta. La gente empezaba a marcharse.

Karim fue en busca de Tamara.

—¡El regalo que sugirió ha sido todo un éxito! —dijo—. Gracias por el consejo.

—De nada. Todo el mundo se ha puesto muy contento cuando ha aparecido el General.

—La veo esta misma semana. Hemos quedado para tomar café.

Ya se marchaba, pero Tamara lo retuvo.

—Karim, usted sabe todo lo que ocurre en esta ciudad.

Se sintió halagado.

—Puede que no todo…

—El General no votará a favor de la resolución de la ONU de la presidenta Green y no sabemos por qué. Al principio nos apoyaba. ¿Sabe por qué ha cambiado de opinión?

—Sí —contestó Karim, pero no quiso dar más explicaciones.

—A Nick le resultaría muy útil saberlo.

—Tendría que preguntárselo al embajador chino.

Eso era una pista. Karim se había ablandado un poco.

—Soy consciente de que los chinos están en contra de nuestra resolución, claro. Pero ¿qué tipo de presión podría ejercer China para que un amigo leal cambie de bando? —insistió Tamara.

Karim levantó la mano derecha y pasó la yema del pulgar por la de los otros dedos para hacer el gesto internacional del dinero.

—¿Lo han sobornado? —preguntó Tamara.

Karim negó con la cabeza.

—Entonces ¿qué?

Ahora Karim estaba obligado a decir algo; si no, parecería que no había hecho más que fingir que lo sabía.

—Hace más de un año que los chinos están trabajando en un plan para construir un canal desde el río Congo hasta el lago Chad —susurró con cautela—. Será el mayor proyecto de infraestructura de la historia mundial.

—Lo sé, ¿y…?

—Si votamos a favor de la resolución estadounidense, abandonarán de inmediato el proyecto del canal.

—Ah. —Tamara resopló—. Eso lo explica todo.

—El General está como loco con la construcción del canal —dijo Karim.

«No me extraña —pensó Tamara—. Salvaría millones de vidas y transformaría el Chad.»

Sin embargo, esos proyectos podían utilizarse para ejercer presiones políticas. Eso no tenía nada de escandaloso, ni siquiera de anormal. Otros países, incluido Estados Unidos, se valían de sus proyectos humanitarios y de sus inversiones en el extranjero para fortalecer su influencia: formaba parte del juego.

Aun así, el embajador tenía que saberlo.

—No le diga a nadie que se lo he contado.

Karim le guiñó un ojo a Tamara y se marchó. Ella paseó la mirada por la sala en busca de Dexter o de algún otro alto cargo de la CIA a quien informar de todo aquello, pero ya se habían ido.

Tab la abordó.

—Gracias por una fiesta maravillosa —le dijo, y bajando el tono añadió—: ¿Te acuerdas de lo que me has dicho hace una hora?

—¿Qué?

—Me has dicho «te adoro, pero vete cagando leches».

Tamara se moría de vergüenza.

—Lo siento mucho. Estaba nerviosa por la fiesta. —«Y por ti», pensó.

—No te disculpes. ¿Quieres venir a cenar conmigo?

—Me encantaría, pero no podemos marcharnos juntos.

—¿Dónde quedamos?

—¿Podrías pasar a buscarme por el bar Bisous? Drew y Annette me han invitado a tomar algo allí.

—Perfecto.

—No entres —sugirió Tamara—. Llámame cuando estés fuera y saldré enseguida.

—Buen plan. Así habrá menos posibilidades de que nos vean. —Tab sonrió y se fue.

Tamara necesitaba transmitir la información que había obtenido de Karim. Podía ir en busca de Dexter, pero veía a Nick tan abatido que sintió que debía decírselo de inmediato.

—Gracias por ayudarme esta tarde —le dijo él cuando se le acercó—. La fiesta ha sido todo un éxito.

Su tono era sincero, pero Tamara se dio cuenta de que su mente soportaba un gran peso.

—Me alegro —contestó, y enseguida añadió—: Me han contado algo que quizá te convenga saber.

—Dime.

—Tenía curiosidad por saber qué había hecho cambiar de opinión al General acerca de nuestra resolución en la ONU.

—Yo también.

Nick se pasó una mano por el pelo y se lo alborotó ligeramente.

—Los chinos han estado barajando la posibilidad de construir un canal de miles de millones de dólares desde el río Congo hasta el lago Chad.

—Lo sé —dijo Nick—. Ah, ya lo entiendo: se retirarán del proyecto si el Chad vota a favor de la resolución.

—Eso me han dicho.

—Yo diría que encaja. Bueno, me alegro de que ahora al menos lo sepamos. No sé si podremos hacer algo al respecto. Nos tienen contra las cuerdas.

Se alejó.

El salón estaba casi vacío y los camareros habían empezado a recoger. Tamara dejó a Nick con sus cavilaciones. Sentía que había hecho bien al transmitir la información sobre el giro de ciento ochenta grados del General con tanta rapidez: el problema de qué hacer con aquellos datos era de Nick y de la presidenta Green, no suyo.

Salió del salón de baile y cruzó el recinto. Era de noche: el sol se había puesto y empezaba a refrescar. Ya en su apartamento, el teléfono sonó cuando estaba en la ducha. Dexter le dejó un mensaje pidiéndole que le devolviera la llamada. Seguro que quería felicitarla. Eso podía esperar hasta la mañana siguiente: Tamara estaba impaciente por ver a Tab. No le devolvió la llamada.

Se puso ropa interior limpia, una camisa morada y unos vaqueros negros. Cogió una cazadora de cuero corta por si pasaba frío. Después pidió un coche.

Había varias personas esperando coches: Drew y Annette, Dexter y Daisy, Michael Olson —el adjunto de Dexter— y un par de auxiliares de la estación de la CIA, Dean y Leila. Drew y Annette le propusieron a Tamara compartir un coche, y ella aceptó enseguida.

Dexter tenía la cara un poco colorada por efecto del champán.

—Te he llamado —soltó en un tono acusador.

—Estaba a punto de devolverte la llamada —mintió Tamara.

No daba la sensación de que tuviera intención de felicitarla.

—Quiero hacerte una pregunta —dijo Dexter.

—Vale.

—¿Quién coño te crees que eres? —preguntó alzando la voz.

Tamara se sobresaltó de tal manera que dio un paso atrás. Notó que el cuello se le ponía como un tomate. El resto de los presentes parecían avergonzados.

—¿Qué he hecho? —preguntó en voz baja, con la esperanza de que Dexter la imitara.

No funcionó.

—¡Te has reunido con el embajador para informarlo! —rugió—. Ese no es tu trabajo. Soy yo el que se reúne con el embajador para informarlo, y si yo no puedo, entonces lo hace Michael. ¡Tú estás unos veinte escalones por debajo en el puñetero escalafón!

¿Cómo podía hacerle algo así delante de tantos colegas?

—Yo no me he reunido con el embajador —replicó. Sin embargo, en cuanto terminó de pronunciar aquella frase se dio cuenta de que, técnicamente, sí lo había hecho—. Ah, te refieres a lo del General.

—Sí, eso es, me refiero a lo del puto General —repitió Dexter meneando la cabeza y poniendo una vocecilla estúpida.

—Dexter, aquí no —le pidió Daisy en voz baja.

Él la ignoró.

—¿Y bien? —dijo con las manos apoyadas en las caderas y mirando a Tamara con hostilidad.

Tenía razón, en sentido estricto, pero seguir el protocolo habría implicado perder mucho tiempo.

—Nick estaba angustiado y desconcertado y, casualmente, yo había averiguado lo que él necesitaba saber —contestó Tamara—. Pensé que debía recibir la información cuanto antes.

—Y podrías emitir ese tipo de juicios si te hubieran nombrado jefa de la estación, cosa que ahora mismo no eres y que nunca llegarás a ser si de mí depende.

Era cierto que la información que obtenía el servicio de inteligencia debía ser valorada antes de transmitirla a los políticos. Los datos sin filtrar eran poco fiables y podían resultar engañosos. Los cargos superiores de la Agencia evaluaban lo que les llegaba, comprobaban la fiabilidad de la fuente en el pasado, comparaban un informe con otro y contextualizaban la información antes de comunicarle al político sus mejores conclusiones. Rara vez compartían los datos en bruto, si podían evitarlo.

Por otro lado, aquel era un caso simple. Nick era un diplomático experimentado al que no hacía falta recordarle que la información obtenida por el servicio de inteligencia no siempre era correcta. No se había causado ningún daño.

Tamara supuso que lo que espoleaba la cólera de Dexter era el hecho de que su departamento hubiera obtenido una pequeña victoria y él no se llevara el mérito. En cualquier caso, no tenía sentido discutir con él: era el jefe y tenía derecho a insistir en que se respetara el protocolo. Tamara tenía que bajarse los pantalones.

Cuando llegó la limusina de Dexter, el chófer abrió la puerta. Daisy entró enseguida, muerta de vergüenza.

—Lo siento —se disculpó Tamara—. He actuado de forma impulsiva. No volverá a ocurrir.

—Más te vale —contestó él, y se subió al coche.

Tres horas más tarde, Tamara se había olvidado de la existencia de Dexter.

Acarició el contorno de la cara a Tab con las yemas de los dedos, una curva elegante desde el lóbulo de una oreja hasta el otro. Se alegraba de que no tuviera barba.

Una única lámpara de mesa iluminaba el apartamento de Tab con una luz tenue. El sofá era grande y suave. Un cuarteto para piano sonaba bajito. «Brahms», pensó Tamara.

Tab le tomó una mano y se la besó; movió los labios con delicadeza sobre su piel, saboreándola, explorando los nudillos, la yema de los dedos, la palma de la mano, y después la zona blanda de la muñeca, donde la gente se cortaba cuando quería morir.

Tamara se quitó los zapatos y él la imitó. Tab no llevaba calcetines; tenía unos pies anchos, bien proporcionados. Era como si todo en él fuera elegante. «Ha de tener algún defecto», se dijo Tamara. En menos de una hora lo vería desnudo del todo. Tal vez tuviera un ombligo enorme y feo… O algo así.

«Ahora mismo tendría que estar un poco nerviosa», pensó. A lo mejor Tab era una decepción: desconsiderado o demasiado rápido, o quizá sus deseos fueran peculiares. A veces, cuando las relaciones sexuales no iban bien, el hombre podía enfadarse y ponerse agresivo, y echarle la culpa a la mujer. Tamara había tenido un par de malas experiencias, y sabía de muchas más a través de sus amigas. Pero estaba tranquila. Su intuición le decía que con Tab no había de qué preocuparse.

Le desabrochó la camisa sintiendo el algodón almidonado y el calor de su cuerpo debajo. Hacía horas que Tab se había quitado la corbata. Tamara percibió un olor a sándalo, de algún perfume pasado de moda. Le besó el pecho; no era muy peludo, solo tenía unos cuantos pelos negros y largos. Le acarició los pezones marrón oscuro. Tab dejó escapar un suave suspiro de placer que ella interpretó como una señal y se los besó. Tab le acarició el pelo.

—Podría haber seguido así mucho más tiempo. ¿Por qué has parado? —le dijo cuando ella se apartó.

Tamara empezó a quitarse su blusa morada.

—Porque quiero que tú me hagas lo mismo a mí —contestó—. ¿Te parece bien?

—Ah, vaya —dijo Tab.

9

La presidenta Green estaba comentando las malas noticias con su secretario de Estado, Chester Jackson. Jackson parecía un profesor universitario, con su traje de espiguilla y su corbata de punto, pero cuando se sentó en el sofá junto a Pauline, ella se fijó en que llevaba algo blanco en la muñeca.

—¿Y ese reloj, Chess?

Normalmente llevaba un Longines ligero, con una correa marrón de piel de cocodrilo. Jackson se levantó la manga para enseñarle un Swatch Day-Date todo blanco con la correa de plástico.

—Un regalo de mi nieta —explicó.

—Y eso lo hace mucho más valioso que cualquier otra cosa que pudieras comprarte en una joyería.

—Exacto.

La presidenta se echó a reír.

—Me gustan los hombres que tienen las prioridades claras.

Chess era un estadista astuto, sensato, con una predisposición conservadora a no meter la mano en los avisperos. Antes de dedicarse a la política, había sido socio mayoritario de un bufete de abogados de Washington especializado en derecho internacional. A Pauline le gustaban sus sesiones informativas escuetas, concisas, sin una palabra de más.

—Puede que hoy perdamos la votación en la ONU —dijo

Chess—. Ya has visto los números en el informe de Josh. —El embajador estadounidense ante las Naciones Unidas se llamaba Joshua Woodward—. Nuestros apoyos han mermado. La mayoría de los países neutrales que al principio prometieron respaldarnos ahora dicen que se abstendrán o que incluso votarán en contra. Lo lamento.

—Mierda —dijo Pauline.

Se había mantenido la duda a lo largo de todo el fin de semana, y la confirmación de sus miedos le causaba desazón.

—Los chinos se han ganado a mucha gente amenazando con retirar inversiones —continuó Chess.

El vicepresidente Milton Lapierre estaba sentado frente a Pauline, jugueteando con la bufanda morada que llevaba puesta al entrar.

—Deberíamos hacer lo mismo —repuso indignado—, utilizar nuestro programa de ayuda humanitaria en el extranjero para ejercer presión. ¡La gente a la que ayudamos debería ayudarnos a nosotros! —exclamó con un acento sureño que le hacía alargar las vocales—. Y si no, ¡que se vayan a tomar por culo!

Chess negó con la cabeza con paciencia.

—Gran parte de nuestras ayudas van ligadas a compras a fabricantes estadounidenses, así que, si retiramos las ayudas, nos metemos en líos con nuestros empresarios.

—Al final esta resolución no ha sido tan buena idea —dijo Pauline.

—En su momento, a todos nos pareció un buen plan —señaló Chess.

—Antes que perder la votación, preferiría retirar la resolución.

—Posponla. Podemos decir que es un aplazamiento para debatir enmiendas. Puedes posponerla durante todo el tiempo que quieras.

—De acuerdo, Chess, pero me parte el corazón, justo ahora que un terrorista con un fusil chino acaba de matar a un chaval de una familia tan decente como los Ackerman. No voy a rendirme. Quiero asegurarme de que China sabe que lo que hacen tiene un precio. No se irán de rositas.

—Podrías presentar una queja ante el embajador chino.

—Por supuesto que lo haré.

—El embajador dirá que los chinos venden armas a las fuerzas armadas de Sudán, y que de hecho no es culpa de China que los sudaneses se las vendan luego al EIGS.

—Mientras el gobierno chino y el sudanés hacen la vista gorda.

Chess asintió.

—Imagina lo que dirían de nosotros si los oficiales del ejército afgano vendieran fusiles estadounidenses a los rebeldes independentistas del otro lado de la frontera de la provincia de Xinjiang.

—El gobierno chino nos acusaría de intentar derrocarlo.

—Señora presidenta, si queremos castigar a los chinos, ¿por qué no endurecer las sanciones contra Corea del Norte?

—Eso a los chinos les costaría dinero, aunque no mucho.

—No, pero demostraría al mundo que China ignora las sanciones de la ONU, y eso los avergonzaría. Y si protestan, no harán más que darnos la razón.

—Muy astuto, Chess. Me gusta.

—Y no necesitaríamos el voto de la ONU, porque la ONU ya le ha impuesto restricciones comerciales a Corea del Norte. Lo único que tenemos que hacer es obligar a cumplir las normas existentes.

—¿Por ejemplo…?

—Los documentos de importación-exportación se publican en internet, y si los analizamos con detenimiento, podemos descubrir cuáles son falsos.

—¿Cómo?

—Te pondré un ejemplo. Corea del Norte fabrica acordeones baratos y de buena calidad. Antes los exportaban por todo el mundo, ahora no pueden. No obstante, se sabe que el año pasado una provincia de China importó 433 acordeones, y que ese mismo año China exportó a Italia exactamente 433 acordeones con la etiqueta «Made in China».

Pauline se echó a reír.

—No es ingeniería aeroespacial, tan solo un trabajo de investigación —dijo Chess.

—¿Algo más?

—Mucho más. Controlar los transbordos en el mar, algo que ahora puede hacerse por satélite. Dificultarle a Corea del Norte el acceso a sus reservas de moneda fuerte en el extranjero. Causarles problemas a las naciones sospechosas de saltarse las sanciones.

—Qué narices, hagámoslo.

—Gracias, señora presidenta.

Lizzie abrió la puerta.

—El señor Chakraborty quiere hablar con usted.

—Pasa, Sandip —dijo Pauline.

Sandip Chakraborty, el director de Comunicaciones, era un brillante joven bengalí estadounidense que llevaba traje y zapatillas deportivas, la última moda entre los miembros más modernos del personal de Washington.

—Esta noche James Moore va a pronunciar un discurso importante en Greenville, Carolina del Sur —anunció—, y tengo entendido que va a hablar sobre la resolución de la ONU. Pensé que querría saberlo.

—Pon la CNN, por favor —dijo Pauline.

Sandip encendió el televisor y apareció la imagen de Moore.

Tenía sesenta años, diez más que Pauline. Lucía una cara arrugada y el pelo rubio y cortado a cepillo con algunas canas. Llevaba una chaqueta de estilo cowboy, con puntadas en zigzag en el canesú y solapas en los bolsillos.

—No tienes que vestirte de vaquero paleto solo por ser del Sur —soltó Milt en tono despectivo.

—Se hizo rico con el petróleo, no con el ganado —señaló Chess.

—Me apuesto lo que sea a que tiene un caballo llamado Trigger atado al abrevadero.

—Pero fijaos —dijo Pauline—. Mirad cómo lo quiere la gente.

Moore estrechaba manos de transeúntes en una calle iluminada por el sol. La gente se arremolinaba a su alrededor para sacarse selfis con el móvil. «¡Aquí, Jimmy! ¡Mírame! ¡Sonríe, sonríe!» A las mujeres se las veía particularmente encantadas de estar con él.

Él no dejaba de hablar en ningún momento: «¿Cómo está? ¡Encantado de conocerla! Hola. Gracias por su apoyo, lo valoro muchísimo».

Una joven le plantó un micrófono delante de la cara y le preguntó:

—¿Va a manifestar su condena contra China por la venta de armas a terroristas en su discurso de esta noche?

—Por supuesto que tengo intención de hablar de la venta de armas, señora.

—Pero ¿qué va a decir?

Moore le dedicó una sonrisa pícara.

—Bueno, señora, si se lo contara ahora, nadie tendría la necesidad de venir a escucharme esta noche, ¿no cree?

—Apágala —pidió Pauline.

La pantalla se oscureció.

—¡Ese hombre es un chiste con patas! —exclamó Chess.

—Pero hace muy bien su papel —añadió Milt.

—Ha llegado el señor Green, señora —dijo Lizzie asomándose.

Pauline se puso de pie y los demás la siguieron.

—No hemos terminado con esto —señaló la presidenta—. Nos veremos mañana por la mañana en la sala de reuniones. Venid con ideas para que a los chinos les quede claro que no nos hemos dado por vencidos.

Cuando se marcharon, entró Gerry. Iba vestido de trabajo, con un traje azul marino y una corbata de rayas. Rara vez entraba en el Despacho Oval.

—¿Pasa algo? —le preguntó Pauline.

—Sí —contestó sentándose frente a ella. Milt se había dejado la bufanda morada en el sillón, y Gerry la cogió y la dejó doblada sobre el brazo del asiento—. La directora del instituto de Pippa ha venido a verme a mi despacho esta tarde.

A pesar de haberse jubilado, Gerry no había abandonado del todo el derecho. Su antiguo bufete le había asignado un despacho pequeño aunque lujoso en la planta de los socios, en teoría para que trabajara en la fundación. Sin embargo, a menudo ejercía como consejero, de manera informal y sin cobrar, y el bufete se beneficiaba de tener a mano al marido de la presidenta. Pauline no se sentía demasiado cómoda con aquel arreglo, pero había decidido no pelearse con él por ese motivo.

—¿La señora Judd? —preguntó—. No me habías dicho que habías quedado con ella.

—No lo sabía. Concertó la cita utilizando su apellido de casada, Jenks.

A Pauline le parecía raro, pero aquella no era la cuestión importante.

—¿Pippa ha vuelto a meterse en líos?

—Por lo que se ve, fuma marihuana.

Pauline no daba crédito.

—¿En el instituto?

—No. Si fuera allí, la habrían expulsado de inmediato. El centro aplica una política de tolerancia cero, sin excepciones. Pero no es tan grave. Lo hizo fuera de las instalaciones y en horas no lectivas, aquella vez que fue a la fiesta de cumpleaños de Cindy Riley.

—Pero imagino que la información ha llegado de algún modo a oídos de la señora Judd, y como directora no podía pasarla por alto, a pesar de que en realidad Pippa no ha infringido ninguna norma del centro.

—Exacto.

—Joder. ¿Por qué los hijos no pueden pasar directamente de niños monos a adultos responsables y saltarse la desagradable etapa intermedia?

—Algunos lo hacen.

«Tú, seguro», pensó Pauline.

—¿Y qué quiere que hagamos?

—Que obliguemos a Pippa a dejar de fumar hierba —contestó Gerry.

—Vale —dijo Pauline, aunque en el fondo estaba pensando: «¿Y cómo coño lo hago? Ni siquiera soy capaz de hacer que recoja sus calcetines del suelo y los meta en la cesta de la ropa sucia».

—Perdonad, me he olvidado la bufanda. —Era la voz de Milt.

Pauline levantó la mirada, sobresaltada. No había oído abrirse la puerta.

Milton recogió la bufanda.

Lizzie se asomó de nuevo.

—¿Le sirvo un café o alguna otra cosa, señor Green?

—No, gracias.

Lizzie vio a Milton y frunció el ceño.

—¡Señor vicepresidente! No le he visto volver a entrar. —Era responsabilidad de Lizzie controlar las visitas al Despacho Oval, y le molestaba que alguien se hubiera colado sin su conocimiento—. ¿Puedo ayudarle en algo, señor?

Pauline se preguntó hasta qué punto había escuchado Milt su conversación con Gerry. No mucho, seguro. Además, ella tampoco podía hacer gran cosa al respecto.

Milt alzó la bufanda morada a modo de explicación.

—Siento haber interrumpido, señora presidenta —se disculpó, y se marchó a toda prisa.

Lizzie estaba abochornada.

—Lo siento muchísimo, señora presidenta.

—No es culpa tuya, Lizzie —dijo Pauline—. Nos iremos a la Residencia. ¿Dónde está Pippa?

—En su habitación, haciendo los deberes.

El Servicio Secreto siempre sabía dónde estaba todo el mundo, y se encargaba de mantener informada a Lizzie. Pauline y Gerry salieron juntos del Despacho Oval y enfilaron el camino serpenteante que cruzaba la Rosaleda bajo el sol de media tarde.

Ya en la Residencia, subieron las escaleras hasta la segunda planta y entraron en la habitación de Pippa.

Pauline se fijó en que el póster de osos polares que antes tenía encima del cabecero de la cama había sido sustituido por la foto de un chico guapo con una guitarra; seguro que era muy famoso, aunque a Pauline no le sonaba su cara.

Pippa estaba sentada en la cama con las piernas cruzadas. Llevaba unos vaqueros y una sudadera y tenía el ordenador portátil abierto delante.

—¿Qué? —dijo levantando la vista.

Pauline se sentó en una silla.

—La señora Judd ha ido a ver a tu padre esta tarde.

—¿Qué quería la Judders? Causar problemas, supongo, por la cara que traéis.

—Dice que has estado fumando marihuana.

—¿Cómo cojones iba a enterarse de una cosa así?

—No digas palabrotas, por favor. Al parecer, ocurrió en la fiesta de cumpleaños de Cindy Riley.

—¿Quién ha sido el gilipollas que se lo ha dicho?

Pauline pensó: «¿Cómo puede parecer tan dulce y hablar tan mal?».

—Pippa, te estás equivocando de preguntas —repuso Gerry con voz calmada—. Da igual cómo se haya enterado la señora Judd.

—Lo que yo haga fuera del instituto no es de su incumbencia.

—Ella no opina lo mismo, y nosotros tampoco.

Pippa dejó escapar un suspiro dramático y cerró la tapa del portátil.

—¿Qué queréis que haga?

Pauline recordó el parto de Pippa. Deseaba con todas sus fuerzas tener al bebé, pero le había dolido muchísimo. Seguía queriendo a su niña con todo su corazón, y seguía doliéndole.

Gerry contestó la insolente pregunta de Pippa:

—Que dejes de fumar marihuana.

—¡Todo el mundo fuma marihuana, papá! Es legal en Washington y en medio mundo.

—Es perjudicial para tu salud.

—No tanto como el alcohol, y vosotros bebéis vino.

—Vale —intervino Pauline—, pero tu instituto la prohíbe.

—Son imbéciles.

—No lo son, pero si lo fueran no supondría ninguna diferencia. Las normas las dictan ellos. Si la señora Judd considera que eres una mala influencia para otros alumnos, tiene derecho a echarte. Y eso es lo que sucederá si no cambias de actitud.

—Me da igual.

Pauline se levantó.

—Supongo que a mí también. Ya eres demasiado mayor para que te riñan, así que no podré protegerte de las consecuencias de tus errores durante mucho tiempo.

Pippa pareció asustarse. La conversación había tomado un rumbo que no se esperaba.

—¿A qué te refieres?

—Si te expulsan, tendrás que seguir con tu educación en casa. No tiene sentido mandarte a otro instituto para que te metas otra vez en los mismos líos. —No tenía pensado decírselo, pero se había dado cuenta de que era necesario—. Contrataremos a un tutor, quizá a dos, que te darán clase aquí mismo y te ayudarán con los exámenes. Echarás de menos a tus amigos, pero tendrás que fastidiarte. Puede que por las tardes se te permita salir, bajo supervisión, siempre y cuando te portes bien y estudies mucho.

—¡Eso es una crueldad!

—Se llama mano dura y lo hago porque te quiero. —Miró a Gerry—. Ya no tengo nada más que decir.

—Yo me quedaré un ratito más con Pippa —dijo él.

Pauline clavó la vista en él unos instantes y después salió de la habitación.

Se fue al Dormitorio Lincoln. Era el que utilizaba cuando tenía que acostarse tarde por la noche o levantarse pronto por la mañana —cosa que ocurría bastante a menudo— y no quería molestar a Gerry.

¿Por qué se sentía traicionada? La actitud de Pippa había sido desafiante, así que Pauline le había hablado con firmeza. Sin embargo, Gerry se había quedado con ella, sin duda para suavizar el impacto de la reprimenda de su madre. No iban a la par. ¿Era una novedad? Cuando empezaron a salir juntos, a Pauline le había llamado la atención lo parecida que era la forma de pensar de ambos, pero, mirándolo en retrospectiva, se daba cuenta de que en muchas ocasiones habían tenido discrepancias respecto a Pippa.

Habían empezado antes del parto. Pauline quería dar a luz de la forma más natural posible. Gerry quería que su hija naciera en una sala de maternidad puntera, equipada con la tecnología médica de más alto nivel. Al principio, Pauline se había salido con la suya, y Gerry había aceptado el plan del parto casero. Sin embargo, cuando las contracciones empezaron a ser intensas, llamó a una ambulancia, y Pauline no tuvo fuerzas para defender su posición. Se había sentido traicionada, pero, entre la emoción y los desafíos de cuidar a una recién nacida, nunca había llegado a enfrentarse a él por su forma de actuar.

Un par de minutos después entró Gerry.

—He pensado que estarías aquí.

—¿Por qué has hecho eso? —le espetó Pauline de inmediato.

—¿Consolar a Pippa?

—¡Desautorizarme!

—Me ha parecido que necesitaba un poco de cariño y dulzura.

—Mira, podemos ser estrictos o podemos ser indulgentes, pero lo peor es estar divididos. Los mensajes contradictorios no harán más que desconcertarla, y un adolescente confuso es un adolescente infeliz.

—Entonces tenemos que ponernos de acuerdo antes en cómo vamos a actuar con ella.

—¡Ya estábamos de acuerdo! Me dijiste que teníamos que obligarla a dejar de fumar hierba y yo te dije que vale.

—No fue así —replicó Gerry irritado—. Te dije que la señora Judd quería que Pippa dejara de fumar, y tú decidiste que así sería. Sin consultármelo.

—¿Crees que deberíamos permitirle seguir fumando?

—Me habría gustado comentarlo con ella, en lugar de darle una orden y punto.

—Se está haciendo demasiado mayor para obedecernos o escuchar nuestros consejos. Lo único que podemos hacer es advertirla de las consecuencias. Y eso es lo que he hecho.

—Pero la has asustado.

—¡Mejor!

—La cena está lista, señora presidenta —dijo una voz desde el otro lado de la puerta.

Recorrieron el Pasillo Central hasta el Comedor Presidencial, situado en el extremo oeste del edificio, junto a la cocina. Tenía una pequeña mesa redonda en el centro y dos ventanales altos con vistas al Jardín Norte y su fuente. Pippa entró un minuto después.

Cuando Pauline se metió en la boca el primer bocado de gamba rebozada, le sonó el teléfono. Era Sandip Chakraborty. Se levantó, se alejó de la mesa y se puso de espaldas.

—¿Qué pasa, Sandip?

—James Moore se ha enterado del aplazamiento de nuestra resolución —informó—. Está ahora mismo en la CNN. Puede que le interese verlo. Nos está dando mucha caña.

—Vale, no cuelgues. —Pauline se dirigió a su familia—: Disculpadme un momento.

Al lado del Comedor Presidencial había una habitación pequeña conocida como el Salón de Belleza, aunque Pauline no la utilizaba como tal. Allí había un televisor, así que entró y lo encendió.

Moore se encontraba en un estadio de béisbol atestado de seguidores. Estaba de pie sobre un escenario, con un micrófono en la mano, y hablaba sin recurrir a notas ni apuntes. Llevaba unas botas de vaquero acabadas en punta. Detrás de él había un telón de fondo de barras y estrellas.

—Bien, ¿cuántos entre las buenas gentes congregadas en este estadio podrían haberle advertido a la presidenta Green de que no confiara en la ONU?

La cámara hizo un barrido por el público. La mayoría de los espectadores iban vestidos de manera informal, con camisetas y gorras de béisbol con la palabra JIMMY impresa.

—¡Vaya! —exclamó Moore—. ¡Todos habéis levantado la mano! —Se echaron a reír—. O sea, que lo que estamos diciendo es que cualquiera podría haberle puesto los puntos sobre las íes a Pauline. —Bajó del escenario y miró hacia la tribuna—. Veo a unos cuantos niños pequeños con la mano levantada por aquí cerca. —La cámara enfocó rápidamente la primera fila—. Bueno, puede que hasta ellos hubieran podido advertírselo.

Moore era como un cómico interpretando un monólogo; siempre hacía una pausa en el momento más adecuado.

—Si elegís convertirme en vuestro presidente… —La modestia del «si elegís» arrancó al público un aplauso prolongado—. Dejad que os cuente cómo hablaré con el presidente de China. —Se quedó callado un instante—. No os preocupéis, no será largo.

Pausa para las risas.

—Voy a decirle: «Puede hacer lo que usted quiera, señor presidente… Pero la próxima vez que me vea venir, ¡más le vale echar a correr!».

Los vítores eran ensordecedores.

Pauline quitó el sonido y se acercó el teléfono.

—¿Qué opinas, Sandip?

—No son más que tonterías, pero ese tío es muy bueno.

—¿Deberíamos responderle?

—No de inmediato. Solo conseguiríamos que mañana se pasaran todo el día repitiendo las imágenes. Espere hasta que tengamos una buena munición.

—Gracias, Sandip. Buenas noches.

Pauline finalizó la llamada y volvió al comedor. Ya habían retirado el entrante y el plato principal, pollo frito, estaba esperándola sobre la mesa.

—Lo siento —les dijo a Gerry y a Pippa—. Ya sabéis cómo son estas cosas.

—¿Te está dando problemas ese vaquero? —preguntó Gerry.

—Nada que no pueda solucionar.

—Mejor.

Después de cenar, tomaron café en el Salón Este y retomaron la discusión.

—Sigo creyendo que lo que Pippa necesita es ver más a su madre —dijo Gerry.

Pauline tendría que afrontarlo.

—Sabes lo mucho que me gustaría poder hacerlo, y también sabes muy bien por qué no puedo.

—Una pena.

—Es la segunda vez que lo dices.

Gerry se encogió de hombros.

—Es que creo que es verdad.

—Entonces ¿por qué no paras de repetirlo cuando sabes que no puedo hacer nada al respecto?

—A ver si lo adivino: tienes una teoría.

—Bueno, así lo único que consigues es señalarme a mí como culpable.

—Esto no tiene nada que ver con la culpa.

—Me cuesta encontrar otro motivo.

—Piensa lo que te parezca, pero yo creo que Pippa necesita que su madre le preste más atención.

Gerry se terminó el café y cogió el mando a distancia de la tele.

Pauline volvió al Ala Oeste y se dirigió al Estudio para trabajar. Se sentía frustrada. De hecho, una resolución de la ONU era poca cosa, pero no había sido capaz de sacarla adelante. Esperaba que el plan de Chess de endurecer las sanciones contra Corea del Norte sirviera de algo.

Tenía que revisar un resumen del presupuesto anual de defensa. Sin embargo, a solas en aquella salita, ya de noche, su mente divagaba. Tal vez fuera Gerry y no Pippa quien necesitase ver

214

más a Pauline. A lo mejor atribuía a su hija el sentimiento de rechazo que experimentaba él. Era la típica cosa que habría dicho un psiquiatra.

Gerry parecía autosuficiente, pero Pauline sabía que a veces era un poco dependiente. Quizá en aquel momento la necesitara más. No se trataba de sexo: poco después de casarse, habían establecido la rutina de hacer el amor más o menos una vez por semana, normalmente los domingos por la mañana, y estaba claro que aquello era más que suficiente para él. A Pauline le habría gustado hacerlo con más frecuencia, pero tampoco es que le sobrara el tiempo. Sin embargo, Gerry tenía otras necesidades, más allá del sexo. Él quería caricias mentales. Que le dijeran que era maravilloso. «Debería hacerlo más a menudo», se dijo Pauline.

Suspiró. El mundo entero reclamaba su atención.

Ojalá Gerry hubiera sido más positivo, pensó. Tal vez, algún día, Pippa sería una amiga en la que apoyarse, pero ese momento aún parecía muy lejano.

«Soy yo la que tiene que apoyar a todos», pensó, compadeciéndose de sí misma.

«Claro que sí, por eso soy la presidenta.»

«Deja de lloriquear, Pauline», se reprendió, y se concentró en el presupuesto de defensa.

10

El club nocturno Bourbon Street había sido su última oportunidad de ganarse la vida en el Chad, Kiah lo sabía muy bien. Pero había fracasado. «Soy un fracaso como prostituta. ¿Debería sentirme avergonzada u orgullosa?», pensó.

Tendría que haberse dado cuenta de en qué consistía el trabajo en realidad. Fátima le había ofrecido un techo, comida, un uniforme e incluso servicio de canguro: nadie ofrecería todo eso para contratar solo camareras. Kiah había sido una ingenua.

¿Debería haber hecho de tripas corazón? La joven Zariah lo había hecho. Pero es que a Zariah le encantaba el trabajo. Lo encontraba emocionante y glamuroso, y seguro que el dinero que había ganado aquella primera noche era más del que había tenido jamás en las manos. «Si Zariah pudo hacerlo, ¿por qué yo no?», se preguntó. Ya había mantenido relaciones sexuales, muchas veces, aunque solo con Salim. No dolía. Había formas de evitar quedarse embarazada. Las prostitutas tenían que hacerlo tanto con hombres agradables como con hombres desagradables, pero toda mujer tenía que sonreír y poner buena cara a hombres feos y groseros alguna vez. ¿Había sido una remilgada y una cobarde? ¿Había desperdiciado la oportunidad de cubrir sus necesidades y las de su hijo? Las preguntas no tenían sentido: no había sido capaz de hacerlo, y nunca lo sería.

Así que su única esperanza eran Hakim y su autobús.

Su susceptibilidad podía matarla. A lo mejor moría durante el viaje, mucho antes de alcanzar Francia, su destino soñado. No le costaba imaginarse a Hakim abandonando a todos los pasajeros si creía que podía largarse con el dinero. Y aunque fuera un hombre honesto, algo tan simple como una avería podía ser fatal en el desierto. Y la gente decía que los traficantes a veces utilizaban barcas pequeñas y peligrosas para la travesía por el mar Mediterráneo.

Pero si iba a morir, que así fuera. No podía hacer lo que no podía hacer.

Repartió sus escasas pertenencias entre las otras esposas de la aldea: colchones, cacerolas, frascos, cojines y alfombras. Las convocó a todas en su casa, anunció quién se quedaría con qué y les dijo que podían llevárselo todo en cuanto se marchara.

Aquella noche la pasó en vela, pensando en todas las cosas que habían ocurrido en aquella casa. Allí había yacido con Salim por primera vez. Había dado a luz a Naji en aquel suelo, y todos los habitantes de la aldea la habían oído gritar de dolor. Allí estaba ella cuando llevaron a casa el cadáver de Salim y lo tendieron con delicadeza sobre la alfombra, y se había lanzado sobre él y lo había besado como si su amor pudiera devolverle la vida.

Cuando faltaba un día para la partida del autobús, Kiah se despertó antes del amanecer. Metió cuatro prendas de ropa en una bolsa y algo de comida que no se pudriera: pescado ahumado, frutos secos y cordero en salazón. Paseó la mirada por la habitación y se despidió de su casa.

Salió al alba, con la bolsa en una mano y Naji apoyado en la cadera contraria. En el límite de la aldea silenciosa, volvió la vista atrás, hacia los tejados de hoja de palma. Había nacido allí y había pasado allí los veinte años de su vida. Miró el lago, cada vez más seco. Bajo aquella luz plateada, su superficie estaba tan calmada e inmóvil como la muerte. Jamás lo volvería a ver.

Atravesó el pueblo de Yusuf y Azra sin detenerse.

Al cabo de una hora, Naji le pesaba demasiado y Kiah tuvo

que parar para descansar. A partir de ese momento, descansaba cada dos por tres y avanzaba a paso lento.

Durante las horas de más calor del día, hizo una parada larga en otra aldea y se sentó a la sombra de unas palmeras datileras. Le dio el pecho a Naji y luego bebió un poco de agua y se comió un trozo de carne en salazón. Naji se echó una siesta de una hora. Retomaron el camino por la tarde, cuando el calor empezó a remitir.

El sol ya estaba bajo cuando llegó a Tres Palmeras. Pasó junto a la gasolinera que estaba al lado de la cafetería casi esperando que Hakim se hubiera marchado antes y la hubiera dejado en tierra. Pero lo vio allí, delante de la puerta del taller, hablando con una seguridad jactanciosa a un grupo de hombres cargados con bolsas de viaje de todas las formas y tamaños. Como ella, habían llegado el día anterior a la partida para estar listos al día siguiente a primera hora de la mañana.

Kiah se acercó despacio e intentó echarles un vistazo sin que se le notara. Aquellos hombres iban a ser sus compañeros durante un viaje difícil. Nadie podía indicarles con certeza cuánto duraría, pero no sería menos de dos semanas, y ese tiempo podía fácilmente duplicarse. Los hombres eran casi todos jóvenes. Hablaban en voz alta y se les veía entusiasmados. Kiah se imaginó que los soldados que iban a la guerra debían de parecerse a ellos: ansiosos por descubrir lugares extraños y tener nuevas experiencias, conscientes de que arriesgaban la vida pero sin asimilarlo del todo.

No había ni rastro del vendedor de cigarrillos. Kiah albergaba la esperanza de que apareciera. Sería un alivio contar con un compañero de viaje que no fuera un completo desconocido.

En Tres Palmeras no había hoteles. Kiah fue al convento y habló con una monja.

—¿Conoce a alguna familia respetable que pueda proporcionarnos una cama a mi hijo y a mí para pasar la noche? —preguntó—. Tengo algo de dinero, puedo pagar.

Tal como esperaba, la invitaron a pasar la noche en el convento. La atmósfera, el aire cargado de humo de velas, incienso y Biblias viejas, la trasladaron de inmediato a su infancia. Le encantaba el colegio. Quería saber más de los misterios de las matemáticas y el francés, de la historia antigua y los lugares remotos. Pero su educación había acabado a los trece años.

Las monjas se dedicaron a hacerle carantoñas a Naji y le ofrecieron a Kiah un sustancioso plato de cordero especiado con alubias, todo a cambio de un himno y unas cuantas oraciones antes de irse a la cama.

Aquella noche la pasó despierta, preocupada por Hakim. Le había exigido el pago del billete por adelantado, y temía que al día siguiente se lo reclamara. Kiah no le entregaría más de la mitad, pero ¿y si entonces se negaba a llevarla? ¿Y si montaba un escándalo porque Naji viajara gratis?

Bueno, ella no podía hacer nada al respecto. De todos modos, Hakim no era el único traficante de personas del Chad, se dijo. En el peor de los casos, se buscaría a otro. Eso sería mejor que cometer la estupidez de entregarle todo su dinero a Hakim.

Por otro lado, sentía que, si no se marchaba ya, tal vez más adelante le faltaría valor para irse.

Por la mañana, las monjas le dieron café y pan y le preguntaron qué planes tenía. Kiah les mintió. Les dijo que iba al pueblo de al lado a visitar a su prima. Temía que, si les decía la verdad, se pasaran horas intentando disuadirla.

Mientras atravesaba la ciudad, con Naji caminando con torpeza a su lado, se dio cuenta de que lo más probable era que nunca volviese a ver Tres Palmeras, y de que pronto diría adiós al Chad, y después a África. Los emigrantes enviaban cartas a casa; rara vez volvían. Estaba a punto de abandonar la vida que había conocido hasta entonces, de deshacerse de todo su pasado y trasladarse a un mundo nuevo. Era aterrador. Empezó a sentirse perdida y desarraigada antes de tiempo.

Llegó a la gasolinera antes del amanecer.

Varios pasajeros ya estaban allí, algunos acompañados por familias enormes que, evidentemente, habían ido a despedirlos.

La cafetería de al lado estaba abierta y estaba haciendo el agosto con todos los que esperaban a Hakim. Kiah ya se había tomado un café, pero pidió arroz con leche y azúcar para Naji.

El dueño la trató con hostilidad.

—¿Qué está haciendo aquí? No da buena impresión, una mujer sola en mi cafetería.

—Me voy en el autobús de Hakim.

—¿Sola?

Kiah se inventó otra mentira.

—He quedado aquí con mi primo. Se viene conmigo.

El hombre se alejó sin contestarle.

Sin embargo, su mujer le sirvió el arroz. Recordaba a Kiah de su última visita, y como el arroz era para el niño, le dijo que se guardara el dinero.

Había gente buena en el mundo, pensó Kiah agradecida. Tal vez necesitara la ayuda de desconocidos en aquel viaje.

Un minuto más tarde, una familia le preguntó si podían sentarse con ella. Eran una mujer de la edad de Kiah, llamada Esma, y sus suegros, una mujer de aspecto amable llamada Bushra y un hombre más mayor, Wahed, que fumaba un cigarrillo y tosía.

Esma enseguida hizo migas con Kiah y le preguntó si su marido iba con ella. Kiah le explicó que era viuda.

—Lo siento mucho —dijo Esma—. Mi marido está en Niza, que es una ciudad de Francia.

Kiah sintió interés.

—¿A qué se dedica allí?

—Construye muros para los jardines de la gente rica. Es albañil. En Niza hay muchos palacios. No para de trabajar. En cuanto termina un muro, ya tiene que construir el siguiente.

—¿Gana mucho dinero?

—Muchísimo. Me mandó cinco mil dólares americanos para que pudiera irme con él. No tiene permiso de residencia en Francia, así que tengo que coger esta ruta.

—¿Cinco mil dólares?

—Se suponía que era solo para Esma —intervino Bushra, la

suegra—. Dijo que más adelante mandaría más para su padre y para mí. Pero mi nuera es tan buena chica que quiere llevarnos con ella.

—He hecho un trato con Hakim —explicó Esma—: los tres por cinco mil. Eso quiere decir que no nos queda nada para gastos, pero ha valido la pena, porque pronto volveremos a estar todos juntos.

—*Inshallah* —dijo Kiah.

Abdul pasó la noche en casa de Anand, el hombre que le había comprado el coche. Abdul había regateado con el precio para evitar levantar sospechas, pero al final había sido una ganga, y hasta había incluido en el trato sus últimos cartones de Cleopatra como extra. Anand estaba encantado y había invitado a Abdul a pasar la noche. Sus tres esposas habían preparado una cena deliciosa.

Aquella noche dos de los amigos de Anand, Fouzen y Haydar, se habían presentado en su casa, y Anand había propuesto que echaran una partida a los dados. Fouzen era un joven con pinta de bruto y camisa sucia. Haydar era bajo y malcarado, y tenía un ojo medio cerrado debido a una lesión antigua. En el mejor de los casos, Anand pretendía recuperar parte del dinero que se había gastado en el coche, pensó Abdul, aunque se temía que sus intenciones fueran más siniestras.

Abdul jugó con cuidado y ganó algo, no mucho.

Le hicieron preguntas y él les explicó que había vendido el coche para pagarse el viaje hasta Europa con Hakim. Por su acento árabe, se dieron cuenta de que no era del Chad. «Soy libanés», dijo, lo cual era cierto, y cualquier persona del Líbano habría reconocido su acento.

Le preguntaron por qué se había marchado de su país, y él les dio su respuesta habitual: «Si hubierais nacido en Beirut, también querríais marcharos».

Se interesaron por saber a qué hora saldría el autobús y cuánto tendría que madrugar Abdul para estar a tiempo en la gasolinera de Hakim. Los recelos de Abdul aumentaron. Seguro que estaban pensando en robarle. Era un desconocido y un vagabundo; puede que incluso creyeran que podían matarlo y salir impunes. En Tres Palmeras no había comisaría de policía.

Abdul evitaría una pelea si podía, pero, en cualquier caso, no estaba preocupado. Aquellos hombres eran aficionados. Abdul había sido luchador en el instituto y había participado en campeonatos de artes marciales mixtas para ganar algo de dinero en la universidad. Recordó un momento bochornoso durante su formación en la CIA. Fue en el curso de combate cuerpo a cuerpo. El instructor, un hombre muy musculoso, había pronunciado la típica frase:

—Vale, ataca y golpéame.

—Preferiría no hacerlo —había dicho Abdul, y la clase se había echado a reír pensando que estaba asustado.

—Vaya —había dicho el instructor en tono burlón—, ¿o sea que ya sabes todo lo que hay que saber sobre el combate cuerpo a cuerpo?

—No sé todo lo que hay que saber de nada, pero sí sé algo sobre peleas, y las evito siempre que puedo.

—De acuerdo, veámoslo. Dame con todas tus fuerzas.

—Escoja a otro, por favor.

—Hazlo de una vez.

El hombre era terco. Quería meterles el miedo en el cuerpo a los alumnos con una exhibición de dominio y superioridad. Abdul no quería fastidiarle el plan, pero no le quedaba más remedio.

—A ver, hablémoslo. —Entonces le pegó una patada en el estómago al instructor, lo tiró al suelo y le inmovilizó por el cuello desde atrás con una llave—. Lo siento muchísimo, pero se ha empeñado usted.

Después lo soltó y se puso de pie. El instructor se levantó a duras penas. Su única lesión visible era la nariz ensangrentada.

—Vete de aquí cagando leches —le espetó.

Por otro lado, Fouzen y Haydar igual llevaban cuchillos.

Los dos se marcharon alrededor de medianoche y Abdul se echó a dormir en un colchón de paja. Se despertó al amanecer, le dio las gracias a Anand y a sus esposas y les dijo que ya se marchaba.

—Desayuna algo —insistió Anand—. Café, un poco de pan con miel, unos higos. El garaje de Hakim está a solo unos minutos a pie desde aquí.

Al ver el entusiasmo de su anfitrión, Abdul sospechó que tenían pensado robarle allí, en la casa. A los niños podían quitárselos de en medio y las esposas no dirían nada. No habría más testigos.

Rechazó la invitación con firmeza, cogió su pequeña bolsa de cuero y se puso en marcha con la esperanza de haber frustrado sus planes.

Las polvorientas calles de la pequeña ciudad estaban en silencio. Los postigos no tardarían en abrirse, las fogatas para cocinar desprenderían volutas de humo en los patios y las mujeres saldrían con sus jarras y sus botellas de plástico a buscar agua. Los pequeños ciclomotores y los escúteres gruñirían malhumorados cuando los despertaran. Pero en aquel momento reinaba la quietud, así que Abdul oyó con claridad los pasos a su espalda, dos hombres que corrían para darle alcance.

Escudriñó el suelo en busca de un arma. La calle estaba llena de paquetes de cigarrillos, mondas de verduras, piedrecitas y algún que otro trozo de madera. Una teja caída con un borde afilado sería perfecta, pero la mayoría de aquellos tejados eran de hojas de palma. Distinguió una bujía oxidada del motor de un coche, pero era demasiado pequeña para causar grandes daños. Al final se decidió por una piedra del tamaño de su puño y continuó caminando.

Los hombres se acercaron. Abdul se detuvo en un cruce, donde tal vez se distrajeran al tener que mirar en cuatro direcciones. Dejó caer la bolsa y se volvió para encararse a ellos. Llevaban sandalias, una ventaja para él: Abdul iba con botas. Ambos llevaban un cuchillo con una hoja de quince centímetros, lo bastante pequeño para pasar por un utensilio de cocina, lo bastante grande para alcanzarle el corazón.

Continuaron caminando hacia él y se detuvieron. Las dudas eran una buena señal.

—Estáis a punto de suicidaros —les dijo Abdul—. ¿No sabéis que es pecado?

Quería que se dieran la vuelta y se marcharan, pero no se amilanaron y supo que tendría que pelear.

Levantó la piedra y corrió hacia Haydar, el más bajo, que empezó a retroceder. Con el rabillo del ojo vio que Fouzen se acercaba, así que se dio la vuelta y le lanzó la piedra con fuerza y precisión casi a quemarropa. Lo golpeó en la cara. El hombre gritó, se llevó una mano al ojo y cayó de rodillas.

Abdul se volvió de nuevo y, con la bota, pegó una patada a Haydar en las pelotas. Durante sus prácticas de artes marciales, había aprendido a lanzar patadas que fueran efectivas, así que Haydar aulló de dolor, se dobló sobre sí mismo y retrocedió tambaleándose.

El instinto de Abdul lo empujaba a abalanzarse sobre ellos y machacarlos, como habría hecho en el cuadrilátero, a saltar sobre el adversario caído y asestarle puñetazos en la cara y el cuerpo hasta que el árbitro detuviera el combate. Pero no había árbitro y tenía que contenerse.

Se los quedó mirando, primero al uno y después al otro, desafiándolos a moverse, pero ninguno de los dos lo hizo.

—Si alguna vez vuelvo a veros, a cualquiera de los dos, os mataré.

Después recogió su bolsa, les dio la espalda y siguió su camino.

Se sentía exultante y eso lo avergonzaba. Era un sentimiento que le resultaba familiar. Lo experimentaba cuando en el cuadrilátero obtenía una profunda satisfacción secreta ante la violencia y la agresividad que permitía, y después siempre pensaba: «¿Qué tipo de hombre soy?». Era como un zorro en un gallinero: mataba hasta la última de las aves, más de las que era capaz de comerse, más de las que podría llevarse jamás a su madriguera; mordía y desgarraba por puro placer.

«Pero no he matado ni a Fouzen ni a Haydar. Y además no son gallinas», pensó.

La cafetería de al lado de la gasolinera estaba atestada de gente. Vio a Kiah, la mujer que lo había sondeado la última vez que estuvo allí. Llevaba consigo a su hijo. Era una mujer valiente, pensó.

No había ni rastro de Hakim.

Kiah le sonrió y lo saludó con la mano, pero Abdul se alejó y se sentó solo. No quería hacerse amigo suyo ni de nadie más. Un agente encubierto no tenía amigos.

Pidió café y pan. Los hombres que lo rodeaban parecían asustados y a la vez ansiosos. Algunos hablaban a voz en grito, tal vez para disimular su miedo; otros no paraban de moverse con impaciencia; otros permanecían sentados en silencio, fumando y dándole vueltas a la cabeza. Los hombres mayores y las mujeres llorosas de entre la multitud tenían pinta de ser familiares que habían acudido a despedirse, sabedores de que lo más probable era que no volvieran a ver a sus seres queridos.

Hakim apareció al fin, caminando por la calle con sus andares desgarbados y su mugrienta ropa de deporte occidental. Ignoró a la gente que lo esperaba. Abrió la puerta lateral del taller, entró y la cerró a su espalda. Unos minutos más tarde, abrió el portón basculante y sacó el autobús.

Los dos yihadistas salieron detrás. Caminaban con arrogancia con los fusiles de asalto echados al hombro, clavando la mirada en la gente, que apartaba la vista al instante. Abdul se preguntó qué pensarían los pasajeros sobre aquellos dos hombres, que claramente eran terroristas. Solo él sabía que el autobús contenía cocaína por valor de millones de dólares. ¿Creerían que los yihadistas estaban allí para protegerlos? A lo mejor lo consideraban un misterio y no le daban mayor importancia.

Hakim bajó del autobús y abrió la puerta para pasajeros. La multitud se acercó en tropel.

—El único espacio disponible para maletas es el portaequipajes superior —vociferó—. Un bulto por persona. Sin excepciones y sin discusiones.

Se oyeron gruñidos y gritos de indignación entre la gente, pero los guardias avanzaron y se colocaron uno a cada lado de Hakim, así que las protestas se disiparon.

—Sacad el dinero ya —continuó Hakim—. Mil dólares americanos, mil euros o su equivalente. Pagadme y podréis subir al autobús.

Algunos se pelearon por ser los primeros en montarse. Abdul no se sumó al alboroto: él subiría el último. Varios pasajeros trataban de embutir el contenido de dos maletas en una sola. Unos cuantos abrazaban y besaban a sus llorosos familiares. Abdul se quedó rezagado.

Percibió un olor a canela y cúrcuma y se encontró a Kiah a su lado.

—Después de hablar contigo, hablé con Hakim y me aseguró que tenía que entregarle todo el dinero antes de salir —le comentó ella—. Ahora le está pidiendo la mitad a todo el mundo, como me dijiste tú. ¿Crees que seguirá intentando que yo se lo pague todo?

A Abdul le habría gustado darle una respuesta tranquilizadora, pero se mordió la lengua y se encogió de hombros con indiferencia.

—Voy a ofrecerle mil —concluyó Kiah, y se unió al gentío con su hijo en brazos.

Al cabo de un rato, Abdul vio que entregaba el dinero a Hakim. Él lo cogió, lo contó, se lo guardó en el bolsillo y con un gesto le indicó que subiera al bus, todo sin hablar y sin siquiera mirarla a la cara. Estaba claro que lo de exigirle el pago íntegro del pasaje por adelantado había sido una treta, un intento de aprovecharse de una mujer sola, y que había desistido de inmediato al ver que la mujer no era tan fácil de mangonear.

Tardaron una hora en subir todos a bordo. Abdul fue el último en subir los escalones, con su bolsa de cuero barata en la mano.

El autobús tenía diez filas de cuatro asientos, dos a cada lado del pasillo. Estaba hasta los topes, pero la primera fila estaba vacía. Sin embargo, había una bolsa en cada par de asientos.

—Ahí se sientan los guardias —dijo un hombre de la fila de atrás—. Se ve que necesitan dos asientos cada uno.

Abdul se encogió de hombros y miró hacia el fondo del autobús. Quedaba un sitio libre. Justo al lado de Kiah.

Se dio cuenta de que nadie quería sentarse al lado del crío, que sin duda se pasaría todo el viaje moviéndose, llorando y vomitando hasta llegar a Trípoli.

Abdul metió su bolsa de viaje en el portaequipajes superior y se sentó al lado de Kiah.

Hakim ocupó el asiento del conductor, los guardias embarcaron y el autobús se dirigió hacia el norte para salir del pueblo.

Cuando el vehículo ganó velocidad, entró una brisa fresca a través de las ventanillas sin cristal. Con cuarenta personas a bordo, necesitaban ventilación. Aunque resultaría incómodo durante las tormentas de arena.

Al cabo de una hora, Abdul divisó a lo lejos una pequeña ciudad que le recordaba a las de Estados Unidos, una extensión de edificios de distintos tipos, incluidas varias torres, hasta que se dio cuenta de que lo que estaba viendo era la refinería de petróleo de Yérmaya, con sus chimeneas humeantes, sus torres de destilación y sus tanques de almacenamiento blancos y achaparrados. Era la primera refinería del Chad, y la habían construido los chinos como parte de su acuerdo para explotar el petróleo del país. El gobierno había ganado miles de millones en regalías con ese trato, pero ni tan solo una mínima parte del dinero había llegado hasta los desposeídos que vivían a orillas del lago Chad.

Más allá era casi todo desierto.

La mayoría de la población del Chad vivía en el sur, en los alrededores del lago Chad y Yamena. En el otro extremo del viaje, la mayor parte de las ciudades de Libia estaban concentradas en el norte, en la costa mediterránea. Entre esos dos núcleos de población se extendían mil seiscientos kilómetros de desierto.

Había unas cuantas carreteras asfaltadas, entre ellas la Transahariana, pero aquel autobús, con su carga de contrabando y sus inmigrantes ilegales, no seguiría las rutas principales. Recorrería pistas poco utilizadas entre la arena, circulando a treinta kilómetros por hora desde un pequeño oasis hasta el siguiente, a menudo sin cruzarse con ningún otro vehículo desde la salida hasta la puesta del sol.

Al hijo de Kiah le fascinaba Abdul. Se lo quedaba mirando hasta que Abdul se volvía hacia él, y entonces el pequeño ocultaba la cara de inmediato. Poco a poco, llegó a la conclusión de que Abdul era inofensivo y lo de mirarlo y esconderse se convirtió en un juego.

Abdul suspiró. No podía estar callado y de mal humor durante mil seiscientos kilómetros. Así que se rindió.

—Hola, Naji.

—¡Te acuerdas de su nombre! —exclamó Kiah, y sonrió.

Su sonrisa le recordó a otra persona.

Estaba trabajando en Langley, las oficinas centrales de la CIA a las afueras de Washington D. C. Se hacía llamar John, su segundo nombre, porque había descubierto que, cuando se refería a sí mismo como Abdul, tenía que contarle la historia de su vida a toda persona blanca que conocía.

Llevaba un año en la Agencia, y lo único que había hecho, aparte de la formación, era leer periódicos árabes y escribir resúmenes en inglés de cualquier artículo relacionado con la política internacional, la defensa o el espionaje. Al principio los redactaba con pelos y señales, pero no había tardado en captar lo que sus jefes querían y ahora empezaba a aburrirse porque le sobraba tiempo.

Había conocido a Annabelle Sorrentino en una fiesta que se había celebrado en un apartamento de Washington. Era alta, aunque no tanto como Abdul, y atlética: iba al gimnasio y corría maratones. También era impresionantemente guapa. Trabajaba en el Departamento de Estado, y habían charlado acerca del mundo árabe, un tema en el que ambos estaban interesados. Abdul se había dado cuenta enseguida de que Annabelle era muy inteligente. Pero lo que más le gustaba era su sonrisa.

Cuando la chica estaba a punto de marcharse, Abdul le pidió su número de teléfono y ella se lo dio.

Empezaron a salir juntos, luego se acostaron y él descubrió que Annabelle era una fiera en la cama. Al cabo de tan solo unas semanas, supo que quería casarse con ella.

Tras seis meses pasando casi todas las noches juntos, ya fuera en el estudio de Abdul o en el apartamento de ella, decidieron mudarse a una casa más grande. Encontraron una preciosa, pero no podían permitirse pagar la fianza. Sin embargo, Annabelle dijo que pediría el dinero prestado a sus padres. Resultó que su padre era el dueño millonario de Sorrentino's, una cadena de tiendas de lujo en las que se vendían vinos, licores de marcas de prestigio y aceites de oliva de la mejor calidad.

Tony y Lena Sorrentino quisieron conocer a «John».

Vivían en un edificio de apartamentos muy alto en una urbanización de acceso restringido de Miami Beach. Annabelle y Abdul cogieron un avión un sábado y llegaron a tiempo para cenar con ellos. Los alojaron en habitaciones separadas.

—Podemos dormir juntos —le dijo Annabelle—. Esto es solo por guardar las apariencias ante el personal.

Lena Sorrentino se quedó de piedra cuando vio a Abdul, y en ese momento él se dio cuenta de que Annabelle no había dicho a sus padres que era de piel oscura.

—Bueno, John —dijo Tony, a punto de atacar las almejas—, cuéntanos de dónde vienes.

—Nací en Beirut…

—O sea que eres emigrante.

—Sí… Como el señor Sorrentino original, imagino. Debió de llegar desde Sorrento, ¿no?

Tony se forzó a esbozar una sonrisa. No cabía duda de que estaba pensando: «Sí, pero nosotros somos blancos».

—En este país somos todos inmigrantes, supongo. ¿Por qué se marchó tu familia de Beirut?

—Si ustedes hubieran nacido en Beirut, también habrían querido marcharse.

Se rieron por obligación.

—¿Y qué me dices de la religión? —preguntó Tony.

Quería decir: «¿Eres musulmán?».

—Mi familia es católica, algo frecuente en el Líbano —respondió Abdul.

—¿Beirut está en el Líbano? —intervino Lena.

—Sí.

—Vaya, no tenía ni idea.

—Pero creo que allí tienen un tipo de catolicismo distinto —observó Tony, que era más culto que su mujer.

—Así es. Somos católicos maronitas. Estamos en plena comunión con la Iglesia católica de Roma, pero nuestras misas son en árabe.

—Saber árabe debe de ser útil en tu trabajo.

—Sí. También hablo francés, que es la segunda lengua del Líbano. Pero háblenme de la familia Sorrentino. ¿Empezaron ustedes el negocio?

—Mi padre tenía una licorería en el Bronx —contestó Tony—. Yo le veía plantar cara a los vagabundos y a los yonquis para ganarse un dólar por cada botella de cerveza, y enseguida tuve claro que eso no era para mí. Así que abrí mi propia tienda en Greenwich Village y me puse a vender vino caro a cambio de veinte dólares de beneficio por botella.

—En su primer anuncio —dijo Lena— salía un hombre bien vestido con una copa en la mano que decía: «¡Vaya, esto sabe como una botella de vino de cien dólares!». Y su amigo contestaba: «Sí, ¿verdad? Pero la he comprado en Sorrentino's y me ha costado la mitad». Emitimos ese anuncio una vez a la semana durante un año.

—Eso fue en los tiempos en los que podías comprar un buen vino por cien pavos —repuso Tony, y todos se rieron.

—¿Su padre aún tiene la tienda original? —preguntó Abdul.

—Mi padre falleció. Un tío que quería robarle le pegó un tiro en su tienda. —Tony guardó silencio un instante y luego añadió—: Un tío afroamericano.

—Lo siento mucho —contestó Abdul automáticamente, aunque le daba vueltas a la coletilla de Tony: «Un tío afroamericano».

«Tenías que decirlo, ¿no, Tony? —pensó—. Significa: "A mi padre lo mató un negro".» Como si los blancos no cometieran asesinatos. Como si Tony no hubiera oído hablar de la mafia.

Annabelle rebajó la tensión hablando de su trabajo, y durante el resto de la velada Abdul se dedicó básicamente a escuchar. Aquella noche Annabelle fue a la habitación de su novio en pijama y pasaron la noche abrazados, pero no hicieron el amor.

No llegaron a irse a vivir juntos. Tony se negó a prestarles el dinero para la fianza, pero aquello fue solo el principio de una campaña familiar para impedir que Annabelle se casara con él. Su abuela dejó de hablarle. Su hermano la amenazó con que «unos contactos suyos» le darían una paliza a Abdul... Aunque retiró la amenaza cuando se enteró de para quién trabajaba el novio de su hermana. Annabelle le juró que jamás cedería a sus presiones, pero el conflicto envenenó su amor. En lugar de un romance estaban viviendo una guerra. Cuando ya no lo soportó más, Annabelle puso fin a la relación.

Y Abdul le dijo a la Agencia que estaba preparado para trabajar como agente secreto en el extranjero.

II

Tao Ting salió del baño con una toalla alrededor del cuerpo y otra envolviéndole la cabeza. Chang Kai, sentado en la cama, levantó la vista de la tableta en la que estaba leyendo los periódicos. La observó mientras abría las puertas de los tres armarios y se quedaba mirando su ropa. Al cabo de unos instantes, Ting dejó caer las dos toallas al suelo.

Kai se empapó de la imagen de su esposa desnuda y pensó en lo afortunado que era. Había una razón por la que millones de espectadores de televisión estaban enamorados de ella: era absolutamente perfecta. Su cuerpo era esbelto y curvilíneo, su piel tenía el color cremoso del marfil y lucía una exuberante melena oscura.

Y era divertida.

—Sé lo que estás mirando —dijo Ting sin darse la vuelta.

Él se echó a reír.

—Estoy leyendo el *People's Daily* en línea —protestó en broma.

—Mentiroso.

—¿Cómo sabes que estoy mintiendo?

—Puedo leerte la mente.

—Eso sí que es un poder milagroso.

—Siempre sé lo que los hombres están pensando.

—¿Ah, sí?

—Siempre están pensando en lo mismo.

Se puso el sujetador y las bragas y se quedó contemplando los percheros llenos de ropa un ratito más. Kai se sintió culpable por quedarse en la cama mirándola. Tenía muchísimo que hacer, por sí mismo y por su país. Pero le costaba desviar la vista de ella.

—Da igual lo que te pongas, ¿no? —dijo—. En cuanto llegues al estudio, te pondrán algún tipo de vestuario fantástico.

A veces lo atormentaba la oscura sospecha de que Ting se arreglaba para los actores jóvenes y atractivos con los que trabajaba. Tenía mucho más en común con ellos que con él.

—Mi aspecto siempre es importante —contestó Ting—. Soy famosa. La gente espera que sea especial. Los chóferes, los porteros, los limpiadores, los jardineros, todos lo cuentan a su familia: «¿A que no sabéis a quién he visto hoy? ¡A Tao Ting! Sí, a la de *Amor en el palacio*». No quiero que digan que en la vida real no soy tan guapa.

—Ya, claro.

—Además, no voy directa al estudio. Hoy van a rodar un gran duelo de espadas. No me necesitan hasta las dos de la tarde.

—¿Y a qué vas a dedicar tu mañana libre?

—Me llevaré a mi madre de compras.

—Qué bien.

Ting estaba muy unida a su madre, Cao Anni, que también era actriz. Hablaban por teléfono todos los días. El padre de Ting había muerto en un accidente de tráfico cuando ella tenía trece años. El mismo accidente había provocado a su madre una cojera que había frustrado su carrera. Pero Anni había reorientado su trabajo grabando voces en off.

A Kai le caía bien Anni.

—No la hagas caminar mucho —le dijo a Ting—. Disimula, pero la pierna le sigue doliendo.

Ting sonrió.

—Ya lo sé.

Y tanto que lo sabía. Su marido le estaba diciendo que tratara con consideración a su propia madre. Él siempre intentaba no comportarse como si fuera su padre, pero a veces le salía espontáneo.

—Lo siento —se disculpó Kai.

—Me alegra que te preocupes por ella. Mi madre también te tiene cariño. Piensa que me cuidarás cuando ella ya no esté.

—Pues claro.

Ting tomó una decisión y cogió un par de vaqueros Levi's de color azul desgastado.

Sin dejar de mirarla, Kai centró sus pensamientos en el día que le esperaba. Tenía una cita con un espía importante.

Tenía reservado un billete de avión a Yanji para la hora de comer. Se trataba de una ciudad de tamaño medio situada cerca de la frontera con Corea del Norte. Aunque ahora era el jefe del Departamento de Inteligencia Internacional, todavía dirigía personalmente a algunos de los espías más valiosos, sobre todo a los que había reclutado él mismo cuando ocupaba un puesto más bajo en la jerarquía. Uno de ellos era un general norcoreano llamado Ham Ha-sun. Desde hacía ya varios años, Ham era la mejor fuente de información interna del Guoanbu sobre lo que estaba ocurriendo en Corea del Norte.

Y Corea del Norte era la mayor debilidad de China.

Era el punto flaco, el talón de Aquiles, la kryptonita y todas las demás imágenes para describir una debilidad letal en un cuerpo fuerte. Los norcoreanos eran unos aliados clave y, al mismo tiempo, su escasa fiabilidad resultaba desesperante. Kai y Ham se reunían con regularidad, y entre un encuentro y el siguiente cualquiera de los dos podía ponerse en contacto con el otro para solicitar una reunión de emergencia. La de aquel día era rutinaria, pero aun así importante.

Ting se puso un jersey azul intenso y se calzó un par de botas de cowboy. Kai miró el reloj que había junto a la cama y se levantó.

Se aseó deprisa y se puso un traje. Mientras se estaba vistiendo, Ting le dio un beso de despedida y se marchó.

Pekín estaba cubierta de esmog, así que Kai cogió una mascarilla por si tenía que ir caminando a algún sitio. Ya tenía preparada la maleta para pasar la noche fuera. Cogió su pesado abrigo de invierno y se lo colgó del brazo. Yanji era una ciudad fría.

Salió del apartamento.

Había cuatrocientas mil personas en Yanji, y casi la mitad de ellas eran coreanas.

La ciudad se había expandido deprisa después de la Segunda Guerra Mundial, y mientras su avión descendía, Kai contempló las hileras de edificios modernos, apiñados unos con otros, a ambas orillas del ancho río Buerhatong. China era el principal socio comercial de Corea del Norte, así que miles de personas cruzaban la frontera a diario en los dos sentidos para hacer negocios, y Yanji era un importante centro neurálgico para dichas actividades comerciales.

Además, cientos de miles de coreanos, puede que incluso millones, vivían y trabajaban en China. Muchos estaban registrados como inmigrantes; algunos se prostituían; no pocos eran trabajadores agrícolas no remunerados o esposas compradas… Pero nadie se refería a ellos como esclavos. La vida en Corea del Norte era tan terrible que tal vez ser un esclavo bien alimentado en China no les hubiera parecido un destino tan atroz.

Yanji tenía la mayor densidad de población de coreanos de cualquier ciudad de China. Incluso tenía dos canales de televisión que emitían en coreano. Una de las residentes coreanas de Yanji era Ham Hee-young, una joven brillante y competente que era hija ilegítima del general Ham, un dato que en Corea del Norte no conocía nadie y que en China sabían muy pocas personas. Como encargada de unos grandes almacenes, ganaba un buen salario más las comisiones de venta.

Kai aterrizó en el aeropuerto nacional, Chaoyangchuan, y cogió un taxi hasta el centro de la ciudad. Todos los carteles de la carretera estaban escritos en las dos lenguas, con el coreano encima del chino. Se fijó en que algunas de las jóvenes de la ciudad vestían con el estilo chic y sexy de la moda surcoreana. Se registró en un hotel de una gran cadena y volvió a salir enseguida, cubierto con su pesado abrigo para protegerse del frío intenso de Yanji. Prescindiendo de los taxis que había a la entrada del hotel, caminó unas cuantas manzanas y paró uno en la calle. Le dio al conductor la dirección de un supermercado Wumart situado a las afueras.

El general Ham estaba destinado en una base de misiles nucleares llamada Yeongjeo-dong, en el norte de Corea del Norte, cerca de la frontera con China. Era miembro de la Comisión de Vigilancia Conjunta de la Frontera, que se reunía en Yanji con regularidad, así que cruzaba la frontera al menos una vez al mes.

Desde hacía muchos años, se sentía desencantado con el régimen de Pionyang, la capital, y había empezado a espiar para China. Kai le pagaba bien, canalizando el dinero hacia Hee-young, la hija de Ham.

El taxi de Kai lo llevó a un barrio residencial en vías de desarrollo y lo dejó en el Wumart, a dos calles de su verdadero destino. Avanzó a pie hasta una obra en la que estaban levantando una casa enorme. Allí era donde Ham se gastaba el dinero que ganaba con el Guoanbu. El terreno y la casa estaban a nombre de Hee-young, y ella pagaba a los constructores con el dinero que le entregaba Kai. El general Ham estaba a punto de jubilarse, y su plan era desaparecer de Corea del Norte, adoptar una nueva identidad facilitada por Kai y pasar sus años dorados con su hija y sus nietos en su precioso nuevo hogar.

Al acercarse a la obra, Kai no vio a Ham, ya que este siempre tomaba muchas precauciones para no ser visible desde la calle. El general estaba en el garaje a medio construir, hablando con uno de los albañiles, probablemente el capataz, en un mandarín fluido. Puso fin a la conversación de inmediato.

—Tengo que hablar con mi contable —se excusó, y estrechó la mano a Kai.

Ham era un hombre vivaz de más de sesenta años que se había doctorado en Física.

—Ven, que te voy a enseñar todo esto —dijo entusiasmado.

Ya habían instalado el sistema de tuberías y ahora los carpinteros estaban poniendo las puertas, las ventanas, los armarios y los aparadores de la cocina. Kai se sorprendió envidiando a Ham mientras recorrían la edificación: era más espaciosa que cualquiera de las casas en las que Kai había vivido. Ham le señaló con orgullo la suite destinada a Hee-young y su marido, dos dormitorios más pequeños para sus hijos y un apartamento independiente para el propio Ham. «Todo esto se lo hemos sufragado nosotros», pensó Kai. Pero había merecido la pena.

Cuando terminaron la visita, salieron al exterior a pesar del frío y se dirigieron a la parte de atrás de la casa, donde nadie podía verlos desde la calle y los albañiles no alcanzarían a oírlos. Soplaba un viento frío y Kai se alegró de haberse puesto el abrigo.

—Y bien, ¿cómo van las cosas por Corea del Norte?

—Peor de lo que crees —contestó Ham enseguida—. Ya sabes que dependemos por completo de China. Nuestra economía es un fracaso. Nuestra única industria competitiva es la fabricación y exportación de armamento. Tenemos un sector agrícola tan ineficaz que solo produce el setenta por ciento de nuestras necesidades alimentarias. Pasamos de una crisis a otra dando trompicones.

—¿Y cuál es la novedad?

—Los estadounidenses han endurecido las sanciones.

Era la primera noticia que tenía Kai.

—¿Cómo?

—Se han limitado a forzar el cumplimiento de normas que ya existían. En Manila han incautado un cargamento de carbón norcoreano con destino a Vietnam. Un banco alemán ha rechazado el pago de doce limusinas Mercedes porque sospechaba que estaban destinadas a Pionyang, a pesar de que el papeleo decía que iban a Taiwán. Han interceptado un barco ruso que transfería gasolina a uno norcoreano muy cerca de Vladivostok.

—Es poca cosa, pero consiguen que todo el mundo tema hacer negocios —comentó Kai.

—Exacto, aunque tu gobierno quizá no se da cuenta de que solo disponemos de provisiones de alimentos y otros productos esenciales para seis semanas. Tenemos la hambruna a la vuelta de la esquina.

—¡Seis semanas!

Kai no daba crédito a lo que oía.

—No van a reconocerlo ante nadie, pero Pionyang está a punto de solicitar a Pekín ayuda económica urgente.

Aquel dato era útil. Kai podía prevenir a Wu Bai.

—¿Cuánto van a pedir?

—Ni siquiera quieren dinero. Necesitan arroz, carne de cerdo, gasolina, hierro y acero.

Seguro que China les daría lo que querían, pensó Kai; siempre lo había hecho, en ocasiones anteriores.

—¿Cómo ha reaccionado la jerarquía del Partido a este enésimo fracaso?

—Hay rumores de insatisfacción, siempre los hay. De todos modos, esos murmullos se quedarán en nada mientras China siga apoyando al régimen.

—La incompetencia puede resultar tremendamente estable.

Ham dejó escapar una carcajada breve que pareció un ladrido.

—Es la puta verdad.

Kai tenía varios contactos estadounidenses, pero el mejor era Neil Davidson, un hombre de la CIA en la embajada de Estados Unidos en Pekín. Quedaron para desayunar en el Sol Naciente, en el paseo del parque Chaoyang, cerca de la embajada de Estados Unidos, un sitio que le iba bien a Neil. Kai prescindió de su chófer, Monje, porque los coches oficiales llamaban la atención y sus encuentros con Neil tenían que ser discretos, así que cogió un taxi.

Kai y Neil se llevaban bien a pesar de que eran enemigos. Se comportaban como si la paz entre dos rivales como China y

Estados Unidos fuera posible, en caso de que se diera un ligero entendimiento mutuo. A lo mejor hasta era cierto.

Kai a menudo se enteraba de cosas que Neil no tenía intención de revelar. El estadounidense no siempre le decía la verdad, pero a veces sus evasivas le daban pistas.

El Sol Naciente era un restaurante de precio medio cuya clientela estaba formada por los trabajadores chinos y extranjeros del distrito comercial del centro. Allí no hacían ningún esfuerzo por atraer a los turistas, y los camareros no hablaban inglés. Kai pidió un té y su cita llegó unos cuantos minutos más tarde.

Neil era texano, pero no se parecía en nada a un vaquero, salvo por el acento, que incluso Kai era capaz de distinguir. Era bajo y calvo. Aquella mañana había ido al gimnasio —estaba intentando perder peso, le explicó— y todavía no se había quitado las desgastadas zapatillas deportivas ni la chaqueta del chándal negra de la marca Nike. «Y mi mujer se va a trabajar con unos pantalones vaqueros y unas botas de cowboy. Qué mundo tan raro», pensó Kai.

Neil hablaba un mandarín fluido con una pronunciación terrible. Pidió *congee*, las gachas de arroz, con un huevo pasado por agua. Kai pidió fideos con salsa de soja y huevos cocidos al té.

—No vas a perder mucho peso comiendo *congee* —dijo Kai—. La comida china tiene muchas calorías.

—No tantas como la estadounidense —repuso Neil—. Hasta nuestro beicon lleva azúcar. Pero, bueno, ¿qué te preocupa?

No se andaba con rodeos. Ningún chino sería tan directo. Sin embargo, Kai había llegado a apreciar la rapidez con que los estadounidenses iban al grano.

—Corea del Norte —respondió con la misma franqueza.

—De acuerdo —contestó Neil sin más.

—Estáis imponiéndole sanciones.

—Las sanciones las impusieron las Naciones Unidas hace mucho tiempo.

—Pero ahora Estados Unidos y sus amiguitos las están ejecutando de verdad, interceptando barcos, incautando mercancías y obstaculizando pagos internacionales que violan las sanciones.

—Quizá.

—Neil, deja de tocarme las narices y dime por qué.

—Por las armas en África.

—Estás hablando del cabo Peter Ackerman —repuso Kai, fingiendo una leve indignación—. ¡Lo asesinó un terrorista!

—Es una lástima que utilizara un arma china.

—Por lo general no se le echa la culpa del delito al fabricante del arma. —Kai sonrió y añadió—: Si fuera así, hace años que habríais cerrado Smith & Wesson.

—Tal vez.

Neil estaba cerrado en banda, y Kai necesitaba que fuera más sincero.

—¿Sabes cuál es la actividad delictiva más importante del mundo hoy en día, en términos económicos?

—Vas a decirme que el tráfico de armas ilegales.

Kai asintió.

—Más que el tráfico de drogas, más que el tráfico de personas.

—No me sorprende.

—Tanto las armas estadounidenses como las chinas se encuentran con facilidad en el mercado negro internacional.

—Encontrarse sí que se encuentran —convino Neil—. ¿Con facilidad? Eso no. El arma que asesinó al cabo Ackerman no se compró en una transacción normal y corriente del mercado negro, ¿verdad? Cuando se hizo esa venta, hubo dos gobiernos que miraron hacia otro lado: el sudanés y el chino.

—¿No entendéis que nosotros odiamos a los terroristas musulmanes tanto como vosotros?

—No nos pasemos de simplistas. Odiáis a los terroristas musulmanes chinos. Los terroristas musulmanes africanos no os preocupan tanto.

Neil se había acercado a la incómoda verdad.

—Lo siento, Neil —dijo Kai—, pero Sudán es nuestro aliado y venderles armas es un buen negocio. No vamos a dejar de hacerlo. El cabo Ackerman es un solo hombre.

—En realidad esto no tiene nada que ver con el pobre cabo Ackerman. Tiene que ver con los obuses.

Aquello pilló a Kai por sorpresa. No se lo esperaba. Entonces recordó un detalle de un informe que había leído hacía dos semanas. Los estadounidenses y otros aliados habían asaltado un importante escondite del EIGS llamado Al Bustan en el que habían encontrado obuses autopropulsados.

O sea que aquello era lo que había dado lugar a la resolución de la ONU.

En aquel momento llegó la comida y Kai ganó tiempo para reflexionar. Estaba tenso, a pesar de su fachada de camaradería cordial, y se comió los fideos despacio, sin mucho apetito. Neil tenía hambre después de haber entrenado, y devoró su *congee*.

—O sea que la presidenta Green está utilizando las sanciones contra Corea del Norte para castigar a China por la artillería pesada de Al Bustan —resumió Kai cuando terminaron.

—Es más que eso, Kai —repuso Neil—. Quiere que tengáis más cuidado respecto al destinatario final de las armas que vendéis.

—Me aseguraré de que esta información llegue a los más altos niveles —afirmó Kai.

Aquello no quería decir nada, pero Neil parecía satisfecho de haber transmitido el mensaje. Cambió de tema:

—¿Cómo está la encantadora Ting?

—Bastante bien, gracias. —Neil era uno de los millones de hombres a los que Ting les parecía devastadoramente atractiva. Kai estaba acostumbrado a eso—. ¿Has encontrado ya apartamento?

—Sí, ¡por fin!

Kai sabía que Neil estaba buscando un lugar mejor donde vivir. También sabía que ya lo había encontrado y que se había mudado, y sabía la dirección y el número de teléfono de su nuevo domicilio. Asimismo, conocía la identidad y los antecedentes de los demás residentes del edificio. El Guoanbu controlaba muy de cerca a los agentes extranjeros que operaban en Pekín, sobre todo a los estadounidenses.

Kai pagó el desayuno y los dos salieron del restaurante. Neil se encaminó hacia la embajada, a pie, y Kai paró un taxi.

La petición de ayuda urgente por parte de Corea del Norte se discutió en una pequeña reunión de alto nivel convocada por el Departamento Internacional del Partido Comunista de China. Las oficinas centrales del departamento, en el número 4 de Fuxing Road, en el distrito de Haidian, eran más pequeñas y menos impresionantes que el Ministerio de Asuntos Exteriores, pero tenían más poder. El despacho del director daba al Museo Militar de la Revolución del Pueblo Chino, que tenía una estrella roja gigante en el tejado.

El jefe de Kai, el ministro de Seguridad del Estado Fu Chuyu, decidió llevárselo con él. Kai suponía que habría preferido no hacerlo, pero Fu no conocía bien los datos de la crisis de Corea del Norte y le daba miedo quedar en ridículo. De aquella forma podría recurrir a Kai para pedirle detalles… y culparlo de cualquier laguna.

Todos los que estaban sentados a la mesa eran hombres, aunque algunos de los adjuntos, colocados cerca de la pared, eran mujeres. Kai opinaba que la élite del gobierno chino necesitaba más mujeres. Su padre opinaba lo contrario.

El director, Hu Aiguo, le pidió al ministro de Asuntos Exteriores Wu Bai que resumiera el problema que debían debatir en aquella reunión.

—Corea del Norte está atravesando una crisis económica —empezó Wu Bai.

—Como siempre.

El comentario lo había hecho Kong Zhao, un amigo y aliado político de Kai. Interrumpir así al ministro podía considerarse una falta de respeto leve, pero Kong podía permitírsela. A lo largo de su brillante carrera militar, había modernizado por completo las tecnologías de comunicación del ejército, y ahora era el ministro de Defensa Nacional.

Wu no le hizo caso y prosiguió.

—El gobierno de Pionyang ha solicitado una ayuda masiva.

—Como siempre —repitió Kong.

Kong tenía la misma edad que Kai, pero parecía más joven; de hecho, parecía un estudiante precoz, con su peinado cuidadosamente desgreñado y su sonrisa descarada. En el ámbito de la política china, todo el mundo se esmeraba por lucir un aspecto conservador —tal como hacía Kai—, pero Kong dejaba que su apariencia transmitiera su mentalidad liberal. A Kai le gustaba su valentía.

—La petición llegó ayer a última hora, aunque ya me la esperaba gracias a la información anticipada que me había facilitado el Guoanbu.

Miró a Fu Chuyu, que agachó la cabeza para agradecer el cumplido, encantado de atribuirse el mérito del trabajo de Kai.

—El mensaje lo dirige el líder supremo Kang U-jung a nuestro presidente, Chen Haoran —concluyó Wu—, y hoy nuestra tarea consiste en asesorar al presidente Chen acerca de su respuesta.

Kai había pensado mucho en aquella reunión y sabía cómo iba a desarrollarse la discusión: se produciría un enfrentamiento entre la vieja guardia comunista por un lado y el elemento progresista por el otro. Hasta ahí el debate era predecible. La pregunta era cómo se resolvería el conflicto. Y Kai tenía un plan para eso.

Kong Zhao fue el primero en hablar.

—Con su permiso, director —comenzó, quizá para compensar su actitud irrespetuosa de antes. Hu asintió—. Desde hace un año o más, los norcoreanos han desafiado al gobierno de China con descaro. Han provocado con malicia al régimen surcoreano de Seúl con incursiones menores en sus territorios, tanto por tierra como por mar. Y lo que es peor, no han dejado de espolear la hostilidad internacional probando misiles de largo alcance y cabezas nucleares. Todo eso llevó a las Naciones Unidas a imponer sanciones comerciales a Corea del Norte. —Levantó un dedo para subrayar sus palabras—. ¡Y esas sanciones son una de las principales razones de sus continuas crisis económicas!

Kai asintió para mostrar que estaba de acuerdo. Todo lo que Kong había dicho era cierto. El líder supremo se había creado sus propios problemas.

—Pionyang ha ignorado nuestras protestas —prosiguió Kong—. Ahora debemos castigar a los norcoreanos por desafiarnos. Si no lo hacemos, ¿a qué conclusión llegarán? Pensarán que pueden seguir con su programa nuclear y burlarse de las sanciones de la ONU porque Pekín siempre intervendrá y les sacará las castañas del fuego.

—Gracias, Kong —dijo Hu—, por esos comentarios tan característicamente incisivos.

Sentado justo enfrente de Kong, el general Huang Ling tamborileaba con sus embotados dedos sobre la madera pulida, muerto de impaciencia por hablar. Hu se dio cuenta.

—General Huang —indicó.

Huang era amigo de Fu Chuyu y del padre de Kai, Chang Jianjun. Los tres eran miembros de la poderosa Comisión de Seguridad Nacional y compartían una visión militarista de la política internacional.

—Permítanme aclarar unas cuantas cosas —dijo Huang. Su voz era un rugido agresivo y hablaba mandarín con un marcado acento del norte de China—. La primera: Corea del Norte constituye una zona de defensa vital entre China y Corea del Sur, dominada por Estados Unidos. La segunda: si nos negamos a ayudarlos, el gobierno de Pionyang se derrumbará. La tercera: enseguida se producirá una reivindicación internacional de la mal llamada «reunificación» de Corea del Norte y del Sur. Cuarta: «reunificación» es un eufemismo de invasión del Occidente capitalista; ¡recuerden lo que ocurrió con la Alemania Oriental! Quinta: China terminará con su implacable enemigo pegado a su frontera. Sexta: esto forma parte del plan de cerco a largo plazo de los estadounidenses, cuyo objetivo último es destruir la República Popular China tal como destruyeron la Unión Soviética. Concluyo que no podemos negarle la ayuda a Corea del Norte. Gracias, director.

Hu Aiguo parecía un tanto desconcertado.

—Ambas perspectivas tienen mucho sentido —dijo—, y sin embargo se contradicen.

—Director, con su permiso —intervino Kai—. No poseo ni la experiencia ni la sabiduría de los compañeros más veteranos que ocupan esta mesa, pero da la casualidad de que justo antea-yer interrogué a una fuente norcoreana de alto nivel.

—Adelante, por favor —dijo Hu.

—Corea del Norte tiene provisiones de alimentos y otros productos esenciales para seis semanas. Cuando se les acaben, se producirán una hambruna masiva y una crisis social, sin olvi-darnos del peligro de que millones de coreanos famélicos crucen la frontera a pie y se abandonen a nuestra merced.

—¡Entonces deberíamos enviar ayuda! —exclamó Huang.

—Aunque también nos convendría castigar su mal compor-tamiento reteniendo esa ayuda.

—Debemos hacerlo, de lo contrario perderemos todo con-trol —dijo Kong.

—Mi propuesta es simple —terció Kai—: rechazamos en-viarles la ayuda ahora, para castigar a Pionyang, pero se la man-damos dentro de seis semanas, justo a tiempo para evitar la caída del gobierno.

Se hizo el silencio mientras todos asimilaban sus palabras.

Fue Kong quien lo rompió.

—Es una mejora respecto a mi propuesta —reconoció con generosidad.

—Podría serlo —añadió el general Huang de mala gana—. Habría que supervisar la situación muy de cerca, día a día, de manera que si la crisis es peor de lo que se esperaba, podamos adelantar el envío.

—Sí, eso sería esencial. Gracias, general —dijo Hu.

Kai se dio cuenta de que iban a aceptar su plan. Era la solución correcta. Estaba en racha.

Hu paseó la mirada en torno a la mesa.

—Si todo el mundo está de acuerdo…

Nadie puso objeciones.

—Entonces se lo propondré al presidente Chen.

12

Tanto Tamara como Tab estaban invitados a la boda, pero por separado: su relación seguía siendo secreta. Llegaron en coches distintos. Drew Sandberg, el jefe de la oficina de prensa de la embajada estadounidense, se casaba con Annette Cecil, de la misión diplomática británica.

El enlace se celebraba en la casa palaciega de un magnate del petróleo británico que era pariente de Annette, y los invitados se apiñaban en un salón enorme con aire acondicionado y toldos que protegían las ventanas.

Iba a ser una ceremonia humanista. Tamara sentía curiosidad, porque nunca había asistido a una boda de ese tipo. La oficiante, una agradable mujer madura llamada Claire, habló brevemente y con sensatez acerca de las dichas y los desafíos del matrimonio. Annette y Drew habían escrito sus propios votos, y los pronunciaron con tal emoción que a Tamara se le llenaron los ojos de lágrimas. Pusieron una de sus viejas canciones favoritas, *Happy*, de Pharrell Williams. «Si alguna vez vuelvo a casarme, quiero que sea así», pensó.

Cuatro semanas antes, ese pensamiento ni siquiera se le habría pasado por la cabeza.

Miró con discreción a Tab, que estaba en el otro extremo de la sala. ¿Le habría gustado la ceremonia? ¿Se habría emocionado con los votos? ¿Estaría pensando en su propia boda? A saber.

El magnate del petróleo les había ofrecido su casa también para la fiesta, no solo para la ceremonia, pero Annette le había dicho que sus amigos eran unos gamberros y que a lo mejor le destrozaban la casa. Tras la celebración, los novios se marcharon al registro para oficializar su matrimonio y a los invitados se les dirigió hacia un enorme restaurante local que aquel día cerraría sus puertas al público.

El dueño del local era Christian Chadians, que cocinaba platos norteafricanos y no tenía ningún problema en servir alcohol. Había un comedor inmenso que olía a comida especiada, además de un patio sombreado con una fuente cantarina. El bufet era para que se te hiciera la boca agua: buñuelos de batata dorados y crujientes acompañados de fragantes rodajas de lima; un guiso de cabra con quingombó, con un toque de chile; unas bolas de mijo fritas, llamadas *aiyisha*, con una salsa de cacahuetes para untarlas; y mucho más. A Tamara le gustó sobre todo una ensalada de arroz integral con pepino, rodajas de plátano y un aliño de miel picante. Había vino marroquí y cerveza Gala.

Casi todos los invitados eran jóvenes miembros del circuito diplomático de Yamena. Tamara estuvo un rato hablando con la secretaria de Nick Collinsworth, Layan, una chadiana alta, elegante, que había estudiado en París, como ella. Layan tenía un talante un tanto distante, pero a Tamara le caía bien. Hablaron sobre la ceremonia, que a ambas les había encantado.

Al mismo tiempo, Tamara estaba todo el rato pendiente de Tab y tenía que hacer un gran esfuerzo para no seguirlo con la mirada por la sala, aunque siempre sabía dónde estaba. Todavía no había hablado con él. De vez en cuando sus miradas se cruzaban y Tamara desviaba la suya sin darse por enterada de su presencia. Se sentía como si fuera por ahí vestida con un traje espacial, incapaz de tocarlo o de hablar con él.

Annette y Drew reaparecieron vestidos con ropa de fiesta y con cara de sentirse delirantemente felices. Tamara se quedó mirándolos con envidia.

Una banda empezó a tocar y la fiesta comenzó a animarse. Por fin se permitió hablar con Tab.

—Uf, madre mía, qué difícil es esto de fingir que solo somos colegas —le dijo en voz baja.

Tab tenía una botella de cerveza en la mano para parecer integrado en el ambiente, pero apenas la había probado.

—Sí, para mí también.

—Me alegro de no ser la única que está sufriendo.

Él se echó a reír.

—Pero mira a esos dos. —Tab señaló a la pareja nupcial con la cabeza—. Drew es incapaz de quitarle las manos de encima a Annette. Sé muy bien cómo se siente.

La mayoría de los invitados estaba bailando al ritmo de la banda de música.

—¿Y si salimos al patio? —propuso Tamara—. Allí no hay tanta gente.

Una vez fuera, se quedaron de pie mirando la fuente. Había otras cinco o seis personas, y Tamara deseó que se marcharan.

—Tenemos que pasar más tiempo juntos —dijo Tab—. Siempre que nos vemos es hola y adiós, hola y adiós. Me gustaría tener más intimidad.

—¿Más intimidad? —preguntó ella con una sonrisa—. ¿Hay alguna parte de mí que no conozcas tan bien como la palma de tu mano?

La miró con sus ojos castaños, una mirada que siempre provocaba un pequeño espasmo en su interior.

—No me refería a eso.

—Ya lo sé. Solo me hacía gracia decirlo.

Pero Tab estaba serio.

—Quiero un fin de semana entero, fuera de aquí, sin interrupciones, sin gente ante la que tengamos que fingir.

A Tamara la idea empezaba a resultarle emocionante, pero no veía cómo hacerlo.

—¿Te refieres a algo así como cogernos unas vacaciones?

—Sí. Sé que falta poco para tu cumpleaños.

Tamara no recordaba habérselo dicho, pero a Tab no le habría resultado difícil averiguarlo. Al fin y al cabo, era espía.

—Es el domingo —dijo—. Cumplo treinta. No tenía pensado celebrarlo a lo grande.

—Me gustaría llevarte a algún sitio, como regalo de cumpleaños.

Tamara sintió una cálida oleada de afecto. «Dios, cómo me gusta este chico», pensó. Sin embargo, había un problema.

—Me encanta la idea, pero ¿adónde iríamos? Por aquí no es que haya un complejo turístico donde se pueda reservar una habitación y pasar desapercibidos. En cualquier rincón de este país que no sea la capital daríamos tanto la nota como un par de jirafas haciendo turismo.

—Conozco un buen hotel en Marrakech.

—¿Marruecos? ¿Lo dices en serio?

—¿Por qué no?

—No hay vuelos directos desde aquí. Hay que ir vía París o Casablanca, o ambas. Se tarda un día entero en llegar. Un fin de semana no da para tanto.

—¿Y si yo pudiera resolver ese problema?

—¿Cómo piensas viajar? ¿En camello a reacción?

—Mi madre tiene un avión.

Tamara soltó una carcajada.

—¡Tab! ¿Cómo voy a conseguir acostumbrarme a ti? ¡Tu madre tiene un avión! La mía ni siquiera ha volado nunca en primera clase.

Sonrió avergonzado.

—Tú no te lo creerás, ya lo sé, pero tu familia me intimida.

—Tienes razón, me cuesta creerlo.

—Mi padre es comercial, un comercial brillante, eso sí, pero no es ningún intelectual. Tu padre es un profesor universitario que escribe libros de historia. Mi madre tiene un don para crear relojes y bolsos por los que las mujeres ricas son capaces de pagar unas sumas de dinero absurdas. Tu madre dirige un instituto, es responsable de la educación de cientos de jóvenes, puede que incluso miles. Sé que tus padres no ganan dinero, pero en cierto sentido eso me impresiona aún más. Seguro que me ven como un niñato rico mimado.

A Tamara le llamaron la atención dos cosas de aquel pequeño discurso. Una fue su humildad, que le parecía que era bastante poco habitual en los hombres de su clase social. La otra, aún más importante, era que daba por supuesto que iba a conocer a sus padres. Tab tenía una visión de futuro, y ella formaba parte de él.

No comentó nada respecto a ninguna de las dos cosas.

—¿De verdad podríamos hacerlo? —se limitó a decir.

—Tendré que preguntar si el avión está disponible.

—Qué romántico es esto. Ojalá pudiéramos hacer el amor ahora mismo.

Tab enarcó una ceja.

—No veo por qué no.

—¿En la fuente?

—Quizá, pero no quiero robarles el protagonismo a los novios. Sería de mala educación.

—Uy, vale, señor aguafiestas chapado a la antigua. Pues entonces vámonos a tu casa.

—Me voy yo primero. Me marcharé sin despedirme. Tú preséntales tus respetos a Drew y a Annette y te vienes dentro de un rato.

—Vale.

—Así tendré tiempo para asegurarme de que mi apartamento está más o menos limpio y ordenado. De vaciar el lavavajillas, meter los calcetines sucios en la cesta de la colada, sacar la basura…

—¿Todo eso solo por mí?

—O podría quitarme la ropa y esperar en la cama hasta que llegues.

—Me gusta el plan B.

—Ah, vaya —dijo Tab—. Trato hecho.

A la mañana siguiente, Tamara se despertó en su apartamento del complejo de la embajada sabiendo que algo había cambiado. Su relación con Tab había pasado a la siguiente fase. Ya no era un simple amigo. Era más que un amante. Se habían convertido en pareja. Se iban a pasar unos días fuera. Y ella no lo había presionado. Había sido todo idea de Tab.

Se quedó tumbada en la cama unos minutos disfrutando de la sensación.

Cuando se levantó, se encontró un mensaje de Harún en el teléfono:

Por favor, compra 14 plátanos para tu abuela. Gracias.

Evocó la aldea medio abandonada a orillas del menguante lago y al árabe de piel oscurísima que le había dicho: «El mensaje mencionará un número, por ejemplo, ocho kilómetros o quince dólares. El número corresponderá a la hora en que quiere reunirse contigo, contando de cero a veinticuatro horas. El primer encuentro será en Le Grand Marché».

Tamara se entusiasmó, si bien se dijo que no debía crearse demasiadas expectativas. Abdul no sabía gran cosa de Harún. Tal vez aquel hombre tuviera acceso a secretos, pero tal vez no. Era posible que fuera un estafador y quisiera pegarle un sablazo. Tamara no debía hacerse ilusiones.

Se duchó, se vistió y se comió un tazón de cereales de salvado. Se puso el pañuelo que Abdul le había entregado para facilitar su identificación, azul con un peculiar estampado de círculos naranjas. Al salir la envolvió el templado aire matinal del desierto. Era su hora del día favorita en el Chad, antes de que el ambiente se llenara de polvo y el calor resultara opresivo.

Encontró a Dexter sentado frente a su mesa tomándose un café. Aquel día llevaba un traje milrayas azul y blanco. En aquel país de llamativas túnicas árabes y elegante moda francesa, él vestía el típico traje de sastre americano. En la pared había una fotografía suya con un equipo universitario de béisbol, sujetando un trofeo con orgullo.

—Tengo una reunión con un informador esta tarde —dijo Tamara—. En Le Grand Marché a las dos de la tarde.

—¿Quién es?

—Un terrorista desencantado, según Abdul. Se hace llamar Harún y vive al otro lado del río, en Kousséri.

—¿Es fiable?

—No se sabe. —Era importante controlar las expectativas de Dexter. Le costaba perdonar las promesas incumplidas—. Ya veremos qué tiene que decir.

—No suena muy prometedor.

—Quizá.

—El Grand Marché es enorme. ¿Cómo os reconoceréis?

Tamara se tocó el pañuelo que llevaba al cuello.

—Esto es suyo.

Dexter se encogió de hombros.

—Bueno, pues inténtalo.

La agente se dio la vuelta para marcharse.

—He estado pensando en Karim —dijo Dexter.

Tamara se volvió. ¿Qué pasaba ahora?

—Prometió conseguirte un borrador del discurso del General —continuó Dexter.

—No prometió nada —contestó Tamara con firmeza—. Me dijo que vería qué podía hacer.

—Como sea…

—No quiero incordiarlo con eso. Si se da cuenta de que es importante para nosotros, tal vez le dé por pensar que le conviene más quedárselo.

—Si no nos proporciona información, no nos sirve de nada —replicó Dexter con impaciencia.

—Podría lanzarle una amable indirecta la próxima vez que lo vea.

Dexter frunció el ceño.

—Es un pez gordo.

Tamara se preguntó adónde querría ir a parar su jefe con todo aquello.

—Sí, es un pez gordo. Por eso me alegro tanto de haberme ganado su confianza.

—Ahora llevas en la Agencia cuánto, ¿cinco años?

—Sí.

—Y este es tu primer destino en el extranjero.

Tamara empezaba a entender por dónde iban los tiros. Se enfadó.

—¿Qué intentas decir, Dexter? —preguntó en un tono menos respetuoso del que debería usar—. Escúpelo.

—Eres nueva e ingenua. —El tono de Tamara le había dado una excusa para mostrarse severo—. No tienes la experiencia suficiente para gestionar una fuente tan importante como Karim, una fuente que tiene acceso a un nivel tan alto.

«Eres gilipollas», pensó Tamara.

—Tuve la experiencia suficiente para captarlo —contestó en cambio.

—Eso no es lo mismo, desde luego.

«No sé para qué discuto con él. Siempre tienes las de perder con tu jefe», se dijo Tamara.

—¿Y quién va a sustituirme como contacto de Karim?

—He pensado que podría hacerlo yo mismo.

«O sea que esa es la razón. Vas a atribuirte el mérito de mi trabajo. Como un profesor universitario que publica un artículo basado en un descubrimiento de su alumno de doctorado. Un clásico.»

—Supongo que sus números de contacto figuran en tus informes escritos —continuó Dexter.

—Encontrarás todo lo que necesitas en los archivos informáticos.

«Salvo por unas cuantas cosas que no anoté, como el número de teléfono de su esposa, que es el que lleva cuando no quiere que lo localicen con facilidad. Pero que te jodan, Dexter, eso no te lo voy a dar.»

—De acuerdo —dijo Dexter—. Eso es todo, de momento.

Tras aquellas palabras, Tamara salió del despacho de su jefe y se fue a su mesa.

Avanzada la mañana, recibió un mensaje en el móvil:

El Marrakech exprés sale mañana temprano. Vuelve el lunes a primerísima hora. ¿Te va bien?

Al día siguiente era sábado. Tendrían cuarenta y ocho horas. Contestó:

Puedes apostarte ese culito tan mono que tienes a que sí.

Llegó a la conclusión de que quería ver a Karim una vez más. Sería un acto de cortesía comunicarle la decisión de Dexter, y que fuera ella personalmente quien le diera la noticia. Por supuesto, le ofrecería una versión edulcorada de los hechos. Tendría que decirle que le habían asignado otras responsabilidades.

Miró el reloj. Quedaba poco para el mediodía. Alrededor de esa hora, Karim solía encontrarse en el International Bar del hotel Lamy. Le daba tiempo a tomarse algo con él. Si luego iba directa al mercado desde el hotel, llegaría sin problema antes de las dos.

Pidió un coche.

Habría preferido ir en otro tipo de vehículo. Por los amplios bulevares de Yamena circulaban miles de bicicletas grandes y pequeñas, motocicletas, escúteres y ciclomotores, e incluso alguna que otra clásica VeloSolex parisina, una bicicleta con un motorcillo de 50 centímetros cúbicos del tamaño de un acordeón colocado sobre la rueda delantera. Cuando aún estaba en Washington, tenía una Harley Fat Boy, con el asiento bajo, el manillar alto y un enorme motor bicilíndrico en V. Pero era demasiado ostentosa para el Chad. «Nunca llames la atención» era una norma básica del trabajo diplomático y de inteligencia. Así que la había vendido cuando la destinaron allí. Quizá algún día se comprara otra.

Camino del hotel, le pidió al chófer que parara en una pequeña tienda. Compró una caja de cereales, una botella de agua, un
tubo de pasta de dientes y un paquete de pañuelos de papel. Se
lo llevó todo en una bolsa de plástico de regalo. Le pidió al conductor que la guardara en el maletero y que esperara a que saliera del hotel.

Había bastante ajetreo en el vestíbulo del Lamy. La gente
quedaba allí para comer o salía del hotel para dirigirse a otros
restaurantes. Tamara pensó que bien podría estar en Chicago o
en París. El distrito central era una isla internacional en una ciudad africana. La gente que viajaba constantemente quería que
todos los sitios tuvieran el mismo aspecto, reflexionó.

Se encaminó hacia el International Bar. Era la hora del ape-
ritivo. Había bastante gente tomando una copa, aunque no tanta como por la noche a la hora del cóctel, y el ambiente era más
formal. La mayoría de los clientes llevaban ropa occidental, aunque había unos cuantos con túnicas tradicionales. Predominaban
los hombres, pero Tamara vio a la coronel Marcus vestida de
civil. Fuera como fuese, Karim no estaba allí.

Pero Tab sí.

Vio su rostro de perfil, sentado cerca de una ventana y mirando hacia fuera. Llevaba una chaqueta azul oscuro sin hombreras y una camisa azul claro, un conjunto que Tamara ahora
reconocía como su favorito. Sorprendida y encantada, no pudo
evitar sonreír. Dio un paso hacia él y luego se detuvo. No estaba
solo.

La mujer que lo acompañaba era alta, casi tanto como él, y
delgada. Debía de rondar los cuarenta y cinco años, o sea que le
sacaba unos diez a Tab. Lucía una melena rubia con mechas que
le llegaba a los hombros, sin duda cortada y teñida en un sitio
caro, y se había maquillado ligeramente pero con pericia. Llevaba
un sencillo vestido de lino, recto, de un veraniego tono azulón.

Estaban sentados ante una mesa cuadrada, y no el uno frente
al otro, como habrían hecho en una reunión de trabajo, sino al
lado, como si fueran amigos. En la mesa, entre ambos, había dos

bebidas. Tamara sabía que, a esa hora del día, la de Tab sería un agua Perrier con una rodaja de lima. Delante de la mujer había una copa de martini.

Estaba inclinada hacia Tab, mirándolo a los ojos, hablándole acaloradamente pero en voz baja. Él apenas abría la boca. Se limitaba a asentir y a pronunciar monosílabos, aunque su lenguaje corporal no daba a entender que sintiera vergüenza ni rechazo. Ella llevaba la voz cantante de la conversación, pero él participaba de buena gana. La mujer colocó la mano izquierda sobre la derecha de Tab, encima de la mesa, y Tamara se fijó en que no llevaba anillo de casada. Él permitió que la mantuviera así durante un rato y luego estiró el brazo para coger su copa, de manera que ella tuvo que soltarlo.

La mujer apartó la vista de Tab unos instantes para echar un vistazo al resto de la clientela del bar con curiosidad. Cuando su mirada recayó sobre Tamara, no se produjo ningún tipo de reacción: no se conocían de nada. Después volvió a centrar su atención en Tab. No le interesaba nadie más.

De pronto Tamara se sintió cohibida. Si la pillaban fisgando se sentiría humillada. Se dio la vuelta y salió del bar.

En el vestíbulo se detuvo y pensó: «¿Por qué me da tanto apuro? ¿Qué he hecho yo para tener que sentirme avergonzada?».

Se sentó en un sofá, entre alrededor de una decena de personas que esperaban —a sus colegas, a que sus habitaciones estuvieran preparadas, a que el recepcionista respondiera a sus preguntas—, e intentó recuperar la compostura. Había veinte razones por las que Tab podría estar tomándose algo con esa mujer. Podía ser una amiga, un contacto, una compañera de trabajo de la DGSE, una comercial, cualquier cosa.

Pero era una mujer elegante, bien vestida, atractiva y soltera. Y le había agarrado la mano por encima de la mesa.

No obstante, no había habido flirteo. Tamara frunció el ceño. «¿Por qué?», se preguntó. La respuesta le llegó de inmediato: «Se conocen demasiado bien para andar flirteando».

La mujer igual era pariente de Tab, su tía, por ejemplo, la hermana pequeña de su madre. Pero una tía no se habría vestido con tanto esmero para ir a tomar algo con su sobrino. Repasando la imagen, Tamara recordó unos pequeños pendientes de diamante, un pañuelo de seda de un gusto exquisito, dos o tres pulseras de oro en una muñeca, zapatos de tacón alto.

¿Quién sería?

«Volveré al bar —pensó Tamara—. Iré directa a su mesa y diré: "Hola, Tab. Estoy buscando a Karim Aziz, ¿lo has visto?". Y entonces Tab tendrá que presentármela.»

En ese escenario había algo que no le gustaba. Se imaginó a Tab titubeando y a la mujer molesta por la interrupción. Tamara se vería interpretando el papel de una intrusa inoportuna.

«Qué leches», pensó, y se encaminó hacia el bar.

Al entrar, se topó con la coronel Susan Marcus, que ya se marchaba. Susan se detuvo y besó a Tamara en las mejillas, al estilo francés. Su habitual actitud brusca brillaba por su ausencia, y se mostró afable, casi cariñosa. Se habían visto envueltas en un tiroteo mortal y habían sobrevivido juntas, y eso había creado un vínculo.

—¿Cómo te encuentras? —preguntó Susan.

—Bien.

Tamara no quería ser maleducada con Susan, pero tenía otros asuntos urgentes en la cabeza.

—Hace un par de semanas de nuestra… aventura —continuó la coronel—. Estas cosas a veces tienen efectos psicológicos.

—Estoy bien, de verdad.

—Después de vivir algo así, deberías hablar con un terapeuta. Es el procedimiento estándar.

Tamara se obligó a prestar atención. Susan estaba siendo amable. Ella no se había planteado recibir terapia tras el trauma. Cuando la coronel decía «vivir algo así», se refería a «matar a un hombre». En las oficinas de la CIA nadie le había sugerido a Tamara que buscara ayuda.

—No creo que lo necesite —contestó.

Susan le puso una mano en el brazo con suavidad.

—Puede que no seas la persona más indicada para juzgarlo. Ve al menos una vez.

Tamara asintió.

—Gracias. Seguiré tu consejo.

—De nada.

—Por cierto… —dijo Tamara cuando Susan se dio la vuelta para marcharse.

—Dime.

—Estoy segura de que conozco a la mujer que está sentada junto a la ventana hablando con Tabdar Sadoul. ¿Es de la DGSE?

La coronel miró hacia la ventana, identificó a la mujer y sonrió.

—No, es Léonie Lanette. Es un pez gordo de Total, la compañía petrolífera francesa.

—Ah. Entonces seguro que es amiga de su padre, que está en la junta de administración de Total… Si no recuerdo mal.

—Puede ser, aunque, de todas maneras, es una *cougar* —comentó Susan con mirada pícara.

Tamara sintió un escalofrío. Una *cougar* era una mujer madura que buscaba mantener relaciones sexuales con hombres jóvenes.

—¿Crees que va a por él?

—Uy, esa fase ya está más que superada. Hace meses que tienen una aventura. Creía que lo habían dejado, pero al parecer no es así.

Tamara se sintió como si le hubieran dado un puñetazo. «No voy a llorar», se dijo. Cambió de tema rápidamente:

—Estaba buscando a Karim Aziz, pero diría que no está por aquí.

—No lo he visto.

Salieron juntas del hotel. Susan se marchó en un vehículo del ejército y Tamara buscó a su chófer.

—Lléveme al Grand Marché —pidió—. Pero déjeme un par de manzanas antes y espéreme, por favor.

Entonces se recostó en el asiento e intentó contener las lágrimas. ¿Cómo podía Tab hacerle algo así? ¿Había estado jugando a dos bandas desde el principio? Le costaba creerlo, pero la intimidad de su lenguaje corporal era innegable. Esa mujer sentía que tenía derecho a tocarlo, y él no la había apartado.

El mercado estaba en el extremo occidental de la larguísima avenida Charles de Gaulle, en el distrito en el que se encontraban casi todas las embajadas. El conductor aparcó y Tamara se puso el pañuelo azul y naranja atado a la cabeza. Sacó del maletero la bolsa de plástico con los productos que había comprado. Ahora parecía un ama de casa normal y corriente haciendo recados.

En aquellos momentos, debería haberse sentido impaciente y esperanzada, ansiosa por conocer a Harún y descubrir lo que tenía que decir, optimista ante la idea de que fuera información importante y pudiera resultar útil a las fuerzas de seguridad. En cambio, tan solo era capaz de pensar en Tab y en aquella mujer, con las cabezas juntas, la mano de ella sobre la de él en la mesa, sus voces quedas durante una conversación a todas luces emotiva.

No dejaba de repetirse una y otra vez que tal vez hubiera una explicación inocente. Sin embargo, desde hacía un tiempo, Tab y ella compartían cama día sí día también y habían aprendido mucho el uno sobre el otro —Tamara incluso se sabía el nombre del gran danés de los padres de Tab, Flâneur, que significaba «holgazán»—, pero él nunca le había hablado de Léonie.

—Creía que era de verdad —dijo con tristeza, hablando consigo misma mientras caminaba por la calle—. Creía que era amor.

Llegó al mercado y se obligó a concentrarse en la tarea que tenía entre manos. Había un supermercado convencional y al menos un centenar de tenderetes. Los pasajes que se formaban entre ellos estaban atestados de chadianos vestidos con colores brillantes, además de unos cuantos turistas ataviados con gorra de béisbol y calzado cómodo para caminar. Los vendedores con bandejas o con un solo artículo en venta se mezclaban con la multitud, empujando como los clientes, y Tamara medio se esperó encontrarse con Abdul vendiendo Cleopatras.

Allí, en algún lugar, había un hombre que quería traicionar a un grupo terrorista.

Tamara no podía buscarlo. No sabía qué aspecto tenía. Solo tenía que permanecer alerta y esperar a que él estableciera contacto.

Los expositores de frutas y verduras frescas eran espectaculares. Al parecer, los aparatos eléctricos usados constituían un gran negocio: cables, enchufes, conectores e interruptores. Sonrió ante un puesto que vendía camisetas de equipos de fútbol europeos: Manchester United, A. C. Milán, Bayern de Múnich, Real Madrid, Olympique de Marsella.

Un hombre se detuvo delante de ella con un retal de tela de algodón con un estampado de colores vivos.

—Es perfecto para usted —dijo en inglés acercándoselo a la cara.

—No, gracias.

El hombre pasó al árabe:

—Soy Harún.

Tamara lo observó con detenimiento, evaluándolo. Bajo el pañuelo de la cabeza, aquel hombre de ojos marrones y anguloso rostro árabe la miraba con candidez. A juzgar por su bigote y su barba ralos, calculó que debía de tener unos veinte años. Iba vestido con una túnica tradicional, pero bajo la ropa se adivinaba un cuerpo delgado y de hombros anchos.

Tamara tomó un pliegue de la tela entre el dedo pulgar y el índice y fingió valorar la calidad.

—¿Qué puedes contarme? —le preguntó casi susurrando en árabe.

—¿Estás sola?

—Por supuesto.

El chico desenrolló más la tela para que pudiera ver mejor el estampado. Era de unos vívidos tonos limón y fucsia.

—El EIGS está encantado con lo que ocurrió en el puente N'Gueli.

—¿Encantado? —preguntó sorprendida—. Pero si perdieron el combate.

—Murieron dos de sus hombres, pero los muertos están en el paraíso. Y mataron a un estadounidense.

Aquella era la extraña aunque familiar lógica del enemigo: un estadounidense muerto representaba un triunfo, un terrorista muerto era un mártir. Siempre salían ganando. Tamara ya sabía todo eso.

—¿Qué ha pasado desde entonces? —preguntó.

—Un hombre vino a felicitarnos. Un héroe de la lucha en muchos países, nos dijeron. Se quedó cinco días y luego se marchó.

Tamara continuó examinando la tela mientras hablaban, para que diera la sensación de que la conversación era sobre el tejido.

—¿Cómo se llamaba?

—Lo llamaban el Afgano.

De repente Tamara se puso en alerta máxima. Puede que hubiera muchos hombres afganos en el norte de África, pero la CIA estaba interesada en uno en concreto.

—Descríbemelo.

—Alto, con el pelo gris y la barba negra.

—¿Algo especial? ¿Alguna herida visible, por ejemplo?

No quería condicionar a Harún, pero necesitaba oír un detalle fundamental.

—El pulgar —contestó él—. Se lo volaron de un disparo. Dice que fue una bala estadounidense.

«Al Farabi», pensó Tamara, cada vez más emocionada. La figura líder del EIGS. El hombre más buscado. Por instinto, apartó la mirada de la tela y la desvió hacia el sur. No vio más que puestos y compradores, pero sabía que el Camerún estaba a más o menos un kilómetro y medio en aquella dirección; podría haberlo visto desde el minarete de la Gran Mezquita, que estaba allí mismo. Así de cerca había estado Al Farabi.

—Y otra cosa —dijo Harún—. Algo más… espiritual.

—Dime.

—Es un hombre inflamado de odio. Quiere matar, ansía matar, y volver a matar una y otra vez. Le pasa lo mismo que a algunos hombres con el alcohol, o con la cocaína, o con las mujeres, o con el juego. Tiene una sed que nunca se sacia. No cambiará hasta el día que alguien lo mate a él; quiera Dios que ese día no tarde en llegar.

Tamara guardó silencio unos instantes, aturdida por lo que Harún le había dicho y por la intensidad con la que se lo había dicho.

—¿Qué hizo durante esos cinco días, aparte de felicitar a tu grupo? —preguntó al rato rompiendo el hechizo.

—Nos entrenó, un entrenamiento especial. Quedábamos fuera de la ciudad, a veces a varios kilómetros de distancia, y luego llegaba él, con sus acompañantes.

—¿Qué os enseñó?

—A fabricar minas antivehículos y bombas suicidas. Todo lo que hay que saber sobre teléfonos, mensajes codificados y seguridad. A inutilizar los teléfonos de todo un barrio.

«Ni siquiera yo sé hacer eso», pensó Tamara.

—Cuando se marchó, ¿dijo adónde iba?

—No.

—¿Dejó alguna pista?

—Nuestro líder le preguntó directamente, y él contestó: «Adonde Dios me lleve».

«Traducción: "No voy a decírtelo"», pensó Tamara.

—¿Cómo está el vendedor de cigarrillos? —quiso saber Harún.

¿Era genuino interés amistoso o un intento de sonsacarle información?

—Bien, la última vez que supe de él —respondió.

—Me dijo que iba a hacer un viaje muy largo.

—A menudo es imposible contactar con él durante días.

—Espero que esté bien. —Harún miró alrededor con nerviosismo—. Tienes que comprar la tela.

—De acuerdo.

Tamara se sacó unos cuantos billetes del bolsillo.

Harún parecía inteligente y honrado. Aquellas opiniones no eran más que conjeturas, pero su intuición le decía que lo viera al menos una vez más.

—¿Dónde quedamos la próxima vez?

—En el Museo Nacional.

Tamara ya lo había visitado. Era pequeño pero interesante.

—De acuerdo —dijo al entregarle el dinero.

—Junto a la famosa calavera —añadió Harún.

—Sí, ya sé.

La pieza más estimada del museo eran los restos parciales del cráneo de un simio que tenía siete millones de años de antigüedad, un posible antepasado de la raza humana.

Harún dobló la tela de algodón y se la dio. Ella la metió en su bolsa de plástico. El chico se dio la vuelta y desapareció entre la multitud.

Tamara volvió al coche, regresó a la embajada y se sentó frente a su mesa de despacho. Tenía que expulsar de su cabeza todo lo relacionado con Tab hasta que hubiera escrito el informe sobre su encuentro con Harún.

Redactó un informe discreto, subrayando que aquel era su primer encuentro con la fuente y que la Agencia no contaba con ningún historial que pudiera indicar si Harún era de fiar o no. Pero sabía que el avistamiento de Al Farabi era una noticia emocionante y que se transmitiría de inmediato a todas las estaciones de la CIA en África del Norte y Oriente Próximo… Con la firma de Dexter al final del mensaje, sin duda.

Cuando terminó, los empleados de la CIA estaban empezando a marcharse tras concluir su jornada. Volvió a su apartamento. Ahora ya no había nada que distrajera sus pensamientos de Léonie Lanette.

Le llegó un mensaje de Tab al teléfono:

¿Nos vemos esta noche? Mañana salimos temprano.

Tenía que decidir qué hacer. No podía irse de vacaciones, por muy cortas que fueran, con un hombre del que sospechaba que le era infiel. Tenía que enfrentarse a él y sacarle el tema de Léonie. ¿A qué venían tantas dudas? No había nada que temer, ¿no?

Claro que había algo que temer. Le daban miedo el rechazo, la humillación y la terrible sensación de haberse equivocado como una tonta al juzgarlo.

Quizá todo aquello fuera un malentendido sin más. No tenía pinta de serlo, pero tenía que preguntarlo y le escribió:

¿Dónde estás?

Tab le contestó enseguida:

En casa, haciendo la maleta.

Y ella respondió:

Voy para allá.

Ahora ya no le quedaba más remedio que ir.

Cuando subió las escaleras del apartamento de Tab y llamó a la puerta, se dio cuenta de que estaba temblando. En un momento de fantasía horripilante, se imaginó que la puerta la abría Léonie, vestida con un pijama de satén perfectamente planchado.

Pero la abrió Tab, y por mucho que lo detestara por haberla engañado, no pudo evitar fijarse en lo atractivo que estaba con una camiseta blanca y unos vaqueros desgastados, descalzo.

—¡Cariño! —exclamó él—. Pasa. Ya va siendo hora de que te dé una llave. Pero ¿dónde está tu maleta?

—No la he hecho —respondió—. No voy.

Entró. Tab se puso pálido.

—¿Qué narices ha pasado?

—Siéntate y te lo cuento.

—Claro. ¿Quieres agua, un café, vino?

—Nada.

Tab se sentó frente a Tamara.

—¿Qué ocurre?

—Hoy me he pasado por el International Bar, al mediodía.

—¡Yo estaba allí! No te he visto… Ah. Pero tú sí me has visto, con Léonie.

—Es una mujer atractiva y soltera, y está claro que estás saliendo con ella. Me he dado cuenta solo con miraros; cualquiera se habría dado cuenta solo con veros juntos. En un momento dado, incluso te cogió la mano.

Él asintió sin decir nada. «Ahora es cuando empieza a negarlo todo indignadísimo», pensó Tamara.

Pero no fue así. Tamara prosiguió.

—Resulta que la persona con la que estaba yo me ha dicho quién era tu acompañante y me ha contado que hace meses que tenéis una aventura.

Tab dejó escapar un suspiro profundo.

—Esto es culpa mía. Tendría que habértelo explicado.

—¿Qué es lo que tendrías que haberme explicado, exactamente?

—Tuve una aventura con Léonie durante seis meses. No me avergüenzo de ello. Es una mujer inteligente y encantadora, y aún le tengo cariño. Pero nuestra relación terminó un mes antes de que tú y yo nos fuéramos al lago Chad.

—¡Todo un mes entero! Madre mía, ¿cómo es que esperaste tanto tiempo?

Tab sonrió con ironía.

—Tienes derecho a ser sarcástica. Nunca te he mentido ni te he sido infiel, pero no te lo conté todo, y eso puede considerarse engañar, ¿no? La verdad es que me daba vergüenza haber empezado a salir contigo tan pronto, y que fuéramos en serio tan rápido. Hace que me sienta un donjuán, cosa que no soy; ni siquiera respeto a esos hombres que cuentan sus conquistas como si fueran goles en la temporada de fútbol. En cualquier caso, debí confesártelo.

—¿Quién puso fin a la aventura, tú o ella?

—Yo.

—¿Por qué? Te gustaba, aún te gusta.

—Me dijo una mentira, y cuando lo descubrí me sentí traicionado.

—¿Qué mentira?

—Me dijo que estaba soltera. No es cierto, tiene un marido en París y dos hijos en un internado… En el mismo al que fui yo, el Ermitage International. En verano vuelve a casa para estar con ellos.

—Por eso rompiste, porque está casada.

—No puedo sentirme bien acostándome con una mujer casada. No censuro a los que lo hacen, pero a mí no me va. No quiero tener un secreto bochornoso.

Tamara se acordó de la insistencia de Tab para asegurarse de que Jonathan y ella estaban divorciados aquella primera vez que le había hablado sobre su pasado.

Si todo aquello era una mentira elaborada, resultaba de lo más creíble.

—O sea que rompiste la relación hace dos meses —dijo—. Entonces ¿por qué hoy estabais cogidos de la mano?

Se arrepintió de inmediato de haberlo dicho. Era un golpe bajo, porque en realidad no estaban cogidos de la mano.

Pero Tab era demasiado maduro para ponerse a discutir por eso.

—Léonie me había pedido que quedáramos. Quería hablar. —Se encogió de hombros—. Negarme habría sido desconsiderado por mi parte.

—¿Qué quería?

—Retomar nuestra aventura. Le he dicho que no, claro, pero he intentado hacerlo con delicadeza.

—O sea que eso es lo que he visto. A ti tratándola con delicadeza.

—No puedo decirte que me arrepienta de eso, para ser sincero. Pero de lo que sí que me arrepiento, y lo tengo clarísimo, es de no habértelo contado todo antes. Ahora ya es demasiado tarde.

—¿Te ha dicho que te quería?

Tab dudó.

—Te lo contaré todo, pero ¿estás segura de que quieres que conteste a esa pregunta?

—Por Dios —dijo Tamara—, eres tan buena persona que tendrías que llevar un puto halo.

Él se echó a reír.

—Eres capaz de hacerme reír hasta cuando estás rompiendo conmigo.

—No estoy rompiendo contigo —lo corrigió, y sintió lágrimas calientes en la cara—. Te quiero demasiado.

Tab estiró los brazos y le tomó las manos.

—Yo también te quiero, por si todavía no te habías dado cuenta. De hecho… —Se quedó callado un momento—. Mira, tanto tú como yo hemos querido a otras personas. Pero me gustaría que supieras que nunca he sentido esto por nadie más. Nunca. Jamás.

—¿Por qué no te acercas y me das un abrazo?

Tab hizo lo que le pedía y Tamara lo abrazó con fuerza.

—No vuelvas a darme un susto así, ¿vale? —le dijo ella.

—Lo juro por Dios.

—Gracias.

13

Aunque la presidenta de Estados Unidos no descansaba los sábados, el sábado era un día distinto al resto de la semana. La Casa Blanca estaba más silenciosa de lo habitual, y el teléfono no sonaba tan a menudo. Pauline aprovechaba para examinar aquellos documentos que exigían tiempo y concentración: largos informes internacionales del Departamento de Estado, hojas de cálculo sobre impuestos del Tesoro, especificaciones técnicas para sistemas armamentísticos de miles de millones de dólares del Pentágono. Los sábados, a última hora de la tarde, le gustaba trabajar en la Sala de Tratados, un espacio elegante y tradicional de la Residencia, mucho más antiguo que el Despacho Oval. Estaba sentada ante la colosal Mesa de Tratados de Ulysses Grant. De fondo se oía el sonoro tictac del alto reloj de péndulo situado a su espalda, como si el espíritu de un presidente anterior le recordara que tenía poco tiempo y mucho que hacer.

Pero nunca estaba sola mucho rato, y aquel día fue Jacqueline Brody, su jefa de Gabinete, quien alteró su tranquilidad. Jacqueline se reía mucho y parecía tener unos nervios de acero, como sus abdominales. Su cuerpo delgado y musculoso era el resultado de una disciplinada combinación de dieta estricta y sesiones regulares de ejercicio intenso. Estaba divorciada y sus hijos ya eran mayores, y al parecer en su vida no había ninguna relación sentimental, o más bien no tenía vida fuera de la Casa Blanca.

—Ben Riley ha venido a verme esta mañana —dijo Jacqueline tras sentarse.

Benedict Riley era el director del Servicio Secreto, la agencia responsable de la seguridad de la presidenta y de otros cargos importantes que se consideraba que podían correr algún peligro.

—¿Y qué quería? —preguntó Pauline.

—Se ve que la gente que protege al vicepresidente ha informado de que hay un problema.

Pauline se quitó las gafas de leer y las dejó sobre la antigua mesa. Suspiró.

—Continúa.

—Creen que Milt tiene una aventura.

Pauline se encogió de hombros, como diciendo: «¿Y qué?».

—Es soltero, así que está en su derecho, digo yo. No le veo el problema. ¿Con quién se acuesta?

—Ese es el problema. Se llama Rita Cross y tiene dieciséis años.

—Oh, joder.

—Pues sí.

—Madre mía. Pero ¿qué edad tiene Milt?

—Sesenta y dos.

—Santo Dios, pues ya es mayorcito para saber lo que hace.

—En Washington, la edad legal de consentimiento es dieciséis, así que al menos no está cometiendo un delito.

—Aun así…

—Lo sé.

A Pauline se le pasó por la cabeza una imagen muy desagradable del rollizo Milt encima de una esbelta adolescente. Sacudió la cabeza para borrarla.

—No es una… Milt no le paga a cambio de sexo, ¿verdad?

—No exactamente…

—¿Y eso qué quiere decir?

—Que le regala cosas.

—¿Como cuáles?

—Le ha comprado una bicicleta de diez mil dólares.

—Oh, cielos. Esto pinta mal. Ya me lo imagino en el puto

New York Mail. Me pregunto si podremos persuadirlo para que ponga fin a la relación.

—No lo creo: los guardaespaldas de Milt dicen que se ha encaprichado. Aun así, dudo que sirviera de algo. De un modo u otro, esa cría seguramente acabará vendiendo su historia.

—Así que el escándalo es más o menos inevitable.

—Y podría estallar a principios del año que viene, justo cuando empiecen las primarias.

—Así que tenemos que anticiparnos.

—Estoy de acuerdo.

—Lo cual quiere decir que tengo que despedir a Milt.

—Sí, y cuanto antes.

Pauline se puso las gafas de nuevo, señal de que la reunión estaba llegando a su fin.

—Por favor, averigua dónde está Milt, Jacqueline. Dile que venga a verme… —Pauline se giró para mirar el reloj de péndulo— lo antes posible.

—Lo haré.

Jacqueline se levantó.

—E informa a Sandip. Habrá que hacer un comunicado de prensa, que diga que Milt ha dimitido por razones personales.

—Con una frase tuya dándole las gracias por sus años de servicio al pueblo de Estados Unidos y a la presidenta…

—También tenemos que elegir un nuevo vice. Hazme una lista con algunos nombres, por favor.

—Ya estoy en ello.

Jacqueline abandonó la sala.

Pauline había leído apenas unas cuantas páginas más sobre las carencias de los colegios de los barrios pobres cuando oyó un ruido en el pasillo. Al parecer, sus padres, que estaban visitando Washington e iban a pasar la noche en la Casa Blanca, habían llegado. La voz que oyó era la de su madre, quien, con un tono atiplado y patético, preguntó:

—¿Pauline? ¿Dónde estás?

Pauline se levantó y salió de la sala.

Su madre estaba en el Pasillo Central, un espacio grande e inútil con muebles que nunca se usaban: contaba con un escritorio octogonal en el medio, un piano de cola con la tapa cerrada con llave, unos sofás y unas sillas en las que nadie se sentaba. Su madre parecía perdida.

Christine Wagner tenía setenta y cinco años. Vestía una falda de tweed y una rebeca rosa. Pauline recordó cómo había sido en el pasado: una mujer enérgica y capaz, que preparaba el desayuno a la vez que planchaba una camisa blanca recién lavada, buscaba los deberes de Pauline, cepillaba las hombreras al traje de franela gris de papá mientras él se dirigía a la puerta y estaba atenta por si oía la bocina del autobús escolar. La que tiempo atrás había sido una mujer inteligente y decidida se había convertido en los últimos años en una anciana asustadiza y ansiosa.

—Oh, aquí estás —dijo, como si Pauline se hubiera estado escondiendo.

Pauline la besó.

—Hola, mamá. Bienvenida. Me alegro de verte.

Entonces su padre apareció. Aunque Keith Wagner tenía el pelo blanco, su pulcro bigote era negro. Este hombre de negocios que durante medio siglo había vestido trajes de color azul marino y gris, ahora prefería las tonalidades marrones. Llevaba un conjunto que parecía nuevo, un blazer de color canela con unos pantalones marrón chocolate y una corbata a juego. Pauline lo besó en la mejilla y, acto seguido, se encaminaron al Salón Este. Gerry se les unió.

Hablaron sobre las aficiones de sus padres. Keith formaba parte de la junta del Commercial Club, un grupo de negocios de élite de Chicago, y Christine trabajaba como lectora voluntaria en dos colegios locales.

Pippa entró y besó a sus abuelos.

—Bueno, Pauline, ¿qué crisis global has resuelto últimamente? —dijo Keith.

—He estado intentando convencer a los chinos de que deben vigilar más a quién le venden armas.

Pauline estaba dispuesta a explicarle cuál era el problema, pero su padre estaba más interesado en hablar de sus propios recuerdos.

—En su día, yo hice negocios con China, de vez en cuando. Les compré millones de bolsas de polietileno que luego se las vendía a los hospitales. Una raza muy inteligente, los chinos. Cuando deciden hacer algo, lo hacen. Hay que reconocer que los gobiernos autoritarios también tienen sus cosas buenas.

—Logran que los trenes sean puntuales —dijo Pauline.

—En realidad, eso es un mito: Mussolini nunca logró que los trenes italianos fueran puntuales —la corrigió Gerry con pedantería.

Keith no les estaba escuchando.

—No tienen que complacer los deseos de todos los grupitos que se oponen al progreso porque quieren proteger las zonas donde anida la tetuda curruca moteada…

—¡Keith! —exclamó la madre.

Pippa se rio con disimulo, pero Keith las ignoró a ambas.

—… o piensan que ese territorio es sagrado porque es donde los espíritus de sus ancestros se reúnen bajo la luna llena.

—Y otra cosa alucinante que tienen los gobiernos autoritarios es que, si quieren asesinar a seis millones de judíos, nadie se lo puede impedir —añadió Pippa.

Pauline caviló sobre si debía pedirle a Pippa que se callara o no, y al final decidió que su padre se lo había ganado a pulso.

Pero Keith ni se inmutó.

—Pippa, recuerdo que tu madre también era una listilla con respuestas para todo cuando solo tenía catorce años.

—No le hagas caso a tu abuelo, Pippa —intervino Christine—. Durante los próximos tres o cuatro años, harás cosas que recordarás más adelante con mucha vergüenza. Pero, cuando seas vieja, desearás haberlas hecho todas un par de veces.

Pauline se rio con ganas. Por un instante, su madre volvía a ser tan contestona y graciosa como había sido antes.

—Sí, tú haz caso de esas perlas de sabiduría del pabellón geriátrico —gruñó Keith.

Como la conversación se estaba caldeando demasiado, Pauline se puso de pie.

—Venga, a cenar —dijo, y cruzaron el Pasillo Central para ir al comedor.

Pauline se daba cuenta de que ya no podía buscar apoyo en sus padres. Era algo que había sucedido poco a poco. Sus horizontes se habían estrechado, habían perdido el contacto con el mundo moderno y su sentido crítico se había deteriorado. «Algún día Pippa pensará lo mismo de mí», se dijo Pauline sentándose a la mesa. ¿Cuánto faltaba para ese momento? ¿Diez años? ¿Veinte? La imagen le resultaba perturbadora: Pippa haciendo su vida y tomando decisiones, y ella marginada por ser considerada una incapaz.

Su padre estaba hablando con Gerry de negocios, y las tres mujeres no les interrumpieron. Gerry había sido, en su momento, el mayor confidente de Pauline. ¿Cuándo había dejado de serlo? No podía precisarlo. Su relación se había ido deteriorando, pero ¿por qué? ¿Había sido por Pippa? Pauline sabía, por lo que había observado en otros padres, que los desacuerdos sobre la educación de los hijos eran la causa de algunos de los peores conflictos matrimoniales. Ahí entraban en juego las convicciones más firmes de cada uno sobre cuestiones morales, religiosas y éticas. Ahí salía a la luz si una pareja era compatible o no.

Pauline pensaba que la gente joven debería desafiar las ideas establecidas. Así era como el mundo avanzaba. Ella era conservadora porque sabía que el cambio tenía que producirse con cautela y gestionarse con sensatez, pero no era de esa clase de personas que creen que no hay que cambiar nada. Tampoco de esa clase, aún peor, que añora una época dorada pasada, cuando todo era mucho mejor. No echaba de menos los viejos tiempos.

Gerry era distinto. Afirmaba que la gente joven tenía que alcanzar una cierta madurez y sensatez antes de intentar cambiar el mundo. Pauline sabía que quien cambiaba el mundo no era la gente que esperaba al momento más adecuado.

Gente como Gerry.

Ay.

¿Qué podía hacer? Gerry quería que pasase más tiempo con su familia —o sea, con él—, pero ella no podía. El tiempo era lo único que una presidenta nunca tenía a su disposición.

Se había comprometido a ser una servidora pública mucho antes de casarse con él, así que Gerry no se podía haber llevado una sorpresa. Y la había apoyado con entusiasmo cuando se había presentado como candidata a la presidencia. Había sido franco al decir que, ganara ella o perdiera, eso sería bueno para su propia carrera profesional. Si ella ganaba, él se retiraría cuatro u ocho años, pero después sería una superestrella de la abogacía. Sin embargo, cuando salió elegida, cada vez le molestaba más que tuviera tan poco tiempo para él. Quizá había pensado que estaría más involucrado en el trabajo de su mujer, que como presidenta le consultaría sus decisiones. Quizá no debería haberse retirado. Quizá…

Quizá ella no debería haberse casado con él.

¿Por qué no deseaba tanto como Gerry pasar más tiempo juntos? Algunas parejas que estaban muy ocupadas contaban los días que faltaban para esa velada programada en la que se dedicaban en cuerpo y alma el uno al otro, y tenían una cena romántica o iban al cine o escuchaban música juntos en el sofá.

Con solo pensarlo, se deprimió.

Al mirar a Gerry, que se mostraba de acuerdo con su padre en el tema de los sindicatos, se dio cuenta de que el problema que tenía con Gerry radicaba en que era un poco aburrido.

Estaba siendo muy dura con él. Pero era cierto. Gerry era aburrido. No lo encontraba sexy. Y tampoco la apoyaba mucho.

Así que ¿qué les quedaba?

Pauline siempre se enfrentaba a los hechos.

¿Quería decir todo eso que ya no lo amaba?

Se temía que sí.

A la mañana siguiente desayunó con su padre, como había hecho cuando él trabajaba y ella estudiaba en la Universidad de Chicago. Como los dos eran alondras, se levantaban temprano. Pauline desayunaba muesli y leche, mientras que su padre tomaba tostadas y café. No hablaron mucho: como siempre, él estaba concentrado en la sección de economía del periódico. Pero era un silencio que hacía compañía. Con cierta reticencia, Pauline dejó a su padre allí y se fue al Ala Oeste.

Milt le había sugerido celebrar la reunión a una hora muy temprana, porque así aprovechaba para pasar por la Casa Blanca de camino a la iglesia. Pauline lo recibiría en el Despacho Oval, ya que, dado su ambiente solemne, era el lugar adecuado para despedir a alguien.

Milt llegó vestido con un traje de tweed marrón con chaleco; parecía un señor de pueblo.

—¿Qué ha hecho ahora James Moore, para poner una reunión a primera hora en el día del Señor?

—No se trata de James Moore —contestó Pauline—. Siéntate, por favor.

—¿De qué se trata, entonces?

—De un problema llamado Rita Cross.

Milt, que ya estaba sentado, se enderezó, ladeó la barbilla y adoptó una actitud arrogante.

—¿De qué estás hablando?

Pauline no estaba dispuesta a oír gilipolleces: la vida era demasiado corta para eso.

—Por el amor de Dios, no hagas como que no lo sabes.

—Me parece que eso es algo que solo me incumbe a mí.

—Que el vicepresidente se esté follando una chica de dieciséis años es algo que incumbe a todo el mundo, Milt... Y no te hagas el tonto, más de lo que eres.

—¿Quién dice que sea algo más que una amistad?

—Déjate de chorradas.

Pauline se estaba enfadando. Había pensado que Milt afrontaría el asunto de un modo realista y maduro, que aceptaría que lo habían pillado saltándose las reglas y dimitiría con dignidad. Pero no iba a caer esa breva.

—No es menor de edad —replicó Milt como si fuera un tahúr y se sacara un as de la manga.

—Eso cuéntaselo a los periodistas cuando te llamen para preguntarte sobre tu relación con Rita Cross. ¿Crees que dirán que, en tal caso, eso no es un escándalo? ¿O qué?

Milt tenía pinta de desesperado.

—Podemos mantenerlo en secreto.

—No, no podemos. Tus guardaespaldas lo saben, y se lo han contado a Jacqueline, quien nos lo ha contado a Sandip y a mí, y todo esto ha ocurrido en apenas veinticuatro horas. ¿Y qué pasa con Rita? ¿No tiene amigos de dieciséis años? ¿Qué creen que está haciendo con un hombre de sesenta y dos años que le ha regalado una bicicleta de diez mil dólares? ¿Jugar al Scrabble?

—Muy bien, señora presidenta, entiendo la situación. —Milt se inclinó hacia delante, bajó la voz como si le fuera a contar un secreto y le habló como de colega a colega—. Déjalo en mis manos, por favor. Lo solucionaré, lo prometo.

Esa propuesta era indignante, y el vicepresidente debería haberlo sabido.

—Vete a tomar por culo, Milt. No pienso dejar nada en tus manos. Este escándalo salpicará a toda la gente que ha estado dejándose la piel por un país mejor. Lo menos que puedo hacer es minimizar los daños y, con ese fin, controlaré cuándo y cómo salta la noticia.

Por lo visto, Milt por fin se daba cuenta de que sus esperanzas eran nulas.

—¿Qué quieres que haga? —preguntó con un tono lastimero.

—Vete a la iglesia, confiesa tu pecado y promete a Dios que no volverás a hacerlo. Vete a casa, llama a Rita y dile que se acabó. Luego redacta una carta de dimisión alegando razones personales; no mientas, no te inventes un problema de salud ni nada parecido. Asegúrate de que esa carta esté sobre este escritorio a las nueve en punto mañana por la mañana.

Milt se puso en pie.

—Lo mío con ella va en serio, ¿sabes? —comentó con calma—. Es el amor de mi vida.

Pauline le creía. Aunque era absurdo, sintió sin querer cierta compasión por él.

—Si de verdad la amas, romperás con ella y dejarás que recupere su vida, la vida de una adolescente normal. Ahora vete y haz lo correcto.

Se lo veía triste.

—Eres una mujer dura, Pauline.

—Sí —contestó—. Pero tengo un trabajo duro.

14

El lunes por la mañana, Tamara empezó a sospechar que el General estaba tramando algo. Quizá fuera algo trivial, pero le daba mala espina.

También estaba muy eufórica después de lo de Marrakech, demasiado para ir directamente a trabajar, así que dejó la bolsa de viaje en su habitación y se fue a la cantina. Tras pedir una taza grande de café solo no muy cargado, al estilo americano, y una tostada, cogió un ejemplar de *Le Progrès*, el diario en francés subvencionado por el gobierno.

Cuando pasó a la página tres del periódico, una alarma sonó débilmente en lo más recóndito de su mente. Salía una fotografía del General, calvo y sonriente, vestido como si fuera a hacer deporte, con unos pantalones de jogging y una chaqueta de chándal. Le habían sacado esa foto en la barriada de Atrone, al nordeste de Yamena. Las noticias procedentes de Atrone solían centrarse en los retrasos a la hora de extender el suministro de agua potable y la red de alcantarillado por la ciudad. Sin embargo, la de ese día era una noticia positiva. El General, retratado con un barrio de chabolas de fondo, estaba rodeado de una multitud de niños y adolescente felices a los que estaba regalando unas zapatillas deportivas de la marca Nike.

Mientras reflexionaba sobre la noticia, Tamara no podía dejar de pensar en Tab.

Ella había viajado de un modo discreto. Tab había ordenado que unos coches de la embajada francesa los llevaran y trajeran del aeropuerto, donde habían utilizado una terminal privada para subir al avión de la compañía aérea Travers. Tamara había rellenado la notificación requerida para comunicar que estaría fuera del país, pero había omitido que viajaría con Tab. De todos modos, Dexter nunca leía esa clase de papeleo.

El fin de semana había sido un éxito. Habían sido inseparables durante cuarenta y ocho horas y ninguno se había enfadado ni aburrido por culpa del otro. Tamara sabía que esa clase de convivencia tan estrecha podía provocar broncas. Los hombres nunca son tan aseados como crees que deberían ser, y ellos a su vez te acusan de ser una quisquillosa. A las personas no les gusta cambiar unos hábitos que tienen arraigados desde hace tiempo. «Ya lo limpiaremos por la mañana», suelen decir los hombres, pero luego nunca lo hacen. Sin embargo, Tab no era como los demás.

No paraba de pensar en lo mal que había juzgado antes a los hombres, sobre todo a los dos con los que se había casado, al inmaduro de Stephen y a Jonathan, que resultó ser gay. Pero seguramente había aprendido la lección, ¿no? Jonathan había sido mejor que Stephen, y Tab era todavía mejor. Tal vez Tab fuera «el elegido».

«¿Cómo que tal vez? Y una mierda. Lo es. Lo sé», pensó.

—Ahora tenemos que prepararnos para fingir que no estamos locamente enamorados —le había dicho Tab cuando volvían a la ciudad en coche, el lunes por la mañana.

Tamara había sonreído. Así que estaba locamente enamorado de ella… Eso nunca se lo había dicho antes. Se sentía tan feliz.

Pero ahora tenían un problema. A pesar de que sus países eran aliados, aún existían secretos entre uno y otro. En principio no había ninguna regla de la CIA que le impidiera tener una relación con un agente de la DGSE, ni viceversa. En la práctica, aquello tiraría por la borda su carrera profesional, y seguramente también la de él. A menos que uno de los dos encontrara otro trabajo…

Alzó la vista del periódico y vio a Layan, la secretaria del embajador, con una bandeja.

—Ven, siéntate aquí conmigo —dijo Tamara—. Tú no sueles tener tiempo para desayunar.

—Nick está desayunando en la embajada británica —le explicó Layan.

—¿Qué está tramando con los británicos?

—Creemos que el Chad podría estar haciendo negocios en secreto con Corea del Norte. Podría estar vendiéndoles petróleo, lo que supondría violar las sanciones. —Con una cuchara, Layan vertió yogur sobre unos higos frescos—. Nick quiere que los británicos, entre otros, presionen al General para que venda su petróleo en otro sitio.

—Pionyang debe de pagar más.

—Me imagino que sí.

Tamara mostró el periódico a Layan.

—¿De qué va esto?

Layan examinó la página unos instantes.

—Está bien pensado —contestó—. Por lo que cuestan unos cientos de zapatillas deportivas, el General consigue que la nación entera crea que es Santa Claus. Es una forma barata de ganar popularidad.

—Ya, pero ¿por qué necesita esa clase de publicidad? No necesita ser popular, teniendo a la policía secreta bajo su mando.

—Quizá, hasta cierto punto. Seguro que es más fácil ser un dictador amado que un dictador odiado.

—Supongo que sí —dijo Tamara, no convencida del todo—. Será mejor que vaya a trabajar.

Se levantó.

—Hummm…

Layan le estaba dando vueltas a algo. Tamara esperó, de pie junto a su silla.

—Tamara, ¿te gustaría venir a mi casa a cenar? ¿Para probar comida chadiana de verdad?

Tamara se sorprendió, pero le gustó la idea.

—Me encantaría —respondió. Era la primera vez que la invitaban a una casa chadiana en Yamena—. Será un honor.

—Oh, no digas eso. Para mí será un placer. ¿Qué te parece el miércoles por la noche?

—El miércoles me viene bien.

«Después iré a casa de Tab», pensó.

—Ya sabes que no comemos sentados a una mesa. Cenamos sentados en el suelo sobre una alfombra.

—Estupendo, por mí no hay problema.

—Qué ganas tengo de que llegue ese día.

—¡Y yo!

Tamara abandonó el comedor y se dirigió a la oficina de la CIA.

Lo del General había despertado mucho su curiosidad. ¿Por qué de repente tenía la necesidad de lavar su imagen?

Los dos agentes más jóvenes de la estación de la CIA tenían encomendada la tarea de leer todos los periódicos publicados en Yamena y ver todos los telediarios, tanto en francés como en árabe. El experto en francés era Dean Jones, un chaval de Boston de pelo rubio claro; la que hablaba árabe era Leila Morcos, una neoyorquina muy espabilada de pelo moreno cortado a lo *garçon*. Se encontraban sentados el uno frente al otro y entre los dos, sobre la mesa, estaban los periódicos del día. Tamara se dirigió a ambos:

—¿Habéis visto alguna crítica al General en algún medio de comunicación?

Dean negó con la cabeza.

—No, nada —contestó Leila.

—¿Ni siquiera alguna pequeña indirecta o rumor? Algo como: «Pensándolo en frío, eso se podría haber resuelto mejor»; o quizá: «Es una pena que no se hubiera previsto esto»; esa clase de críticas disimuladas.

Ambos se estrujaron las meninges, y acabaron respondiendo lo mismo que antes.

—Pero buscaremos de un modo especial comentarios de ese tipo, ahora que sabemos que te interesan —añadió Leila.

—Gracias. Tengo la sensación de que al General le preocupa un poco algo.

Tamara se sentó frente a su mesa. Unos minutos después, Dexter la llamó y ella fue a su despacho, donde se lo encontró con la corbata aflojada y el cuello de la camisa desabrochado, a pesar de que allí hacía fresco gracias al aire acondicionado. Seguramente pensaba que así se parecía a Frank Sinatra.

—Quiero hablar de Karim Aziz —dijo—. Creo que lo juzgaste mal.

Tamara no tenía ni idea de qué le estaba hablando.

—¿Y eso?

—No es tan importante ni tiene tantos contactos como imaginabas.

—Pero… —Estaba a punto de discutir, pero se calló. Aún no sabía adónde quería ir a parar. Lo dejaría hablar para reunir la máxima información posible antes de contestar—. Continúa.

—No nos ha entregado ese discurso del General que afirmó que sería de suma importancia.

Así que Karim no le iba a dar a Dexter ese borrador que le había medio prometido a Tamara. Se preguntó por qué.

—Tampoco ha habido discurso —continuó Dexter.

Aunque el General podía haberlo descartado, era igual de probable que, simplemente, estuviera esperando el momento adecuado. Sin embargo, Tamara no dijo nada.

—Te encargarás otra vez de tratar con Karim —añadió Dexter.

Tamara frunció el ceño. ¿Por qué ese cambio?

Dexter reaccionó ante su gesto.

—Karim no merece que un oficial de alto rango le preste atención. Como decía, lo has sobrestimado.

«Pero si ese hombre trabaja para el Palacio Presidencial —pensó Tamara—. Está bastante seguro de tener cierta información útil. Hasta una limpiadora del palacio puede descubrir algún secreto rebuscando en los cubos de la basura.»

—Vale —dijo Tamara—. Lo llamaré.

Dexter asintió.

—Bien.

Acto seguido, el jefe de la CIA miró el documento que tenía sobre el escritorio. Tamara lo interpretó como una señal de que podía irse y salió del despacho.

Aunque estuvo atareada con su trabajo rutinario, Abdul la tenía preocupada. Esperaba que pronto estableciera contacto. No sabía nada de él desde hacía once días y, aunque no era algo totalmente inesperado, sí era preocupante. En las autopistas americanas se podían recorrer mil quinientos kilómetros, de Chicago a Boston, en dos días. Tamara lo había hecho en coche una vez, para ir a visitar a un novio que tenía en Harvard. En una ocasión, fue en autobús: treinta y seis horas con wifi gratis por ciento nueve dólares. El viaje de Abdul era muy distinto. No había límites de velocidad porque no eran necesarios: era imposible ir a más de treinta kilómetros por hora por esos caminos de piedra sin pavimentar a través del desierto. Los pinchazos y demás averías eran habituales y, si el conductor no era capaz de arreglar el problema, podían esperar durante días a que llegara ayuda.

Pero Abdul se enfrentaba a peligros mucho peores que un pinchazo. Se hacía pasar por un emigrante desesperado, pero tenía que hablar con la gente, vigilar a Hakim, identificar a los hombres con los que Hakim contactase y averiguar dónde se reunían. Si despertaba sospechas… Tamara vio de nuevo el cuerpo de Omar, el predecesor de Abdul, y recordó como si fuera una pesadilla cómo se había arrodillado en la arena para recoger sus manos y pies mutilados.

Pero no podía hacer más que esperar a que Abdul llamara.

Unos minutos después de las doce del mediodía, Tamara se subió a un coche que la llevó al hotel Lamy.

Karim estaba de pie junto a la barra, vestido con un traje de lino blanco, bebiendo lo que parecía ser un cóctel sin alcohol y hablando con un hombre que Tamara reconoció vagamente, alguien de la embajada alemana. Pidió un Campari con hielo y soda; ese cóctel era tan flojo que se podía tomar cuatro litros sin que apenas se le subiera a la cabeza. Karim dejó a su conocido alemán y se acercó a hablar con ella.

Tamara quería saber por qué el General regalaba zapatillas deportivas y si su popularidad estaba en horas bajas. Sin embargo, una pregunta directa haría que Karim se pusiera a la defensiva y lo negase todo, por lo que tenía que abordar el tema con delicadeza.

—Ya sabe que Estados Unidos apoya al General porque lo considera la base de la estabilidad de este país.

—Por supuesto.

—Nos preocupa un poco que nos hayan llegado rumores de que hay cierto descontento con él.

No había oído tales rumores, por supuesto.

—No se preocupe por los rumores —contestó Karim, y Tamara se percató de que no los había desmentido—. No pasa nada —continuó, lo que la llevó a pensar que, desde luego, algo pasaba—. Estamos lidiando con ellos.

Tamara se anotó un tanto. Karim ya había confirmado algo que, hasta entonces, había sido una mera especulación por su parte.

—No logramos comprender por qué ha comenzado justo ahora —añadió Tamara—. Si no ocurre nada malo… —Dejó la pregunta implícita en el aire.

—Es por culpa de ese incidente en el puente N'Gueli en el que estuvo involucrada.

Así que era eso, se dijo Tamara. Karim prosiguió.

—Unos cuantos afirman que el General debería haber reaccionado con rapidez y determinación.

A Tamara la embargó la emoción. Esta información era nueva. Pero arrugó el ceño, como si estuviera calculando fríamente.

—Bueno, eso fue hace más de dos semanas.

—La gente no entiende que estas cosas son complicadas.

—Eso es cierto —dijo Tamara, mostrándole así su comprensión con la típica frase vacía.

—Pero responderemos con suma firmeza, y será pronto.

—Me alegro. Me habló usted de un discurso.

—Sí. Su amigo Dexter mostró mucha curiosidad al respecto. —Karim parecía ofendido—. Daba la impresión de que creía que tenía derecho a aprobar el borrador.

—Siento lo de Dexter. Usted y yo, en cambio, nos ayudamos mutuamente, ¿verdad? Esa es la base de nuestra relación.

—¡Exacto!

—Dexter a lo mejor no es consciente de eso.

—Bueno, quizá eso lo explique todo —dijo Karim, un tanto más calmado.

—¿Cuándo cree que el General dará el discurso?

—Muy pronto.

—Bien. Eso debería acallar los rumores.

—Oh, los acallará, ya lo verá.

Tamara deseaba desesperadamente ver un borrador, pero no podía pedírselo, no después de que Dexter lo hubiera ofendido al pedirle lo mismo. Aunque a lo mejor podía sonsacarle algo.

—Me pregunto por qué se habrá retrasado el discurso.

—Porque aún estamos con los últimos preparativos.

—¿Preparativos?

—Sí.

Tamara estaba sin duda desconcertada.

—¿Qué preparativos?

—Ah —respondió Karim con una sonrisa enigmática.

—Intento imaginarme qué clase de preparativos tan complejos tienen que hacer para retrasar un discurso más de dos semanas —comentó Tamara con voz lastimera.

—No puedo contárselo —contestó Karim—. No debo revelar secretos de Estado.

—Oh, no —dijo Tamara—. Dios no lo quiera.

Esa noche, antes de ir a cenar con Tab, Tamara llamó a su exmarido Jonathan. Un tipo sensato y cariñoso que seguía siendo su mejor amigo. Había llegado la hora de hablarle sobre Tab.

En San Francisco eran nueve horas menos que en Yamena, así que Jonathan estaría desayunando. Cogió la llamada enseguida.

—¡Tamara, cariño, me alegro de oír tu voz! ¿Dónde estás? ¿Sigues en África?

—Sigo en el Chad. ¿Y tú qué me cuentas? ¿Tienes tiempo para hablar?

—Tengo que irme a trabajar en unos minutos, pero para ti siempre tengo tiempo. ¿Qué ocurre? ¿Te has enamorado?

Su intuición no le había fallado.

—Sí.

—¡Felicidades! Háblame de él. O ella. Aunque, si te conozco bien, será un chico.

—Me conoces bien.

Tamara le describió a Tab poniéndolo por las nubes y le contó su viaje a Marrakech.

—Qué suerte tienes, chica —comentó Jonathan—. Estás loca por él, se te nota.

—Pero llevamos menos de un mes. Y admite que en el pasado me he enamorado de hombres que no me convenían.

—Yo también, querida, yo también, pero tienes que seguir intentándolo.

—No estoy segura de qué hacer.

—Yo sí que lo sé, si de verdad es como lo describes —dijo Jonathan—. Enciérralo en el sótano y hazlo tu esclavo sexual. Yo lo haría.

Tamara se echó a reír.

—No, en serio.

—¿En serio?

—Sí.

—Pues te lo voy a decir, y más en serio que nunca.

—Adelante.

—Cásate con él, boba.

Una hora después, Tab le preguntó:

—¿Te gustaría conocer a mi padre?

—Me encantaría —contestó Tamara inmediatamente.

Estaban en un tranquilo restaurante árabe llamado Al Quds, que significaba «Jerusalén». Se había convertido en su sitio favorito. En Al Quds no tenían que preocuparse por que los vieran: como no servían alcohol, los europeos y los americanos no iban allí.

—Mi padre viene al Chad por temas de negocios de vez en cuando. La petrolera Total es el mayor cliente del Chad.

—¿Cuándo llegará?

—En un par de semanas.

Tamara se miró en una ventana con cristal reflectante y se tocó la cabeza.

—Tengo que cortarme el pelo.

Tab se rio.

—A papá le vas a encantar, no te preocupes.

Se preguntó si presentaba a sus padres todas sus novias.

—¿Tu padre conoció a Léonie? —le espetó sin pensar.

Tab torció el gesto.

—Lo siento, ha sido una pregunta de mal gusto —dijo avergonzada.

—A mí no me importa. Así eres tú, directa. No, papá nunca conoció a Léonie.

Tamara cambió de tema rápidamente.

—¿Cómo es tu padre?

Tenía auténtica curiosidad por saberlo. El padre de Tab había nacido en la Argelia francesa, el hijo de un tendero que había llegado a ser un ejecutivo con mucho poder.

—Yo lo adoro, y creo que tú también lo adorarás —respondió Tab—. Es inteligente e interesante y atento.

—Como tú.

—No del todo. Pero ya lo verás.

—¿Se quedará en tu apartamento?

—Oh, no. Le va mejor un hotel. Estará en el Lamy.

—Espero caerle bien.

—¿Cómo no le vas a caer bien? Dejas una primera impresión deslumbrante: eres absolutamente preciosa; además, tienes ese estilo sencillo y elegante al mismo tiempo que los franceses tanto aprecian. —Señaló su conjunto: Tamara llevaba un vestido recto de color gris suave con un cinturón rojo, y sabía que estaba estupenda—. Y luego te adorará porque hablas francés. Por supuesto, sabe inglés, pero los franceses odian tener que hablarlo a todas horas.

—¿Qué ideología política tiene?

—Es moderado. Liberal en lo social, conservador en lo económico. Nunca votaría por el Parti Socialiste francés, pero, si fuera estadounidense, sería demócrata.

Tamara lo comprendió: en Europa, el centro político estaba un tanto más a la izquierda que en Estados Unidos.

No había nada en el padre de Tab que pudiera incomodarla.

—Estoy nerviosa —dijo de todos modos.

—No te preocupes. Lo deslumbrarás con tu encanto.

—¿Cómo estás tan seguro?

Se encogió de hombros, muy a la francesa.

—Es lo que hiciste conmigo.

El plan del General fue revelado a la tarde siguiente en una nota de prensa que recibieron todas las embajadas, así como los medios de comunicación. Iba a dar un importante discurso en un campo de refugiados.

Había una docena de campos en el este del Chad. Los refugiados habían entrado a través de la frontera con Sudán. Algunos eran opositores al régimen de su país; otros eran, simplemente, daños colaterales, familias que huían de la violencia. Los campos de refugiados habían enfurecido al gobierno de Sudán en Jartum, que lanzaba airadas acusaciones contra el Chad por dar cobijo a insurgentes y usaba eso como excusa para que el ejército cruzara la frontera con el fin de perseguir de un modo implacable a los fugitivos.

El gobierno del Chad lanzaba unas acusaciones similares. Las armas chinas suministradas al ejército de Sudán habían acabado en manos de los rebeldes chadianos, como los de la Unión de Fuerzas para la Democracia y el Desarrollo, así como de diversos agitadores norteafricanos.

Como las acusaciones eran mutuas, las relaciones entre ambos bandos eran tensas y había un peligro constante de que surgieran problemas en las fronteras.

Todos los agentes estaban apiñados en el despacho de Dexter para hablar sobre el anuncio.

—El embajador querrá saber de qué va toda esta historia y esperará que la CIA tenga algunas ideas al respecto. Ahora mismo, lo único que sabemos seguro es cuál será la localización sorpresa.

Leila Morcos habló primero. Aunque era una agente muy joven, eso nunca la refrenaba.

—Estamos seguros al noventa y nueve por ciento de que el discurso será un ataque contra el gobierno de Jartum.

—Pero ¿por qué ahora? —preguntó Dexter—. ¿Y por qué tanta parafernalia?

—Ayer me llegó un rumor de que el discurso es una respuesta al tiroteo del puente N'Gueli —respondió Tamara.

—Tu gran drama —dijo Dexter con condescendencia—. Pero eso no tiene nada que ver con Sudán.

Tamara se encogió de hombros. Las armas procedían de Sudán, como sabía todo el mundo, pero no se molestó en señalar algo tan obvio.

Una secretaria entró y entregó un papel a Dexter.

—Otro mensaje del Palacio Presidencial.

Dexter lo leyó rápidamente, gruñó sorprendido y lo volvió a leer más despacio. Entonces habló:

—El General ha invitado a sus aliados preferidos a enviar a una persona de cada embajada para que acompañe a los medios de comunicación al campo de refugiados donde dará su discurso.

—¿A qué campo? —preguntó Michael Olson, el adjunto de Dexter.

Dexter negó con la cabeza.

—Aquí no lo dice.

Olson era un tipo alto, espigado y tranquilo con un gran ojo para los detalles.

—Todos están a unos mil kilómetros de aquí —señaló—. ¿Cómo piensan llegar hasta allí?

—Dice que los militares se ocuparán de la cuestión del transporte. Irán en avión a Abéché.

—Ese es el único aeropuerto que hay en esa parte del país —indicó Olson—. Pero, aun así, está a ciento cincuenta kilómetros de la frontera.

Tamara recordó que Abéché era la ciudad más calurosa del Chad, con temperaturas de treinta grados todo el año.

—Desde Abéché, el ejército organizará el transporte por carretera —continuó Dexter—. El viaje incluirá una visita a los campos de refugiados y una estancia de dos noches en un hotel. —Arrugó el ceño—. ¿Dos noches?

—El aeropuerto solo opera de día —comentó Olson—. Supongo que eso complica mucho la logística.

Tamara entendió que esos debían de ser los preparativos que, según Karim, les estaban llevando tanto tiempo. Organizar un viaje por el desierto para la prensa era muy complicado. Por otro lado, ¿de verdad eran necesarias casi tres semanas para preparar algo así?

—El grupo saldrá mañana —dijo Dexter.

—Supongo que Nick será nuestro representante —intervino Leila.

—Ni hablar. —Dexter negó con la cabeza—. Tendría que ir sin protección. La norma de una persona por embajada se aplicará estrictamente debido a las limitaciones de espacio en el transporte, lo cual quiere decir que no habrá un hueco para los guardaespaldas.

—Entonces ¿quién irá?

—Supongo que tendré que ser yo… sin mi equipo de protección personal. —No se le veía contento—. Gracias a todos —añadió—. Informaré al embajador.

Como ya anochecía, Tamara se fue a su piso, se duchó y se puso ropa nueva. Después cogió un coche para ir al piso de Tab.

Ya tenía su propia llave.

—Soy yo —gritó al entrar.

—Estoy en el dormitorio.

Lo pilló en paños menores. Estaba muy guapo, y Tamara soltó una risilla.

—¿Por qué estás en ropa interior?

—Porque me he quitado el traje y aún no me he vestido.

Al ver que Tab estaba preparando una pequeña bolsa de viaje, le dio un vuelco el corazón.

—¿Adónde…?

—Me voy a Abéché.

Se lo temía. Tragó saliva.

—Ojalá no fueras. Prácticamente es una zona de guerra.

—No será tanto.

—Una zona de combate, entonces.

—Cuando nos hicimos agentes de inteligencia, aceptamos la posibilidad de correr cierto peligro, ¿verdad?

—Eso fue antes de que me enamorara de ti.

La rodeó con sus brazos y la besó. A Tab le había gustado que le dijera que se había enamorado de él, estaba claro. Un minuto después, dejó de besarla.

—Tendré cuidado, lo prometo.

—¿Cuándo te marchas?

—Mañana.

No pudo evitar pensar que aquella podría ser su última noche juntos, para siempre jamás.

Se dijo que no debía ser tan melodramática. Tab se iba con el General. Estaría protegido por la mitad del Ejército Nacional.

—¿Qué te gustaría cenar? —le preguntó Tab—. ¿O prefieres que cenemos fuera?

De repente, Tamara quiso abrazarlo.

—Vayamos primero a la cama —contestó—. Ya cenaremos después.

—Me gustan tus prioridades —dijo Tab.

El General pronunció el discurso al día siguiente. Los telediarios vespertinos lo mostraron con su uniforme militar de gala, rodeado por unas tropas armadas hasta los dientes, arengando a una multitud de reporteros, mientras un deprimente grupo de refugiados demacrados y con el pelo cubierto de polvo lo observaban desde cierta distancia.

El discurso fue incendiario.

El gabinete de prensa del gobierno hizo circular el texto mientras el General estaba hablando. Era más provocador de lo que nadie había esperado, y Tamara pensó que ojalá hubiera podido conseguir el borrador con antelación. Tal vez lo habría logrado si Dexter no se hubiera entrometido.

El General empezó culpando a Sudán de la muerte del cabo Ackerman. En los medios de comunicación del gobierno ya lo habían dejado caer, pero ahora, por primera vez, se trataba de una acusación explícita.

Luego afirmó que el incidente era una consecuencia de que los sudaneses estuvieran promoviendo el terrorismo por todo el Sahel. Exponía con valentía algo que muchos pensaban, incluida la Casa Blanca.

—Miren este campo —dijo moviendo el brazo para abarcar todo lo que le rodeaba. La cámara, obediente, recorrió un asentamiento mayor de lo que Tamara había imaginado: no se trataba de unas cuantas docenas de tiendas de campaña, sino de varios centenares de viviendas improvisadas, con unos pocos árboles escuálidos en el centro que indicaban que allí había un estanque o un pozo—. Este campo —añadió el General— protege a los refugiados de la crueldad del régimen de Jartum.

Tamara se preguntaba hasta dónde pensaba llegar. La Casa

Blanca no quería que nada desestabilizara el Chad, porque era un aliado útil en la guerra contra el EIGS. A la presidenta Green no le iba a gustar ese discurso.

—Nosotros, en el Chad, tenemos el deber de proporcionar ayuda humanitaria a nuestros vecinos —explicó el General, y Tamara tuvo la sensación de que estaba llegando al punto clave del discurso—. Ayudamos a aquellos que huyen de la tiranía y la brutalidad. Debemos ayudarlos y continuaremos ayudándolos. ¡No nos intimidarán!

Tamara se reclinó. Así que ese era el meollo de la cuestión. Acababa de invitar abiertamente a los opositores al gobierno de Sudán a establecer su cuartel general en los campos de refugiados del Chad.

—Esto va a enfurecer a Jartum —masculló.

Leila Morcos la oyó.

—No lo sabes tú bien.

El discurso llegó a su fin. No había habido ningún problema, ni ningún estallido de violencia. Tab estaba bien.

Cuando se marchaba, Tamara pasó junto a Layan.

—¿Esta tarde sobre las siete?

—Perfecto —contestó Tamara.

La casa de Layan estaba al nordeste del centro de la ciudad, en el barrio llamado N'Djari. Vivía en una calle repleta de basura. A ambos lados, las casas estaban escondidas tras unas paredes de hormigón en un estado deplorable y unas puertas metálicas altas y oxidadas. A Tamara la sorprendió lo pobre que era el barrio. Layan siempre iba a trabajar con ropa elegante hecha a medida, poco maquillada pero con gusto y con el pelo recogido con mucho estilo. No daba la impresión de que viniera de un barrio humilde.

Como en casi todas las casas de Yamena, la puerta alta de la entrada daba a un patio. Cuando Tamara entró, Layan estaba cocinando sobre un fuego en medio de ese espacio abierto, mientras la observaba una anciana que se parecía a ella. El edificio contiguo tenía unas paredes hechas con bloques de hormigón y un tejado de zinc. La escúter de Layan estaba aparcada en una esquina. Para sorpresa de Tamara, había cuatro niños pequeños jugando en el suelo polvoriento. Layan nunca los había mencionado, ni tampoco tenía fotografías de ellos en su mesa de oficina.

Layan dio la bienvenida a Tamara, le presentó a su madre y, señalando vagamente a los niños, dijo de un tirón cuatro nombres que Tamara olvidó al instante.

—¿Todos son hijos tuyos? —preguntó Tamara, y Layan asintió.

No se veía a ningún hombre por ninguna parte.

Tamara jamás se hubiera imaginado así la casa de Layan.

La madre le dio a Tamara un vaso de refrescante limonada.

—La cena ya está casi lista —dijo Layan.

Se sentaron con las piernas cruzadas sobre una alfombra en la sala principal de la casa, con los cuencos de comida delante. Layan había preparado un guisado de verduras llamado *daraba* aderezado con pasta de cacahuete, un plato de alubias rojas con una salsa de tomate picante y un cuenco de arroz con un ligero sabor a limón. Los niños estaban sentados con los adultos. Todo estaba delicioso y Tamara comió con apetito.

—Sé por qué Dexter te ha vuelto a asignar a Karim —dijo Layan, hablando en francés para que su madre y los niños no la entendieran.

—¿Ah, sí? —Tamara estaba intrigada, ya que aún no sabía el porqué.

—Dexter se lo tuvo que contar al embajador, y Nick me lo contó a mí.

—¿Y qué le dijo?

—Le dijo que, como a Karim le caía mal, el hombre no le facilitaría información.

Tamara sonrió. Así que era eso. No la sorprendió. A ella le había costado mucho engatusar a Karim. Dexter seguramente no se habría molestado en ganárselo siendo simpático y solo había dado por sentado que Karim cooperaría.

—Así que Karim no pensaba dar el discurso a Dexter.

—Karim le dijo que tal discurso no existía.

—Vaya, vaya.

—Dexter le dijo a Nick que Karim solo hablaría contigo porque le van las chicas blancas.

—Dexter dirá cualquier cosa con tal de no reconocer que se equivocó.

—Eso es lo que pienso yo.

La madre de Layan trajo café y se llevó a los niños; era de suponer que a su dormitorio.

—Quiero darte las gracias por ser tan simpática conmigo —dijo Layan—. Significa mucho para mí.

—Pero si solo hablamos —contestó Tamara—. Tampoco es para tanto.

—Mi marido me abandonó hace cuatro años —le contó Layan—. Se llevó todo el dinero y el coche. Tuve que irme de mi casa porque no podía pagar el alquiler. Mi hijo pequeño tenía solo un año.

—Eso es horrible.

—Lo peor de todo es que pensé que la culpa era mía, aunque no entendía qué había hecho mal. Siempre tenía la casa impecable y preciosa. Había hecho todo lo que él quería en la cama, le había dado cuatro niños hermosos. ¿En qué le había fallado?

—Tú no fallaste en nada.

—Eso lo sé ahora. Pero cuando te pasa… tratas de encontrar alguna razón.

—¿Qué hiciste?

—Me mudé aquí con mi madre. Era una viuda pobre que vivía sola. Se alegró de tenernos aquí, pero no se podía permitir el lujo de dar de comer y vestir a seis personas. Así que me vi obligada a buscar trabajo. —Miró directamente a Tamara y repitió haciendo hincapié—: Me vi obligada.

—Lo entiendo.

—Fue difícil. Aunque tengo una buena formación, porque sé leer y escribir en inglés, francés y árabe, a los empresarios chadianos no les gusta contratar a divorciadas. Creen que son unas casquivanas y causarán problemas. Pero mi marido era de Estados Unidos y me dio una cosa que no podía quitarme: mi ciudadanía americana. Así que conseguí un trabajo en la embajada. Un buen trabajo, con un sueldo de allí, que me alcanza para enviar a mis hijos a la escuela.

—Es una historia alucinante —dijo Tamara.

Layan sonrió.

—Con un final feliz.

Al día siguiente hubo una gran tormenta de arena en Abéché. Tales tormentas a veces duraban solo unos minutos, pero aquella se prolongó más. Como el aeropuerto estaba cerrado, la visita de la prensa a los campos de refugiados se pospuso.

Un día después, Tamara concertó una cita con Karim, pero le sugirió quedar en otro sitio en vez del hotel Lamy, ya que temía que la gente se diera cuenta de que lo frecuentaban a menudo. Karim le comentó que en el Café de El Cairo sería muy improbable que alguien los viera y le dio una dirección alejada del centro de la ciudad.

Se trataba de una cafetería limpia y sencilla con clientela local. Las sillas eran de plástico y las mesas estaban laminadas. En las paredes había pósteres sin enmarcar de las vistas más famosas de Egipto: el Nilo, las pirámides, la mezquita de Muhammad Alí y la necrópolis. Un camarero con un delantal impoluto dio una efusiva bienvenida a Tamara y la llevó hasta la mesa de la esquina situada al fondo, donde Karim la estaba esperando. Como era habitual, iba de punta en blanco con un traje formal y una corbata cara.

—No es la clase de sitio donde esperaría verle, amigo mío —dijo Tamara con una sonrisa a la vez que se sentaba.

—Soy el dueño —respondió Karim.

—Eso lo explica todo. —No la sorprendió que Karim fuera el dueño de una cafetería. En las altas esferas políticas del Chad, todo el mundo tenía dinero para invertir—. El discurso del General fue emocionante —dijo yendo al grano—. Espero que estén preparados para las represalias de Sudán.

—Eso no sería una sorpresa —repuso Karim con cierto aire de suficiencia.

Insinuaba algo entre líneas que la inquietó.

—El ejército sudanés podría incluso lanzar un ataque a través de la frontera con la excusa de que persiguen elementos subversivos —le advirtió Tamara.

—Permítame que le diga una cosa —replicó Karim, y adoptó una expresión arrogante—: si vienen, se llevarán una buena sorpresa.

Tamara disimuló su sobresalto como pudo. Intentó copiar el estado de ánimo de Karim, así que le dedicó una amplia sonrisa con la esperanza de que no se notara que era falsa a más no poder.

—Una sorpresa, ¿eh? ¿Se encontrarán más resistencia de la que esperan?

—Y tanto.

Como quería saber más, siguió interpretando el papel de ingenua anonadada.

—Me alegro de que el General haya previsto este ataque y de que el Ejército Nacional del Chad esté listo para repelerlo.

Afortunadamente, Karim se dejó llevar por su fanfarronería. Le encantaba dejar caer indirectas pomposas.

—Con una fuerza arrolladora.

—Impresionante esa… estrategia.

—Exactamente.

Tamara le lanzó un cebo para ver si picaba.

—El General ha preparado una emboscada.

—Bueno… —Karim no estaba dispuesto a admitir eso—. Digamos que ha tomado precauciones.

A Tamara le daba vueltas la cabeza. Daba la impresión de que se estaba cociendo un conflicto muy grave. Y Tab estaba ahí. Igual que Dexter.

—Si se produce una batalla, me pregunto cuándo empezará —añadió Tamara muerta de miedo, procurando que no le temblara la voz.

Al parecer, Karim se había dado cuenta de que con su fanfarronería había revelado más de lo que pretendía, así que se encogió de hombros.

—Pronto. Podría ser hoy. Podría ser la semana que viene. Todo depende de lo preparados que estén los sudaneses… y de lo mucho que se enfaden.

Tamara comprendió que Karim no le daría más información. Ahora tenía que volver a la embajada para darles la noticia. Se levantó.

—Karim, siempre es un placer hablar con usted.

—Para mí también.

—¡Y buena suerte al ejército, si estalla esa batalla!

—Créame, no necesitará suerte.

Procuró no salir corriendo de la cafetería para llegar hasta el coche que la estaba esperando. Mientras el conductor arrancaba, dudó sobre a quién debía informar. Obviamente, la CIA debía recibir esa información de inmediato. Pero los militares también. Si se producía una batalla, el ejército de Estados Unidos tal vez tendría que intervenir.

Cuando llegó a la embajada, tomó una decisión al instante y fue al despacho de la coronel Marcus. Susan estaba allí. Tamara se sentó y le informó:

—Acabo de tener una conversación muy inquietante con Karim Aziz. El gobierno de este país espera que el ejército de Sudán lance un ataque contra un campo de refugiados en represalia por el discurso del General, y un gran número de tropas del Ejército Nacional del Chad están en la frontera, dispuestas a emboscar a los sudaneses si vienen.

—Vaya —dijo Susan—. ¿Karim es de fiar?

—No es un fanfarrón que habla por hablar. Por supuesto, quién sabe qué hará Jartum, pero, si atacan, seguro que estallará una batalla. Y si atacan hoy, cierto grupo de periodistas y personal civil de diversas embajadas podría acabar atrapado en medio de la contienda.

—Quizá tengamos que hacer algo al respecto.

—Creo que sí, sobre todo porque uno de los civiles de las embajadas es el jefe de la estación de la CIA en el Chad.

—¿Dexter está ahí?

—Sí.

Susan se levantó y se acercó al mapa que tenía en la pared. Señaló un grupo de puntos rojos que se encontraban entre Abéché y la frontera de Sudán.

—Estos son los campos de refugiados.

—Están desperdigados por un territorio muy amplio —observó Tamara—. ¿De cuánto es? ¿Doscientos kilómetros cuadrados?

—Más o menos. —Susan regresó a su mesa y tecleó algo en el ordenador—. Echemos un vistazo a las últimas fotografías de los satélites.

Tamara centró su atención en la gran pantalla de la pared.

—Espero que este no sea el único día del año en que las nubes tapan el Sáhara oriental… —masculló Susan—. Pues no, gracias a Dios. —Pulsó más teclas y el satélite mostró una ciudad con una pista de aterrizaje larga y recta en su borde norte—. Abéché —anunció. Cambió de imagen y apareció un páramo marrón—. Todas estas fotos han sido tomadas en las últimas veinticuatro horas.

Tamara tenía cierta experiencia a la hora de examinar fotografías tomadas vía satélite. Sabía que podía ser muy frustrante.

—Con tanto desierto podría esconderse un ejército entero —señaló.

Susan cambiaba de una foto a otra mostrando diferentes secciones del paisaje desértico.

—Si permanecen inmóviles, sí. Todo acaba cubierto de polvo y arena en un santiamén. Pero, cuando se mueven, son más fáciles de ver.

Tamara esperaba, sin mucha convicción, que no hubiera ni rastro del ejército sudanés. Así, Tab regresaría sano y salvo a Abéché por la tarde y volaría de vuelta a Yamena la mañana siguiente.

Susan gruñó.

Tamara vio como una columna de hormigas en la arena. Le recordó un programa de televisión que había visto sobre plagas. Entornó los ojos.

—¿Qué estamos viendo?

—Santo Dios, ahí están —contestó Susan.

Tamara recordó que la noche del jueves había pensado que tal vez fuera la última que compartiera con Tab. «No, por favor, no.»

Susan estaba copiando las coordenadas de la pantalla.

—Es un ejército de dos o tres mil hombres, más vehículos, todos con camuflaje para combatir en el desierto —dijo—. Diría que recorren una carretera sin pavimentar, así que avanzarán con lentitud.

—¿Son de los nuestros o de los suyos?

—Imposible saberlo a ciencia cierta, pero están al este de los campos de refugiados y se dirigen hacia la frontera, así que seguramente son sudaneses.

—¡Los has encontrado!

—Gracias a tu información.

—¿Dónde está el ejército chadiano?

—Hay una manera rápida de averiguarlo. —Susan cogió el teléfono—. Póngame con el general Touré, por favor.

—Tengo que contárselo a la CIA —dijo Tamara—. Deja que anote estas coordenadas.

Cogió un lápiz y arrancó una hoja del cuaderno de Susan.

Susan se puso a hablar en francés. Presumiblemente estaba hablando con el general Touré, ya que usaba el *tu* y no el *vous*, que es más formal. Le cantó las coordenadas de la ubicación del ejército sudanés y se calló para que el general pudiera anotarlas.

—Bueno, César, ¿dónde está tu ejército? —le preguntó dirigiéndose a él por su nombre de pila.

Susan repitió los números en voz alta mientras los anotaba.

Tamara también los apuntó.

—¿Y adónde has llevado a los periodistas? —añadió la coronel Marcus.

Cuando Tamara tuvo las tres series de coordenadas, cogió un taco de pósit de la bandeja del escritorio de Susan y se aproximó al mapa de la pared. Pegó las hojas en las posiciones de los dos ejércitos y la de los reporteros. Después contempló el mapa.

—Los periodistas están entre los dos ejércitos —advirtió—. Joder.

Tab corría un peligro mortal. Ya no era cosa de su malsana imaginación, sino un hecho puro y duro.

Susan le dio las gracias al general chadiano y colgó.

—Has hecho muy bien al avisarnos —dijo entonces a Tamara.

—Tenemos que rescatar a los civiles —señaló Tamara, pensando sobre todo en Tab.

—Desde luego —respondió Susan—. Necesitaré la autorización del Pentágono, pero eso no será un problema.

—Os acompañaré.

Era lógico que se apuntara, ya que les había proporcionado la información clave, así que Susan asintió.

—Vale.

—Hazme saber cuándo os marcháis y dónde nos encontramos.

—Por supuesto.

Tamara se dirigió a la puerta.

—Oye, Tamara —dijo Susan.

—¿Sí?

—Trae un arma.

15

Tamara se puso su chaleco antibalas y solicitó la pistola Glock de 9 milímetros que le había salvado la vida en el puente N'Gueli. En ausencia de Dexter, la estación de la CIA estaba dirigida por Michael Olson, quien no le puso ningún impedimento, al contrario de lo que Dexter seguramente habría hecho. Tamara y Susan fueron juntas en coche a la base militar del aeropuerto de Yamena, donde se reunieron con un pelotón de cincuenta soldados y se subieron a bordo de un gigantesco helicóptero Sikorsky, que los transportaba a todos con su respectivo equipamiento. A Tamara le dieron una radio con micrófono y auriculares para que pudiera hablar con Susan por encima del ruido de los rotores.

La aeronave iba llena.

—¿Cómo vamos a subir a cuarenta civiles a bordo en el viaje de vuelta? —le preguntó Tamara a Susan.

—Habrá que ir de pie —respondió.

—¿El helicóptero soportará tanto peso?

Susan sonrió.

—No te preocupes. Esta máquina es capaz de aguantar mucho peso. Fue diseñada originalmente para recuperar aeronaves derribadas en Vietnam. Puede sostenerse en el aire con otro helicóptero del mismo peso sujeto a él.

Tardaron cuatro horas en atravesar el Sáhara. En cierto modo,

Tamara no sentía miedo por ella, pero pensar que podía perder ahora, hoy, a Tab le resultaba un suplicio. Con solo imaginárselo, sintió náuseas y, por un instante, temió que le diera por vomitar delante de cincuenta soldados curtidos. Aunque el helicóptero volaba a ciento sesenta kilómetros por hora, parecía ir muy lento, como si estuviera quieto sobre ese paisaje inmutable de arena y piedra. Antes de que acabara el vuelo, se dio cuenta de que quería pasar el resto de su vida con Tab. No quería volver a estar separada de él como lo estaba ahora nunca, jamás.

Esta revelación le iba a cambiar la vida, y se imaginó las consecuencias. Estaba segura de que Tab sentía algo muy parecido. A pesar de su historial de matrimonios con hombres que no le convenían, pensaba que con él no se equivocaba. Sin embargo, había un centenar de preguntas para las cuales no tenía respuestas. ¿Adónde irían? ¿Cómo vivirían? ¿Tab quería tener hijos? Nunca habían hablado sobre eso. ¿Tamara quería tener niños? Nunca le había dado demasiadas vueltas al tema. «Pero sí, ahora sí quiero —pensó—. Con otros hombres, la idea no me entusiasmaba, pero con él sí.»

Tenía tanto en que pensar que el viaje se le hizo corto y se sorprendió al ver que descendían sobre Abéché. Como habían recorrido una distancia que bordeaba el rango de alcance del helicóptero, necesitaban repostar antes de iniciar la búsqueda del grupo de periodistas.

Abéché había sido una gran ciudad en el pasado; durante siglos, fue una parada en la ruta transahariana de los tratantes de esclavos árabes. Tamara se imaginó las recuas de camellos caminando con paso lento pero seguro a través del vasto desierto, las grandes mezquitas con cientos de devotos arrodillados, los palacios opulentos con harenes de bellezas aburridas y la miseria humana de los atestados mercados de esclavos. Después de que los franceses colonizaran el Chad, las enfermedades arrasaron prácticamente la población de Abéché. Ahora no era más que una ciudad pequeña con un mercado de ganado y algunas fábricas que producían mantas de pelo de camello. «Los imperios se erigen, y luego caen», pensó Tamara.

Había una pequeña base del ejército de Estados Unidos en el aeropuerto, cuya plantilla se renovaba cada seis semanas. Los miembros del turno actual ya tenían preparado el camión de reabastecimiento en la pista. En unos minutos, el helicóptero volvía a estar en el aire.

Viró hacia el este para dirigirse a la última ubicación conocida del grupo de prensa. Por fin Tamara se estaba acercando a Tab. Pronto sabría si estaba en apuros o no y si podría ayudarlo o no.

Un cuarto de hora después, divisaron un campamento lúgubre: hileras de viviendas improvisadas, cuyos aletargados habitantes estaban cubiertos de polvo, y senderos plagados de basura donde unos niños sucios jugaban con piedras. El piloto recorrió el lugar a lo largo y ancho en tres ocasiones: no había ni rastro de los periodistas.

Susan examinó el mapa, identificó cuál era el siguiente campo más cercano y dio una serie de indicaciones al copiloto. La máquina se elevó con rapidez y se dirigió al nordeste.

Unos minutos más tarde sobrevolaban una gran unidad militar que se desplazaba hacia el este.

—Son tropas del Ejército Nacional del Chad —dijo Susan por los auriculares—. Cinco o seis mil hombres. Tu información era correcta, Tamara. Superan en número a los sudaneses en una proporción de dos a uno.

Al oír esto, los soldados miraron a Tamara con un renovado respeto. Una buena información podía salvarles la vida, y tenían en muy alta estima a cualquiera que se la suministrara.

El campamento siguiente era similar al primero salvo por el hecho de que estaba emplazado en una cuesta poco pronunciada, con pequeñas lomas al este y oeste. Tamara buscó alguna señal que indicara que ahí había gente de ciudad: ropa de estilo occidental, gente con la cabeza al descubierto y gafas oscuras, lentes de cámaras que centellearan bajo la luz del sol. Entonces divisó dos autobuses, cuya pintura estaba cubierta de polvo, aparcados en fila en el centro del campamento. Cerca vio una blusa morada, luego una camisa azul, después una gorra de béisbol.

—Creo que es aquí.

—Yo también —dijo Susan.

Un pequeño helicóptero, que Tamara no había divisado antes, se elevó de repente desde el campo. Se ladeó y viró para alejarse del Sikorsky. Después se dirigió al oeste a gran velocidad.

—Dios mío, ¿qué era eso? —preguntó Tamara.

—Reconozco esa aeronave —contestó Susan—. Es el transporte personal del General.

«Eso ha sonado muy siniestro», pensó Tamara.

—Me pregunto por qué se marcha.

—Gana altura suficiente para que podamos inspeccionar los alrededores —ordenó Susan al piloto.

La aeronave se elevó.

Hacía un día despejado. Al este podían ver un ejército aproximándose, levantando una nube de polvo a su paso: eran los sudaneses.

—Joder —soltó Susan.

—¿A qué distancia están? —preguntó Tamara—. ¿A kilómetro y medio?

—Menos.

—Y en la dirección contraria, ¿a qué distancia están las fuerzas chadianas?

—A cinco kilómetros. En estos caminos del desierto sin pavimentar, se desplazan a unos quince kilómetros por hora. Llegarán aquí en veinte minutos.

—Ese es el tiempo que tenemos para rescatar a nuestra gente... y sacar a los refugiados del campo de batalla.

—Sí.

—Esperaba que pudiéramos entrar y salir de ahí antes de que llegaran los sudaneses.

—Ese era el plan. Ahora hay que aplicar uno nuevo.

Susan ordenó al piloto que aterrizara cerca de los autobuses y a continuación se dirigió a las tropas mientras el helicóptero descendía.

—Pelotones Uno y Dos, despliéguense por la loma este de inmediato. Disparen en cuanto el enemigo esté al alcance. Intenten que dé la impresión de que son diez veces más de los que realmente son. Pelotón Tres, crucen el campamento y digan a los periodistas que se reúnan junto a los autobuses y a los refugiados que huyan al desierto. Esperen. —Le preguntó a Tamara cómo se decía en árabe «¡Los sudaneses se acercan, huid!», y Tamara contestó por la radio para que todos pudieran oírla. Susan concluyó—: Nosotros permaneceremos en el aire para que yo pueda verlo todo. Ya les diré cuándo deben retirarse y dónde reagruparse.

El helicóptero aterrizó y se desplegó una rampa en la parte posterior.

—¡Vamos, vamos! —exclamó Susan.

Los soldados bajaron corriendo por la rampa. Tal y como les habían ordenado, la mayoría se dirigieron al este, pendiente arriba, hasta llegar al terreno situado cerca de la loma. El resto se dispersó alrededor del campo. Tamara fue en busca de Tab.

En cuanto los soldados hicieron correr el mensaje, unos cuantos refugiados abandonaron el campamento con cierta desgana; al parecer, no creían que se hallaran en una situación peligrosa.

La mayoría de los visitantes deambulaban de aquí para allá haciendo entrevistas y también obedecieron las órdenes con cierta desidia. El resto estaba reunido en torno a una mesa, donde la gente de la oficina de prensa del gobierno repartía bebidas que sacaban de una nevera y tentempiés en bolsas de plástico.

—Corren peligro —gritó Tamara a la gente del gobierno—. Hemos venido a sacarles de aquí. Digan a todo el mundo que se prepare para subir a ese helicóptero.

Reconoció a uno de los reporteros: Bashir Fakhoury.

—¿Qué pasa, Tamara? —le preguntó con un botellín de cerveza en la mano.

No tenía tiempo para informar a la prensa. Ignoró la pregunta y le dijo:

—¿Has visto a Tabdar Sadoul?

—Sí, hace un minuto —contestó Bashir—. Oye, no puedes darnos órdenes sin más. ¡Dinos qué está pasando!

—Vete a tomar por culo, Bashir —le soltó Tamara.

Y se alejó corriendo.

Desde el aire había visto que dos senderos largos y bastante rectos cruzaban el campo: uno se extendía más o menos de norte a sur y el otro de este a oeste. En ese instante decidió que la mejor forma de buscar a Tab era recorrer los dos a la carrera de punta a punta. No podía detenerse a mirar dentro de los edificios: tardaría demasiado y, para cuando los sudaneses llegaran, aún lo estaría buscando.

Cuando corría hacia el este, hacia los soldados de la loma, oyó un único disparo de fusil.

Reinó el silencio, un instante de estupefacción. Entonces Tamara oyó el crepitar de las balas: el resto de los soldados estadounidenses habían empezado a disparar. Hasta que unos disparos lejanos le indicaron que los sorprendidos sudaneses estaban respondiendo al ataque. Aunque el corazón le latía desbocado de puro miedo, siguió corriendo.

El ruido espabiló a la gente del campo. Todo el mundo salió de su tienda de campaña para ver qué ocurría. El ruido de los disparos era más eficaz que las instrucciones a viva voz, porque los refugiados huyeron del campo a todo correr, muchos llevando consigo a sus hijos u otras posesiones valiosas: una cabra, una cazuela de hierro, un fusil, un saco de harina. Los periodistas dejaron sus entrevistas a medias y corrieron hacia los autobuses sujetando con fuerza sus cámaras y arrastrando los cables de los micrófonos.

Tamara escrutó las caras, pero no vio a Tab.

Entonces comenzó el bombardeo.

Un mortero explotó a la izquierda de Tamara y destruyó una

casa; enseguida le siguieron varios más. La artillería sudanesa disparaba por encima de las cabezas de los soldados estadounidenses: su objetivo era el campo. Oyó gritos de miedo y chillidos de dolor de varios refugiados que habían resultado heridos. Los camilleros que había entre las tropas americanas extendieron varias camillas plegables y atendieron a las víctimas. Si antes los refugiados abandonaban el campamento corriendo, ahora lo hacían en estampida.

«Estate tranquila —se dijo Tamara—. Mantén la calma. Encuentra a Tab.»

Encontró a Dexter.

Casi se le pasó por alto. Delante de la entrada abierta de una casa, vio como un montón de harapos tirados en el suelo, pero, por alguna razón, echó un segundo vistazo, y entonces se dio cuenta de que se trataba del traje milrayas azul y blanco de Dexter, y que Dexter estaba ahí dentro.

Se arrodilló junto a él. Respiraba, pero a duras penas. No se apreciaban lesiones externas, salvo algunos rasguños, pero estaba inconsciente, así que debía de estar herido.

—¡Traigan una camilla! —gritó Tamara levantándose.

No vio a ninguno de los camilleros y tampoco hubo respuesta. Corrió veinte metros hacia el centro del campamento, pero tampoco vio a nadie. Regresó con Dexter. Sabía que mover a una persona herida era arriesgado, pero dejarlo ahí, a merced de los sudaneses, sería aún más peligroso, sin duda. Tomó una decisión rápida. Le dio la vuelta para que quedara boca arriba, lo levantó del suelo y se agachó para subírselo a la espalda; tras colocarse ese cuerpo inerte encima del hombro derecho, se enderezó. En cuanto estuvo de pie, pudo soportar su peso con más facilidad y fue andando hacia el helicóptero y los autobuses.

Había recorrido cien metros cuando vio a dos médicos.

—¡Eh! —gritó—. Echen un vistazo a este tipo, es de nuestra embajada.

Cogieron al inconsciente Dexter y lo tumbaron en una camilla. Tamara siguió avanzando.

Se percató de que algunos de los periodistas estaban grabando y tuvo que respetar su valor.

Casi todos los refugiados se habían marchado. Una anciana ayudaba a un hombre que cojeaba, y una adolescente intentaba llevar como podía a dos bebés que no paraban de berrear, pero todos los demás ya estaban fuera del campo, cruzando el desierto lo más rápido posible, abriendo distancia entre las armas y ellos.

¿Durante cuánto tiempo una treintena de soldados estadounidenses podrían mantener a raya a un ejército de dos mil efectivos? Tamara supuso que no serían capaces de aguantar mucho más.

El helicóptero estaba descendiendo. Susan se disponía a recoger a todo el mundo. ¿Dónde estaba Tab?

Entonces lo vio. Corría por el sendero que se extendía de norte a sur, tras los pasos de los refugiados que huían. Bajo el brazo izquierdo llevaba sin contemplaciones a una niña bastante grande. Tamara vio que era una cría de unos nueve años, que gritaba a pleno pulmón; probablemente le daba más miedo el desconocido que la había agarrado que los morteros que explotaban detrás.

El helicóptero aterrizó. Por los auriculares, Tamara oyó decir a Susan:

—Pelotón Tres, suban a los civiles.

Tab llegó a la periferia del campo, donde alcanzó a los últimos refugiados que huían, y dejó a la niña en el suelo, que salió corriendo al instante. Tab se dio la vuelta para regresar por donde había venido.

Tamara corrió a su encuentro. Tab la abrazó sonriendo de oreja a oreja.

—No sé por qué, pero estaba seguro de que participarías en este rescate.

Tamara tenía que admirar esos nervios de acero, esa capacidad de bromear incluso en el campo de batalla. Pero no estaba tan tranquila.

—¡Vámonos! —gritó—. ¡Hay que subir a ese helicóptero!

Echó a correr, y Tab la siguió.

En ese instante, Tamara oyó a Susan por los auriculares:

—Pelotón Dos, retírense y suban a bordo.

Tamara alzó la vista hacia la loma y vio que la mitad de los soldados retrocedían arrastrándose por el suelo; acto seguido, se levantaron y corrieron hacia el campo. Un hombre llevaba a un camarada, herido o muerto.

En cuanto los soldados llegaron al helicóptero, Susan ordenó:

—Pelotón Uno, retírense y suban a bordo. Corran como alma que lleva el diablo, chicos.

Siguieron su consejo.

Tamara y Tab llegaron al helicóptero y subieron justo por delante del Pelotón Uno. Todos los demás ya estaban a bordo. En la zona de pasajeros se apiñaban cien personas, algunas en camilla.

Tamara miró por la ventanilla del helicóptero y vio cómo el ejército sudanés alcanzaba la loma. Como intuían que la victoria era suya, ya no se mostraban tan disciplinados. Disparaban, pero apenas se molestaban en apuntar; malgastaban munición acribillando los refugios destartalados que se interponían entre ellos y los estadounidenses, que se batían en retirada.

Las puertas se cerraron de golpe y Tamara notó que el suelo se elevaba de repente. Miró de nuevo por la ventanilla y vio que todos los sudaneses apuntaban al helicóptero.

El terror se adueñó de ella casi por entero. Aunque las balas no podían penetrar el blindaje de la parte inferior de la aeronave, sí los podían derribar con un morterazo certero o disparando un proyectil con uno de esos lanzamisiles que se llevaban al hombro. Los motores podían quedar inutilizados, o un disparo afortunado podía alcanzar los rotores, y entonces… En ese instante se acordó de un dicho macabro que encantaba a los pilotos: «Un helicóptero planea tan bien como un piano de cola». Notó que estaba temblando cuando el aparato se elevó y los cañones de los fusiles siguieron su trayectoria ascendente. A pesar del ruido de los motores y los rotores, creyó oír el impacto de unas balas contra el blindaje. Se imaginó que aquella aeronave colosal, con un centenar de personas a bordo, caía al suelo, se hacía trizas y estallaba en llamas.

Entonces vio que los sudaneses centraban su atención en otro punto. Dejaron de mirar al helicóptero para posar sus ojos en otro lugar. Tamara siguió su mirada hasta la pendiente oeste. Vio allí al ejército chadiano, que coronaba la loma. Era un asalto más que un avance organizado, en el que los soldados disparaban a la vez que corrían. Algunos de los sudaneses devolvieron el fuego, pero enseguida quedó claro que los superaban en número, de modo que huyeron.

Los pasajeros del helicóptero lanzaron vivas y aplaudieron.

El piloto voló directamente hacia el norte para alejarse de ambos ejércitos y, en unos segundos, el helicóptero quedó fuera de su alcance.

—Creo que estamos a salvo —dijo Tab.

—Sí —contestó Tamara.

Tomó la mano de él y la apretó con fuerza.

A la mañana siguiente, la estación de la CIA en Yamena bullía de actividad. De un día para otro, el director de la CIA en Washington había lanzado una serie de preguntas: ¿qué había provocado la batalla? ¿Cuántas bajas había habido? ¿Había sido asesinado algún estadounidense? ¿Quién había ganado? ¿Qué le había pasado a Dexter? ¿Dónde diablos estaba Abéché? Y, lo más importante, ¿cuáles serían las consecuencias? Necesitaba respuestas antes de informar a la presidenta.

Tamara llegó pronto y se sentó a su mesa para redactar el informe. Comenzó hablando de su reunión del día anterior con Karim, a quien describió como «una fuente cercana al General». Daría su nombre si se lo pedían, pero no lo incluiría en un informe escrito si podía evitarlo.

Los demás fueron llegando poco a poco, y del primero al último le preguntaron qué le había ocurrido a Dexter.

—No lo sé —repetía ella cada vez—. Lo encontré inconsciente, pero no había indicios de lo ocurrido. A lo mejor se desmayó del susto.

Cuando el helicóptero paró a repostar, se habían llevado a Dexter al hospital de Abéché junto a otros heridos que iban en camilla. Tamara le sugirió a Mike Olson que enviara a un agente de bajo rango, quizá a alguien como Dean Jones, en el siguiente avión a Abéché, para que visitara el hospital y conociera de primera mano cuál era el diagnóstico del médico.

—Buena idea —respondió Olson.

Con Olson al mando, reinaba un ambiente más agradable y, no obstante, el trabajo se hizo igual de bien, por no decir mejor.

El General salió en las noticias matutinas pavoneándose.

—¡Les hemos dado una lección! —exclamó—. A partir de ahora se lo pensarán dos veces antes de enviar terroristas al puente N'Gueli.

—Señor presidente —intervino el entrevistador—, cierta gente comentó en su momento que usted reaccionó tarde a ese incidente.

No cabía duda de que el General estaba preparado para responder a esa pregunta.

—Los chinos tienen un proverbio —contestó—: «La venganza es un plato que se sirve frío».

Tamara sabía que no era un proverbio chino, sino una cita de una novela francesa, pero el mensaje quedaba claro en cualquier idioma. El General lo había planeado con sumo cuidado, había esperado al momento adecuado, y entonces había atacado; y estaba seguro de que había sido muy listo, desde luego.

Tamara incluyó todos los detalles en su informe. Luego se recostó y pensó en cómo evaluar la importancia de la batalla. La conversación que había tenido con Karim confirmaba lo que acababa de declarar el General: que les había tendido una emboscada en represalia por el tiroteo en el puente. Y su afirmación de que «había dado una lección» a los sudaneses fue confirmada por un informe del general Touré, que Susan había pasado a Tamara, donde se decía que los sudaneses habían sido derrotados totalmente.

Eso significaba que el gobierno de Jartum estaría furioso. Los sudaneses intentarían darle un giro a la batalla para no quedar tan mal en sus informes, pero tanto ellos como el mundo sabrían la verdad. Así que se sentirían humillados y querrían vengarse.

«A veces, la política internacional es como una *vendetta* siciliana», pensó Tamara. La gente se vengaba por lo que le habían hecho, como si no supiera que sus rivales seguramente se vengarían de esa venganza. Mientras se aplicara el ojo por ojo, el recrudecimiento sería inevitable: más ira, más venganza, más violencia.

Esa era la debilidad de los dictadores. Estaban tan acostumbrados a salirse con la suya que no esperaban que el mundo que existía más allá de sus dominios les negara nada. El General había comenzado algo que tal vez no sería capaz de controlar.

De ahí la importancia que tenía ese conflicto para la presidenta Green. Quería que el Chad fuera estable. Estados Unidos había apoyado al General porque era un líder capaz de mantener el orden, pero ahora estaba amenazando la estabilidad de la región.

Tamara finalizó el informe y se lo envió a Olson. Unos minutos después, este se acercó a su mesa con una copia impresa en la mano.

—Gracias por esto —dijo—. Es una lectura muy emocionante.

—Emocionante de narices —apostilló Tamara.

—De todas formas, cuenta casi todo lo que Langley necesita saber, así que lo he enviado tal cual.

—Gracias.

«Dexter lo habría reescrito —pensó Tamara—, y luego lo habría enviado con su firma.»

—Si quieres tomarte el resto del día libre, yo diría que te lo has ganado —dijo Mike.

—De acuerdo.

—Disfruta del descanso.

Tamara regresó a su apartamento y llamó a Tab. Él también se había pasado la mañana en la oficina redactando su informe para la DGSE, pero casi había acabado y lo iba a dejar ya por hoy. Quedaron en verse en casa de él y quizá saldrían a almorzar.

Tamara cogió un coche para ir al apartamento de Tab y llegó antes que él.

Entró usando su propia llave. Era la primera vez que estaba allí sin él. Dio una vuelta dejándose llevar por la sensación de que se sentía como en casa en el mundo privado de Tab. Ya había visto todo lo que había que ver, y además él le había dicho: «Míralo todo, no tengo secretos para ti», pero ahora podía mirar algo cuanto quisiera sin miedo a que él le preguntara: «¿Por qué te interesa tanto el armario del baño?».

Abrió el armario y contempló su ropa. Tenía doce camisas de color azul claro. Se fijó en varios pares de zapatos que nunca le había visto calzar. El armario entero olía a sándalo, y al final averiguó que las perchas de madera y las hormas de los zapatos estaban impregnadas con ese aroma.

Tenía un pequeño botiquín lleno de medicinas: paracetamol, tiritas, remedios para el resfriado y el ardor de estómago. Tamara no sabía que sufriera del estómago. En un estante para libros había una edición del siglo XVIII de las obras de Molière en seis volúmenes; en francés, por supuesto. Al abrir un tomo, se cayó una postal que rezaba así: «*Joyeux anniversaire, Tab. Ta maman t'aime*». «"Tu madre, que te quiere" —pensó—. Qué bonito.»

En un cajón tenía una carpeta con documentos personales: una copia de su certificado de nacimiento, sus dos títulos universitarios y una vieja carta de su abuela, escrita con la caligrafía cuidadosa de alguien que no suele escribir a menudo; evidentemente, se la había enviado cuando era un crío. En la carta lo felicitaba por haber aprobado los exámenes. A Tamara se le llenaron los ojos de lágrimas, sin saber muy bien por qué.

Tab llegó unos minutos después. Tamara estaba sentada en la cama con las piernas cruzadas y observó cómo se quitaba el traje, se lavaba la cara y se vestía con ropa informal. No parecía tener prisa por salir. Se sentó al borde la cama y se la quedó mirando un buen rato. Tamara no se sintió avergonzada porque la mirara así; de hecho, le encantaba.

—Cuando empezó el tiroteo… —dijo Tab al final.

—Tú agarraste a esa niña.

Tab sonrió.

—La muy descarada me mordió, ¿sabes? —dijo, y se miró la mano—. ¡No me hizo sangre, pero mira qué moratón!

Ella le cogió la mano y besó el moratón.

—Pobrecillo.

—Oh, no es nada, pero sí que creí que podía morir. Entonces pensé: «Ojalá hubiera pasado más tiempo con Tamara».

Tamara lo miró fijamente.

—Eso fue lo que pensaste cuando creías que ibas a morir.

—Sí.

—De camino hacia allí —dijo Tamara—, durante ese largo viaje por el desierto en helicóptero, pensé en nosotros y sentí algo similar. No quería estar lejos de ti nunca más.

—Así que ambos sentimos lo mismo.

—Lo sabía.

—¿Y ahora qué hacemos?

—Buena pregunta.

—Lo he estado pensando. Tú estás muy comprometida con la CIA. En cambio, yo no siento lo mismo por la DGSE. He disfrutado trabajando en inteligencia y, vaya, he aprendido mucho, pero no ambiciono llegar a lo más alto. He servido a mi país durante diez años y ahora me gustaría trabajar en el negocio familiar, y quizá asumir la gestión cuando mi madre quiera jubilarse. Me encantan la moda y el lujo, y eso a los franceses se nos da muy bien. Pero eso implica vivir en París.

—Me lo imaginaba.

—Si la Agencia te concediera el traslado... ¿te mudarías a París conmigo?

—Sí —respondió Tamara—. En un santiamén.

16

La temperatura se elevó de forma inmisericorde mientras el bus traqueteaba lentamente a través del desierto. Hasta entonces, Kiah no se había dado cuenta de que su antiguo hogar, a la orilla del lago Chad, era una de las zonas más frías del país. Siempre se había imaginado que el Chad entero era igual, y se había llevado una sorpresa desagradable al descubrir que hacía más calor en el casi deshabitado norte. Al principio del viaje, le había molestado que esas ventanas no tuvieran cristales, porque entraba una brisa polvorienta e irritante. Sin embargo, ahora que estaba sudada y se sentía incómoda con Naji sobre el regazo, le encantaba sentir el viento, aunque fuera caliente y áspero.

Naji estaba nervioso y de mal humor.

—Quiero *leben* —no paraba de decir.

Kiah no tenía ni arroz ni leche mazada ni medios para preparar nada. Aunque se lo acercó al pezón, enseguida se mostró descontento. Sospechaba que la leche de su pecho estaba perdiendo consistencia porque ella también estaba hambrienta. La comida que había prometido Hakim solía ser muy a menudo nada más que agua y pan rancio, y pan más bien poco. Cobraba un extra por facilitar ciertos «lujos», como mantas, jabón y cualquier otra comida que no fuera pan o gachas. ¿Había algo peor para una madre que saber que no podía alimentar a su hijo hambriento?

Abdul miró a Naji. Kiah no se avergonzaba de que le viera el pecho, al menos no tanto como debería. Después de dos semanas sentados uno al lado del otro todo el día, día tras día, había surgido cierta intimidad entre ambos por puro aburrimiento.

Abdul le habló a Naji.

—Había una vez un hombre llamado Sansón, que era el hombre más fuerte del mundo entero.

Naji dejó de gimotear y se tranquilizó.

—Un día Sansón estaba caminando por el desierto cuando, de repente, oyó el rugido de un león cerca… muy cerca.

Naji se llevó el pulgar a la boca y se arrimó a Kiah, al mismo tiempo que miraba fijamente a Abdul con unos ojos enormes.

Kiah había descubierto que Abdul era amigo de todo el mundo. Les caía bien a todos los pasajeros. Solía hacerles reír a menudo. Eso no la sorprendió: la primera vez que lo había visto, él vendía cigarrillos mientras bromeaba con los hombres y flirteaba con las mujeres, y recordó que los libaneses tenían fama de ser buenos hombres de negocios. En el primer pueblo donde el bus se había parado a pasar la noche, Abdul se había ido a un bar al aire libre. Kiah había ido al mismo sitio, con Esma y sus suegros, solo para cambiar de aires. Había visto a Abdul jugar a las cartas, sin ganar ni perder mucho, con un botellín de cerveza en la mano, aunque nunca parecía apurarlo. Sobre todo hablaba con la gente de temas en apariencia intrascendentes, pero luego Kiah reparó en que había averiguado cuántas esposas tenía cada hombre y qué tenderos no eran honrados y a quién temían todos. De ahí en adelante, actuaba de forma similar en cada pueblo o aldea.

Aun así, Kiah estaba segura de que todo era puro teatro. Cuando no estaba haciéndose amigo de todo el mundo, podía encerrarse en sí mismo, mostrarse distante, incluso deprimido, como un hombre con preocupaciones en su vida y tristezas en su pasado. Esto la había llevado a pensar, en un principio, que ella no le caía bien. Al cabo de un tiempo, llegó a creer que Abdul tenía doble personalidad. Y después que, debajo de todo eso, había un tercer hombre, uno que se tomaría la molestia de calmar a Naji contándole una historia que a un niño de dos años le gustaría y entendería.

El autobús seguía unos caminos apenas marcados que con frecuencia eran invisibles para Kiah. Gran parte del desierto estaba formado por rocas planas y duras cubiertas de una fina capa de arena, una superficie que requería conducir a poca velocidad. De vez en cuando, una lata de Coca-Cola tirada o un neumático destrozado confirmaban que iban por un camino y no se habían perdido en ese yermo.

Toda aldea era un oasis: la gente no podía vivir sin agua. Cada humilde asentamiento tenía un lago subterráneo, que solía emerger a la superficie en forma de estanque o pozo pequeño. A veces se secaban, como el lago Chad, y entonces la gente se tenía que ir a otro lugar, como estaba haciendo Kiah.

Una noche no tuvieron donde parar, así que cada uno durmió en su asiento en el autobús, hasta que el sol los despertó por la mañana.

En las primeras etapas del viaje, algunos hombres habían molestado a Kiah. Ocurría siempre de noche, cuando ya había oscurecido, cuando todos los pasajeros estaban tumbados en el suelo de alguna casa, o en un patio, o en unos colchones si tenían suerte. Una noche, uno de los hombres se le echó encima. Ella se resistió en silencio, pues sabía que, si gritaba o lo humillaba de alguna otra manera, sus amigos se vengarían y la acusarían de ser una puta. Sin embargo, él era demasiado fuerte y logró retirar la manta que la cubría. Entonces, de repente, se apartó de golpe, y Kiah se dio cuenta de que alguien se lo había quitado de encima. Bajo la luz de las estrellas vio que Abdul sujetaba al hombre contra el suelo agarrándolo del cuello con una sola mano, para evitar que hiciera algún ruido o, tal vez, incluso que respirara. En ese instante, oyó a Abdul susurrar:

—Déjala en paz o te mataré. ¿Entendido? Te mataré.

Después se fue. El hombre se quedó tumbado y jadeando durante un minuto y, acto seguido, se escabulló. Ni siquiera estaba segura de quién era.

A partir de entonces empezó a comprender a Abdul. Como Kiah se había dado cuenta de que no quería que lo tomaran por amigo de ella, delante de los demás lo trataba como a un desconocido: no charlaba con él, ni le sonreía, ni buscaba su ayuda cuando se esforzaba por hacer las tareas diarias con un niño de dos años en brazos que no paraba de retorcerse. Sin embargo, cuando estaba sentada junto a él en el autobús sí que le hablaba. Con tranquilidad y sin dramatismos, Kiah le habló de su infancia, de sus hermanos en Sudán, de su vida junto al lago menguante y de la muerte de Salim. Incluso le contó la historia del club nocturno llamado Bourbon Street. Abdul no le contó nada sobre su vida y ella nunca indagó al respecto porque intuía que sus preguntas no serían bien recibidas. No obstante, él sí solía hacer comentarios sobre lo que ella le contaba, así que Kiah cada vez lo comprendía mejor.

Ahora lo escuchaba hablar en voz baja con ese tono suyo relajante y su acento libanés.

—Con el índice y el pulgar, ella le cogió un mechón de pelo, pero él no se despertó, sino que siguió roncando. Le cortó el mechón con las tijeras, y él tampoco se despertó. Después cortó otro mechón. Chis, chas, hacían las tijeras, mientras Sansón roncaba y roncaba.

Kiah se acordó de la escuela de monjas, donde había oído por primera vez las historias de la Biblia, la de Jonás y la ballena, la de David y Goliat, la del arca de Noé. Allí había aprendido a leer y escribir, a dividir y multiplicar y a hablar un poco de francés. También había aprendido cosas de las otras chicas, algunas de las cuales sabían más que ella sobre los misterios de los adultos, como el sexo. Había sido una época feliz. De hecho, había tenido una vida feliz hasta ese día horrible en que habían traído el frío cadáver de Salim a su hogar. Desde entonces, todo habían sido decepciones y penalidades. ¿Acabaría alguna vez? ¿Volverían los días felices? ¿Llegaría a Francia?

De improviso, el autobús redujo la velocidad. Kiah miró hacia delante y vio que salía humo de la parte delantera del vehículo.

—¿Y ahora qué? —masculló.

Abdul seguía contando su historia:

—Y cuando se despertó por la mañana, estaba casi calvo y su hermosa melena estaba esparcida sobre la almohada. Y mañana sabremos qué pasó a continuación.

—¡No, ahora! —exclamó Naji, pero Abdul no le respondió.

Hakim detuvo el autobús y apagó el motor.

—El radiador se ha recalentado —anunció.

Kiah se asustó. El autobús se había averiado ya en dos ocasiones —y esa era la razón principal de que el viaje se prolongara más de lo esperado—, pero la tercera vez no iba a ser menos aterradora. No había nadie cerca, los móviles no funcionaban y rara vez veían algún otro vehículo. Si no podían arreglar el autobús, les tocaría caminar. Entonces tendrían dos opciones: o llegar a un oasis o morir, lo que sucediera primero.

Hakim cogió una caja de herramientas y salió del autobús. Abrió el capó para echar un vistazo al motor. La mayoría de los pasajeros bajaron para estirar las piernas. Naji correteó de aquí para allá, para deshacerse de la energía que le sobraba. Hacía poco que había aprendido a correr y estaba orgulloso de su rapidez.

Kiah y Abdul y varias personas más se colocaron detrás de Hakim para echar un vistazo al motor humeante. Ser capaz de arreglar motos y coches viejos era de vital importancia en las zonas más pobres del Chad y, aunque los varones solían asumir esa responsabilidad, Kiah tenía ciertos conocimientos.

Nada indicaba que hubiera una fuga.

Hakim señaló un trozo de goma con forma de serpiente que pendía de una polea.

—La correa del ventilador se ha roto.

Con cuidado, metió la mano en la maquinaria caliente y sacó la goma. Era de color negro, aunque tenía algunas manchas marrones; estaba desgastada y agrietada en algunos sitios. Kiah pudo ver que deberían haberla cambiado hacía tiempo.

Hakim regresó al autobús y sacó una caja grande de latón de

debajo de su asiento. La había sacado también en las averías anteriores. Dejó la caja en la arena, la abrió y rebuscó entre varias
piezas de repuesto: bujías, fusibles, varias juntas de cilindros y un
rollo de cinta adhesiva. Hakim arrugó el ceño y rebuscó de nuevo.

—No hay una correa del ventilador de repuesto.

—Estamos en apuros —susurró Kiah a Abdul.

—No del todo —replicó él, hablando también bajito—. Todavía no.

—Tendremos que improvisar —dijo Hakim. Miró a los pasajeros que lo rodeaban y clavó los ojos en Abdul—. Dame esa
faja —pidió señalando la prenda de algodón que llevaba Abdul
a la cintura.

—No —contestó Abdul.

—Necesito usarla provisionalmente como correa del ventilador.

—No funcionará —aseguró Abdul—. Necesitas algo con
más agarre.

—Hay una polea de resorte que hace las veces de tensor.

—Aun así, como es de algodón, se resbalará igual.

—¡Te lo ordeno!

En ese momento uno de los guardias intervino. Se llamaban
Hamza y Tareq, y fue Tareq, el más alto, quien habló. Se dirigió a
Abdul con una voz calmada que daba por sentado que no había
nada que discutir.

—Haz lo que dice.

Si bien Kiah se habría quedado aterrada si se hubiera dirigido
a ella, al igual que la mayoría de los hombres, Abdul ignoró a
Tareq y se dirigió a Hakim.

—Tu cinturón tiene mejor agarre —afirmó.

Hakim se sujetaba los vaqueros con un desgastado cinturón
de cuero marrón.

—Es lo bastante largo, sin duda —añadió Abdul.

Todo el mundo se echó a reír, porque Hakim tenía una cintura enorme.

—¡Obedece! —gritó Tareq furioso.

A Kiah le asombró que Abdul no diera muestras de temer a un hombre que llevaba un fusil de asalto colgado al hombro.

—El cinturón de Hakim funcionará mejor —dijo con calma.

Por un momento, dio la impresión de que Tareq iba a coger el fusil y amenazar a Abdul, pero debió de pensárselo mejor. Se volvió hacia Hakim.

—Usa tu cinturón —le ordenó.

Hakim se lo quitó.

Kiah se preguntó por qué Abdul le tenía tanto cariño a esa faja de algodón.

Hakim enrolló el cinturón alrededor de las poleas, lo abrochó y luego lo tensó. Cogió un garrafón de plástico de cinco litros de agua del interior del autobús y rellenó el radiador, que siseó y burbujeó hasta calmarse. Hakim volvió a entrar en el vehículo y arrancó el motor, luego salió de nuevo para echar una ojeada bajo el capó. Como Kiah ya podía ver, el cinturón cumplía con su cometido: hacía rotar el mecanismo de refrigeración.

Hakim cerró el capó de golpe. Estaba furioso.

Regresó al autobús sujetándose los vaqueros con una mano. Se sentó en el asiento del conductor y volvió a ponerlo en marcha. Los pasajeros subieron a bordo. Hakim aceleró el motor con impaciencia. Cuando el suegro de Esma, Wahed, iba a poner un pie de forma vacilante en las escaleras, Hakim desplazó el vehículo hacia delante de improviso y luego frenó en seco.

—¡Vamos, deprisa! —gruñó.

Kiah ya estaba en su asiento, con Naji en el regazo y Abdul junto a ella.

—Hakim está furioso porque le has vencido —comentó.

—Me he ganado un enemigo —dijo Abdul con pesar.

—Es un cerdo.

El autobús arrancó.

Kiah oyó un ligero zumbido. Un sorprendido Abdul sacó su móvil.

—¡Tenemos cobertura! —exclamó—. Debemos estar cerca de Faya. No había caído en que ahí tienen cobertura.

Se le veía exageradamente contento.

El móvil era más grande de lo que Kiah recordaba y se preguntó si Abdul tendría dos.

—Ya puedes llamar a tus novias —se burló.

Él se la quedó mirando un momento, sin sonreír.

—No tengo novia.

Abdul se concentró en el móvil. Por lo visto, estaba enviando unos mensajes que había escrito antes y había guardado. Entonces dudó, tomó una decisión y se puso a revisar unas fotografías. Kiah se dio cuenta de que Abdul había fotografiado a escondidas a Hakim, Tareq, Hamza y a algunas de las personas que se habían encontrado por el camino. Observó con el rabillo del ojo cómo sus dedos danzaban por la pantalla durante un minuto o dos. Abdul se aseguró de que nadie pudiera verle las manos salvo Kiah.

—¿Qué estás haciendo? —le preguntó ella.

Volvió a tocar la pantalla y a continuación apagó el móvil y se lo metió de nuevo bajo la túnica.

—Le he enviado unas fotos a una amiga de Yamena con un mensaje que dice: «Si me matan, estos hombres son los responsables».

—¿No te preocupa que Hakim y los guardias descubran lo que has enviado? —le susurró Kiah.

—Al contrario, así sabrán que no les conviene matarme.

Aunque creyó que le estaba contando la verdad, al mismo tiempo estuvo segura de que no era toda la verdad. Ese día había descubierto un sorprendente dato más sobre él: de toda la gente del autobús, él era el único que no temía a Tareq y a Hamza, a quienes incluso Hakim obedecía.

Abdul tenía un secreto, de eso no había ninguna duda, pero Kiah no se imaginaba cuál.

Pronto tuvieron a la vista la ciudad de Faya. Le preguntó a Abdul si sabía cuánta gente vivía allí —solía saber ese tipo de cosas— y, por supuesto, lo sabía.

—Alrededor de unas doce mil personas —respondió—. Es la ciudad más importante del norte del país.

Más bien parecía un pueblo grande. Kiah vio muchos árboles y muchos campos de regadío. Tenía que haber muchísima agua subterránea para sostener tanta explotación agrícola. El autobús pasó cerca de una pista de aterrizaje, pero no vio ningún avión ni ninguna señal de actividad.

—Hemos recorrido alrededor de mil kilómetros en diecisiete días —comentó Abdul—. Eso son algo menos de sesenta kilómetros al día; hemos ido más lentos de lo que esperaba.

El autobús se detuvo ante la entrada de una casa enorme del centro de la ciudad. Los pasajeros fueron guiados hasta un patio amplio, donde se les indicó que cenarían y dormirían. El sol ya se estaba poniendo, y casi todo eran sombras. Entonces aparecieron algunas jóvenes para darles de beber agua fría.

Hakim y los guardias se fueron en el autobús. Era de suponer que para comprar una correa del ventilador nueva y otra de repuesto, esperaba Kiah. Por lo que había ocurrido en paradas anteriores, sabía que aparcarían en algún lugar seguro y que alguno de los dos, o bien Tareq, o bien Hamza, se quedaría en el vehículo toda la noche. Pensó que, seguramente, nadie querría robar esa tartana. Pero, por lo visto, para ellos era algo muy valioso. Eso le daba igual, siempre que aparecieran con ese vehículo a la mañana siguiente para continuar el viaje.

Abdul también abandonó la casa. Kiah supuso que iría a un bar o a una cafetería, y que no les quitaría el ojo de encima a Hakim y los guardias.

En una esquina del patio había una ducha con una bomba manual tras una cortina, donde los hombres se podían duchar. Kiah le preguntó a una de las sirvientas si las mujeres y Naji se podían duchar en la casa. La chica entró y al rato apareció en la entrada y asintió. Kiah hizo una seña a Esma y Bushra, las otras dos únicas mujeres del autobús, y entraron todas en el edificio.

Aunque el agua subterránea estaba muy fría, Kiah se sintió muy agradecida por poder ducharse, así como por el jabón y las toallas que les proporcionó el dueño invisible de la casa; o más bien su esposa de más edad, supuso. Lavó su ropa interior y también la de Naji. Sintiéndose mejor, regresó al patio.

Cuando oscureció, encendieron unas antorchas. Después las sirvientas trajeron estofado de cordero con cuscús. Lo más seguro era que Hakim intentara cobrarle un extra a todo el mundo a la mañana siguiente. No dejó que eso le amargara una cena tan placentera. Le dio de comer a Naji el cuscús mojado en una salsa salada y unas cuantas verduras bien majadas. El niño comió con buen apetito. Ella también.

Abdul regresó cuando estaban apagando las antorchas. Se sentó a un par de metros de Kiah, de espaldas a la pared. Ella se tumbó con Naji, quien se durmió al instante. «Otro día más; unos cuantos kilómetros menos para llegar a Francia; y seguimos vivos», y pensando eso se durmió.

17

—¿**S**oy la única persona a la que le preocupa lo que está ocurriendo en el Chad? —preguntó Pauline. Nadie respondió, por supuesto—. Según todos los indicios, el conflicto se va a recrudecer —continuó—. Ahora, Sudán ha pedido a Egipto, su aliado, que envíe tropas para ayudar a combatir la agresión del Chad.

Era una reunión formal del Consejo de Seguridad Nacional, con el consejero de Seguridad Nacional, el secretario de Estado, la jefa de Gabinete y otros funcionarios clave, además de sus adjuntos. Pauline los había convocado a las siete en punto de la mañana. Estaban en la Sala del Gabinete, una estancia alargada y de techo alto con cuatro ventanales de arcos redondeados que daban a la Columnata Oeste. Había una mesa de conferencias ovalada de caoba, con veinte sillas tapizadas de cuero, sobre una alfombra roja con estrellas doradas. Las sillas para los adjuntos, más pequeñas, estaban apoyadas contra las dos paredes largas. En el extremo más alejado, había una chimenea que nunca se utilizaba. Como una ventana estaba abierta, Pauline podía oír vagamente el tráfico de la calle Quince, como el murmullo de un viento que sopla entre árboles distantes.

—Los egipcios aún no han accedido a esa petición —repuso Chester Jackson, el secretario de Estado—. Están enfadados con los sudaneses por no haberlos apoyado en la construcción de esa presa.

—Acabarán accediendo —señaló Pauline—. Esa riña por la presa es un tema menor. Sudán afirma que ha sido invadido. Justifican su derrota diciendo que fue un ataque sorpresa en la frontera. No es cierto, pero da igual.

—La presidenta tiene razón, Chess —dijo Gus Blake, el consejero de Seguridad Nacional—. Ayer, en Jartum, hubo manifestaciones nacionalistas muy convulsas en contra del Chad.

—Unas manifestaciones que, probablemente, ha organizado el gobierno.

—Cierto, pero eso nos indica adónde quieren ir a parar.

—Vale —admitió Chess—. Tienes razón.

—Y el Chad ha pedido a Francia que duplique sus fuerzas allí —señaló Pauline—. Y no me digáis que Francia no los va a ayudar. Francia se comprometió a proteger la integridad territorial del Chad y sus otros aliados en el Sahel. Además, hay mil millones de barriles de petróleo bajo las arenas del Chad, gran parte de los cuales pertenecen a la petrolera francesa Total. Aunque Francia no quiere pelearse con Egipto y quizá no quiera enviar más tropas al Chad, creo que tendrá que hacerlo.

—Ahora entiendo por qué has empleado antes el término «recrudecimiento» —comentó Chess.

—En breve tendremos a las tropas francesas y egipcias frente a frente en la frontera entre el Chad y Sudán, retándose mutuamente para ver quién dispara primero.

—Eso parece.

—Y la situación podría empeorar. Sudán y Egipto podrían pedir refuerzos a China, y Pekín podría enviárselos; los chinos se toman muy en serio lo de afianzar sus posiciones en África. Entonces Francia y el Chad pedirán ayuda a Estados Unidos. Francia es nuestra aliada en la OTAN, y nosotros ya tenemos tropas en el Chad, así que nos resultará muy difícil mantenernos al margen del conflicto.

—Das muchas cosas por sentado —observó Chess.

—Pero ¿me equivoco?

—No, no te equivocas.

—Y en ese momento estaremos al borde de una guerra entre superpotencias.

Por un momento, reinó el silencio en la habitación.

A Pauline le vino a la cabeza el País de Munchkin. Era como una pesadilla que no se esfumaba aunque el soñador se hubiera despertado. Vio de nuevo las hileras de catres en los barracones, el tanque de agua de casi veinte millones de litros y la Sala de Crisis con sus líneas telefónicas y sus pantallas. La atormentaba pensar que algún día acabaría viviendo en ese escondite subterráneo y sería la única persona que podría salvar a la raza humana. Y si llegaba el apocalipsis, sería culpa suya. Era la presidenta de Estados Unidos. No habría nadie más a quien echarle la culpa.

Y tenía que asegurarse de que James Moore nunca asumiría esa espantosa responsabilidad. Por defecto, era agresivo, y eso les encantaba a sus partidarios. Actuaba como si nunca nadie pudiera plantarle cara a Estados Unidos, olvidándose de Vietnam, Cuba, Nicaragua. Hablaba de un modo ofensivo y eso enorgullecía a sus fieles. Pero en el mundo, al igual que en el patio de un colegio, las palabras violentas provocan actos violentos. Un necio solo era un necio, pero un necio en la Casa Blanca era la persona más peligrosa del mundo.

—Dejadme ver si puedo calmar las aguas antes de que alguien eche más leña al fuego —dijo Pauline, y se volvió hacia la jefa de Gabinete—. Jacqueline, concierta una llamada con el presidente de Francia. Quiero hablar con él en cuanto esté disponible pero hoy sin falta.

—Sí, señora presidenta.

—También debo hablar con el presidente de Egipto, aunque primero tenemos que preparar el terreno. Chess, habla con el embajador saudí… Es un tal príncipe Faisal, ¿no?

—Sí, es uno de los varios saudíes que responden al nombre de príncipe Faisal.

—Pídele que hable con los egipcios y los incite a escuchar lo que tengo que decirles. Los saudíes son aliados de Egipto y deberían ejercer alguna influencia.

—Sí, señora presidenta.

—Quizá podamos detener esto antes de que todos se enfaden demasiado. —Pauline se levantó y todo el mundo la imitó. Entonces le dijo a Gus—: Acompáñame hasta la Residencia.

Gus salió tras ella.

—Eras la única persona en esa habitación consciente de la gravedad de la situación, ¿sabes? —le comentó él mientras recorrían la Columnata Oeste—. Todos los demás seguían considerándolo un insignificante altercado local.

Pauline asintió. Gus tenía razón. Por eso ella era la jefa.

—Gracias por enviarme el informe de esa testigo que presenció la batalla en el campo de refugiados. Una lectura muy entretenida.

—Pensé que te gustaría.

—Conozco a la mujer que lo escribió, Tamara Levit. Es de Chicago. Participó como voluntaria en mi campaña al Congreso. —Pauline hizo un esfuerzo por recordarla—. Una chica de pelo moreno, bien vestida, muy atractiva; todos los chicos le iban detrás. También era competente; la ascendimos a organizadora.

—Y ahora es una agente en la estación de la CIA en Yamena.

—Y no se asusta fácilmente. Leyendo entre líneas, se deduce que las bombas sudanesas explotaban a su alrededor mientras ella llevaba al hombro a su jefe, que estaba inconsciente.

—Me habría venido bien en Afganistán.

—La llamaré luego.

Llegaron a la Residencia. Pauline dejó a Gus y subió corriendo las escaleras hasta la planta familiar. Gerry estaba en el comedor, desayunando huevos revueltos y leyendo *The Washington Post*. Pauline se sentó a su lado, desplegó una servilleta y le pidió a la cocinera una tortilla francesa.

Pippa entró. Parecía adormilada, pero Pauline no hizo ningún comentario: había leído hacía poco que los adolescentes necesitaban dormir mucho porque estaban creciendo muy rápido y no porque fueran unos vagos. Pippa vestía una camisa de franela que le quedaba enorme y unos vaqueros gastados. Aunque en la escuela Foggy Bottom no había que llevar uniforme, se daba por sentado que los estudiantes debían vestir con ropa limpia y razonablemente bien cuidada. Pippa, sin duda alguna, rozaba los límites, pero Pauline recordó que, a esa edad, ella siempre había intentado vestirse de una manera que molestara a sus profesores sin incumplir del todo las normas.

Pippa se sirvió unos Lucky Charms en un tazón y les echó leche. Pauline se planteó si sugerirle que añadiera también unos cuantos arándanos, porque tenían muchas vitaminas, pero decidió que también era mejor no comentar nada. De todas formas, aunque la dieta de Pippa no fuera la ideal, su sistema inmunitario funcionaba a la perfección.

—¿Qué tal el cole, cariño? —optó por decirle.

Pippa parecía malhumorada.

—No estoy fumando hierba, no te preocupes.

—Me alegro mucho, pero yo me refería a las clases.

—La misma mierda un día más.

«¿De verdad me merezco esto?», pensó Pauline.

—Te faltan solo tres años para solicitar plaza en alguna universidad. ¿Tienes idea de adónde podrías ir y qué podrías estudiar?

—No sé si quiero ir a la universidad. La verdad es que no le veo sentido.

Pauline se quedó de una pieza, pero enseguida recuperó la compostura.

—Aparte de que el saber no ocupa lugar, supongo que sí tiene un sentido: ofrecerte más opciones en la vida. No me puedo imaginar qué clase de trabajo conseguirías a los dieciocho años si solo tuvieras el graduado escolar.

—Podría ser poeta. Me gusta la poesía.

—Podrías estudiar poesía en la universidad.

—Sí, pero también querrán que tenga lo que ellos llaman una «educación general amplia», lo cual quiere decir que me tocaría estudiar química y geografía y esas mierdas.

—¿Qué poetas te gustan?

—Los modernos, los que experimentan. Me da igual la rima y la métrica y todo eso.

«¿Por qué será que no me sorprende?», se dijo Pauline.

Aunque sintió la tentación de preguntarle a Pippa cómo se ganaría la vida siendo una poeta experimental de dieciocho años, se mordió la lengua. La respuesta era más que obvia. Que Pippa llegara sola a esa conclusión.

Entonces llegó la tortilla de Pauline, una excusa perfecta para dar por terminada la conversación. Cogió el tenedor con alivio. Poco después, Pippa acabó sus cereales.

—Hasta luego —dijo agarrando su mochila.

Y desapareció.

Pauline esperó a que Gerry comentara algo sobre la actitud de Pippa, pero permaneció callado y pasó a la sección de economía. Hubo un tiempo en que él y Pauline se habrían compadecido el uno del otro, pero eso no era lo habitual últimamente.

Siempre habían hablado de tener dos hijos, y a Gerry le entusiasmaba la idea. Sin embargo, tras la llegada de Pippa, lo de tener un segundo niño dejó de hacerle tanta gracia. Pauline ya era congresista por aquel entonces y, al parecer, Gerry estaba molesto porque se tenía que ocupar demasiado de la cría. No obstante, lo habían intentado, a pesar de que Pauline ya tenía por entonces treinta y muchos años. Llegó a quedarse embarazada, pero tuvo un aborto. A partir de ese momento, Gerry no quiso volver a intentarlo. Decía que le preocupaba la salud de Pauline, si bien ella se preguntaba si la verdadera razón no sería que no quería discutir más sobre quién llevaría al bebé al médico. Pese a que esta decisión había sido un duro golpe para ella, no se había peleado con él por eso: era un error tener un hijo que uno de los progenitores no deseaba.

Se fijó en que su marido vestía tirantes y una camisa elegante.

—¿Qué tienes hoy en tu agenda?

—Una reunión del consejo. Coser y cantar. ¿Y tú?

—Tengo que asegurarme de que no estalle una guerra en el norte de África. Coser y cantar.

Gerry se rio y, por un instante, Pauline sintió de nuevo una íntima conexión con él. Entonces dobló el periódico y se puso en pie.

—Será mejor que me ponga la corbata.

—Disfruta de tu reunión del consejo.

Él la besó en la frente.

—Buena suerte con el norte de África.

Y se fue.

Pauline regresó al Ala Oeste, pero, en vez de ir al Despacho Oval, se dirigió a la oficina de prensa. Había una docena de personas o algo así, la mayoría bastante joven, sentadas en sus puestos de trabajo leyendo o tecleando. En las paredes de alrededor había pantallas de televisión en las que podían verse programas informativos distintos. Los ejemplares de la prensa matutina estaban desperdigados por todas partes.

Sandip Chakraborty tenía una mesa en medio de la sala; lo prefería a tener un despacho privado: le gustaba estar en el meollo de todo. Se levantó en cuanto Pauline entró. Iba vestido con su peculiar combinación de traje y zapatillas deportivas.

—¿La noticia del problema en el Chad ha tenido alguna repercusión? —le preguntó Pauline.

—Hasta hace unos minutos, no, señora presidenta —contestó Sandip—. Pero James Moore acaba de hacer un comentario al respecto en la NBC. Ha dicho que usted no debería enviar tropas estadounidenses para que intervengan.

—Pero si tenemos allí una unidad contraterrorista de un par de miles de soldados.

—Moore no se entera de esas cosas.

—En fin, ¿en una escala del uno al diez?

—La noticia acaba de pasar del uno al dos.

Pauline asintió.

—Habla con Chester Jackson, por favor —le pidió—. Acuerda con él una declaración breve donde se señale que ya tenemos tropas en el Chad y otros países norteafricanos que combaten al Estado Islámico en el Gran Sáhara.

—¿Dejamos caer de paso que Moore es un ignorante? «El señor Moore no parece ser consciente de que...» ¿Algo así?

Pauline reflexionó un momento. La verdad es que no le gustaba que se lanzara esa clase de pullas en política.

—No, no quiero que Chess quede como un arrogante. Procura que tenga el tono de alguien que se limita a explicar los hechos con paciencia y amabilidad.

—Entendido.

—Gracias, Sandip.

—Gracias, señora presidenta.

Pauline se fue al Despacho Oval.

Allí se reunió con el secretario del Tesoro, pasó una hora con el primer ministro noruego, que estaba de visita, y recibió a una delegación de ganaderos. Almorzó en el Estudio: salmón hervido frío con ensalada, servido en una bandeja. Mientras comía, leyó una nota breve sobre la escasez de agua en California.

A continuación, habló por teléfono con el presidente de Francia. Chess acudió al Despacho Oval y se sentó con ella para escuchar la conversación con unos auriculares. Gus y unas cuantas personas más también la escucharían en remoto. Además contaban con unos intérpretes por si hacía falta, aunque Pauline y el presidente Pelletier se las solían apañar sin ellos.

Georges Pelletier era una persona tranquila y de trato fácil, pero, cuando las cosas se complicaban, siempre se preguntaba qué era lo mejor para los intereses de Francia y actuaba sin miramientos, así que Pauline no tenía nada claro que fuera a salirse con la suya.

—*Bonjour, monsieur le president* —saludó Pauline—. *Comment ça va, mon ami?*

El presidente francés respondió en un inglés coloquial perfecto.

—Señora presidenta, es usted muy amable al simular que

sabe hablar francés, ya sabe lo mucho que apreciamos ese detalle, pero al final será más fácil que ambos hablemos en inglés.

Pauline se rio. Pelletier podía ser encantador incluso cuando lanzaba una indirecta.

—Es un placer hablar con usted en cualquier idioma —le contestó.

—Lo mismo digo.

Se lo imaginaba en el Palacio del Elíseo, sentado frente al enorme escritorio presidencial en el esplendoroso Salón Doré, dando la impresión de haber nacido allí mismo, elegante a más no poder con su traje de cachemira.

—Es la una en punto de la tarde aquí, en Washington —dijo Pauline—, así que deben de ser las siete de la tarde en París. Supongo que está bebiendo champán.

—Mi primera copa del día, obviamente.

—*Salut*, entonces.

—Salud.

—Lo llamo para hablar sobre el Chad.

—Me lo suponía.

Pauline no tuvo que repasar todo lo que había ocurrido, porque Georges siempre estaba bien informado.

—Su ejército y el mío colaboran en el Chad combatiendo al EIGS, pero no creo que queramos vernos involucrados en una disputa con Sudán.

—Correcto.

—El peligro estriba en que, si hay tropas a ambos lados de la frontera, tarde o temprano a algún idiota se le puede ir la mano con el gatillo, y acabaremos librando una batalla que nadie quiere.

—Cierto.

—Mi idea es establecer una zona desmilitarizada de veinte kilómetros de ancho a lo largo de la frontera.

—Una idea excelente.

—Creo que los egipcios y los sudaneses accederán a mantener sus tropas a diez kilómetros de la frontera si usted y yo hacemos lo mismo.

Hubo un momento de silencio. Georges no era un pusilánime y ahora, como era de esperar, estaba haciendo cálculos con frialdad.

—A primera vista, parece una buena idea.

Pauline esperó a que añadiera un «pero».

Sin embargo, no lo hizo.

—Lo comentaré con los militares —añadió Georges.

—Seguro que darán su visto bueno —respondió Pauline—. No querrán una guerra innecesaria.

—Tal vez esté en lo cierto.

—Otra cosa —dijo Pauline.

—Ah.

—Tenemos que hacerlo nosotros primero.

—¿Quiere decir que debemos cumplir esa medida antes de que los egipcios acepten hacer lo mismo?

—Creo que en principio se mostrarán de acuerdo, pero no se comprometerán a nada hasta que nos vean actuar.

—Eso podría ser un escollo.

—Ahora mismo las tropas francesas no están cerca de la frontera, así que simplemente tiene que anunciar que va a respetar la zona desmilitarizada como un gesto de buena voluntad, con la firme esperanza de que la otra parte actúe del mismo modo. Usted quedará como un mediador sensato, cosa que ya es, por supuesto. Luego ya se verá qué ocurre. Si la otra parte no cumple, entonces podrá usted acercar sus tropas a la frontera cuando quiera.

—Mi querida Pauline, es usted muy persuasiva.

—Siento fastidiarle la tarde, Georges, pero ¿podría hablar con los militares ahora mismo? ¿Tal vez incluso antes de cenar? —Era una petición atrevida, pero Pauline odiaba las demoras: una hora pasaba a ser un día; y un día, una semana; y así morían las grandes ideas, asfixiadas—. Si pudiera darme el visto bueno antes de retirarse esta noche, yo podría avanzar el tema con los egipcios, y mañana por la mañana a lo mejor se despertaría usted en un mundo más seguro.

El presidente francés se echó a reír.

—Me cae bien, Pauline. Tiene algo que no sé definir. Creo que hay una palabra yidis para eso. *Chutzpah.*

—Me lo tomaré como un cumplido.

—Lo es. Tendrá noticias mías esta noche.

—Se lo agradezco mucho, Georges.

—No hay de qué.

Los dos colgaron.

—Permítame que le comente algo, señora presidenta —dijo Chess—. Es usted muy buena. Increíblemente buena.

—Veamos si esto funciona —respondió Pauline.

Tuvo una conversación similar con el presidente de Egipto. Si bien no fue tan cordial, el resultado fue el mismo: una respuesta favorable sin un acuerdo definitivo.

Esa noche, Pauline tenía que pronunciar un discurso en el Baile de los Diplomáticos, una fiesta anual organizada por un comité de embajadores con el fin de recaudar fondos para unas organizaciones benéficas que promovían la alfabetización. Grandes empresas que hacían negocios en el extranjero pagaban para reservar mesas con el fin de tener acceso a enviados diplomáticos importantes.

Según el código de vestimenta, había que llevar corbata negra. Los empleados de la Residencia habían sacado la ropa que Pauline había elegido con antelación: un vestido verde Nilo con un chal de terciopelo verde oscuro. Se puso una esmeralda en forma de lágrima como colgante y unos pendientes a juego, mientras Gerry se ponía unos gemelos.

La mayoría de las conversaciones de aquella velada serían intrascendentes, pero habría unas cuantas personas muy poderosas entre los invitados, y Pauline pretendía hacer algunos avances con su plan para el Chad y Sudán. Por experiencia propia, sabía que las decisiones importantes se tomaban en igual medida en eventos similares a aquel como en reuniones formales en torno a una mesa de conferencias. La atmósfera relajada, el alcohol, la ropa sexy y la comida deliciosa hacían que la gente bajara la guardia y se mostrara más flexible.

En esta clase de saraos, Pauline solía dar vueltas para charlar con el mayor número posible de personas durante los cócteles que se ofrecían antes de la cena; luego pronunciaba un discurso y antes de que sirvieran la cena se marchaba, pues por principios no perdía el tiempo comiendo con gente que no conocía.

Cuando salía, Sandip se cruzó con ella.

—Hay algo que quizá le gustaría saber antes de ir al baile —le dijo—. James Moore ha vuelto a hablar sobre el Chad.

Pauline suspiró.

—No falla. Siempre poniendo palos en las ruedas. ¿Qué ha dicho?

—Supongo que esta ha sido su respuesta a nuestra declaración de que ya tenemos tropas en el Chad. En fin, ha dicho que deberíamos retirarlas, para cerciorarnos de que no acaben involucradas en una guerra que no tiene nada que ver con Estados Unidos.

—Así que dejaríamos de formar parte de la lucha contra el EIGS, ¿no?

—Eso estaría insinuando, pero no ha mencionado al EIGS.

—Vale, Sandip, gracias por avisarme.

—Gracias, señora presidenta.

Pauline entró en un coche negro y alto con puertas blindadas y unas ventanillas antibalas de dos centímetros y medio de grosor. Delante había un coche idéntico con guardaespaldas del Servicio Secreto; detrás, otro con empleados de la Casa Blanca. A medida que el convoy arrancaba, Pauline intentaba controlar su enfado. Mientras ella impulsaba un plan de paz urgente, Moore manipulaba los hechos para que los estadounidenses tuvieran la impresión de que los arrastraba irreflexivamente hacia otra guerra en el extranjero. Como se suele decir: una mentira da media vuelta al mundo mientras la verdad aún se está calzando. Era exasperante que un fanfarrón como Moore pudiera socavar sus esfuerzos con tanta facilidad.

Como unos policías motorizados paraban el tráfico en cada cruce para que su coche pudiera pasar, solo tardaron unos minutos en llegar a Georgetown.

Cuando se acercaban a la entrada del hotel, comentó a Gerry:

—Nos separaremos nada más entrar, como siempre, si te parece bien.

—Claro —contestó él—. Así, quienes se lleven una decepción por no poder hablar contigo podrán conversar conmigo como premio de consolación.

Como Gerry hablaba sonriendo, Pauline tuvo la sensación de que a él no le importaba lo más mínimo.

El director del hotel la recibió en la puerta y la guio hasta la planta baja, escoltada en todo momento por los miembros del Servicio Secreto, que iban delante y detrás. De la sala de baile llegaba el bullicio de las conversaciones. Se alegró al ver una figura de hombros anchos esperándola al pie de las escaleras, Gus, que estaba increíblemente guapo vestido de esmoquin.

—Solo para que lo sepas —susurró—, James Moore está aquí.

—Gracias —contestó Pauline—. No te preocupes, lidiaré con él si me lo cruzo. ¿Y se sabe algo del príncipe Faisal?

—Que está aquí.

—Tráemelo si se te presenta la oportunidad.

—Déjalo en mis manos.

Pauline entró en la sala de baile y rechazó una copa de champán. El ambiente olía a cuerpos acalorados, canapés de pescado y botellas de vino vacías. Le dio la bienvenida una de las presidentas de las organizaciones benéficas, la esposa de un millonario, que llevaba un vestido de tubo de seda turquesa y unos tacones imposiblemente altos. Después se subió a un carrusel de emociones. Hizo preguntas brillantes sobre la alfabetización y mostró interés al escuchar las respuestas. Le presentaron al principal mecenas del baile, el presidente ejecutivo de una gran empresa de fabricación de papel, a quien le preguntó cómo iba el negocio. El embajador bosnio la acorraló y le imploró ayuda para desactivar minas terrestres, ochenta mil de las cuales estaban en su país. Aunque despertó su compasión, Estados Unidos no había colocado esas minas y no estaba dispuesta a gastar el dinero de los contribuyentes en desactivarlas, que para algo era una republicana.

Escuchó a todo el mundo con interés y se mostró encantadora, y se las arregló para disimular lo impaciente que estaba por centrarse en sus prioridades.

Se le aproximó la embajadora francesa, Giselle de Perrin, una mujer delgada de unos sesenta y tantos años que llevaba un vestido negro. ¿Qué noticias le traería de París? El presidente Pelletier podía haber respetado o roto el acuerdo.

Madame de Perrin le estrechó la mano a Pauline.

—Señora presidenta, he hablado con monsieur Pelletier hace una hora. Me ha pedido que le dé esto. —Sacó un papel doblado de su bolso de mano—. Me ha dicho que le complacerá.

Pauline desdobló la hoja con impaciencia. Era una nota de prensa del Palacio del Elíseo, con un párrafo resaltado y traducido al inglés.

El gobierno de Francia, preocupado por las tensiones en la frontera entre el Chad y Sudán, enviará inmediatamente 1.000 soldados al Chad para reforzar la misión que ya llevan a cabo allí. En un principio, las fuerzas francesas permanecerán como mínimo a diez kilómetros de la frontera, con la esperanza de que las fuerzas del otro lado actúen de igual manera, creando así una separación de veinte kilómetros entre los ejércitos, para evitar cualquier provocación accidental.

Pauline estaba encantada.

—Se lo agradezco, embajadora. Esto es muy positivo.

—De nada —respondió Giselle de Perrin—. Para Francia, siempre es un placer ayudar a nuestros aliados estadounidenses.

Eso no era cierto, pensó Pauline, pero no dejó de sonreír.

Entonces algo llamó su atención: la aparición de Milton Lapierre. «Oh, mierda, justo lo que me faltaba.» Pauline no esperaba que estuviera allí; no había ninguna razón para que acudiera. Había dimitido, y Pauline había propuesto a su sustituto en la vicepresidencia, que estaba pendiente de recibir la aprobación de ambas cámaras del Congreso. Sin embargo, como la historia de la aventura con Rita Cross, una cría de dieciséis años, aún no había llegado a los medios, sospechaba que él intentaba actuar como si no pasara nada.

Milt no tenía buen aspecto. Sostenía un vaso de whisky y llevaba algunas copas de más. Vestía un esmoquin caro, pero la faja se le caía y llevaba la pajarita medio suelta.

Los escoltas de Pauline se acercaron.

Al principio de su carrera política, Pauline había aprendido a mantener la calma en las situaciones bochornosas.

—Buenas noches, Milt —lo saludó. Recordó que lo habían nombrado director de una empresa que defendía los intereses de diferentes grupos de presión y añadió—: Felicidades por tu nuevo cargo en el consejo de Riley Hobcraft Partners.

—Gracias, señora presidenta. Ha hecho todo lo posible por arruinarme la vida, pero no ha tenido mucho éxito.

A Pauline le chocó lo intenso que era su odio.

—¿Arruinarte la vida? —replicó, mostrando lo que esperaba que fuera una sonrisa afable—. A personas mejores que tú y que yo las han despedido y lo han superado.

Milt bajó la voz.

—Me ha dejado —susurró.

Pauline no pudo sentir lástima de él.

—Mejor. Mejor para ella y mejor para ti.

—Tú qué sabrás —masculló.

Gus intervino y puso un brazo entre Pauline y Milt.

—Aquí está su excelencia el príncipe Faisal —anunció.

Gus hizo girarse a Pauline tocándola levemente para que diera la espalda a Milt. La presidenta oyó cómo uno de sus guardaespaldas distraía a Milt.

—Me alegra volver a verlo, señor vicepresidente —comentó el escolta en un tono cordial—. Espero que esté bien.

Pauline sonrió a Faisal, un hombre de mediana edad con una barba gris y una expresión recelosa.

—Buenas noches, príncipe Faisal —lo saludó—. He hablado con el presidente de Egipto, pero no se ha comprometido a nada.

—Eso es lo que nos han comentado. A nuestro ministro de Exteriores le gusta la idea de que haya una zona desmilitarizada entre el Chad y Sudán y ha llamado de inmediato a El Cairo. Pero los egipcios solo han dicho que se lo pensarán.

Pauline tenía la nota de los franceses en la mano.

—Mire esto.

Faisal la leyó rápidamente.

—Esto podría marcar la diferencia —señaló.

La presidenta volvió a sentirse animada.

—¿Por qué no le enseña esta nota a su amigo el embajador egipcio?

—Eso era justo lo que estaba pensando.

—Por favor.

Gus la agarró del brazo para conducirla hacia el podio. Casi había llegado el momento de su discurso. Habían permitido entrar a un equipo de televisión para grabarlo. Proyectarían un texto sobre la alfabetización en unas pantallas que el público no podía ver pero ella sí. Sin embargo, estaba pensando en salirse del guion, o al menos añadirle algún que otro comentario sobre el Chad. Aunque ojalá tuviera alguna buena noticia de la que informar, en vez de meras esperanzas.

Conversó unos instantes con algunas personas mientras los hombres del Servicio Secreto le abrían paso entre la multitud. Justo antes de llegar al corto tramo de escaleras, James Moore la saludó.

Le habló con educación aunque se mantuvo impasible.

—Buenas noches, James, y gracias por el interés que estás mostrando por el Chad.

Tuvo la sensación de que estaba a punto de cruzar la línea donde la cortesía se transformaba en hipocresía.

—Es una situación peligrosa —comentó Moore.

—Por supuesto, y lo último que queremos es que las tropas estadounidenses se vean involucradas.

—Entonces deberías traerlas a casa.

Pauline sonrió levemente.

—Creo que podemos hacer algo mejor.

Moore se quedó desconcertado.

—¿Mejor?

El senador Moore no tenía la capacidad intelectual necesaria para barajar diferentes opciones y sopesar sus pros y sus contras. Lo único que era capaz de hacer era pensar algo agresivo y soltarlo.

Pero Pauline no tenía una alternativa a lo que él acababa de proponer, solo la esperanza de tener una.

—Ya lo verás —contestó con más confianza de la que sentía, y siguió andando.

Al llegar a las escaleras se encontró con Lateef Salah, el embajador egipcio, un hombre pequeño de ojos brillantes y con un bigote negro. No era mucho más alto que Pauline. Con ese esmoquin, le recordó a un mirlo alegre. Le gustaba la energía que desprendía.

—Faisal me ha enseñado el anuncio de los franceses —le soltó sin más preámbulos—. Es un paso importante.

—Desde luego —dijo Pauline.

—Ahora es muy tarde en El Cairo, pero el ministro de Exteriores sigue despierto, y he hablado con él hace unos instantes.

Parecía muy satisfecho consigo mismo.

—¡Bien por usted! ¿Y qué ha dicho el ministro de Exteriores?

—Que daremos el visto bueno a la zona desmilitarizada. Solo estábamos esperando la confirmación por parte de los franceses.

Pauline disimuló su júbilo. Quería besar a Lateef.

—Es una noticia maravillosa, embajador. Gracias por hacérmelo saber tan rápido. Quizá mencione su anuncio en mi discurso, si no le importa.

—Nos encantaría. Gracias, señora presidenta.

La esposa del millonario vestida de seda turquesa captó su

atención. Pauline asintió para indicar que estaba preparada. La mujer pronunció un breve discurso de bienvenida y, acto seguido, la presentó. Pauline se acercó al atril mientras el público aplaudía. Cogió una copia impresa de su discurso de su bolso de mano y lo desdobló, no porque lo necesitara, sino para poder hacer algo teatral con él más adelante.

Habló sobre los logros de las fundaciones benéficas que promovían la alfabetización y de todo el trabajo que todavía les quedaba por delante tanto a ellas como al gobierno federal, pero no paraba de pensar en el Chad. Quería proclamar a los cuatro vientos lo que había conseguido, agradecer a los embajadores el papel que habían desempeñado y aplastar a James Moore sin parecer rencorosa. Le habría gustado tener una hora para pulir ese discurso, pero no podía dejar pasar la oportunidad, así que improvisaría.

Habló todo lo que debía hablar sobre la alfabetización y luego se refirió a los diplomáticos. Acto seguido, dobló ostentosamente el papel del discurso y lo guardó para que supieran que se iba a salir del guion. Se inclinó hacia delante, bajó la voz y habló con un tono más íntimo. En la sala reinó el silencio.

—Quiero contarles algo importante, hablarles de un acuerdo que salvará vidas, un acuerdo que el cuerpo diplomático de Washington ha alcanzado hoy; de hecho, gracias a algunas personas que están en esta sala. Han oído en las noticias que hay tensiones en la frontera entre el Chad y Sudán, saben que ya se han perdido vidas y son conscientes del peligro que supondría un recrudecimiento del conflicto, puesto que se sumarían otras naciones. Sin embargo, hoy nuestros amigos franceses y egipcios, con la ayuda y el apoyo de los saudíes y de la Casa Blanca, han acordado establecer una zona desmilitarizada de veinte kilómetros de ancho a lo largo de la frontera, lo que constituye un primer paso para rebajar la tensión y reducir el riesgo de que se produzcan más muertes.

Se calló para que pudieran asimilarlo.

—Así es como trabajamos para que haya paz en el mundo

—prosiguió, e intentó hacer un comentario jocoso—: Los diplomáticos hacen ruido en silencio. —Se oyeron algunas risitas—. Nuestras armas son la previsión y la sinceridad. Por eso, para terminar, no solo debemos dar las gracias a nuestras maravillosas fundaciones benéficas que promueven la alfabetización, sino que me gustaría que diéramos también las gracias a los diplomáticos de Washington, a los discretos negociadores que salvan vidas. Un aplauso para ellos.

Se oyó una gran ovación. Pauline aplaudió y el público la imitó. Miró a su alrededor, y sus ojos se cruzaron sucesivamente con los de cada embajador; asentía en señal de reconocimiento, sobre todo, ante Lateef y Giselle y Faisal. A continuación bajó del podio y el Servicio Secreto la escoltó a través de la multitud y la sacó por la puerta antes de que los aplausos amainaran.

Gus estaba justo detrás de ella.

—Has estado brillante —comentó entusiasmado—. Llamaré a Sandip para darle los detalles, si quieres. Debería publicar una nota de prensa sobre esto ahora mismo.

—Bien. Sí, hazlo, por favor.

—Tengo que volver dentro —se despidió Gus con pesar—. Solo unos pocos privilegiados pueden eludir ese salmón glaseado con chile. Pero me dejaré caer por el Despacho Oval más tarde, si te parece bien.

—Por supuesto.

Cuando entró en el coche, Gerry ya estaba allí.

—Bien hecho. Ha salido bien.

—Lo de la zona desmilitarizada debería ocupar mañana todas las primeras planas.

—Y la gente se dará cuenta de que, mientras que Moore no es más que un bocazas, tú sí que resuelves de verdad los problemas.

Pauline sonrió con cierta tristeza.

—Eso sería esperar demasiado.

Una vez en la Casa Blanca, fueron directamente a la Residencia y entraron en el comedor. Pippa ya estaba sentada a la mesa.

—No hacía falta que os vistierais tan elegantes solo por mí, aunque de todas formas aprecio el gesto —comentó al verlos tan arreglados.

Pauline se rio con ganas. Esta era la Pippa que más le gustaba, la graciosa e ingeniosa, y no la mustia y malhumorada. Cenaron filete con ensalada de rúcula y conversaron en un tono distendido. Luego Pippa regresó a su cuarto para continuar con sus deberes, Gerry se fue a ver golf en la tele y Pauline pidió que le sirvieran un café en el pequeño Estudio situado junto al Despacho Oval.

Se trataba de un espacio más privado, en el que no entraba la gente sin permiso. Durante las dos horas siguientes, pudo trabajar casi sin interrupciones. Revisó un montón de informes y memorandos. Gus entró a las diez y media, tras haberse escapado del baile. Se había quitado el esmoquin y se le veía relajado, y casi daban ganas de achucharlo con ese suéter de cachemira azul marino y esos vaqueros. Apartó los informes con alivio, contenta por tener a alguien con quien reflexionar sobre los acontecimientos del día.

—¿Qué tal ha ido el resto del baile?

—La subasta fue bien —contestó Gus—. Alguien pagó veinticinco mil dólares por una botella de vino.

Pauline sonrió.

—¡Quién pudiera beberla!

—Les ha encantado tu discurso; han hablado de él toda la noche.

—Estupendo. —Pauline estaba feliz, pero había predicado a los conversos. De toda la gente que había acudido al Baile de los Diplomáticos, muy pocos votarían a James Moore. Sus partidarios pertenecían a un estrato diferente de la sociedad estadounidense—. Veamos cómo reacciona la prensa más sensacionalista. —Encendió la tele—. En unos minutos, hablarán de las primeras ediciones en los canales de noticias.

Como aún estaban dando la información deportiva, quitó el sonido.

—¿Cómo te ha ido a ti el resto de la noche? —preguntó Gus.

—Bien. Pippa estaba contenta, para variar, y luego he estado un par de horas leyendo tranquila. Ojalá tuviera un cerebro más grande para digerir tantísima información.

Gus se rio.

—Conozco la sensación. Mi cabeza necesita una de esas ampliaciones de RAM que le puedes poner al portátil.

En cuanto empezaron a comentar las portadas de los periódicos, Pauline subió el volumen.

Al ver la primera plana del *New York Mail*, le dio un vuelco el corazón.

El titular rezaba:

PIPPA
LA FUMETA

—¡Oh, no! ¡No! —exclamó Pauline.

El presentador dijo: «La hija de la presidenta, Pippa Green, de catorce años de edad, se ha metido en un buen lío por fumar hierba en una fiesta celebrada en casa de un compañero de clase de su elitista instituto privado».

Pauline estaba anonadada. Miraba fijamente la pantalla, boquiabierta, perpleja, con las manos en las mejillas, sin dar crédito.

La portada ocupaba toda la pantalla. Aparecía un montaje fotográfico en color en el que salían juntas Pauline y Pippa: Pauline estaba furiosa y Pippa vestía una camiseta vieja y llevaba el pelo sucio. Eran dos imágenes extraídas de fotos distintas y las habían unido para mostrar algo que nunca había ocurrido, para que diera la impresión de que Pauline regañaba a su hija drogadicta.

La estupefacción dio paso a la ira. Pauline se levantó y se acercó a la tele.

—¡Me cago en vuestra puta madre! —le gritó—. ¡Que solo es una niña!

La puerta se abrió y un angustiado agente del Servicio Secreto echó un vistazo dentro. Gus le indicó con una mano que se fuera.

En la pantalla, el presentador pasó a comentar otros periódicos, pero todos los diarios sensacionalistas abrían sus ediciones con Pippa.

Pauline podía aceptar cualquier insulto dirigido contra su persona y reírse, pero no podía soportar que humillasen a Pippa. Estaba tan furiosa que quería matar a alguien: al reportero, al editor, al dueño del medio y a todos los imbéciles descerebrados que leían esa clase de basura. Los ojos se le llenaron de lágrimas de pura rabia. La dominaba el instinto primario de proteger a su hija, pero no podía hacerlo; se sentía tan frustrada que se habría tirado de los pelos.

—¡No es justo! —gritó—. Ocultamos la identidad de los niños que cometen asesinatos, pero crucifican a mi hija ¡solo por fumarse un puto porro!

Aunque la prensa seria tenía otras prioridades, Pippa salía en todas las portadas. El presentador no mencionó nada sobre el conflicto del Chad ni sobre el éxito de Pauline al conseguir que se estableciera una zona desmilitarizada.

—No me lo puedo creer.

El repaso a los periódicos llegó a su fin y el presentador dio paso a un crítico de cine. Pauline apagó la tele y se volvió hacia Gus.

—¿Y ahora qué?

—Creo que James Moore es el responsable de esto —respondió Gus con calma—. Lo ha hecho para que no se mencionara lo de la zona desmilitarizada en las portadas.

—Me da igual quién lo haya filtrado —replicó Pauline, y se dio cuenta de que estaba hablando en un tono más agudo del habitual—. Solo necesito saber cómo voy a afrontar esto con Pippa. Esta clase de humillaciones son las que empujan a las adolescentes al suicidio.

Se le volvieron a saltar las lágrimas; ahora eran lágrimas de pena.

—Ya —dijo Gus—. Mis hijas fueron adolescentes hace solo una década o algo así. Son capaces de pasarse una semana deprimidas porque alguien critique su laca de uñas. Pero tú puedes ayudarla a superarlo.

Pauline echó un vistazo a su reloj.

—Son más de las once, así que estará dormida y no se habrá enterado de la noticia. La veré mañana en cuanto se despierte. Pero ¿qué le digo?

—Dile que lamentas que haya pasado esto, pero que la quieres y que juntas lo superaréis. No es un plato de buen gusto, pero, por otro lado, nadie ha muerto, ni nadie ha contraído un virus letal, ni nadie va a ir a la cárcel. Sobre todo, dile que no es culpa suya.

Pauline lo miró fijamente. Ya se sentía más tranquila.

—¿Cómo has llegado a ser tan sabio, Gus? —le preguntó con un tono de voz un poco más normal.

Él tardó un momento en responder.

—Básicamente, escuchándote —respondió con serenidad—. Eres la persona más sabia que he conocido nunca.

Se sintió abochornada ante la inesperada intensidad de su confesión. Intentó quitarle importancia con una gracia.

—Si somos tan listos, ¿cómo es que tenemos tantos problemas?

Él se tomó la pregunta en serio.

—Quien hace el bien se gana enemigos. Piensa en cómo odiaban a Martin Luther King. Yo tengo una pregunta distinta, aunque creo que sé la respuesta. ¿Quién le contó a James Moore que Pippa había fumado marihuana?

—Estás pensando en Milt.

—Te odia lo suficiente. Esta noche lo ha demostrado. No sé cómo averiguó que Pippa fumaba hierba, pero no es difícil de imaginar… Deambulaba por aquí todo el rato.

Pauline se quedó pensativa.

—Creo que sé exactamente cuándo y cómo lo averiguó. —Recordó el momento—. Fue hace unas tres semanas. Yo había estado hablando de Corea del Norte con Milt y Chess. Entonces Gerry entró, Milt y Chess se marcharon, y Gerry me contó lo de la maría. Mientras lo comentábamos, Milt volvió para recoger algo que se había dejado. —Recordó que se había sobresaltado y que, al levantar la vista para ver quién era, vio cómo Milt cogía una bufanda morada—. Me pregunté entonces qué habría oído. Ahora ya lo sabemos. Sea como sea, reunió la suficiente información para que el *Mail* tuviera una noticia que publicar.

—Estoy seguro de que no lo harás, pero tengo que decírtelo: si quieres castigar a Milt, cuentas con medios a tu disposición.

—¿Te refieres a revelar el secreto de su aventura? Tienes razón, no lo haré.

—Ya. Tú no eres así.

—Además, no olvidemos que hay otra adolescente vulnerable en todo este lío: Rita Cross.

—Tienes razón.

El teléfono de Pauline sonó. Era Sandip. Se saltó los preámbulos y fue directo al grano.

—Señora presidenta, ¿le puedo sugerir cómo podríamos responder a la noticia que publicará mañana el *New York Mail*?

—Lo más escueto posible. No pienso hablar sobre mi hija con esas sabandijas.

—Exacto. Le propongo lo siguiente: «Este es un asunto privado y la Casa Blanca no hará ningún comentario al respecto». ¿Qué opina?

—Me parece perfecto. Gracias, Sandip.

Vio que Gus estaba que echaba humo. No había estallado de repente, como ella, sino que la procesión había ido por dentro y ahora estaba a punto de explotar.

—¿Qué quieren esos hijos de puta? —soltó.

Pauline se quedó un tanto sorprendida. Como el Ala Oeste era una zona de alta tensión, a la gente se le permitía soltar palabrotas, pero creía que a Gus nunca le había oído usar ese insulto en particular.

—Haces algo constructivo en vez de ser un bocazas —prosiguió él—, y te ignoran y van a por tu hija. A veces creo que nos merecemos tener a un gilipollas como Moore de presidente.

Pauline sonrió. Su enfado la animó. A medida que él daba rienda suelta a su ira, ella era capaz de ser más racional.

—La democracia es una forma horrible de gobernar un país, ¿verdad?

Como conocía esa frase, Gus la completó:

—Pero todas las otras son mucho peores.

—Y si esperas gratitud, no deberías estar en política.

De repente, Pauline se sintió muy cansada. Se puso de pie y se dirigió a la puerta.

Gus también se levantó.

—Lo que has hecho hoy ha sido una pequeña obra maestra de la diplomacia.

—Estoy satisfecha, me da igual lo que digan los medios.

—Espero que sepas lo mucho que te admiro. Llevo tres años observándote. Una y otra vez, has dado con la solución, con el enfoque correcto, con el argumento elocuente. Hace tiempo que me di cuenta de que tengo el privilegio de trabajar con un genio.

Pauline se quedó quieta, con la mano en el pomo de la puerta.

—Yo nunca he hecho nada sola. Formamos parte de un buen equipo, Gus. Tengo suerte de contar contigo y con tu inteligencia y amistad como apoyo.

Pero él no había terminado. Un torbellino de emociones se reflejó en su cara, hasta tal punto que Pauline era incapaz de adivinar qué sentía.

—Por mi parte, es algo más que una mera amistad —comentó Gus.

¿Qué quería decir? Lo contempló confundida. ¿Más que una mera amistad? Una respuesta se perfiló en su mente, pero no podía aceptarla.

—No debería haber dicho eso —añadió Gus—. Por favor, olvídalo.

Pauline se lo quedó mirando sin saber qué decir o hacer.

—Vale —dijo sin más.

Dudó un instante y, acto seguido, salió.

Volvió a paso rápido a la Residencia, seguida por su escolta del Servicio Secreto, sin dejar de pensar en Gus. Sus palabras sonaban a declaración de amor. Pero eso era ridículo.

Como Gerry se había ido a la cama y la puerta del dormitorio estaba cerrada, regresó al Dormitorio Lincoln. Se alegraba de estar sola. Tenía mucho en que pensar.

Le dio muchas vueltas a la conversación que iba a tener con Pippa mientras realizaba de forma mecánica las tareas de antes de acostarse que no requerían pensar: cepillarse los dientes, quitarse el maquillaje, meter las joyas en su caja. Colgó el vestido y tiró las medias a la cesta de la ropa sucia.

Programó la alarma para las seis en punto, una hora antes de que Pippa se despertara. Hablarían el tiempo que hiciera falta. Si Pippa no asistía a clase, no pasaría nada.

Pauline se puso un camisón y luego se acercó a la ventana, desde donde contempló el Jardín Sur y el Monumento a Washington. Pensó en George Washington, la primera persona que desempeñó el cargo que ella tenía ahora. Cuando él lo asumió, no existía la Casa Blanca. Nunca tuvo hijos y, en cualquier caso, a los periódicos de la época no les interesaba el comportamiento de los descendientes de sus líderes: tenían cosas más importantes de las que hablar.

Estaba lloviendo. Había una vigilia nocturna en la avenida de la Constitución; protestaban porque un poli blanco había matado a un hombre negro, y los manifestantes permanecían de pie bajo la lluvia con gorras y paraguas. Gus era negro, y tenía nietos a los que algún día les tendrían que contar que corrían un peligro especial si se topaban con la policía, y que necesitaban obedecer unas reglas estrictas para seguir sanos y salvos: nada de correr por la calle, nada de gritar; unas reglas que no se aplicaban a los chavales blancos. Daba igual que Gus ocupara uno de los cargos más altos del país y hubiera entregado su inteligencia y sabiduría a su patria; aun así, su raza seguía marcándolo. Pauline se preguntó cuánto tiempo tardaría esa clase de injusticia en desaparecer de Estados Unidos.

Se metió en la cama entre sábanas frías. Apagó la luz, pero no cerró los ojos. Había sufrido dos sobresaltos. Más o menos ya sabía qué le iba a decir a Pippa, pero no tenía ni idea de cómo iba a afrontar lo de Gus.

El problema estribaba en que se conocían desde hacía mucho tiempo.

Gus había sido consejero de política exterior en su campaña presidencial. Durante un año, habían viajado juntos compartiendo días de trabajo intenso y noches de dormir poco. Y se habían hecho amigos íntimos.

Pero hubo algo más. Nada del otro mundo, pero ella no lo había olvidado, y estaba segura de que él tampoco.

Había sucedido en el momento álgido de la campaña, cuando todo apuntaba a que Pauline iba a ganar. Habían vuelto de un mitin donde habían tenido un rotundo éxito: miles de personas la habían ovacionado en un estadio de béisbol durante un discurso brillante. Todavía emocionados, habían entrado los dos solos en un ascensor muy lento de un hotel bastante alto. Él la había abrazado y ella había ladeado la cara. Se habían besado apasionadamente, con la boca abierta, manoseándose de arriba abajo, hasta que el ascensor se detuvo y las puertas se abrieron, y cada uno se fue por su lado y se metió en su habitación sin mediar palabra.

Desde entonces no habían vuelto a hablar de aquello.

Pauline intentó recordar cuándo había sido la última vez que alguien se había enamorado de ella. Recordaba su romance con Gerry, por supuesto, pero poco a poco se había ido transformando en amistad, más que en una gran pasión, lo cual era algo habitual en ella. Nunca había intentado ser seductora o coqueta; siempre había muchas otras cosas que hacer. Los hombres no solían enamorarse de ella a primera vista, aunque era bien parecida. No, la gente le solía coger cariño gradualmente, a medida que la conocía. No obstante, unos cuantos hombres habían acabado confesándole su amor; y una mujer, ahora que lo pensaba. Había salido con algunos y se había acostado con unos pocos, pero era incapaz de sentirse como ellos: abrumada, loca de amor, desesperada por intimar con esa persona. Nunca había experimentado una pasión que le cambiara la vida, salvo su anhelo de hacer del mundo un lugar mejor.

Y ahora Gus se le había declarado.

Aunque lo suyo era algo imposible, obviamente. Una aventura entre ellos dos no se podría mantener en secreto, y cuando la noticia saltara, adiós a las carreras de ambos. También destruiría la pequeña familia de Pauline. De hecho, le arruinaría la vida. No se lo podía ni plantear. No había que tomar ninguna decisión, pues no había elección.

Una vez dicho esto, ¿qué opinaba, en teoría, sobre tener un romance con Gus?

Le gustaba mucho. Era compasivo y duro a la vez, lo cual era un equilibrio difícil de mantener. Había llegado a dominar el arte de dar consejos sin insistir en su punto de vista. Y era sexy. Se imaginó esas primeras carantoñas tanteando el terreno, esos besos cariñosos, esas caricias en el pelo, ese calor que desprendían sus cuerpos al estar tan cerca.

«Estarías ridícula —se dijo—: es treinta centímetros más alto que tú.»

Pero no era ridículo. Era otra cosa. Algo que la reconfortaba por dentro. Solo de pensarlo le gustaba.

Intentó alejar todos esos pensamientos de su mente. Era la presidenta: no podía enamorarse. Eso sería un huracán, un accidente de tren, una bomba nuclear.

Menos mal que eso nunca podría ocurrir.

18

El autobús partió de Faya y se dirigió al noroeste, hasta una zona conocida como la franja de Auzú. Allí los viajeros se enfrentaban a un nuevo peligro: las minas terrestres.

La franja de Auzú, que tenía unos cien kilómetros de ancho, había sido la causa de una guerra fronteriza en la que el Chad había derrotado a Libia, su vecino norteño. Tras la contienda, miles de minas terrestres quedaron abandonadas en el territorio que el Chad había conquistado. En algunos lugares había señales de advertencia: hileras de piedras pintadas de rojo y blanco en los márgenes de la carretera. Pero muchas permanecían ocultas.

Hakim afirmaba saber dónde estaban todas, pero se le veía más y más asustado a medida que el autobús avanzaba. Nervioso, aminoró la marcha y se cercioró, una y otra vez, de que estaba siguiendo la carretera, que no siempre era fácil de distinguir del desierto que la rodeaba.

Ahora se encontraban en el ardiente corazón del Sáhara. Incluso el aire sabía a chamuscado. Nadie se sentía cómodo. El pequeño Naji estaba desnudo y llorón; Kiah no paraba de darle sorbos de agua para asegurarse de que no se deshidrataba. Las montañas se alzaban imponentes en la lejanía. Su altura ofrecía una falsa promesa de un clima más frío, falsa porque, como las montañas eran intransitables para los vehículos con ruedas, había que rodearlas, por lo que el autobús no podía escapar de ese horno que era el suelo del desierto.

Abdul iba reflexionando que, en el pasado, los árabes no habrían viajado todo el día, sino que habrían despertado a los camellos antes del amanecer, les habrían colocado encima los cestos repletos de marfil y oro bajo la luz de las estrellas, y habrían atado juntos a los esclavos desnudos en unas cuerdas largas y espantosas, para poder partir al alba y descansar durante el abrasador mediodía. Sus descendientes modernos, con sus vehículos propulsados por gasolina y sus cargamentos de carísima cocaína y emigrantes desesperados, no eran tan listos.

Mientras el autobús se acercaba a la frontera con Libia, Abdul se preguntó cómo se las apañaría Hakim para pasar los controles fronterizos. La mayoría de los emigrantes no tenían pasaporte, y mucho menos visados u otros permisos de viaje. Muchos chadianos vivían toda su vida sin ningún tipo de documento identificativo. ¿Cómo iban a sortear inmigración y aduanas? Obviamente, Hakim tenía montado algún chanchullo, que casi con total seguridad implicaría sobornar a alguien, aunque tal vez eso fuera peligroso. El hombre que aceptó una mordida la última vez podía pedir el doble la siguiente. O su supervisor podía estar presente observando cada movimiento. O podía haber sido reemplazado por un fanático imposible de corromper. Estas cosas eran impredecibles.

La última aldea que había antes de llegar a la frontera era el sitio más primitivo que Abdul había visto jamás. Allí el principal material de construcción eran las finas ramas de los árboles, tan blancas y secas por efecto del sol como los huesos de los animales que habían muerto de sed en el desierto. Esos palos —pues no eran más que eso— se fijaban a unos travesaños para dar forma a unas paredes que se mantenían erguidas con precariedad. Los tejados estaban hechos de algodón y lonas. Había algunas viviendas mejores, una media docena de edificios diminutos de una sola habitación hechos de bloques de hormigón.

Hakim paró el autobús y apagó el motor.

—Aquí nos encontraremos con nuestro guía tubu —anunció.

Abdul había oído hablar de los tubus. Eran unos pastores nómadas que vivían alrededor de las fronteras entre el Chad, Libia y Níger, que se desplazaban sin cesar con sus rebaños y reses en busca de los escasos pastos. Durante mucho tiempo, los gobiernos de los tres países les habían considerado unos salvajes primitivos. Los tubus les trataban con el mismo desprecio: no reconocían ningún gobierno, no obedecían ninguna ley y no respetaban ninguna frontera. Muchos de ellos habían descubierto que traficar con personas y drogas era más fácil y lucrativo que criar reses. A los gobiernos nacionales les resultaba imposible controlar a una gente que nunca paraba de moverse, sobre todo cuando su hábitat se hallaba a cientos de kilómetros de desierto del edificio administrativo más próximo.

Sin embargo, el guía tubu no estaba allí.

—Vendrá —les aseguró Hakim.

En el centro de la aldea había un pozo con agua clara y fría, del que bebió todo el mundo.

Entretanto, Hakim tuvo una larga conversación con un residente, un anciano de mirada inteligente, seguramente el jefe no oficial de la aldea. Abdul no pudo oír de qué hablaban.

Llevaron a los viajeros hasta un recinto que contaba con unos cobertizos a los lados. Por el olor, Abdul supuso que lo habían usado para las ovejas, tal vez para proteger a las bestias del sol del mediodía. La tarde ahora llegaba a su fin: sin lugar a dudas, los pasajeros del autobús pasarían la noche allí.

Hakim requirió la atención de todos.

—Fouad me ha comunicado un mensaje —dijo, y Abdul dio por sentado que Fouad era el supuesto líder de la aldea—. Nuestro guía ha duplicado su precio y no vendrá hasta que se le pague ese extra. Habrá que poner veinte dólares por persona.

Estallaron las protestas. Los pasajeros se quejaron de que no podían permitírselo, y Hakim respondió que no lo iba a pagar él por ellos. Lo que sucedió a continuación fue una repetición acalorada de una discusión que ya se había producido varias veces en el viaje, cuando Hakim intentaba extorsionarlos para sacarles más dinero. Al final, la gente siempre tenía que apoquinar.

Abdul se levantó y abandonó el recinto.

Tras echar un vistazo por la aldea, llegó a la conclusión de que allí nadie estaba metido en el tráfico ni de drogas ni de personas, pues todos eran muy pobres. En las paradas anteriores había sido capaz de deducir quiénes eran los delincuentes locales porque tenían dinero y armas, y además estaban estresados, como suele ocurrir a los hombres que viven en los márgenes de la violencia y siempre están preparados para huir. Había anotado minuciosamente sus nombres, su descripción y con quién se relacionaban, y luego había enviado un informe muy largo a Tamara, desde Faya. No parecía haber hombres de esa calaña en aquel asentamiento tan lamentable. Sin embargo, en cuanto oyó mencionar al pueblo tubu, supo cuál era la explicación: en esa área, el tráfico ilegal estaba en manos de esa tribu.

Se sentó en el suelo cerca del pozo, con la espalda apoyada en la acacia que le daba sombra. Aunque desde allí podía ver gran parte de la aldea, un amplio matorral de tamarindos lo ocultaba de la gente que acudía al pozo: quería observar, no hablar. Se preguntaba dónde se había metido el guía, si no estaba en la aldea. No había otros asentamientos en muchos kilómetros a la redonda. Ese misterioso miembro de la tribu tubu que estaba en una tienda más allá de la colina ¿estaba esperando a que le dijeran que los emigrantes se habían rascado el bolsillo? Era muy posible que ni siquiera hubiera pedido más dinero, que solo fuera otro ardid de Hakim para extorsionarlos. El guía podía estar en una de esas chozas de la aldea comiendo un guisado de cabra con cuscús, descansando para el viaje del día siguiente.

Abdul vio salir a Hakim del recinto con cara de pocos amigos. Wahed, el suegro de Esma, lo seguía. Hakim se detuvo y los dos hombres conversaron. Wahed rogaba y Hakim decía que no. Aunque Abdul no pudo oír lo que hablaban, supuso que estaban discutiendo sobre el dinero extra para el guía. Hakim hizo un gesto despectivo y se marchó, pero Wahed lo siguió con los brazos abiertos en actitud suplicante, hasta que Hakim se detuvo, se giró y le habló violentamente para después seguir su camino. Abdul torció el gesto, asqueado: Hakim había sido muy agresivo y había humillado a Wahed. Abdul se sentía ofendido por lo que acababa de presenciar.

Hakim avanzó arrastrando los pies por el suelo polvoriento en dirección al pozo, y Esma salió del recinto caminando con paso enérgico y fue hacia él.

Se pararon junto al pozo a hablar, tal y como la gente había hecho durante miles de años. Abdul no podía verlos, pero sí podía escuchar su conversación con claridad; además era capaz de entenderlos porque dominaba ese rapidísimo árabe coloquial.

—Mi padre está muy enfadado —dijo Esma.

—¿Y eso a mí qué me importa? —respondió Hakim.

—No podemos pagar ese extra. Tenemos el dinero que debemos darte cuando lleguemos a Libia, el resto de lo que queda por pagar. Pero no más.

Hakim fingió indiferencia.

—Entonces tendréis que quedaros en esta aldea.

—Pero eso es absurdo —replicó Esma.

«Desde luego», pensó Abdul. ¿Qué tramaba Hakim?

—Dentro de unos días te pagaremos dos mil quinientos dólares —insistió Esma—. ¿De verdad estás dispuesto a perderlos solo porque no puedo darte veinte más?

—Sesenta —la corrigió Hakim—. Veinte por ti, veinte por tu suegra y veinte por el viejo.

«Discute por una miseria», pensó Abdul.

—No los tenemos —contestó Esma—, pero podemos conseguirlos cuando lleguemos a Trípoli. Le pediremos a mi marido que nos mande más dinero desde Niza… te lo prometo.

—No quiero promesas. Los tubus no las aceptan como pago.

—Entonces no tenemos elección —admitió perpleja y exasperada—. Tendremos que quedarnos en este sitio hasta que alguien pase por aquí y nos lleve de vuelta al lago Chad. Nos habremos gastado el dinero que mi marido ganó construyendo todos esos muros para los franceses ricos.

Esma sonaba de lo más desdichada.

—A menos… —repuso Hakim— que se te ocurra otra forma de pagarme, monada.

—¿Qué estás haciendo? ¡No me toques!

Abdul se puso tenso. Su instinto le pedía que interviniera. Reprimió el impulso.

—Como quieras —respondió Hakim—. Solo intento ayudarte. ¿Por qué no quieres ser buena conmigo?

«Esto es lo que pretendía Hakim desde el principio. No debería sorprenderme», pensó Abdul.

—¿Estás insinuando que aceptarás sexo en vez de dinero?

—No seas tan grosera, por favor.

«La mojigatería del abusador sexual. No quiere oír a las claras lo que quiere obligarla a hacer. Qué ironía tan lamentable.»

—¿Y bien? —preguntó Hakim.

Reinó un largo silencio.

Eso era lo que realmente quería Hakim, pensó Abdul. Los sesenta pavos le daban igual. Si no había dado su brazo a torcer, solo había sido para que ella aceptara pagarle de ese otro modo.

Abdul se preguntó a cuántas otras mujeres había planteado esa espantosa disyuntiva.

—Mi marido te mataría —contestó Esma.

Hakim se rio.

—No, no lo haría. Aunque quizá a ti sí.

—Vale —dijo Esma al final—. Pero solo con la mano.

—Ya veremos.

—¡No! —insistió—. Nada más.

—De acuerdo.

—Ahora no. Luego, cuando oscurezca.

—Sígueme cuando deje el recinto después de la cena.

—Podría pagarte el doble cuando lleguemos a Trípoli —insistió Esma con un matiz de desesperación en la voz.

—Más promesas.

Abdul oyó cómo las pisadas de Esma se alejaban. Se quedó donde estaba. Un poco más tarde, oyó que Hakim también se marchaba.

Observó la aldea un par de horas más, pero no sucedió nada, salvo que la gente iba y venía del pozo.

Cuando el cielo se oscureció, Abdul regresó al recinto. Algunos de los habitantes de la aldea estaban preparando la cena supervisados por Fouad, y flotaba en el aire un agradable aroma a comino. Se sentó en el suelo cerca de donde Kiah estaba dando el pecho a Naji.

Kiah, que era muy observadora, comentó:

—Me he fijado en que Esma ha estado hablando con Hakim.

—Sí.

—¿Los has oído hablar?

—Sí.

—¿Y de qué han hablado?

—Él le ha dicho que, si no tenía dinero, podía pagarle de otra manera.

—Lo sabía. Vaya cerdo.

Discretamente, Abdul metió una mano en su túnica y abrió el cinturón donde guardaba el dinero. Ahí tenía billetes de diversas divisas, ordenados de tal modo que podía cogerlos sin mirar. En África, al igual que en Estados Unidos, dejar que la gente viera que llevabas mucha pasta encima era una estupidez.

Con cuidado, sacó tres billetes de veinte dólares americanos. Los tapó con la mano, echó un vistazo para comprobar que era lo estipulado y luego los dobló hasta formar un paquetito que pasó a Kiah.

—Para Esma.

Kiah los escondió en algún lugar de su túnica.

—Que Dios te bendiga —le contestó.

Un poco más tarde, cuando se pusieron en fila para que les dieran la cena, Abdul vio que Kiah le entregaba algo a Esma con disimulo. Un instante después, una feliz y agradecida Esma la abrazó y besó.

La cena consistió en pan sin levadura y sopa de verduras engordada con harina de mijo. Si tenía algo de carne, a Abdul no le había tocado nada.

Abdul salió del recinto justo antes de ir a dormir. Se lavó la cara y las manos con agua del pozo. Al regresar, pasó junto al autobús, donde Hakim estaba con Tareq y Hamza.

—No eres de este país, ¿verdad? —le preguntó Hakim con un tono desafiante.

Abdul dio por hecho que Hakim, que se moría de ganas de que le hicieran una paja, se había llevado un chasco cuando le habían entregado los sesenta pavos. Tal vez se hubiera fijado en que Esma había abrazado y besado a Kiah, y había supuesto que era ella quien le había dado el dinero. Kiah podía tener dinero escondido, por supuesto, pero si lo hubiera obtenido de otra persona, entonces, según Hakim, habría sido de Abdul. Los granujas taimados a veces se las sabían todas.

—Y a ti qué más te da de dónde sea —contestó Abdul.

—¿De Nigeria? —preguntó Hakim—. Por tu forma de hablar, no pareces nigeriano. ¿De dónde es ese acento?

—No soy nigeriano.

Hamza sacó un paquete de cigarrillos y se llevó uno a la boca; eso indicaba que se estaba poniendo nervioso, pensó Abdul. De un modo casi reflejo, Abdul sacó el mechero rojo de plástico que siempre había utilizado con sus clientes y le encendió el pitillo a Hamza. Aunque ya no necesitaba el encendedor, lo había conservado porque intuía vagamente que algún día podría serle útil. A cambio, Hamza le ofreció un cigarrillo de la cajetilla. Abdul lo rechazó.

Hakim reanudó el ataque.

—¿De dónde era tu padre?

Le estaba echando un pulso. Hakim estaba retando a Abdul delante de Hamza y Tareq.

—De Beirut —respondió Abdul—. Mi padre era libanés. Era cocinero. Hacía unos rollitos dulces de queso muy buenos.

Hakim lo miró con desdén.

—Está muerto —añadió Abdul—. A Dios pertenecemos y a él volvemos.

Era un dicho musulmán, el equivalente a «Descanse en paz». Abdul se dio cuenta de que Hamza y Tareq se mostraban de acuerdo.

Prosiguió hablando con más lentitud y más seriedad.

—Deberías tener cuidado con lo que dices sobre el padre de un hombre, Hakim.

Hamza lanzó una bocanada de humo y asintió.

—Diré lo que me dé la gana —le soltó Hakim fanfarroneando. Miró a los dos guardias de quienes dependía su protección y se dio cuenta de que Abdul estaba socavando su lealtad.

Abdul se dirigió a los guardias en vez de a Hakim.

—Fui conductor en el ejército, ¿sabéis? —comentó como quien no quiere la cosa.

—¿Y qué? —replicó Hakim.

Abdul lo ignoró aposta.

—Primero conduje vehículos blindados, luego tractocamiones para transportar tanques. Es difícil manejar un tractocamión por las carreteras del desierto. —Se lo estaba inventando sobre la marcha. Nunca había conducido un tractocamión, nunca había servido en el Ejército Nacional del Chad ni en ninguna otra fuerza militar—. Estuve en el este, casi siempre, cerca de la frontera sudanesa.

Hakim estaba perplejo.

—Pero ¿a qué viene esto? —preguntó con un tono agudo, teñido de frustración—. ¿De qué estás hablando?

Abdul señaló a Hakim con el pulgar con insolencia.

—Si muere —les dijo a los guardias—, yo podré conducir el autobús.

Era una amenaza de muerte velada a Hakim. ¿Cómo reaccionarían Hamza y Tareq?

Ninguno de los guardias dijo esta boca es mía.

Hakim pareció recordar que la misión de los guardias era proteger la cocaína, no a él, y se percató de que había quedado fatal.

—Aparta de mi vista, Abdul —protestó sin fuerzas.

Acto seguido, le dio la espalda.

Abdul tenía la sensación de que se había ganado sutilmente la lealtad de los guardias. Hombres como Hamza y Tareq respetaban la fuerza. Su fidelidad a Hakim se había visto socavada por su fracaso al intentar amedrentar a Abdul. Había sido un acierto decir «A Dios pertenecemos y a él volvemos». Como yihadistas del Estado Islámico en el Gran Sáhara, los dos guardias debían de haber murmurado a menudo esas palabras ante los cadáveres de camaradas asesinados.

Tal vez incluso empezaban a considerar a Abdul uno de los suyos. En todo caso, si tuvieran que elegir entre Hakim y él, ahora, quizá, al menos titubearían.

Abdul no dijo nada más. Se adentró en el recinto y se tumbó en el suelo. Mientras esperaba a que lo venciera el sueño, reflexionó sobre lo acontecido en el día. Seguía vivo, seguía acumulando información muy valiosa para la guerra contra el EIGS. Había esquivado las preguntas desafiantes de Hakim. Aun así, su tapadera se estaba debilitando. Había empezado el viaje siendo un desconocido para todos, un hombre del que no sabían nada y que les importaba aún menos. Pero ya no desempeñaba ese papel, y ahora era consciente de que a la larga habría sido imposible hacerlo, dada la intimidad que había compartido el grupo. Ahora era una persona para ellos, un extranjero y un solitario, sí, pero también un hombre que ayudaba a mujeres vulnerables y que no tenía miedo a los bravucones.

Había hecho una amiga, Kiah, y se había ganado un enemigo, Hakim. Para ser un agente encubierto, había cometido dos errores.

El guía tubu estaba allí por la mañana.

Entró en el recinto pronto, cuando aún hacía fresco, mientras los pasajeros estaban desayunando pan y té aguado. Era un hombre alto de piel oscura con una túnica y un turbante blancos, y tenía una mirada distante que hizo pensar a Abdul en un orgulloso nativo americano. Bajo la ropa, en el costado izquierdo, entre las costillas y la cadera, había un bulto que podía ser un revólver de cañón largo, tal vez un Magnum, metido en una pistolera improvisada.

Hakim estaba con él en medio del patio.

—¡Escuchadme! —exclamó—. Este es Issa, nuestro guía. Debéis hacer todo lo que diga.

Issa dijo cuatro palabras. Era evidente que el árabe no era su lengua materna, y Abdul se acordó de que los tubus hablaban un idioma propio llamado teda.

—No tenéis que hacer nada —indicó Issa, vocalizando con cuidado—. Yo me ocuparé de todo. —Hablaba en un tono para nada afable, frío y directo al grano—. Si os preguntan, responded que sois buscadores de oro y que vais a las minas de oro del oeste de Libia. Aunque no creo que os interroguen.

—Muy bien, ya tenéis vuestras instrucciones —señaló Hakim—. Ahora subid rápido al autobús.

—Issa parece fiable, al menos —comentó Kiah a Abdul—. Bueno, confiaría más en él que en Hakim.

Abdul no lo veía tan claro.

—Parece competente —dijo—. Pero no sé qué hay en su corazón.

Eso dio que pensar a Kiah.

Issa fue el último en subir, y Abdul observó con interés cómo inspeccionaba el interior hasta ver que no había ningún asiento libre. Tareq y Hamza, como era habitual, estaban despatarrados sobre dos asientos cada uno. Dio entonces la impresión de que Issa tomaba una decisión, ya que se colocó delante de Tareq. No dijo nada y su cara permaneció impasible, pero lo miró fijamente y sin pestañear.

Tareq le devolvió la mirada como si esperara a que el guía dijera algo.

Hakim arrancó el motor.

Sin darse la vuelta, Issa ordenó con calma:

—Apaga el motor.

Hakim lo miró.

—Apágalo —repitió Issa sin más, con la mirada fija en Tareq.

Hakim giró la llave del contacto y el motor se paró.

Tareq se enderezó, cogió su mochila del asiento de al lado y se apartó para dejarle pasar.

Issa se limitó a señalar el otro asiento doble, el ocupado por Hamza.

Tareq se levantó, cruzó el pasillo con la mochila en una mano y su fusil de asalto en la otra y se sentó junto a Hamza; ambos tenían ahora las mochilas sobre las rodillas.

Issa miró a Hakim.

—Arranca —le ordenó.

Hakim arrancó el motor de nuevo.

Pronto le quedó claro a Abdul que ese duelo no se había dado meramente para establecer quién era el macho alfa: Issa necesitaba las dos mitades de ese asiento delantero. Observaba la carretera con una concentración inquebrantable, a menudo iba al asiento de la ventanilla para mirar por ella y luego volvía al asiento del pasillo para mirar hacia delante. Cada pocos minutos, le daba a Hakim alguna que otra indicación, casi siempre mediante gestos, para señalarle dónde estaba la carretera cuando sus márgenes eran imperceptibles, para ordenarle que girara a un lado, para hacerle reducir la velocidad cuando el suelo estaba plagado de piedras, para animarlo a ir más rápido cuando la carretera estaba despejada.

Llegados a un punto, Issa lo guio para que dejara la carretera y avanzara por un terreno accidentado con el fin de poner tierra de por medio, porque al borde de la carretera había una camioneta Toyota volcada boca abajo y quemada; por lo visto, una mina terrestre la había destrozado. Aunque la guerra entre Libia y el Chad quedaba muy lejos, las minas seguían activas, y donde había habido una podría haber más.

Se paraban cada dos o tres horas. Los pasajeros salían a hacer sus necesidades y, cuando volvían a subir, Hakim repartía entre ellos pan rancio y botellas de agua. El autobús siguió avanzando durante las horas de máximo calor: como no había donde resguardarse ahí fuera, pasaban menos calor si se desplazaban que si se quedaban quietos.

Cuando la tarde ya llegaba a su fin y el autobús se acercaba a la frontera, Abdul pensó que iba a cometer un delito por primera vez en su vida. Nada de lo que había hecho hasta entonces para la CIA, ni en cualquier otro ámbito, lo había empujado a quebrantar la ley. Incluso cuando se había hecho pasar por vendedor de cigarrillos robados, había comprado todo su stock al precio de mercado. En cambio, ahora estaba a punto de entrar ilegalmente en un país, acompañado de otros emigrantes ilegales, escoltado por unos hombres armados con unos fusiles ilegales, que viajaban con una cocaína que valía varios millones de dólares. Si las cosas se torcían, acabaría en una cárcel libia.

Se preguntó cuánto tardaría la CIA en sacarlo de allí.

Mientras el sol descendía por la bóveda occidental del cielo, Abdul miró hacia delante y vio un refugio improvisado parecido a los de la última aldea: una pared hecha de palos con un tejado confeccionado con una alfombra vieja y raída. También había un pequeño camión cisterna que Abdul supuso que transportaría agua. Junto a la carretera, había decenas de bidones de gasolina amontonados.

Era una gasolinera ilegal.

Hakim redujo la velocidad del autobús.

Aparecieron tres hombres vestidos con túnicas blancas y amarillas, blandiendo unos fusiles de gran calibre. Estaban en fila, impávidos, amenazadores.

Issa bajó del autobús y la tensión desapareció. Los hombres armados lo saludaron como a un hermano, lo abrazaron, lo besaron en ambas mejillas y le estrecharon la mano vigorosamente, mientras charlaban todo el rato en un idioma incomprensible que debía de ser teda.

Hakim fue el siguiente en bajar. Issa lo presentó y, al instante, también le dieron la bienvenida, aunque no de un modo tan efusivo, ya que era un colaborador pero no de su tribu.

Tareq y Hamza fueron los siguientes en bajar y ser presentados.

El hecho de que hubiera un camión con agua demostraba que en ese lugar no había ningún oasis. Entonces ¿por qué razón había allí una gasolinera, en medio de la nada, o, ya puestos, cualquier otra cosa?

—Creo que hemos llegado a la frontera —susurró Abdul a Kiah.

Los pasajeros bajaron del autobús. Estaba anocheciendo y no cabía duda de que era allí donde iban a pasar la noche. Solo había un edificio, por llamarlo de alguna manera.

Uno de los tubus cogió un bidón de gasolina para llenar el depósito del autobús.

Los pasajeros entraron en el refugio y se pusieron lo más cómodos posible. Abdul no podía relajarse. Estaban rodeados por unos hombres armados hasta los dientes, todos ellos unos criminales violentos. Podía pasar cualquier cosa: que los secuestraran, violaran, asesinaran. Allí no existía ninguna ley. Nadie estaba a salvo. ¿Acaso le importaría a alguien que asesinaran hasta al último de los pasajeros del autobús? Los emigrantes también eran delincuentes. «Adiós y hasta nunca», diría la gente.

Al cabo de un rato dos adolescentes les sirvieron la cena, que consistía en un estofado con pan. Abdul supuso que debían de haberla cocinado los propios muchachos. Sospechó que esa carne correosa era de camello, pero no preguntó. Después los chavales lo limpiaron todo, pero solo por encima, dejando restos de comida en el suelo. Cuando no había mujeres, los hombres eran unos guarros en todas partes, pensó Abdul.

Cuando ya había anochecido, echó un vistazo con disimulo al dispositivo de seguimiento que llevaba escondido en la suela de la bota. Lo revisaba al menos una vez al día, para asegurarse de que no habían sacado la cocaína del autobús y la habían llevado a otro sitio. Esa noche, como era habitual, el artilugio le indicó que todo seguía en orden.

Cuando todos se acurrucaron en sus mantas para dormir, Abdul se incorporó, con los ojos bien abiertos, para observar. Dejó vagar su mente y se pasó horas pensando: en su infancia en Beirut, en su adolescencia en New Jersey, en su etapa universitaria y su carrera como luchador de artes marciales mixtas, y en su romance fallido con Annabelle. Y por encima de todo pensó en la muerte de Nura, su hermana pequeña. En última instancia, reflexionó, ella era la razón por la que estaba allí, en el desierto del Sáhara, despierto toda la noche para evitar que lo asesinaran.

Hombres como aquellos habían matado a Nura. Los ejércitos del mundo civilizado estaban intentando aniquilarlos. Y él desempeñaba un papel crucial en esa lucha. Si sobrevivía, permitiría a los ejércitos de Estados Unidos y de sus aliados infligir una derrota terrible a las fuerzas del mal.

A altas horas de la madrugada, vio que uno de los tubus salía a mear. Al volver, el hombre se quedó quieto y miró pensativamente a la dormida Kiah. Abdul clavó los ojos en el miembro de la tribu hasta que este notó que lo estaba mirando. Sus miradas se cruzaron. El cruce de miradas asesinas se prolongó una eternidad, unos momentos cargados de tensión. Abdul se imaginaba los cálculos que estaba haciendo ese cerebro cruel. El hombre sabía que sería capaz de reducir a Kiah y que, con suerte, ella quizá no chillaría, porque siempre se culpaba a las mujeres y sabría que la gente sin duda pensaría —o fingiría pensar— que ella le había provocado. Pero el hombre podía ver que Abdul no miraría para otro lado. Podía luchar contra Abdul, pero no estaba seguro de si ganaría o no. Podía coger su fusil y disparar a Abdul, pero entonces despertaría a todo el mundo.

Al final, el hombre se dio la vuelta y volvió a su manta.

Poco después, Abdul vio un movimiento sospechoso con el rabillo del ojo. Se giró para echar un vistazo. No se oía nada, y tardó un momento en localizar lo que había entrevisto. Aunque no había luna, las estrellas brillaban muchísimo, como era habitual en el desierto. Vio una criatura de pelaje plateado que se movía con tanta fluidez que parecía deslizarse y sintió un momento de pánico supersticioso. Entonces se dio cuenta de que en el recinto había entrado una especie de perro, con un pelaje de color claro y la cola y las patas negras. Se movió despacio y en silencio entre la gente que dormía en sus mantas ajena a todo. El animal se mostraba cauto pero confiado, como si hubiera estado allí antes, como si fuera un visitante nocturno habitual de aquel campamento tan tosco ubicado en plena naturaleza. Tenía que ser alguna clase de zorro, y vio que un cachorrillo lo seguía de cerca. «Una madre con su hijo», pensó, y supo que estaba viendo algo insólito y especial. Cuando uno de los pasajeros del autobús roncó ruidosamente, la zorra se puso en alerta. Giró la cabeza hacia la fuente del ruido, enderezó las orejas, que eran extraordinariamente largas como las de un conejo, y se quedó quieta. Abdul la contemplaba hipnotizado, hasta que reparó en que era una criatura de la que había oído hablar pero que nunca había visto: una zorra orejuda. El animal se relajó, pues entendió que quien roncaba no se iba a despertar. Entonces, la zorra y el cachorro rebuscaron en el suelo, engulleron sin hacer ruido los restos de comida y lamieron los cuencos sucios. Tres o cuatro minutos más tarde, se fueron tan silenciosamente como habían llegado.

Poco después, despuntó el alba.

Los emigrantes se levantaron cansados. Comenzaba su cuarta semana en la carretera y todas las noches eran más o menos desapacibles. Enrollaron las mantas, bebieron agua y desayunaron pan seco. No había agua para asearse. Aunque ninguno de ellos salvo Abdul había crecido en casas donde hubiera agua caliente, aun así estaban acostumbrados a asearse con regularidad, por lo que a todos les resultaba deprimente estar tan sucios.

Sin embargo, Abdul se sintió más animado en cuanto el autobús se alejó de la gasolinera. Los tubus debían de cobrar una suma importante por garantizar que las drogas y los emigrantes cruzaran sanos y salvos, pensó. Lo suficiente como para que cumplieran su palabra y esperaran la llegada de otro cargamento pronto, en vez de matarlos a todos para robarles.

Mientras el sol se alzaba, dejaron las montañas atrás y entraron en una vasta llanura. Una hora después, Abdul se percató de que habían tenido el sol todo el rato detrás. Se levantó y se fue hasta la parte frontal del autobús.

—¿Por qué nos dirigimos al oeste? —le preguntó a Hakim.

—Porque este es el camino que va a Trípoli —contestó Hakim.

—Pero si Trípoli queda al norte.

—¡Este es el camino! —repitió un furioso Hakim.

—Vale —dijo Abdul, y regresó a su asiento.

—¿Por qué discutíais? —le preguntó Kiah.

—Por nada —respondió Abdul.

Su misión no consistía en ir a Trípoli, por supuesto. Tenía que quedarse en el autobús, daba igual adonde fuera. Su misión consistía en identificar a las personas que dirigían la red de tráfico ilegal, averiguar dónde se escondían y pasarle esa información a la Agencia.

Así que se calló, se reclinó en el asiento y esperó a ver qué pasaba a continuación.

19

Si no se manejaba con cuidado, pensó Chang Kai, el incidente en el mar de la China Meridional podría desembocar en una crisis.

Las fotos por satélite que estaban sobre la mesa de Kai mostraban una embarcación desconocida cerca de las islas Xisha, que los occidentales llamaban islas Paracelso. La vigilancia aérea revelaba que se trataba de un buque vietnamita de prospección petrolífera, llamado *Vu Trong Phung*. Aquello era dinamita, pero había que procurar no prender la mecha.

Al igual que el resto de los miembros del gobierno chino, Kai estaba familiarizado con el trasfondo histórico de la zona. Durante siglos, los barcos chinos habían faenado en esas aguas. Ahora China había vertido millones de toneladas de tierra y arena sobre una serie de escollos y arrecifes inhabitables para construir bases militares. En opinión de Kai, cualquier persona medianamente razonable convendría en que eso convertía el archipiélago en parte del territorio chino.

A nadie le habría importado demasiado, de no ser porque recientemente se había encontrado petróleo bajo el lecho marino cercano a las islas, y ahora todos querían su parte. Los chinos consideraban que el crudo era suyo y no estaban dispuestos a compartirlo. Y eso convertía el viaje de exploración del *Vu Trong Phung* en un serio problema.

Kai decidió informar en persona al ministro de Exteriores, Wu Bai. Su superior directo, el ministro de Seguridad Fu Chuyu, estaba de viaje oficial en Urumchi, la capital de la región de Xinjiang, donde millones de musulmanes se obstinaban en profesar su religión, pese a los enérgicos esfuerzos del gobierno comunista por reprimirla. La ausencia de Fu le daba la oportunidad de comentar discretamente el asunto con Wu Bai, a fin de acordar la línea de actuación diplomática que le propondrían al presidente Chen. Pero cuando llegó al Ministerio de Asuntos Exteriores en Chaoyangmen Nandajie, descubrió con consternación que el general Huang estaba allí.

Huang Ling era de baja estatura y complexión ancha, y con su uniforme de hombreras rectas parecía una caja. Era un orgulloso miembro de la vieja guardia comunista, como su amigo Fu Chuyu. Y, al igual que este, no paraba de fumar.

En su calidad de miembro de la Comisión de Seguridad Nacional, Huang gozaba de un gran poder. Como un gorila en una cena de gala, se sentaba donde le apetecía, y se arrogaba el derecho a moverse a su antojo por el ministerio. Pero ¿quién le había hablado de aquella reunión? Tal vez tuviera un espía en Exteriores… alguien cercano a Wu. «Más me vale tenerlo en cuenta», se dijo Kai.

Pese a su irritación, saludó a Huang con el respeto debido a los mayores.

—Somos unos privilegiados por poder contar con su conocimiento y experiencia —le dijo hipócritamente, porque, a decir verdad, se encontraban en bandos opuestos de la enconada lucha que se libraba entre la vieja escuela y los jóvenes reformistas.

Mientras tomaban asiento, Huang pasó directamente al ataque:

—¡Los vietnamitas siguen provocándonos! —exclamó indignado—. Saben muy bien que no tienen derecho a nuestro petróleo.

El general tenía a un ayudante con él, y el ministro también. En realidad no resultaban imprescindibles para aquella reunión, pero Huang era demasiado importante como para viajar sin séquito, y puede que Wu sintiera la necesidad de contar con un refuerzo defensivo. Al presentarse solo, Kai tenía la sensación de no estar a la altura. «Vaya mierda», pensó.

Sin embargo, Huang tenía razón: los vietnamitas ya habían intentado sondear en dos ocasiones el lecho marino en busca de petróleo.

—Estoy de acuerdo con el general Huang —convino—. Debemos protestar ante el gobierno de Hanói.

—¿Protestar? —dijo Huang con desdén—. ¡Ya hemos protestado antes!

—Y al final —terció Kai en tono paciente—, siempre han rectificado y han retirado sus barcos.

—Entonces ¿por qué vuelven a hacerlo?

Kai reprimió un suspiro. Todo el mundo sabía por qué los vietnamitas continuaban con sus incursiones. Accedían a retirarse cuando eran amenazados, porque eso solo significaba que estaban siendo hostigados; pero dejar de intentarlo sería aceptar que no tenían derecho al petróleo, y no estaban dispuestos a admitir algo así.

—Es una declaración de intenciones —dijo Kai simplificando la cuestión.

—¡Pues nosotros haremos una declaración aún más firme!

Huang se inclinó hacia delante para arrojar la ceniza del cigarrillo en un cuenco de porcelana que descansaba sobre el escritorio de Wu. El cuenco, de color rojo rubí con un dibujo de loto doble, debía de costar como unos diez millones de dólares.

Wu cogió la delicada antigüedad con cuidado, tiró la ceniza al suelo y, en silencio, la depositó en el otro extremo de la mesa, lejos del alcance de Huang.

—¿Qué tiene en mente, general?

—Tenemos que hundir el *Vu Trong Phung* para darles una buena lección a esos vietnamitas —respondió Huang sin vacilar.

Como de costumbre, el general estaba dispuesto a echar más leña al fuego.

—Es una medida un tanto drástica —comentó Wu—, si bien podría poner fin a sus constantes provocaciones.

—No obstante, existe una pega —repuso Kai—. Según mis servicios de inteligencia, la industria petrolera vietnamita está asesorada por geólogos estadounidenses. Puede que haya uno o más a bordo del *Vu Trong Phung*.

—¿Y? —dijo Huang.

—Solo me pregunto si nos interesa matar a ciudadanos estadounidenses.

—Está claro que hundir un barco con estadounidenses a bordo desencadenaría una escalada de la tensión —convino Wu.

Aquello enfureció a Huang.

—¿Durante cuánto tiempo vamos a consentir que esos hijos de puta americanos condicionen lo que ocurre en nuestro territorio? —replicó encolerizado.

Su exabrupto era una auténtica grosería. Los insultos más fuertes en chino tenían que ver generalmente con ultrajar a la madre de alguien, un tipo de lenguaje que no solía emplearse en discusiones de política exterior.

—Por otra parte —dijo Kai suavizando el tono—, si vamos a empezar a matar estadounidenses, habría que tener en cuenta otros factores, aparte de la mera extracción de crudo submarino. Debemos calibrar la posible respuesta a los asesinatos y estar preparados.

—¿Asesinatos? —repuso Huang con creciente indignación.

—Así es como lo verá sin duda la presidenta Green. —Kai consideró que era el momento de hacer una concesión y se apresuró a añadir—: No descarto la posibilidad de hundir el *Vu Trong Phung*. Mantengamos abierta esa opción, pero dejando claro que será el último recurso. Primero debemos elevar una protesta ante Hanói —Huang soltó un resoplido desdeñoso—, luego una advertencia y por último una amenaza directa.

—Sí, eso es lo que haremos —concluyó Wu—. Una respuesta progresiva.

—Si al final nos vemos obligados a hundir el barco, quedará

claro que hicimos todo lo posible por encontrar una solución pacífica.

Huang no parecía nada satisfecho, pero sabía que debía aceptar la derrota. Tratando de sacarle el mejor partido, planteó:

—Al menos deberíamos estacionar un destructor en las inmediaciones listo para el ataque.

—Excelente idea —admitió Wu, poniéndose de pie para indicar que la reunión había finalizado—. Esto es lo que le propondré al presidente Chen.

Kai bajó en el ascensor con Huang, quien permaneció en completo silencio mientras descendían los siete pisos. Una vez fuera, el general y su ayudante se subieron a una reluciente limusina negra Hongqi, mientras que Kai se montó en un sedán familiar Geely gris plateado con Monje al volante.

Se preguntó si debería prestar más atención a esos símbolos externos de estatus. Los distintivos de riqueza y prestigio eran más importantes en los países comunistas que en el Occidente decadente, donde un tipo vestido con una maltrecha chaqueta de cuero podía ser un multimillonario. Pero Kai, como la mayoría de los estudiantes estadounidenses que había conocido en Princeton, consideraba que esos símbolos de ostentación eran una pérdida de tiempo y esfuerzo. Y aquel día había quedado demostrado, ya que el ministro de Exteriores había seguido su consejo, no el de Huang. Así que, después de todo, el ayudante y la limusina no habían resultado tan determinantes.

Monje se adentró entre el tráfico para dirigirse al estudio Beautiful Films. Esa noche había una fiesta para celebrar el episodio número cien de *Amor en el palacio*. La serie era todo un éxito. Cosechaba unas audiencias estratosféricas y sus dos protagonistas eran auténticas celebridades. Ting cobraba muchísimo más que Kai, lo cual ya le iba bien.

Kai se quitó la corbata para ofrecer un aspecto más informal entre la gente de la farándula. Cuando llegó, la fiesta ya estaba en marcha en el estudio de sonido, situado en el centro de los platós de rodaje, unas salas de diversos tamaños amuebladas y decoradas para escenificar el estilo fastuoso de la última época de la dinastía Qing.

Los actores se habían despojado de la espesa capa de maquillaje y del recargado vestuario con los que aparecían ante las cámaras, y ahora se movían por el estudio como una alegre oleada multicolor. En el mundo de Kai, los hombres llevaban traje para dar una imagen de seriedad, mientras que las escasas mujeres vestían en tonos grises y azul oscuro para intentar parecerse a ellos. En el estudio era completamente distinto. Los actores y actrices lucían ropas llamativas y coloridas de lo más elegante y sofisticado.

Vio a Ting al otro lado de la sala, preciosa con unos vaqueros negros y un jersey rosa, desplegando sus encantos ante el productor de la serie. Kai había aprendido a no ser celoso. Ese tipo de comportamiento formaba parte del trabajo de su esposa y, de todos modos, la mitad de los hombres con los que flirteaba eran gais.

Cogió un botellín de cerveza Yanjing. Los técnicos y los extras engullían sin complejos toda la bebida gratis que podían, pero se fijó en que los artistas se mostraban más circunspectos. El coprotagonista de la serie, Wen Jin, que interpretaba al emperador, estaba hablando muy serio con el presidente del estudio, lo que podía tomarse como un sutil gesto para afirmar su posición. Jin era alto y guapo, con un porte de gran autoridad, y el otro parecía un tanto impresionado, como si estuviera hablando con el gobernante todopoderoso que Jin interpretaba en la ficción. Otros actores se veían más relajados, charlando y riendo, aunque se mostraban sobre todo encantadores con los productores y directores, que eran los que podían ofrecerles papeles. Como tantas otras fiestas, aquella significaba trabajo para muchos de sus asistentes.

Cuando Ting vio a Kai, se le acercó y le dio un largo beso en la boca, seguramente para dejar claro a todos los presentes que aquel hombre era su marido y que lo amaba. A Kai no le importó lo más mínimo.

Sin embargo, se percató de que su alegre sonrisa festiva enmascaraba otro tipo de emoción. La conocía demasiado bien como para no darse cuenta de que algo la preocupaba.

—¿Qué te pasa?

Justo en ese momento, el presidente del estudio, ataviado con un traje negro, se subió a una silla para pronunciar un discurso. Todo el mundo guardó silencio.

—Luego te lo cuento —musitó Ting.

—¡Quiero felicitar al grupo de gente más talentosa con el que he trabajado nunca! —empezó el presidente del estudio, y todos los reunidos jalearon sus palabras—. Acabamos de filmar el episodio número cien de *Amor en el palacio*… ¡y la cosa cada vez va a mejor! —Kai sabía que aquel tipo de lenguaje hiperbólico era propio del mundo del espectáculo. Probablemente era así como hablaban en Hollywood, pensó, aunque nunca había estado en Los Ángeles—. Y tengo una noticia fantástica que daros —prosiguió—: ¡Netflix acaba de comprar la serie!

Aquel era sin duda todo un notición, que fue recibido con un auténtico estallido de vítores y aplausos.

Había cincuenta millones de chinos viviendo en el extranjero y a muchos les encantaba ver programas procedentes de su país natal. Las mejores series filmadas en China eran emitidas en versión original en mandarín, con subtítulos en el idioma local, y constituían una considerable fuente de ingresos para sus productores. En cierto modo, era una calle de doble sentido. Algunas series extranjeras se emitían en China para ayudar a sus ciudadanos a aprender inglés, aunque lo más habitual era que los estudios chinos produjeran imitaciones descaradas de algunos de los grandes éxitos estadounidenses… sin pagar royalties a sus creadores. Hollywood lanzaba airadas quejas contra esas prácticas, pero Kai, como la inmensa mayoría de la población china, encontraba aquellas quejas hilarantes. Durante cientos de años, Occidente se había aprovechado sin piedad de los logros de China, así que ahora sus protestas contra ese tipo de explotación se les antojaban ridículas.

En cuanto el presidente del estudio acabó su discurso, Ting le dijo a su marido en voz baja:

—He estado hablando con uno de los guionistas.

—¿Qué ocurre?

—Mi personaje va a enfermar.

—¿De qué?

—Una enfermedad extraña, pero grave.

De entrada, Kai no vio ningún problema.

—Una gran tragedia. Tus enemigos se regodearán por despecho, tus amigos se desharán en lágrimas, tus amantes se arrodillarán junto a tu lecho. Una oportunidad para demostrar tus dotes dramáticas.

—Has aprendido mucho sobre narrativa televisiva, aunque muy poco sobre la política del estudio —repuso ella con cierta irritación—. Eso es lo que suelen hacer cuando están pensando en eliminar a un personaje.

—¿Crees que tu personaje podría morir?

—Se lo he preguntado al guionista y me ha respondido con evasivas.

A Kai se le pasó por la cabeza un pensamiento innoble: si su esposa dejaba la serie, podría aparcar su carrera para tener un hijo. Sin embargo, desechó la idea de inmediato. Ting adoraba ser una estrella y él haría cuanto estuviera en su mano para que conservara su trabajo. Si ella decidía retirarse, tenía que ser por voluntad propia.

—Pero tu personaje es el más popular —dijo Kai.

—Lo sé. Cuando hace un mes se presentó aquella queja sobre mí diciendo que había criticado al Partido, estaba bastante segura de que Wen Jin lo había hecho por celos. Pero Jin no tiene suficiente poder para hacer que eliminen a mi personaje. Hay algo más, y no sé qué es.

—Creo que yo sí —repuso Kai—, y probablemente no tiene nada que ver contigo. Todo esto va dirigido contra mí. Mis enemigos están intentando perjudicarme a través de ti.

—¿Qué enemigos?

—Los de siempre: mi superior, Fu Chuyu; el general Huang, con el que hoy he tenido un encontronazo; y todos los de la vieja guardia con trajes malos y cortes de pelo anticuados. Déjame que hable con Wang Bowen. —Kai conocía a Wang, el oficial del Partido Comunista responsable de la supervisión del estudio. Miró alrededor y distinguió su cabeza casi calva en el dormitorio de la primera esposa del emperador—. Veré qué puedo averiguar.

—Gracias —dijo ella apretándole el brazo con delicadeza.

Kai se abrió paso entre el gentío. En el mundo de Ting, todos los conflictos eran imaginarios, reflexionó. Ella no iba a morir en realidad, solo el personaje ficticio que interpretaba. Quizá fuera eso lo que le gustaba de la industria del espectáculo. En su mundo, en cambio, la discusión sobre el *Vu Trong Phung* implicaba a gente real que podría morir de verdad.

Abordó a Wang Bowen.

Llevaba la camisa arrugada y el escaso pelo que le quedaba necesitaba un buen corte. A Kai le entraron ganas de decirle: «Representas al partido comunista más grande del mundo, ¿no crees que deberías dar mejor imagen?». Pero en esos momentos tenía una misión muy distinta.

—Supongo que ya sabe que el personaje de Ting va a enfermar —le dijo Kai tras las cortesías de rigor.

—Sí, claro —admitió Wang con tono receloso.

Eso lo confirmaba.

—De una enfermedad que puede resultar fatal —añadió Kai.

—Lo sé.

«De modo que las sospechas de Ting eran ciertas», se dijo Kai.

—Estoy seguro de que ha pensado en las repercusiones políticas que conllevaría una línea argumental de ese tipo.

Por la cara que puso, Wang estaba totalmente desconcertado y un tanto asustado.

—No tengo muy claro de qué está hablando.

—En el siglo XVIII, la medicina era muy rudimentaria.

—Sí, lo sé —convino Wang—. Casi primitiva.

—Aunque, claro, el personaje se podría recuperar de forma milagrosa. —Kai se encogió de hombros y sonrió—. En los dramas de ídolos pueden ocurrir milagros.

—Sí, por supuesto.

—Eso sí, deberá tener mucho cuidado.

—Siempre lo tengo —dijo Wang, todavía confuso y preocupado—. ¿A qué se refiere, para ser exactos?

—Al peligro de que la historia se interprete como una sátira contra la sanidad en la China contemporánea.

—¡Oh, Dios! —La mera posibilidad lo aterrorizó—. ¿Cómo es posible?

Kai notó que hasta le temblaba la voz.

No costaba mucho asustar a hombres como Wang. Les aterraba la idea de parecer desleales a la línea oficial del Partido.

—Solo hay dos maneras de desarrollar esta historia —explicó Kai—. O bien los médicos son incompetentes y ella muere, o bien son incompetentes y ella sobrevive gracias a un milagro. En ambos casos, se pone de manifiesto la incompetencia de los médicos.

—Pero en el siglo XVIII se tenían muy pocos conocimientos de medicina.

—De todos modos, no creo que al Partido le haga mucha gracia que el tema de la incompetencia médica salga a relucir en una serie tan popular. —En los centros sanitarios municipales, solo el diez por ciento de los médicos contaban con titulación oficial—. Usted ya me entiende…

—Sí, por supuesto. —Ahora Wang se sentía en un territorio más familiar y ató cabos rápidamente—. Igual alguien colgaría en las redes sociales un comentario del tipo «Una vez me tocó un doctor horrible». Y luego otro diría «A mí también». Y sin darnos cuenta tendríamos montado un debate nacional sobre el nivel de competencia de nuestros médicos, y todo el mundo venga a colgar sus experiencias personales en internet.

—Es usted un hombre muy inteligente, Wang Bowen, y ha detectado enseguida los riesgos.

—Sí, lo he visto al momento.

—El equipo de producción le pide orientación en estas cuestiones, y usted puede proporcionársela. Es una suerte que el Partido cuente con alguien como usted.

—Y siempre es de gran ayuda hablar con usted. Gracias por su aportación.

Wang no solo había salvado el tipo, sino que su orgullo había quedado satisfecho. Kai regresó junto a Ting.

—Creo que al final no van a utilizar esa trama argumental. Wang se ha dado cuenta de que podría tener implicaciones políticas muy negativas.

—Oh, gracias, cariño. Pero ¿crees que intentarán algo más?

—Espero que mis enemigos comprendan que es más sencillo ir directamente a por mí que intentar atacarme a través de ti.

Sin embargo, no albergaba grandes esperanzas al respecto. Amenazar a la familia para mantener a raya a la gente era una táctica habitual del Partido Comunista. Así era como el gobierno controlaba a los ciudadanos chinos en el extranjero. Las amenazas al individuo resultaban mucho menos efectivas.

—La gente empieza a marcharse —dijo Ting—. Larguémonos.

Salieron del estudio, se montaron en el coche y Monje arrancó.

—Compremos algo para cenar y pasemos una velada tranquila en casa —propuso ella.

—Me parece un plan estupendo.

—Podemos comprar orejas de conejo fritas. Sé que te encantan.

—Es mi plato favorito.

En ese momento se oyó el sonido de aviso de un mensaje de entrada en el móvil de Kai. Miró la pantalla y vio que el remitente era desconocido. Frunció el ceño: muy poca gente tenía su número, y aún eran menos los que podían contactar con él de forma anónima. Leyó el mensaje. Contenía una sola palabra: «Urgente».

Supo al instante que se trataba del general Ham desde Corea

del Norte. Aquello significaba que quería reunirse con él lo antes posible.

Ham llevaba casi tres semanas sin establecer contacto. Debía de haber ocurrido algo importante. La crisis económica que sufría el país norcoreano no era ninguna novedad: debían de haberse producido nuevos acontecimientos.

Los espías a menudo exageraban la trascendencia de sus informaciones para darse importancia, pero Ham no era así. Tal vez el líder supremo Kang U-jung se disponía a hacer pruebas con una nueva cabeza nuclear, hecho que enfurecería a los estadounidenses. O quizá planeaba algún tipo de violación de la zona desmilitarizada entre las dos Coreas. El líder supremo tenía muchas maneras de poner en aprietos al gobierno chino.

Había programados tres vuelos diarios entre Pekín y Yanji, y en caso de emergencia Kai podría utilizar un aparato de las fuerzas aéreas. Llamó a su despacho. La secretaria jefe, Peng Yawen, todavía estaba en su mesa.

—¿A qué hora sale mañana el primer vuelo a Yanji?

—Temprano… —Kai la oyó teclear en el ordenador—. A las seis cuarenta y cinco, directo.

—Resérveme un pasaje, por favor. ¿A qué hora aterriza?

—A las ocho cincuenta. ¿Pido un coche para que le recoja en el aeropuerto Chaoyangchuan?

—No. —Kai prefería no llamar la atención—. Tomaré un taxi.

—¿Se quedará a pasar la noche?

—No, si puedo evitarlo. Resérveme un billete para el siguiente vuelo de vuelta. Siempre estamos a tiempo de cambiarlo.

—Sí, señor.

Kai colgó y empezó a hacer cálculos horarios en su cabeza. Los encuentros solían tener lugar en la casa en obras de Ham, a menos que acordaran lo contrario. Llegaría allí sobre las nueve y media.

Respondió al mensaje de Ham con uno igual de escueto. Decía simplemente: «9.30 h».

A la mañana siguiente, una lluvia fría y pertinaz caía sobre el aeropuerto de Yanji. El avión de Kai tuvo que dar vueltas durante quince minutos a la espera de que aterrizara un jet de las fuerzas aéreas. Las terminales civil y militar compartían las mismas pistas, pero el ejército tenía prioridad… como todo lo demás en China.

Solo estaban a mediados de octubre, pero Kai se alegró de llevar puesto su abrigo de invierno mientras salía de la terminal y hacía cola para tomar un taxi. Como de costumbre, dio la dirección del supermercado Wumart. El taxista llevaba puesta una emisora coreana donde sonaba el *Gangnam Style*, uno de los clásicos más populares del K-pop. Kai se recostó en el asiento para disfrutar de la música.

Desde el supermercado fue caminando hasta la casa de Ham. El lugar estaba totalmente enfangado y no parecía que hubiera mucha actividad.

—Estoy arriesgando mi vida al quedar hoy contigo —dijo Ham—. Aunque tampoco importa mucho porque es probable que me maten en los próximos días.

Kai se quedó de piedra.

—¿Hablas en serio?

La pregunta era superflua: Ham siempre hablaba en serio.

—Vamos dentro para resguardarnos de la lluvia —contestó el general.

Entraron en la casa en obras. Un decorador y su aprendiz estaban trabajando en el dormitorio de los nietos, empleando alegres tonos pastel. El característico olor a pintura fresca impregnaba toda la casa, punzante y cáustico, aunque también agradable porque sugería novedad y pulcritud.

Ham lo condujo a la cocina. Sobre una de las encimeras había una tetera eléctrica, un bote con hojas de té y varias tazas. Encendió la tetera y cerró la puerta para que nadie pudiera escuchar su conversación.

Como en la cocina hacía frío, ninguno de los dos se quitó el abrigo. No había sillas, así que se apoyaron en las encimeras recién instaladas.

—¿Qué ocurre? —preguntó Kai, apremiante—. ¿Cuál es la emergencia?

—Esta crisis económica es la peor desde la guerra Norte-Sur.

Kai ya lo sabía. Parte de la responsabilidad recaía en él.

—¿Y…?

—El líder supremo ha recortado el presupuesto militar. Los vicemariscales han protestado y los ha destituido a todos. —Hizo una pausa—. Ha sido un grave error.

—De modo que ahora el ejército está en manos de una nueva generación de jóvenes oficiales. ¿Y…?

—Desde hace tiempo, el ejército norcoreano cuenta con un fuerte componente reformador de carácter ultranacionalista. Quieren que Corea del Norte sea independiente de China. «Debemos decidir el destino de nuestro país —dicen—; no queremos ser el perrito faldero de China.» Espero que mis palabras no te ofendan, amigo.

—En absoluto.

—Para mantener esa independencia, tendrían que introducir reformas en la agricultura y la industria liberándose del férreo control restrictivo del Partido Comunista.

—Como hizo China bajo el régimen de Deng Xiaoping.

—Pero sus opiniones siempre han sido silenciadas: si se muestran abiertamente críticos con el líder supremo, no duran mucho en el cargo. Así que las comparten en voz baja entre ellos, con gente de confianza, lo cual implica que el líder supremo no sabe quiénes son sus enemigos. Y una gran parte de la cohorte de nuevos oficiales pertenece en secreto a esa tendencia ultranacionalista. Creen que nada mejorará bajo el mando de Kang U-jung.

Kai empezaba a comprender con creciente inquietud adónde conducía todo aquello.

—¿Y qué piensan hacer al respecto?

—Están hablando de un golpe militar.

—Mierda.

Kai se quedó de piedra. Aquello era grave, mucho más que un buque vietnamita navegando cerca de las islas Xisha o que una resolución de las Naciones Unidas sobre la venta de armas. Había que mantener a toda costa la estabilidad en Corea del Norte: era una pieza clave de la estrategia defensiva de China. Cualquier amenaza a Pionyang era una amenaza a Pekín.

El agua empezó a hervir y la tetera se apagó sola. Ninguno de los dos se movió para preparar el té.

—Un golpe militar… ¿cuándo? —preguntó Kai—. ¿Cómo?

—Los cabecillas son mis colegas, los oficiales de la base Yeongjeo-dong. Y no tendrán ningún problema en tomar el control de la base.

—Lo que significa que tendrán armas nucleares.

—Para ellos es crucial.

La cosa se ponía cada vez peor.

—¿Y con qué respaldo cuentan a nivel nacional?

—No lo sé. Comprende que yo no formo parte del núcleo duro. Me consideran un elemento de apoyo, fiable pero periférico. En otro tiempo seguramente habría sido un aliado entusiasta, pero hace años que decidí tomar mi propio rumbo.

—Si los conspiradores van en serio, el alzamiento puede extenderse por todo el país.

—Imagino que están en contacto con oficiales afines de otras bases, pero no lo sé a ciencia cierta.

—Entonces tampoco sabrás cuándo piensan actuar.

—Pronto. El ejército se está quedando sin comida y sin combustible. Tal vez la semana que viene. O puede que mañana.

Kai tenía que informar al presidente Chen lo antes posible.

Se planteó transmitir la información a Pekín de inmediato por teléfono, pero al momento desestimó la idea porque respondía al pánico. Aunque sus llamadas al Guoanbu estaban encriptadas, cualquier código era susceptible de ser descifrado. De todos modos, si el golpe tenía lugar ese mismo día, ya era demasiado tarde. Y si se producía en breve, aunque fuese al día siguiente, aún estaba a tiempo de dar la voz de alarma: en cuestión de horas estaría de vuelta en Pekín y podría informar en persona.

—Necesito que me des algunos nombres —le pidió a Ham.

El general se quedó callado durante un buen rato, mirándose los pies sobre el suelo recién embaldosado.

—El gobierno de Corea del Norte es brutal e incompetente —dijo al fin—, pero ese no es el problema. El problema es que mienten. Todo lo que dicen es propaganda, nada es verdad. Un hombre puede ser leal a unos líderes mediocres, pero a unos deshonestos no. He traicionado a los líderes de mi país porque me han engañado.

Kai tenía prisa y no quería escuchar aquello. Sin embargo, sabía que Ham necesitaba decirlo, así que guardó silencio.

—Hace mucho tiempo decidí que debía comenzar a cuidar de mi familia y de mí mismo. —Hablaba con la solemnidad de un anciano que reflexiona sobre las decisiones que ha tomado a lo largo de su vida—. Animé a mi hija para que se viniera a vivir aquí, a China. Empecé a espiar para vosotros, a ahorrar dinero, y al final empecé a construirme un hogar donde pasar mis últimos años. Y, en todo este tiempo, no he hecho nada de lo que sentirme avergonzado. Pero ahora…

—Te entiendo —lo interrumpió Kai—. Ahora estás siguiendo tu destino. Como acabas de decir, las decisiones importantes las tomaste tiempo atrás.

Ham ni le escuchaba.

—Ahora estoy a punto de traicionar a mis compañeros de armas, a unos hombres que lo único que quieren es que su país sea realmente independiente. —Tras una pausa, añadió con tristeza—: Unos hombres que nunca me han engañado.

—Comprendo cómo te sientes —dijo Kai con voz calmada—, pero tenemos que detener este golpe. No sabemos en qué desembocará todo esto. No podemos permitir que la situación en Corea del Norte se descontrole totalmente.

Aun así, Ham seguía dudando.

Kai insistió:

—¿Qué sentido tiene avisarme del complot si no es para intentar ponerle fin?

—Mis camaradas serán ejecutados.

—¿Y cuánta gente crees que morirá si dan el golpe?

—Está claro que habrá víctimas.

—Tenlo por seguro. Miles de víctimas. A menos que tú y yo lo impidamos tomando medidas cuanto antes.

—Tienes razón. Somos todos militares y tenemos que estar siempre dispuestos para la batalla. Debo de estar ablandándome con la edad. —Se sacudió para recobrar el aplomo—. El líder rebelde es el comandante de la base, mi superior inmediato, el general Pak Jae-jin.

Kai lo anotó en el portapapeles de su móvil.

Ham le dio seis nombres más, y Kai los fue apuntando.

—¿Tienes que regresar hoy a Yeongjeo-dong? —preguntó al general.

—Sí. Y lo más probable es que no pueda volver a China en los próximos días.

—Si tienes que pasarme información, tendremos que hablar por teléfono.

—Tomaré precauciones.

—¿Qué tipo de precauciones?

—Le robaré el móvil a alguien.

—¿Y después de utilizarlo?

—Lo tiraré al río.

—Buena idea. —Kai le estrechó la mano—. Ten mucho cuidado, amigo. Procura sobrevivir a esta crisis. Después te retiras y te vienes a vivir aquí. —Miró alrededor, a la cocina moderna y reluciente—. Te lo mereces.

—Gracias —dijo Ham.

Kai se marchó y se dirigió de nuevo al supermercado. Por el camino llamó a un taxi. En el directorio de su móvil tenía una lista con todas las compañías de taxis de Yanji. Nunca utilizaba dos veces la misma. Para que ningún conductor tuviera la posibilidad de trazar un patrón a partir de sus movimientos.

Luego telefoneó al Guoanbu para hablar con Peng Yawen.

—Llame a la oficina del presidente.

—Sí, señor —respondió la secretaria con diligencia.

Aquella mujer no se alteraba ni a tiros. Seguramente podría haber ocupado el puesto de Kai.

—Dígales que me urge hablar con él hoy mismo. Tengo una información de vital importancia que no puede ser transmitida por teléfono.

—De vital importancia, de acuerdo.

Kai podía imaginarse la punta del bolígrafo desplazándose a toda velocidad por la página de su cuaderno.

—Luego llame a las fuerzas aéreas y dígales que debo regresar de inmediato a Pekín. Estaré en la base dentro de media hora.

—Señor Chang, será mejor que indique a la oficina del presidente que solicita una reunión para esta tarde o noche. No estará de vuelta antes.

—Bien pensado.

—Gracias, señor.

—En cuanto le confirmen la hora, llame al Ministerio de Asuntos Exteriores y dígales que quiero que Wu Bai asista también a la reunión.

—Muy bien.

—Manténgame informado.

—Por supuesto.

Kai colgó. Al cabo de un minuto llegó al supermercado Wumart, donde le esperaba su taxi. El conductor estaba viendo una serie surcoreana en el móvil.

Kai subió al asiento trasero.

—A la base aérea de Longjing, por favor.

La sede oficial del gobierno chino era un complejo de unas seiscientas hectáreas conocido como Zhongnanhai. Enclavado en el corazón del viejo Pekín, colindaba con la Ciudad Prohibida y sus terrenos habían sido antiguamente los jardines privados del emperador. Monje accedió al recinto por la entrada sur, la llamada Puerta de la Nueva China. Desde allí, la vista del interior quedaba protegida de miradas indiscretas por una gran pantalla con un cartel gigantesco en el que se leía la consigna SERVID AL PUEBLO, escrita con la característica caligrafía de Mao Zedong, una estilizada cursiva reconocible por cientos de millones de personas.

Zhongnanhai había permanecido abierto al público durante el breve período de permisividad que siguió a la Revolución Cultural, pero ahora las medidas de seguridad eran impresionantes. Las tropas armadas dispuestas en la Puerta de la Nueva China habrían podido repeler una invasión. Soldados provistos de cascos y fusiles *bullpup* observaban con aire amenazador mientras los guardias examinaban los bajos del coche con espejos. Aunque Kai ya había visitado al presidente con anterioridad, revisaron minuciosamente su tarjeta identificativa del Guoanbu y verificaron su cita por partida doble. Una vez comprobadas sus credenciales, las bandas con pinchos de protección se hundieron de nuevo en el asfalto para permitir el paso del vehículo.

Dos lagos inmensos cubrían más de la mitad del complejo gubernamental. Sus aguas reflejaban lúgubremente el cielo gris. Kai se estremeció con solo mirarlas. El coche rodeó el lago más meridional en dirección al sector noroeste, donde se concentraba la mayor parte del terreno. Los edificios eran palacios tradicionales y casas de verano con techos sinuosos tipo pagoda, en consonancia con el espacio de ocio que había sido antaño.

El complejo era la residencia oficial de los miembros del Comité Permanente del Politburó, incluido el presidente, aunque no estaban obligados a vivir en el interior del recinto y algunos preferían residir fuera. Las grandiosas salas para recepciones ahora se usaban para acoger reuniones y conferencias.

Monje se detuvo ante el Salón Qinzheng, en el extremo más alejado del primer lago. Se trataba de un edificio nuevo construido donde antes se alzaba uno de los palacios imperiales. En él se encontraba el despacho oficial del presidente. No había patrullas de infantería con cascos, pero Kai reparó en la presencia de varios jóvenes fornidos vestidos con trajes baratos que apenas conseguían disimular las armas que ocultaban.

Una vez dentro del vestíbulo, Kai se detuvo ante un mostrador donde compararon su cara con la imagen que tenían registrada. Después le hicieron entrar en una cabina de seguridad, donde fue sometido a un proceso de escaneado para detectar posibles armas.

Tras pasar el control, vio al jefe de Seguridad Presidencial, que acudía a su encuentro. Wang Qingli era colega del padre de Kai, Chang Jianjun, y habían coincidido en varias ocasiones en la casa de este. Qingli formaba parte de la vieja guardia conservadora, pero su aspecto no era tan anticuado, quizá porque tenía que tratar a menudo con el presidente. Iba muy arreglado, con el cabello peinado hacia atrás y la raya pulcramente trazada, y llevaba un traje azul marino de estilo europeo de corte impecable; de hecho, su aspecto era muy parecido al del hombre que debía proteger. Saludó a Kai con una sonrisa y un apretón de manos y lo condujo escaleras arriba. Le preguntó por Ting y le dijo que su mujer no se perdía ningún episodio de *Amor en el palacio*. Kai había escuchado ese tipo de comentarios de cientos de hombres, pero no le importaba: se alegraba de que Ting tuviera tanto éxito.

El edificio estaba decorado en un estilo que era muy del gusto de Kai. Aparadores y biombos tradicionales se mezclaban cuidadosamente con asientos modernos y confortables, sin que ninguna de las piezas pareciera fuera de lugar. Contrastaba con la mayoría de los demás edificios gubernamentales, que seguían estancados en la estética de mediados del siglo anterior, con mobiliario anguloso y tejidos de inspiración atómica que por entonces resultaban elegantes, pero ahora se veían totalmente desfasados.

En la antesala del despacho presidencial vio al ministro de Exteriores, Wu Bai, sentado cómodamente en un sofá y tomando un vaso de agua con gas. Iba como un pincel, con un traje negro de espiguilla, una flamante camisa blanca y una corbata gris oscuro con finas rayas rojas.

—Me alegro de que te hayas dignado presentarte —dijo con sarcasmo—. Unos minutos más y habría tenido que decirle al presidente Chen que no tengo ni idea de por qué coño estoy aquí.

Wu Bai era su superior, por lo que Kai debería haber llegado el primero.

—Acabo de volver de Yanji —se excusó—. Siento haberle hecho esperar.

—Más vale que me cuentes qué diablos te traes entre manos.

Kai se sentó y se lo explicó todo. Cuando acabó de hablar, la actitud de Wu había cambiado por completo.

—Debemos actuar de inmediato —dijo—. El presidente llamará a Pionyang para alertar al líder supremo. Aunque puede que ya sea demasiado tarde.

Entró un asistente y los invitó a que le siguieran hasta el despacho presidencial. Por el camino, Wu le dijo a Kai:

—Yo hablaré el primero. —Era el protocolo: el jefe de espionaje servía al político—. Le contaré que se está gestando un golpe y luego tú te encargarás de dar los detalles.

—Muy bien, señor.

Era importante mostrar deferencia hacia los mayores. Lo contrario podría ofender tanto a Wu como a Chen.

Entraron en el despacho presidencial. Era una sala larga y espaciosa, con un gran ventanal que daba a las aguas del lago. En persona, el presidente Chen era un tanto distinto a los retratos oficiales que colgaban en todas las oficinas gubernamentales. Era muy bajito y tenía una barriga ligeramente pronunciada que no aparecía en las fotografías, pero era más agradable de lo que sugería su imagen pública.

—¡Ministro Wu! —dijo en tono amigable—. Un placer verle. ¿Cómo se encuentra la señora Wu? Sé que ha tenido que someterse a una pequeña intervención.

—La operación ha ido bien y ya está totalmente recuperada, señor presidente. Gracias por preguntar.

—Chang Kai... Le conozco desde que era un niño, y cada vez que le veo me entran ganas de decirle lo mucho que ha crecido.

Kai se echó a reír, aunque Chen ya le había hecho la misma broma la última vez que se vieron. El presidente procuraba mostrarse siempre afable: su política era ser amigo de todo el mundo. Kai se preguntó si habría leído a Maquiavelo, quien afirmaba que era mejor ser temido que amado.

—Tomen asiento, por favor. Lei les traerá un poco de té. —Kai no se había fijado en la silenciosa mujer de mediana edad que estaba al fondo de la sala y que ahora servía el té en unas tazas pequeñas—. Muy bien —prosiguió Chen—, cuéntenme de qué se trata.

Tal como habían acordado, Wu procedió a comunicar el grueso de la información y luego invitó a Kai a aportar los detalles. Chen escuchó en silencio, tomando notas en dos ocasiones con una pluma de oro Travers. La mujer llamada Lei sirvió a cada uno una delicada tacita de fragante té de jazmín.

—Y todo esto procede de una fuente de confianza —dijo Chen cuando Kai hubo acabado.

—Se trata de un general del Ejército Popular que nos ha suministrado información muy fiable durante muchos años, señor.

Chen asintió.

—Por su propia naturaleza, un complot de estas características se habrá mantenido en secreto, así que resultará difícil que obtengamos una confirmación. No obstante, la posibilidad es muy real, y eso debe dictar nuestra respuesta. ¿Su fuente está al tanto del apoyo que tienen los rebeldes fuera de la base de Yeongjeo-dong?

—No, pero asume que es muy probable que los cabecillas cuenten con un fuerte respaldo; de lo contrario no actuarían.

—Entiendo. —Chen se quedó pensativo un momento—. Por lo que creo recordar, hay dieciocho bases militares en Corea del Norte, ¿es correcto?

Kai miró a Wu, quien por lo visto no se veía en condiciones de confirmar tal información.

—Sí, señor presidente, es correcto —respondió al final Kai.

—De esas bases, doce cuentan con misiles y dos disponen de armas nucleares.

—Así es.

—Las bases con misiles son las que importan, y de un modo especial las que disponen de armamento nuclear.

El presidente había comprendido en el acto la clave de la crisis, se dijo Kai.

Chen miró a Wu, quien asintió para dar su consentimiento.

—¿Cuál es su recomendación? —le preguntó el presidente.

—Debemos evitar a toda costa la desestabilización del gobierno norcoreano —respondió el ministro—. Creo que deberíamos alertar a Pionyang inmediatamente. Si actúan ahora, podrán reprimir la rebelión antes de que estalle.

Chen asintió.

—Por mucho que nos gustara ver cómo lo derrocan, el líder supremo Kang siempre será mejor que el caos. Como dice el proverbio: «Si te ofrecen dos manzanas malas, escoge la menos podrida». Y esa es Kang.

—Ese es mi consejo, señor —dijo Wu.

Chen cogió el teléfono.

—Llame a Pionyang —ordenó—. Necesito hablar con Kang antes de que acabe el día. Dígales que es de la máxima urgencia. —El presidente colgó y se puso en pie—. Gracias, camaradas. Han hecho una gran labor.

Kai y Wu le estrecharon la mano y salieron del despacho.

—Buen trabajo —dijo el ministro a Kai mientras bajaban las escaleras.

—Espero que aún estemos a tiempo.

A la mañana siguiente, Kai se estaba afeitando cuando le sonó el móvil. En la pantalla apareció un nombre en coreano. No sabía hablar ni leer el idioma, pero imaginó de quién se trataba y se puso tenso. «¿Tan pronto?», murmuró para sí mismo, y luego descolgó.

—Ya ha empezado —dijo una voz que reconoció como la del general Ham.

Kai dejó la maquinilla eléctrica y cogió un lápiz.

Ham hablaba en voz baja, obviamente preocupado por si alguien podía oírle.

—Justo antes del amanecer, la Fuerza de Operaciones Especiales ha atacado la base de Yeongjeo-dong. —Se refería a la división de élite del Ejército Popular de Corea—. Supongo que es la respuesta del líder supremo a la información proporcionada por Pekín.

—¡Bien! —exclamó Kai. Kang había actuado deprisa—. ¿Y...?

—Han intentado tomar el control de la base y arrestar a los oficiales al mando.

A Kai no le gustó cómo sonó aquello.

—¿«Intentado», has dicho?

—Se ha producido un enfrentamiento. —Ham informó con calma y concisión, como había aprendido durante la instrucción—. Los rebeldes estaban en su terreno y tenían fácil acceso a todos los recursos de la base. Los atacantes llegaron en helicópteros demasiado vulnerables y no estaban familiarizados con el lugar. Además, creo que se vieron sorprendidos por el gran despliegue de fuerza y efectivos de los rebeldes. En resumen, la Fuerza de Operaciones Especiales ha sido repelida y ahora los insurgentes tienen el control total de la base.

—Mierda —dijo Kai—. Hemos llegado demasiado tarde.

—Muchos de los atacantes han muerto o han sido capturados —prosiguió Ham—; unos cuantos han logrado escapar. Este móvil es de una de las víctimas. Los oficiales que no apoyaban el alzamiento también han sido arrestados.

—Son muy malas noticias. ¿Y ahora qué?

—Las dos bases de misiles más cercanas cuentan también con grupos rebeldes. Les han ordenado que actúen cuanto antes y les han enviado refuerzos para asegurarse la victoria. Puede que hayan estallado otras rebeliones en otros puntos del país; aún no sabemos nada. La base que más interesa a los cabecillas es la otra instalación con armas nucleares, Sangnam-ni, pero todavía no se tienen noticias.

—Llámame en cuanto sepas algo más.

—Le robaré el móvil a otro cadáver.

Kai colgó y miró por la ventana. Hacía apenas una hora que había salido el sol y las cosas ya se habían torcido estrepitosamente. Iba a ser una jornada muy larga.

Dejó sendos mensajes al presidente Chen y al ministro Wu limitándose a explicar lo sucedido y prometiendo ofrecerles más detalles en breve. Luego llamó a su despacho.

Contestó el encargado del turno de noche, Fan Yimu.

—Se ha producido un intento de golpe de Estado en Corea del Norte. La situación aún es muy confusa. Reúna al equipo lo antes posible. Estaré ahí en menos de una hora.

Era domingo, lo cual significaba que su gente tendría que cancelar sus planes de lavar el coche y hacer la colada.

Terminó de afeitarse a toda prisa.

Ting entró en el cuarto de baño, desnuda y bostezando. Había oído a medias la conversación.

—Houston, tenemos un problema.

Kai sonrió. Ting debía de haber oído esa frase en una película o algo así.

—Tengo que saltarme el desayuno —respondió él.

—Tú a tu rollo —replicó ella.

Kai se echó a reír. Ting tenía buen oído para ese tipo de cosas.

—En medio de una crisis, y aún consigues que sonría.

—¿Lo dudabas?

Pasó junto a él rozándolo y se metió en la ducha.

Kai se apresuró a ponerse su ropa de oficina. Para cuando terminó, Ting ya se estaba sacudiendo el pelo para secárselo. Él se despidió con un beso.

—Te quiero —le dijo ella—. Llámame luego.

Kai salió del apartamento. En la calle el aire estaba muy cargado. Aunque era temprano había ya mucho tráfico, y notó en la boca el sabor de los gases de combustión.

Una vez en el coche, pensó en el día que le esperaba. Aquella era la crisis más importante desde que ocupaba el cargo de viceministro de Inteligencia Internacional. Todo el aparato de gobierno estaría pendiente de las informaciones que él pudiera proporcionar sobre lo que estaba ocurriendo.

Al cabo de media hora, sumido todavía en sus pensamientos y atascado en medio del tráfico, volvió a llamar al despacho. Para entonces, Peng Yawen ya estaba en su mesa.

—Tres cosas —le dijo Kai—. Primera: encárguese de que verifiquen la inteligencia de señales de Pionyang. —Hacía tiempo que habían logrado interceptar el sistema de comunicaciones seguro de Corea del Norte, que utilizaba básicamente equipamiento de fabricación china. No tenían acceso a toda la información, por supuesto, pero lo que consiguieran podría resultar de utilidad—. Segunda: asegúrese de que alguien escucha las noticias de la radio surcoreana. A menudo son los primeros en enterarse de lo que está pasando en el norte.

—Jin Chin-hwa ya lo está haciendo, señor.

—Bien. Y tercera: intente conseguir que nuestro personal de la embajada china en Pionyang asista por vía telemática a nuestra reunión de planificación.

—Sí, señor.

Kai llegó al fin al campus del Guoanbu. Se quitó el abrigo y subió en el ascensor.

En la antesala fue abordado por Jin Chin-hwa, un ciudadano chino de ascendencia coreana, joven, ambicioso y, lo más importante, con un fluido dominio del idioma de sus antepasados. Como los fines de semana estaba permitido, iba vestido de manera informal, con unos vaqueros negros y una sudadera de Iron Maiden. Llevaba un auricular inalámbrico en una oreja.

—Estoy escuchando la KBS1.

—Bien.

Kai sabía que se trataba del principal canal de noticias de la

398

televisión pública nacional con base en Seúl, la capital de Corea del Sur.

—Están diciendo que se ha producido un «incidente» en una base militar en Corea del Norte —prosiguió Jin—. Según rumores sin confirmar, a primera hora de hoy un destacamento de la Fuerza de Operaciones Especiales ha hecho una incursión con el fin de arrestar a un grupo de conspiradores antigubernamentales.

—¿Podemos poner la televisión norcoreana en la sala de conferencias? —preguntó Kai.

—La televisión norcoreana no emite hasta la tarde, señor.

—Oh, mierda, lo había olvidado.

—Pero también estoy controlando la emisora de Pionyang FM, y voy alternando entre esta y la KBS1.

—Bien. Nos reuniremos en la sala de conferencias dentro de media hora. Dígaselo a los demás.

—Sí, señor.

Kai se instaló en su mesa y repasó la información que habían recopilado hasta el momento. No había nada en las redes sociales, ya que los norcoreanos tenían prohibido el acceso a internet. La inteligencia de señales solo confirmaba lo que ya sabían o sospechaban. La embajada china en Pionyang tampoco tenía nada.

Ting le telefoneó.

—Creo que acabo de meter la pata.

—¿Cómo?

—¿Tienes un amigo llamado Wang Wei?

En China había cientos de miles de personas con ese nombre, pero daba la casualidad de que Kai no tenía ningún amigo que se llamara así.

—No, ¿por qué?

—Me lo temía. Estaba memorizando un diálogo largo y contesté al teléfono. El hombre preguntó por ti y le respondí que te habías marchado al despacho. Estaba distraída y lo dije casi sin pensar. Después de colgar caí en la cuenta de que no debería haberle dicho nada. Lo siento mucho.

—No pasa nada —la tranquilizó él—. Procura que no se repita y ya está. No te preocupes.

—Oh, me alegro de que no te hayas enfadado conmigo.

—¿Por lo demás todo bien?

—Sí, ahora iba a salir al mercado. He pensado preparar algo para cenar esta noche.

—Estupendo. Nos vemos luego.

La llamada debía de haberla realizado algún espía, estadounidense o europeo, lo más probable. El número de su casa era secreto, pero ese era el trabajo de los espías: descubrir secretos. Y ahora se habían enterado de que Kai había ido a su despacho un domingo por la mañana, lo cual sin duda era indicativo de que se encontraban en medio de una crisis.

Kai fue a la sala de conferencias. Allí estaban ya sus cinco hombres de mayor rango, además de cuatro especialistas en Corea del Norte, incluido Jin Chin-hwa. El personal de la embajada en Pionyang estaba conectado vía telemática. Kai les puso al corriente de los acontecimientos ocurridos en las últimas veinticuatro horas, y cada uno de los presentes informó de lo que había conseguido averiguar en la última hora.

A continuación Kai volvió a tomar la palabra.

—Durante el día de hoy, y seguramente durante los próximos días, resultará crucial que dispongamos de información en tiempo real de lo que ocurra en Corea del Norte. El presidente y todo el aparato de política exterior seguirán el desarrollo de los acontecimientos minuto a minuto, a fin de considerar si China debe intervenir y, en tal caso, qué tipo de intervención sería la más apropiada. Y para ello dependen de nosotros y de toda la información fiable que podamos proporcionarles.

»Todas nuestras fuentes de inteligencia deben ser exprimidas al máximo. Los satélites de reconocimiento deben centrarse en las bases militares. La inteligencia de señales debe controlar todo el tráfico de información accesible que se produzca en territorio norcoreano. Cualquier flujo repentino de llamadas o mensajes puede indicar un ataque de las fuerzas rebeldes.

»La oficina del Guoanbu de la embajada china en Pionyang trabajará las veinticuatro horas del día, al igual que nuestro consulado en Chongjin, a fin de proporcionar cualquier tipo de información que puedan conseguir. Y no debemos olvidarnos de la comunidad china de Corea del Norte. Allí viven miles de compatriotas: empresarios, algunos estudiantes, chinos casados con coreanos. Debemos conseguir los teléfonos de todos. Es el momento de que demuestren su patriotismo. Quiero que se llame a todos y cada uno.

—Pionyang está haciendo un anuncio oficial —le interrumpió Jin—. Dicen que esta mañana han arrestado a un grupo de traidores y saboteadores controlados por Estados Unidos en una base militar… —Traducía a medida que escuchaba—. No dicen qué base es… Ni el número de gente arrestada… Nada sobre violencia o enfrentamientos armados… Y eso es todo. No hay más declaraciones.

—Sin duda es sorprendente —comentó Kai—. Acostumbran a tardar horas o incluso días en responder.

—Todo esto ha alterado bastante al gobierno norcoreano —dijo Jin.

—¿Alterado? —repuso Kai—. Diría que están más que alterados. Creo que están asustados. ¿Y saben qué? Yo también.

DEFCON 4

POR ENCIMA DEL NIVEL DE ALERTA NORMAL.

INCREMENTO DE LA ACTIVIDAD DE
INTELIGENCIA Y ENDURECIMIENTO
DE LAS MEDIDAS DE SEGURIDAD.

20

La presidenta Green odiaba el frío. Debería estar acostumbrada a las bajas temperaturas, dado que había crecido en Chicago, pero no era así. De pequeña le encantaba la escuela, aunque detestaba tener que ir en invierno. Se prometió que algún día viviría en Miami, donde, por lo que había oído, hasta podías dormir en la playa.

Nunca había vivido en Miami.

A las siete de la mañana del domingo se puso un abrigo acolchado, largo y voluminoso, para ir de la Residencia al Ala Oeste. Mientras recorría la columnata, iba pensando en sus relaciones íntimas con Gerry. Esa noche se había mostrado muy efusivo. A Pauline le gustaba el sexo, pero no le quitaba el sueño, no desde que era una veinteañera. A Gerry le pasaba más o menos lo mismo. La vida sexual de ambos siempre había sido agradable y tranquila, como el resto de su relación.

Aunque ahora ya no era así, pensó con tristeza.

Algo había cambiado en sus sentimientos hacia Gerry y creía saber la razón. En el pasado siempre había tenido la sensación tranquilizadora de que él la apoyaba. Discrepaban de vez en cuando, pero nunca se habían desautorizado mutuamente. No había ira en sus discusiones, porque sus conflictos no eran profundos.

Hasta ahora.

Pippa era la causa de sus desavenencias. Su preciosa niñita se había convertido en una adolescente rebelde y no conseguían ponerse de acuerdo en cómo actuar al respecto. Era casi un tópico: debía de haber montones de artículos sobre el tema en las revistas femeninas que Pauline nunca leía. Había oído que las peores discusiones matrimoniales eran las que surgían por las diferencias sobre cómo criar a los hijos.

Gerry no solo discrepaba de Pauline, sino que la acusaba de ser la culpable de la situación. «Pippa necesita ver más a su madre», no paraba de decirle, cuando sabía perfectamente que eso era imposible. Y sus acusaciones hacían que Pauline se sintiera mal por ambos.

Hasta entonces habían afrontado los problemas juntos y habían compartido la responsabilidad de sus actos. Ella había estado del lado de Gerry, y viceversa. Ahora él parecía estar en su contra. Y en eso había estado pensando la noche anterior mientras él yacía sobre ella en la cama de cuatro postes del Dormitorio de la Reina, donde en una ocasión había dormido Isabel II de Inglaterra. Pauline no había sentido afecto, ni intimidad, ni pasión. Gerry había tardado más de lo habitual, y supuso que también él percibía ese distanciamiento.

Pauline sabía que Pippa superaría esa fase, pero ¿sobreviviría su matrimonio? Cuando se planteaba esa pregunta, sentía una terrible angustia.

Llegó al Despacho Oval temblando. La jefa de Gabinete, Jacqueline Brody, la estaba esperando con aspecto de llevar horas levantada.

—El consejero de Seguridad Nacional, el secretario de Estado y la directora de Inteligencia Nacional quieren hablar contigo con carácter urgente —informó Jacqueline—. Han traído consigo al director adjunto de análisis de la CIA.

—¿Gus y Chess, la directora de Inteligencia y un friki de la CIA? ¿Cuando todavía está oscuro un domingo por la mañana? Aquí pasa algo. —Pauline se quitó el abrigo—. Hazlos pasar de inmediato —dijo sentándose frente a su escritorio.

Gus llevaba una americana negra y Chess una chaqueta de tweed, su ropa de domingo. La directora de Inteligencia Nacional, Sophia Magliani, vestía más formal, con una chaquetilla corta y unos pantalones negros. El hombre de la CIA iba vestido de calle, con unos pantalones de chándal, unas zapatillas deportivas muy gastadas y un chaquetón marinero. Sophia lo presentó como Michael Hare, y Pauline recordó haber oído hablar de él: hablaba ruso y mandarín, y su apodo era Micky Dos Cerebros.

—Gracias por venir —lo saludó estrechándole la mano.

—Buenas —murmuró él con desgana.

A Pauline le dio la sensación de que ni siquiera llegaba a tener un cerebro.

Sophia, percatándose de la pobre impresión que le había dado a la presidenta, se apresuró a decir a modo de disculpa:

—Michael ha estado despierto toda la noche.

Pauline no hizo ningún comentario al respecto.

—Tomen asiento —indicó—. ¿Qué ha pasado?

—Será mejor que Michael lo explique —dijo Sophia.

—Mi homólogo en Pekín es un hombre llamado Chang Kai —empezó Hare—. Es viceministro de Inteligencia Internacional en el Guoanbu, el servicio secreto chino.

Pauline no tenía tiempo para prolegómenos.

—Vaya directo al grano, señor Hare.

—Ya lo hago —repuso él con un deje de irritación.

Su brusca réplica a la presidenta rayó en la grosería. Hare era un hombre desagradable, por decirlo suave. Había miembros de los servicios de inteligencia que pensaban que todos los políticos eran tontos, sobre todo en comparación con ellos mismos, y, por lo visto, Hare era uno de ellos.

—Si me permite, señora presidenta —intervino Gus en su tono más conciliador—, creo que sus explicaciones resultarán de mucha utilidad.

Si Gus lo decía, sería verdad.

—Muy bien. Continúe, señor Hare.

Hare prosiguió como si apenas hubiera notado la interrupción.

—Ayer Chang voló a Yanji, una ciudad próxima a la frontera con Corea del Norte. Lo sabemos porque la estación de la CIA en Pekín tiene intervenido el sistema informático del aeropuerto.

Pauline frunció el ceño.

—¿Utilizó su nombre?

—Para la ida, sí. Sin embargo, para la vuelta empleó un nombre falso o bien tomó un vuelo no regular. En cualquier caso, su regreso no aparece registrado en el sistema.

—Tal vez aún sigue allí.

—El caso es que sí ha vuelto. Esta mañana, a las ocho y media hora de Pekín, uno de nuestros agentes llamó a su casa haciéndose pasar por un amigo y la esposa de Chang respondió que este había ido a su despacho.

Pese al desagrado que sentía por Hare, aquello despertó el interés de Pauline.

—Así que ayer hizo un viaje que en principio parecía rutinario —comentó pensativa—, pero luego regresó de forma urgente o en un vuelo de alta seguridad. Y esta mañana, domingo, ha ido a su despacho. ¿Por qué? ¿Qué más sabemos?

—A eso voy —replicó, de nuevo irritado. Era como un profesor universitario al que no le gustaba que sus estudiantes lo interrumpieran con preguntas estúpidas. Sophia parecía avergonzada, pero no dijo nada. Hare continuó—: A primera hora de hoy, la radio surcoreana ha informado de que la Fuerza de Operaciones Especiales de Corea del Norte ha atacado una base militar sin identificar para intentar capturar a un grupo de insurgentes. Más tarde, Pionyang ha anunciado que ha arrestado a varios traidores controlados por Estados Unidos en una base militar, también sin identificar.

—Eso es en parte culpa nuestra —dijo Pauline.

Chess intervino por primera vez:

—Porque hemos endurecido las sanciones contra Corea del

Norte, después de que China lograra que se desestimara nuestra resolución sobre la venta de armas.

—Y eso ha perjudicado seriamente la economía norcoreana.

—Ese es el propósito de las sanciones, ¿no? —saltó Chess a la defensiva, ya que la idea había sido suya.

—Y ha funcionado mejor de lo que esperábamos —comentó Pauline—. La economía norcoreana ya estaba al borde del precipicio, y ahora nosotros le hemos dado el empujón definitivo.

—Si no hubiéramos querido que eso ocurriera, no habríamos adoptado tales medidas —añadió Chess.

Pauline no quería que sus palabras se interpretaran como un ataque directo contra el secretario de Estado.

—Fui yo quien tomó la decisión, Chess. Y no estoy diciendo que fuera una mala estrategia. Sin embargo, ninguno de nosotros pensó que podría desencadenar una rebelión contra el gobierno de Pionyang… si es que se trata realmente de eso. —Se giró hacia el analista de la CIA—. Por favor, continúe, señor Hare. Decía usted que los informes son confusos en cuanto a si se han producido arrestos o no.

—Una confusión que se ha resuelto hace un par de horas —dijo Hare—, a última hora de la tarde en Corea, poco antes de que amaneciera aquí. Un reportero de la KBS1, el canal de noticias más importante de Corea del Sur, se ha puesto en contacto con los presuntos traidores… quienes, por cierto, no están controlados por Estados Unidos.

—Pues menos mal —lo interrumpió Gus.

—La cadena ha emitido una entrevista, grabada vía internet, con un oficial del ejército norcoreano que afirma ser uno de los líderes insurgentes. No han dado su nombre, pero nosotros hemos podido identificarlo: es un tal general Pak Jae-jin. Ha dicho que no han arrestado a nadie, que han logrado rechazar el ataque de la Fuerza de Operaciones Especiales y que ahora los rebeldes tienen el control total de la base.

—¿Han dicho de qué base se trata?

—No. Y tampoco hay imágenes de satélite del enfrentamiento

de esta mañana, ya que es invierno y las nubes cubren el cielo de toda la región. Sin embargo, la entrevista se ha grabado al aire libre y se distinguían algunos edificios detrás del general. Comparando lo que se ve al fondo con las fotografías de que disponemos y otras informaciones acerca de las instalaciones militares norcoreanas, hemos deducido que se trata de la base de Sangnam-ni.

—Ese nombre me suena… —comentó Pauline—. ¿No es una instalación de misiles nucleares? —Y de pronto cayó en la cuenta—. ¡Santo Dios! Los rebeldes cuentan con armamento nuclear.

—Por eso estamos aquí —dijo Gus.

Pauline se quedó un momento en silencio tratando de asimilar la noticia.

—Es muy grave. ¿Cómo debemos actuar? Creo que mi primer movimiento debería ser hablar con el presidente Chen.

Los demás asintieron.

Echó un vistazo a su reloj.

—Aún no son las ocho de la noche en Pekín, así que estará despierto. Jacqueline, por favor, organiza la llamada.

La jefa de Gabinete fue a la habitación contigua para encargarse de los preparativos.

—¿Qué vas a decirle a Chen? —preguntó Chess.

—Esa es la gran cuestión. ¿Alguna sugerencia?

—En primer lugar, podrías pedirle su valoración sobre el peligro real de la situación.

—De acuerdo, se la pediré. Seguramente dispondrá de más información que nosotros. Debe de haber hablado con el líder supremo Kang al menos una vez en las últimas doce horas.

—No creo que le haya sacado mucho a Kang —intervino Hare con displicencia—. Se odian. Pero su servicio de inteligencia es tan competente como el nuestro y habrá estado trabajando todo el día, al igual que nosotros toda la noche, así que su hombre, Chang Kai, le habrá facilitado información. Otra cosa es que Chen quiera compartirla con usted.

Aquello ni siquiera merecía una respuesta de Pauline.

—¿Algo más, Chess?

—Pregúntale qué piensa hacer al respecto.

—¿Qué opciones tiene?

—Podría proponer un ataque relámpago conjunto de las fuerzas chinas y norcoreanas para recuperar la base de Sangnam-ni para el gobierno de Pionyang.

—No creo que Kang se preste a eso —volvió a interrumpir Hare, con un tono displicente.

Por desgracia, tenía razón, pensó Pauline.

—Muy bien, señor Hare. En su opinión, ¿qué debería hacer el presidente chino?

—Nada.

—¿Y por qué cree eso?

—No lo creo, lo sé. Cualquier cosa que haga China solo provocaría una escalada de la tensión.

—De todos modos, preguntaré al presidente Chen si Estados Unidos o la comunidad internacional pueden hacer algo que les sirva de ayuda.

—Siempre y cuando diga antes: «No deseo interferir en los asuntos internos de otro país, pero…». Los chinos están obsesionados con eso —advirtió Hare.

Pauline no necesitaba lecciones de diplomacia de alguien como él.

—Señor Hare, creo que es hora de que le dejemos marchar para que pueda descansar un poco.

—Ya, claro. —Hare se levantó, se dirigió a la puerta arrastrando los pies y salió del despacho.

—Le ruego disculpe sus modales —se excusó Sophia—. Michael no cae bien a nadie, pero es demasiado bueno para despedirlo.

Pauline no tenía ningún interés en seguir hablando de Hare.

—Debemos tomar una decisión sobre si alertamos al ejército.

—Sí, señora —dijo Gus—. Ahora estamos en DEFCON 5, el nivel más bajo de alerta.

—Debemos pasar a DEFCON 4.

—Incremento de la actividad de inteligencia y endurecimiento de las medidas de seguridad.

—No me gusta dar ese paso porque la reacción de los medios será exagerada, pero en esta situación resulta inevitable.

—Estoy de acuerdo. Y tal vez necesitemos elevar el nivel a DEFCON 3 en Corea del Sur. La última vez que se declaró en Estados Unidos fue durante la crisis del 11-S.

—¿Puedes recordarme la diferencia entre los niveles tres y cuatro?

—Básicamente, en DEFCON 3 las fuerzas aéreas deben estar preparadas para movilizarse en quince minutos.

En ese momento regresó Jacqueline.

—Los intérpretes ya están en sus puestos y tenemos a Chen en vídeo.

Pauline miró la pantalla de su ordenador.

—Ha ido rápido.

—Supongo que estaba esperando tu llamada.

Pauline garabateó algunas notas en un cuaderno: «Sangnam-ni, nuclear, Fuerza de Operaciones Especiales, sin arrestos, estabilidad regional, estabilidad internacional». Luego se oyó un suave campanilleo y Chen apareció en pantalla. Se hallaba en su despacho, sentado al frente de un enorme escritorio, con la bandera roja y amarilla detrás, por encima de su hombro, y un cuadro de la Gran Muralla a su espalda.

—Buenos días, señor presidente —dijo Pauline—, y gracias por atender a mi llamada.

—Me alegra tener la oportunidad de hablar con usted —respondió Chen a través de su intérprete.

En situaciones anteriores menos formales, Chen había charlado con Pauline en inglés sin ningún problema, pero en una conversación de ese nivel era absolutamente imprescindible que no se produjera el menor malentendido.

—¿Qué está ocurriendo en Sangnam-ni?

—Me temo que es una consecuencia de la crisis económica provocada por las sanciones de Estados Unidos.

Pauline podría haber contestado que las sanciones habían sido impuestas por las Naciones Unidas, y que la principal razón de la crisis era el deplorable sistema económico comunista, pero no lo hizo.

—En respuesta —prosiguió Chen—, China está enviando ayuda económica de emergencia a Corea del Norte, sobre todo arroz, carne de cerdo y gasolina.

«Así que nosotros somos los malos y vosotros los buenos —se dijo Pauline—. Vaya, vaya, vaya… Pero volvamos al asunto que nos ocupa.»

—Tenemos entendido que la Fuerza de Operaciones Especiales fue derrotada sin que se produjeran arrestos. ¿Significa eso que las fuerzas rebeldes cuentan ahora con armamento nuclear?

—No puedo confirmarlo.

Lo cual significaba que sí, pensó Pauline, y el corazón le dio un vuelco. Si hubiera podido, Chen lo habría negado.

—De ser cierto, señor presidente, ¿qué piensa hacer?

—No voy a interferir en los asuntos internos de otro país —respondió muy serio—. Es uno de los principios capitales de la política exterior china.

«¿Principios…? Y una mierda», se dijo Pauline, pero lo expresó de una forma más sutil.

—Si un grupo insurgente dispone de armas nucleares, muy probablemente constituya una amenaza para la estabilidad regional, lo cual debería preocuparle.

—En estos momentos no existe ninguna amenaza para la estabilidad regional.

Era un muro de piedra.

Pauline hizo un último intento desesperado.

—¿Y si la rebelión se extiende a otras bases militares norcoreanas? Sangnam-ni no es la única instalación nuclear.

Chen pareció dudar unos momentos.

—El líder supremo Kang ha tomado medidas firmes para impedir que eso suceda.

La rigidez de aquella afirmación constituía, de hecho, una

declaración velada, pero Pauline reprimió su desasosiego y decidió poner fin a la conversación. Chen se había mostrado hermético, pero, como ocurría a menudo, le había revelado sin querer algo que ella necesitaba saber.

—Gracias por su ayuda, señor presidente. Como de costumbre, no solo es un deber, sino también un placer conversar con usted. Seguiremos en contacto.

—Gracias, señora presidenta.

La pantalla quedó a oscuras y Pauline miró a Gus y a Chess. Ambos parecían muy inquietos. Habían llegado a la misma conclusión.

—Si la rebelión se restringiera a una sola base, Chen lo habría dicho —razonó la presidenta.

—Exacto —confirmó Gus—. Pero Kang ha tomado medidas firmes, lo que significa que se ha visto obligado a tomarlas porque la rebelión ya se ha extendido.

—Seguramente habrá enviado tropas a la base de Yongdok —apuntó Chess—, donde están almacenadas las cabezas nucleares. Y los rebeldes habrán respondido al ataque. Chen no ha dicho que las fuerzas gubernamentales hayan salido victoriosas, solo que Kang ha tomado medidas. Eso indica que la situación no se ha resuelto.

—Kang se habrá centrado en las bases más importantes —añadió Gus—, pero esas serán también el objetivo de las fuerzas insurgentes.

Pauline consideró que había llegado el momento de pasar a la acción.

—Quiero la máxima información posible. Sophia, asegúrate de que los de inteligencia de señales interceptan cualquier flujo de información que podamos captar de Corea del Norte. Gus, comprueba los últimos datos que tenemos sobre el arsenal nuclear norcoreano: cantidad, potencia, esas cosas. Chess, habla con la ministra de Exteriores surcoreana; tal vez ella disponga de información confidencial que nosotros desconocemos. Y creo que también debería emitir algún tipo de declaración oficial al respecto. Jacqueline, pídele a Sandip que venga, por favor.

Los cuatro salieron del despacho. Pauline reflexionó sobre la mejor manera de explicar la situación al pueblo estadounidense. James Moore y sus secuaces en los medios tergiversarían y distorsionarían cualquier cosa que dijera. Tenía que expresarse con claridad meridiana.

Sandip se presentó al cabo de unos minutos, entrando sin apenas hacer ruido con sus zapatillas deportivas. Pauline le puso al corriente sobre la situación en Sangnam-ni.

—Esto no se puede mantener en secreto —dijo Sandip—. Los medios surcoreanos son demasiado buenos y acabará saliendo a la luz.

—Estoy de acuerdo. Así que hay que demostrar a la ciudadanía que su gobierno tiene controlada la situación.

—¿Dirá que estamos preparados para una guerra nuclear?

—No, eso sería demasiado alarmista.

—James Moore planteará la cuestión.

—Puedo decir que estamos preparados para cualquier eventualidad.

—Mucho mejor. Pero antes debería saber qué está haciendo al respecto.

—He hablado con el presidente chino. Está preocupado, pero dice que no hay riesgo de desestabilización en la zona.

—¿Y qué medidas ha tomado?

—Ha enviado ayuda a Corea del Norte, comida y combustible, porque cree que el verdadero problema es la crisis económica.

—Bien, práctico pero sin dramatismos.

—Al menos no empeorará las cosas.

—¿Y qué más piensa hacer usted?

—No creo que esto tenga repercusiones inmediatas para Estados Unidos, pero como precaución voy a elevar el nivel de alerta a DEFCON 4.

—Una respuesta de baja intensidad.

—Esa es mi intención.

—¿Y cuándo quiere comparecer ante los medios?

Pauline echó un vistazo a su reloj.

—¿Las diez sería demasiado pronto? Quiero adelantarme a los acontecimientos y hacerlo público cuanto antes.

—Pues entonces a las diez.

—Muy bien.

—Gracias, señora presidenta.

A Pauline le encantaban las ruedas de prensa. Por lo general, los corresponsales destacados en la Casa Blanca eran hombres y mujeres inteligentes que comprendían a la perfección las complejidades del mundo de la política. Le planteaban preguntas difíciles y estimulantes que ella trataba de responder con sinceridad, y disfrutaba con el tira y afloja de los debates siempre que trataran sobre las cuestiones importantes y no reflejaran un simple postureo partidista.

Había visto fotos históricas de las primeras ruedas de prensa, cuando todos los corresponsales eran hombres trajeados con camisa blanca y corbata. Ahora el grupo también incluía a mujeres, el código de vestimenta era más relajado, y los técnicos y los cámaras iban con sudaderas y deportivas.

Pauline había estado muy nerviosa en su primera rueda de prensa, hacía ya veinte años. En aquella época era concejala en Chicago, una ciudad eminentemente demócrata y con escasa representación republicana en las instituciones municipales, por lo que se había presentado como independiente. Debido a su pasado como gimnasta laureada, había abogado por la mejora de las instalaciones deportivas, y sobre eso había tratado su primera rueda de prensa. Pero su nerviosismo no duró mucho. En cuanto empezó a debatir con los periodistas se relajó, y no tardó demasiado en hacerlos reír. A partir de entonces no había vuelto a ponerse nerviosa nunca más.

La rueda de prensa que tendría lugar ese día seguía el plan

establecido. Sandip había advertido a los corresponsales de que la presidenta no contestaría preguntas sobre su hija y que, si alguno se saltaba la norma, la rueda de prensa se cancelaría en el acto. Pauline esperaba en cierto modo que alguien se la saltara, pero nadie lo hizo.

Habló sobre la conversación mantenida con el presidente chino, sobre el nivel de alerta DEFCON 4, y para concluir les dijo la frase con la que esperaba que se quedaran:

—Estados Unidos está preparado para cualquier eventualidad.

Respondió a las preguntas de los corresponsales más veteranos y, cuando faltaban un par de minutos para acabar la comparecencia, fue interpelada por Ricardo Álvarez, del hostil *New York Mail*.

—Hace un rato James Moore ha sido preguntado por la crisis en Corea del Norte y ha respondido que, en estas circunstancias, Estados Unidos debería dirigirlo un hombre. ¿Qué tiene que decir a eso, señora presidenta?

Hubo algunas risas en la sala, aunque Pauline observó que ninguna de las mujeres reía.

La pregunta no la sorprendió. Sandip ya la había avisado sobre el comentario misógino de Moore, y ella le había contestado que una sandez así le costaría el apoyo de muchas mujeres. «Mi madre cree que tiene razón», había replicado Sandip. No todas las mujeres eran feministas.

En cualquier caso, Pauline no quería iniciar un debate con la prensa sobre si una mujer podía ejercer el liderazgo en tiempos de guerra, pues eso permitiría a Moore establecer los términos de la discusión. Pauline tenía que llevar la cuestión a su propio terreno.

Se quedó pensativa un rato. Entonces se le ocurrió una idea, aunque tal vez pareciera un poco pillada por los pelos. Aun así, decidió apostar por ella. Se inclinó hacia delante en el atril y habló en un tono más informal:

—¿Se han dado cuenta, amigos, de que James Moore nunca hace esto? —Con un amplio gesto de la mano abarcó a todos los corresponsales congregados en la sala—. Aquí tengo a la red de emisoras y a las cadenas por cable, a los periódicos serios y a la tóxica prensa sensacionalista, a los medios liberales y a los conservadores. —Hizo una pausa y señaló al periodista del *New York Mail*—. Ahora mismo estoy contestando a una pregunta de Ricky, cuyo periódico nunca ha dicho ni una palabra buena sobre mí. ¡Menuda diferencia con el señor Moore! ¿Saben cuándo fue la última vez que concedió una entrevista en profundidad a una cadena de televisión? La respuesta es: nunca. Que yo sepa, jamás se ha prestado para que *The Wall Street Journal*, *The New York Times* o alguno de los principales periódicos del país elaboren un perfil personal suyo. Solo acepta entrevistas de sus amigos y partidarios. Pregúntense por qué será.

Volvió a hacer una pausa. Había pensado en acabar con alguna salida sarcástica, con gancho. ¿Quería mostrarse agresiva? Decidió que sí.

—Les diré lo que pienso —continuó antes de que alguien la interrumpiera—: James Moore tiene miedo. Le aterra no ser capaz de defender sus políticas ante un interrogador serio. Y eso me lleva de vuelta a su pregunta, Ricky. —«Aquí viene el gancho», se dijo—. Cuando las cosas se ponen feas, ¿quieren que dirija Estados Unidos alguien como Jim el Miedoso? —Otra breve pausa—. Gracias a todos.

Y abandonó la sala.

Esa noche de domingo, Pauline cenó en la Residencia con Gerry y Pippa contemplando las calles iluminadas de Washington, mientras en Pekín y Pionyang la gente empezaba a levantarse en una oscura mañana de lunes invernal.

El cocinero de la Residencia había preparado ternera al curri, el nuevo plato favorito de Pippa. Pauline solo se tomó el arroz y la ensalada. La comida no es que la entusiasmara demasiado, ni la bebida. Pusieran lo que le pusiesen delante, ella comía y bebía un poco.

—¿Cómo va todo con la señora Judd? —le preguntó a su hija.

—La vieja Judders ya ha dejado de incordiarme, por suerte.

Si Pippa había dejado de atraer la atención de la directora, igual era porque se comportaba mejor en clase. Lo mismo ocurría en casa: ya no se peleaban tanto. Pauline pensaba que su comportamiento había mejorado a raíz de la amenaza de ser escolarizada en casa. Por muy rebelde que se estuviera volviendo, la escuela era el centro de su vida social. La charla de Pauline sobre contratar a un tutor había servido para bajarle un poco los humos.

—Amelia Judd no es vieja —intervino Gerry, enfadado—, y tampoco se apellida Judders. Tiene cuarenta años y es una mujer muy capaz y competente.

Pauline lo miró con un leve gesto de sorpresa. Gerry no solía regañar a Pippa y le pareció raro que lo hiciera para defender a la directora. Se le pasó por la cabeza que tal vez «Amelia» le hiciera un poco de tilín. Tampoco sería tan extraño. La señora Judd era una mujer con autoridad en un puesto de liderazgo, como Pauline pero con diez años menos. «Una edición más reciente del mismo libro», pensó con cierto cinismo.

—No te gustaría tanto la Judders si te estuviera mangoneando todo el día —protestó Pippa.

Se oyó un pequeño toque en la puerta y Sandip entró en la sala. No era habitual que los miembros del personal irrumpieran en las comidas familiares en la Residencia; de hecho, estaba prohibido salvo en casos de emergencia.

—¿Qué ocurre? —preguntó Pauline.

—Siento mucho interrumpir, señora presidenta, pero hace unos minutos han ocurrido dos cosas. La CBS ha anunciado una larga entrevista en directo con James Moore, a las siete y media.

Pauline se miró el reloj. Pasaban unos minutos de las siete.

—Nunca ha concedido una entrevista para la televisión —añadió Sandip.

—Como he señalado yo esta mañana.

—Es una primicia de la CBS, por eso se están dando tanta prisa.

—¿Crees que se ha picado porque le he llamado «Jim el Miedoso»?

—Seguro. Muchos periodistas han utilizado esas palabras en sus informaciones sobre la rueda de prensa. Ha sido muy inteligente por su parte, señora presidenta. Ahora Moore se ve obligado a demostrar que está equivocada, y por eso tiene que asomar la patita.

—Bien.

—Probablemente quedará en evidencia en la CBS. Lo único que tienen que hacer es poner a un entrevistador con cerebro.

Pauline no estaba tan segura.

—Puede que nos sorprenda. Es un tipo muy escurridizo. Tratar de acorralarlo es tan difícil como agarrar un pez con la mano.

Sandip asintió.

—En política, lo único seguro es que nada es seguro.

Eso hizo reír a Pippa.

—Veré la entrevista aquí y luego iré al Ala Oeste —le dijo Pauline a Sandip—. ¿Y la segunda cosa?

—Los medios de Asia Oriental ya se han puesto en marcha. La televisión surcoreana ha anunciado que los rebeldes norcoreanos han tomado el control de las dos instalaciones nucleares y de dos bases de misiles, además de un número desconocido de bases militares.

Aquello inquietó a Pauline.

—Esto ya no es un simple incidente. Es una auténtica rebelión.

—¿Quiere hacer alguna declaración al respecto?

Ella sopesó la cuestión.

—Creo que no —dijo al fin—. Ya he elevado el nivel de alerta y he explicado a la ciudadanía que estamos preparados para cualquier eventualidad. Por ahora, no veo razón para añadir nada más.

—De acuerdo, aunque tal vez deberíamos volver a hablar después de ver la entrevista a Moore.

—Claro.

—Gracias, señora presidenta.

Sandip se marchó. Gerry y Pippa se habían quedado muy serios y pensativos. A menudo se enteraban de noticias políticas candentes, pero aquello sonaba más grave de lo habitual. Acabaron de cenar en silencio.

Justo antes de las siete y media, Pauline se dirigió al antiguo Salón de Belleza y encendió el televisor. Pippa la siguió.

—Soy incapaz de soportar media hora en compañía de ese lerdo de Moore —se excusó Gerry, y dicho esto desapareció.

Pauline y Pippa se sentaron en el sofá.

—¿Cómo es la señora Judd? —preguntó Pauline a su hija antes de que empezara la entrevista.

—Bajita y rubia, con unas tetas enormes.

«No es precisamente una descripción de género no binario», pensó Pauline.

La entrevista iba a tener lugar en el estudio, en un plató ambientado como un salón convencional, con lámparas, mesitas auxiliares y un jarrón con flores. A Moore no se le veía muy a gusto.

Fue presentado por una experimentada periodista, Amanda Gosling, que iba muy arreglada, como el resto del equipo. Llevaba el cabello rubio y un peinado muy estiloso, y un vestido gris azulado que mostraba sus hermosas pantorrillas. Sin embargo, era una mujer inteligente e incisiva. No se lo iba a poner fácil a su invitado.

James Moore había moderado su vestimenta. Como siempre, llevaba una chaqueta vaquera con pespuntes, pero con una camisa blanca y una corbata normal y corriente.

Gosling empezó en plan simpático. Le preguntó por su carrera como estrella del béisbol, luego como comentarista y por fin como locutor radiofónico. Pippa se impacientó.

—¿A quién le importa toda esa mierda?

—Lo está ablandando —contestó Pauline—. Tú espera.

Gosling pasó rápidamente al tema del aborto.

«Algunas voces críticas afirman que su política sobre el aborto implica que muchas mujeres se vean forzadas a tener hijos que no desean. ¿Considera que eso es justo?»

«Nadie obliga a una mujer a quedarse embarazada.»

—¿Cómo? Pero ¿qué dice? —exclamó Pippa.

Estaba claro que eso era falso, pero Gosling no lo contradijo.

«Me gustaría asegurarme de que sus puntos de vista quedan muy claros para nuestra audiencia —comentó Gosling con una voz suave y serena.»

—Buena idea —saltó de nuevo Pippa—. Así todo el mundo sabrá lo capullo que es.

«En su opinión —prosiguió la periodista—, cuando un marido le pide relaciones íntimas a su esposa, ¿la mujer tiene derecho a negarse?»

«Un hombre tiene sus necesidades —respondió Moore en un tono que sugería una profunda sabiduría—. Y el matrimonio es el medio que nos ha concedido Dios para satisfacer esas necesidades.»

Gosling se permitió mostrar un leve tono despectivo.

«Entonces, cuando una mujer se queda embarazada, ¿es culpa de Dios o de su marido?»

«Sin duda es la voluntad de Dios, ¿no cree, señora?»

Gosling eludió el debate sobre la voluntad divina.

«En cualquier caso, al parecer usted cree que la mujer no tiene voz ni voto en el asunto —repuso con cierto desdén.»

«Creo que el marido y la esposa deben comentar esas cosas entre ellos con amor y comprensión.»

Gosling no estaba dispuesta a dejar que escurriera el bulto de un modo tan fácil.

«Sin embargo, a fin de cuentas, el hombre es el amo y señor, según usted.»

«Bueno, creo que lo dice la Biblia, ¿no? ¿Ha leído la Biblia, señora Gosling? Seguro que sí.»

—Pero ¿de qué siglo es ese hombre? —espetó Pippa al televisor.

—Está diciendo lo que muchos estadounidenses piensan —comentó Pauline—. De lo contrario, no estaría en televisión.

La periodista fue preguntando a Moore por los temas más controvertidos de la actualidad, desde la inmigración hasta el matrimonio homosexual. En cada caso, sin dejar traslucir una oposición directa, le leía algunas de las declaraciones que había hecho en el pasado para inducirlo a exponer sus opiniones más extremistas. Millones de espectadores se removían incómodos en sus sofás, muertos de vergüenza y asqueados. Por desgracia, otros tantos millones aplaudían sus palabras.

Gosling dejó la política exterior para el final.

«Recientemente ha abogado usted por hundir barcos chinos en aguas del mar de la China Meridional. ¿Cómo cree que reaccionaría el gobierno chino ante esos ataques? ¿Cuáles serían las represalias?»

«Ninguna —respondió Moore con firmeza—. Lo último que quieren los chinos es entrar en guerra con Estados Unidos.»

«Pero ¿cómo iban a pasar por alto el hundimiento deliberado de uno de sus barcos?»

«¿Y qué quiere que hagan? Si nos atacan, China se convertiría en un yermo nuclear en cuestión de horas.»

«Y durante esas horas, ¿qué daños nos infligirían a nosotros?»

«Ninguno, porque nada de eso va a pasar. No nos atacarán mientras yo sea el presidente, porque tienen muy claro que no dudaría en borrarlos de la faz de la tierra.»

«Esa es su postura, ¿no?»

«Pues claro.»

«Y estaría dispuesto a poner en jaque la vida de millones de estadounidenses basándose solo en su criterio.»

«Eso es lo que hace un presidente.»

Resultaba casi inconcebible… hasta que Pauline recordó las palabras de uno de sus predecesores: «Si tenemos armas nucleares, ¿por qué no vamos a utilizarlas?».

«Para terminar —dijo la periodista—, explíquenos qué haría

usted con respecto a los rebeldes antigubernamentales de Corea del Norte que se han hecho con el control de armamento nuclear.»

«Por lo visto, el presidente chino está enviando arroz y carne a los norcoreanos. La presidenta Green parece creer que con eso se resolverá el problema. Yo no lo tengo tan claro.»

«La presidenta ya ha elevado el nivel de alerta.»

«De cinco a cuatro. Eso no es suficiente.»

«Entonces ¿qué haría usted?»

«Ordenaría una acción simple pero decisiva: un ataque con bomba nuclear que destruyera la base norcoreana y todo el armamento que contiene. Y el mundo entero nos aplaudiría por haberle librado de esa amenaza.»

«¿Y cómo cree que respondería el gobierno norcoreano?»

«Pues dándome las gracias.»

«¿Y si consideran el bombardeo como un ataque a su soberanía territorial?»

«¿Qué iban a hacernos, si yo ya habría acabado con todo su armamento nuclear?»

«A lo mejor tienen misiles nucleares en silos subterráneos que nosotros desconocemos.»

«Si los lanzan contra nosotros, su país se convertiría en un desierto radiactivo durante los próximos cien años, y eso lo saben. No se arriesgarían a hacer algo así.»

«Le dice bastante seguro.»

«Seguro del todo.»

«Así pues, para resumir su enfoque de la política exterior, ¿podríamos decir que Estados Unidos siempre se saldrá con la suya si amenaza con una guerra nuclear?»

«¿No están para eso las armas nucleares?»

«James Moore —concluyó la periodista—, aspirante a candidato a las primarias republicanas y a las elecciones presidenciales del próximo año, gracias por estar con nosotros esta noche.»

Pauline apagó el televisor. Moore había salido mejor parado de lo que ella se esperaba. No había flaqueado ni dudado en ningún momento, pese a la basura que había salido de su boca.

—Tengo deberes —dijo Pippa, y se marchó.

Pauline regresó al Ala Oeste.

—Dile a Sandip que venga, por favor —le pidió a Lizzie—. Estaré en el Estudio.

—Sí, señora.

Puso la CNN para ver qué comentaban sobre la intervención de Moore. Los tertulianos mostraban abiertamente su repulsa aunque de un modo bastante razonable. Aun así, Pauline tenía la impresión de que deberían prestar más atención a sus puntos fuertes.

Silenció el sonido cuando llegó Sandip.

—¿Qué opinas?

—El tipo está loco —dijo Sandip—. Algunos votantes lo verán así. Otros no.

—Coincido contigo.

—¿Alguna respuesta por nuestra parte?

—Esta noche no. —Pauline sonrió—. Vete a casa y descansa.

—Gracias, señora presidenta.

Como de costumbre, Pauline dedicó varias horas a ponerse al día con algunos informes que requerían su concentración sin interrupciones cada dos por tres. Poco después de las once, Gus se presentó en el Estudio. Llevaba el jersey de cachemira azul que tanto le gustaba a Pauline.

—Los japoneses están histéricos con lo de Sangnam-ni —anunció.

—No me extraña —dijo ella—. Son países vecinos.

—Tres horas en ferry de Fukuoka a Busán. Un poco más hasta Corea del Norte, pero aun así al alcance de sus misiles.

Pauline se levantó del escritorio y ambos se sentaron en los sillones. En la pequeña estancia, sus rodillas casi se tocaban.

—Japón y Corea tienen un pasado conflictivo —comentó ella.

—En Japón hay mucho odio hacia los coreanos. Las redes sociales están llenas de ataques racistas.

—Igual que en Estados Unidos.

—Diferentes colores, la misma xenofobia.

Pauline notó que se relajaba. Le gustaban sus ocasionales conversaciones de última hora con Gus. Charlaban de manera distendida sobre diversas cuestiones de interés, pero como generalmente no podían hacer nada hasta el día siguiente, no sentían la presión de tener que actuar.

—Sírvete una copa —lo animó Pauline—. Ya sabes dónde está el licor.

Gus se acercó a un aparador y sacó una botella y un vaso.

—Este bourbon es excelente.

—No tengo ni idea. Ni siquiera sé quién lo eligió.

—Fui yo —dijo él sonriendo.

Por un instante, dio la impresión de ser un colegial travieso. Volvió a sentarse y se sirvió dos dedos de bourbon en el vaso.

—¿Qué está haciendo el gobierno japonés al respecto? —preguntó Pauline.

—El primer ministro ha reunido a su Consejo de Seguridad Nacional, que habrá ordenado al ejército que eleve el nivel de alerta. No sería de extrañar que China y Japón entraran en conflicto a raíz de esto. Los comentaristas nipones ya hablan con preocupación sobre la posibilidad de que estalle una guerra.

—China es mucho más fuerte.

—No tanto como te crees. Japón ocupa el quinto puesto mundial en cuanto a presupuesto en materia de defensa.

—Aun así, no cuenta con armamento nuclear.

—Pero nosotros sí, y tenemos un tratado militar con Japón que nos obliga a intervenir si el país es atacado. Y para cumplir esa promesa, tenemos en la zona un destacamento de cincuenta mil soldados, además de la Séptima Flota, la III Fuerza Expedicionaria de Marines y ciento treinta aviones de combate de la Fuerza Aérea de Estados Unidos.

—Y aquí tenemos unas cuatro mil cabezas nucleares.

—La mitad listas para ser utilizadas, la otra mitad almacenadas.

—Y estamos comprometidos en la defensa de Japón.

—Así es.

Nada de aquello era nuevo para Pauline, pero nunca había visto tan claramente sus implicaciones.

—Gus, estamos metidos hasta el cuello.

—Yo no lo habría dicho mejor. Y hay algo más. ¿Has oído hablar de lo que los coreanos llaman la Residencia número 55?

—Sí, es la residencia oficial del líder supremo, situada en las afueras de Pionyang.

—Se trata en realidad de un complejo que abarca unos doce kilómetros cuadrados. Dispone de una gran cantidad de instalaciones de ocio de lo más lujoso, entre ellas una piscina con tobogán gigante, un balneario, un campo de tiro y un hipódromo.

—Esos comunistas no escatiman en nada, ¿eh? ¿Por qué no tengo yo un hipódromo?

—Señora presidenta, no tienes instalaciones de ocio porque no tienes tiempo para el ocio.

—Debería haber sido una dictadora.

—Sin comentarios.

Pauline soltó una risita. Sabía que estaban bromeando sobre convertirse en una tirana.

—El Servicio de Inteligencia Nacional de Corea del Sur ha informado de que el régimen de Pionyang ha repelido un ataque en la Residencia número 55 —prosiguió Gus—. Es un auténtico fortín con un búnker nuclear subterráneo, diría que el lugar más fuertemente custodiado de Corea del Norte. El hecho de que los rebeldes hayan intentado tomarlo indica que están mucho mejor preparados de lo que imaginábamos.

—¿Podría triunfar el alzamiento?

—Es muy posible.

—¡Un golpe militar!

—Exacto.

—Más nos vale averiguar cuanto podamos sobre esa gente. Quiénes son y qué quieren. En cuestión de días podría estar tratando con ellos como fuerza gubernamental.

—Ya le he pedido a la CIA que responda a esas cuestiones.

Se pasarán toda la noche trabajando en un informe para que lo tengas a primera hora de la mañana.

—Gracias. Siempre sabes lo que necesito incluso antes que yo.

Gus bajó la vista, y Pauline se dio cuenta de que sus palabras podían ser interpretadas como una muestra de coqueteo. Se sintió un tanto avergonzada.

Él tomó un sorbo de bourbon.

—Gus —dijo ella—, ¿qué pasará si la cagamos?

—Guerra nuclear.

—Ilumíname. Explícame cómo iría la cosa.

—Bueno, ambos bandos se defenderán con ciberataques y proyectiles antimisiles, pero todo apunta a que esas tácticas defensivas tendrán un éxito, cuando menos, limitado. Por consiguiente, algunas bombas nucleares alcanzarán sus objetivos en los dos países en guerra.

—¿Qué objetivos?

—Ambos bandos tratarán de destruir las instalaciones de lanzamiento de misiles enemigas, y también las ciudades más importantes. Como mínimo, China bombardeará Nueva York, Chicago, Houston, Los Ángeles, San Francisco y la ciudad en la que estamos, Washington D. C.

Mientras Gus enumeraba las ciudades, Pauline las iba visualizando en su mente: el puente Golden Gate de San Francisco, el Astrodome de Houston, la Quinta Avenida de Manhattan, Rodeo Drive en Los Ángeles, y el Monumento a Washington al otro lado de la ventana.

—Con toda probabilidad —añadió Gus—, sus misiles apuntarán a entre diez y veinte grandes ciudades.

—Recuérdame cómo será la explosión.

—En la primera millonésima de segundo, se formará una gran bola de fuego de unos doscientos metros de ancho. Todo aquel que quede dentro morirá al instante.

—Tal vez sean los más afortunados…

—La explosión arrasará los edificios en un kilómetro y medio a la redonda. Prácticamente todos los que estén en esa zona morirán a causa del impacto o de la caída de escombros. El calor prenderá fuego a todo lo que pueda arder, incluida la gente, en un radio de entre tres y ocho kilómetros. Los vehículos colisionarán, los trenes descarrilarán. La onda expansiva y el calor ascenderán y provocarán la caída de los aviones que sobrevuelen la zona.

—¿Número de víctimas?

—Solo en Nueva York, unas doscientas cincuenta mil personas morirán más o menos en el acto. Otro medio millón sufrirá graves heridas. Y morirán muchos más debido a la radiación en las horas o días siguientes.

—Santo Dios…

—Pero eso sería con una única bomba. Lanzarán más de un misil contra cada ciudad, por si alguno falla. En estos momentos China dispone de un gran arsenal de cabezas nucleares, así que cada misil puede llevar hasta cinco ojivas, cada una de ellas dirigida contra un objetivo distinto. Nadie sabe qué efecto podrían tener diez, veinte, cincuenta explosiones nucleares en una misma ciudad, porque eso nunca ha sucedido.

—Resulta inimaginable.

—Y estas son solo las consecuencias a corto plazo. Con las principales ciudades de Estados Unidos y China en llamas, imagínate el descomunal volumen de hollín que se expulsará a la atmósfera. Según algunos científicos, suficiente para que la incidencia de luz solar disminuya y desciendan las temperaturas en toda la superficie del planeta, lo que provocaría un empobrecimiento de las cosechas, escasez de alimentos y hambruna en numerosos países. Es lo que se conoce como invierno nuclear.

Pauline sintió una opresión en la garganta, como si hubiera tragado algo frío y pesado.

—Siento haberlo expuesto con tanta crudeza —dijo Gus.

—Yo te lo he pedido.

Pauline se inclinó hacia delante tendiendo las manos. Gus las tomó entre las suyas.

—Eso nunca debe ocurrir —dijo ella al cabo de un buen rato.

—Por Dios, no. —Gus le apretó las manos con delicadeza.

—Y ya sabes quiénes somos los encargados de evitarlo: tú y yo.

—Sí —dijo Gus—. Sobre todo tú.

21

Tamara pensó que era muy posible que hubieran perdido a Abdul.

Habían pasado ocho días desde que había llamado para informar de que el autobús estaba a punto de cruzar la frontera con Libia. Tal vez lo hubieran arrestado las autoridades libias, aunque resultaba poco probable porque en aquella región del planeta la ley brillaba por su ausencia. Era más probable que lo hubieran secuestrado o asesinado los miembros de una tribu que no tuviera nada que ver con el gobierno. Puede que pronto recibieran una petición de rescate.

O puede que Abdul hubiera desaparecido para siempre.

Tab convocó una reunión para decidir qué hacer. Este tipo de encuentros se celebraban alternativamente en las embajadas de Estados Unidos y Francia. Aquel tendría lugar en la embajada francesa y, como se desarrollaría en el idioma anfitrión, Dexter no asistiría.

Presidía la reunión el jefe de Tab, Marcel Lavenu, un hombretón cuya cabeza calva se alzaba sobre sus hombros como la cúpula de una iglesia.

—Anoche estuve con el embajador chino —comentó en un tono informal mientras los demás tomaban asiento—. Están furiosos por el alzamiento en Corea del Norte. Aunque a ellos poco les importa vender armas a los rebeldes en el norte de África.

¡Imaginaos cómo reaccionarían si la base nuclear de Sangnam-ni la hubieran tomado hombres con Bugles!

Tamara no entendió la referencia.

—El Bugle es el nombre con que se conoce el fusil *bullpup* fabricado por la compañía francesa FAMAS —le explicó Tab.

Tab estaba extendiendo un gran mapa sobre la mesa de reuniones. Llevaba una camisa blanca arremangada que dejaba al descubierto unos brazos morenos cubiertos por un ligero vello. Inclinado sobre el mapa con un lápiz en la mano, y con el flequillo cayéndole sobre los ojos, resultaba irresistiblemente atractivo. Tamara habría querido acostarse con él allí mismo.

Tab era ajeno al efecto que producía. En una ocasión ella le había acusado entre risas de su deliberada manera de vestirse para hacer que a las mujeres se les acelerara el pulso. Él le había respondido con una vaga sonrisa que dejaba claro que no sabía de qué le estaba hablando, de modo que resultaba aún más atractivo.

—Esto es Faya —indicó señalando con el lápiz un punto en el mapa—. Se encuentra a unos mil kilómetros por carretera desde aquí. Es el lugar desde donde llamó Abdul hace ya ocho días para proporcionarnos una información valiosísima. Desde entonces, supuestamente, ha estado fuera de cobertura.

El señor Lavenu era un hombre inteligente, si bien algo pomposo.

—¿Y qué hay de la señal de radio del cargamento? —preguntó—. ¿No podemos rastrearla?

—Desde aquí no —respondió Tab—. Su radio es solo de unos ciento cincuenta kilómetros.

—Entiendo. Continúa.

—El ejército aún no ha propuesto emprender ninguna acción contra los terroristas identificados por Abdul. Temen alertar a otros, posiblemente más importantes, que puedan encontrarse más adelante en la ruta. Sin embargo, no podemos tardar mucho en actuar.

—¿Y cómo estaba la moral del señor Abdul hace ocho días? —intervino de nuevo Lavenu.

—Habló con nuestra colega estadounidense —contestó Tab señalando a Tamara.

Lavenu la miró expectante.

—Estaba animado —dijo ella—. Frustrado por las averías y los retrasos, claro, pero averiguando muchísima información sobre el EIGS. Sabe que corre un gran peligro, pero es un hombre tenaz y valiente.

—No cabe la menor duda sobre su valentía.

Tab volvió a tomar la palabra.

—Suponemos que, desde Faya, el autobús se dirigió al noroeste hasta Zouarké, y de allí hacia el norte, dejando las montañas a la derecha y la frontera de Níger a la izquierda. Allí no hay carreteras asfaltadas. Creemos que el autobús habrá cruzado la frontera en algún punto al norte de Wour. Es muy probable que Abdul se encuentre en Libia, aunque no hay manera de saberlo con certeza.

—No es suficiente —repuso Lavenu—. Por supuesto, podemos perder el rastro de un operativo encubierto, debemos aceptarlo. No obstante, ¿estamos haciendo todo lo posible por encontrarlo?

—No sé qué más podemos hacer, señor —respondió Tab con suma educación.

—La señal de radio del cargamento… ¿podría ser captada por un helicóptero que sobrevolara la zona, rastreando la probable ruta que haya seguido el autobús?

—Es posible —contestó Tab—. Tendría que cubrir un área enorme, pero valdría la pena intentarlo. Es de suponer que el autobús habrá seguido la ruta más corta hasta llegar a una carretera asfaltada, que se encontrará más o menos hacia el norte. El problema es que desde el autobús podrían ver u oír el helicóptero. Los traficantes se darían cuenta de que los vigilan y a lo mejor tratan de llevar a cabo alguna maniobra de distracción.

—¿Y qué tal un dron?

Tab asintió.

—Un dron es más silencioso que un helicóptero y puede

volar mucho más alto. Va mucho mejor para una operación de vigilancia clandestina.

—Entonces pediré a nuestras fuerzas aéreas que nos envíen un dron para intentar captar la señal del cargamento.

—¡Eso sería fantástico! —intervino Tamara, visiblemente aliviada ante la posibilidad de volver a avistar el autobús de Abdul.

La reunión acabó poco después, y Tab acompañó a Tamara hasta su coche. La embajada francesa era un edificio moderno, bajo y alargado, que resplandecía en toda su blancura bajo la intensa luz del sol.

—¿Te acuerdas de que mi padre llega hoy? —le preguntó Tab.

Aunque sonreía, se le veía un poco nervioso, algo que no era habitual en él.

—Claro —dijo ella—. Estoy deseando conocerle.

—Ha habido un pequeño cambio de planes.

Tamara intuyó que esa era la razón de su nerviosismo.

—Mi madre vendrá con él.

—Oh, Dios. Viene para examinarme, ¿a que sí?

—No, claro que no. —Sin embargo, al reparar en la expresión escéptica de Tamara, añadió—: Bueno, sí.

—Lo sabía.

—No es para tanto. Le he hablado de ti y, naturalmente, siente curiosidad.

—¿Ha venido a visitarte aquí antes?

—No.

¿Qué les habría dicho Tab para que su madre quisiera viajar al Chad por primera vez? Debía de haberles comentado que Tamara iba a convertirse en una parte importante de su vida... y de la de ellos. Tendría que sentirse complacida, no angustiada.

—Resulta irónico —comentó él—. Te enfrentas al peligro a diario sin pestañear en este país sin ley, pero te da miedo mi madre.

—Pues es verdad —dijo Tamara riéndose de sí misma.

Aun así, estaba nerviosa. Visualizó la fotografía que había visto en el apartamento de Tab. La madre era una mujer rubia y elegante, pero era cuanto podía recordar.

—No me has dicho sus nombres. No estaría bien que los llamara papá y mamá.

—Bueno, todavía no. Él se llama Malik. Ella, Marie-Anatole, aunque todo el mundo la llama Anne porque resulta más sencillo en otros idiomas.

Tamara reparó en la expresión «todavía no», pero no hizo ningún comentario.

—¿Cuándo llegan?

—Su avión aterriza hacia el mediodía. Podríamos cenar juntos esta noche.

Tamara negó con la cabeza. La gente solía estar malhumorada después de un vuelo largo. Prefería que se tomaran un buen descanso antes de conocerlos.

—Deberías pasar la primera noche tú solo con ellos. —Y para evitar la insinuación de que igual estarían de malas pulgas, añadió—: Tendrán que ponerte al día de las novedades de la familia.

—Puede ser…

—¿Por qué no quedamos para almorzar con ellos mañana?

—Tienes razón, es una idea mucho mejor. Pero todavía no queremos dejarnos ver en público los cuatro, ¿no? Yo no me siento preparado para enfrentarme a mis superiores y decirles que me he enamorado de una espía yanqui.

—No lo había pensado. Y tampoco podemos invitarlos a mi pequeño estudio. ¿Qué vamos a hacer?

—Tendremos que quedar en uno de los salones privados del Lamy. O podríamos comer en su suite. Cuando mi padre viene solo siempre se coge una habitación sencilla, pero mi madre habrá reservado la suite presidencial.

«Entonces problema resuelto», pensó Tamara, un tanto alucinada. Todavía no se había acostumbrado a la idea de que la familia de Tab tuviera tanto dinero.

—En nuestra primera cita llevabas un vestido de rayas blancas y azul marino, con una chaquetilla azul y unos zapatos de piel a juego.

—Vaya, sí que te fijaste.

—Estabas preciosa.

—Me hacía parecer demasiado modosita, pero enseguida supiste ver a través del disfraz.

—Sería un modelito perfecto para mañana.

Tamara se quedó desconcertada. Tab nunca le había dicho qué ponerse. No era propio de él mostrarse controlador. Supuso que era por los nervios, pero, aun así, le molestó que le preocupara tanto la impresión que pudiera causar a su madre.

—Confía en mí, Tabdar. —Solo utilizaba su nombre completo cuando quería provocarlo—. No te avergonzaré. Últimamente ya no me emborracho ni les agarro el culo a los camareros.

—Perdóname —dijo él riendo—. Mi padre es muy majo, pero mi madre puede ser muy criticona.

—Te entiendo la mar de bien. Tú espérate a conocer a la mía, la profesora. Si la mosqueas, te castigará en un rincón.

—Gracias por ser tan comprensiva.

Tamara se despidió con un beso en la mejilla y se montó en el coche que la esperaba.

Pensó en el «todavía no» de Tab. Significaba que él daba por sentado que un buen día ella llamaría papá y mamá a sus padres, lo cual implicaba que se casarían. Tamara sabía que quería pasar su vida con él, pero casarse no estaba incluido en su lista. Ya lo había hecho dos veces, y las dos con resultados insatisfactorios. No tenía ninguna prisa por repetir la experiencia.

Al cabo de cinco minutos estaba de vuelta en el recinto arbolado de la embajada estadounidense. Una vez en su mesa, escribió un breve informe sobre la reunión para Dexter. Luego fue a almorzar al comedor, donde pidió una ensalada Cobb y un refresco bajo en calorías.

Susan Marcus se acercó a su mesa. Dejó su bandeja, se quitó la gorra y sacudió la cabeza para que su pelo corto recuperara su volumen natural. Después se sentó.

—La información proporcionada por Abdul no tiene precio —dijo antes de probar el filete—. Espero que le den una medalla.

—Si lo hacen, nunca lo sabremos. Las distinciones que concede la CIA suelen ser secretas. Las llaman medallas suspensorio.

La coronel sonrió.

—Porque no se ven y no son necesariamente para mujeres.

—Lo has pillado a la primera.

Susan volvió a ponerse seria.

—Escucha, hay algo sobre lo que quería preguntarte.

Tamara tragó un bocado y dejó el tenedor en la bandeja.

—Adelante.

—Ya sabes que entrenar al Ejército Nacional del Chad es una parte importante de nuestra misión aquí.

—Claro.

—Pero lo que seguramente no sabes es que hemos estado enseñando a algunos de sus mejores hombres a utilizar drones.

—Eso no lo sabía.

—Por supuesto, bajo un estricto control, y los militares chadianos no tienen permitido hacerlos volar sin nuestra supervisión.

—Entiendo.

—A veces, durante los ejercicios, se destruyen algunos drones. Uno que transportaba una carga explosiva estalló al alcanzar su objetivo, tal como estaba previsto que ocurriera. Otro fue abatido: derribarlos también forma parte del entrenamiento. Como es lógico, llevamos un meticuloso registro de nuestro arsenal de drones.

—Naturalmente.

—Pero uno ha desaparecido.

Tamara se quedó muy sorprendida.

—¿Cómo es posible?

—Muchos drones acaban estrellándose: problemas de las nuevas tecnologías. La versión oficial suele ser «fallo en el sistema de navegación».

—¿Y no lo podéis localizar? ¿Qué tamaño tiene?

—Los drones que transportan armas a largas distancias no

son precisamente pequeños. Ese tiene la envergadura de un jet privado y necesita una pista para despegar. Pero, claro, el desierto es muy grande.

—¿Crees que podrían haberlo robado?

—Normalmente, los drones los maneja un equipo de tres personas: piloto, operador de sensores y coordinador de inteligencia de la misión. En caso de necesidad extrema, podría pilotarlo un solo hombre, pero no podría hacer nada sin la estación de control.

—¿Y es muy grande?

—Es una furgoneta. El piloto se sienta en la parte de atrás en una carlinga virtual con pantallas que muestran la perspectiva visual desde el dron, mapas e instrumental de navegación. Tiene un acelerador convencional y una palanca de mando. Una antena parabólica en el techo permite establecer comunicación con la nave.

—De modo que el ladrón tendría que haber robado también la furgoneta.

—Podría conseguir una en el mercado negro.

—¿Quieres que tantee el terreno a ver si descubro algo?

—Sí, por favor.

—El dron podría haber sido puesto a la venta. Por otra parte, el General podría tenerlo a buen recaudo en algún aeródromo perdido. Tal vez alguien esté intentando comprar una estación de control en el mercado negro. Veré qué puedo averiguar.

—Gracias.

—Y ahora… ¿puedo comerme mi ensalada?

—Al ataque.

Tamara había quedado con Karim para tomar café el martes por la mañana.

Se arregló con esmero, ya que después de la cita con Karim iría directamente a almorzar con los padres de Tab. No se puso el modelito que él le había sugerido, ya que se habría sentido como su marioneta. Sin embargo, tampoco pensaba enfundarse unos vaqueros rotos por pura cabezonería. Recordó que Tab le comentó una vez que ella poseía esa elegancia sencilla que tanto admiraban los franceses y, para ser sincera, ese era su auténtico estilo. Así pues, se puso el conjunto que había lucido en aquella ocasión: un vestido recto de un color gris suave con un cinturón rojo.

Dudó sobre si llevar alguna joya. Marie-Anatole Sadoul era la propietaria y directora de la compañía Travers, que, entre otros artículos de lujo, se dedicaba a la joyería. En el joyero de Tamara no había nada lo suficientemente caro para competir con las alhajas que pudiera lucir la madre de Tab. De modo que optó por todo lo contrario y eligió algo que había elaborado ella misma: un colgante hecho con una punta de flecha tuareg antigua. Había reliquias de ese tipo por todo el Sáhara, y aunque no eran muy valiosas, eran piezas interesantes y diferentes. Aquella estaba tallada en piedra y cuidadosamente cincelada con los bordes serrados. Tamara se había limitado a hacerle un agujero en la parte más ancha y a pasar un estrecho cordón de cuero para poder colgársela al cuello. La piedra era de un gris oscuro que combinaba con elegancia con el color del vestido.

Karim la observó con los ojos abiertos como platos y se quedó admirado al ver lo guapa que estaba, aunque no hizo ningún comentario. Tamara se sentó frente a él en la que, a todas luces, era la mesa del propietario del local y aceptó una taza de café amargo. Hablaron sobre la batalla que había tenido lugar once días atrás en el campo de refugiados.

—Nos complace mucho que la presidenta Green no creyera las mentiras de los sudaneses sobre que estábamos invadiendo su territorio —comentó Karim.

—La presidenta recibió un informe de una testigo.

Karim enarcó las cejas.

—¿Suyo?

—Me llamó para darme las gracias.

—¡Buen trabajo! ¿La conoce personalmente?

—Hace años trabajé en su campaña para ser elegida congresista.

—Impresionante…

Su felicitación estaba teñida de algo más, y Tamara se dio cuenta de que debía andarse con mucho cuidado. Karim era un pez gordo porque conocía al General, y la sensación de que ella era un pez aún más gordo por conocer a la presidenta de Estados Unidos no debía de ser de su agrado. Tamara decidió restarle importancia.

—Lo hace siempre: llama a gente normal, un taxista, un policía, un reportero de un periódico local, para darle las gracias por su labor.

—Así da buena imagen.

—Exacto. —Cuando Tamara sintió que había recuperado un estatus más modesto, se vio en condiciones de plantearle su delicada cuestión—. Por cierto, ¿sabía que uno de nuestros drones ha desaparecido?

Karim detestaba reconocer que no sabía algo y siempre fingía estar al tanto de todo. Solo admitiría desconocimiento si quería ocultar el hecho de que realmente sabía algo. De modo que Tamara supuso que, si respondía «Sí, algo he oído», significaría que no sabía nada. Por el contrario, si contestaba «No tenía ni idea», implicaría que estaba al corriente de todo.

Karim vaciló durante una elocuente fracción de segundo.

—¿En serio? —dijo al fin—. ¿Ha desaparecido un dron? No tenía ni idea.

«Así que ya lo sabías —dedujo Tamara—. Bien, bien…»

—Pensábamos que quizá lo tenía el General —añadió para sonsacarle una confirmación.

—¡Por supuesto que no! —replicó él, tratando de mostrarse indignado—. ¿Qué iba a hacer el General con un dron?

—No lo sé. Tal vez pensara que estaría bien tener uno, como… —Señaló el enorme y sofisticado reloj sumergible que llevaba Karim en la muñeca izquierda—. Como su reloj.

Si Karim estuviera siendo sincero, se echaría a reír diciendo: «Sí, claro, está muy bien llevar un dron en el bolsillo aunque no lo utilices nunca».

Pero no lo hizo.

—El General no querría tener un arma tan poderosa sin la aprobación de nuestros aliados estadounidenses —declaró en cambio con gran solemnidad.

Esa chorrada farisaica no hizo más que confirmar su intuición. Tamara ya tenía la información que necesitaba, así que cambió de tema.

—¿Las tropas están respetando la zona desmilitarizada a lo largo de la frontera sudanesa?

—De momento, sí.

Mientras conversaban sobre Sudán, Tamara sopesó la pregunta que había planteado Karim: ¿qué iba a hacer el General con un dron estadounidense? Tal vez solo lo quisiera como un trofeo superfluo que nunca utilizaría, al igual que Karim, quien, viviendo en un país sin costa como el Chad, nunca iba a necesitar un reloj que podía sumergirse a cien metros de profundidad. Sin embargo, el General era un maquinador muy astuto, como había demostrado con su emboscada, y quizá lo quisiera para un propósito más siniestro.

Tras haber conseguido toda la información que esperaba obtener de Karim, Tamara se marchó y fue a buscar su coche. Redactaría más tarde su informe sobre la conversación. Primero tenía que someterse al escrutinio de los padres de Tab.

Se dijo que no debería estar tan susceptible. Aquello no era un examen, sino un simple almuerzo social. Aun así, sentía cierta aprensión.

Al llegar al Lamy, fue primero a los servicios para refrescarse un poco. Se arregló el pelo y se retocó el maquillaje. El colgante con la punta de flecha se veía precioso en el espejo.

Había recibido un mensaje en el móvil con el número de habitación. Cuando se montaba en el ascensor, Tab entró justo detrás de ella. Lo besó en las mejillas y luego le limpió el carmín de la cara. Iba muy elegante, con traje, una corbata de lunares pequeños y un pañuelo blanco sobresaliendo del bolsillo de la pechera.

—Déjame adivinar —le dijo ella en francés—. A tu madre le gusta que sus hombres vayan muy arreglados.

—A los hombres también nos gusta —repuso él sonriendo—. Y tú estás impecable.

Llegaron a la puerta de la habitación, que estaba abierta, y entraron.

Tamara nunca había estado en una suite presidencial. Cruzaron un pequeño vestíbulo y accedieron a un espacioso salón. A través de una puerta lateral se entreveía un comedor, donde un camarero estaba colocando servilletas sobre la mesa. Al otro lado de la amplia estancia, unas puertas dobles conducían presumiblemente al dormitorio.

Los padres de Tab estaban sentados en un sofá tapizado en rosa. Él se puso en pie, pero ella permaneció sentada. Ambos llevaban gafas que no aparecían en la foto que había visto Tamara. Malik tenía la piel oscura surcada de arrugas, aunque iba muy elegante con una americana de algodón azul marino, unos pantalones de color blanco roto y una corbata a rayas. Anne era pálida y delgada, una hermosa mujer madura con un vestido de lino de color crema con cuello mao y mangas acampanadas. Parecían exactamente lo que eran: una pareja adinerada con buen gusto.

Tab procedió a realizar las presentaciones, siempre en francés. Tamara dijo la frase que llevaba preparada:

—Es un verdadero placer conocer a los padres de este hombre maravilloso.

La respuesta de Anne fue una gélida sonrisa. Cualquier madre estaría encantada ante un comentario así acerca de su hijo, pero a ella no pareció impresionarla.

Tomaron asiento. Sobre la mesita de centro había cuatro copas y una cubitera con una botella de champán. El camarero entró en el salón y les sirvió, y Tamara se fijó en que se trataba de un Travers reserva.

—¿Siempre bebe su propio champán? —le preguntó a Anne.

—Con frecuencia, sí, para comprobar cómo ha envejecido

—contestó la mujer—. Normalmente lo probamos en nuestras cavas, al igual que los compradores y los críticos que vienen de todo el mundo a nuestras bodegas de Reims. No obstante, los consumidores tienen una experiencia muy distinta. Antes de tomarlo, la botella puede haber viajado miles de kilómetros y haber permanecido almacenada durante años en condiciones inapropiadas.

—Cuando estudiaba en California —la interrumpió Tab—, trabajé en un restaurante donde guardaban el champán en una despensa que estaba junto al horno. Si alguien pedía una botella, tenía que meterla corriendo en el congelador unos quince minutos para poder servirla —añadió riendo.

A su madre no pareció hacerle ninguna gracia.

—En fin, como te decía —prosiguió—, el champán requiere una cualidad que no se puede percibir cuando se cata en las bodegas: fortaleza. Nosotros debemos elaborar un producto que sobreviva a un mal proceso de conservación y que siga sabiendo bien pese a haber sido almacenado en unas condiciones que no sean para nada las ideales.

Tamara no se esperaba recibir una lección sobre enología. Por otra parte, encontró el tema muy interesante. Y también le sirvió para descubrir que la madre de Tab se lo tomaba todo tremendamente en serio.

Anne probó el champán.

—No está mal del todo —fue su dictamen.

Tamara pensó que estaba delicioso.

Mientras charlaban, se dedicó a examinar las joyas de la mujer. Las mangas acampanadas de su vestido dejaban a la vista un reloj en la muñeca izquierda y tres pulseras de oro en la derecha. Tamara no había planeado hablar de joyas, pero Anne hizo un comentario sobre su colgante.

—Nunca había visto nada parecido.

—Lo he hecho yo misma —dijo Tamara, y le explicó que se trataba de una punta de flecha tuareg.

—Qué original —comentó Anne.

Tamara había conocido a algunas mujeres en su país que decían «Qué original» o algo así cuando en realidad querían decir «Qué horroroso».

Tab preguntó a su padre por los aspectos empresariales de su viaje.

—Las reuniones importantes tendrán lugar aquí, en Yamena —contestó Malik—. Los hombres que llevan las riendas del país están todos en la capital, aunque supongo que huelga decirlo. Pero tendré que volar a Doba para inspeccionar los pozos. —Se giró hacia su esposa y le aclaró—: Los yacimientos están en el extremo sudoeste del país.

—Pero ¿qué vas a hacer en Doba y Yamena? —insistió Tab.

—Los negocios en África requieren un trato muy personal —explicó Malik—. Mantener unas buenas relaciones puede ser mucho más importante que ofrecer unas condiciones contractuales generosas. Lo más productivo que puedo hacer aquí es averiguar si la gente está descontenta… y tomar las medidas necesarias para que sigan estando de nuestro lado.

Hacia el final de la comida, Tamara ya tenía una vívida imagen de cómo era la pareja. Ambos eran empresarios brillantes, competentes y resolutivos. Sin embargo, mientras que Malik era un hombre afable y tranquilo, Anne era exquisita y fría, como su champán. La genética había lanzado sus dados y el resultado había sido muy favorable para Tab: había heredado el carácter relajado de su padre y el atractivo de su madre.

Tras el almuerzo, Tamara y Tab se marcharon juntos.

—Son una pareja extraordinaria —comentó ella en el vestíbulo del hotel.

—Pues yo he notado mucha tensión en el ambiente.

No le faltaba razón, pero Tamara actuó con tacto y, en vez de decirle que estaba de acuerdo, propuso una solución:

—Mañana por la noche podríamos llevarlos a Al Quds. —Era el restaurante árabe favorito de ambos, un lugar tranquilo que no solían frecuentar los occidentales—. Allí podremos estar más relajados.

—Muy buena idea. —Tab frunció el ceño—. Aunque no sirven vino.

—¿Y eso será un problema para tus padres?

—Para mi madre no. Mi padre tal vez quiera una copa. Podríamos tomar un poco de champán en mi apartamento antes de ir al restaurante.

—Diles que lleven ropa más informal.

—Lo intentaré…

—Así que trabajaste en la cocina de un restaurante cuando estudiabas en California… —comentó Tamara sonriendo—. ¿En serio?

—Sí.

—Pensaba que tus padres te lo habían costeado todo.

—Me pasaban una asignación muy generosa, pero era joven y alocado, y un semestre me excedí con los gastos. Me daba demasiada vergüenza pedirles más dinero, así que me busqué un empleo. La verdad, no me importó; fue una experiencia nueva. Hasta entonces nunca había trabajado.

Joven sí, pero no tan alocado, pensó Tamara. Había mostrado la suficiente fortaleza para resolver su problema por sí mismo sin tener que recurrir a papá y mamá. Eso le gustó.

—Adiós —dijo ella—. Démonos la mano. Así pensarán que solo somos colegas, no amantes.

Se despidieron. Una vez en el asiento trasero de su coche, Tamara pudo dejar por fin de fingir. La comida había sido espantosa. Todos se habían sentido terriblemente incómodos. Habría ido mejor si Malik hubiera estado solo: probablemente habría sido mucho más agradable con ella. Pero Anne hacía gala de unos modales tan estrictos que obligaba a todo el mundo a mantener las formas.

Tamara estaba convencida de que su relación con Tab no dependía de la aprobación de su madre. Anne tenía un carácter fuerte, pero no tanto. Aun así, si la mujer se ponía en su contra, podría acabar convirtiéndose en un incordio, algo que causaría fricciones en la pareja durante muchos años. Tamara estaba decidida a no dejar que eso ocurriera.

Detrás de su fachada de frialdad debía de haber una mujer más auténtica, más real. Después de todo, era una aristócrata que se había rebelado contra su círculo social para casarse con el hijo de una tendera árabe: para hacer algo así, tenía que haber seguido los dictados de su corazón antes que los de su cabeza. Tamara encontraría la manera de conectar con la joven que se había enamorado perdidamente de Malik.

Al llegar a la embajada fue a buscar a Dexter, que estaba de vuelta en su mesa con un gran moratón en la frente y un brazo en cabestrillo. Aún no le había dado las gracias por salvarle la vida en el campo de refugiados.

—He hablado con Karim sobre el dron desaparecido —dijo Tamara.

—¿El dron desaparecido? —preguntó Dexter, visiblemente molesto—. ¿Quién te lo ha contado?

Ella se quedó desconcertada.

—¿No debería saberlo?

—¿Quién te lo ha contado? —repitió él.

Tamara vaciló un momento, pero a Susan no le importaría lo que Dexter supiera o pensara.

—La coronel Marcus.

—Radio macuto entre mujeres… —dijo él despectivamente.

—Estamos todos en el mismo bando, ¿no? —replicó Tamara, dejando traslucir su enfado. El asunto del dron no era de alto secreto, lo que pasaba era que a Dexter le gustaba controlar el flujo de información. Todo tenía que pasar por él, de entrada y de salida—. Pero si no quieres saber lo que ha dicho Karim…

—Vale, vale, adelante.

—Dice que el General no tiene el dron, pero creo que miente.

—¿Qué te hace pensar eso?

—Es solo una corazonada.

—Intuición femenina.

—Si prefieres llamarlo así…

—Tú nunca has estado en el ejército, ¿verdad?

—No.

Dexter había servido en la armada.

—Entonces no lo entiendes.

Tamara no dijo nada.

—Se pierde artillería constantemente —continuó Dexter—. Nadie puede llevar el recuento. Hay demasiado material en demasiados lugares moviéndose de aquí para allá.

Estuvo tentada de preguntarle cómo creía que las grandes aerolíneas internacionales llevaban el control de sus flotas, pero una vez más se mordió la lengua.

—El material se pierde y ya está. No hay que inventarse teorías conspiratorias.

—Si tú lo dices…

—Pues sí, lo digo yo.

A la noche siguiente, Malik y Anne estaban en la pequeña cocina del apartamento de su hijo, sentados en unos taburetes. Tab untaba hummus sobre unas rodajas de pepino, mientras Tamara aderezaba unas tortitas con aceite de oliva, sal y romero, y les daba un toque de horno. Al moverse por aquel espacio reducido, chocaban y rozaban con frecuencia, como solía ocurrir cuando estaban solos. Los cuatro charlaban despreocupados, aunque Tamara sabía que estaba siendo observada, sobre todo por Anne. Sin embargo, cuando sus miradas se cruzaron, vio en sus ojos una expresión complacida.

—Se os ve muy bien juntos —comentó al final la mujer.

Era la primera vez que decía algo sobre su relación, y era positivo, lo cual satisfizo a Tamara. Y además Anne se comió las tortitas calientes.

Tal vez algún día llegaran incluso a ser amigas.

Tamara estaba un poco nerviosa ante la idea de entrar con Anne en Al Quds. Con su pelo oscuro y sus ojos marrones, ella podía pasar por una joven árabe liberada, pero Anne era demasiado alta y rubia. Sin embargo, la mujer se mostró considerada y, para no llamar mucho la atención, esa noche se cubrió la cabeza con un pañuelo y se puso unos pantalones holgados de lino.

El propietario conocía a Tamara y a Tab y los saludó cordialmente. Se mostró encantado cuando Tab le presentó a sus padres y le explicó que habían venido de visita desde París. Por lo visto, Al Quds no tenía muchos clientes que vinieran desde la capital francesa.

Cuando llegó la comida, Tab soltó el discurso que llevaba preparado.

—Mi relación con Tamara supone un serio problema para ambos de cara a nuestros superiores. No ven con buenos ojos que intimemos demasiado con agentes de los servicios secretos de otros países. Hasta ahora lo hemos llevado con discreción, pero no podemos seguir así indefinidamente.

—Y tenéis un plan —intervino Anne con impaciencia.

Tab abandonó su guion.

—Queremos vivir juntos.

—¿Después de solo un mes?

—Cinco semanas.

Malik se echó a reír.

—¿Ya no te acuerdas de cómo fue lo nuestro? —le dijo a su esposa—. Al cabo de una semana de conocernos, nos metimos en la cama un viernes y no volvimos a vestirnos hasta el lunes por la mañana.

Anne se sonrojó.

—¡Malik! ¡Por favor!

Pero él no se dejó amilanar.

—Pues a ellos les pasa lo mismo, ¿no lo ves? Eso es amor verdadero.

Anne no estaba por la labor de discutir la naturaleza de un concepto tan elevado.

—¿Queréis tener hijos? —preguntó.

Aún no lo habían hablado, pero Tamara sabía lo que sentía.

—Sí.

—Sí —dijo también Tab.

—Quiero tener hijos y una carrera —añadió Tamara—, y en ese sentido tengo dos magníficos modelos a seguir: mi madre y tú, Anne.

—¿Y qué pensáis hacer?

—Voy a dejar la DGSE —contestó Tab—. Y si me lo permites, mamá, me gustaría trabajar en la empresa contigo.

—Me encantaría —se apresuró a decir Anne—. Pero ¿cómo encajas tú en eso, Tamara?

—Si es posible, me gustaría seguir trabajando en la CIA. Intentaré que me trasladen a la embajada de París. Si no lo consigo, ya me lo replantearé. Pero hay una cosa que tengo muy clara: dejaría la Agencia antes que dejar a Tab.

Se produjo un momento de silencio. Entonces Anne le dedicó la sonrisa más cálida que Tamara le había visto nunca. Alargó una mano por encima de la mesa y la posó sobre la de Tamara.

—Le quieres de verdad, ¿no es así? —dijo con voz queda.

—Sí. Le quiero de verdad.

Al día siguiente, Tab la llamó para decirle que el dron francés no había conseguido captar la señal de radio del cargamento, y tampoco había avistado ningún autobús a lo largo de su ruta.

Abdul había desaparecido.

22

El autobús Mercedes llevaba cinco días parado en una aldea libia sin nombre, esperando a que trajeran una bomba de gasolina desde Trípoli. Los lugareños hablaban un dialecto tuareg desconocido para los pasajeros, pero Kiah y Esma se comunicaban mediante gestos y sonrisas con las mujeres, y se las arreglaban bastante bien. Tenían que traer la comida desde las aldeas vecinas, ya que aquel asentamiento no podía alimentar de golpe a treinta y nueve bocas más, por mucho dinero que se les ofreciera.

Hakim les exigió a todos que pagaran una cantidad extra, ya que no había presupuesto para aquel imprevisto. Al igual que otros pasajeros, Abdul protestó airadamente diciendo que apenas tenía ya dinero, aunque Kiah sabía que solo estaba fingiendo, a fin de ocultar el hecho de que aún le quedaba bastante.

A esas alturas ya se habían habituado a Hakim y a sus guardias armados. Ya no les daba miedo discutir y negociar con él los pagos adicionales que les exigía. El grupo había conseguido sobrevivir a un sinfín de contratiempos y Kiah empezaba a sentirse casi segura. Sin embargo, ahora le daba vueltas a la idea de cruzar el Mediterráneo, la parte del viaje que más la asustaba.

Por extraño que pudiese parecer, Kiah se sentía bastante bien. Los peligros y las privaciones cotidianas se habían convertido en algo casi normal. Hablaba mucho con Esma, que era más o menos de su edad, pero la mayor parte del tiempo la pasaba con

Abdul. Este le había tomado mucho cariño a Naji y se mostraba fascinado ante el desarrollo mental del pequeño de dos años: las cosas que comprendía y aquellas que aún no alcanzaba a entender, lo mucho que iba aprendiendo día a día. Kiah le preguntó si quería tener hijos algún día. «No he pensado en ello desde hace mucho tiempo», respondió él. Kiah no entendió muy bien a qué se refería, aunque, desde hacía unas semanas, se había dado cuenta de que Abdul nunca respondía a preguntas sobre su pasado.

Un día el grupo despertó en medio de una densa niebla que lo envolvía todo con una capa de escarcha. Era algo que a veces sucedía en el desierto, aunque muy de vez en cuando. Apenas se veía nada de una choza a otra y los sonidos llegaban amortiguados; las pisadas y los fragmentos de conversación se oían como a través de una pared.

Kiah sujetó a Naji con una tira de paño, temerosa de que pudiera alejarse y perderse en el desierto. Ella y Abdul se pasaron todo el día juntos, a solas la mayor parte del tiempo. Kiah le preguntó cómo pensaba ganarse la vida cuando llegaran a Francia.

—Algunos europeos pagan a otras personas para que les ayuden a mantenerse fuertes y en forma —explicó Abdul—. Se llaman entrenadores personales y cobran unos cien dólares a la hora. Debes tener un aspecto atlético, pero, por lo demás, solo hay que decirles qué ejercicios deben hacer.

Kiah se quedó pasmada. No tenía sentido que la gente te pagara tanto dinero por no hacer nada. Aún tenía mucho que aprender de los europeos.

—¿Y tú? —le preguntó él—. ¿Qué piensas hacer?

—Una vez que esté allí, aceptaré encantada cualquier trabajo.

—Pero ¿qué te gustaría hacer?

Kiah sonrió.

—Me gustaría tener una pequeña pescadería. Sé bastante del tema. Estoy segura de que en Francia habrá una gran variedad de pescados, pero no tardaré en conocerlos. Compraré el pescado fresco cada día y cerraré la tienda cuando lo haya vendido todo. Cuando Naji crezca, podrá ayudarme en la pescadería y aprender el oficio, y seguirá con el negocio cuando yo sea demasiado mayor para trabajar.

Un día después llegó por fin la bomba de gasolina. La trajo un hombre a lomos de un camello, y se quedó para ayudar a Hakim a instalarla y para asegurarse de que funcionaba correctamente.

Cuando reanudaron la marcha a la mañana siguiente, se dirigieron de nuevo hacia el oeste. Kiah recordó que Abdul ya había cuestionado antes a Hakim la ruta que seguían, pero ahora mantuvo la boca cerrada. Sin embargo, no era la única del autobús que pensaba que la costa mediterránea no quedaba en esa dirección. Cuando volvieron a hacer una parada, dos de los hombres se enfrentaron a Hakim y exigieron saber por qué se estaban alejando de su destino.

Kiah escuchó con atención, preguntándose qué respondería.

—¡Este es el camino! —espetó Hakim furioso—. Solo hay una carretera.

Cuando los otros insistieron, contestó:

—Vamos hacia el oeste y luego al norte. Es el único camino, a menos que vayas en camello. —Entonces se puso sarcástico—: Adelante, pillaos un camello, a ver quién llega antes a Trípoli.

—¿Crees que dice la verdad? —preguntó Kiah a Abdul en voz baja.

Abdul se encogió de hombros.

—Es un mentiroso de tomo y lomo. No creo nada de lo que dice, pero el autobús es suyo y él conduce, y además sus guardias tienen las armas. Así que tendremos que confiar en él.

Ese día recorrieron un buen trecho. Hacia el final de la tarde, Kiah miró por la ventanilla sin cristales y atisbó algunos desechos, signos de presencia humana: bidones abollados, cajas de cartón, un asiento de coche rajado y con el relleno fuera. Miró hacia el frente y, a lo lejos, divisó un asentamiento que no tenía pinta de ser una aldea tuareg.

A medida que se acercaban, distinguía los detalles. Había unos pocos edificios fabricados con bloques de hormigón y un gran número de chozas y refugios improvisados, hechos con ramas secas, trozos de lona y retazos de alfombras. También había camiones y otros vehículos, y algunas zonas del asentamiento estaban cercadas con vallas de tela metálica.

—¿Qué es este lugar?

—Parece un campamento minero.

—¿Una mina de oro?

Al igual que el resto de la gente, Kiah había oído hablar de la fiebre del oro que se había extendido por el Sáhara central, pero nunca había visto una mina.

—Supongo —dijo Abdul.

Mientras el autobús avanzaba despacio entre las chozas, Kiah advirtió que el lugar estaba asqueroso. El suelo estaba sembrado de latas de refrescos, restos de comida y paquetes de cigarrillos.

—¿Y los campamentos están siempre tan sucios? —le preguntó a Abdul.

—Creo que algunas minas cuentan con licencia del gobierno libio y están sujetas a la regulación laboral, pero otras son excavaciones clandestinas, sin permisos oficiales y sin reglas. Este tiene pinta de ser uno de esos campamentos ilegales. El Sáhara es demasiado grande para ser controlado por la policía.

Grupos de hombres desarrapados miraban sin interés el paso del vehículo. Entre ellos había algunos guardias, jóvenes barbudos provistos de fusiles. Kiah se imaginó que en una mina de oro harían falta vigilantes de seguridad. Un poco más allá vio un camión cisterna y a un hombre con una manguera que iba llenando las jarras y botellas de la gente que hacía cola. En el desierto, la mayoría de los asentamientos se construían en torno a oasis, pero las minas tenían que excavarse allí donde estaba el oro, razonó Kiah, así que había que traer el agua en camiones para abastecer a los trabajadores.

Hakim paró el autobús y se puso en pie.

—Pasaremos la noche aquí —anunció—. Nos darán comida y un sitio para dormir.

Kiah no tenía ninguna prisa por comer nada que se hubiera preparado en aquel lugar.

—Esto es una mina de oro —prosiguió Hakim—, así que las medidas de seguridad son muy estrictas. Manteneos alejados de los guardias. En ningún caso intentéis trepar las vallas de las áreas restringidas. Si lo hacéis, podrían dispararos.

A Kiah no le gustaba ni un pelo aquel sitio.

Hakim abrió la puerta del autobús. Hamza y Tareq bajaron y se plantaron ante la entrada blandiendo sus fusiles.

—Ya estamos en Libia —dijo Hakim—, y, tal como habíamos acordado, tenéis que pagarme el segundo plazo del pasaje antes de bajar del autobús. Mil dólares americanos por cabeza.

Todo el mundo empezó a revolver en su equipaje o a hurgar bajo sus ropas en busca del dinero.

Kiah extrajo su parte del pago a regañadientes, pero no tenía más remedio que acceder.

Abdul contó los billetes uno a uno sin prisas.

Cuando todos habían bajado del autobús, se acercó uno de los guardias. Se le veía algo mayor que los demás, de unos treinta y tantos, y en vez de fusil llevaba una pistola metida en una funda. Miró al grupo con expresión de absoluto desprecio. «¿Qué te hemos hecho nosotros?», pensó Kiah.

—Este es Mohamed —dijo Hakim—. Él os enseñará dónde vais a dormir.

Hamza y Tareq volvieron a subirse al autobús y Hakim arrancó para ir a aparcarlo a algún sitio. Los dos yihadistas solían dormir en el vehículo, seguramente por miedo a que intentaran robarlo.

—¡Vosotros, seguidme! —ordenó Mohamed.

Los condujo serpenteando entre las chozas destartaladas. Kiah iba justo detrás de él, con Esma y su familia. El suegro de Esma, Wahed, le habló al hombre:

—¿Cuánto tiempo llevas aquí, hermano?

—Cierra la boca, viejo estúpido —masculló Mohamed.

Los llevó hasta un refugio improvisado que constaba de tres paredes y una cubierta hecha con láminas de chapa ondulada. Kiah vio una rata del desierto saliendo de un agujero con un mendrugo en el hocico. El animal agitó la cola al escabullirse, como si se estuviera despidiendo tan campante.

El refugio estaba a oscuras. Por lo visto, no había electricidad.

—Ahora os traerán la comida —anunció Mohamed, y se marchó.

Kiah se preguntó a quién se referiría.

Se instaló como pudo en el suelo tras despejar una pequeña zona con una escoba improvisada con un trozo de cartón. Sacó su manta y la de Naji y las desplegó junto a la bolsa reclamando su espacio.

—Voy a echar un vistazo —comentó Abdul.

—Te acompaño —dijo ella cogiendo a Naji—. Tiene que haber algún sitio para lavarse un poco.

Aunque empezaba a anochecer, aún había luz. Encontraron un sendero más o menos recto que atravesaba el campamento y lo siguieron. A Kiah le gustaba caminar al lado de Abdul con Naji en brazos. Eran casi como una familia.

Una mujer se quedó mirando fijamente a Kiah, luego un hombre la miró también con malos ojos.

—Métete la cruz por debajo del vestido —le dijo Abdul—. Creo que aquí son extremistas.

Kiah no se había dado cuenta de que se le veía la cadena de plata con la crucecita. Recordó que la inmensa mayoría de los libios eran musulmanes sunitas, mientras que los cristianos constituían una exigua minoría, no como en el Chad. Se apresuró a guardarse la cruz bajo el vestido.

Las chozas y refugios improvisados estaban diseminados en torno a una amplia construcción de bloques de hormigón. Delante había una mujer corpulenta con un hiyab negro que le cubría toda la cara excepto los ojos. Removía el contenido de unas grandes cacerolas dispuestas sobre una hoguera. Kiah supuso que estaba preparando gachas de mijo, porque la comida no desprendía ese aroma especiado característico de la cocina africana. Sin duda, las provisiones estarían almacenadas dentro del edificio. En la parte de atrás había un montón gigantesco de mondas y latas vacías que emanaba un hedor espantoso.

En cualquier caso, el sector donde los habían alojado era el único que estaba en tan pésimas condiciones. El resto del campamento consistía en tres grandes recintos cercados, mucho más limpios y ordenados.

Uno de ellos era una gran explanada donde había como una docena de vehículos. Kiah contó hasta cuatro camionetas, seguramente las que usaban para transportar el oro y para traer provisiones y suministros; dos camiones cisterna como el que había visto antes distribuyendo agua; y dos todoterrenos deportivos, negros y relucientes, que supuso que serían para la gente importante de la mina, tal vez los propietarios. También había un enorme camión cisterna articulado para el transporte de gasolina. El lateral estaba pintado de amarillo y gris, con un dibujo de un dragón negro de seis patas y las letras ENI, el logotipo del gigante petrolero italiano. Kiah dedujo que suministraba combustible a los demás vehículos. También vio una manguera de aire comprimido para hinchar neumáticos.

La amplia verja por la que accedían los vehículos estaba cerrada con cadenas y un candado, y dentro, al lado de la entrada, había una pequeña cabaña, una especie de garita de vigilancia. Junto a la verja había plantado un hombre con un fusil, que fumaba y tenía pinta de aburrido. Kiah supuso que al oscurecer se refugiaría en la garita: las noches podían ser muy frías en el desierto.

—Norcoreano —dijo Abdul, hablando más bien para sí mismo.

—¿Quién, él? —preguntó Kiah mirando al guardia—. No creo.

—Él no. Su fusil.

—Ah.

Abdul sabía un montón de armas, entre muchas otras cosas.

—Puede que sea una mina ilegal, pero está sorprendentemente bien equipada. Deben de estar sacando dinero a patadas.

—Pues claro —dijo ella riendo—. Es una mina de oro.

Abdul sonrió.

—Cierto. Aunque los trabajadores no le están sacando mucho provecho, diría yo.

—Los trabajadores nunca sacan provecho, en ninguna parte —replicó Kiah. Le sorprendía que, con todos sus conocimientos, Abdul ignorara algo tan básico.

—Entonces ¿por qué vienen a trabajar aquí?

Era una buena pregunta, pensó Kiah. Por lo que había oído, las minas de oro ilegales que se explotaban en el desierto eran iniciativas de carácter más bien individual donde cada persona extraía todo lo que podía para su propio beneficio y se buscaba la vida para abastecerse de comida y agua. La vida de minero resultaba dura, pero podías obtener grandes recompensas. Allí, en cambio, parecía que, de recompensa, poca.

Siguieron andando. Kiah oyó a lo lejos el agresivo chirrido de un martillo neumático y poco después llegaron al segundo recinto cercado, que abarcaba más o menos una hectárea de extensión. En su interior trabajaban unos cien hombres. Kiah y Abdul observaron a través de la valla metálica la actividad que estaban realizando. Se trataba de una mina a cielo abierto de escasa profundidad, donde un hombre con un martillo neumático partía y levantaba el lecho rocoso. Cuando paraba, una retroexcavadora recogía los trozos de piedra y los transportaba hasta una amplia explanada de hormigón. Allí, el resto de los hombres se afanaba en picar las rocas con unos enormes mazos. Bajo el inclemente sol del desierto, parecía un trabajo de lo más arduo y agotador.

—¿Dónde está el oro? —preguntó Kiah.

—En la roca. A veces se encuentra en forma de pepitas, del tamaño aproximado de un pulgar, que pueden ser recogidas a mano de entre los restos de la roca machacada. La mayoría de las veces aparece en forma de minúsculas motas y debe ser extraído mediante un proceso más complejo. Lo llaman oro aluvial.

Detrás de ellos se oyó una voz airada:

—¿Qué se supone que estáis haciendo aquí?

Se dieron la vuelta. Era Mohamed. A Kiah no le gustaba nada aquel hombre: tenía una vena malvada.

—Solo estamos echando un vistazo —respondió Abdul—. ¿Está prohibido, hermano?

—Moveos —les ordenó, y Kiah se fijó en que le faltaban los incisivos superiores.

—Como quieras… —dijo Abdul.

Siguieron caminando. La valla metálica quedaba a su izquierda. Al cabo de un rato, Kiah miró hacia atrás y vio que Mohamed había desaparecido.

El tercer recinto vallado era diferente de los anteriores. En su interior había varios edificios pulcramente alineados, fabricados con bloques de hormigón y con el techo plano, seguramente barracones para los guardias. En el extremo más alejado, cuatro bultos enormes, del tamaño de un camión articulado, permanecían ocultos bajo lonas de camuflaje para el desierto. Unos cuantos hombres, al parecer fuera de servicio, estaban sentados por aquí y por allá tomando café y jugando a los dados. Para su sorpresa, Kiah vio que el autobús Mercedes también estaba allí dentro.

Había otro enigma en aquel recinto: un edificio sin ventanas, con una única puerta atrancada por fuera. Su aspecto era aterrador, como si fuera una especie de prisión. Estaba pintado de un color azul claro para reflejar el calor, algo que resultaría imprescindible si la gente tenía que pasarse todo el día encerrada en su interior.

Volvieron a su refugio. Los demás habían hecho como Kiah y habían adecentado un pequeño espacio para dormir. Esma y su madre habían conseguido un barreño con agua y estaban fuera lavando ropa. Los demás pasajeros charlaban entre ellos con su habitual tono desganado.

Llegaron tres mujeres con unas cazuelas enormes y una pila de platos de plástico. La cena consistía en las gachas de mijo que Kiah había visto preparar, acompañadas de pescado en salazón y cebollas.

Mientras comían, se hizo de noche y acabaron de cenar a la luz de las estrellas. Kiah envolvió a su hijo en una manta, ella se arrebujó en otra y se acostaron en el suelo a dormir.

Abdul se tumbó muy cerca.

Abdul estaba intrigado. Era evidente que Hakim tenía algún propósito al tomar aquel desvío, pero ¿cuál? La presencia del EIGS convertía el campamento en un lugar adecuado y seguro para pasar la noche... si hubiera estado en la ruta que llevaba a la costa. Pero no lo estaba.

A diferencia de los demás pasajeros, Abdul no tenía ninguna prisa por llegar a Trípoli. Su misión era recopilar información y aquel asentamiento resultaba de lo más interesante. Sentía especial curiosidad por los grandes artefactos del tamaño de un camión que estaban ocultos bajo lonas en el recinto de los guardias. En el último escondrijo yihadista que había descubierto, Al Bustan, se habían encontrado tres obuses autopropulsados de fabricación china. Estos parecían aún mayores.

En la duermevela que precedía al sueño, su mente no paraba de repetir la palabra «hoyo». Las rocas que contenían el oro se extraían de un «hoyo». ¿Qué significaba todo aquello?

Se despertó sobresaltado. Ya estaba amaneciendo y la palabra «hoyo» seguía dando vueltas en su cabeza.

La palabra árabe para «hoyo» era *hufra*, que solía traducirse como «agujero». ¿Cuál era el significado del «agujero»?

La respuesta llegó como un relámpago. Se incorporó de golpe y se quedó mirando a la nada.

El escondrijo de Al Farabi, el Afgano, el líder del EIGS por consenso general, era un lugar llamado Hufra. Un agujero. Un pozo. Una mina.

Aquel sitio era Hufra.

Había encontrado lo que buscaba. Ahora tenía que informar a Tamara y a la CIA lo antes posible. Pero, para su desesperación, allí no había cobertura.

¿Cuánto tardaría el autobús en regresar a la civilización?

Aquel lugar resultaba perfecto para el EIGS: un escondrijo perdido en medio del inmenso desierto, con oro en el suelo esperando a ser extraído. No le extrañaba que Al Farabi lo hubiese convertido en su base principal. Aquello era un hallazgo de enorme trascendencia para las fuerzas antiterroristas… o lo sería, en cuanto Abdul pudiera pasar la información.

Se preguntó si Al Farabi estaría en esos momentos en la base.

Sus compañeros de viaje empezaron a removerse. Se levantaron, doblaron sus mantas y se asearon. Naji pidió su *leben*, pero tuvo que conformarse con leche materna. Las mujeres que la noche anterior habían servido las gachas llegaron ahora con el desayuno, que consistía en pan de pita y *domiati*, un queso blanco salado. Entonces los pasajeros se sentaron a esperar a que Hakim llegara con el autobús.

Pero no venía.

Abdul tenía un mal presentimiento.

Al cabo de una hora decidieron ir a buscar a Hakim. Se dividieron en grupos. Abdul dijo que iría a echar un vistazo al sector más alejado, donde estaba el recinto de los guardias, y Kiah lo acompañó cargada con Naji. El sol empezaba a alzarse y la mayoría de los hombres ya estaban trabajando en la cantera, por lo que solo quedaban algunas mujeres y niños en el campamento. Debería resultar sencillo distinguir a Hakim, y más aún a Hamza y Tareq, pero no se veían por ninguna parte.

Llegaron al recinto de los guardias y miraron a través de la valla alambrada.

—Anoche el autobús estaba aparcado justo ahí —dijo Abdul señalando un punto.

Ahora el lugar estaba vacío. Se veía a algunos hombres por allí, pero ninguno de ellos era Hakim, Tareq ni Hamza.

Pecando de cierto exceso de optimismo, Abdul buscó a un hombre alto de pelo canoso y barba oscura, con mirada penetrante y porte de gran autoridad; alguien que pudiera ser Al Farabi. Sin embargo, no vio a nadie que respondiera a esa descripción.

—¡Vosotros otra vez! —se oyó una voz a su espalda.

Abdul se volvió: era Mohamed.

—Os dije que no os acercarais por aquí —espetó. Como le faltaban los incisivos, ceceaba ligeramente.

No era verdad, pero Abdul no quiso contradecirlo.

—¿Dónde está el autobús que estaba aparcado aquí anoche? —optó por preguntar.

Mohamed pareció sorprendido al verse interrogado con tanta vehemencia. Debía de estar acostumbrado a que lo trataran con una deferencia temerosa. Reaccionó enseguida.

—Ni lo sé ni me importa —espetó—. Venga, os quiero lejos de la valla.

—Tres hombres, llamados Hakim, Tareq y Hamza, pasaron la noche aquí, en el recinto de los guardias. Tienes que haberlos visto.

Mohamed se llevó la mano a la funda de la pistola.

—Basta de preguntas.

—¿A qué hora se han marchado? ¿Adónde han ido?

El tipo sacó su arma, una pistola semiautomática de 9 milímetros, y clavó el cañón en el vientre de Abdul. Este bajó la vista. Mohamed sostenía el arma de lado, y Abdul pudo ver en su empuñadura la estrella de cinco puntas dentro de un círculo: era una Paektusan, una copia norcoreana de la checa CZ 75.

—Cierra el pico —masculló Mohamed.

—Abdul —intervino Kiah—, déjalo correr, por favor.

Abdul podría haberle arrebatado el arma en un visto y no visto, pero no habría servido de nada en aquel lugar lleno de guardias, aparte de que por ese camino tampoco conseguiría información. Cogió a Kiah del brazo y se alejaron.

Dieron varias vueltas buscando a Hakim.

—¿Adónde crees que se han llevado el autobús?

—No lo sé.

—Pero volverán, ¿no?

—Esa es la gran pregunta.

Abdul lo averiguaría en cuanto tuviera ocasión de comprobar el dispositivo de seguimiento que ocultaba en la suela de su bota. Decidió hacerlo en cuanto hubieran llegado al refugio e informado a los demás. Con la excusa de responder a la llamada de la naturaleza, se adentraría en el desierto y revisaría el dispositivo a escondidas.

Pero eso no iba a pasar. Cuando llegaron al refugio, encontraron a Mohamed sentado en una caja de madera puesta boca abajo. El hombre señaló un lugar en el suelo y ordenó a Abdul que se sentara. Este optó por no discutir. Tal vez estuvieran a punto de descubrir qué había ocurrido con el autobús.

Cuando llegaron los últimos grupos de búsqueda, se sentaron con los demás en el suelo. Mohamed los contó: treinta y seis, sin incluir a Naji. Entonces habló:

—Vuestro conductor se ha marchado con el autobús.

Wahed, el mayor de los emigrantes, se convirtió automáticamente en portavoz del grupo.

—¿Adónde ha ido Hakim?

—¿Y cómo quieres que lo sepa?

—¡Pero tiene nuestro dinero! Le pagamos para que nos llevara a Europa.

—¿Y a mí qué me cuentas? —espetó Mohamed con cara de exasperación—. A mí no me habéis pagado.

Abdul se quedó muy intrigado. ¿Qué había querido decir con aquello?

—¿Y qué se supone que vamos a hacer? —preguntó Wahed.

Mohamed desplegó una amplia sonrisa, dejando a la vista su boca desdentada.

—Podéis marcharos.

—Pero no tenemos medio de transporte.

—Hay un oasis a unos ciento treinta kilómetros al norte. Podéis llegar a pie en unos días, si es que lo encontráis.

Eso era imposible. No había carretera, tan solo una pista arenosa que aparecía y desaparecía entre las dunas. Los tuaregs que vivían en el desierto eran capaces de encontrar el camino, pero los emigrantes no tenían la menor posibilidad: vagarían sin rumbo por las arenas desérticas hasta morir de sed.

Aquello era un desastre. Abdul se preguntó cómo iba a contactar con Tamara para hacerle llegar la información.

—¿No podéis llevarnos vosotros hasta el oasis? —preguntó Wahed.

—No. Nosotros nos dedicamos a sacar oro. No somos un servicio de autobuses.

Se notaba que estaba disfrutando de lo lindo.

Una luz se encendió en el cerebro de Abdul.

—Esto ya ha ocurrido antes, ¿verdad? —le dijo a Mohamed.

—No sé de qué me hablas.

—Sí lo sabes. No estás preocupado por la desaparición de Hakim, ni siquiera sorprendido. Ya tenías tu discurso preparado. Hasta pareces aburrido de haber repetido tantas veces las mismas palabras.

—Cierra el pico.

Abdul comprendió que Hakim era un estafador. Llevaba a los emigrantes allí, se quedaba con todo su dinero y luego los abandonaba. Pero ¿después qué? ¿Qué les pasaba? Tal vez Mohamed contactara con sus familias y les pidiera más dinero para ayudarlos a proseguir el viaje.

—Entonces ¿tenemos que quedarnos aquí hasta que aparezca alguien dispuesto a llevarnos? —intervino Wahed.

«Será algo mucho peor», se dijo Abdul.

—Vuestro conductor nos pagó para que pasarais una noche aquí. El desayuno de esta mañana es lo último que entraba en el trato. A partir de ahora se acabó la comida gratis.

—¡Nos dejaréis morir de hambre!

—Si queréis comer, tendréis que trabajar.

«Así que se trata de eso», pensó Abdul.

—Trabajar... ¿cómo? —preguntó Wahed.

—Los hombres trabajarán en la cantera. Las mujeres pueden ayudar a Rahima, la señora con el yihab negro que se encarga de la cocina. Andamos escasos de mujeres y este lugar necesita una buena limpieza.

—¿Y cuál es la paga?

—¿Quién ha dicho nada de dinero? Si trabajáis, coméis. Si no, no coméis. —Mohamed volvió a sonreír—. Sois libres de elegir. Pero aquí no pagamos.

—¡Eso es un trabajo de esclavos! —exclamó Wahed, furioso.

—Aquí no hay esclavos. Mira a tu alrededor. No hay muros, no hay candados. Podéis marcharos cuando queráis.

Aun así, aquello era esclavitud, pensó Abdul. El desierto resultaba más efectivo que cualquier muro.

Y aquella era la última pieza del rompecabezas. Se había preguntado qué llevaba a la gente a trabajar allí, y ahora lo entendía. No iban por su propia voluntad: eran cautivos.

Se preguntó también cuánto habrían pagado a Hakim. ¿Unos doscientos dólares por esclavo, quizá? De ser así, se habría marchado de allí con siete mil doscientos dólares. Eso no era nada comparado con los beneficios obtenidos por la cocaína, pero Abdul sospechaba que la mayor parte de esas ganancias irían a parar a manos de los yihadistas y que Hakim recibiría una simple tarifa como conductor. Eso también explicaría por qué Hakim se esforzaba tanto por sacarles unos cuantos dólares extra a los emigrantes durante la travesía.

—Aquí hay unas normas —anunció Mohamed—. Las más importantes son: nada de alcohol, nada de juego y nada de repugnantes comportamientos homosexuales.

A Abdul le habría gustado preguntarle cuál era el castigo por quebrantar esas normas, pero no quería atraer más la atención sobre su persona. Temía que Mohamed ya le tuviera en su punto de mira.

—Los que quieran cenar esta noche que empiecen a trabajar ahora mismo —añadió el guardia—. Las mujeres, que vayan a la cocina y hablen con Rahima. Los hombres, que vengan conmigo.

Se levantó y se marchó.

Abdul y los demás hombres lo siguieron.

Avanzaron con penas y trabajos por el sendero sembrado de basura y desechos, oyendo cada vez más fuerte el chirrido estridente del martillo neumático. La mayoría tenían entre veinte y treinta años, por lo que, aunque el trabajo resultaría muy duro, seguramente podrían hacerlo. Lo que estaba claro es que Wahed no lo conseguiría.

Al llegar al recinto de la cantera, un guardia armado quitó las cadenas de la verja. Entraron.

Los hombres que trabajaban allí dentro tenían la mirada perdida de aquellos para quienes la esperanza y la desesperación son cosas del pasado. No hablaban. Parecían almas en pena. Se limitaban a golpear una roca hasta machacarla, para luego pasar a la siguiente. Todos llevaban pañuelos en la cabeza y ropajes tradicionales, pero eran andrajos. Tenían la barba llena de polvo y tierra. De vez en cuando paraban de picar y se acercaban a un bidón lleno de agua para refrescarse la boca.

Todos eran delgados y musculosos, lo cual sorprendió a Abdul, hasta que cayó en la cuenta de que los menos aptos para el trabajo debían de haber muerto.

Los supervisores se reconocían con facilidad porque sus ropas eran de mejor calidad. La mayoría vigilaban de cerca a los trabajadores controlando cómo machacaban las rocas.

Mohamed repartió mazos entre los recién llegados, cada uno de ellos provisto de un largo mango de madera y una pesada cabeza de hierro. Abdul sopesó el suyo. Era un mazo contundente, de excelente factura y en buen estado. Los yihadistas eran pragmáticos: unas malas herramientas habrían retrasado la extracción del oro.

Wahed fue el único que no recibió un mazo. Abdul se sintió aliviado. Supuso que Mohamed asignaría a aquel pobre hombre ya mayor una faena más ligera. Se equivocaba. El guardia lo llevó hasta el centro de la cantera y, con su malévola sonrisa, le dijo que él se encargaría del martillo neumático.

Todos los ojos se posaron en él.

Había una sección del terreno marcada con pintura blanca para delimitar la parcela que debía ser perforada a continuación, pero Wahed no conseguía siquiera levantar el taladro para colocarlo en posición. Al ver que apenas podía mantenerlo recto, los supervisores jóvenes se echaron a reír, aunque Abdul se fijó en que algunos de los mayores miraban con gesto reprobador.

Wahed sostenía el martillo neumático en posición vertical inclinándose sobre él, esforzándose para evitar que se cayera. Abdul nunca había utilizado una de aquellas máquinas, pero le parecía evidente que el operario debía situarse detrás, no encima, y que el taladro debía estar ligeramente inclinado para que, si la punta de la barrena resbalaba, saliera disparada hacia delante. Estaba convencido de que Wahed acabaría haciéndose daño.

Por lo visto, Wahed también se daba cuenta y dudaba si poner en marcha el aparato.

Mohamed señaló la palanca superior y le mostró el movimiento requerido para accionarlo, apretando y girando los mangos.

Abdul sabía que tendría problemas si intervenía, pero aun así lo hizo.

Se acercó con paso decidido a donde estaban. Mohamed, furioso, agitó los brazos para que se marchara, pero Abdul no le hizo caso. Agarró los mangos del martillo neumático. Calculó que pesaría unos treinta o cuarenta kilos. Wahed se apartó, visiblemente agradecido.

—¿Qué te crees que haces? —masculló el guardia—. ¿A ti quién te ha dicho que lo hagas?

Abdul hizo caso omiso.

Sabía que los operarios que manejaban aquellas máquinas recibían una formación previa, pero él tendría que improvisar. Se tomó su tiempo. Dirigió la punta del cincel hacia una pequeña grieta del lecho rocoso y la insertó. Luego dio un paso atrás para que la barrena quedara en ángulo. Agarrando los mangos con fuerza, presionó la palanca central un instante y la soltó. El taladro percutió la roca un instante y levantó una pequeña nube de polvo. Ya con más confianza, Abdul volvió a presionar la palanca y contempló satisfecho cómo la barrena perforaba la roca.

Mohamed estaba hecho una furia.

En ese momento se acercó alguien a quien no habían visto antes y Abdul se preguntó quién sería.

Era un hombre de Asia Oriental, coreano, supuso.

Llevaba unos gruesos pantalones de piel de topo y botas de ingeniero, además de unas gafas de sol y un casco amarillo de plástico duro. Sostenía en la mano un bote de espray como los que utilizaban los grafiteros en New Jersey, y Abdul se imaginó que era él quien había trazado las líneas que delimitaban la nueva parcela de perforación. Sin duda se trataba del geólogo de la mina.

—¡Pon a los otros hombres a trabajar! Y déjate ya de tonterías —ordenó a Mohamed en un árabe fluido—. ¡Akim! —gritó luego, haciendo señas a un trabajador corpulento que cubría su calva con una gorra de béisbol.

El hombre se acercó y agarró el martillo neumático.

—Mira a Akim y aprende —dijo el geólogo a Abdul.

Los recién llegados se pusieron manos a la obra y la mina volvió a su rutina de trabajo.

Abdul oyó a alguien gritar «¡Pepita!» y vio que uno de los trabajadores levantaba la mano. El geólogo examinó los restos de roca y, con un gruñido de satisfacción, cogió lo que parecía una polvorienta piedrecita amarilla: oro, supuso Abdul. Debía de ser un hallazgo bastante inusual. La mayor parte del oro aluvial no se extraía tan fácilmente. De forma periódica, los residuos rocosos que quedaban sobre la explanada de hormigón eran transportados y sumergidos en un tanque enorme que, al parecer, contenía sales de cianuro disueltas en agua para separar las motas de oro del polvo de roca.

Se reanudó el trabajo. Abdul estudió la técnica de Akim. Cuando trasladaba el martillo neumático a un nuevo punto de perforación, lo apoyaba en uno de sus muslos para aliviar la presión en la espalda. No procedía a hundir directamente la punta, sino que antes practicaba una serie de agujeros poco profundos. Abdul supuso que lo hacía para ablandar la roca y que la barrena no se atascara con tanta facilidad.

El ruido era ensordecedor, y Abdul deseó haber tenido un

par de aquellos tapones de espuma que el personal de cabina te ofrecía cuando viajabas en primera clase. Ahora todo aquello parecía muy remoto. «Tráigame una copa de vino blanco —fantaseó—, y unos cacahuetes salados, y tomaré el filete para cenar.» ¿Cómo era posible que alguna vez hubiera considerado un suplicio el hecho de volar en avión?

No obstante, al volver a la cruda realidad, se fijó en que Akim llevaba algo en los oídos. Tras reflexionar un momento, desgarró dos pequeñas tiras del bajo de su *galabiya*, hizo unas bolitas con la tela y se las metió en las orejas. No resultaban muy efectivas, pero mejor eso que nada.

Al cabo de media hora, Akim le pasó de nuevo el martillo neumático.

Abdul procedió con cuidado, sin prisas, copiando la técnica que había estado observando. Enseguida sintió que tenía el control del taladro, aunque era consciente de que no perforaba la roca tan deprisa como Akim. Sin embargo, no había previsto lo deprisa que sus músculos empezarían a fallarle. Si había algo en lo que siempre había confiado era en su fuerza física, pero ahora sus manos se resistían a aferrar los mangos, los hombros le temblaban, y notaba los muslos tan débiles que temía desplomarse. Si continuaba así mucho más, se le caería el maldito cacharro.

Por lo visto, Akim se dio cuenta.

—Pronto cogerás más fuerza —dijo arrebatándole el taladro.

Abdul se sintió humillado. La última vez que alguien le había dicho en tono condescendiente que ya cogería fuerzas fue cuando tenía once años, y ya entonces lo había odiado.

No obstante, no tardó en recuperarse, y para cuando Akim empezó a fatigarse ya estaba listo para tomar el relevo. En esta ocasión tampoco duró tanto como esperaba, pero le fue algo mejor.

«¿Por qué me importa tanto el trabajo que pueda realizar para esta panda de fanáticos asesinos? —se dijo—. Por mi orgullo, claro. Qué estúpidos llegamos a ser los hombres…»

Poco antes del mediodía, cuando el sol empezaba a resultar

insoportable, sonó un silbato y todos dejaron de trabajar. No se les permitía salir del recinto, pero pudieron descansar bajo un amplio refugio entoldado.

Un grupo de unas seis mujeres les llevó la comida, bastante mejor que la que les habían servido la noche anterior. Era un guiso untuoso con trozos de carne —probablemente camello, muy popular en Libia—, acompañado de abundante arroz. Alguien debía de haberse percatado de que los esclavos rendían mejor si estaban bien alimentados. Abdul se dio cuenta de que estaba hambriento y engulló con avidez.

Cuando acabaron de comer, se tumbaron a la sombra. Abdul se alegró de poder dar descanso a su cuerpo dolorido, y se descubrió temiendo el momento de tener que volver al trabajo. Algunos de los hombres se quedaron dormidos, pero él no logró conciliar el sueño, y Akim tampoco, así que pensó que era una buena oportunidad para enterarse de más cosas de aquel lugar. Entabló conversación hablando en voz baja, ya que no quería atraer la atención de los guardias.

—¿Dónde aprendiste a manejar un martillo neumático?

—Aquí —dijo Akim.

Fue una respuesta seca, pero el hombre no parecía hostil y Abdul insistió:

—Yo nunca había tocado uno hasta hoy.

—Ya me he dado cuenta. Yo estaba igual que tú cuando llegué aquí.

—¿Cuánto hace de eso?

—Más de un año. Quizá dos. Parece una eternidad. Y probablemente lo será.

—¿Quieres decir que morirás aquí?

—La mayoría de los hombres que llegaron conmigo están muertos. No hay otra forma de salir de aquí.

—¿Y nadie ha intentado fugarse?

—He conocido a pocos que escaparan. Algunos acabaron regresando medio muertos. Puede que otros consiguieran llegar al oasis, pero lo dudo.

—¿Y con los vehículos que entran y salen?

—Puedes pedirle a algún conductor que te lleve. Te dirá que no se atreve. Creen que si lo hacen los matarán, y mucho me temo que están en lo cierto.

Abdul ya se lo imaginaba, pero, aun así, se le cayó el alma a los pies.

Akim le dirigió una mirada suspicaz.

—Estás pensando en fugarte, lo veo.

Abdul no comentó nada al respecto.

—¿Cómo te capturaron? —le preguntó.

—Soy de una aldea grande donde la mayoría profesamos la fe bahaí.

Abdul había oído hablar de ella. Era una religión minoritaria practicada en muchas partes de Oriente Próximo y del norte de África. También había una pequeña comunidad bahaí en el Líbano.

—Por lo que tengo entendido, es un credo muy tolerante.

—Creemos que todas las religiones son buenas porque todas adoran al mismo dios, aunque reciba nombres distintos.

—Supongo que eso no les hace mucha gracia a los yihadistas.

—Durante años nos dejaron en paz, pero entonces abrimos una escuela en la aldea. El bahaísmo sostiene que las mujeres también deben saber leer y escribir, así que la escuela era tanto para niños como para niñas. Por lo visto, eso enfureció a los islamistas.

—¿Qué pasó?

—Llegaron a la aldea con fusiles y antorchas. Mataron a los ancianos y a los niños, bebés incluidos, y prendieron fuego a las casas. Asesinaron a mis padres. Me alegro de no haber estado casado. Capturaron a los más jóvenes, hombres y mujeres, sobre todo a las que iban a la escuela.

—Y los trajeron aquí.

—Sí.

—¿Qué les hicieron a las chicas?

—Las encerraron en ese edificio sin ventanas de color azul claro que está en el recinto de los guardias. Lo llaman el *majur*.

—El burdel —tradujo Abdul.

—Iban a la escuela, ¿entiendes?, así que no podían ser auténticas musulmanas.

—¿Y siguen ahí dentro?

—Muchas han muerto: por la mala alimentación, por las infecciones sin tratar o de pura desesperación. Deben de quedar vivas todavía una o dos, las más fuertes.

—Pensaba que ese edificio era una prisión.

—Y lo es. Una prisión para mujeres paganas. No es pecado violarlas. Es lo que creen nuestros captores. O lo que fingen creer.

Abdul pensó en Kiah y en su cruz de plata.

Demasiado pronto, el silbato volvió a sonar. Abdul se puso en pie a duras penas, notando todo el cuerpo dolorido. ¿Cuánto tiempo tendría que seguir manejando aquella máquina?

Regresaron juntos a la cantera. Akim cogió el taladro.

—Yo haré el primer turno.

—Gracias —dijo Abdul. Jamás lo había dicho con tanta sinceridad.

Con desesperante lentitud, el sol cruzó el cielo y empezó a descender por el oeste. A medida que bajaba la temperatura, los dolores de Abdul se convirtieron en una tortura. El geólogo se marchó y Mohamed tocó el silbato para indicar el final de la jornada. Abdul se sintió tan agradecido que los ojos se le llenaron de lágrimas.

—Mañana te asignarán un trabajo distinto —le dijo Akim—. Órdenes del coreano. Según él, es la mejor manera de mantener con vida a los hombres fuertes. Pero pasado mañana tendrás que volver a coger el martillo.

Abdul comprendió que tendría que ir acostumbrándose a aquello… a menos que consiguiera hacer lo que nadie había logrado: escapar.

Al marcharse, caminando fatigados en dirección a la verja abierta, oyeron un pequeño tumulto. Los guardias sujetaban a uno de los trabajadores, un hombre menudo de piel oscura. Dos lo agarraban por los brazos mientras Mohamed lo increpaba. Al parecer, le estaba pidiendo que escupiera algo que llevaba en la boca.

Los otros guardias ordenaron a los trabajadores que no se movieran de la fila y esperaran, apuntándolos con las armas para disuadir a cualquiera que tuviera intención de intervenir. A Abdul lo asaltó la nauseabunda sensación de que estaba a punto de presenciar un castigo.

Un cuarto guardia se acercó por detrás del trabajador apresado y lo golpeó en la nuca con la culata de su fusil. Algo salió despedido de la boca del hombre y cayó al suelo. Uno de los guardias lo recogió.

Era una piedrecita del tamaño de una moneda de veinticinco centavos, de un color amarillo polvoriento: oro.

El hombre había intentado robar una pequeña pepita. ¿En qué se creía que iba a gastarlo? Allí no había nada que comprar. Tal vez confiaba en poder sobornar a alguien para que lo sacara de ese lugar.

Los guardias desgarraron sus ropas harapientas y lo arrojaron al suelo, boca arriba y desnudo. Dieron la vuelta a sus armas y las sostuvieron por el cañón. Mohamed le asestó un fuerte golpe en la cara con la culata de su fusil. El hombre gritó y se tapó el rostro con los brazos, pero entonces otro le golpeó en la entrepierna. Cuando el pobre tipo se cubrió los genitales, Mohamed volvió a atizarle en la cara. Luego hizo un gesto con la cabeza a los otros guardias y, por turnos, cada uno levantó su arma y trazó un amplio arco para imprimir más fuerza a los golpes. El ritmo era incesante, implacable: se notaba que ya lo habían hecho antes.

Con cada grito de dolor, un escupitajo sanguinolento salía de la boca del hombre. Lo golpearon una y otra vez, en la cabeza, en la entrepierna, en las muñecas, en las rodillas. Los huesos crujieron, la sangre brotaba a borbotones, y Abdul comprendió que la intención de los guardias era que aquel pobre desgraciado no se recuperara de la brutal paliza. Ovillado en posición fetal, los gritos se convirtieron en gemidos animales. Los golpes continuaron de manera despiadada. El hombre ni se movía ni emitía sonido alguno, pero ellos no se detuvieron. Machacaron el cuerpo inerte hasta reducirlo a un bulto que apenas recordaba a un ser humano.

Al final se cansaron. Parecía que la víctima había dejado de respirar. Mohamed se arrodilló y le buscó el latido, luego el pulso.

Después se levantó y se dirigió a los trabajadores que contemplaban la escena.

—Recogedlo —ordenó—. Sacadlo fuera y enterradlo.

23

A primera hora de la mañana, Tamara recibió un mensaje en el móvil:

Los vaqueros cuestan 15 dólares americanos.

Eso significaba que tenía que reunirse ese mismo día con Harún, el yihadista desencantado, a las quince horas, las tres de la tarde. Ya habían establecido con antelación el lugar del encuentro, el Museo Nacional, junto al famoso cráneo de siete millones de años de antigüedad.

Notó crecer la tensión en su interior. Aquello podía ser importante. Solo se habían reunido una vez, pero en aquella ocasión Harún le había proporcionado información muy valiosa sobre el infame Al Farabi. ¿Qué novedades tendría hoy?

Incluso era posible que supiera algo de Abdul. De ser así, probablemente serían malas noticias. A lo mejor lo habían descubierto de algún modo y lo habían hecho prisionero, o tal vez matado.

Ese día había una jornada de formación en la estación de la CIA en Yamena. El tema era: «Alerta de Seguridad de Tecnologías de la Información». Aun así, Tamara estaba convencida de que podría escaparse antes para ir a reunirse con su informador.

Mientras tomaba su desayuno a base de yogur y melón en el estudio, vio la CNN por internet. Le alegraba que la presidenta

Green hubiera armado tanto revuelo con el asunto de las armas de fabricación china en manos de terroristas. Uno de esos fanáticos islamistas había apuntado a Tamara con un fusil Norinco en el puente N'Gueli, y las excusas que daba el gobierno chino no la convencían lo más mínimo. Además, esa gente nunca hacía nada por casualidad. China tenía un plan para el norte de África y, fuera cual fuese, no sería bueno para Estados Unidos.

La gran noticia del día era que los nacionalistas nipones más extremistas exigían un ataque preventivo contra las bases norcoreanas a cargo de la Fuerza Aérea de Autodefensa de Japón, compuesta por más de trescientos aviones de combate. Tamara no creía que los japoneses se arriesgaran a entrar en guerra con China… aunque todo era posible, ahora que el equilibrio se había visto alterado.

Los padres de Tab habían regresado a Francia, lo cual era un alivio. Tamara tenía la sensación de que había logrado traspasar la coraza de Anne, aunque le había costado lo suyo. Y si al final se trasladaba a París para vivir con Tab, tendría que seguir trabajando duro para llevarse bien con ella. Pero estaba segura de que lo conseguiría.

Mientras cruzaba el recinto de la embajada bajo la suave brisa de la mañana, se topó con Susan Marcus. La coronel llevaba el traje de combate, botas incluidas, en vez del uniforme de servicio habitual en los despachos militares. Tal vez hubiera una razón para ello, o tal vez simplemente le gustaba.

—¿Has encontrado tu dron? —le preguntó Tamara.

—No. ¿Has podido enterarte de algo más?

—Como te comenté, sospecho que lo tiene el General, pero no he podido confirmarlo.

—Yo tampoco.

Tamara suspiró.

—Me temo que Dexter no se ha tomado este asunto demasiado en serio. Según él, siempre se pierde artillería en el ejército.

—No le falta razón, aunque eso no ayuda a resolver el problema.

—Lo sé, pero él es mi superior.

—Gracias de todas formas.

Se despidieron y siguieron su camino cada una por su lado.

La CIA había reservado una sala de conferencias para la jornada de formación. Los agentes de inteligencia se consideraban más enrollados que el resto del personal de la embajada, o al menos eso se creían, y algunos de los más jóvenes se habían vestido deliberadamente de manera más informal, con camisetas de grupos musicales y vaqueros gastados en lugar de la ropa convencional para combatir el calor, pantalones chinos y camisas de manga corta. En la camiseta de Leila Morcos ponía: NO ES ALGO PERSONAL: SOY UNA BRUJA CON TODO EL MUNDO.

Tamara se encontró en el pasillo con Dexter, que iba con su jefe, Phil Doyle, el responsable de Inteligencia para todo el norte de África, que tenía su base en El Cairo. Ambos iban trajeados.

—¿Alguna noticia de Abdul? —le preguntó Doyle.

—Nada. Puede que su autobús se haya averiado y esté atrapado en algún oasis perdido. O puede que en estos momentos se encuentre ya en las inmediaciones de Trípoli y esté tratando de conseguir cobertura.

—Esperemos que sea así.

—Estoy deseando asistir a estas sesiones de formación —mintió Tamara. Luego se giró hacia Dexter y añadió—: Pero por desgracia tendré que marcharme antes.

—De eso nada —dijo Dexter—. El cursillo es obligatorio.

—Tengo que reunirme con un informador a las tres de la tarde. Asistiré a casi toda la jornada.

—Aplázalo.

Tamara reprimió su frustración.

—Puede ser importante… —repuso, tratando de no sonar exasperada.

—¿Quién es el informador?

—Harún —respondió ella bajando la voz.

Dexter se echó a reír.

—No se trata de alguien precisamente crucial para nuestro

operativo —comentó a Doyle. Y girándose hacia Tamara añadió—: Solo te has reunido una vez con él.

—Y entonces nos proporcionó una información muy valiosa.

—Que nunca llegó a confirmarse.

—Mi instinto me dice que lo que cuenta es verdad.

—Otra vez la intuición femenina. Lo siento. No es suficiente. Posponlo.

Dicho esto, Dexter condujo a Doyle a la sala de conferencias.

Tamara sacó su móvil y escribió a Harún una respuesta de una sola palabra:

Mañana.

Entró en la sala y tomó asiento junto a la mesa de reuniones a la espera de que comenzara la sesión de formación. Al cabo de un minuto, le llegó un nuevo mensaje:

Los vaqueros cuestan ahora 11 dólares americanos.

«Mañana a las once de la mañana —pensó Tamara—. Ningún problema.»

El museo se encontraba a unos cinco kilómetros al norte de la embajada estadounidense. No había mucho tráfico y Tamara llegó pronto. Se trataba de un edificio nuevo de estilo moderno enclavado en medio de un parque de diseño paisajístico. Había una fuente con una estatua de la Madre África, pero la fuente estaba seca.

Por si Harún no recordaba bien su aspecto, Tamara sacó el pañuelo azul con círculos naranjas, se cubrió la cabeza con él y se lo ató bajo la barbilla. Casi siempre llevaba pañuelo, por lo que, junto con su habitual atuendo de vestido y pantalones, no se la veía muy distinta de las miles de mujeres que se movían por la ciudad.

Entró en el museo.

Al momento comprendió que no había sido una buena elección para un encuentro clandestino. Se había imaginado que los dos pasarían desapercibidos entre el gentío, pero allí no había ningún gentío. El museo estaba prácticamente vacío. Sin embargo, los pocos visitantes tenían pinta de turistas auténticos, así que con suerte nadie les reconocería.

Subió las escaleras hasta la sala donde se exhibía el cráneo del Toumaï. Parecía un trozo de madera vieja e informe, más que una cabeza. No era de extrañar, dado que tenía siete millones de años. ¿Cómo podía haberse conservado durante tanto tiempo? Mientras le daba vueltas al tema, apareció Harún.

En esta ocasión vestía ropa occidental, pantalones caqui y una camiseta blanca. Tamara percibió la intensidad de sus ojos oscuros cuando la miró. Una vez más, estaba arriesgando su vida. Todo lo que hacía aquel joven era radical, pensó. Había militado en las filas yihadistas, y ahora traicionaba a los yihadistas; para él ya no habría término medio.

—Tendrías que haber venido ayer —le dijo.

—No pude. ¿Es urgente?

—Después de la emboscada en el campo de refugiados, nuestros amigos de Sudán están sedientos de venganza.

«Es el cuento de nunca acabar —pensó Tamara—. Todo acto de venganza debe ser a su vez vengado.»

—¿Y qué quieren?

—Saben que la emboscada fue un plan maquinado en persona por el General. Quieren que lo asesinemos.

Aquello no la sorprendió, aunque no les iba a resultar fácil. Las medidas de seguridad que rodeaban al General eran muy estrictas. Aun así, nada era imposible. Y si el atentado tenía éxito, el Chad se vería sumido en el caos. Tenía que dar la voz de alarma cuanto antes.

—¿Y cómo piensan hacerlo?

—Ya te conté que el Afgano nos adiestró para fabricar bombas suicidas.

478

«Oh, Dios…», pensó Tamara.

Dos turistas entraron en la sala, una pareja de blancos de mediana edad con sombrero y zapatillas deportivas, que hablaban en francés. Tamara y Harún se comunicaban en árabe y estaban casi seguros de que no les entenderían. Sin embargo, los recién llegados fueron directos a donde estaban ellos, junto a la vitrina que contenía el cráneo. Tamara les sonrió e inclinó la cabeza.

—Vámonos —susurró a Harún.

La siguiente sala estaba vacía.

—Continúa, por favor. ¿Cómo lo llevarán a cabo?

—Sabemos cómo es el coche del General.

Tamara asintió: todo el mundo lo sabía. Era una limusina Citroën como la que utilizaba el presidente francés. Solo había una en todo el país y, por si eso fuera poco, en el guardabarros llevaba un pequeño mástil donde ondeaban el azul, el amarillo y el rojo, la tricolor bandera del Chad.

—Estarán esperando en la calle cerca del Palacio Presidencial —prosiguió Harún—, y cuando el coche cruce las verjas se lanzarán contra él y detonarán los explosivos. Y luego irán directos al paraíso, creen ellos.

—Mierda.

Podría funcionar, pensó Tamara. Aunque el complejo presidencial estaba fuertemente custodiado, el General tendría que salir en algún momento del recinto. Sin duda, su vehículo sería blindado, pero a prueba de balas, no de bombas, sobre todo si los chalecos de los suicidas llevaban una potente carga explosiva.

Sin embargo, ahora que había descubierto lo que estaban planeando los terroristas, la CIA podría alertar al personal de seguridad del General, que extremaría las precauciones.

—¿Cuándo tienen planeado hacerlo?

—Hoy —respondió Harún.

—¡Mierda!

—Por eso quería que nos viéramos ayer.

Tamara sacó su móvil. Se detuvo un momento. ¿Qué otros detalles necesitaba saber?

—¿Cuántos suicidas son?

—Tres.

—¿Puedes describirlos?

Harún negó con la cabeza.

—No me han dicho a quién han escogido, solo que yo no soy uno de los elegidos.

—¿Hombres?

—Uno podría ser una mujer.

—¿Cómo irán vestidos?

—Supongo que con ropa tradicional. Las túnicas permiten ocultar los chalecos con explosivos. Pero no lo sé seguro.

—¿Hay alguien más implicado, alguien que supervise la acción de los tres suicidas?

—No. Cuanta más gente, mayor riesgo corre la misión.

—¿A qué hora irán al palacio?

—Ya deben de estar allí.

Tamara llamó a la estación de la CIA en la embajada.

La llamada no pasó.

—El Afgano también nos enseñó a dejar temporalmente sin cobertura a toda una ciudad —le recordó Harún.

Tamara se lo quedó mirando.

—¿Quieres decir que el EIGS ha inutilizado todos los teléfonos?

—Hasta que alguien averigüe cómo restablecer la conexión.

—Tengo que marcharme ya —dijo Tamara, y salió a toda prisa de la sala.

—Buena suerte —oyó decir a Harún mientras se alejaba.

Bajó corriendo las escaleras y se dirigió al aparcamiento. Su coche la estaba esperando con el motor en marcha y Tamara saltó dentro.

—A la embajada, deprisa, por favor.

Cuando el vehículo arrancó, se lo pensó mejor. Si iba a la embajada, podría informar en persona a sus superiores, pero ¿qué podían hacer ellos si no funcionaban los teléfonos? Lo mejor sería ir directamente al Palacio Presidencial. Sin embargo, allí nadie la conocía lo suficiente como para franquearle la entrada sin más. Y en cuanto a los guardias de la verja, ¿creerían a una joven que afirmaba que la vida del General corría peligro?

Entonces pensó en Karim. Él podría entrar sin problemas en el palacio y avisar de inmediato al jefe de Seguridad del presidente. Pero a saber dónde estaba. Aún no era mediodía, así que igual todavía se encontraba en el Café de El Cairo, que quedaba cerca del museo. Probaría primero allí y, si no estaba, continuaría hasta el centro de la ciudad y buscaría en el hotel Lamy.

Rezó para que el General no saliera del palacio en los próximos minutos.

Dio nuevas instrucciones al conductor y poco después llegaron al café. Entró como una bala en el local y, con gran alivio, vio que Karim aún estaba allí. Lo había pillado por los pelos, porque se estaba poniendo la chaqueta para marcharse. No venía a cuento, pero pensó que estaba engordando un poco.

—Menos mal que le encuentro. El EIGS ha inutilizado todos los teléfonos.

—¿En serio? —Echó mano al bolsillo de su chaqueta, sacó el móvil y miró la pantalla—. Tiene razón. No sabía que pudieran hacer eso.

—Acabo de hablar con un informador. Están planeando asesinar al General.

Karim se quedó boquiabierto.

—¿Ahora?

—Creo que es usted el más indicado para dar la voz de alarma.

—Claro. ¿Y cómo piensan hacerlo?

—Hay tres suicidas con chalecos explosivos a las puertas del palacio. Están esperando a que salga su coche.

—Muy astuto. Una ruta por la que no tiene más remedio que pasar, un momento en el que el vehículo tiene que avanzar despacio… y cuando él es más vulnerable. —Dudó un momento—. ¿Hasta qué punto es fiable la información?

—Ningún informador es totalmente de fiar, Karim. En el fondo, todos se mueven en el engaño. Pero creo que este soplo podría ser cierto y que el General debería extremar las precauciones.

Karim asintió.

—Tiene razón. No se puede ignorar una advertencia de este tipo. Iré a avisar enseguida. Tengo el coche ahí atrás.

—Bien.

Karim dio media vuelta para marcharse, luego volvió a girarse.

—Gracias.

—De nada.

Tamara salió por la puerta de delante y se montó de nuevo en el coche.

Una vez más pensó en regresar a la embajada, y una vez más decidió que allí no podría hacer nada. El manual de operaciones no incluía ningún protocolo sobre cómo actuar ante un posible intento de asesinato combinado con una caída de las comunicaciones. Por un momento se planteó la posibilidad de que Susan Marcus acudiera con una patrulla a las inmediaciones del palacio para intentar detener a los suicidas. Sin embargo, las fuerzas armadas estadounidenses no podían actuar al margen del ejército y la policía locales: sembrarían una confusión catastrófica. Y para cuando se restableciera la cadena de mando, ya sería demasiado tarde.

Al final, Tamara decidió ir en persona. Al menos podría reconocer el terreno en los alrededores del palacio y tratar de identificar a los yihadistas.

Indicó al conductor que tomara la autovía hacia el sur y girara a la derecha en la avenida Charles de Gaulle. En las inmediaciones del complejo presidencial no se podía aparcar, así que se bajó del coche a unos doscientos metros y le dijo al chófer que esperara.

Volvió a comprobar el móvil. Aún no había señal.

Inspeccionó el amplio bulevar que se extendía ante ella. Las grandes verjas de hierro del palacio quedaban a la derecha, custodiadas por soldados de la Guardia Nacional, armados con fusiles y ataviados con sus uniformes de camuflaje desértico en tonos verde, negro y marrón. Enfrente del palacio estaban el parque monumental y la catedral. La prohibición de aparcar era muy estricta, así que los yihadistas tendrían que acercarse a pie.

Un Mercedes negro frenó en seco ante las verjas y enseguida le franquearon el acceso. Tamara esperaba que se tratara de Karim.

Por primera vez pensó en lo peligroso que era para ella estar allí. En cualquier momento, a lo largo de esa avenida, podía estallar una bomba y acabar con su vida.

No quería morir, no cuando acababa de encontrar a Tab.

Pero la muerte no era lo peor que podía pasarle. Podía quedar mutilada, impedida, ciega.

Se ajustó bien el pañuelo bajo la barbilla. «¿Qué diablos estoy haciendo aquí?», murmuró para sí misma. Luego se encaminó hacia el palacio con paso enérgico.

A las puertas del complejo presidencial, delante de las verjas, no había nadie salvo los guardias, que blandían sus fusiles para disuadir a cualquiera que quisiera acercarse. Enfrente, un centenar de personas deambulaba por el parque: turistas que admiraban las colosales esculturas y ciudadanos que disfrutaban del espacio ajardinado comiendo o paseando. «Tengo que identificar a los suicidas —pensó Tamara—. ¡Y no me queda mucho tiempo!»

Un contingente de policías armados, a las órdenes de un sargento bigotudo, controlaba al gentío. El estampado de camuflaje de sus uniformes era ligeramente distinto del de la Guardia Nacional. Tamara sabía que su principal cometido era hacer cumplir la norma que prohibía fotografiar el palacio, por lo que dudaba de que tuvieran mucha experiencia en detectar a posibles yihadistas.

Trató de calmarse y empezó a inspeccionar minuciosamente a la muchedumbre. Descartó a los ancianos y a la gente de mediana edad: los terroristas suicidas siempre eran jóvenes. También descartó a los que llevaban ropas modernas y ceñidas, como camisetas y vaqueros, ya que no podían ocultar un chaleco con explosivos. Se concentró en los chicos y chicas adolescentes o de veintitantos años vestidos con ropajes tradicionales, y también en las mujeres con chador.

Tomó nota mental de los posibles candidatos. Un joven con túnica y gorro blancos estaba sentado en el borde de un pedestal leyendo el periódico *Al Wihda*. Se le veía demasiado relajado para ser un terrorista, pero Tamara no podía estar segura. Había una mujer de edad indeterminada; bajo su chador se apreciaban algunos bultos, aunque puede que formaran parte de su figura. Un adolescente con túnica naranja y turbante estaba acuclillado junto a la calzada arreglando su Vespa; la rueda delantera yacía a su lado en la tierra polvorienta, en medio de un montón de tornillos y tuercas.

Se fijó en que, en un extremo del parque, había un joven barbudo a la sombra de un árbol, sudando a mares. Vestía una *galabiya*, una especie de túnica hasta los tobillos a la que llamaban *thaub* o *dishdasha*, pero encima llevaba una chaqueta de algodón, holgada y sin forma, abrochada hasta el cuello. Estaba junto a una de las calles transversales que flanqueaban el parque, y de vez en cuando miraba hacia la calzada, donde no había nada que ver. Fumaba con nerviosismo, dando pequeñas caladas sin parar y consumiendo el cigarrillo muy deprisa.

Cuando el coche presidencial saliera del complejo palaciego, quizá giraría a la derecha o a la izquierda para tomar la amplia avenida Charles de Gaulle, aunque también podía cruzarla para dirigirse hacia esa calle transversal que bajaba hasta el río. Lógicamente, los suicidas se habrían apostado en esos tres puntos: uno a cada lado de la entrada principal, y otro en la calle secundaria.

Tamara la cruzó en dirección a la catedral.

Cuando pasaba a la altura de las grandes verjas, miró hacia el interior, al otro lado de la avenida, y vio el largo y majestuoso camino de acceso que conducía hasta el distante edificio presidencial, que a lo lejos parecía más un moderno complejo de oficinas que un palacio. Había media docena de soldados más al otro lado de las verjas, pero se limitaban a merodear por allí, hablando y fumando despreocupadamente. Tamara se sintió frustrada: si Karim hubiese dado la voz de alarma, ¿no habrían desplegado ya un contingente militar para despejar la zona y proteger a la gente de una posible explosión? Sin embargo, el lugar estaba muy concurrido y los coches y motos circulaban en ambas direcciones. Allí, una bomba mataría a centenares de inocentes. ¿Habrían ignorado la advertencia de Karim? ¿O solo les preocupaba la seguridad del General y no la de la población?

La catedral de Nuestra Señora de la Paz era una iglesia moderna con un diseño espectacular. Sin embargo, el recinto estaba cercado por una valla no muy alta y las verjas de acceso permanecían cerradas. No había nadie en su interior salvo un jardinero, vestido con una túnica oscura y un pañuelo en la cabeza, plantando un arbolito en el lado occidental, cerca de la valla, a solo unos metros de Tamara. Desde su posición, el hombre podía ver las verjas del palacio y el largo camino de entrada que conducía hasta el edificio presidencial. Y desde allí también podía saltar rápidamente la valla para plantarse en la calle transversal. ¿Sería uno de los terroristas? Si lo era, se arriesgaba a que algún sacerdote le llamara la atención. «¿Quién le ha dicho que plante ese árbol ahí?», podían decirle. Por otra parte, tampoco se veía a ningún cura por allí.

Tamara regresó al parque.

Era una cuestión de probabilidades, pero pensaba que los terroristas suicidas eran el chico que estaba arreglando la motocicleta, el hombre sudoroso apostado bajo el árbol y el jardinero de la catedral. Todos encajaban en el perfil y llevaban túnicas bajo las que podían ocultar un chaleco bomba.

¿Podrían capturarlos antes de que hicieran detonar los explosivos? Algunos de esos artefactos contaban con el llamado «dispositivo del hombre muerto», un sistema que se activaba cuando el suicida soltaba un cordón, haciendo que la bomba explotara aunque el terrorista fuera abatido. Sin embargo, los tres sospechosos tenían las manos ocupadas: uno arreglando la motocicleta, otro fumando cigarrillos y otro plantando un arbolito. Eso significaba que no tenían uno de esos dispositivos del hombre muerto.

De todos modos, la situación debía manejarse con extremo cuidado. Habría que inmovilizarlos antes de que pudieran activar el detonador. Sería cuestión de uno o dos segundos.

Volvió a comprobar el móvil. Seguía sin haber señal.

¿Qué debería hacer? Probablemente nada. Karim se aseguraría de que el General estuviera fuera de peligro. Antes o después la policía cerraría el parque y despejaría las calles. Y los terroristas se escabullirían entre la muchedumbre.

Aunque podrían volver a intentarlo al día siguiente.

Tamara se dijo que ese no era su problema. Ella ya había proporcionado la información: ese era su trabajo. El ejército y la policía locales se encargarían de tomar las decisiones pertinentes.

Debería marcharse ya.

Miró al otro lado de la avenida. En ese momento, a lo lejos, vio la inconfundible limusina del General, que avanzaba despacio por el camino de acceso en dirección a las verjas.

Tenía que actuar inmediatamente.

Sacó su tarjeta identificativa de la CIA y se acercó al sargento de policía del bigote.

—Trabajo para el ejército estadounidense —le dijo en árabe mostrándole la tarjeta. Señaló al sospechoso apostado bajo el árbol—. Creo que aquel hombre esconde algo bajo la chaqueta. Deberían ir a comprobarlo. Y será mejor que antes de hablar con él le inmovilicen las manos, porque es posible que vaya armado.

El sargento la miró con gesto receloso. No iba a aceptar órdenes de una desconocida, por mucho que llevara una imponente tarjeta plastificada de aspecto oficial con su foto.

Tamara reprimió su pánico creciente y trató de mantener la calma.

—Si van a hacer algo, deben actuar rápido, porque parece que el General se está acercando.

El sargento miró al otro lado de la avenida, vio que la limusina avanzaba hacia las verjas y al final se decidió. Gritó unas órdenes a dos de sus agentes, que cruzaron el parque a la carrera en dirección al hombre que fumaba bajo el árbol.

Tamara dio gracias al cielo.

Los guardias de palacio salieron a la avenida y cortaron el tráfico.

El chico que arreglaba la Vespa se puso en pie.

Al otro lado de la calle transversal, el jardinero que estaba en el recinto de la catedral soltó la pala.

Las verjas del palacio se abrieron.

Tamara se acercó al chico de la motocicleta, que estaba tan concentrado en la limusina que apenas reparó en ella. Tamara le sonrió y le plantó las manos con firmeza en el pecho. A través del tejido de algodón de la túnica naranja, notó un objeto duro con cables y sintió que la invadía el pánico. Aun así, se forzó a mantener las manos ahí pegadas un poco más. Palpó tres cilindros, que sin duda contenían cargas de explosivo C-4 enterradas entre pequeñas bolas de acero, con cables que conectaban los cilindros entre sí y con una cajita que debía de ser el detonador.

Tamara estaba a solo un pálpito de la muerte.

El chico se quedó sorprendido y confuso ante su repentina aparición. Trató de apartarla en vano y dio un paso atrás.

En la fracción de segundo que tardó en comprender lo que estaba pasando, Tamara lanzó una patada que le barrió las piernas por detrás.

El muchacho cayó de espaldas al suelo. Tamara se abalanzó sobre él clavándole las rodillas en el vientre y dejándolo sin aire. Le agarró el cuello de la túnica y la desgarró, dejando a la vista el dispositivo de metal y plástico negro sujeto a su pecho. Colgando de la caja del detonador, vio un cable que terminaba en un sencillo interruptor de plástico verde. «Cuatro dólares con noventa y nueve en la ferretería», pensó a lo tonto.

Oyó gritar a una mujer.

Si el chico pulsaba el interruptor, acabaría con su vida, la de Tamara y la de toda la gente que había alrededor.

Consiguió aferrarle las muñecas y empujó sus brazos hacia el suelo inclinándose hacia delante con todo su peso. El muchacho forcejeó tratando de zafarse. Los policías que estaban por allí se quedaron mirando, paralizados.

—¡Agarradle de los brazos y las piernas antes de que nos haga volar a todos por los aires! —gritó Tamara.

Tras un momento de estupor, hicieron lo que ella les decía. En circunstancias normales, no habrían acatado sus órdenes, pero podían ver el artefacto y sabían qué era. Cuatro policías inmovilizaron los brazos y piernas del atacante contra el suelo.

Tamara se levantó.

A su alrededor, los transeúntes empezaron a retroceder. Algunos salieron corriendo.

En el extremo más alejado del parque estaban esposando al fumador nervioso.

Las verjas del palacio se abrieron y la limusina salió.

En el recinto de la catedral, el jardinero echó a correr hacia la valla.

La limusina cruzó la avenida, cogió velocidad y enfiló por la calle transversal.

El jardinero saltó la valla y cayó sobre la acera. Se metió la mano por dentro de la *galabiya* y sacó un interruptor de plástico verde.

—¡No! —gritó Tamara en vano.

El hombre corrió hacia la calzada y se abalanzó contra el coche. El conductor lo vio y pisó el freno, demasiado tarde. El terrorista impactó contra el parabrisas y pareció rebotar. Entonces se produjo un fogonazo y una terrible explosión. El cristal estalló en añicos y el suicida cayó sobre el asfalto. El vehículo continuó avanzando, dejando el cuerpo atrás en medio de la calzada. Luego se desvió hacia la derecha y chocó contra la valla que rodeaba la catedral. La valla quedó aplastada y el coche por fin se detuvo.

No salió nadie.

Tamara echó a correr por el parque en dirección a la limusina destrozada. Varias personas tuvieron la misma idea y salieron corriendo detrás de ella. Al llegar, abrió la puerta del pasajero y miró dentro.

El asiento trasero estaba vacío.

En el interior de la cabina flotaba un olor a sangre fresca. En la parte de delante había solo un hombre, el conductor, desplomado sobre el asiento, inmóvil. Su cara era un amasijo sanguinolento apenas reconocible, pero era bajo y delgado con el pelo gris. Por lo tanto, no podía ser el General, que era calvo y corpulento.

El General no estaba en el coche.

Por un momento, Tamara se quedó desconcertada. Entonces se dijo que quizá el chófer había salido simplemente para echar gasolina. Otro pensamiento más sombrío cruzó por su mente: que hubiera sido enviado a modo de señuelo para comprobar si la amenaza era real, en cuyo caso habrían sacrificado su vida. Era una idea aterradora, pero posible.

La carrocería estaba llena de agujeros y había bolitas de acero por todo el suelo.

Tamara ya había visto suficiente. Dio media vuelta y se encaminó de nuevo hacia el parque.

«He salvado al General —pensó—. Y lo más importante, he salvado la estabilidad de esta región. Casi pierdo la vida. ¿Ha merecido la pena? Quién coño sabe…»

Pero su trabajo aún no había acabado. Harún había dicho que el gobierno de Sudán estaba detrás del atentado. De ser verdad, era una información de enorme trascendencia, pero necesitaba confirmarla.

Al chico de la Vespa le habían quitado el chaleco bomba —si hubiera tenido que decidirlo ella, habría esperado a los artificieros—, y ahora los agentes estaban esposándolo y poniéndole bridas en las piernas.

Tamara se dirigió hacia ellos.

—¿Qué te crees que estás haciendo? —gritó un policía saliéndole al paso.

—Yo he dado la voz de alarma —le espetó con brusquedad—. Te he salvado la vida.

—Es verdad —dijo otro policía—. Ha sido ella.

El primero se encogió de hombros y ella se lo tomó como una concesión de permiso.

Se acercó al terrorista. Tenía los ojos marrón claro. Podía ver los pelillos de una incipiente barba de adolescente asomando en las mejillas: era apenas un chaval. La proximidad de Tamara le transmitía un mensaje contradictorio, de intimidad y a la vez de amenaza, que lo descolocó.

—Tu amigo del jardín de la catedral ha muerto —le susurró Tamara muy bajito.

El chico la miró y apartó la vista.

—Está en el paraíso —dijo.

—Habéis hecho esto por Alá.

—Alá es grande.

—Pero os han ayudado. —Tamara se calló y lo miró a los ojos sin pestañear, tratando de que le devolviera la mirada, de establecer un contacto humano—. Os enseñaron a fabricar las bombas.

Por fin, él la miró.

—Tú no sabes nada.

—Sé que os adiestró el Afgano.

Tamara vio sorpresa en sus ojos.

Ella aprovechó la ventaja.

—Sé que vuestros amigos de Sudán os proporcionaron los materiales.

No lo sabía con certeza, pero tenía firmes sospechas de que era así. La expresión del muchacho no cambió: seguía desconcertado por lo mucho que sabía aquella mujer.

—Fueron vuestros amigos sudaneses los que os ordenaron matar al General.

Tamara contuvo el aliento; era la información que necesitaba confirmar.

El chico habló por fin:

—¿Cómo lo sabes? —Su tono de voz denotaba un asombro genuino inequívoco.

Tamara no necesitaba saber más. Se levantó y se marchó.

De vuelta en la embajada, Tamara fue a su habitación. De repente se sentía completamente exhausta y se tumbó en la cama. Durmió apenas unos minutos. Entonces le sonó el móvil.

Se había restablecido la conexión.

Contestó.

—¿Dónde coño estás? —atronó la voz de Dexter.

Ella casi le colgó. Cerró los ojos un momento, armándose de paciencia.

—¿Estás ahí? —insistió él.

—Sí, en mi apartamento.

No pensaba decirle que trataba de recuperarse de una experiencia terrible. Había aprendido hacía tiempo a no admitir debilidad ante un colega masculino. Luego nunca se cansaban de recordártelo.

—Me estoy refrescando un poco —comentó ella.

—Preséntate aquí ahora mismo.

Tamara colgó sin responder. Había estado tan cerca de perder la vida que ya no podía tomarse a Dexter en serio. Cruzó sin prisas el recinto de la embajada en dirección a la estación de la CIA.

Lo encontró sentado ante su mesa. Phil Doyle estaba con él. Para entonces, Dexter ya disponía de más información.

—¡Están diciendo que una agente de la CIA ha arrestado a un sospechoso! ¿Has sido tú?

—Sí.

—¿Y tú qué haces arrestando gente? ¿A ti qué te ha dado, por Dios?

Tamara se sentó sin que nadie se lo indicara.

—¿Quieres que te cuente lo que ha pasado o prefieres quedarte ahí gritándome?

Dexter estaba que trinaba, pero vaciló. No podía negar que había gritado, y su jefe estaba allí. Incluso en la CIA, un hombre no podía arriesgarse a ser acusado de hostigamiento.

—Muy bien —claudicó—. Expón tu argumento.

—¿Mi argumento? —Tamara sacudió la cabeza—. ¿Qué es esto, un juicio? Porque, si lo es, más vale que lo hagamos por la vía oficial. Necesitaré asistencia legal.

—Esto no es ningún juicio —repuso Doyle en un tono razonable—. Tan solo cuenta lo que ha pasado.

Tamara relató todo lo ocurrido y ellos la escucharon sin interrumpirla.

—¿Por qué acudiste a Karim? —preguntó Dexter cuando acabó—. ¡Deberías haberme informado a mí!

Estaba enfadado por haber sido excluido de una operación tan delicada. Tamara se sentía mentalmente exhausta tras la tensión vivida, pero forzó a su cerebro a reactivarse y recrear la secuencia de decisiones que se había visto obligada a tomar.

—Mi informador me dijo que el atentado era inminente y que las líneas telefónicas no funcionaban. Tuve que decidir cuál sería la manera más rápida de poner sobre aviso al General. Si hubiese intentado acceder al palacio por mi cuenta, seguramente no me habrían dejado entrar. Pero a Karim sí.

—Podría haber ido yo.

¿Es que ni por un momento podía dejar su ego a un lado?, se dijo Tamara.

—Ni siquiera a ti te habrían dejado entrar enseguida —repuso en un tono cansino—. Te habrían sometido a demasiadas preguntas, con la consiguiente demora. Karim tiene acceso inmediato al General y pudo dar la voz de alarma mucho más deprisa que cualquier miembro de esta embajada; de hecho, más deprisa que cualquier persona que yo conozca.

—De acuerdo, pero ¿por qué no me informaste después de hablar con Karim?

—No había tiempo. Yo habría tenido que contarte toda la historia. Tú te habrías mostrado escéptico y habríamos mantenido una larga conversación igualita a esta. Al final me habrías creído, pero entonces habrías necesitado tu tiempo para reunir a un equipo y ponerlo al corriente, y solo entonces habríais salido en dirección al palacio. Así que lo más lógico era acudir inmediatamente al lugar para intentar identificar a los terroristas. Eso fue lo que hice. Y lo conseguí.

—Yo podría haberlo hecho con un equipo y habría sido más eficaz.

—Solo que no habríais llegado al palacio hasta después de la explosión. El atentado se produjo unos minutos después de que yo llegara. Y en esos pocos minutos logré identificar con éxito a los tres terroristas. Ahora dos están arrestados y uno muerto.

Dexter cambió de argumento.

—Y todo para nada, porque el General ni siquiera estaba en el coche —comentó en tono despectivo, decidido a infravalorar su hazaña.

Tamara se encogió de hombros. Ya apenas le importaba lo que pensara Dexter. Se daba cuenta de que no podría seguir trabajando a sus órdenes mucho más tiempo.

—Probablemente no estaba en el coche porque Karim lo había avisado.

—Eso no lo sabemos.

—Cierto —concedió Tamara, demasiado cansada para discutir.

Pero Dexter no había acabado.

—Una lástima que tu informador no nos lo contara antes.

—Eso fue culpa tuya.

Dexter se irguió en el asiento.

—¿De qué estás hablando?

—Quería reunirse conmigo ayer. Te dije que tenía que salir antes de que acabara la jornada de formación, pero me ordenaste que pospusiera el encuentro.

Era evidente que Dexter no había relacionado los dos hechos. Ahora estaba visiblemente preocupado. Se quedó callado un momento antes de responder.

—No, no, no fue así. Tuvimos una conversación y…

—Una mierda —replicó ella interrumpiéndolo. Por ahí no pasaba—. De conversación nada. Me ordenaste que no quedara con él a la hora acordada y punto.

—Debes de recordarlo mal.

Tamara miró fijamente a Doyle. Él había estado presente y sabía la verdad. Parecía incómodo. Debía de sentir el impulso de mentir para evitar socavar la autoridad de Dexter, supuso Tamara. Si lo hacía, ella dimitiría en el acto. Mantuvo la vista clavada en Doyle, en silencio, esperando a que hablara.

—Creo que eres tú el que no se acuerda bien, Dexter —indicó al fin Doyle—. Por lo que yo recuerdo, fue una conversación muy breve y tú le diste la orden.

Dexter parecía a punto de estallar. Enrojeció y empezó a respirar muy deprisa.

—A ver, Phil, supongo que no nos pondremos de acuerdo... —repuso, luchando por contener su ira.

—No, no —saltó Doyle con firmeza—. No hay que ponerse de acuerdo en nada. —Ahora estaba decidido a imponer su autoridad y no parecía dispuesto a maquillar el asunto—. Tomaste una decisión y la cosa salió mal. No te preocupes, no es un delito capital. —Se volvió hacia Tamara—. Puedes marcharte.

Ella se levantó.

—Hoy has hecho un gran trabajo —la felicitó Doyle—. Te estamos muy agradecidos.

—Gracias, señor —dijo Tamara, y salió del despacho.

—El General quiere concederle una medalla —dijo Karim a Tamara la mañana siguiente, en el Café de El Cairo.

Se le veía muy satisfecho consigo mismo. Tamara supuso que dar la voz de alerta le había granjeado la profunda gratitud del General. En una dictadura, eso valía mucho más que el dinero.

—Me halaga —admitió ella—, pero tendré que rechazarla, lo más seguro. A la CIA no le gusta que sus agentes reciban demasiada publicidad.

Karim sonrió, y Tamara intuyó que no le importaba demasiado su rechazo: así no tendría que compartir protagonismo.

—Es lo que tiene ser agentes «secretos», imagino —dijo él.

—De todos modos, es bueno saber que el General aprecia nuestro trabajo.

—Los dos terroristas supervivientes han sido interrogados.

«De eso no me cabe la menor duda», pensó Tamara. Los habrían mantenido despiertos toda la noche, sin agua y sin comida, acribillados a preguntas por varios equipos de interrogadores, y quizá también los habrían torturado.

—¿Nos harán llegar el informe completo del interrogatorio?

—Diría que es lo menos que podemos hacer.

Lo cual no era un «sí», observó Tamara, aunque tal vez Karim no tenía la autoridad suficiente para dar una respuesta definitiva.

—Mi amigo el General está furioso por lo del intento de asesinato —prosiguió Karim—. Ha sido un ataque directo contra su persona. Se quedó mirando el cuerpo del chófer y dijo: «Ese podría haber sido yo».

Tamara optó por no preguntar si el conductor había sido sacrificado con objeto de confirmar la veracidad de la amenaza.

—Espero que el General no reaccione con temeridad.

Tamara pensaba en la elaborada emboscada que había urdido en el campo de refugiados, y todo en represalia por una pequeña escaramuza en el puente N'Gueli.

—Yo también lo espero. Aunque seguro que querrá vengarse.

—Me pregunto qué hará.

—Si lo supiera, no podría decírselo… pero resulta que no lo sé.

Tamara intuyó que esta vez Karim decía la verdad, lo cual no hizo más que aumentar su inquietud. ¿Por qué ocultaría el General sus intenciones a una de las personas de su máxima confianza, el hombre que acababa de salvarle la vida?

—Espero que no sea tan drástico como para desestabilizar toda la región.

—No lo creo.

—A saber. Los chinos tienen muchos intereses en Sudán. No queremos que empiecen a enseñar músculo.

—Los chinos son nuestros amigos.

En opinión de Tamara, los chinos no tenían amigos, solo clientes y deudores, pero no quería discutir con Karim; era un hombre mayor y conservador que no aceptaría que una joven le llevara la contraria.

—Eso siempre es de agradecer —comentó, tratando de sonar sincera—. Y estoy segura de que aconsejará que se actúe con prudencia.

Él adoptó una expresión petulante.

—Siempre lo hago. Descuide. Todo irá bien.

—*Inshallah* —dijo Tamara.

Al día siguiente, a media tarde, la CNN informó de un grave incendio en Puerto Sudán, el nada imaginativo nombre de la principal ciudad portuaria del país. Según la cadena de noticias, varios barcos que se encontraban en aguas del mar Rojo habían sido los primeros en dar aviso del incendio. Emitieron una entrevista llena de interferencias con el capitán de un petrolero que había decidido permanecer alejado de la costa mientras trataba de averiguar si era seguro entrar en puerto. Según su testimonio, se veía una enorme nube de humo gris azulado flotando sobre la zona portuaria.

Prácticamente todo el petróleo del país se exportaba desde Puerto Sudán. La mayor parte del crudo llegaba a través de un oleoducto de mil quinientos kilómetros, gestionado y participado mayoritariamente por la Corporación Nacional de Petróleo de China. Los chinos también habían construido una refinería y estaba en marcha un nuevo muelle petrolero valorado en miles de millones de dólares.

Tras el reportaje de la CNN hubo una declaración gubernamental en la que se aseguraba que los bomberos esperaban tener controlado el incendio en breve, lo cual significaba que estaba totalmente descontrolado, y que habían iniciado una exhaustiva investigación para esclarecer las causas, lo cual significaba que no tenían ni idea de qué lo había provocado. Una oscura sospecha, que aún no se atrevía a expresar, empezó a cobrar forma en un recóndito rincón de la mente de Tamara.

Procedió a revisar las principales webs yihadistas, aquellas que celebraban las decapitaciones y los secuestros. En un primer barrido, vio que todo estaba tranquilo.

Llamó a la coronel Marcus.

—¿Tenéis imágenes de satélite de Puerto Sudán justo antes del incendio?

—Supongo que sí —respondió Susan—. En esa parte del globo no suele haber muchas nubes. ¿Qué franja horaria?

—La CNN ha informado hacia las cuatro y media, y decían que ya había una gran nube de humo…

—Entonces a las tres y media o antes. Echaré un vistazo. ¿Tienes alguna sospecha?

—La verdad, no lo sé. Hay algo que…

—Con eso me basta.

Tamara llamó a Tab a la embajada francesa.

—¿Qué sabes del incendio en Puerto Sudán?

—Solo lo que han dicho en la tele —respondió él—. Por cierto, yo también te quiero.

Ella reprimió una risita.

—No sigas por ahí —dijo bajando la voz—. Estoy en la oficina a la vista de todos.

—Perdona.

—Anoche te conté mis temores, ¿te acuerdas?

—¿Te refieres a la teoría de la venganza?

—Sí.

—¿Crees que podría ser esto?

—Pues sí.

—Entonces habrá problemas.

—Seguro. Puedes apostarte ese bonito culo —dijo Tamara, y colgó.

Nadie más en la estación parecía preocupado por lo ocurrido, y hacia las cinco de la tarde todos empezaron a abandonar sus mesas.

Poco después, el gobierno de Jartum, la capital sudanesa, añadió a su primera declaración oficial que unas veinte personas habían sido rescatadas del incendio, entre ellas cuatro ingenieros chinos que estaban trabajando en la construcción del nuevo muelle petrolero. También se habían salvado varias mujeres y niños que formaban parte de sus familias. La CNN explicó que la instalación se estaba construyendo con asesoramiento y capital chinos, y que en el proyecto estaban involucrados unos cien ingenieros del país oriental. Tamara se preguntó por toda la gente que no habría sido rescatada.

Nadie había insinuado todavía la posibilidad de un sabotaje, y Tamara se aferró a la esperanza de que se tratara de un simple accidente sin implicaciones políticas.

Volvió a repasar la web y, en esta ocasión, se detuvo en la página de un grupo que se hacía llamar Yihad Salafista del Sudán. Tamara no había oído hablar de ellos. El grupo condenaba la deriva antiislamista del gobierno sudanés, simbolizada especialmente por el corrupto proyecto del muelle petrolero liderado por China, y felicitaba a los heroicos guerreros de la YSS por el ataque de ese día.

Tamara volvió a llamar a la coronel Marcus.

—Ha sido mi puto dron —dijo Susan—, el que desapareció.

—Mierda.

—Lanzó varias bombas sobre la refinería y el muelle en construcción, y luego se estrelló.

—En ese muelle trabajaban ingenieros chinos.

—El ataque se produjo a las trece y veintiuno.

—Un dron estadounidense ha matado a varios ingenieros chinos. Esto acarreará graves consecuencias.

Tamara colgó y envió a Dexter el enlace a la página de la YSS. Luego se lo mandó a Tab.

Se reclinó en su asiento y pensó: «¿Qué harán ahora los chinos?».

24

El móvil de Chang Kai estaba sonando y, para su gran desesperación, no conseguía dar con el aparato. Entonces se despertó y comprendió que había estado soñando, pero el teléfono no dejaba de sonar. Al final lo encontró: estaba sobre la mesilla. Quien llamaba era Fan Yimu, el encargado nocturno de la oficina del Guoanbu.

—Siento despertarle en mitad de la noche, señor.

—Oh, mierda —dijo Kai—. Ha estallado la guerra en Corea del Norte.

—No, señor, no es nada de eso.

Kai respiró aliviado. La situación entre los rebeldes y el gobierno norcoreano llevaba diez días en punto muerto, y Kai confiaba en que el conflicto se resolviera sin tener que llegar a una guerra civil.

—Gracias a Dios.

Ting se acurrucó contra él sin abrir los ojos. Kai la rodeó con un brazo y le acarició el pelo.

—Entonces ¿qué ha pasado?

—Aproximadamente un centenar de ciudadanos chinos han muerto como consecuencia de un ataque con un dron en la ciudad de Puerto Sudán.

—Si no recuerdo mal, ahí es donde estamos construyendo un muelle petrolero de varios miles de millones de dólares.

—Así es. En el proyecto trabajaban ingenieros chinos. Las víctimas son en su mayoría hombres, pero también hay varias mujeres y niños que pertenecían a las familias de los ingenieros.

—¿Quién lo ha hecho? ¿Quién ha enviado el dron?

—Señor, la noticia acaba de conocerse y he pensado que es mejor avisarle antes de intentar averiguar algo más.

—Envíeme un coche.

—Ya lo he hecho. Monje ya debe de estar llegando a la puerta de su edificio.

—Muy bien. Estaré allí lo antes posible —dijo Kai, y colgó.

—¿Quieres uno rapidito? —murmuró Ting.

—Vuelve a dormirte, cariño.

Se aseó a toda prisa y se puso un traje y una camisa blanca. Se metió una corbata en un bolsillo y la maquinilla eléctrica en el otro. Miró por la ventana y vio un sedán Geely plateado esperando junto al bordillo con las luces encendidas. Cogió el abrigo y salió.

Soplaba un viento gélido y el aire era glacial. Kai se montó en el coche y empezó a afeitarse mientras Monje conducía. Llamó a Fan y le dijo que avisara a algunos miembros clave del equipo: su secretaria, Peng Yawen; Yang Yong, un especialista en interpretar imágenes de vigilancia aérea; Zhou Meiling, una joven experta en internet; y Shi Xiang, jefe de la sección de África del Norte con un dominio fluido del árabe. Cada uno de ellos debía reunir a su personal de confianza.

Se preguntó quién sería el responsable del ataque en Puerto Sudán.

De entrada, Estados Unidos se convertía automáticamente en el principal sospechoso. El país se sentía amenazado por el gran proyecto económico chino de establecer relaciones comerciales a escala mundial, la conocida como Iniciativa de la Franja y la Ruta, y era consciente de que China quería controlar el petróleo y otros recursos naturales de África. Sin embargo, ¿asesinarían deliberadamente a un centenar de ciudadanos chinos?

Los saudíes contaban con drones comprados a Estados Unidos y estaban a solo doscientos kilómetros de Puerto Sudán a través del mar Rojo, pero los saudíes y los sudaneses eran aliados. Podría haber sido un accidente, aunque resultaba improbable. Los drones disponían de sistemas direccionales por ordenador: las instalaciones portuarias habían sido sin duda su objetivo.

Eso dejaba como única posibilidad un ataque terrorista. Pero ¿de quién?

Su misión consistía en averiguarlo cuanto antes. El presidente Chen querría respuestas a primera hora de la mañana.

Cuando llegó a la sede del Guoanbu, parte de su equipo ya estaba allí. Los demás se presentaron minutos más tarde. Los convocó a todos en la sala de reuniones. Kai había adquirido recientemente el hábito de tomar café, al igual que millones de chinos, de modo que se sirvió una taza y se la llevó a la sala.

En una de las muchas pantallas que había repartidas por las paredes de la sala, la cadena Al Jazeera emitía imágenes en directo del incendio en Puerto Sudán, al parecer tomadas desde un barco. Ya había caído la noche en el África oriental, pero las llamas iluminaban la gran nube de humo.

Kai tomó asiento a la cabecera de la mesa.

—Veamos lo que tenemos —empezó—. Supongo que algunos de los ingenieros son activos nuestros.

Todos los proyectos exteriores estaban sometidos a la estrecha vigilancia de los agentes del Guoanbu.

—Dos —respondió Shi Xiang—, pero uno resultó muerto en el bombardeo. —Shi, jefe de la sección de África del Norte, era un hombre de mediana edad con bigote gris. Durante su primer destino en el extranjero se había casado con una africana, y ahora tenían una hija en la universidad—. He recibido un informe del agente que ha sobrevivido, Tan Yuxuan. La cifra de víctimas es de noventa y siete hombres y cuatro mujeres. Todos se encontraban en el muelle cuando se produjo el impacto. Eran las horas de máximo calor, cuando la gente hace un parón en esa parte del mundo, y estaban todos dentro de un barracón con aire acondicionado, comiendo y descansando.

—Qué horror… —dijo Kai.

—El dron disparó dos misiles aire-tierra que dañaron seriamente el muelle en construcción y prendieron fuego a los depósitos de petróleo cercanos. También han muerto dos niños. Normalmente no permitimos que la gente que trabaja en el extranjero se lleve a sus hijos, pero el ingeniero jefe fue una excepción, y da la trágica casualidad de que ayer llevó a sus gemelos a ver el proyecto.

—¿Qué dice el gobierno de Jartum?

—Nada destacable. Hace dos horas emitieron una declaración oficial en la que decían que tenían controlado el incendio y que investigarían las causas. La típica declaración para salir del paso.

—¿Y la Casa Blanca?

—Todavía no se ha pronunciado. Ahora es primera hora de la tarde en Washington. Probablemente su respuesta llegará antes de que acabe el día.

Kai se volvió hacia Yang Yong, un hombre mayor de cara arrugada, experto en imágenes vía satélite.

—Tenemos el dron en cámara —anunció Yang tecleando en su portátil.

En una de las pantallas de la pared apareció una fotografía.

Kai se inclinó hacia delante tratando de encontrar sentido a lo que estaba mirando.

—No veo nada.

Yang era un hombre con mucha experiencia; seguramente en sus inicios observaba fotos tomadas desde aviones que volaban a gran altitud, antes de la época de la fotografía vía satélite. Cogió un puntero láser, proyectó un punto rojo y lo deslizó por la imagen. Con la ayuda de Yang, Kai consiguió distinguir una silueta que podría pasar perfectamente por una gaviota.

—Sobrevuela una autopista —dijo Yang, y movió el punto rojo—. Esta mancha de aquí es un camión o una furgoneta.

—¿Podemos saber qué tipo de dron es? —preguntó Kai.

—Es grande —respondió el experto—. Diría que es un MQ-9

Reaper, fabricado por General Atomics en Estados Unidos y vendido a una docena de países, entre ellos Taiwán y República Dominicana.

—Y disponible en el mercado negro, diría yo.

—Es muy posible.

Yang cambió la imagen. Ahora la gaviota sobrevolaba una ciudad, presumiblemente Puerto Sudán.

—Cuando las autoridades sudanesas detectaron su presencia, ¿reaccionaron?

—Control de tráfico aéreo debió de captarlo —respondió Shi—, y seguramente interrumpieron los despegues y los aterrizajes durante un tiempo. Lo comprobaré.

—Las fuerzas aéreas podrían haberlo derribado.

—Supongo que pensaron que no era hostil. Podía haber sido un aparato civil, o quizá un dron saudí que se había extraviado en el mar Rojo.

Yang volvió a cambiar la fotografía.

—Esta es de justo antes de que el dron disparara sus misiles. He ampliado la imagen. Se puede ver el muelle. La nave volaba muy bajo. —Tecleó de nuevo en el ordenador—. Y esta es de justo después de la explosión.

Kai vio en la pantalla cómo se desmoronaban los cascotes y se alzaba una enorme nube de humo. La gaviota se había inclinado, como azotada por una fuerte ráfaga de viento.

—El dron volaba tan bajo que resultó seriamente dañado por la onda expansiva. Un error de ese tipo podría deberse a que lo manejaba alguien inexperto.

—Se supone que los satélites estadounidenses han captado imágenes similares —señaló Kai.

—Seguro —respondió Yang.

Kai miró a Zhou Meiling. Era una chica joven y le faltaba confianza, salvo cuando hablaba de los temas que eran su especialidad.

—¿Qué tenemos, Meiling?

—Un grupo que se hace llamar Yihad Salafista del Sudán se

ha atribuido la autoría, pero sabemos muy poco de ellos... sospechosamente poco. La página se creó hace solo unos días.

—Un grupo nuevo del que nadie ha oído hablar —dijo Kai—. Tal vez creado solo para este atentado. O tal vez se lo hayan inventado.

—Lo estoy comprobando.

—¿No han comentado nada en otras webs?

—Tan solo el típico discurso general de odio... salvo los uigures de China. Como usted sabe, señor, hay varias páginas ilegales que afirman representar a los uigures musulmanes de Xinjiang, aunque algunas o todas ellas podrían ser falsas. No obstante, el hecho es que casi todas esas páginas están celebrando la matanza de comunistas de la China represora a manos de musulmanes africanos amantes de la libertad.

—Ya me gustaría a mí ver a esos uigures viviendo en Sudán —se burló Kai con desdén—. Pronto estarían suplicando regresar a la China autoritaria.

Estaba furioso porque el regodeo de los uigures podría provocar que la vieja guardia comunista reaccionara demasiado en caliente. Gente como su padre no dudaría en exigir represalias.

—Muy bien —dijo tras una pausa—. Meiling, intente averiguar todo lo que pueda sobre la Yihad Salafista del Sudán. Yang, revise las imágenes de satélite anteriores y rastree la ruta del dron hasta el lugar de despegue. Shi, pida a nuestro hombre en Puerto Sudán que busque los restos del dron para ver si puede identificar su origen. Que todo el mundo esté atento a las cadenas de noticias árabes y estadounidenses para calibrar la reacción de los distintos gobiernos. A primera hora de la mañana tendré que informar al ministro de Exteriores, y seguramente hacia el final del día al presidente Chen, así que debemos recopilar toda la información disponible.

Kai dio por concluida la reunión y regresó a su despacho.

Su secretaria, Peng Yawen, le llevó un poco de té. La mujer veía con malos ojos el café, pues lo consideraba una moda extranjera propia de los jóvenes. En la bandeja había también un plato de *nai wong bao*, unos bollitos al vapor rellenos de crema. Kai se dio cuenta de que estaba hambriento.

—¿De dónde los ha sacado a estas horas?

—Los ha hecho mi madre. Cuando se enteró de que tenía que trabajar toda la noche, me los envió en un taxi.

Yawen tenía cincuenta y tantos años, así que su madre debía de ser ya septuagenaria, pensó Kai. Dio un mordisco a un bollito. El pan era suave y esponjoso; la crema, deliciosamente dulce.

—Su madre es una bendición del cielo.

—Lo sé.

Kai tomó un segundo bollito.

Yang Yong estaba esperando en el umbral con una enorme hoja de papel en la mano.

—Pase —le dijo Kai.

Yawen salió del despacho cuando entró Yang, que rodeó la mesa de Kai y desplegó el papel sobre el tablero: era un mapa del nordeste africano.

—El dron fue lanzado desde una zona deshabitada del desierto, a unos cien kilómetros de Jartum.

Señaló con el dedo un punto al oeste del río Nilo. Kai reparó en las venas nudosas del dorso de su envejecida mano.

—Ha sido muy rápido —comentó Kai, sorprendido.

—Ahora se puede programar el ordenador para que él haga el rastreo.

—¿A qué distancia está de la frontera con el Chad?

—A unos mil kilómetros.

—Esto confirma la teoría de que los perpetradores son insurgentes sudaneses y no terroristas islámicos.

—Podrían ser ambas cosas.

«Sí, para rizar el rizo», pensó Kai.

—¿Puede rastrear el recorrido del dron aún más hacia atrás?

—Puedo intentarlo. Claro que a lo mejor lo transportaron desmontado, y en ese caso resultaría imposible seguirle el rastro. O lo llevaron volando hasta allí, y no sabemos cuándo. Veré qué puedo averiguar, aunque yo no me haría demasiadas ilusiones.

Poco después se presentó Zhou Meiling. Su joven rostro resplandecía de puro entusiasmo.

—Yihad Salafista del Sudán parece un grupo auténtico —anunció—. El nombre es nuevo, pero han colgado fotografías de sus miembros, de sus «héroes», como los llaman ellos, y algunos son extremistas declarados, viejos conocidos.

—¿Son rebeldes sudaneses o terroristas islámicos?

—Su retórica indica que pueden ser ambas cosas. En cualquier caso, cuesta imaginar cómo consiguieron hacerse con un MQ-9 Reaper. Valen treinta y dos millones de dólares.

—¿Algún indicio de dónde pueden tener su base?

—La página web está localizada en Rusia, pero es evidente que el grupo no se encuentra allí. En uno de los campos de refugiados tampoco, ya que no hay cobertura. Podrían estar escondidos en alguna ciudad, en Jartum o Puerto Sudán.

—Siga investigando.

Pasó otra hora hasta que Shi Xiang se presentó en el despacho, pero su información fue la más relevante hasta el momento. Traía consigo un portátil.

—Acabamos de recibir una fotografía de Tan Yuxuan en Puerto Sudán —informó emocionado—. Es un fragmento de los restos del dron.

Kai miró la pantalla. La foto había sido tomada de noche con flash, pero la imagen era muy nítida. Entre los cascotes y los trozos de chapa ondulada, había una pieza chamuscada y retorcida de un compuesto tipo Kevlar, la clase de material ligero que se utilizaba para fabricar drones. Y en ese fragmento se veía claramente una estrella blanca dentro de un disco azul, y a ambos lados unas franjas horizontales blancas, rojas y azules: la insignia de la Fuerza Aérea de Estados Unidos.

—Maldita sea —exclamó Kai—. Han sido los hijos de puta de los americanos.

—Sin duda es lo que parece.

—Hágame veinte copias de alta definición de la foto, por favor.

—Ahora mismo —dijo Shi, y se marchó.

Kai se reclinó en el asiento. Ya tenía suficiente para informar al gobierno, pero eran muy malas noticias: los estadounidenses estaban implicados en la matanza de más de un centenar de ciudadanos chinos inocentes. Se trataba de un incidente internacional de la máxima gravedad. La explosión en los muelles de Puerto Sudán sin duda se propagaría como una onda expansiva a escala mundial.

Necesitaba saber lo que Estados Unidos tenía que decir al respecto.

Llamó a su contacto en la CIA, Neil Davidson, que contestó al momento.

—Neil al habla.

Sonaba alerta y completamente despierto, incluso con su relajado acento arrastrado de Texas. Kai se sorprendió.

—Soy Kai.

—¿Cómo has conseguido mi número de casa?

—¿Tú qué crees?

Naturalmente, el Guoanbu tenía el número privado de todos los extranjeros residentes en Pekín.

—Error. Ha sido una pregunta estúpida.

—Esperaba que estuvieras durmiendo.

—Estoy despierto por la misma razón que tú, supongo.

—Porque ciento tres ciudadanos chinos han muerto en Sudán debido al ataque de un dron estadounidense.

—Nosotros no hemos enviado ese dron.

—Los restos llevan el símbolo de la Fuerza Aérea de Estados Unidos.

Neil se quedó callado. Evidentemente, aquello era nuevo para él.

—Una estrella blanca dentro de un disco azul —añadió Kai—, con franjas a los lados.

—No sé qué comentar sobre eso, pero te aseguro que no hemos enviado ningún dron a bombardear Puerto Sudán.

—Eso no os exime de responsabilidad.

—¿Ah, no? ¿Ya no te acuerdas del cabo Ackerman? Rechazasteis asumir la responsabilidad cuando fue asesinado con un arma de fabricación china.

Tenía parte de razón, pero Kai no estaba dispuesto a admitirlo.

—Aquello era solo un fusil. ¿Cuántos millones de fusiles hay en el mundo? Nadie puede llevar el inventario de todos y cada uno, ya sean de fabricación china, estadounidense o de cualquier otro país. Un dron es algo muy distinto.

—El caso es que Estados Unidos no envió ese dron.

—Y entonces ¿quién lo hizo?

—La autoría se la ha atribuido un grupo…

—Ya sé quién se ha atribuido la autoría, Neil. Lo que te estoy preguntando es de dónde salió. Tú tienes que saberlo, es vuestro puto dron.

—Cálmate, Kai.

—Si un dron chino hubiera matado a cien americanos, ¿cómo estarías tú de calmado? ¿Te crees que la presidenta Green reaccionaría con calma y tranquilidad ante un incidente así?

—Mensaje captado —contestó Neil—. De todos modos, no tiene ningún sentido que nos estemos gritando por teléfono a las cinco de la puñetera mañana.

Kai comprendió que Neil tenía razón. «Soy un oficial de Inteligencia. Mi misión es conseguir información, no ponerme hecho una furia», se dijo.

—Está bien —dijo al fin—. Aceptando, y solo es una hipótesis, que vosotros no enviasteis ese dron, ¿cómo explicas lo ocurrido en Puerto Sudán?

—Voy a decirte algo extraoficialmente. Si lo repites en público lo negaré…

—Ya sé qué significa «extraoficialmente».

Se produjo un silencio al otro lado de la línea.

—Estrictamente entre tú y yo, Kai —dijo Neil—: ese dron fue robado.

Kai se incorporó en el asiento.

—¿Robado? ¿De dónde?

—No puedo darte detalles, lo siento.

—Supongo que se lo sustrajeron a las fuerzas militares estadounidenses destacadas en el norte de África que forman parte de vuestra campaña contra el EIGS.

—No me presiones. Todo lo que puedo hacer es orientarte en la dirección correcta. Solo te digo que ese dron fue robado.

—Te creo, Neil —afirmó Kai, aunque no estaba seguro de creerle del todo—. Sin embargo, nadie dará crédito a esa versión sin tener los detalles.

—Vamos, Kai, piensa un poco. ¿Por qué iba a querer la Casa Blanca matar a un centenar de ingenieros chinos? Por no mencionar a sus familias.

—No lo sé, pero me cuesta creer que Estados Unidos sea completamente inocente.

—Muy bien —dijo Neil con un tono de resignación—. Si estáis decididos a que estalle la Tercera Guerra Mundial por esto, yo no puedo impedirlo.

Neil acababa de expresar una inquietud que Kai compartía. Yacía en el fondo de su cerebro como un dragón dormido, lleno de amenaza latente. No pensaba admitirlo, pero tenía miedo de que el gobierno chino reaccionara de forma desproporcionada ante el bombardeo en Puerto Sudán, con consecuencias nefastas. Aun así, no dejó que ese temor se reflejara en su voz.

—Gracias, Neil. Seguimos en contacto.

—Aquí estaré.

Y colgaron.

Kai se pasó la siguiente hora elaborando un informe en el que resumió todo lo que habían averiguado desde que el móvil le había despertado en plena noche. Archivó el memorando con el nombre en clave de «Buitre». Miró el reloj: eran las seis de la mañana.

Decidió llamar al ministro de Exteriores personalmente. En realidad debería informar primero al ministro de Seguridad Fu Chuyu, pero aún no estaría en su despacho: era una excusa enclenque, pero valdría. Llamó a Wu Bai al teléfono de casa.

Wu ya estaba en pie.

—¿Diga? —respondió.

Kai oyó de fondo un zumbido eléctrico y supuso que se estaba afeitando.

—Soy Chang Kai. Siento llamar tan temprano, pero ciento tres ciudadanos chinos han muerto en Sudán como consecuencia del ataque de un dron estadounidense.

—¡Cielo santo! —exclamó Wu. El zumbido cesó—. Esto va a desatar un auténtico infierno.

—Coincido plenamente.

—¿Quién más lo sabe?

—Ahora mismo, en China, lo sabemos únicamente los servicios de inteligencia. Las cadenas de noticias solo informan de que se ha producido un incendio en los muelles de Puerto Sudán.

—Bien.

—Pero, obviamente, en cuanto hable con usted, tendré que informar al ejército. ¿Puedo ir a su apartamento?

—Sí, por qué no, eso nos hará ganar tiempo.

—Llegaré en media hora, si le va bien.

—Nos vemos ahora, pues.

Kai imprimió varias copias del archivo Buitre y las metió en un maletín, junto con algunas de las fotos de Shi que mostraban restos del dron con la insignia de la Fuerza Aérea estadounidense. Luego bajó para ir a buscar el coche y le dio a Monje la dirección de la casa de Wu. Sacó la corbata del bolsillo y se la anudó por el camino.

El ministro vivía en el parque Chaoyang, el barrio más exclusivo de todo Pekín, en un edificio con vistas a un campo de golf. En el suntuoso vestíbulo, Kai tuvo que acreditar su identidad y pasar por un detector de metales antes de subir al ascensor.

Wu abrió la puerta. Iba vestido con una camisa gris claro y pantalones de traje de raya diplomática. Su colonia tenía un toque de vainilla. El apartamento era lujoso, aunque no tan grande como algunos que Kai había visto en Estados Unidos. Wu lo condujo a un salón comedor donde ya estaba dispuesto el desayuno, servido con cubertería de plata sobre un mantel de lino blanco. Había platos de porcelana fina con *dumplings* humeantes, gachas de arroz con gambas, palitos de masa frita y finísimas creps con salsa de ciruela. Se notaba que a Wu le gustaba la buena vida.

Kai tomó algo de té mientras Wu daba cuenta de las gachas de arroz. Le habló del proyecto del muelle petrolero, del bombardeo, del dron, de que la YSS se había atribuido la autoría del atentado y de que Estados Unidos alegaba que el dron había sido robado. Le enseñó la fotografía de los restos con la insignia estadounidense y le entregó una copia del archivo Buitre. Entretanto, le llegaba el aroma de la comida especiada y se le hacía la boca agua. Cuando acabó de hablar, Wu le pidió que desayunara algo. Agradecido a más no poder, se sirvió unos *dumplings* y se obligó a no devorarlos.

—Debemos tomar represalias —dijo Wu.

Kai ya se lo esperaba y sabía que no tenía sentido tratar de argumentar en contra: no serviría de nada. Así que empezó por darle la razón.

—Cuando muere un solo americano, la Casa Blanca reacciona como si se hubiera producido un holocausto. La vida de los chinos es igual de valiosa.

—Pero ¿qué tipo de represalias deberíamos tomar?

—Nuestra respuesta debe mantener un equilibrio entre el yin y el yang. —Kai pretendía orientar su argumento hacia la moderación—. Debemos ser fuertes, pero no temerarios; contenidos, pero nunca débiles. La palabra debe ser «represalia», no «escalada».

—Bien dicho —convino Wu, que era un moderado más por pereza que por convicción.

La puerta se abrió y una mujer regordeta de mediana edad entró en el salón. Cuando besó a Wu, Kai comprendió que era la esposa del ministro. No la conocía, y le sorprendió descubrir que no fuera una mujer más glamurosa.

—Buenos días, Bai —saludó a su marido—. ¿Cómo está el desayuno?

—Delicioso, gracias. Este es mi colega Chang Kai.

Kai se levantó e inclinó la cabeza.

—Encantado de conocerla.

Ella le dedicó una agradable sonrisa.

—Espero que haya comido algo.

—Los *dumplings* estaban exquisitos.

La mujer se volvió hacia Wu.

—Tu coche ya está aquí, cariño —dijo, y salió.

Eran noche y día, pensó Kai, pero saltaba a la vista que la pareja se quería.

—Desayuna algo más mientras voy a ponerme la corbata —dijo el ministro, y abandonó el salón.

Kai sacó el móvil y llamó a Peng Yawen.

—Hay un archivo llamado «Buitre» en mi carpeta de África. Envíela inmediatamente a Fu Chuyu, con copia a la Lista Tres, la que incluye a todos los ministros, generales y oficiales de alto rango del Partido. Adjunte la foto con los restos del dron. Hágalo ahora mismo, por favor. Quiero que se enteren de lo ocurrido por mí antes que por otros.

—El archivo Buitre —dijo ella.

—Sí.

—Y la foto del dron.

—Eso he dicho.

Hubo una pausa durante la cual Kai oyó cómo la secretaria tecleaba en su ordenador.

—Para Fu Chuyu, con copia a la Lista Tres.

—Correcto.

—Ya está, señor.

Kai sonrió. Adoraba la eficiencia de su equipo.

—Gracias —dijo, y colgó.

Wu regresó con la chaqueta y la corbata puestas. Llevaba un fino portafolio con la documentación. Bajaron juntos en el ascensor. Los dos coches oficiales esperaban a la entrada del edificio.

—¿Cuándo informarás a los demás? —preguntó Wu.

—Ya lo he hecho, mientras usted se estaba arreglando.

—Bien. Seguramente nos veremos más tarde. Vamos a tener un follón de mil demonios todo el día.

Kai sonrió.

—Eso me temo.

Wu vaciló: estaba claro que buscaba las palabras para expresar lo que quería decir. Su rostro cambió: la máscara del buen vividor desapareció, y de repente Kai solo vio a un hombre preocupado.

—No podemos consentir que maten a ciudadanos chinos impunemente —sentenció Wu—. Ese movimiento no está en el tablero.

Kai se limitó a asentir.

—Lo que debemos hacer —añadió Wu— es impedir que los guerreros de ambos bandos conviertan esto en un baño de sangre.

El ministro de Exteriores se montó en su coche.

—Tú lo has dicho —murmuró Kai mientras lo veía alejarse.

Eran ya las siete y media. Kai necesitaba una buena ducha, ropa limpia y su mejor traje: la armadura para el combate político. Si tenía que ir a su casa a lo largo del día, ese era el mejor momento. Le indicó a Monje que volviera al apartamento. Por el camino, llamó al despacho.

Shi Xiang, el jefe de la sección de África del Norte, quería hablar con él.

—Me ha llegado una historia muy interesante de mis agentes en el Chad —dijo—. Al parecer, las tropas estadounidenses destacadas en el país han perdido un dron, y todos creen que lo ha robado el Ejército Nacional chadiano.

«Así pues, puede que Neil estuviera diciendo la verdad», se dijo Kai.

—Suena terriblemente plausible.

—La teoría es que el presidente del Chad, a quien llaman «el General», habría entregado el dron a un grupo rebelde de Sudán, sabiendo que lo utilizarían contra el gobierno sudanés.

—¿Por qué demonios el presidente del Chad haría algo así?

—Mis hombres creen que podría tratarse de una venganza

del General por un reciente intento de asesinato contra su persona, perpetrado por unos terroristas suicidas conectados con Sudán.

—Un drama de ídolos sahariano —observó Kai—. Me juego el cuello a que es verdad.

—Eso es lo que yo pienso.

—La Casa Blanca aún no ha hecho ninguna declaración, pero un contacto de la CIA me ha revelado que el dron fue robado.

—Entonces debe de ser cierto.

—O una tapadera muy bien urdida —señaló Kai—. Manténgame al corriente. Voy a pasarme por casa para asearme un poco.

Casi consiguió llegar: estaba a solo unos minutos de su edificio cuando Peng Yawen le llamó.

—El presidente Chen ha leído el archivo Buitre. Le ha convocado en la Sala de Crisis del Zhongnanhai. La reunión empieza a las nueve.

Con el tráfico de hora punta tardaría una hora en llegar a la sede gubernamental. Ya no le daba tiempo de ir a casa. No podía arriesgarse a llegar tarde, así que ordenó a Monje que diera media vuelta.

De pronto se sintió exhausto. Llevaba trabajando casi el equivalente a una jornada laboral completa. A esas horas de la mañana, cuando la gente normal se levantaba y se preparaba para ir al trabajo, él solo tenía ganas de volver a meterse en la cama. Pero eso no iba a pasar. Kai tenía que asesorar al presidente ante una grave crisis internacional y debía intentar orientarlo hacia una postura conciliatoria. Necesitaba estar alerta.

En cualquier caso, ahora podía descansar unos minutos. Cerró los ojos. Debió de quedarse dormido, porque, cuando volvió a abrirlos, el coche cruzaba la Puerta de la Nueva China para acceder al campus del Zhongnanhai.

Junto a la entrada del Salón Qingzheng, el atildado jefe de Seguridad Presidencial, Wang Qingli, estaba supervisando el control de acceso. Dedicó un amable saludo a Kai. El detector de metales del vestíbulo sonó y Kai tuvo que dejar la maquinilla eléctrica que llevaba en el bolsillo. Sin embargo, su nombre estaba en la lista de personas que podían conservar el móvil.

La Sala de Crisis era una cámara subterránea a prueba de bombas. En la sala, del tamaño de un pabellón deportivo, había una gran mesa de reuniones encima de una tarima elevada y alrededor unos cincuenta puestos de trabajo, cada uno con múltiples monitores. Asimismo, en las paredes que rodeaban la sala había unas pantallas gigantes, varias de las cuales mostraban el incendio en Puerto Sudán, donde todavía era de noche.

Kai sacó su móvil, comprobó que tenía buena cobertura y llamó al Guoanbu.

—Pídale a todo el equipo que me mantenga informado vía mensaje de los últimos acontecimientos —ordenó a Peng Yawen—. Necesito estar al corriente de cualquier novedad en tiempo real.

—Sí, señor.

Cruzó la sala y subió a la tarima central. Su superior, el ministro de Seguridad Fu Chuyu, ya se encontraba allí. Estaba hablando con el general Huang Ling, que iba de riguroso uniforme. Eran los líderes de la vieja guardia, partidarios de una acción directa y contundente. Fu le dio la espalda aposta, sin duda enfadado porque hubiera ido por su cuenta a ver a Wu Bai.

Sin embargo, el presidente Chen le saludó afablemente.

—¿Cómo está, joven Kai? Gracias por su informe. Debe de haber estado trabajando toda la noche.

—Así es, señor presidente.

—Bueno, seguro que podrá echarse una siestecita mientras hablo.

Era una broma autocrítica, y mostrarse de acuerdo o en desacuerdo habría resultado igual de descortés, así que Kai se limitó a reír sin comentar nada. Chen solía recurrir al humor para hacer que la gente se sintiera a gusto, aunque no se le daba demasiado bien.

Kai saludó con la cabeza a Wu Bai.

—Nuestra segunda reunión de hoy, ministro, y aún no son ni las nueve.

—Aunque en esta la comida no es tan buena —señaló Wu.

En el centro de la mesa de reuniones, entre las habituales botellas de agua y bandejas con vasos, había varios platos con pastitas *sachima* y pastel de judías verdes que parecían tener varios días.

El padre de Kai, Chang Jianjun, fue honrado por el presidente con un vigoroso apretón de manos. Jianjun lo había ayudado a llegar al poder, pero, desde entonces, Chen lo había defraudado, a él y a todo el sector conservador, por su política exterior prudente y contenida.

Jianjun sonrió a Kai y este inclinó la cabeza, pero no se abrazaron: ambos eran conscientes de que las muestras de afecto entre familiares no resultaban muy profesionales en situaciones como aquella. Jianjun se sentó con Huang Ling y Fu Chuyu, y los tres se pusieron a fumar.

Adjuntos y funcionarios de menor rango se sentaron a algunas de las mesas del nivel inferior, pero la mayoría quedaron desocupadas. Probablemente aquella inmensa sala solo se llenaría en caso de que estallara una guerra.

En ese momento entró el joven ministro de Defensa Nacional, Kong Zhao, con el cabello estilosamente despeinado como de costumbre. Él y Wu Bai se sentaron juntos, justo enfrente de la vieja guardia. Acababan de establecerse los frentes, observó Kai, como tropas que se enfrentan blandiendo espadas y mosquetes en un campo de batalla durante las guerras del Opio.

El comandante de la Armada del Ejército Popular de Liberación, el almirante Liu Hua, también formaba parte de la vieja guardia y, tras presentar sus respetos al presidente, se sentó junto a Chang Jianjun.

Kai se fijó en que el presidente Chen había dejado su pluma de oro Travers sobre un cuaderno con tapas de piel en un extremo de la mesa oval. Él se sentó en la otra punta, lejos de la cabecera presidencial pero equidistante de las dos facciones rivales. Kai pertenecía al bloque liberal, pero prefería aparentar neutralidad.

El presidente ocupó su asiento. Se acercaba el momento que Kai tanto había temido. Recordó las palabras de Wu al despedirse hacía dos horas: «Lo que debemos hacer es impedir que los guerreros de ambos bandos conviertan esto en un baño de sangre».

Chen sostuvo en alto un documento que Kai reconoció como su archivo Buitre.

—Todos han leído este conciso si bien excelente informe elaborado por el Guoanbu. —Se giró hacia el ministro de Seguridad—. Gracias por su trabajo, Fu. ¿Algo que añadir?

Fu no se molestó en decir que él no había tenido nada que ver con la redacción del informe, ni que, de hecho, había estado durmiendo mientras los demás hacían todo el trabajo.

—Nada que añadir, señor presidente.

—En los últimos minutos nos hemos enterado de algo más —intervino Kai—. Es solo un rumor, pero muy interesante.

Fu lo fulminó con la mirada. Kai estaba demostrando que reaccionaba con mayor rapidez que él en plena crisis. «Esto te enseñará a no utilizar a mi mujer para atacarme —se dijo con satisfacción—. Aunque debo andarme con cuidado —recapacitó—. No debo excederme.»

—En el Chad —prosiguió Kai—, los nuestros creen que el ejército chadiano robó el dron a las tropas estadounidenses y se lo entregó al grupo terrorista Yihad Salafista del Sudán, en venganza por un intento de atentar contra la vida de su presidente. Es posible que el rumor sea cierto.

—¿Rumor? —gruñó el general Huang—. A mí me suena a excusa barata de los americanos. —Su acento mandarín del norte sonaba especialmente duro: transformaba la «w» en «v», añadía una «r» al final de algunas palabras, pronunciaba el sonido «ng» muy nasal—. Han cometido un acto criminal y ahora intentan eludir su responsabilidad.

—Puede ser —dijo Kai—, pero…

Huang no dio su brazo a torcer.

—Hicieron lo mismo en 1999, cuando la OTAN bombardeó nuestra embajada en Belgrado. Quisieron hacernos creer que fue un accidente. ¡Y pusieron la ridícula excusa de que la CIA tenía mal la dirección de la embajada!

Los miembros de la vieja guardia no paraban de asentir con la cabeza.

—Se creen que nuestras vidas valen menos que las suyas —intervino el padre de Kai, furioso—. No les da ningún reparo matar a un centenar de ciudadanos chinos. Son como los japoneses, que masacraron a trescientos mil de los nuestros en Nankín en 1937. —Kai reprimió un gemido exasperado. La generación de su padre seguía obsesionada con aquel episodio y nunca dejaba de sacarlo a colación. Jianjun continuó—: Pero nuestras vidas son igual de valiosas, y tenemos que demostrarles que no pueden matar a ninguno de los nuestros sin atenerse a las consecuencias.

«¿Hasta dónde vamos a remontarnos en la historia?», pensó Kai.

El ministro de Defensa Kong Zhao trató de devolverlos al siglo XXI.

—A los estadounidenses se les nota muy incómodos con este incidente —comentó, apartándose el pelo de los ojos—. Ya se trate de algo que habían planeado pero que se les fue de las manos, o de un accidente que no habían previsto que ocurriera, el caso es que ahora están a la defensiva… y deberíamos pensar en cómo aprovecharnos de la situación. Tal vez podamos sacarle algún partido.

Kai sabía que Kong no diría aquello a menos que tuviera un plan.

El presidente Chen frunció el ceño.

—¿Sacar partido? No veo cómo.

Kong retomó la palabra.

—El informe del Guoanbu menciona que los hijos gemelos del ingeniero jefe murieron en el atentado. Debe de haber alguna foto de esos niños. Lo único que tenemos que hacer es entregarla a los medios. Seguro que esos gemelos eran unos niños muy monos. Y estoy convencido de que su foto abrirá todos los informativos y aparecerá en la portada de los periódicos de todo el mundo: los niños asesinados por un dron estadounidense.

Era una jugada muy inteligente, pensó Kai. Su valor propagandístico sería enorme. Divulgar la historia en los medios, junto con la foto de los gemelos, obligaría a la Casa Blanca a negar su responsabilidad... y, como toda negación, sugeriría culpabilidad.

Sin embargo, los hombres sentados en torno a la mesa no iban a comprarle la idea. Había demasiados militares de la vieja guardia.

El general Huang soltó un gruñido despectivo.

—La política internacional es una lucha de poder, no un concurso de popularidad. No se ganan las guerras con fotos de niños, por muy monos que sean.

Fu Chuyu habló por primera vez:

—Debemos tomar represalias. Cualquier otra postura será vista como un signo de debilidad.

Todos se mostraron de acuerdo. Tal como había vaticinado Wu Bai, era inevitable tomar represalias. También el presidente Chen parecía aceptarlo.

—Entonces, la pregunta es qué tipo de represalias debemos adoptar.

—No podemos olvidar la filosofía que mueve a nuestro pueblo —intervino Wu Bai—. Nuestra respuesta debe mantener un equilibrio entre el yin y el yang. Debemos ser fuertes, pero no temerarios; contenidos, pero nunca débiles. La palabra debe ser «represalia», no «escalada».

Kai reprimió una sonrisa: era exactamente lo que él le había dicho hacía un par de horas.

El padre de Kai seguía en modo beligerante.

—Deberíamos hundir un barco de la armada estadounidense en aguas del mar de la China Meridional. Ya va siendo hora de que lo hagamos, dicho sea de paso. El Derecho del Mar no nos obliga a consentir la presencia de destructores armados con misiles amenazando nuestras costas. Ya se lo hemos advertido una y otra vez: no tienen ningún derecho a surcar nuestras aguas.

El almirante Liu le dio la razón. Era hijo de un pescador y había pasado gran parte de su vida en el mar, como atestiguaba su piel curtida, del color de unas viejas teclas de piano.

—Torpedeemos una fragata en vez de un destructor —propuso—. No queremos excedernos.

A Kai le faltó poco para echarse a reír. Ya fuera un destructor, una fragata o un bote hinchable, aquello desataría la ira de Estados Unidos.

Pero su padre también coincidió con Liu.

—Si hundimos una fragata, probablemente mataremos el mismo número de personas que mató el dron en Puerto Sudán.

—En una fragata estadounidense, unas doscientas personas —estimó el almirante Liu—. Pero nos movemos más o menos en el mismo rango.

Kai no daba crédito. Era imposible que lo dijeran en serio. ¿No se daban cuenta de que eso significaría la guerra? ¿Cómo podían hablar como si nada de hacer estallar el apocalipsis?

Por fortuna, Kai no era el único que pensaba así.

—No —saltó el presidente Chen con firmeza—. No vamos a entrar en guerra con Estados Unidos, ni siquiera aunque hayan matado a un centenar de los nuestros.

Kai se sintió aliviado, pero los demás no estaban conformes.

—Debemos tomar represalias, de lo contrario pareceremos débiles —insistió Fu Chuyu.

—Eso ya ha quedado claro —repuso Chen con impaciencia, y Kai tuvo que reprimir una sonrisa para disimular su satisfacción ante la humillación de Fu—. La cuestión es cómo tomar represalias sin dar pie a una escalada.

Se produjo un momento de silencio. Kai recordó una discusión que habían mantenido hacía un par de semanas en el Ministerio de Asuntos Exteriores, cuando el general Huang había propuesto hundir un buque vietnamita de prospección petrolífera en el mar de la China Meridional, y Wu Bai se había negado. Sin embargo, aquello le dio una idea.

—Podríamos hundir el *Vu Trong Phung*.

Todos se lo quedaron mirando, la mayoría sin saber de qué estaba hablando.

—Elevamos una protesta ante el gobierno de Vietnam porque uno de sus barcos estaba realizando prospecciones petrolíferas cerca de las islas Xisha —explicó Wu Bai—. Nos planteamos hundirlo, pero decidimos tantear primero la vía diplomática, sobre todo porque era muy probable que a bordo hubiera geólogos estadounidenses entre los asesores.

—Lo recuerdo —dijo el presidente Chen—. Pero ¿reaccionó el gobierno vietnamita a nuestra protesta?

—Solo en parte. El buque se retiró de las islas, pero ahora está haciendo prospecciones en otra área, todavía en aguas de nuestra zona económica exclusiva.

—Ese es su juego —saltó Jianjun en un tono de inequívoca frustración—: nos desafían, retroceden, vuelven a desafiarnos. Es exasperante. ¡Somos una superpotencia!

—Ya es hora de acabar con esto —convino el general Huang.

—Planteémoslo del siguiente modo —dijo Kai—. Oficialmente, el hundimiento del *Vu Trong Phung* no tendrá nada que ver con lo ocurrido en Puerto Sudán. Mataríamos a unos cuantos estadounidenses, pero serían daños colaterales. No podrían acusarnos de propiciar una escalada de la tensión.

—Una maniobra muy sutil —comentó el presidente Chen con gesto pensativo.

«Y mucho menos agresiva que hundir una fragata de la armada estadounidense», pensó Kai.

—Extraoficialmente —prosiguió—, Estados Unidos sabría que se trata de una represalia por su ataque con un dron, pero tampoco sería excesiva: dos o tres vidas estadounidenses a cambio de más de cien vidas chinas.

—Es una respuesta demasiado tibia —protestó Huang, aunque sin demasiada convicción: era evidente que los ánimos se estaban decantando hacia una solución de compromiso.

Chen se volvió hacia el almirante Liu.

—¿Sabemos dónde se encuentra ahora el *Vu Trong Phung*?

—Por supuesto, señor presidente. —Liu toqueteó la pantalla del móvil y luego se lo llevó al oído—. El *Vu Trong Phung*. —Todos lo observaban. Al cabo de un momento dijo—: El buque vietnamita se retiró unas cincuenta millas al sur, todavía en aguas de nuestro territorio. Un buque de la Armada del Ejército Popular de Liberación lo está rastreando, el *Jiangnan*. Tenemos imagen de vídeo desde el barco. —Miró hacia abajo desde la tarima elevada y, alzando la voz, preguntó—: ¿Quién es el técnico que se encarga de las pantallas gigantes? —Un joven de pelopincho se puso en pie y levantó la mano—. Tome mi móvil y hable con mi gente —le ordenó Liu—. Conecte la señal de vídeo del *Jiangnan* a las pantallas.

El joven del pelopincho volvió a sentarse en su puesto de trabajo, con el móvil de Liu encajado entre el hombro y la mandíbula, sin parar de decir «Sí... sí... vale...», mientras sus dedos volaban sobre el teclado.

—El *Jiangnan* —explicó Liu— es una fragata polivalente de cuatro mil toneladas y ciento treinta y cuatro metros de eslora, con una tripulación de ciento sesenta y cinco miembros y una autonomía de navegación de más de ocho mil millas náuticas.

Las gigantescas pantallas mostraban la cubierta gris de un barco, con su proa puntiaguda surcando las aguas. Era la época del monzón del nordeste y la nave se elevaba y se precipitaba sobre las olas, de modo que la línea del horizonte subía y bajaba en la pantalla, provocando a Kai un ligero mareo. Por lo demás, la visibilidad era buena: no había nubes y brillaba el sol.

—Estas imágenes se emiten en directo desde el *Jiangnan* —indicó Liu.

Un ayudante le devolvió el móvil.

—Prácticamente puede verse el buque vietnamita en el horizonte —prosiguió—, pero se encuentra a poca distancia.

Kai forzó la vista y creyó ver a lo lejos una manchita grisácea sobre las aguas grises, pero igual eran solo imaginaciones suyas.

Liu habló por el móvil:

—Sí, muéstrenos la imagen de satélite.

En algunas de las pantallas apareció una toma aérea desde gran altura. La persona encargada de la proyección amplió la imagen. Apenas se distinguían los dos barcos.

—El buque vietnamita es el que aparece en la parte inferior de la pantalla.

Kai volvió a mirar la señal de vídeo enviada desde el *Jiangnan*. Ahora estaba más cerca de su objetivo y Kai distinguió mejor el barco vietnamita. En la sección central se alzaba una torre de perforación.

—¿Cuenta el *Vu Trong Phung* con algún tipo de armamento?

—No hay ninguno a la vista —respondió Liu.

Kai comprendió que estaban a punto de presenciar el hundimiento de un barco indefenso y se estremeció: se sentía culpable. ¿Cuánta gente acabaría ahogándose en esas aguas gélidas? Había sido idea suya, pero lo único que quería era evitar un mal mayor.

—El *Jiangnan* cuenta con misiles de crucero antibuque guiados por radar activo —continuó Liu—, cada uno con una ojiva de fragmentación de alto poder explosivo. —Se volvió hacia el presidente—. ¿Ordeno a la tripulación que se prepare para disparar?

Chen recorrió la sala con la mirada. Varios de los presentes asintieron.

—¿No nos estamos precipitando un poco? —preguntó Kong Zhao.

—Han pasado más de veinticuatro horas desde que el dron mató a nuestra gente —respondió el presidente—. ¿Por qué deberíamos esperar?

Kong se encogió de hombros, resignado.

—Creo que estamos todos de acuerdo —dijo Chen en un tono sombrío. Nadie discrepó—. Prepárense para disparar —le dijo a Liu.

—Prepárense para disparar —repitió Liu hablando por el móvil.

La sala quedó en silencio.

—Listos para disparar, señor presidente —informó Liu tras una pausa.

—¡Fuego! —ordenó Chen.

—¡Fuego! —dijo Liu por el móvil.

Todos miraban las pantallas.

El misil salió disparado desde la proa del *Jiangnan*. Medía seis metros de largo y dejó tras de sí una estela de denso humo blanco. Alcanzó rápidamente una velocidad vertiginosa.

—Tenemos señal de vídeo desde la cámara instalada en el misil —anunció Liu.

Al cabo de un momento, cambió la imagen de la pantalla. El proyectil se desplazaba sobre las olas con una rapidez cegadora. El buque vietnamita crecía por segundos.

Kai volvió a mirar la imagen enviada desde el *Jiangnan*. Un instante después, el misil impactó contra el *Vu Trong Phung*.

Las pantallas se quedaron en blanco, pero fue momentáneo. Cuando volvió la imagen, Kai vio una gran bola de fuego rojo, amarillo y blanco alzándose desde la sección central del buque. Una enorme nube de humo negro y gris se elevó de entre las llamas, en medio de una lluvia de fragmentos metálicos y escombros. El ruido llegó momentos más tarde, captado por el micrófono de la cámara: primero un estallido, seguido del rugido del fuego. Las llamas se amortiguaron mientras el humo se expandía. Se elevó muy alto en el cielo, al igual que los fragmentos del casco y de la superestructura, pesados trozos metálicos que volaban como hojas arrastradas por una tormenta.

Gran parte del barco permanecía aún visible en la superficie. La sección central estaba destrozada y la torre de perforación se hundía lentamente, pero la proa y la popa parecían intactas. Kai pensó que algunos de los tripulantes tal vez habían sobrevivido… al menos de momento. ¿Tendrían tiempo de ponerse los chalecos y subirse a los botes salvavidas antes de que el barco se hundiera?

—Ordene al *Jiangnan* que rescate a los supervivientes —dijo el presidente Chen.

—Prepárense para bajar las lanchas de rescate —indicó Liu.

Momentos después, el barco chino aceleró y empezó a surcar las olas.

—Su velocidad punta es de veintisiete nudos. Llegará allí en unos cinco minutos.

El *Vu Trong Phung* permanecía milagrosamente a flote. Se hundía, pero muy despacio. Kai se preguntó qué haría él si se encontrara a bordo y hubiera sobrevivido a la explosión. Pensó que lo mejor sería ponerse el chaleco salvavidas y abandonar el barco, ya fuera subiéndose a un bote o arrojándose al agua por las buenas. El buque no tardaría en hundirse, y con él todo el que estuviera a bordo.

Mientras se aproximaba al *Vu Trong Phung*, el *Jiangnan* viró hasta colocarse en paralelo a una distancia segura. La cámara mostró un bote salvavidas y las cabezas de varias personas que flotaban entre las olas. La mayoría llevaban puesto el chaleco, de modo que resultaba difícil distinguir si estaban vivas o muertas.

Poco después aparecieron las lanchas del *Jiangnan*, que acudían al rescate.

Kai observó con atención las cabezas que flotaban en las aguas. Todas tenían el pelo moreno, salvo una, que tenía una larga melena de cabello claro.

25

La presidenta Green caminaba de un lado a otro ante el escritorio del Despacho Oval, furiosa.

—No estoy dispuesta a tolerar algo así. Lo del cabo Ackerman fue una cosa, fue terrorismo, aunque tuvieran armas chinas. Pero ¿esto? Esto es asesinato. Hay dos estadounidenses muertos y otro en el hospital porque los chinos han hundido deliberadamente un barco. No puedo aceptarlo sin rechistar.

—Tal vez debas hacerlo —dijo Chester Jackson, el secretario de Estado.

—Mi deber es proteger la vida de los estadounidenses. Si no soy capaz, no estoy cualificada para ser la presidenta.

—Ningún presidente puede proteger a todo el mundo.

La noticia del hundimiento del *Vu Trong Phung* acababa de llegar. Aun así, aquel era el segundo conflicto del día. Antes se había celebrado una reunión en la Sala de Crisis para hablar del dron que había atacado Puerto Sudán. Pauline había ordenado al Departamento de Estado que asegurara a los gobiernos de Sudán y de China que no se había tratado de un ataque estadounidense. Los chinos se habían negado a creérselo. Y también los rusos, que comerciaban con Sudán y les vendían armas muy caras; el Kremlin había protestado enérgicamente.

Pauline había conseguido averiguar que el dron «había desaparecido» durante unas maniobras en el Chad, pero era un dato demasiado vergonzoso para admitirlo en público, así que la oficina de prensa había anunciado que el ejército estaba llevando a cabo una investigación.

«Y ahora esto.» Pauline se detuvo y se sentó en el borde del antiquísimo escritorio.

—¿Qué sabemos? Dime.

—Los tres estadounidenses que estaban a bordo del *Vu Trong Phung* eran empleados de empresas estadounidenses y habían sido cedidos a Petrovietnam, la empresa petrolera del gobierno, en el marco de un plan del Departamento de Estado para ayudar a los países del tercer mundo a explotar sus propios recursos naturales —explicó Chess.

—Generosidad estadounidense —comentó Pauline—. Y mira cómo nos lo agradecen.

Chess no estaba tan alterado como ella.

—Cría cuervos y te sacarán los ojos —dijo con ecuanimidad. Miró la hoja de papel que tenía delante—. Al profesor Fred Phillips y al doctor Hiran Sharma se les da por ahogados, pero no se han recuperado los cadáveres. A la tercera geóloga, la doctora Joan Lafayette, la han rescatado. Dicen que está en observación en el hospital.

—¿Por qué demonios han hecho algo así los chinos? El barco vietnamita no iba armado, ¿no?

—No. Y así, a bote pronto, no se nos ocurre ninguna razón. Está claro que a los chinos no les gusta que los vietnamitas busquen petróleo en el mar de la China Meridional, llevan años protestando, pero no sabemos por qué han decidido adoptar de repente una medida tan drástica.

—Voy a preguntárselo al presidente Chen. —Se volvió hacia la jefa de Gabinete—. Solicita una llamada, por favor.

Jacqueline cogió el teléfono del escritorio.

—A la presidenta le gustaría hablar con el presidente Chen Haoran —indicó—. Programe la llamada lo antes posible, gracias.

—Yo sí me hago una idea de por qué lo han hecho —intervino Gus Blake.

—Tú dirás —dijo Pauline.

—Es una venganza.

—¿Venganza por qué?

—Por Puerto Sudán.

—Mierda, no lo había pensado.

Pauline se dio un golpecito en la frente con el pulpejo de la mano, como diciendo: «¿Cómo he podido ser tan tonta?». Miró a Gus y pensó en la cantidad de veces que al final resultaba ser la persona más inteligente de la sala.

—Es posible —reconoció Chess—. Dirán que jamás tuvieron intención de matar a unos geólogos estadounidenses, igual que nosotros decimos que jamás quisimos que nuestro dron se utilizara para matar a ingenieros chinos. Nosotros diremos que no es lo mismo, y ellos dirán que tanto monta. Los países neutrales pondrán cara de póquer y dirán que todas las puñeteras superpotencias son iguales.

Era cierto, pero a Pauline la sacaba de quicio.

—Pero estamos hablando de personas, no de un tema cualquiera. Tienen familias que los lloran.

—Ya. ¿Y qué piensas hacer?

Pauline apretó los puños.

—Yo qué sé qué voy a hacer.

En su ordenador de sobremesa comenzó a sonar el tono de una videollamada. La presidenta se sentó frente a su escritorio, miró la pantalla y clicó con el ratón. Apareció la imagen de Chen. Aunque estaba tan elegante como siempre, con su acostumbrado traje azul, se le veía cansado. Allí era medianoche, y su jornada debía de haber sido muy larga.

Pero Pauline no estaba de humor para preguntarle cómo estaba.

—Señor presidente —le dijo—, la acción de la armada china al hundir el barco vietnamita *Vu Trong Phung*…

Para su sorpresa, Chen la interrumpió con malas maneras y alzando la voz.

—Señora presidenta, protesto en los términos más contundentes posibles por las actividades delictivas de los estadounidenses en el mar de la China Meridional.

Pauline se quedó perpleja.

—¿Que protesta? ¡Pero si acaban de matar a dos ciudadanos de Estados Unidos!

—Es ilegal que las naciones extranjeras perforen en busca de petróleo en aguas chinas. Nosotros no excavamos en el golfo de México sin permiso. ¿Por qué entonces no nos tratan con el mismo respeto?

—Hacer prospecciones en busca de petróleo en el mar de la China Meridional no va en contra del derecho internacional.

—Va en contra de nuestras leyes.

—No pueden tergiversar el derecho internacional según les convenga.

—¿Por qué no? Es lo que las naciones occidentales han hecho durante siglos. Cuando ilegalizamos el opio, ¡los británicos nos declararon la guerra! —Chen sonrió con malicia—. Ahora han cambiado las tornas.

—Eso ya es historia.

—Y puede que ustedes prefieran que se olvide, pero los chinos la recordamos.

Pauline cogió una gran bocanada de aire para que la ayudara a mantener la calma.

—Las actividades vietnamitas no eran delictivas. Y aunque lo hubieran sido, tampoco justificarían el hundimiento del barco y el asesinato de sus tripulantes.

—El barco de prospección ilegal se negó a rendirse y fue necesaria la intervención policial. Se arrestó a parte de la tripulación. El barco resultó dañado y, lamentablemente, algunas de las personas que iban a bordo se ahogaron.

—Mentira. Tenemos los registros de los radares. Hundieron el barco con un misil teledirigido disparado desde una distancia de tres millas.

—Aplicamos la ley.

—Cuando descubres a alguien haciendo algo que crees que es ilegal, no lo matas. Al menos no en un país civilizado.

—¿Qué hacen los agentes de policía cuando un delincuente se niega a rendirse en los «civilizados» Estados Unidos? Le disparan… Sobre todo si no es blanco.

—O sea que la próxima vez que pillen a una turista china robando algo en Macy's, le parecerá perfecto que el guardia de seguridad la mate de un disparo.

—Si es una ladrona, no la queremos de vuelta en China.

A Pauline le resultaba increíble estar teniendo aquella conversación con un presidente chino, así que se quedó callada un momento. Los políticos chinos podían ser educadamente agresivos, pero, por lo visto, Chen había perdido la compostura. Ella decidió mantenerla.

—No disparamos a quienes roban en tiendas, y ustedes tampoco —repuso—. No obstante, nosotros no hundimos barcos desarmados ni aunque violen nuestras normas, y es inaceptable que ustedes sí lo hagan.

—Este es un asunto interno chino, y usted no puede interferir.

Jacqueline levantó una hoja de papel con la siguiente nota: «Pregunte sobre la doctora Lafayette».

—Tal vez deberíamos hablar de la ciudadana estadounidense que ha sobrevivido, la doctora Joan Lafayette. Deben permitirle que regrese a casa.

—Lamento decirle que eso no será posible por el momento —contestó Chen—. Adiós, señora presidenta.

Y para asombro de Pauline, colgó. La pantalla se quedó negra y el teléfono en silencio.

Pauline se volvió hacia los demás.

—La he cagado soberanamente, ¿no?

—Sí —contestó Gus—. Tal cual.

Pauline salió del Despacho Oval y se fue a la Residencia a despedirse de su hija y de su marido.

Pippa se marchaba tres días de excursión a Boston con el instituto y pasaría dos noches en un hotel barato. Irían al Museo Kennedy como parte de la asignatura de historia, y el viaje incluía visitas guiadas a la Universidad de Harvard y al Massachusetts Institute of Technology, a cargo de antiguos alumnos de la escuela Foggy Bottom que ya estaban en la universidad. A los padres de la Foggy Bottom les encantaban las universidades de élite.

El colegio había pedido que dos padres los acompañaran en la excursión e hicieran de supervisores y vigilantes, y Gerry se había ofrecido voluntario. Tanto Pippa como él irían escoltados por un equipo del Servicio Secreto, como siempre. El instituto estaba acostumbrado a los guardaespaldas: varios alumnos eran hijos de peces gordos.

Gerry llevaba una maleta pequeña. Se pondría el mismo traje de tweed durante los tres días y solo se cambiaría de camisa y de ropa interior. Pippa se había preparado al menos un par de modelitos por día y, además de dos maletas, necesitaba una bolsa de viaje llena hasta los topes. Pauline no hizo ningún comentario acerca del equipaje. No le sorprendía. Una excursión escolar era un acontecimiento social emocionante y todo el mundo quería ponerse guapo. Aquellos días serían el inicio y el final de varios romances. Los chicos llevarían una botella de vodka y, como resultado, al menos una chica terminaría poniéndose en ridículo. Otros intentarían fumar y vomitarían. Pauline solo esperaba que nadie terminara arrestado.

—¿Cuántos adultos van? —le preguntó a Pippa, que iba arrastrando sus maletas hacia el Pasillo Central.

—Cuatro —contestó—. El profesor que peor me cae, el señor Newbegin; su esposa, que es muy tímida y viene como madre voluntaria; la señora Sabelotodo Judd; y papá.

Pauline miró a Gerry, que estaba entretenido atando su maleta con una correa. O sea que iba a pasar dos noches en un hotel con la señora Judd, a la que Pippa describía en pocas palabras como bajita, rubia y con unas tetas enormes.

—¿En qué trabaja el marido de la señora Judd? —preguntó

Pauline haciendo como quien no quiere la cosa—. Los profesores suelen casarse entre ellos. Seguro que el señor Judd también se dedica a la enseñanza.

—Ni idea —contestó Gerry sin mirarla.

—Creo que está divorciada —dijo Pippa—. No lleva anillo de casada, eso seguro.

«Mira qué bien», pensó Pauline.

¿Era ese el motivo por el que Gerry había cambiado, porque se había enamorado de otra persona? ¿O había sido al revés: se había distanciado de Pauline y después había empezado a interesarse por Amelia Judd? Lo más probable era que ambas cosas hubieran sucedido a la vez y que su creciente atracción hacia la señora Judd hubiera aumentado su decepción con Pauline.

Un botones de la Casa Blanca se llevó el equipaje. Pauline le dio un abrazo a Pippa y experimentó una sensación de pérdida. Era la primera vez que su hija se iba de viaje sin que se tratara de unas vacaciones familiares. Pronto querría irse a pasar el verano recorriendo Europa en tren con unas cuantas chicas de su edad. Luego se iría a la universidad y viviría en un colegio mayor; durante el segundo año de carrera querría compartir un apartamento fuera del campus; y después ¿cuánto tiempo pasaría hasta que se fuera a vivir con un chico? Su infancia había sido un visto y no visto. Pauline quería volver a vivir esos años, y disfrutarlos más esa segunda vez.

—Pásatelo muy bien, pero no te portes mal —le dijo.

—Papá me estará vigilando —contestó Pippa—. Mientras los demás juegan al *strip poker* y esnifan cocaína, yo tendré que estar bebiendo leche calentita y leyendo un libro del puto Scott Fitzgerald.

A Pauline se le escapó una carcajada. Pippa podía ser un verdadero incordio, pero también era graciosa.

Luego se volvió hacia su marido y le acercó los labios para que le diera un beso, pero él apenas se los rozó.

—Adiós —dijo Gerry—. Ocúpate de que el mundo siga sano y salvo mientras no estamos.

Se marcharon y Pauline se retiró a su dormitorio en busca de unos cuantos minutos de tranquilidad. Se sentó ante su tocador y se preguntó si de verdad creía que Gerry tenía una aventura. «¿El soso de Gerry?» Si la tenía, ella no tardaría en saberlo. Los amantes ilícitos acostumbran a creer que son de lo más discretos, pero una mujer observadora se da cuenta a la primera señal.

Pauline no conocía a la señora Judd en persona, pero había hablado con ella por teléfono y le había parecido una mujer inteligente y considerada. Le costaba creer que fuera capaz de acostarse con el marido de otra. Pero las mujeres hacían esas cosas, claro, constantemente, millones de mujeres, todos los días.

Llamaron a la puerta y oyó la voz de Cyrus, el mayordomo, que formaba parte del personal de la Casa Blanca desde hacía muchísimo tiempo.

—Señora presidenta, el consejero de Seguridad Nacional y el secretario de Estado la están esperando para comer.

—Voy enseguida.

Sus dos consejeros más importantes habían dedicado la última hora, por no decir dos, a intentar averiguar la máxima información posible sobre las intenciones de los chinos, y los tres habían quedado para comer y decidir cuál sería su siguiente paso. Pauline se levantó y cruzó el Pasillo Central hasta el Comedor Presidencial.

Se sentó ante un plato de marisco con bechamel y arroz.

—¿Qué hemos descubierto?

—Los chinos se niegan a hablar con los vietnamitas —contestó Chess—. El ministro de Asuntos Exteriores vietnamita me ha dicho casi llorando que Wu Bai no le coge el teléfono. Los británicos han propuesto una resolución del Consejo de Seguridad de la ONU que condene el hundimiento del *Vu Trong Phung*, y los chinos están que trinan porque no existe ninguna moción contra el ataque del dron.

Pauline asintió y miró a Gus.

—La estación de la CIA en Pekín mantiene una relación más

o menos amistosa con Chang Kai, el jefe del Guoanbu, el servicio de inteligencia chino.

—Sí, he oído hablar de él.

—Chang nos ha comunicado que Joan Lafayette se encuentra bien y que en realidad no necesita tratamiento hospitalario. La han interrogado respecto a qué estaba haciendo en el mar de la China Meridional, ella ha contestado con franqueza y, extraoficialmente, no consideran que sea ningún tipo de espía. Está muy claro que Lafayette sabe todo lo que hay que saber acerca de prospecciones petrolíferas y muy poco sobre política internacional.

—Más o menos lo que habríamos averiguado nosotros.

—Sí. Todo esto es extraoficial, por descontado. El gobierno chino podría incluso decir todo lo contrario en público.

—Han adoptado una postura agresiva —añadió Chess—. El ministro de Asuntos Exteriores se niega a hablar tanto de la repatriación de la doctora Lafayette como de cualquier otra cosa que tenga que ver con ella si no reconocemos que el *Vu Trong Phung* estaba involucrado en una actividad ilegal.

—Bueno, pues eso no podemos hacerlo, ni siquiera para salvar a una ciudadana estadounidense —repuso Pauline, tajante—. Estaríamos afirmando que el mar de la China Meridional no es aguas internacionales, y eso violaría todos los acuerdos marítimos y debilitaría a nuestros aliados.

—Exacto, pero los chinos no quieren hablar de la doctora Lafayette hasta que lo hagamos.

Pauline soltó el tenedor.

—Nos tienen entre la espada y la puñetera pared, ¿no?

—Sí, señora.

—¿Opciones?

—Podríamos aumentar nuestra presencia en el mar de la China Meridional —sugirió Chess—. Ya llevamos a cabo operaciones de libertad de navegación en esa zona, tanto por mar con acorazados como sobrevolándola. Podríamos doblarlas.

—El equivalente diplomático a un gorila golpeándose el pecho y arrancando la vegetación —dijo Pauline.

—Pues sí.

—Lo cual no nos llevaría a ningún sitio, aunque quizá nos sentiríamos mejor. ¿Gus?

—Podríamos arrestar a un ciudadano chino aquí, en Estados Unidos. El FBI los tiene a todos vigilados y siempre hay alguno que otro infringiendo la ley. Luego les ofreceríamos un intercambio.

—Es lo que hacen ellos en circunstancias similares, pero no es nuestro estilo, ¿no?

Gus negó con la cabeza.

—Y tampoco nos conviene iniciar una escalada. Si arrestamos a un visitante chino, puede que ellos arresten a dos estadounidenses en China.

—Pero tenemos que recuperar a Joan Lafayette.

—Perdona mi frivolidad, pero traerla de vuelta a casa también daría un buen empujón a tu popularidad.

—No te disculpes, Gus. Esto es una democracia, y eso quiere decir que siempre debemos tener en cuenta a la opinión pública.

—Y a la opinión pública le gusta el enfoque de «bombardear a todos» que James Moore defiende en el terreno de la política internacional. Tu comentario de Jim el Miedoso no tuvo el mismo tirón.

—No tendría que rebajarme a poner motes; no es lo mío.

—Entonces parece que la pobre Joan Lafayette va a pasarse los próximos años en China —señaló Chess.

—Espera —dijo Pauline—. A lo mejor no hemos reflexionado lo suficiente.

Los dos hombres se quedaron perplejos, sin duda preguntándose qué se le ocurriría a la presidenta a continuación.

—No podemos hacer lo que nos piden —continuó Pauline—, pero eso ya deben de saberlo. Los chinos no son tontos, más bien al contrario, y nos han pedido algo que saben que no podemos darles. No esperan que lo hagamos.

—Supongo que tienes razón —concedió Chess.

—Y entonces ¿qué es lo que quieren?

—Están poniendo los puntos sobre las íes —contestó Chess.

—¿Y nada más?

—No lo sé.

—¿Gus?

—Podríamos preguntárselo.

—Otra posibilidad —dijo Pauline pensando en voz alta— es que no esperen que apoyemos sin reservas su reclamación del mar de la China Meridional: quizá solo quieran ponernos un bozal.

—Explícate —pidió Gus.

—Tal vez busquen una solución intermedia: nosotros no aceptamos que el *Vu Trong Phung* estuviera haciendo algo ilegal, pero tampoco acusamos al gobierno chino de asesinato. Nos limitamos a mantener el pico cerrado.

—Nuestra aquiescencia silenciosa a cambio de la libertad de Joan Lafayette —dijo Gus.

—Sí.

—Se me revuelven las tripas.

—Y a mí.

—Pero lo harás.

—No lo sé. Comprobemos si tu hipótesis es acertada. Chess, pregúntale al embajador chino, de manera extraoficial, si Pekín se plantearía llegar a un acuerdo.

—Vale.

—Gus, que la CIA le pregunte al Guoanbu qué quieren realmente los chinos.

—Enseguida.

—A ver qué nos dicen —concluyó Pauline, y volvió a coger el tenedor.

La hipótesis de Pauline era correcta. Los chinos se conformaban con la promesa de que no los culparían de asesinato. No era que la acusación les importara, lo que de verdad querían era que la presidenta se abstuviera de dar a entender que no tenían soberanía sobre el mar de la China Meridional. En aquel largo conflicto diplomático, se tomarían el silencio estadounidense como una victoria significativa.

Con todo el pesar de su corazón, Pauline les concedió lo que querían.

El acuerdo no quedó fijado por escrito. Aun así, la presidenta tuvo que cumplir con su palabra, porque, de lo contrario —y ella lo sabía—, los chinos se limitarían a arrestar a cualquier otra ciudadana estadounidense en Pekín y a reanudar todo el drama.

Al día siguiente, metieron a Joan Lafayette en un vuelo de China Eastern desde Shanghái hasta Nueva York. Allí la embarcaron en un avión militar y la interrogaron durante el trayecto hasta la base aérea Andrews, cerca de Washington D. C., donde la presidenta acudió a recibirla.

La doctora Lafayette era una mujer madura y atlética, con el pelo rubio canoso y gafas. A Pauline le sorprendió verla fresca como una rosa e inmaculadamente vestida tras un vuelo de quince horas. Los chinos le habían proporcionado ropa nueva y elegante y un compartimento en primera clase en el avión, explicó la mujer. «Muy inteligente por su parte», pensó Pauline, porque ahora la doctora Lafayette apenas mostraba síntomas de haber sufrido en manos chinas.

Las dos mujeres posaron ante la prensa en una sala de conferencias del aeropuerto, que estaba atestada de cámaras de fotos y de televisión. Tras el desagradable sacrificio diplomático que había llevado a cabo, Pauline estaba más que dispuesta a recibir el reconocimiento de los medios de comunicación por haber recuperado a la prisionera. Necesitaba cobertura mediática positiva, porque los seguidores de James Moore la estaban machacando a diario en las redes sociales.

El cónsul estadounidense en Shanghái le había explicado a la doctora Lafayette que, cuando volviera a Estados Unidos, sería menos probable que los medios la persiguieran y la acosaran si les daba las fotos que querían nada más aterrizar, y ella había accedido de buena gana.

Sandip Chakraborty había anunciado que la presidenta Green y la doctora Lafayette posarían pero no contestarían preguntas, así que no había micrófonos. Se estrecharon la mano y sonrieron para las cámaras, y luego la doctora Lafayette, de manera impulsiva, le dio un abrazo a Pauline.

Cuando ya estaban saliendo de la sala, un periodista con iniciativa que estaba sacando fotos con el móvil gritó:

—¿Cuál es ahora su política respecto al mar de la China Meridional, señora presidenta?

Pauline ya se esperaba la pregunta. La había comentado con Chess y con Gus y los tres habían acordado una respuesta que no quebrantara su promesa a los chinos.

—Estados Unidos continúa apoyando la posición de las Naciones Unidas respecto a la libertad de navegación —contestó con expresión pétrea.

El periodista probó a lanzar otra pregunta cuando Pauline llegó a la puerta.

—¿Considera que el hundimiento del *Vu Trong Phung* ha sido en represalia por el bombardeo de Puerto Sudán?

Pauline no contestó.

—¿A qué se refería con lo de Sudán? —se interesó la doctora Lafayette cuando la puerta se cerró a sus espaldas.

—Puede que no le haya llegado la noticia —respondió la presidenta—. Hubo un ataque con un dron en Puerto Sudán que mató a cien ciudadanos chinos, ingenieros que estaban construyendo un muelle petrolero nuevo, además de algunos de sus familiares. Lo perpetraron terroristas, pero con un dron de las Fuerzas Armadas de Estados Unidos que se habían agenciado a saber cómo.

—¿Y los chinos culpan a Estados Unidos?

—Dicen que no tendríamos que haber permitido que nuestro dron cayera en manos de los terroristas.

—¿Y por eso mataron a Fred y a Hiran?

—Lo niegan.

—¡Eso es una crueldad!

—Seguro que piensan que acabar con dos vidas estadounidenses a cambio de ciento tres vidas chinas es una reacción contenida.

—¿Así piensa la gente en este tipo de asuntos?

Pauline se dio cuenta de que había sido demasiado sincera.

—Ni yo ni ninguno de los miembros de mi equipo pensamos así. Para mí, una vida estadounidense es muy valiosa.

—Y por eso me ha traído a casa. Nunca podré agradecérselo lo suficiente.

La presidenta sonrió.

—Es mi trabajo.

Esa noche vio las noticias con Gus en el antiguo Salón de Belleza de la Residencia. Joan Lafayette abrió el boletín informativo, y las fotos en las que aparecía con Pauline en la base Andrews habían quedado muy bien. Pero el segundo reportaje se centró en una rueda de prensa ofrecida por James Moore.

—Está decidido a eclipsarte —comentó Gus.

—Tengo curiosidad por ver qué dice.

Moore no utilizaba atril: no encajaba con su estilo campechano. Estaba sentado en un taburete delante de una multitud de periodistas y cámaras.

«He estado investigando quién le da dinero a la presidenta Green —dijo. Su tono de voz era afectuoso e íntimo—. El director de su comité de acción política más importante es el dueño de una empresa llamada As If.»

Era cierto. As If era una aplicación para teléfonos móviles increíblemente popular entre los adolescentes de todo el mundo. Su fundador, Bahman Stephen McBride, era un estadounidense iraní, nieto de inmigrantes, y uno de los mayores recaudadores de fondos para la campaña de reelección de Pauline.

«El caso es que he estado pensando en por qué nuestra señora presidenta es tan blanda con China —continuó Moore—. Han asesinado a dos estadounidenses y han estado a punto de matar a un tercero, pero Pauline Green no ha arremetido contra ellos. Así que me pregunto: ¿tendrán algo que usar en su contra?»

—¿Adónde narices quiere llegar? —dijo la presidenta.

«Resulta que China es dueña de una parte de As If. Interesante, ¿verdad? —prosiguió Moore.»

—¿Puedes comprobar ese dato? —preguntó Pauline a Gus. Él ya había sacado el móvil.

—Estoy en ello.

«Shanghai Data Group es una de las empresas más importantes de China —continuó Moore—. Por supuesto, fingen que se trata de una compañía independiente, pero todos sabemos que cualquier empresa china recibe órdenes del todopoderoso presidente Chen.»

—Shanghai Data tiene un dos por ciento de participación en As If —indicó Gus—, y ni un solo director en la junta.

—¡Un dos por ciento! ¿Solo eso?

—Moore no ha mencionado la cifra, ¿verdad?

—No, y no lo hará. Le estropearía la calumnia.

—La mayoría de sus seguidores no tiene ni idea de cómo funcionan las acciones y las participaciones. Creerán que Chen te tiene comprada.

Cyrus, el mayordomo, asomó su canosa cabeza por la puerta y anunció:

—Señora presidenta, su cena está lista.

—Gracias, Cy. —Obedeciendo un impulso, le dijo a Gus—: Podríamos continuar esta conversación mientras cenamos.

—No tengo planes.

—¿Hay suficiente para dos? —preguntó la presidenta volviéndose hacia el mayordomo.

—Creo que sí —contestó él—. Ha pedido una tortilla y una ensalada, así que estoy seguro de que tenemos más huevos y más lechuga.

—Muy bien. Abre una botella de vino blanco para el señor Blake.

—Sí, señora.

Se trasladaron al Comedor Presidencial y se sentaron a la mesa redonda, el uno frente al otro.

—Mañana a primera hora publicaremos una declaración informal que aclare la participación de Shanghai Data —dijo Pauline.

—Hablaré con Sandip.

—Que consulte con McBride todo lo que vaya a decir.

—Vale.

—Esto se olvidará enseguida.

—Ya, pero luego nos saldrá con otra cosa. Lo que necesitamos es una estrategia para presentarte como una persona inteligente capaz de resolver los conflictos y de comprender los problemas, en contraposición al fanfarrón que solo dice lo que cree que la gente quiere oír.

—Es un buen enfoque.

Comentaron diferentes ideas mientras cenaban y luego pasaron al Salón Este. Cyrus les llevó el café.

—Si le parece bien, señora presidenta —dijo el mayordomo—, el personal doméstico ya se retira.

—Por supuesto, Cy, gracias.

—Si necesita algo más tarde, solo tiene que llamarme.

—Te lo agradezco.

Cuando Cy se marchó, Gus se sentó junto a Pauline en el sofá.

Estaban solos. Ningún miembro del personal acudiría si no lo llamaban. En la planta de abajo estaban el destacamento del Servicio Secreto y el capitán del ejército con el maletín conocido como «el balón nuclear», pero no subirían salvo que se produjera una emergencia.

A Pauline se le pasó por la cabeza la locura de que podría llevarse a Gus a la cama en aquel preciso instante y nadie se enteraría.

«Menos mal que no va a ocurrir», pensó.

—¿Qué? —preguntó él mirándola a la cara con el ceño fruncido.

—Gus…

El teléfono de Pauline empezó a sonar.

—No contestes —dijo Gus.

—La presidenta debe contestar.

—Claro. Perdona.

Pauline se dio la vuelta y contestó la llamada. Era Gerry. Se forzó a disimular su estado de ánimo y preguntó:

—Hola, ¿qué tal va el viaje?

Se levantó, le dio la espalda a Gus y se alejó unos cuantos pasos.

—Bastante bien —respondió Gerry—. Nadie hospitalizado, nadie arrestado, nadie secuestrado: tres de tres.

—Me alegro mucho. ¿Pippa se lo está pasando bien?

—Se lo está pasando genial.

A Gerry se le notaba entusiasmado. Él también estaba disfrutando de la excursión, dedujo Pauline.

—¿Qué le ha gustado más, Harvard o el MIT?

—Yo diría que le costaría elegir. Le han encantado los dos.

—Pues más le vale concentrarse en sus notas. ¿Cómo están los demás supervisores?

—El señor y la señora Newbegin no paran de quejarse. Nada está a la altura que ellos esperan. Pero Amelia es maja.

«Seguro que sí», pensó Pauline con amargura.

—¿Estás bien? —quiso saber Gerry.

—Claro, ¿por qué?

—Ah, no sé, te noto… tensa. Lógico, supongo. Hay una crisis.

—Siempre hay alguna crisis. La tensión forma parte de mi trabajo. Pero voy a acostarme pronto.

—En ese caso, que duermas bien.

—Y tú. Buenas noches.

—Buenas noches.

Cuando colgó, notó una sensación extraña, como que le faltaba el aire.

—Uf —dijo al darse la vuelta—. Qué raro ha sido.

Pero Gus se había ido.

Sandip llamó a Pauline a las seis de la mañana. La presidenta dio por hecho que era para hablarle de Shanghai Data, pero se equivocaba.

—La doctora Lafayette ha concedido una entrevista a un periódico local de New Jersey —informó—. Por lo que se ve, el editor es primo suyo.

—¿Qué ha dicho?

—La ha citado diciendo que dos vidas estadounidenses a cambio de ciento tres vidas chinas han sido un buen trato.

—Pero si dije que…

—Ya sé qué dijo, yo estaba delante, oí la conversación. Solo especulaba acerca de cómo debía de ver el asunto el gobierno comunista chino.

—Exacto.

—El periódico está muy orgulloso de la exclusiva y está promocionando el número de esta semana en las redes sociales. Por desgracia, la gente de James Moore lo ha detectado.

—Uf, mierda.

—Ha tuiteado: «O sea, que Pauline piensa que el asesinato de dos estadounidenses es un chollo. Yo no».

—Qué gilipollas.

—Mi comunicado de prensa empieza así: «A veces, los periódicos de ciudades pequeñas cometen errores, pero un candidato presidencial debería tener más cuidado».

—Buen comienzo.

—¿Quiere que le lea el resto?

—No me veo capaz de aguantarlo. Envíalo.

Pauline vio las noticias mientras se tomaba el primer café del día. Seguían emitiendo las imágenes de la llegada de Joan Lafayette a la base Andrews, pero a continuación apareció lo del chollo de James Moore y empañó la victoria de Pauline.

La presidenta no paraba de darle vueltas a la noche anterior. Se estremeció al recordar que se le había pasado por la cabeza que nadie se enteraría si se llevaba a Gus a la cama. Sería imposible mantener en secreto una aventura así en la Casa Blanca, porque Gus habría tenido que marcharse en plena noche, recorrer los pasillos y senderos hasta su coche y luego cruzar la verja. Para entonces ya lo habrían visto al menos seis guardias de seguridad y los agentes del Servicio Secreto, por no hablar de los miembros del personal de limpieza y de mantenimiento. Y hasta el último de ellos se habría preguntado con quién habría estado Gus y qué habrían estado haciendo hasta tan tarde.

Seguro que hasta su salida a las nueve de la noche había hecho arquear unas cuantas cejas entre las personas que sabían que Gerry y Pippa estaban fuera de la ciudad.

Se obligó a olvidarse de esos pensamientos y a concentrarse en salvaguardar a Estados Unidos.

A lo largo de la mañana se reunió con su jefa de Gabinete, con el secretario del Tesoro, con el presidente del Estado Mayor Conjunto y con el líder de la mayoría del Senado. Pronunció un discurso ante pequeños empresarios durante un almuerzo para recaudar fondos y, como de costumbre, se marchó antes de que se sirviera la comida.

Comió un sándwich en compañía de Chester Jackson. El secretario de Estado le comunicó que el gobierno de Vietnam había anunciado que, en el futuro, los barcos de prospección petrolífera irían escoltados por naves de la Armada Popular de Vietnam equipados con misiles antibuque rusos y con instrucciones de responder al fuego enemigo.

Chess también informó de que el líder supremo de Corea del Norte afirmaba que la paz se había restablecido tras los problemas fomentados por los estadounidenses en las bases militares. Sin embargo, los rebeldes seguían controlando la mitad del ejército y todas las armas nucleares, añadió el secretario de Estado, que opinaba que la apariencia de calma era una ilusión temporal.

Por la tarde, Pauline posó con un grupo de alumnos de un colegio de Chicago que había ido a visitar la Casa Blanca y debatió con el fiscal general acerca del crimen organizado.

A última hora repasó los acontecimientos del día con Gus y Sandip. Las redes sociales ardían con la acusación de James Moore. Todos los troles decían que Pauline creía que dos estadounidenses muertos eran un chollo.

Según un nuevo sondeo de opinión, Pauline y Moore estaban igualados en cuanto a popularidad. A la presidenta le entraron ganas de tirar la toalla.

Lizzie le dijo que Gerry y Pippa habían vuelto, así que Pauline se acercó a la Residencia a darles la bienvenida. Se los encontró en el Pasillo Central deshaciendo las maletas con ayuda de Cyrus.

Pippa tenía muchas cosas que contarle a su madre. Las fotos del presidente Kennedy y Jackie en Dallas la habían hecho llorar. Uno de los chicos de Harvard le había pedido a Lindy Faber que saliera con él durante las vacaciones de Navidad. Wendy Bonita había vomitado dos veces en el autobús. La señora Newbegin era una pesada.

—¿Y la Judders? —preguntó Pauline.

—No tan mal como me esperaba —respondió Pippa—. De hecho, papá y ella han sido los mejores.

Pauline miró a Gerry. Parecía feliz.

—¿Tú también te lo has pasado bien? —le preguntó como si tal cosa.

—Sí. —Gerry pasó una bolsa de ropa sucia a Cyrus—. Los chicos se han portado bien, cosa que me ha sorprendido un poco.

—¿Y la señora Judd?

—Nos hemos entendido.

Pauline se dio cuenta de que estaba mintiendo. Su voz, su postura y la expresión de su cara eran solo un pelín forzadas, pero lo delataban. Se había acostado con Amelia Judd en un hotel barato de Boston, con su hija alojada en el mismo edificio. Aunque Pauline ya se había planteado esa posibilidad, intuir de repente que sus sospechas eran fundadas la pilló por sorpresa. Se estremeció. Gerry la miró con curiosidad.

—Ha pasado una corriente de aire frío —dijo Pauline—. A lo mejor se han dejado una ventana abierta.

—Yo no la he notado —repuso él.

Por alguna razón, Pauline no quería que Gerry supiera que se había dado cuenta.

—Entonces te has divertido —comentó en tono animado.

—Sí, mucho.

—Me alegro.

Gerry se llevó su maleta al Dormitorio Presidencial. Pauline se arrodilló en el suelo de madera pulida y se puso a ayudar a Pippa con la ropa, aunque tenía la cabeza en otro sitio. A lo mejor, la aventura de Gerry con la señora Judd era algo pasajero, una relación de una sola noche. Aun así, se preguntó si sería ella la culpable. Últimamente dormía cada vez más a menudo en el Dormitorio Lincoln. ¿Se había vuelto indiferente al sexo? El caso era que Gerry tampoco había sido nunca muy exigente en ese sentido. Estaba claro que ese no era el problema.

Cy se acercó con un pintalabios en la mano.

—Esto estaba entre la ropa sucia del primer caballero —dijo—. Se habrá caído en la bolsa sin querer.

Se lo tendió a Pippa.

—Yo no uso esas cosas —contestó ella.

Pauline se quedó mirando el tubito dorado como si fuera una pistola.

Era de un color que ella no utilizaba nunca, y de una marca que no compraba.

Tardó un segundo en recuperar la compostura. Pippa no debía sospechar. Cogió el pintalabios que Cyrus le tendía en la palma de la mano.

—Huy, gracias.

Y se lo guardó enseguida en el bolsillo de la chaqueta.

26

Los hombres no vivían mucho tiempo en el campamento minero. A las mujeres les iba mejor porque no tenían que trabajar en el pozo, pero cada pocos días moría un hombre. Algunos se desplomaban de repente, víctimas del calor y del trabajo agotador. A otros les disparaban por desobedecer las normas. Había accidentes: una piedra que caía en un pie calzado con una sandalia, un martillo que se resbalaba de una mano sudorosa, una esquirla afilada que volaba por los aires y se clavaba en la carne. Dos de las mujeres tenían cierta experiencia como enfermeras, pero no disponían de medicamentos ni de vendas estériles, ni siquiera de tiritas, así que cualquier cosa que no fuera una herida leve podía resultar mortal.

Los cadáveres se quedaban donde caían hasta el final de la jornada laboral, momento en que llevaban la retroexcavadora hasta una zona de arena con gravilla para cavar una tumba al lado de muchas otras. Se permitía que los compañeros de trabajo del hombre celebraran algún tipo de ritual funerario si lo deseaban, y si no, que dejaran la tumba sin marcar y sin nada que recordara al difunto.

Los guardias no daban muestras de preocupación. Abdul supuso que confiaban en que pronto llegarían más esclavos para reemplazar a los muertos.

Tenía que escaparse. De lo contrario, acabaría en aquel cementerio desierto.

Veinticuatro horas después de su llegada, Abdul se había convencido de que la mina pertenecía al Estado Islámico. Estaba claro que era una mina sin licencia, pero no desorganizada. Las personas que la dirigían eran traficantes de esclavos y asesinos, pero también muy competentes. En el norte de África solo había una estructura criminal capaz de alcanzar ese nivel de organización, y era el EIGS.

Abdul estaba desesperado por huir, pero pasó varios días más recabando información crucial. Calculó el número de yihadistas que vivían en el recinto, estimó cuántos fusiles poseían en total y conjeturó a qué otros tipos de armamento tenían acceso: sospechaba que los vehículos tapados que había en el recinto podían ser incluso lanzamisiles.

Sacó fotos discretas con el móvil, no con el barato que tenía en el bolsillo, sino con el sofisticadísimo teléfono que llevaba oculto en la suela de la bota, al que aún le quedaba batería. Anotó todos los números en un documento que tenía preparado para enviárselo a Tamara en cuanto tuviera cobertura.

Dedicó mucho tiempo a pensar en cómo escapar.

Su primera decisión fue no llevarse a Kiah ni a Naji con él. Lo obligarían a ir más despacio y eso sería fatal. Ya era bastante difícil aun yendo solo. Y si lo pillaban, lo matarían, y a ellos también, si estaban con él. Era mejor que se quedaran allí esperando al equipo de rescate que Tamara enviaría en cuanto recibiera el mensaje de Abdul.

Su anhelo de libertad era solo una de las muchas razones que lo impulsaban a escapar. También deseaba provocar la destrucción de aquel lugar cruel, ver a los guardias arrestados, las armas confiscadas y los edificios derruidos hasta que toda aquella zona volviera a ser un desierto yermo.

Una y otra vez, pensaba en largarse sin más, y una y otra vez rechazaba la idea. Sabía orientarse por el sol y las estrellas, así que podría poner rumbo hacia el norte y evitar el peligro de caminar en círculos, pero no tenía ni idea de dónde estaba el oasis más cercano. El trayecto en el bus de Hakim le había enseñado que resultaba difícil incluso ver la carretera. Abdul no disponía de ningún mapa, y lo más seguro era que ni siquiera existiera un plano detallado de las pequeñas aldeas oasis que salvaban la vida a quienes viajaban a pie o en camello. Además, tendría que cargar con un pesado contenedor de agua bajo el sol del desierto. Las probabilidades de sobrevivir eran demasiado escasas.

Estudiaba los vehículos que entraban y salían del campamento. La observación no era sencilla, porque trabajaba doce horas al día en el pozo y los guardias se darían cuenta si echaba algo más que un mero vistazo a los vehículos que pasaban. Sin embargo, Abdul ya reconocía a los habituales: los camiones cisterna llevaban agua y gasolina, los refrigerados suministraban alimentos a la cocina, las camionetas se marchaban cargadas de oro —siempre acompañadas de dos guardias con sendos fusiles— y volvían con artículos de todo tipo: mantas, jabón y gas para los fuegos de la cocina.

A veces, a última hora de la tarde, se le presentaba la oportunidad de ver cómo registraban los vehículos antes de que salieran. Los guardias trabajaban a conciencia, observó. Miraban dentro de los tanques vacíos y debajo de las lonas. Buscaban debajo de los asientos. Se agachaban para comprobar los bajos de los vehículos por si había alguien agarrado. Sorprendieron a un hombre en uno de los camiones refrigerados y le dieron tal paliza que murió al día siguiente. Sabían que una sola fuga podía echar por tierra todo el campamento, y eso era justo lo que Abdul quería lograr.

Para huir, Abdul eligió como vehículo el camión de las golosinas. Un comerciante muy espabilado llamado Yakub había montado un pequeño negocio que consistía en ir de oasis en oasis vendiendo productos que los aldeanos no podían confeccionar ni comprar en ciento cincuenta kilómetros a la redonda. Tenía los dulces favoritos de los árabes, piruletas con forma de pie y chocolate blando en un tubo como de pasta de dientes. Ofrecía cómics en los que aparecían superhéroes musulmanes: el Hombre del Destino, el Hombre Imposible y Buraaq. Tenía cigarrillos Cleopatra, bolígrafos Bic, pilas y aspirinas. Excepto cuando vendía, siempre tenía las mercancías guardadas en la parte de atrás de su destartalada camioneta, en cajas de acero cerradas con llave. Vendía sobre todo a los guardias, porque la mayoría de los trabajadores tenían poco o nada de dinero. Sus precios eran tirados, y él debía de ganarse apenas cuatro perras.

El camión de las golosinas era sometido a un examen tan cuidadoso como cualquier otro cuando se marchaba, pero Abdul había dado con una manera de esquivar el registro.

Yakub siempre llegaba los sábados por la tarde y se marchaba los domingos a primera hora de la mañana. Aquel día era domingo.

Abdul salió del campamento al amanecer, antes de que sirvieran el desayuno, sin decir ni mu a Kiah. La mujer se quedaría de piedra cuando se diera cuenta de que se había ido, pero no podía correr el riesgo de avisarla. Abdul se llevó tan solo una botella de plástico grande llena de agua. Faltaba alrededor de una hora para que los hombres empezaran a trabajar en el pozo, y poco después alguien se daría cuenta de que había desaparecido.

Esperaba que Yakub no decidiera marcharse más tarde que de costumbre aquel día.

Apenas se había alejado unos cuantos metros cuando oyó que alguien lo llamaba.

—¡Eh, tú! Ven aquí ahora mismo.

Captó el ligero ceceo y supo que era la voz de Mohamed, que no tenía dientes delanteros. Abdul refunfuñó para sus adentros y retrocedió con aire desgarbado.

—¿Qué?

—¿Adónde vas?

—A plantar un pino.

—¿Para qué quieres una botella de agua?

—Para lavarme las manos.

Mohamed soltó un gruñido y se dio la vuelta.

Abdul se encaminó hacia la zona de las letrinas de los hombres, pero cambió de rumbo en cuanto dejó de estar a la vista del campamento. Avanzó hasta que llegó a un cruce marcado por un montón de piedras, por lo demás apenas visible. Si te fijabas bien, veías una pista que seguía recto, justo por donde había llegado el autobús de Hakim, hasta la frontera y el Chad. Abdul distinguió una segunda pista, a la izquierda, que se dirigía hacia el norte, por Libia. Por los mapas que había estudiado, sabía que desembocaba en una carretera asfaltada que llegaba hasta Trípoli. Al este había unas cuantas aldeas, por lo que Abdul estaba casi seguro de que Yakub tomaría la pista que iba hacia el norte.

Echó a andar por ella buscando alguna elevación en el terreno. La camioneta de Yakub sería aún más lenta cuando tuviera que subir una pendiente. El plan de Abdul era correr detrás del vehículo cuando fuera a la mínima velocidad y encaramarse a la parte de atrás. Después se cubriría la cabeza con su pañuelo y se dispondría a soportar un viaje largo e incómodo.

Si daba la casualidad de que Yakub miraba por el espejo retrovisor en el peor momento, paraba la camioneta y le plantaba cara, Abdul le daría a elegir: o cien dólares por llevarlo hasta el siguiente oasis o la muerte. De todos modos, nunca había muchos motivos para mirar por el retrovisor cuando se conducía por el desierto.

Abdul llegó a la primera loma, a unos tres kilómetros del campamento. Casi al final de la cuesta, encontró un sitio donde esconderse. El sol aún estaba bajo, hacia el este, y Abdul se guareció a la sombra de una roca. Bebió un poco de agua y se preparó para esperar.

No sabía hacia dónde se dirigiría Yakub, así que no podía planear con exactitud qué haría cuando llegara. Mientras esperaba, sopesó distintas posibilidades. Intentaría saltar de la camioneta en cuanto divisara su destino, ya que así podría entrar caminando en la aldea como si no tuviera nada que ver con Yakub. Tendría que inventarse una historia que justificara su presencia. Diría que los yihadistas habían atacado al grupo con el que iba y que había sido el único en escapar; o que viajaba solo en camello y el animal se le había muerto; o que era buscador de petróleo y le habían robado la moto y las herramientas. No notarían su acento libanés: los habitantes del desierto hablaban varias lenguas tribales, y los que tenían el árabe como segunda lengua no apreciarían un acento distinto. Entonces abordaría a Yakub y le pediría que lo llevara en la camioneta. Abdul nunca le había comprado nada, ni siquiera había hablado con él, así que estaba convencido de que no lo reconocería.

Antes del mediodía, los yihadistas organizarían partidas de búsqueda: una iría al este, hacia el Chad, y otra se dirigiría al norte. Les llevaría bastante ventaja, pero para conservarla necesitaría un coche. Compraría uno en cuanto tuviera ocasión, aunque se expondría a los pinchazos y a otros fallos mecánicos.

Podían salir mal un montón de cosas.

Oyó un vehículo y se asomó, pero era un Toyota bastante nuevo con un motor que sonaba bien, nada que ver con la tartana de Yakub. Abdul volvió a hundirse en la arena y se arrebujó más en la túnica marrón grisácea. Cuando el Toyota pasó de largo, Abdul vio que había dos guardias sentados en la caja de carga, cada uno con un fusil. Debían de transportar oro, pensó.

Se preguntó por curiosidad adónde iría el oro. Debía de haber un intermediario, supuso, tal vez en Trípoli; alguien que convirtiera el oro en dinero y lo depositara en cuentas bancarias que el EIGS pudiera utilizar para comprar armas, coches y cualquier otra cosa que necesitase para sus descabellados planes de conquistar el mundo. «Me gustaría descubrir el nombre y la dirección de ese tío —pensó Abdul—. Le explicaría de dónde procede su dinero. Y luego le arrancaría la puta cabeza.»

Mientras Kiah aseaba a Naji, una tarea que desempeñaba de forma mecánica, discutía mentalmente con el fantasma de su madre, al que llamaba Umi.

—¿Adónde ha ido ese extranjero tan guapo? —preguntó Umi.

—No es extranjero, es árabe —contestó Kiah, molesta.

—¿Qué tipo de árabe?

—Libanés.

—Bueno, al menos es cristiano.

—No tengo ni idea de dónde está.

—A lo mejor se ha escapado y te ha dejado aquí.

—Igual sí, Umi.

—¿Estás enamorada de él?

—No. Y está claro que él de mí tampoco.

Umi puso los brazos en jarras, un gesto combativo típico. En la imaginación de Kiah, Umi había estado horneando algo, así que, con sus manos llenas de harina, estaba dejando perdido el vestido negro, tal como hacía antes de convertirse en un fantasma.

—Entonces, a ver, ¿por qué es tan amable contigo? —preguntó Umi en un tono desafiante.

—A veces es bastante frío y antipático.

—¿Ah, sí? ¿Es un desalmado cuando te protege de los matones y le cuenta cuentos a tu hijo?

—Es bueno. Y fuerte.

—Parece que quiere a Naji.

Kiah cogió un paño y secó la piel húmeda del niño con delicadeza.

—A Naji lo quiere todo el mundo.

—Abdul es un árabe católico con mucho dinero, justo el tipo de hombre con el que deberías casarte.

—Él no quiere casarse conmigo.

—¡Ajá! O sea que lo has pensado.

—Venimos de mundos distintos. Y seguro que ahora él ha vuelto al suyo.

—¿Y cuál es?

—Pues no lo sé. Pero me da a mí que de vendedor de cigarrillos baratos no tiene nada.

—¿Y a qué se dedica?

—Creo que debe de ser policía o algo así.

Umi resopló con desdén.

—La policía no te protege de los matones. Los matones son ellos.

—Tienes respuesta para todo.

—Igual que te pasará a ti cuando tengas mi edad.

Alrededor de una hora después, Abdul vio la camioneta de Yakub. Subía la pendiente traqueteando, avanzando muy despacio y dejando una nube de polvo. Puede que el polvo lo ayudara a ocultarse cuando se encaramara a la parte de atrás.

Permaneció inmóvil, esperando el momento adecuado.

Vio la cara de Yakub a través de la luna delantera, concentrada en el camino. Cuando la camioneta pasó junto a su escondite y la nube de polvo se esparció y lo envolvió, Abdul se levantó de un salto.

Y entonces oyó otro vehículo.

Soltó un taco.

Por el ruido del motor, supo que el segundo vehículo era más nuevo y más potente, así que debía de tratarse de uno de los Mercedes negros todoterreno que había visto en el aparcamiento vigilado. Circulaba a bastante velocidad, y estaba claro que su conductor pretendía adelantar a Yakub.

Abdul no podía correr el riesgo de que lo vieran. Quizá el polvo lo ocultara, pero quizá no, y si lo encontraban su intento de fuga habría acabado, y su vida también.

Volvió a tirarse al suelo, se tapó la cara con el pañuelo y se mimetizó de nuevo con el desierto mientras el Mercedes pasaba rugiendo a su lado.

Los dos vehículos coronaron la pendiente y desaparecieron al otro lado de la loma dejando tras de sí una niebla parduzca; Abdul emprendió el camino de regreso al campamento arrastrando los pies.

Al menos podría volver a intentarlo. Seguía siendo un buen plan, solo había tenido mala suerte. No era habitual que dos vehículos salieran del campamento a la vez.

Al cabo de una semana tendría otra oportunidad. Si seguía vivo.

Lo obligaron a trabajar durante el descanso del mediodía como castigo por haber llegado tarde al pozo. Supuso que, si no hubiera sido un trabajador tan esforzado, la pena habría sido peor.

Por la noche se sentía cansado y descorazonado. «Otra semana en el infierno», pensó. Se sentó en el suelo, a la entrada del refugio, para esperar la cena. En cuanto saciara el hambre, se iría a dormir.

Oyó el zumbido de un motor muy potente. Un Mercedes se acercó y pasó despacio ante el barracón. Una capa de polvo marrón ocultaba la pintura negra.

En el aparcamiento vallado situado frente al refugio, un guardia quitó la cadena de la puerta provocando un gran estruendo metálico.

El coche entró y se detuvo, y entonces dos guardias armados bajaron de su interior. Luego salieron dos hombres más. Uno era alto y llevaba un *thaub* negro y una gorra blanca conocida como *taqiyah*. A Abdul se le aceleró el pulso cuando vio que el hombre tenía el pelo gris y la barba negra. El visitante giró sobre sí mismo con lentitud, estudiando el campamento con una mirada fría e impasible, sin mostrar reacción alguna ante las mujeres harapientas, los hombres exhaustos y los refugios desvencijados donde vivían, al igual que si hubiera visto una oveja embarrada en un paisaje yermo.

El segundo hombre era asiático oriental.

Abdul sacó su móvil bueno con disimulo y lo fotografió a hurtadillas.

Mohamed se acercó corriendo por el camino, con una expresión de radiante sorpresa en la cara.

—¡Bienvenido, señor Park! ¡Qué alegría volver a verle!

Abdul tomó nota del nombre coreano y sacó otra foto.

El señor Park iba bien vestido, con una chaqueta de lino negro, unos chinos marrones y unos botines reforzados con la suela rugosa. Llevaba gafas de sol. Tenía el pelo espeso y oscuro, pero su cara redonda estaba surcada de arrugas, así que Abdul calculó que tendría unos sesenta años.

Todo el mundo trataba al coreano con deferencia, incluso el árabe alto que lo acompañaba. Mohamed no dejaba de sonreír y de hacerle reverencias. El coreano lo ignoraba.

Echaron a andar por el camino sembrado de basura hacia el complejo de los guardias. El árabe rodeó a Mohamed con un brazo y Abdul alcanzó a verle la mano derecha cuando la apoyó en el hombro del guardia. Le faltaba un trozo del pulgar, que acababa en un muñón de piel retorcida. Parecía una herida de guerra que no hubiera recibido un tratamiento adecuado.

Ya no cabía duda. Era Al Farabi, el Afgano, el terrorista más importante de África del Norte. Y aquel era el Agujero, Hufra, su cuartel general. Aun así, parecía responder ante un superior coreano. Y el geólogo también era coreano. Daba la impresión de que los norcoreanos dirigían la mina de oro. Era evidente que estaban implicados en el terrorismo africano, mucho más de lo que nadie sospechaba en Occidente.

Abdul tenía que compartir esa información antes de que lo mataran.

Mientras observaba al grupo alejarse, se fijó en que Al Farabi era el más alto y que el gorro le añadía al menos un par de centímetros: entendía el poder simbólico de la altura.

Entonces vio que Kiah se acercaba con una garrafa de plástico llena de agua cargada al hombro, sacando la cadera a un lado para mantener el equilibrio. Era joven, y a pesar de llevar nueve días en un campamento de esclavos, se la veía fuerte y ágil, a juzgar por el escaso esfuerzo con que soportaba la carga. Kiah le echó un vistazo a Al Farabi, vio a los dos hombres con fusiles y se apartó para dejarles espacio. Como todos los esclavos, Kiah sabía que ningún encuentro con los guardias terminaba bien.

Sin embargo, Al Farabi se la quedó mirando.

Ella fingió no darse cuenta y aceleró el paso. Aun así, no podía evitar ese porte seductor, porque tenía que caminar con la cabeza alta y los hombros echados hacia atrás para aguantar el peso, moviendo los muslos con fuerza bajo la túnica de fino algodón.

Al Farabi continuó caminando, pero giró la cabeza y la siguió con la mirada, con esos ojos suyos hundidos y oscuros. Sin duda, Kiah le resultaba igual de atractiva desde atrás, mientras se alejaba a toda prisa. Aquella mirada turbó a Abdul. Los ojos de Al Farabi rezumaban crueldad. Ya había visto ese tipo de expresión en el rostro de otros hombres al admirar un arma. «Por Dios —pensó—, espero que esto no se ponga feo.»

Al final, Al Farabi se dio la vuelta y miró hacia delante. Entonces dijo algo que hizo que Mohamed se echara a reír y asintiera.

Kiah llegó al refugio y dejó en el suelo el pesado recipiente de agua. Cuando se enderezó, se la veía azorada.

—¿Quiénes eran?

—Dos visitantes, y muy importantes, por lo que se ve —contestó Abdul.

—No me gusta nada cómo me ha mirado el árabe alto.

—Mantente alejada de su camino, si puedes.

—Claro.

Aquella noche hubo un repunte evidente en la disciplina de los guardias. Recorrían el campamento con paso enérgico, con el fusil en las manos, sin fumar, ni comer, ni reírse de sus bromas. Se registraban los vehículos que entraban y no solo los que salían. Las sandalias y las zapatillas deportivas desaparecieron y todos se calzaron las botas.

Kiah se cubrió la cara con el pañuelo de manera que solo se le veían los ojos. Había varias mujeres que lo hacían por motivos religiosos, así que no llamaba demasiado la atención.

No le sirvió de nada.

A Kiah le daba miedo que el hombre alto la mandara llamar, que la encerraran en una habitación con él y que la obligara a hacer todo lo que él quisiera. Pero no tenía adónde ir. En el campamento no había escondites. Ni siquiera podía marcharse del refugio, porque Naji se pondría a llorar si desaparecía mucho rato. La oscuridad cayó y comenzó a refrescar. Kiah se sentó al fondo del refugio, alerta y asustada. Esma se puso a Naji en el regazo y le contó un cuento en voz baja para evitar molestar a los demás. Naji se metió el pulgar en la boca. Tardaría apenas unos minutos en quedarse dormido.

Entonces Mohamed entró en el refugio seguido por cuatro guardias, dos de ellos armados con fusiles.

Kiah oyó que a Abdul se le escapaba un gruñido de alarma.

Mohamed paseó la mirada alrededor y la posó en Kiah. La señaló sin hablar. Ella se levantó y apretó la espalda contra la pared. Naji percibió el miedo y rompió a llorar.

Abdul no salió en defensa de Kiah. No habría conseguido imponerse a cinco hombres: le habrían pegado un tiro sin pensárselo dos veces, ella lo sabía. Permaneció sentado en el suelo, observando todo lo que ocurría con la cara impávida.

Dos de los guardias agarraron a Kiah, uno por cada brazo. Le hicieron daño y la mujer chilló, pero la humillación era peor que el dolor.

—¡Dejadla en paz! —gritó Esma.

No le hicieron caso.

Todo el mundo se apartó de inmediato; nadie quería inmiscuirse en aquel asunto.

Cuando los guardias ya la tenían bien sujeta, Mohamed se acercó a Kiah. La agarró por el cuello del vestido y tiró con fuerza. La mujer dejó escapar un grito y se vio forzada a echar la cabeza hacia delante. La tela del vestido se rasgó y dejó al descubierto la cadena fina que le rodeaba el cuello, con la crucecita de plata colgando.

—Una infiel —dijo Mohamed. Miró a su alrededor hasta que vio a Abdul—. La llevaremos al *majur* —anunció esperando la reacción de Abdul.

Todo el mundo miraba a Abdul. Sabían que se sentía muy

unido a Kiah y le habían visto plantar cara a Hakim y a sus hombres armados en el autobús.

—¿Qué piensas hacer? —farfulló Wahed, el suegro de Esma.

—Nada —contestó Abdul.

Mohamed quería que Abdul respondiera, era evidente.

—¿Qué opinas? —lo provocó.

—Una mujer no es más que una mujer —dijo Abdul, y desvió la mirada.

Unos instantes después, Mohamed se rindió. Hizo un gesto a los guardias y estos sacaron a la joven a rastras del refugio. Kiah oía gritar a Naji.

No se resistió. Solo conseguiría que la agarraran con más fuerza. Sabía que no podía escapar. La llevaron al complejo de los guardias. El centinela apostado en la entrada abrió la puerta para que pasaran y volvió a cerrarla a su espalda. La condujeron a la casa azul claro que llamaban el *majur*, el burdel.

La joven rompió a llorar.

La puerta estaba atrancada por fuera. La abrieron, la obligaron a entrar, la soltaron y se marcharon.

Kiah se enjugó los ojos y miró a su alrededor.

En la sala había seis camas, todas ellas con cortinas que podían echarse para proporcionar cierta intimidad. También había tres mujeres vestidas con prendas vergonzosamente reveladoras, lencería de estilo occidental. Eran jóvenes y guapas, pero parecían muy tristes. La habitación estaba iluminada con velas, pero el ambiente no tenía nada de romántico.

—¿Qué me va a pasar? —preguntó Kiah.

—¿Tú qué crees? —contestó una de las mujeres—. Van a follarte. Para eso estás aquí. No te preocupes, sobrevivirás.

Kiah pensó en el sexo con Salim. Al principio, él había sido un poco torpe y brusco, pero, en cierto sentido, a ella no le había importado porque era señal de que su marido no había estado con otras mujeres, o al menos no muy a menudo. Y además se había mostrado considerado y atento: en su noche de bodas le había preguntado dos veces si le estaba haciendo daño. Ella le había contestado que no las dos veces, aunque no era del todo cierto. Y Kiah enseguida había aprendido a dar y recibir con deleite ese placer en compañía de alguien que la quería tanto como ella a él.

Y ahora tenía que hacerlo con un desconocido que tenía unos ojos crueles.

La mujer que había hablado se llevó una reprimenda.

—No seas tan mala, Nyla. Tú también estabas destrozada cuando te metieron aquí. Te pasaste días llorando. —Se volvió hacia Kiah—. Soy Sabah. ¿Cómo te llamas, cielo?

—Kiah.

Kiah empezó a sollozar. La habían separado de su hijo, su héroe no la había protegido y estaban a punto de violarla. Estaba desesperada.

—Ven a sentarte a mi lado y te contaremos todo lo que necesitas saber —le dijo Sabah.

—Lo único que quiero saber es cómo salir de aquí.

Se hizo el silencio, hasta que Nyla, la que había hablado en primer lugar, la mala, le dijo:

—Yo solo conozco una manera de salir de aquí. Con los pies por delante.

27

La cabeza le iba a mil por hora. Abdul tenía que rescatar a Kiah y escapar del campamento, y tenía que hacer las dos cosas de inmediato, pero ¿cómo?

Dividió el problema en etapas.

En primer lugar, tenía que sacar a Kiah del *majur*.

En segundo lugar, tenía que robar un coche.

En tercer lugar, tenía que impedir que los yihadistas lo persiguieran y lo atraparan.

Visto así, el desafío parecía triplemente imposible.

Se estrujó las meninges. Los demás se fueron a la cocina de campaña, donde les sirvieron un plato de sémola y cordero guisado. Abdul no comió nada y no habló con nadie. Permaneció tumbado, inmóvil, trazando planes.

Los tres recintos adyacentes, que correspondían a la mitad del campamento, estaban vallados con paneles de malla galvanizada sobre una robusta estructura de acero, como las barreras de seguridad estándar. La valla del pozo tenía además alambre de espino en la parte superior para disuadir tanto a los esclavos como a los yihadistas de cualquier intento de robar el oro. Pero Abdul no necesitaba llegar al pozo: Kiah estaba en el complejo de los guardias, y los coches estaban en el aparcamiento.

Un guardia armado vigilaba el recinto donde guardaban los vehículos. Al otro lado de la valla había una pequeña cabaña de madera donde pasaba la mayor parte de la fría noche. No cabía duda de que justo allí dentro se custodiaban las llaves de los coches. Un camión cisterna situado al lado de la cabaña suministraba combustible a los vehículos; cuando empezaba a vaciarse, llegaba otro.

Un plan iba tomando forma poco a poco en la mente de Abdul. Quizá no funcionara. A lo mejor lo mataban. Pero estaba dispuesto a intentarlo.

Primero tenía que esperar, y eso le resultaba difícil. Todo el mundo seguía despierto, tanto los esclavos como los guardias. Al Farabi estaría con sus hombres, charlando, tomando café y fumando. El momento oportuno llegaría en plena noche, cuando estuvieran dormidos. Lo peor era que Kiah tendría que pasar varias horas en el burdel, pero Abdul no podía hacer nada para evitarlo. Su única esperanza era que Al Farabi estuviera cansado del viaje y se acostara pronto, que dejara su visita al *majur* para otra noche. Si no, Kiah tendría que sufrir sus atenciones. Abdul intentó no pensar en eso.

Continuaba tumbado en el lugar que le correspondía en el refugio, afinando su plan, anticipando posibles imprevistos, esperando. Naji quería escapar del refugio e ir en busca de su madre, así que Esma tenía que sujetarlo. El niño lloraba desconsolado, pero al final se quedó dormido, tumbado entre Esma y Bushra. La noche se volvió fría y todos se envolvieron en mantas. Los esclavos, agotados, se pusieron a dormir pronto. Abdul suponía que los yihadistas tardarían más en acostarse, pero al final ellos también se irían a la cama y no quedarían en pie más que unos cuantos guardias.

Aquella noche Abdul tendría que matar a alguien por primera vez en su vida, lo tenía muy claro. Le sorprendía que la perspectiva no le pesara más. Se sabía los nombres de muchos de los guardias de aquel campamento porque había escuchado sus conversaciones, pero, aun así, no sentía ni pizca de compasión. Eran unos traficantes de esclavos, asesinos y violadores brutales. No merecían clemencia. Lo que le preocupaba era el efecto que causaría en él. A lo largo de su carrera como luchador, nunca había infligido un golpe mortal. Sentía que debía de existir una diferencia enorme entre un hombre que había matado y otro que no. Lamentaría cruzar esa línea.

Sabía que la fase de sueño profundo, cuando costaba despertar al durmiente, solía darse en la primera mitad de la noche. El mejor momento para llevar a cabo una actividad clandestina era entre la una y las dos de la mañana, según su entrenamiento. Permaneció despierto hasta que su reloj marcó la una y entonces se levantó en silencio.

Hizo poco ruido. De todas maneras, en el refugio siempre se oía algún que otro sonido: ronquidos, gruñidos, frases incomprensibles masculladas en sueños. Confiaba en no despertar a nadie. Sin embargo, cuando miró a Wahed, se dio cuenta de que el hombre estaba totalmente despierto, con los ojos abiertos como platos, tumbado de lado, mirándolo, con los cigarrillos en el suelo al lado de la cabeza, como siempre. Abdul le hizo un gesto con la cabeza, Wahed se lo devolvió y el joven se dio la vuelta para marcharse.

Miró hacia el exterior. Había media luna y el campamento estaba muy iluminado. Un resplandor amarillo se derramaba desde la ventana de la cabaña del aparcamiento. No veía al guardia por ninguna parte, así que tenía que estar dentro.

Abdul se escabulló hacia el fondo del recinto de los esclavos y luego giró para caminar en paralelo a la valla ocultándose tras los barracones. Pisaba con suavidad, escudriñando el suelo en busca de obstáculos para no tropezar y hacer ruido.

No perdía de vista a los guardias. Miró hacia la valla entre dos refugios, vio el destello de una linterna y se quedó inmóvil. Uno de los guardias patrullaba la zona sin perder detalle, enfocando su haz de luz hacia los rincones oscuros. El guardia del recinto del pozo se acercó a la valla para hablar con su compañero. Abdul los observó, callado y quieto. Los dos guardias se despidieron sin mirar hacia las dependencias de los esclavos.

Abdul reanudó la marcha. Se topó con un hombre de pelo

gris que orinaba con los ojos medio cerrados, y pasó por su lado sin hablar. No le preocupaba que lo vieran otros esclavos. Ninguno haría nada, ni aunque se diera cuenta de que Abdul intentaba escapar. Ningún esclavo trataría jamás con un guardia a menos que fuera inevitable: los guardias eran hombres violentos y estaban aburridos, una combinación peligrosa.

Llegó a la altura del recinto de los guardias. Trescientos metros más allá había dos puertas, una ancha para la entrada de vehículos y otra de tamaño normal para las personas. Las dos estaban cerradas con cadenas y había un guardia justo al otro lado. Desde donde se encontraba Abdul, medio oculto tras una tienda de campaña, el guardia era una silueta oscura, erguida pero quieta.

El *majur* se alzaba al otro lado de la valla que separaba a Abdul de la puerta, pero más cerca de esta última. A la luz de la luna era más blanco que azul claro.

Llegado a aquel punto, Abdul tenía que jugársela.

Caminó deprisa hasta la valla y, sin titubear, trepó por la malla metálica, saltó por encima del panel y aterrizó sobre ambos pies antes de tumbarse boca abajo en el suelo arenoso.

Si lo sorprendían ahora, lo matarían, pero ese no era el peor de sus miedos. Si aquel intento fracasaba, Kiah pasaría el resto de su vida como esclava sexual de los yihadistas. Esa era la posibilidad que Abdul no soportaba contemplar.

Aguzó el oído para ver si captaba algún sonido, una exclamación de sorpresa o un grito de alarma. Estaba muy quieto y le parecía oír los latidos de su corazón. ¿Habría detectado el guardia movimiento con el rabillo del ojo? ¿Estaría mirando hacia él en aquel momento, preguntándose por aquella mancha oscura del suelo, más o menos del tamaño de un hombre alto? ¿Estaría levantando el fusil por si acaso?

Tras unos instantes, Abdul alzó la cabeza con cuidado y miró hacia las puertas. La silueta oscura del guardia continuaba inmóvil. El hombre no había visto nada. A lo mejor estaba medio dormido.

Abdul avanzó rodando por el suelo hasta que el *majur* quedó entre el guardia y él. Entonces se puso de pie, se acercó a la pared vacía del edificio y se asomó por la esquina.

Para su sorpresa, vio que una mujer se aproximaba a la puerta desde el exterior. ¿Qué era aquello?, refunfuñó para sus adentros. La mujer intercambió unas palabras con el guardia y, cuando este le franqueó el paso, se encaminó hacia el *majur*. «¿Qué coño pasa?», pensó Abdul.

La desconocida se movía como una anciana y cargaba con algo apilado que sostenía con ambas manos, pero a la luz de la luna Abdul no distinguía de qué se trataba. A lo mejor eran toallas limpias. Él nunca había estado en un burdel, en ningún país, pero suponía que en ese tipo de establecimientos debían de usarse muchas toallas. Su ritmo cardíaco recuperó la normalidad.

Continuó escondido y alerta mientras la mujer se acercaba a la puerta del *majur*, la abría y entraba. Oyó voces cuando la mujer charló con las chicas. Al parecer, dentro no había ningún hombre. La vieja salió con las manos vacías y se dirigió a la puerta de la valla. El guardia la dejó salir.

Abdul se tranquilizó un poco. Si no había hombres dentro, ni toallas sucias que llevarse, a lo mejor Kiah había tenido suerte aquella noche.

El guardia apoyó el fusil contra la valla y se volvió para mirar hacia los barracones de los esclavos.

No había ningún escondite entre el *majur* y la valla. Abdul estaría a plena vista mientras salvaba esa distancia de unos cien metros. El guardia miraba hacia fuera. ¿Vería a Abdul con el rabillo del ojo? ¿Se daría la vuelta por pura casualidad? En ese caso, Abdul le diría: «¿Me das un cigarro, hermano?». El guardia daría por hecho que, como estaba dentro del recinto, Abdul era un yihadista, y quizá tardaría unos segundos fatales en darse cuenta de que iba vestido con los harapos de un esclavo y que debía de ser un intruso.

O tal vez diera la alarma de inmediato.

O tal vez matara a Abdul de un tiro.

Aquel era el segundo punto de mayor riesgo.

Hacía más o menos seis semanas que Abdul llevaba atado alrededor de la cintura el fajín que Tamara le había dado. Se lo desató y le quitó la funda de algodón para dejar al descubierto un cable de titanio de más o menos un metro de largo con un asa a cada extremo. Lo que ahora tenía en las manos era un garrote, un arma asesina y silenciosa, conocida desde hacía siglos. Enrolló el cable y lo sujetó con la mano izquierda. Luego miró el reloj: la una y cuarto.

Dedicó unos momentos a pasar poco a poco a modo combate, como hacía siempre antes de una pelea de artes marciales mixtas: alerta máxima, emoción mínima, ánimo violento.

Entonces abandonó la protección del edificio y salió al espacio abierto bañado por la luz de la luna.

Se encaminó hacia la puerta de la valla sin hacer ruido pero con actitud despreocupada, con la mirada clavada en el guardia. Era consciente de que se estaba jugando la vida, pero sus andares no delataban ningún miedo. Cuando estuvo más cerca, se dio cuenta de que el guardia estaba medio dormido de pie. Abdul dio un pequeño rodeo para sorprenderlo por la espalda.

Ya casi había llegado, así que desenrolló el cable, agarró las dos asas y formó un lazo. En el último momento, el guardia debió de percibir su presencia, porque se le escapó un quejido del susto e hizo ademán de volverse. Abdul vislumbró una mejilla tersa y un bigote ralo que reconoció como los de un joven llamado Tahaan. Pero Tahaan había reaccionado demasiado tarde. Abdul le pasó el lazo por la cabeza y tensó el cable de inmediato tirando de las dos asas de madera con todas sus fuerzas.

El cable se hundió en el cuello de Tahaan y le oprimió la garganta. El guardia intentó gritar, pero no consiguió emitir ningún sonido porque tenía la tráquea constreñida. Se llevó las manos al cuello e intentó aflojar el cable, pero lo tenía demasiado hundido en la carne y empezaba a brotar sangre de la piel, así que no encontró asidero para los dedos.

Abdul tiró más fuerte con la esperanza de cortar el riego sanguíneo al cerebro y el oxígeno a los pulmones, y de que Tahaan se desmayara.

El guardia cayó de rodillas sin dejar de retorcerse. Manoteó a sus espaldas intentando alcanzar a su atacante, pero Abdul lo esquivó con facilidad. Los movimientos de Tahaan comenzaron a debilitarse. Abdul se atrevió a volver la cabeza un instante para mirar hacia el otro lado del recinto, a los edificios donde descansaban los guardias. No se movía nada. Los yihadistas estaban durmiendo.

Tahaan perdió el conocimiento y se convirtió en un peso muerto. Sin aliviar la tensión del cable, Abdul lo tendió en el suelo y se arrodilló sobre su espalda.

Consiguió girar la muñeca y echarle un vistazo a su reloj: la una y dieciocho. Para asegurarse de que la víctima estaba muerta, había que estrangularla durante cinco minutos, según los instructores de la CIA. Abdul no tenía ningún problema en tirar del cable otros dos minutos, pero le preocupaba que apareciera alguien y le fastidiara todo el plan.

El campamento estaba sumido en el silencio. Miró a su alrededor. No había movimiento. «Solo un poco más», pensó. Levantó la vista. La luna brillaba, pero desaparecería al cabo de una hora o así. Volvió a mirar el reloj: un minuto.

Miró a su víctima. «No me esperaba a alguien tan joven», se dijo. En cualquier caso, los jóvenes eran muy capaces de comportarse como bestias, y aquel había elegido una carrera de crueldad y violencia. Aun así, ojalá no hubiera tenido que poner fin a una vida que apenas había empezado.

Medio minuto. Quince segundos. Diez, cinco, cero. Abdul dejó de apretar y Tahaan se desplomó contra el suelo, inerte.

Abdul se enrolló el cable a la cintura y lo sujetó atando las asas de madera con un nudo flojo. Cogió el fusil de Tahaan y se lo colgó en bandolera a la espalda. Luego se agachó, se echó el cadáver al hombro y volvió a ponerse en pie.

Se dirigió a toda prisa hacia el extremo más alejado del *majur* y tiró el cuerpo al suelo junto a la pared del edificio. No había forma de esconderlo, pero al menos allí pasaba desapercibido.

Dejó caer el fusil al lado del cadáver. A él no le servía de nada: un disparo despertaría hasta al último de los yihadistas y ese sería el final de su intento de fuga.

Se acercó a la puerta del *majur*. Estaba atrancada por fuera, lo que confirmaba que dentro no había yihadistas, solo esclavas. Era una buena noticia. Quería evitar cualquier tipo de enfrentamiento que pudiera provocar ruido. Tenía que llevarse a Kiah sin alertar a los guardias, porque le quedaba mucho por hacer antes de que pudieran escapar.

Prestó atención un instante. Las voces que había oído antes ahora estaban calladas. Levantó el madero sin hacer ruido, abrió la puerta y entró.

Olía a gente que no se lavaba y convivía en un espacio pequeño. La habitación no tenía ventanas y la luz era muy débil, procedente de una única vela. Había seis camas deshechas, cuatro ocupadas por mujeres, que estaban despiertas y sentadas; debían de estar acostumbradas a trasnochar, supuso Abdul. Cuatro caras infelices lo miraron con aprensión. Al principio darían por sentado que se trataba de un guardia que acudía en busca de sexo, imaginó Abdul.

—Abdul —dijo una de ellas.

Distinguió la cara de Kiah a la tenue luz de la vela. Se dirigió a ella en francés con la esperanza de que las demás no lo entendieran:

—Ven conmigo. Vamos, deprisa.

Quería sacarla de allí antes de que las otras se dieran cuenta de lo que estaba ocurriendo, porque, de lo contrario, también querrían escapar.

Kiah se levantó de la cama de un salto y cruzó la habitación en un abrir y cerrar de ojos. Estaba vestida de pies a cabeza, como lo haría cualquiera en las frías noches saharianas.

Una de las mujeres se puso de pie.

—¿Quién eres? ¿Qué está pasando?

Abdul miró hacia fuera, vio que todo seguía en calma y sacó a Kiah del *majur*.

—¡Llévame a mí también! —oyó que decía una de las mujeres.

—¡Vayámonos todas! —exclamó otra.

Abdul cerró la puerta enseguida y volvió a atrancarla. Le habría gustado dejar escapar a las mujeres, pero seguro que despertaban a los guardias y lo echaban todo a perder. La puerta hizo ruido cuando intentaron abrirla, pero habían llegado demasiado tarde. Abdul oyó gritos de desesperación y confió en que no fueran tan altos como para despertar a nadie.

En el recinto de los guardias reinaba el silencio. Miró hacia el pozo minero. No había ninguna linterna, pero atisbó el brillo de un cigarro. El guardia tenía pinta de estar sentado. Sin embargo, Abdul no distinguía hacia qué lado estaba mirando. Aquel momento era tan seguro como cualquier otro, pensó.

—Sígueme —le dijo a Kiah.

Caminó a toda prisa hacia la valla de malla metálica y se encaramó. Se detuvo en lo alto por si Kiah necesitaba ayuda. Era difícil agarrarse, porque los agujeros de la malla medían apenas cinco centímetros, así que no tenía claro si sería capaz de sujetarse y tirar de ella al mismo tiempo. No había de qué preocuparse. Era una mujer ágil y fuerte, así que trepó la valla incluso más deprisa que él y saltó al otro lado. Abdul la siguió.

La guio hacia las dependencias de los esclavos, donde había menos probabilidades de que los guardias los vieran, y corrieron entre las chozas y las tiendas de campaña hacia su refugio.

Abdul quería saber qué le había pasado a Kiah en el *majur*. No era momento para preguntas, tenían que estar callados, pero no pudo evitarlo.

—¿Ha ido a visitarte el hombre alto? —susurró.

—No. Gracias a Dios.

No se quedó satisfecho.

—¿Alguien te ha…?

—No ha venido nadie, solo la mujer de las toallas. Las otras chicas dicen que a veces pasa. Cuando no aparece ningún guardia, dicen que es viernes, como un día sin trabajo.

Abdul se quitó un peso de encima.

Un minuto más tarde, llegaron al refugio.

—Coge mantas y agua y ve a por Naji —volvió a susurrar Abdul—. Que se te quede dormido en brazos. Luego espera, pero estate preparada para echar a correr.

—De acuerdo —contestó Kiah con calma.

No parecía desconcertada ni nerviosa. Se mostraba serena y resuelta. «Qué mujer», pensó Abdul.

Oyó que alguien hablaba con Kiah. La voz era la de una mujer joven, así que tenía que ser Esma. Kiah la mandó callar y murmuró una respuesta. Los demás dormían tan tranquilos.

Abdul se asomó al exterior. No había nadie a la vista. Cruzó hasta el aparcamiento y miró a través de la valla. No detectó ningún movimiento, ni señales del guardia, que sin duda estaría aún en la cabaña. Trepó a la valla.

Cuando saltó al otro lado, aterrizó con el pie izquierdo sobre algo que no había visto y que emitió un sonido metálico. Se agachó y vio que se trataba de una lata de aceite vacía. El aluminio había crujido al ceder bajo su peso.

Se agazapó cuanto pudo. No sabía si el ruido de la lata se habría oído en el interior de la cabaña. Esperó. No oyó nada, no detectó movimiento. Aguardó un minuto y luego se irguió.

Tenía que llegar hasta aquel guardia con sigilo, como había hecho con Tahaan, y silenciarlo antes de que pudiera dar la alarma, aunque esta vez sería más difícil. El hombre estaba dentro de la cabaña, así que no había manera de atacarlo por la espalda.

Puede que incluso la cabaña estuviera cerrada por dentro. Pero creía que no. ¿Qué sentido tendría?

Cruzó el aparcamiento en silencio, serpenteando entre los vehículos. La cabaña, de una sola habitación, tenía una ventanita para que el guardia pudiera vigilar los coches desde el interior. Sin embargo, cuando Abdul estuvo lo bastante cerca, vio que no había ninguna cara en la ventana.

Mientras se aproximaba en diagonal a la cabaña, vio que en una pared había un estante con llaves, cada una con su nombre: buena organización, como era de esperar. Había una mesa con una botella de agua y varios vasos bajos de cristal grueso, además de un cenicero lleno. En la mesa también descansaba el arma del guardia, un fusil de asalto Tipo 68 de fabricación norcoreana, basado en el famoso Kaláshnikov ruso.

Se quedó a un par de metros de distancia y se desvió hacia un lado para ampliar su perspectiva del interior. Enseguida vio al guardia, y le dio un vuelco el corazón. El hombre estaba sentado en un sillón tapizado, con la cabeza echada hacia atrás y la boca abierta. Estaba dormido. Tenía una barba poblada y llevaba turbante. Abdul lo reconoció: se llamaba Nasir.

Abdul desató el garrote, lo desenrolló y formó un lazo. Calculó que debía de ser capaz de abrir la puerta, entrar y reducir a Nasir antes de que al hombre le diera tiempo a coger el fusil… Salvo que el guardia fuera muy rápido.

Abdul estaba a punto de dirigirse hacia la puerta cuando Nasir se despertó y lo miró directamente a los ojos.

Nasir, sorprendido, soltó un grito y se levantó del sillón.

Por un momento, Abdul se quedó paralizado del susto, luego empezó a improvisar.

—¡Despierta, hermano! —exclamó en árabe, y avanzó a toda prisa hasta la puerta.

No estaba cerrada con llave.

—El Afgano quiere un coche —dijo al abrir.

Entró.

Nasir estaba de pie con el fusil en la mano, mirando a Abdul un tanto desconcertado.

—¿En plena noche? —preguntó medio adormilado.

Nadie con dos dedos de frente conducía de noche por el desierto.

—Espabila, Nasir —dijo Abdul—, ya sabes lo impaciente que es. ¿El Mercedes tiene el depósito lleno?

—¿Te conozco? —quiso saber Nasir.

Fue entonces cuando Abdul atacó.

Saltó y le lanzó una patada desde el aire, al mismo tiempo que giraba sobre sí mismo para aterrizar a cuatro patas. Con aquel golpe, conocido como un *drop-kick*, había ganado varias competiciones en sus tiempos de luchador. Nasir retrocedió, pero fue demasiado lento y, de todos modos, no había espacio suficiente para esquivar el impacto. Abdul le golpeó la nariz y la boca con el talón.

El guardia soltó un grito de sorpresa y dolor al caer de espaldas, y perdió el fusil. Abdul aterrizó en el suelo apoyando los dos pies y las dos manos, se dio la vuelta y cogió el arma.

No quería apretar el gatillo. No sabía a ciencia cierta a qué distancia se oiría el disparo y tenía que evitar a toda costa que los yihadistas se despertaran. Cuando Nasir intentó levantarse, Abdul le dio la vuelta al fusil y le atizó con la culata en la cara. Después levantó el arma y la bajó con todas sus fuerzas para estamparla contra la coronilla del hombre, que perdió el conocimiento y se desplomó.

Abdul cogió el garrote, que había dejado en el suelo al asestar la patada a Nasir, le rodeó la cabeza con el lazo y lo estranguló.

Aguzó el oído mientras esperaba a que su víctima muriera en silencio. El guardia había gritado, pero ¿lo habría oído alguien? Daba igual si se habían despertado uno o dos esclavos: se quedarían inmóviles y callados en su cama, sabedores de que era mejor no hacer nada que llamara la atención de los yihadistas. Cerca solo había otro guardia, el del pozo minero, pero era imposible que lo hubiera oído, calculaba Abdul. Tal vez hubiera tenido la mala suerte de que algún guardia estuviera patrullando por los alrededores y lo hubiera oído. Sin embargo, no captó ninguna señal de alarma, aún no.

Nasir no recuperó la conciencia.

Abdul mantuvo la presión durante cinco minutos enteros y luego retiró el garrote y volvió a atárselo alrededor de la cintura.

Entonces se fijó en el estante de las llaves.

Aquellos terroristas tan bien organizados habían marcado

todas las llaves y todos los ganchos para que fuera fácil encontrar la que necesitaban. Abdul localizó primero la llave de la verja de entrada. La sacó del gancho, pasó por encima del cadáver de Nasir sin pisarlo y salió de la cabaña.

Para mantenerse lo más oculto posible, intentó cruzar el aparcamiento pasando por detrás de los camiones más grandes. Cuando llegó a la puerta, abrió el sencillo candado y quitó la cadena procurando hacer el mínimo ruido.

A continuación estudió los vehículos.

Varios estaban mal aparcados, de modo que algunos no podrían moverse hasta que se apartaran otros. Uno de los cuatro todoterrenos que había en el recinto estaba en un lugar del que podría salir sin problema. Estaba cubierto de polvo, así que tenía que ser en el que Al Farabi había llegado hacía unas horas. Abdul le echó un vistazo a la matrícula.

Regresó a la cabaña y dejó la llave del candado de nuevo en su gancho.

No le costó identificar las llaves de los todoterrenos, porque todos los llaveros tenían el característico símbolo de Mercedes y llevaban una etiqueta con el número de matrícula del coche. Abdul cogió la que le interesaba y volvió a salir.

Todo seguía en silencio. Nadie había oído gritar a Nasir. Nadie había localizado aún el cadáver de Tahaan en el suelo, junto a la pared trasera del *majur*.

Abdul se subió al Mercedes. Las luces del interior se encendieron automáticamente y lo iluminaron para que cualquiera pudiera verlo desde fuera. No sabía dónde estaba el interruptor de apagado y no tenía tiempo de buscarlo. Arrancó el motor. Era un ruido extraño en plena noche, pero no se oiría desde el complejo de los yihadistas, que estaba a casi un kilómetro de distancia. ¿Y el guardia del pozo? ¿Lo oiría? Y si lo oía, ¿pensaría que merecía la pena investigar?

Abdul esperaba que no.

Miró el indicador del nivel de gasolina y vio que el depósito estaba casi vacío. Maldijo para sus adentros.

Acercó el coche al camión de la gasolina y apagó el motor.

Buscó en el salpicadero hasta dar con el botón que abría la tapa del depósito. Luego se bajó. Las luces interiores volvieron a encenderse.

El camión cisterna estaba provisto de un dispensador y una manguera como los de las gasolineras normales. Abdul encajó el dispensador en la boca del depósito y apretó la manija.

No ocurrió nada.

Apretó una y otra vez, en vano. Supuso que solo funcionaba cuando el motor del camión cisterna estaba en marcha.

—Mierda.

Se fijó en la matrícula, entró otra vez en la cabaña, buscó la llave y volvió al camión. Se encaramó a la cabina y las luces del interior se encendieron. Arrancó el motor, que cobró vida con un estruendo ronco.

Adiós a pasar desapercibido. El ruido de aquel motor sí alcanzaría el complejo de los yihadistas. Sería un rumor lejano y tal vez no despertara a quienes durmieran profundamente, pero estaba seguro de que alguien lo detectaría en cuestión de minutos o segundos.

Su primera reacción sería de perplejidad: ¿quién se dedicaba a arrancar motores en plena noche? Supondrían que alguien se disponía a salir del campamento, pero ¿por qué a esa hora?, se preguntarían. A lo mejor uno despertaba a otro preguntándole: «¿Oyes eso?». No llegarían a la conclusión de que un esclavo se escapaba —era demasiado improbable—, y tal vez ni siquiera lo consideraran un asunto urgente, pero querrían descubrir qué estaba pasando y, tras una breve discusión, decidirían rastrear el origen del ruido.

Abdul bajó de la cabina de un salto, volvió al Mercedes, encajó el dispensador en la boca del depósito y apretó. La gasolina comenzó a fluir.

No dejaba de mirar alrededor, de vigilar trescientos sesenta grados a la redonda. También aguzaba el oído por si captaba el alboroto que sin duda se produciría en caso de que los yihadistas se despertaran. Podría oír gritos y ver luces de un momento a otro.

Cuando el depósito estuvo lleno, la bomba se detuvo de forma automática.

Abdul puso la tapa al depósito, devolvió el dispensador a su gancho, se montó en el coche y avanzó hasta la puerta. Todavía no se había producido ninguna reacción.

Volvió al camión cisterna y, una vez más, cogió el dispensador de gasolina. Se desenrolló el garrote de la cintura, ató el cable bien tenso alrededor de la manija para fijarla, de modo que el dispensador quedara abierto y la bomba no parara de lanzar gasolina al suelo.

Dejó caer el dispensador. La gasolina se esparcía por debajo de los coches y a derecha e izquierda hacia la puerta. Volvió corriendo al coche.

Abrió la puerta de la valla. Era imposible hacerlo en silencio: estaba toda oxidada y chirriaba y crujía mientras giraba sobre las bisagras sin lubricar. Abdul solo necesitaba unos cuantos segundos más.

El charco de gasolina iba extendiéndose por el aparcamiento y su olor impregnaba el ambiente.

Salió del recinto con el coche. Ante él vislumbró la pista que cruzaba el desierto, iluminada por la luz de la luna.

Dejó el motor en marcha y corrió hasta el refugio. Kiah lo estaba esperando, con Naji profundamente dormido entre sus brazos. A los pies tenía una garrafa de agua y tres mantas, además de la amplia bolsa de lona que la acompañaba desde que salieron de Tres Palmeras. Contenía todo lo que Naji podía necesitar.

Abdul cogió el agua y las mantas y salió disparado hacia el coche, con Kiah pisándole los talones.

Lo metió todo en el maletero mientras Kiah dejaba a Naji en el asiento de atrás, aún envuelto en su manta. El niño se dio la vuelta y se metió el pulgar en la boca sin abrir los ojos.

Abdul volvió corriendo al aparcamiento, que nadaba en gasolina. Sin embargo, aún dudaba de si la deflagración sería lo bastante grande. Necesitaba estar seguro de que no habría forma humana de que los yihadistas salieran tras él, de que no dispondrían de ni un solo vehículo. Cogió la manguera y empezó a rociar los coches. Mojó los todoterrenos y las camionetas, incluso el camión cisterna.

Vio que Kiah salía del coche y se acercaba a la valla. La gasolina había empezado a filtrarse por debajo de la malla metálica y hacia el sendero, así que Kiah avanzaba con cuidado para no pisarla.

—¿A qué estamos esperando? —preguntó en voz baja, impaciente.

—Un minuto más.

Abdul empapó de gasolina la cabaña de madera del guardia para destruir las llaves.

—¿A qué huele? —gritó una voz de hombre.

Era el guardia del pozo minero. Se había acercado a la valla e iluminaba los vehículos con una linterna. No tardaría ni un minuto en dar la alarma. Abdul soltó la manguera, que continuó vomitando combustible.

—¡Eh! ¡Debe de haber un escape de gasolina! —dijo la voz.

Abdul se agachó y se arrancó una tira de algodón del bajo de la túnica. Mojó la tela en el lago de gasolina y luego se alejó varios metros. Sacó su mechero de plástico rojo y le acercó el trapo mojado.

—¿Qué está pasando, Nasir? —gritó el guardia del pozo.

—Yo me encargo —dijo Abdul, y encendió el mechero.

No pasó nada.

—¿Quién coño eres?

—Soy Nasir, idiota.

Abdul intentó encender el mechero una y otra vez, y otra, y otra. No salía llama. Vio que se había quedado sin líquido, o que se había secado.

No tenía cerillas.

Kiah, que estaba fuera del aparcamiento, llegaría al refugio antes que él.

—Rápido, vuelve al refugio y trae cerillas —la apremió Abdul—. Wahed siempre tiene. No pises la gasolina. ¡Pero date prisa!

Ella cruzó el sendero a la carrera y entró en el refugio.

—Eres un mentiroso —soltó el guardia—. Nasir es primo mío, conozco su voz. Tú no eres Nasir.

—Tranquilízate. No puedo hablar normal con estos vapores.

—Voy a dar la alarma.

—¿Qué cojones está pasando aquí? —dijo de repente otra voz.

Abdul detectó el leve ceceo y comprendió que se trataba de Mohamed. Tenía sentido: al parecer los esclavos eran responsabilidad suya, y alguien lo había mandado para que averiguara qué estaba ocurriendo. Se había acercado sin que lo vieran.

Abdul se dio la vuelta y vio que Mohamed había sacado su arma. Era una 9 milímetros y la empuñaba con ambas manos, como un profesional.

—Menos mal que has venido —dijo Abdul—. He oído que había una pelea y he salido a ver qué pasaba, las puertas estaban abiertas y hay un escape de gasolina.

Con el rabillo del ojo, vio que Kiah salía del refugio. Dio unos cuantos pasos hacia la derecha para que Mohamed quedara entre ambos y no la viera.

—No te acerques más —ordenó Mohamed—. ¿Dónde está el guardia del aparcamiento?

Kiah se acercó a la valla por detrás de Mohamed. La vio agacharse a coger algo del suelo. Parecía un paquete vacío de cigarrillos Cleopatra.

—¿Nasir? —preguntó Abdul—. Está en la cabaña, pero creo que está herido. En realidad no lo sé, acabo de llegar.

Kiah encendió una cerilla y prendió el paquete de cigarrillos que tenía en la mano.

—¡Mohamed, cuidado, detrás de ti! —chilló el guardia del pozo.

El hombre se dio la vuelta, y con él su pistola. Abdul se abalanzó sobre él, lo golpeó en las piernas y Mohamed cayó en el charco de gasolina.

Kiah se agachó con el paquete de tabaco en llamas y prendió fuego al combustible.

La gasolina se inflamó a una velocidad terrible. Abdul retrocedió a toda prisa. Mohamed se dio la vuelta en el suelo y lo apuntó con la pistola, pero estaba desestabilizado y disparó con una sola mano, así que falló. Intentó ponerse de pie, pero las llamas lo alcanzaron. Tenía la ropa empapada de gasolina y se le incendió al instante. Mohamed gritó de miedo y agonía al convertirse en una antorcha humana.

Abdul echó a correr. Sentía el calor y temía que fuera demasiado tarde para escapar de aquel infierno. Oyó un disparo e imaginó que el guardia del pozo le estaba disparando. Zigzagueó entre los coches para protegerse y corrió hacia la puerta. Llegó al Mercedes y se subió de un salto.

Kiah ya estaba dentro.

Metió la marcha del todoterreno y arrancó.

Mientras se alejaba a toda velocidad, miró por el espejo retrovisor. Las llamas se habían propagado por todo el aparcamiento. ¿Quedarían inmovilizados todos los vehículos? Como mínimo, los neumáticos acabarían destrozados. Y las llaves se estaban fundiendo en la cabaña del guardia, pasto de las llamas.

Encendió los faros. Su luz y la de la luna lo ayudaron a localizar la pista. Vio el montón de piedras que señalaban la intersección y giró hacia el norte. Tres kilómetros después llegó a la loma en la que aquella mañana había esperado para encaramarse a la parte trasera del camión de las golosinas de Yakub. Se detuvo en lo alto de la pendiente y los dos miraron hacia atrás.

Las llamaradas eran tremendas.

Le echó un vistazo a su móvil, pero, tal como esperaba, no tenía cobertura. Se sacó el dispositivo de seguimiento de la otra bota, pero Hakim y la cocaína quedaban fuera de su alcance.

Abrió la caja de almacenamiento del compartimento central

con la esperanza de encontrar un cargador de móvil y, por suerte, no se equivocó. Enchufó el mejor de sus dos móviles.

Kiah lo observaba. Hasta aquel momento no había reparado en los compartimentos especiales de sus botas ni en los aparatos que llevaba ahí escondidos. Lo miró con una expresión calmada e inteligente.

—¿Quién eres?

Abdul volvió a mirar hacia el campamento. En ese preciso instante se produjo una explosión terrible y salió disparada una enorme lengua de fuego que llenó el aire. Dedujo que el camión de la gasolina se había recalentado y estallado. Esperaba que ninguno de los esclavos hubiera sido tan tonto como para acercarse al fuego.

Reemprendió la marcha. La calefacción del coche calentaba el interior del habitáculo. Sin miedo a ser perseguidos, Abdul podía permitirse el lujo de circular despacio y con cuidado para no alejarse de la pista sin querer.

—Siento haberte hecho esa pregunta —dijo Kiah—. Me da igual quién seas. Me has salvado.

—Tú también me has salvado a mí. Cuando Mohamed me estaba apuntando con la pistola.

Sin embargo, no podía dejar de darle vueltas a la pregunta de Kiah. ¿Qué iba a decirle? ¿Qué iba a hacer con su hijo y con ella? Tenía que ponerse en contacto con Tamara en cuanto hubiera cobertura telefónica. A partir de ahí, no tenía ningún plan, ahora que había perdido la señal del cargamento de cocaína. ¿Y qué querría hacer Kiah? Había pagado un billete hasta Francia, pero estaba muy lejos y no le quedaba dinero.

Sin embargo, todo aquello tenía un lado positivo. De momento, Kiah y su hijo eran un activo. Los miembros de tribus hostiles, las patrullas del ejército suspicaces y los agentes de policía entrometidos los verían como una familia de tres. Mientras estuviera con ellos, nadie se imaginaría que era un agente estadounidense de la CIA.

En Trípoli había una estación de la DGSE francesa, la organización de Tab, vagamente disimulada bajo el nombre de una empresa comercial llamada Entremettier & Cie. Abdul podía dejar allí a Kiah y a Naji para que otros cargaran con el problema. Los de la DGSE los devolverían al Chad o, si se sentían generosos, quizá los mandaran a Francia. Sabía bien cuál de las dos opciones preferiría Kiah. Sí, decidió, pondría rumbo a Trípoli.

Eran unos mil cien kilómetros.

Al cabo de un rato, la luna desapareció, pero los potentes faros del Mercedes iluminaban el camino. Abdul se relajó cuando una línea de luz apareció en el horizonte a su derecha y amaneció en el desierto. Ahora podía aumentar un poco la velocidad.

Poco después llegaron a un oasis donde vendían latas de gasolina en un almacén improvisado, pero Abdul decidió no parar. Todavía les quedaban tres cuartas partes del depósito. Conducía despacio y sin avanzar mucho, así que el consumo de combustible por hora era bajo.

Naji se despertó y su madre le dio agua y un poco de pan que sacó de la gran bolsa de lona. El niño no tardó en espabilarse. Abdul encontró el interruptor que activaba el bloqueo de seguridad para niños, que impedía que las puertas y las ventanillas traseras se abrieran. Así Kiah podía dejar que su hijo se moviera por el espacioso asiento trasero. La mujer le dio su juguete favorito, una camioneta de plástico amarillo, y el crío se puso a juguetear con ella tranquilamente.

Cuando el sol salió del todo, el aire acondicionado del coche se activó de forma automática y pudieron seguir circulando a pleno sol. En el siguiente oasis compraron comida y llenaron el depósito de gasolina. Abdul volvió a mirar el móvil, pero seguía sin tener cobertura. Los tres comieron pan sin levadura, higos y yogur, de nuevo en ruta. Naji se quedó callado, y cuando Abdul miró hacia atrás vio que el niño estaba tumbado en el asiento de atrás, dormido.

Abdul albergaba la esperanza de llegar a una carretera de verdad y encontrar un lugar para pasar la noche donde tuvieran camas, pero el sol comenzaba a caer y se dio cuenta de que tendrían que dormir en el desierto. Llegaron a una llanura donde la actividad geológica había hecho brotar colinas rocosas e irregulares. Abdul comprobó su teléfono y vio que tenía cobertura.

De inmediato, envió a Tamara los informes y fotografías que había preparado durante los diez días en el campamento de esclavos. Luego la llamó, pero ella no le contestó. Para complementar sus informes, le dejó un mensaje en el que le decía que había inhabilitado los vehículos de los yihadistas, pero que tarde o temprano se harían con algún medio de transporte, de manera que el ejército debería atacar el lugar en cuestión de uno o dos días.

Se apartó del camino y condujo con mucho cuidado hasta una de las colinas rocosas. Aparcó detrás para que el coche no se viera desde la pista.

—No podemos tener la calefacción encendida toda la noche —dijo—. Tendremos que dormir todos en la parte de atrás para darnos calor.

Abdul y Kiah se acomodaron en el asiento trasero, con Naji chupándose el dedo entre ambos. Kiah sacó las mantas y se taparon.

Abdul llevaba treinta y seis horas despierto y había conducido la mitad del tiempo, así que estaba agotado. Y a lo mejor también tendría que pasarse todo el día siguiente conduciendo. Apagó el móvil.

Se recostó en el asiento con la manta por encima de las rodillas y cerró los ojos. Durante un rato tuvo la sensación de que aún escudriñaba el camino que se extendía ante él intentando distinguir sus límites y, al mismo tiempo, buscando piedras afiladas o cualquier otra cosa que pudiera pincharles una rueda. Pero cuando el sol desapareció y la oscuridad invadió el desierto, se sumió en un sueño profundo.

Soñó con Annabelle. Era la época feliz, antes de que la intolerancia de la familia de su novia envenenara la relación. Estaban en un parque, echados en una zona de tupido césped. Él se había tumbado boca arriba y Annabelle estaba a su lado, apoyada sobre un codo, inclinada sobre él, besándole la cara. Lo acariciaba delicadamente con los labios: la frente, las mejillas, la nariz, la barbilla, la boca. Abdul se deleitaba abandonándose a sus caricias y al amor que expresaban.

Entonces comprendió que estaba soñando. No quería despertarse, pues el sueño era demasiado placentero, pero vio que no podía permanecer dormido, y Annabelle y la hierba verde comenzaron a desvanecerse. Sin embargo, cuando el sueño desapareció, los besos continuaron. Recordó que estaba en un coche en pleno desierto libio, calculó que había dormido doce horas y cayó en la cuenta de quién lo estaba besando. Abrió los ojos. Era temprano y la luz del día aún era pálida, pero vio con absoluta claridad el rostro de Kiah.

Parecía angustiada.

—¿Estás enfadado?

En algún recodo lejano de su mente, Abdul llevaba semanas deseando que aquello ocurriera.

—No estoy enfadado —dijo, y la besó.

Fue un beso largo. Quería explorarla de todas las maneras habidas y por haber, y notaba que ella sentía la misma curiosidad. Abdul pensó que jamás lo habían besado así.

Kiah se apartó de él jadeando.

—¿Dónde está Naji? —preguntó Abdul.

Kiah señaló el asiento delantero. El niño estaba envuelto en una manta y dormía como un lirón.

—Se despertará dentro de una hora —comentó Kiah.

Volvieron a besarse.

—Tengo que preguntarte una cosa —dijo entonces Abdul.

—Pregunta.

—¿Qué quieres? Me refiero a ahora, a aquí. ¿Qué quieres que hagamos?

—Todo —respondió Kiah—. Todo.

28

El martes a media tarde, un reportaje de última hora emitido en la CCTV-13, el canal de noticias de la televisión china, sobresaltó a Chang Kai.

Estaba en su despacho del Guoanbu cuando su joven especialista en Corea, Jin Chin-hwa, entró y le sugirió que encendiera el televisor. Kai vio al líder supremo de Corea del Norte, resplandeciente en su uniforme militar, de pie ante varios aviones de combate, en una base aérea, pero sin duda leyendo en un *teleprompter*. Kai se llevó una sorpresa: no era habitual que el líder supremo Kang U-jung hablara en directo por televisión. «Debe de ser algo grave», pensó.

Llevaba años preocupado por Corea del Norte. El gobierno del país era inestable e impredecible, un peligro, tratándose de un aliado estratégicamente importante. China hacía lo que podía para afianzarlo, pero, aun así, el régimen siempre parecía estar al borde de alguna crisis. Corea del Norte llevaba dos semanas y media tranquila, desde la revuelta de los ultranacionalistas, y Kai tenía la esperanza de que el levantamiento quedara en nada.

No obstante, el líder supremo era terco como una mula. Tenía la cara redonda y sonreía mucho, pero formaba parte de una dinastía que llevaba generaciones gobernando mediante el terror. A Kang U-jung no le bastaría con ver que la insurrección se sofocaba. Todo el mundo debía ver cómo la aplastaba. Necesitaba aterrorizar a todo aquel que compartiera esa clase de ideas.

La CCTV-13 añadía subtítulos en mandarín al audio en coreano. Kang decía: «Las valientes y leales tropas del Ejército Popular de Corea han combatido una insurrección organizada por las autoridades surcoreanas en connivencia con Estados Unidos. Los ataques homicidas de los traidores instigados por América han quedado aplastados, y los perpetradores están arrestados y se enfrentan a la justicia. Entretanto, se están llevando a cabo operaciones de limpieza mientras la situación vuelve a la normalidad».

Kai silenció el audio. La acusación contra Estados Unidos era propaganda rutinaria, ya lo sabía. Como los chinos, los estadounidenses valoraban la estabilidad y detestaban los líos políticos impredecibles, incluso en los países de sus enemigos. Era el resto de la declaración lo que le preocupaba.

Miró a Jin, que aquel día iba de lo más sofisticado, con un traje negro y una corbata fina.

—No es cierto, ¿no?

—Casi seguro que no.

Jin era un ciudadano chino de ascendencia coreana. La gente estúpida creía que la lealtad de esos hombres era dudosa y que no se les debería permitir trabajar para el servicio de inteligencia. Kai opinaba lo contrario. Los descendientes de inmigrantes solían tenerle un cariño exagerado a su país de adopción, y a veces incluso sentían que no tenían derecho a disentir de las autoridades. Solían dar muestras de una lealtad más ferviente que la mayoría de los chinos han, y el estricto sistema de investigación del Guoanbu eliminaba enseguida cualquier posible excepción. Jin le había dicho a Kai que China le permitía ser él mismo, un sentimiento que no todo ciudadano chino compartía.

—Si fuera cierto que la rebelión ha acabado, Kang estaría fingiendo que ni siquiera ha existido. Que diga que se ha acabado me sugiere lo contrario. Bien podría ser un intento de encubrir su incapacidad de reprimirla.

—Eso me parecía a mí.

Kai le dio las gracias y Jin se marchó.

Todavía estaba sopesando la noticia cuando sonó su móvil personal.

—Kai al habla.

—Soy yo.

Kai reconoció la voz del general Ham Ha-sun, que tenía que estar llamándole desde Corea del Norte.

—Cómo me alegro de que me llames —dijo Kai.

Se alegraba de verdad: Ham sabría la verdad sobre la rebelión. El general fue directo al grano:

—El comunicado de Pionyang es una mierda.

—¿No han sofocado la insurrección?

—Al contrario. Los ultras han consolidado su posición y ahora controlan todo el nordeste del país, incluidos tres silos de misiles balísticos y la base nuclear.

—O sea que el líder supremo ha mentido.

Tal como Kai y Jin habían deducido.

—Esto ya no es una revuelta —dijo Ham—. Es una guerra civil y nadie es capaz de predecir quién ganará.

La situación era peor de lo que Kai había imaginado. Corea del Norte volvía a ser un hervidero.

—Me has facilitado una información muy importante. Gracias.

Kai pretendía poner fin a la conversación, consciente de que cada segundo que se alargara no haría sino aumentar el peligro en que se hallaba el general. Sin embargo, Ham no había acabado. Tenía sus propios planes.

—Sabes que sigo donde estoy solo por ti.

Kai no tenía claro que esa afirmación fuera totalmente cierta, pero no le apetecía discutir.

—Sí.

—Cuando esto acabe, tienes que sacarme de aquí.

—Haré todo lo que…

—Olvídate de hacer todo lo que puedas. Tienes que prometérmelo. Si gana el régimen, me ejecutarán por ser un oficial de alto rango en el bando equivocado. Y si los rebeldes llegan a sospechar alguna vez que hablo contigo, me dispararán como a un perro.

Kai sabía que era verdad.

—Te lo prometo —dijo.

—Puede que tengas que mandar un equipo de las Fuerzas Especiales para que cruce la frontera en helicópteros y me saque de aquí.

Kai tendría problemas para hacer algo así con el fin de rescatar a un único espía cuya utilidad había expirado, pero aquel no era el momento de confesar sus dudas.

—Si es preciso, lo haremos —contestó con fingida sinceridad.

—Creo que me lo debes.

—Desde luego.

Kai lo decía de corazón, y esperaba ser capaz de saldar su deuda.

—Gracias.

Ham colgó.

El espía más digno de confianza con el que Kai había contado a lo largo de su carrera había confirmado la conclusión a la que Jin y él habían llegado tras el discurso del líder supremo. Tenía que compartir la noticia.

Le apetecía mucho pasar una noche tranquila en casa con Ting. Ambos trabajaban mucho y, cuando terminaba la jornada, a ninguno de los dos les apetecía arreglarse e ir a los sitios de moda para ver y ser vistos. Las veladas tranquilas eran su mayor placer. En su barrio habían abierto un restaurante nuevo llamado Trattoria Reggio. Kai tenía muchas ganas de probar los *penne all'arrabbiata*. Pero el deber lo llamaba.

Se lo contaría al vicepresidente de la Comisión de Seguridad Nacional, que era su padre, Chang Jianjun.

Jianjun no contestó a su móvil personal, pero seguro que a aquellas horas ya estaba en casa. Kai marcó el número del teléfono fijo y contestó su madre. Kai dedicó unos momentos a contestar sus preguntas con gran paciencia: no, no tenía dolores de cabeza por culpa de la sinusitis, desde hacía varios años; a Ting le habían administrado la vacuna de la gripe, como todos los años, y no había tenido efectos secundarios tras el pinchazo; la madre de Ting estaba muy bien para su edad y su vieja lesión de la pierna no le daba más guerra que de costumbre; y, por último, no, no sabía qué iba a pasar a continuación en *Amor en el palacio*. Después preguntó por su padre.

—Se ha ido al restaurante Enjoy Hot a comer pies de cerdo con sus compañeros y volverá a casa apestando a ajo —contestó la madre.

—Gracias, lo pillaré allí —dijo Kai.

Podría haber llamado al restaurante, pero quizá a su viejo le molestara que lo llamaran por teléfono durante una cena con viejos amigos. En cualquier caso, el Enjoy Hot no estaba lejos de las oficinas del Guoanbu, así que Kai decidió presentarse allí. Además, con su padre siempre era mejor hablar en persona que por teléfono. Le dijo a Peng Yawen que avisara a Monje.

Antes de marcharse, le contó a Jin lo que había averiguado a través del general Ham.

—Me voy para informar a Chang Jianjun —anunció—. Llámeme si ocurre algo.

—Sí, señor.

El Enjoy Hot era un restaurante enorme con varias salas privadas. Encontró a su padre en una, cenando con el general Huang Ling y con el jefe del propio Kai, Fu Chuyu, el ministro de Seguridad del Estado. La sala estaba cargada de los vaporosos aromas del chile, el ajo y el jengibre. Los tres hombres eran miembros de la Comisión de Seguridad Nacional: formaban un poderoso grupo conservador. A juzgar por su aspecto, estaban sobrios y serios, y al parecer la interrupción les sentó como un tiro. Tal vez aquella cena fuera algo más que un encuentro entre amigos. A Kai le habría gustado saber de qué habían estado hablando para necesitar verse en privado, apartados de los demás comensales.

—Traigo noticias de Corea del Norte que no pueden esperar hasta mañana —dijo Kai.

Pensaba que le dirían que acercara una silla y se sentara con ellos, pero consideraban que ese gesto de cortesía no era necesario con un hombre más joven.

—Adelante —le dijo su jefe, Fu Chuyu.

—Hay pruebas firmes de que el régimen de Kang U-jung está perdiendo el control del país. Ahora los ultras dominan tanto el nordeste como el noroeste de Corea del Norte, es decir, la mitad de la nación. Un informador de confianza describe la situación como una guerra civil.

—Eso cambia el juego —afirmó Fu Chuyu.

El general Huang se mostró escéptico.

—Si es cierto.

—Siempre cabe esa duda, con la información de los servicios de inteligencia —dijo Kai—, pero no habría aportado este dato si no me mereciera confianza.

—Y si es cierto, ¿qué hacemos? —preguntó Chang Jianjun.

Huang se mostró agresivo, como siempre.

—Bombardear a los traidores. En media hora podríamos arrasar todas las bases que hayan tomado y matarlos a todos. ¿Por qué no?

Kai sabía por qué no, pero guardó silencio y fue su padre quien contestó a la pregunta.

—Porque, en esa media hora, ellos podrían lanzar misiles nucleares contra ciudades chinas —apuntó con cierta impaciencia.

—¿Qué pasa, que ahora nos da miedo una turba de amotinados coreanos? —repuso Huang, indignado.

—No —respondió Jianjun—. Nos dan miedo las bombas nucleares. Cualquier persona con dos dedos de frente tiene miedo a las bombas nucleares.

Esas ideas enfurecían a Huang, porque creía que debilitaban la imagen de China.

—¡O sea que todo aquel que robe unos cuantos misiles nucleares puede hacer lo que le venga en gana y China será incapaz de oponerse! —exclamó.

—Por supuesto que no —replicó Jianjun con brusquedad—. Pero las bombas no son nuestro primer movimiento. —Al cabo de un instante, añadió con aire pensativo—: Aunque bien podrían ser el último.

Huang cambió de enfoque.

—Dudo que la situación sea tan grave como la han pintado. Los espías siempre exageran sus informes para darse importancia.

—Eso sí que es cierto —admitió Fu.

Kai había cumplido con su deber y no tenía ganas de discutir con ellos.

—Discúlpenme, por favor —dijo—. Si les parece bien, me marcho para que ustedes, que son mayores y más sabios que yo, puedan debatir el asunto. Buenas noches.

Cuando estaba saliendo de la sala, le sonó el teléfono. Vio que quien lo llamaba era Jin y se detuvo al otro lado de la puerta para contestar.

—Me dijo que le mantuviera informado de las novedades —dijo Jin.

—¿Qué ha pasado?

—La KBS de Corea del Sur dice que los ultras norcoreanos se han hecho con el control de la base militar de Hamhung, a unos trescientos kilómetros al sur de su base original, en Yeongjeo-dong. Han avanzado mucho más de lo que imaginábamos.

Kai reprodujo mentalmente un mapa de Corea del Norte.

—Uf, eso significa que ahora tienen más de la mitad del país.

—Y además es simbólico.

—Porque Hamhung es la segunda ciudad más importante de Corea del Norte.

—Sí.

Aquello era muy grave.

—Gracias por informarme.

—De nada, señor.

Kai colgó y volvió a entrar en la sala privada. Los tres hombres levantaron la mirada sorprendidos.

—Según la televisión surcoreana, los ultras han tomado Hamhung.

Vio que su padre palidecía.

—Se acabó —dijo—. Tenemos que informar al presidente.

Fu Chuyu sacó su móvil.

—Ahora lo llamo.

29

Los helicópteros sobrevolaron el Sáhara durante la noche con el objetivo de llegar a la mina de oro al amanecer, poco más de treinta y seis horas después de que Abdul hubiera transmitido la información. Tamara y Tab, como jefes de Inteligencia de la operación, iban en el helicóptero de mando con la coronel Marcus. Mientras estaban en el aire, el amanecer eclosionó sobre un paisaje uniforme de roca y arena, sin vegetación ni rastro alguno de la raza humana. Parecía un planeta deshabitado; Marte, tal vez.

—¿Estás bien? —le preguntó Tab.

Lo cierto era que no. Tamara tenía miedo. Le dolía el estómago y tenía que entrelazar las manos para evitar que le temblaran. Estaba desesperada por ocultárselo al resto de los pasajeros del helicóptero, pero a Tab podía contárselo.

—Estoy aterrorizada —contestó—. Este será mi tercer tiroteo en siete semanas. Y no me acostumbro ni a tiros.

—Tú siempre tan graciosa —protestó él, pero le dio un discreto apretón en el brazo para animarla.

—Ya se me pasará —dijo Tamara.

—Ya lo sé.

Pese a todo, Tamara no se habría perdido la operación por nada del mundo. Era el clímax de todo el proyecto de Abdul. El informe que este le había hecho llegar había puesto patas arriba a las fuerzas que luchaban contra el EIGS en el norte de África. Había encontrado Hufra y, aún mejor, Al Farabi estaba allí. Había aclarado el papel que Corea del Norte desempeñaba en el acceso a las armas de los terroristas africanos. También había encontrado una mina de oro que debía de ser una importante fuente de ingresos para los yihadistas. Y había destapado un campamento de esclavos.

Tamara había confirmado enseguida la localización exacta. Las imágenes vía satélite mostraban numerosos campamentos mineros en la zona, todos ellos bastante parecidos, a diez mil kilómetros de altitud. Sin embargo, Tab había organizado un vuelo de reconocimiento con un Falcon 50 de la flota francesa, a diez kilómetros de altitud en lugar de diez mil, y habían identificado Hufra enseguida gracias al enorme cuadrado negro de restos calcinados que había quedado tras el incendio que había provocado Abdul. Ahora entendían por qué la búsqueda con drones del autobús había resultado un fracaso: habían supuesto que el autobús se dirigiría hacia el norte porque era la forma más rápida de llegar a una carretera asfaltada, cuando había ido hacia el oeste, en dirección a la mina.

Alertar a todo el mundo y coordinar los planes con las fuerzas armadas estadounidenses y francesas en un período de tiempo tan corto había sido un gran reto, e incluso había habido momentos en los que la imperturbable Susan Marcus se había mostrado un tanto agobiada. Sin embargo, lo había conseguido, y se habían puesto en marcha de madrugada para llegar, hacía una hora, a la cita que habían concertado en el desierto iluminado por las estrellas.

Era la mayor operación que la fuerza multinacional había llevado a cabo hasta el momento. La regla de oro para las operaciones ofensivas era tres atacantes por cada defensor, y como Abdul había calculado que en el campamento había alrededor de cien yihadistas, la coronel Marcus había convocado a trescientos soldados. La infantería ya estaba desplegada fuera del alcance visual de los habitantes del campamento. Con ellos estaba el

Equipo de Control de Fuego, a cargo de la coordinación de los ataques por aire y por tierra para que nadie disparara contra su propio bando. Varios helicópteros de ataque Apache, armados con cañones de cadena, cohetes y misiles aire-tierra Hellfire, encabezaban el ataque aéreo. Su misión era aplastar la resistencia yihadista lo más rápido posible para minimizar el número de víctimas entre las fuerzas atacantes y los no combatientes de las dependencias de los esclavos.

La última aeronave de la flota era un helicóptero Osprey en el que viajaba el personal médico con su equipo y varios trabajadores sociales que hablaban árabe. Ellos tomarían el mando cuando el enfrentamiento hubiera acabado. Habría que atender a los esclavos. Tendrían problemas de salud que jamás se habrían abordado. Algunos estarían desnutridos. Habría que llevar a todos de vuelta a casa.

Tamara vio en el horizonte una mancha que no tardó en convertirse en un asentamiento. El hecho de que no hubiera vegetación indicaba que no se trataba de una aldea oásis normal, sino de un campamento minero. Cuando la flota estuvo más cerca, distinguió un caos de tiendas de campaña y refugios improvisados que contrastaban sobremanera con los tres recintos perfectamente vallados. Uno contenía las carcasas quemadas de coches y camiones, otro tenía un pozo en el centro que sin duda era la mina de oro, y el tercero comprendía varios edificios de bloques de hormigón y lo que podrían ser lanzamisiles bajo lonas de camuflaje.

—Me parece que comentaste que los yihadistas hacen cualquier cosa con tal de mantener a los esclavos alejados de las zonas valladas, ¿no? —dijo Susan a Tamara.

—Sí. Según Abdul, hasta les pegan un tiro si trepan las vallas.

—O sea que todos los que están dentro de las vallas son yihadistas.

—Menos los del edificio pintado de azul claro. Son chicas secuestradas.

—Un dato útil. —Susan activó un interruptor para dirigirse

a toda la flota—. Todo el personal que se encuentre dentro de los recintos vallados son soldados enemigos, menos el del edificio pintado de azul claro, que son prisioneras. No disparen contra el edificio azul claro. Todos los demás de nuestro bando están fuera de las áreas valladas.

Se desconectó.

El campamento resultaba desolador. La mayor parte de los refugios a duras penas bastaban para protegerse del sol. Los senderos estaban plagados de basura y de todo tipo de desperdicios. Acababa de amanecer, así que se veía a poca gente, solo un puñado de hombres harapientos cogiendo agua y otro grupito aliviándose a escasa distancia del campamento, en lo que eran sin duda las letrinas.

El ruido de los helicópteros llegó al campamento y enseguida apareció más gente.

La aeronave que iba en cabeza estaba equipada con un potente sistema de megafonía, y una voz indicó en árabe: «Desplácense hacia el desierto con las manos en la cabeza. Si no están armados, no correrán ningún peligro. Desplácense hacia el desierto con las manos en la cabeza».

Los esclavos salieron corriendo hacia el desierto, demasiado apurados para ponerse las manos en la cabeza, pero resultaba evidente que no iban armados.

Las cosas fueron distintas en el tercer recinto. Los yihadistas comenzaron a salir en tropel de los barracones. La mayoría llevaban fusiles de asalto y algunos cargaban con lanzamisiles portátiles.

Todos los helicópteros ganaron altura enseguida y se alejaron. La puntería de los Apaches era precisa desde una distancia de ocho kilómetros. Las explosiones salpicaron el complejo y destruyeron unos cuantos barracones.

La mayor parte de la infantería se acercó por el lado del desierto para alejar el fuego de las dependencias de los esclavos. Apenas había donde cubrirse, pero un escuadrón montó un mortero en el pozo y empezó a lanzar bombas hacia el complejo. Alguien debía de dar instrucciones desde el aire, porque los proyectiles no tardaron nada en volverse devastadoramente precisos.

Tamara lo observaba todo desde la distancia, aunque no le parecía una distancia demasiado segura teniendo en cuenta los sofisticados sistemas de puntería de los lanzamisiles portátiles. No obstante, era evidente que los yihadistas no tenían la menor posibilidad de vencer. No solo porque los superaran en número, sino porque, además, los habían cercado en un espacio bien definido y no tenían donde esconderse. La masacre estaba siendo terrible.

Uno de los misiles enemigos alcanzó su objetivo y un Apache estalló en pleno vuelo; sus partes desmembradas cayeron al suelo. Tamara dejó escapar un grito de consternación y Tab soltó un taco. Las fuerzas atacantes redoblaron sus esfuerzos.

El complejo se convirtió en un matadero. El suelo estaba cubierto de cadáveres y heridos, a veces amontonados. Los que aún estaban ilesos soltaban las armas y abandonaban el recinto con las manos en la cabeza para señalar que se rendían.

Sin que Tamara se percatase, un escuadrón de infantería se había acercado al complejo a través de las dependencias de los esclavos y se había puesto a cubierto cerca de la puerta, así que ahora apuntaban con sus armas a los que se rendían y les ordenaban que se tumbaran boca abajo en el sendero.

El fuego enemigo remitió y la infantería invadió el recinto. Hasta el último de los soldados de la misión había visto la foto en color que Abdul le había hecho a Al Farabi con el hombre norcoreano de la chaqueta de lino negro, y todos sabían que debían capturarlos a ambos, con vida si era posible. Tamara creía que las posibilidades eran escasas: quedaban pocos yihadistas con vida.

Los helicópteros se retiraron y aterrizaron en el desierto, y Tab y Tamara bajaron del suyo. Los disparos se extinguieron. Tamara se encontraba bien y se dio cuenta de que el miedo la había abandonado en cuanto había empezado la batalla.

Mientras cruzaban el campamento a pie, la joven se asombró al ver todo lo que Abdul había logrado: había encontrado aquel lugar, había escapado, había enviado la información a casa y, al incendiar el aparcamiento, había impedido que los yihadistas se largasen.

Cuando Tamara llegó al complejo, ya habían encontrado a Al Farabi y al norcoreano. Un joven teniente estadounidense vigilaba con cara de orgullo a los dos valiosísimos prisioneros.

—Estos son sus hombres, señora —le dijo a Tamara—. Hay otro coreano muerto, pero este es el que sale en su foto.

Había separado a aquellos dos de los demás prisioneros, a los que estaban atando las manos a la espalda e inmovilizando los pies de manera que pudieran caminar pero no correr.

La imagen de tres jóvenes vestidas con una lencería de encaje ridícula, como si se hubieran presentado a la prueba de una película porno de bajo presupuesto, la distrajo momentáneamente. Entonces cayó en la cuenta de que debían de ser las habitantes del edificio azul claro. El equipo de trabajadores sociales les proporcionaría ropa, a ellas y al resto de los esclavos, la mayoría vestidos con andrajos que se caían a trozos.

Tamara se concentró en los prisioneros más importantes.

—Usted es Al Farabi, el Afgano —le dijo en árabe.

El hombre no contestó. Tamara se volvió hacia el coreano.

—¿Cómo se llama?

—Soy Park Jung-hoon —respondió.

Tamara se dirigió al teniente:

—Monte algo que dé sombra y a ver si encuentra un par de sillas. Vamos a interrogar a estos hombres.

—Sí, señora.

—Me niego a someterme a un interrogatorio —saltó Al Farabi; quedaba claro que sabía inglés.

—Más le vale acostumbrarse —replicó Tamara—. Va a pasarse años respondiendo preguntas.

30

K ai recibió un mensaje de Neil Davidson, su contacto en la estación de la CIA en Pekín, solicitando una reunión urgente.

En aras de la discreción, iban variando el lugar de sus encuentros. Esta vez Kai le pidió a Peng Yawen que llamara al director ejecutivo del Cadillac Center y le dijera que el Ministerio de Seguridad del Estado necesitaba dos entradas para el partido de baloncesto de aquella tarde entre los Beijing Ducks y los Xinjiang Flying Tigers. Una hora más tarde, un mensajero llegó en bicicleta para entregar las entradas y Yawen envió la de Neil a la embajada de Estados Unidos.

Kai dio por sentado que Neil querría hablar sobre la inminente crisis de Corea del Norte. Aquella mañana se produjo otra señal de alarma: una colisión en el mar Amarillo, cerca de la costa oeste de Corea. El día estaba despejado en aquella zona y las fotografías tomadas vía satélite eran de buena calidad.

Como siempre, Kai necesitó ayuda para interpretar las imágenes. Los barcos se distinguían gracias sobre todo a sus respectivas estelas, pero era obvio que el más grande había impactado contra el más pequeño. Yang Yong, el experto, decía que el grande era un buque de guerra y el pequeño una trainera, y que se hacía una idea bastante aproximada de cuál podía ser la nacionalidad de cada uno.

—En esa zona, el buque de guerra es casi seguro norcoreano —dijo—. Tiene toda la pinta de haber embestido a propósito al pesquero, que probablemente sea de Corea del Sur.

Kai estaba de acuerdo. La disputada frontera marítima entre las aguas de las dos Coreas era un foco de tensión. El norte nunca había aceptado la línea que las Naciones Unidas habían trazado en 1953, así que en 1999 fijó otra línea fronteriza que les adjudicaba más áreas de pesca abundante. Era un forcejeo territorial típico y a menudo desembocaba en enfrentamientos.

A mediodía, la televisión surcoreana emitió un vídeo grabado por uno de los marineros que iba a bordo del pesquero. Mostraba con claridad la enseña roja, blanca y azul de la armada de Corea del Norte, ondeando al viento en un buque que avanzaba directo hacia la cámara. El barco continuó acercándose sin virar y se oyeron gritos de pánico entre la tripulación del pesquero. Luego se produjo un choque estruendoso, seguido de chillidos, y ahí acababa la grabación. Era dramática y aterradora, y en cuestión de minutos había dado la vuelta al mundo a través de internet.

Dos marineros surcoreanos habían perdido la vida, según dijo el presentador del noticiario: uno ahogado y otro golpeado por los escombros que habían salido volando por los aires.

Poco después, Kai salió en dirección al Cadillac Center. En el coche se quitó la chaqueta y la corbata y se puso una cazadora Nike acolchada, negra, para camuflarse entre los demás espectadores.

El público del estadio estaba formado en su mayor parte por chinos, pero también había una muestra generosa de otras etnias. Cuando Kai llegó a su asiento, con un par de latas de cerveza Yanjing en las manos, Neil ya estaba allí, vestido con un chaquetón y un gorro de lana negra calado hasta casi la nariz. Los dos parecían un espectador más.

—Gracias —dijo Neil al aceptar la lata que le tendía Kai—. Has conseguido buenos asientos.

Kai se encogió de hombros.

—Somos la policía secreta.

Abrió su lata y bebió. Los Ducks jugaban con su primera equipación, que era blanca, y los Flying Tigers iban de azul cielo.

—Es igual que un partido en Estados Unidos —comentó Neil—. Hasta hay algún jugador negro.

—Son nigerianos.

—No sabía que los nigerianos jugaran al baloncesto.

—Son muy buenos.

Cuando empezó el partido, el clamor del público les impidió seguir con la conversación. Los Ducks se adelantaron durante el primer cuarto, y en la media parte ganaban por 58 a 43.

En el descanso, Kai y Neil acercaron las cabezas para hablar de trabajo.

—¿Qué cojones está pasando en Corea del Norte? —preguntó el estadounidense.

Kai se tomó unos instantes para pensarse la respuesta. Debía tener cuidado para no revelar ningún secreto. Dicho esto, consideraba que a China le interesaba que los estadounidenses estuvieran bien informados. Los malentendidos provocaban crisis demasiado a menudo.

—Pasa que hay una guerra civil —contestó—. Y los rebeldes van ganando.

—Lo suponía.

—Por eso el líder supremo está cometiendo estupideces como embestir un barco de pesca surcoreano. Se está esforzando mucho por no parecer tan débil como lo es en realidad.

—Sinceramente, Kai, no entendemos por qué no hacéis algo para solucionar este problema.

—¿Por ejemplo?

—Por ejemplo, intervenir con vuestro ejército y aplastar a los rebeldes.

—Podríamos hacerlo, pero mientras nosotros los aplastamos, ellos podrían ponerse a disparar armas nucleares contra ciudades chinas. No podemos correr ese riesgo.

—Mandad a vuestro ejército a Pionyang y acabad con el líder supremo.

—El problema es el mismo. Después estaríamos en guerra con los rebeldes y sus armas nucleares.

—Dejad que los rebeldes formen un nuevo gobierno.

—Creemos que es probable que eso ocurra sin que intervengamos.

—No hacer nada también puede ser peligroso.

—Lo sabemos.

—Otra cosa. ¿Estabas al tanto de que los norcoreanos apoyan a los terroristas del EIGS en el norte de África?

—¿A qué te refieres?

Kai sabía muy bien a qué se refería Neil, pero tenía que ser precavido.

—Hemos asaltado un escondite terrorista llamado Hufra, en Libia, cerca de la frontera con Níger. Tiene una mina de oro explotada por esclavos.

—Bien hecho.

—Hemos arrestado a Al Farabi. Creemos que es el líder del Estado Islámico del Gran Sáhara. Con él había un coreano que nos ha dicho que se llama Park Jung-hoon.

—Debe de haber miles de coreanos llamados Park Jung-hoon. Es como llamarse John Smith en Estados Unidos.

—También encontramos tres misiles balísticos de corto alcance Hwasong-5 montados en camiones.

Kai se quedó de piedra. Sabía que los norcoreanos vendían fusiles a los terroristas, pero los misiles balísticos eran harina de otro costal.

—La armamentística es su única industria de exportación próspera —comentó, ocultando su sorpresa.

—Aun así…

—Ya… Es una locura venderles misiles a esos maníacos.

—O sea que no cuentan con la aprobación de Pekín.

—Joder, no.

Los equipos volvieron a la pista. Cuando se reanudó el juego, Kai gritó en mandarín:

—¡Vamos, Ducks!

—¿Quieres otra lata de Yanjing? —le preguntó Neil en inglés.

—Pues claro.

Aquella noche se celebraba una cena en honor del presidente de Zambia en el Salón de Banquetes de Estado del Gran Salón del Pueblo en la plaza de Tiananmén. China había invertido millones en las minas de cobre de Zambia, y Zambia apoyaba a China en la ONU.

Kai no estaba invitado, pero asistió al cóctel previo. Sujetando una copa de Chandon Me, la versión china del champán, habló con Wu Bai, el ministro de Asuntos Exteriores, que era el colmo de la elegancia con su traje azul noche.

—No cabe duda de que los surcoreanos tomarán represalias por el ataque al pesquero —dijo Wu.

—Y después Corea del Norte tomará represalias por sus represalias.

Wu bajó la voz.

—Yo diría que es bueno que el líder supremo ya no posea el control de las armas nucleares. Tendría la tentación de dispararlas contra Corea del Sur, y entonces tendríamos a Estados Unidos involucrado en una guerra nuclear.

—No quiero ni pensarlo —convino Kai—. Pero, recuerde, tiene otras armas casi tan terribles como las nucleares.

Wu frunció el ceño.

—¿Qué quieres decir?

—Corea del Norte posee dos mil quinientas toneladas de armas químicas: gas nervioso, sustancias vesicantes y eméticos; y armas biológicas: ántrax, cólera y viruela.

Wu puso cara de susto.

—Caramba, no lo había pensado. Lo sabía, pero se me había ido de la cabeza.

—Creo que deberíamos hacer algo al respecto.

—Debemos decirles que no usen esas armas.

—Y que, si lo hacen, les… ¿qué?

Kai intentaba guiar a Wu hacia la conclusión inevitable.

—Les cortaremos todas las ayudas, quizá —respondió—. No solo las del paquete de emergencia, sino todas.

Kai asintió.

—Esa amenaza los obligaría a tomarnos en serio.

—Sin nuestra ayuda, el régimen de Pionyang se desmoronaría en cuestión de días.

Eso era cierto, pensó Kai, pero seguro que el líder supremo lo consideraría una amenaza vacía. Sabía que Corea del Norte era fundamental para China a nivel estratégico y tal vez supusiera que, a la hora de la verdad, a los chinos les resultaría imposible abandonar a su vecino. Y quizá tuviera razón.

Sin embargo, Kai se guardó su opinión.

—Desde luego, merece la pena presionar a Pionyang —comentó en un tono neutro.

Wu no se percató de su falta de entusiasmo.

—Se lo comentaré al presidente Chen, pero creo que estará de acuerdo.

—El embajador norcoreano, Bak Nam, está por aquí.

—Un invitado incómodo.

—Ya… ¿Quiere que le diga al embajador Bak que desea hablar con él?

—Sí. Que venga a verme mañana. Entretanto, intentaré hablar un momento con Chen esta noche.

—Bien.

Kai dejó a Wu Bai y miró a su alrededor. Había unas mil personas en el salón, así que tardó varios minutos en localizar al contingente norcoreano. El embajador Bak era un hombre de rostro enjuto que llevaba un traje bastante desgastado. Con una mano sujetaba una copa y con la otra un cigarrillo. Kai había coincidido con él en varias ocasiones. Por lo visto, a Bak no le hizo mucha gracia el reencuentro.

—Señor embajador —comenzó Kai—, espero que nuestros envíos urgentes de arroz y carbón estén llegando sin problemas.

—Señor Chang, sabemos que fue usted quien impuso la demora —contestó Bak en un mandarín perfecto y hostil.

¿Quién se lo había dicho? El «quién dijo qué» de una discusión política de ese tipo siempre era confidencial. La revelación de opiniones contrarias podía debilitar la decisión final. Alguien había roto aquella regla, presumiblemente para perjudicar a Kai.

Rehuyó el asunto por el momento.

—Le traigo un mensaje del ministro de Asuntos Exteriores. Tiene que hablar con usted. ¿Sería tan amable de concertar una cita para ir a verlo mañana?

Kai solo estaba siendo educado. Ningún embajador rechazaría una petición así por parte de un ministro. Pero Bak no accedió de inmediato.

—¿Y de qué quiere hablar? —preguntó con arrogancia.

—De las reservas de armas químicas y biológicas de Corea del Norte.

—No tenemos ese tipo de armas.

Kai reprimió un suspiro. El tono de un gobierno lo establecían quienes ocupaban sus puestos más altos, y Bak no estaba sino imitando el estilo del líder supremo, que hacía gala de la terca superioridad de un fanático religioso. «Di que sí y punto, hijo de puta», pensó Kai, harto a más no poder.

—Entonces puede que sea una charla corta —se limitó a comentar.

—Tal vez no. Estaba a punto de solicitar un encuentro con el señor Wu por otro tema.

—¿Puedo preguntar cuál?

—Puede que requiramos su ayuda para acabar con la insurrección que los estadounidenses han organizado en Yeongjeodong.

Kai no reaccionó ante la mención de Estados Unidos. Era pura propaganda y Bak se lo creía tanto como Kai.

—¿Qué tiene pensado?

—Eso lo discutiré con el ministro.

—Ayuda militar, supongo.

Bak ignoró su comentario.

—Mañana iré a visitar al ministro.

—Se lo diré.

Kai volvió a encontrar a Wu justo cuando avisaron a los invitados de que podían ocupar sus respectivos asientos para la cena.

—El presidente Chen está de acuerdo con mi propuesta —le dijo el ministro—. Si Corea del Norte utiliza armas químicas o biológicas, interrumpiremos todas las ayudas.

—Bien —dijo Kai—. Y cuando mañana se reúna con el embajador Bak para comunicárselo, él le pedirá ayuda militar contra los rebeldes.

Wu negó con la cabeza.

—Chen no va a mandar tropas chinas a combatir en Corea del Norte. Recuerda que los rebeldes tienen armas nucleares. Ni siquiera Corea del Norte vale una guerra nuclear.

Kai no quería que Wu rechazara de plano la petición de Bak.

—Podríamos ofrecerles ayuda limitada —sugirió—. Armas y munición, además de información secreta, pero nada de soldados sobre el terreno.

Wu asintió.

—Armas de corto alcance, que no puedan utilizar contra Corea del Sur.

—De hecho —dijo Kai pensando en voz alta—, podríamos ofrecerles ayuda a cambio de que Corea del Norte ponga fin a sus provocadoras incursiones en el territorio marítimo en disputa.

—Eso sí es buena idea: ayuda limitada con la condición de que se porten bien.

—Sí.

—Se lo sugeriré a Chen.

Kai se asomó al Salón de Banquetes. Un centenar de camareros estaban ya sirviendo el primer plato.

—Disfrute de la cena —dijo al ministro.

—¿No te quedas?

—El gobierno de Zambia considera que mi presencia no es esencial.

Wu sonrió con tristeza.

—Qué suerte la tuya.

Volvieron a verse al día siguiente en el Ministerio de Asuntos Exteriores. Kai llegó el primero; el embajador Bak se presentó algo más tarde con cuatro asistentes. Se sentaron en torno a una mesa donde les estaba esperando un té servido en tazas con tapa de porcelana para que no se enfriara. Intercambiaron los saludos de rigor, pero, a pesar de los comentarios corteses, el ambiente era tenso. Wu inició la conversación.

—Quiero hablar con usted de las armas químicas y biológicas.

—No tenemos ese tipo de armas —lo interrumpió Bak de inmediato, repitiendo lo mismo que le había dicho a Kai la noche anterior.

—Que usted sepa —repuso Wu para ofrecerle una salida.

—Que yo sepa con certeza —insistió Bak.

Wu tenía una respuesta preparada:

—En caso de que las adquieran en el futuro, o en caso de que el ejército sí posea ese tipo de armas sin su conocimiento, el presidente Chen quiere que entienda con claridad cuál es su opinión al respecto.

—Conocemos muy bien las opiniones del presidente. Yo mismo…

Wu levantó la voz y habló por encima de Bak:

—¡Pues me ha pedido que me asegure! —exclamó mostrando su enfado.

Bak cerró el pico.

—Corea del Norte no debe utilizar nunca esas armas contra Corea del Sur. —Wu levantó una mano para impedir que Bak volviera a interrumpirlo—. Si desafían este mandato, o lo pasan por alto, o incluso si lo desobedecen por accidente, las consecuencias serán inmediatas e irrevocables. Sin más discusión y sin previo aviso, China retirará de Corea del Norte todas sus ayudas sean del tipo que sean, con carácter permanente. Ni una más. Nada.

Bak adoptó una expresión desafiante, pero a Kai le resultó evidente que, bajo la ligera apariencia de desdén, estaba perplejo.

—Si debilitaran a Corea del Norte hasta un extremo fatal, los estadounidenses intentarían hacerse con el control del país, y estoy seguro de que no quieren tenerlos de vecinos —repuso el embajador adoptando un tono escéptico.

—No le he hecho venir para debatir el asunto con usted —replicó Wu con firmeza. El ministro ya había abandonado por completo sus habituales formas cordiales—. Me limito a informarle. Piense lo que quiera, pero dejen esas armas terribles e incontrolables dondequiera que las tengan escondidas ahora mismo, y que ni se les pase por la cabeza utilizarlas.

Bak recuperó la compostura.

—Es un mensaje muy claro, señor ministro, y se lo agradezco.

—Bien. Usted también tiene un mensaje para mí.

—Sí. La insurrección que se inició en Yeongjeo-dong es más difícil de aplacar de lo que mi gobierno ha admitido de manera pública hasta el momento.

—Agradezco su sinceridad —dijo Wu, que volvía a ser encantador.

—Creemos que la forma más rápida y efectiva de acabar con ella sería una operación conjunta entre los ejércitos de Corea del Norte y China. Un despliegue de fuerza así demostraría a los traidores que se enfrentan a una oposición apabullante.

—Comprendo, tiene su lógica.

—Y demostraría a quienes los apoyan en Corea del Sur y en Estados Unidos que Corea del Norte también tiene aliados poderosos.

«Sí, muchísimos. No me jodas», pensó Kai.

—Le transmitiré este mensaje al presidente Chen, por supuesto —contestó Wu—, pero puedo decirle desde ya que no enviará tropas chinas a Corea del Norte con ese fin.

—Una gran decepción —dijo Bak en tono gélido.

—Pero no desespere —continuó Wu—. Tal vez podamos

entregarles armas y munición, y toda la información que reca-
bemos acerca de los rebeldes.

Estaba claro que a Bak le parecía una oferta despreciable,
pero era demasiado astuto para rechazarla frontalmente.

—Cualquier tipo de ayuda será bienvenida, pero no bastará
con eso.

—Debo añadir que esa ayuda se les facilitaría con condiciones.

—¿Qué condiciones?

—Que Corea del Norte cese sus incursiones beligerantes en
las aguas marítimas en conflicto.

—No aceptamos la mal llamada «línea de límite norte» im-
puesta de forma unilateral…

—Nosotros tampoco, pero no se trata de eso —lo interrumpió Wu—. Nosotros, simple y llanamente, creemos que es un
mal momento para dejarlo claro embistiendo pesqueros.

—Era una trainera.

—El presidente Chen quiere que acaben con la rebelión,
pero opina que las acciones provocadoras contra Corea del Sur
son contraproducentes.

—La República Popular Democrática de Corea —señaló
Bak, pronunciando con pomposidad el nombre oficial completo
de Corea del Norte— no cederá ante las intimidaciones.

—Y nosotros no queremos que lo haga —aclaró Wu—. Pero
deben lidiar con estos problemas uno por uno. Así tendrán más
probabilidades de que ambos se resuelvan.

Se puso de pie para indicar que la reunión había terminado.
Bak captó la indirecta.

—Transmitiré su mensaje. En nombre de nuestro líder supremo, le doy las gracias por recibirme.

—Un placer.

Los coreanos salieron del despacho en fila india. Cuando la
puerta se cerró a sus espaldas, Kai le preguntó al ministro:

—¿Cree que tendrán la sensatez de hacer lo que les pedimos?

—Ni hablar —contestó Wu.

DEFCON 3

AUMENTO DE LA DISPONIBILIDAD
DE LAS FUERZAS.

FUERZAS AÉREAS CON CAPACIDAD PARA
MOVILIZARSE EN QUINCE MINUTOS.

(LAS FUERZAS ARMADAS DE ESTADOS
UNIDOS ESTABAN EN DEFCON 3
EL 11 DE SEPTIEMBRE DE 2001.)

31

Gus entró en el Despacho Oval con un mapa en la mano.

—Ha habido una explosión en el estrecho de Corea —anunció.

Pauline había visitado Corea cuando era congresista. Las fotografías de su viaje le habían granjeado el cariño de los cuarenta y cinco mil coreanos estadounidenses de Chicago.

—Recuérdame dónde está exactamente el estrecho de Corea.

Gus rodeó el escritorio y le puso el mapa delante. La presidenta inhaló su característico aroma a humo de leña, lavanda y almizcle y reprimió la tentación de tocarlo. Él estaba concentrado en el trabajo.

—Es el canal que está entre Corea del Sur y Japón —dijo señalándolo—. La explosión se ha producido en el extremo occidental del estrecho, cerca de una gran isla llamada Jeju. Es un centro turístico con playas, pero también tiene una base naval de tamaño medio.

—¿Hay tropas estadounidenses en la base?

—No.

—Bien.

En su visita a Corea habló con unos cuantos de los veintiocho mil quinientos soldados estadounidenses que había en el país, algunos de su distrito electoral, y les preguntó qué les parecía vivir en el otro extremo del mundo. Le dijeron que les gustaba la animada vida nocturna de Seúl, pero que las chicas coreanas eran tímidas.

Esos jóvenes eran responsabilidad suya.

Gus apoyó el dedo índice en el mapa, justo al sur de la isla.

—No ha sido lejos de la base naval. No ha tenido tanta fuerza como un terremoto o una bomba nuclear, ni mucho menos, pero los sensores sísmicos de la zona sí la han detectado.

—¿Qué puede haberla causado?

—No ha sido un fenómeno natural. Podría tratarse de una bomba antigua que no hubiera explotado, como un torpedo o una carga de profundidad, pero creen que ha sido algo más grande. La probabilidad más abrumadora es que haya estallado un submarino.

—¿Alguna información del servicio de inteligencia?

En ese momento, el teléfono de Gus empezó a sonar y se lo sacó del bolsillo.

—Ahora lo sabremos, espero. —Miró la pantalla—. Es la CIA, ¿contesto?

—Por favor.

Se llevó el móvil a la oreja.

—Gus Blake.

Luego escuchó. Pauline lo observaba. «El corazón de una mujer puede ser una bomba sin explotar —pensó—. Manéjame con precaución, Gus, para que no estalle. Si te equivocas al unir un par de cables, me harás volar por los aires y destruirás mi familia y mis esperanzas de reelección, además de tu propia carrera.»

Cada vez la asaltaban más a menudo aquellos pensamientos inapropiados.

Gus colgó.

—La CIA ha hablado con el Servicio de Inteligencia Nacional de Corea del Sur.

Pauline hizo una mueca. El NIS, como se lo conocía, era una agencia un tanto tramposa, con un largo historial de corrupción, injerencia en procesos electorales y otras actividades ilegales.

—Ya… —dijo Gus como si le hubiera leído la mente—. No son nuestros favoritos. Pero aquí va: dicen que detectaron un sumergible en aguas surcoreanas y que lo identificaron como un submarino clase Romeo, casi con total seguridad construido en China y parte de la armada norcoreana. Se cree que ese tipo de submarinos están armados con tres misiles balísticos, aunque no lo sabemos con certeza. Cuando comenzó a acercarse a la base de Jeju, la armada envió una fragata.

—¿La fragata intentó advertir al submarino?

—Bajo el agua no hay señal radiofónica normal, así que la fragata soltó una carga de profundidad a una distancia segura del submarino, que es casi la única manera de comunicarse en esas circunstancias. Pero el submarino continuó acercándose a la base, y por lo tanto consideraron que intentaba llevar a cabo una misión de ataque. El barco recibió la orden de disparar uno de sus misiles antisubmarinos Red Shark. El impacto fue directo y destruyó el submarino sin dejar supervivientes.

—No es una gran explicación.

—No me creo del todo la historia. Lo más seguro es que el submarino se desviara por accidente hacia aguas surcoreanas y que estos aprovecharan para demostrar que pueden ser tan duros como los del norte.

Pauline suspiró.

—El norte ataca una trainera. El sur destruye un submarino del norte. Ojo por ojo. Tenemos que ponerle freno antes de que se descontrole. Toda catástrofe comienza con un problemilla que se enquista. —Ese tipo de cosas la asustaban mucho—. Dile a Chess que llame a Wu Bai y le sugiera que los chinos contengan a los norcoreanos.

—A lo mejor no pueden.

—Que lo intenten. Pero tienes razón, lo más seguro es que el líder supremo no haga caso. El problema de ser un tirano es que tu posición es muy inestable. No puedes aflojar el puño ni un instante. En cuanto muestras debilidad, el olor a sangre invade el aire y atrae a los chacales. Maquiavelo dijo que es mejor ser temido que amado, pero se equivocaba. Un líder querido puede cometer errores y sobrevivir, hasta cierto punto. Un tirano no.

—Quizá nosotros logremos que sean los surcoreanos quienes se calmen.

—Que Chess hable también con ellos. A ver si los convence para que le hagan algún tipo de ofrenda de paz al líder supremo.

—La presidenta No es un hueso duro de roer.

—Sí.

No Do-hui era una mujer orgullosa que creía en su propio talento y que estaba convencida de su capacidad para superar cualquier obstáculo. Era una política populista que había ganado las elecciones prometiendo que Corea del Norte y Corea del Sur volverían a unirse; cuando le preguntaron cuándo ocurriría eso, contestó: «Antes de que me muera». A los chavales más modernos de su país les había dado por ponerse camisetas con la leyenda ANTES DE QUE ME MUERA y la frase se había convertido en el eslogan que definía a la presidenta.

Pauline sabía que la reunificación jamás sería tan sencilla: el coste sería enorme en términos económicos, e incalculable en cuanto a alteraciones sociales cuando veinticinco millones de norcoreanos medio muertos de hambre se dieran cuenta de que todo aquello en lo que habían creído era mentira. La presidenta No debía de ser consciente de todo aquello. Seguro que pensaba que los estadounidenses cargarían con la parte financiera y que la inercia de su triunfo personal vencería los demás problemas.

Jacqueline Brody, la jefa de Gabinete, entró y anunció:

—El secretario de Defensa quiere hablar contigo.

—¿Ha llamado desde el Pentágono? —preguntó Pauline.

—No, está aquí. Va camino de la Sala de Crisis.

—Que pase.

Luis Rivera había sido el almirante más joven de la Armada de Estados Unidos. Aunque llevaba puesto el típico traje azul oscuro que todos se ponían en Washington, se las arreglaba para que pareciera que aún estaba en el ejército: el pelo negro cortado al rape, el nudo de la corbata bien apretado y los zapatos relucientes. Saludó a Pauline y a Gus con una breve inclinación de cabeza.

—El Octavo Ejército de Estados Unidos en Corea ha sufrido un ciberataque importante.

El Octavo Ejército era el contingente más numeroso del ejército estadounidense en Corea del Sur.

—¿Qué tipo de ataque? —preguntó Pauline.

—DdSD.

Pauline supo que se trataba de una prueba. Había utilizado un tecnicismo para ver si lo entendía. La presidenta conocía el acrónimo.

—Un ataque de denegación de servicio distribuido —dijo en un tono más afirmativo que interrogativo.

Rivera asintió a modo de reconocimiento: la presidenta había superado la prueba.

—Sí, señora. Esta mañana a primera hora traspasaron nuestros cortafuegos y nos sobrecargaron los servidores con millones de peticiones artificiales desde múltiples orígenes. Los ordenadores de sobremesa se ralentizaron y la intranet quedó inhabilitada. Todas las comunicaciones electrónicas se interrumpieron.

—¿Y qué hicisteis?

—Bloqueamos el tráfico entrante. Ahora estamos restaurando los servidores y desarrollando filtros. Esperamos restablecer las comunicaciones a lo largo de la próxima hora. Debo añadir que el mando y control de armas, que está protegido mediante un sistema distinto, no se ha visto afectado.

—Algo por lo que estar agradecidos. ¿Quiénes son los responsables?

—La sobrecarga entrante procedía de diversos servidores de todo el mundo, pero sobre todo de Rusia. El verdadero origen era, casi con total seguridad, Corea del Norte. Al parecer hay una señal detectable. Sin embargo, ahora mismo, mis conocimientos no dan para más. Solo le transmito los descubrimientos de los especialistas del Pentágono.

—Que seguro que aún llevan pañales —dijo Pauline, y Gus se rio por lo bajo—. Pero ¿por qué ahora? —quiso saber la presidenta—. Corea del Norte lleva décadas de hostilidad contra nosotros, y de repente hoy deciden que ha llegado el momento de atacar nuestros sistemas. ¿Qué tienen en mente?

—Todos los estrategas coinciden en que la guerra cibernética es un preludio esencial del conflicto real.

—O sea que esto significa que el líder supremo cree que Corea del Norte no tardará en entrar en guerra con Estados Unidos.

—Yo diría que creen que quizá no tarden en entrar en guerra, probablemente contra Corea del Sur. Sin embargo, dada la estrecha alianza entre Estados Unidos y Corea del Sur, les gustaría debilitarnos como medida preventiva.

Pauline miró a Gus.

—Estoy de acuerdo con Luis —dijo el consejero de Seguridad.

—Yo también —afirmó la presidenta—. ¿Tenemos planes de responder con un ciberataque similar, Luis?

—El comandante del Octavo Ejército se lo está pensando, y yo no he forzado el tema —contestó—. Disponemos de unos recursos ingentes para la guerra cibernética, pero él tiene reticencias a poner las cartas boca arriba.

—Cuando despleguemos nuestras armas cibernéticas, nos conviene que causen una conmoción terrible al enemigo, algo para lo que no estén preparados —intervino Gus.

—Lo entiendo —dijo Pauline—, pero puede que el gobierno de Seúl no se muestre tan comedido.

—Sí —admitió Luis—. De hecho, sospecho que ya podrían haber contraatacado. ¿Por qué se acercó ese submarino norcoreano a la base naval de Jeju? Tal vez sus sistemas quedaron inutilizados y perdió el rumbo.

—Y todos los tripulantes muertos sin motivo ninguno —comentó Pauline con tristeza. Luego levantó la mirada—. De acuerdo, Luis, gracias.

—Gracias, señora presidenta.

Cuando Luis se marchó, Gus preguntó:

—¿Quieres hablar con Chester antes de que llame a Pekín y a Seúl?

—Sí, gracias por recordármelo.

—Le pediré que venga.

Pauline observó a Gus mientras hablaba por teléfono. Se puso a pensar en lo que había ocurrido cuando Gerry y Pippa habían estado de viaje. Gerry se había acostado con Amelia Judd y ella había pensado en acostarse con Gus. Sabía que su matrimonio podía salir a flote e intentaría que así fuera —tenía que hacerlo, por el bien de Pippa—, pero en el fondo quería otra cosa.

Gus colgó.

—Chess está en el Edificio Eisenhower. Llegará en cinco minutos, lo que tarda en cruzar la calle.

Así era la Casa Blanca: Pauline trabajaba con intensidad durante horas y, mientras lo hacía, su concentración era inquebrantable; hasta que de repente había una pausa y el resto de su vida la asaltaba como una avalancha.

—Dentro de cinco años ya no estarás en este despacho —dijo Gus en voz baja.

—A lo mejor dentro de uno.

—Pero lo más probable es que sean cinco.

Pauline le escudriñó el rostro y vio a un hombre fuerte intentando expresar un sentimiento profundo. Se preguntó a qué vendría aquello. Se sintió frágil y le sorprendió: ella nunca se sentía frágil.

—Dentro de cinco años, Pippa estará en la universidad —continuó Gus.

Ella asintió. «¿De qué tengo miedo?», pensó.

—Serás libre —dijo Gus.

—Libre... —repitió ella.

Empezó a entender por dónde iban los tiros, y se sintió emocionada y angustiada a la vez. Gus cerró los ojos para recuperar el control y luego los abrió.

—Me enamoré de Tamira cuando tenía veinte años.

Tamira era su exmujer. Pauline la conocía: una mujer negra y alta de casi cincuenta años; no era esbelta, sino musculosa, segura, bien vestida. Había sido una gran velocista, y ahora era la exitosa mánager de varias estrellas del deporte. Era guapa e inteligente, y la política no le interesaba ni lo más mínimo.

—Estuvimos juntos mucho tiempo, pero fuimos distanciándonos poco a poco —prosiguió Gus—. Ya llevo diez años solo. —Había cierto deje de arrepentimiento en su voz que le dejó claro a Pauline que la vida de soltero nunca había sido el ideal de Gus—. No he vivido como un monje… He salido con mujeres. Un par de ellas eran maravillosas.

Pauline no detectó el menor rastro de presunción, Gus se limitaba a exponer los hechos. «En aras de la transparencia absoluta», pensó, y por un instante le hizo gracia su obsesión con la jerga legal.

—Jóvenes, mayores, metidas en política, alejadas de la política, casi todas negras, algunas blancas —añadió Gus—. Mujeres inteligentes y sexis. Pero no me enamoraba. Ni de lejos. Hasta que te conocí a ti.

—¿Qué quieres decir?

—Que llevo diez años esperándote. —Sonrió—. Y que si tengo que hacerlo, puedo esperar otros cinco.

Pauline sintió una oleada de emoción. Se le cerró la garganta y no podía hablar. Se le llenaron los ojos de lágrimas. Quería rodearle el cuello con los brazos, apoyarle la cabeza en el pecho y llorar sobre su traje de raya diplomática. Pero entonces llegó el secretario de Estado, Chester Jackson, y tuvo que recuperar la compostura en un segundo.

La presidenta abrió un cajón del escritorio, sacó un puñado de pañuelos de papel y se dio la vuelta para sonarse la nariz. Miró por la ventana hacia la Explanada Nacional, situada más allá del Jardín Sur, donde miles de olmos y cerezos resplandecían con los colores del otoño. Cada uno de los espectaculares matices de rojo, naranja y amarillo le recordaban que, aunque el invierno se acercaba, todavía había tiempo para la alegría.

—Espero no haber pillado un catarro otoñal —dijo secándose con disimulo alguna que otra lágrima perdida. Luego se sentó y se volvió hacia el despacho, cohibida pero feliz—. Va, manos a la obra.

—Mamá, ¿puedo preguntarte una cosa? —dijo Pippa cuando acabaron de cenar aquella noche.

—Claro, cariño.

—¿Tú dispararías armas nucleares?

La curiosidad de su hija la pilló por sorpresa, pero Pauline no dudó.

—Sí, por supuesto. ¿Por qué me lo preguntas?

—Hemos estado hablándolo en el instituto, y Cindy Riley me ha dicho: «Tu madre es la que apretará el botón». Pero ¿lo harías?

—Sí. No puedes ser presidenta si no estás dispuesta a hacerlo. Es parte del trabajo.

Pippa se volvió en su asiento para mirarla.

—Pero has visto esas fotos de Hiroshima, seguro que las has visto.

Pauline tenía trabajo pendiente, como todas las noches, pero aquella era una conversación importante y no quería precipitarse. Pippa estaba preocupada. La presidenta pensó con nostalgia en la época en que su hija le hacía preguntas fáciles, como «¿Adónde va la luna cuando no la vemos?».

—Sí, he estudiado esas fotografías —contestó.

—Quedó como… aplastada… ¡por una sola bomba!

—Sí.

—Y murió un montón de gente, ¡ochenta mil personas!

—Lo sé.

—Y lo de los supervivientes fue incluso peor: quemaduras horribles y luego la enfermedad por radiación.

—La parte más importante de mi trabajo es asegurarme de que nunca vuelva a ocurrir algo así.

—¡Pero si acabas de decirme que las lanzarías!

—Mira, desde 1945, Estados Unidos ha participado en numerosas guerras, grandes y pequeñas, algunas contra países que tienen armas nucleares. Sin embargo, esas armas no han vuelto a utilizarse.

—Entonces, eso demuestra que no las necesitamos.

—No, demuestra que la disuasión funciona. Las naciones tienen miedo de atacar a Estados Unidos con armas nucleares porque saben que responderemos y no pueden vencernos.

Pippa se estaba enfadando por momentos y subió el tono de voz.

—Pero si eso ocurre, y tú aprietas el botón, ¡moriremos todos!

—Todos no, no necesariamente.

Pauline sabía que aquel era el punto débil de su argumento.

—Solo te falta decir que apretarás el botón pero con los dedos cruzados detrás de la espalda.

—No creo en los comportamientos hipócritas. No funcionan. La gente te cala igual. De todas formas, no necesito fingir, lo digo de corazón.

A su hija se le llenaron los ojos de lágrimas.

—Pero, mamá, la guerra nuclear podría ser el fin de la raza humana.

—Sí, y también el cambio climático. O un cometa, o el próximo virus. Esas son las cosas de las que tenemos que ocuparnos para lograr sobrevivir.

—Pero ¿cuándo pulsarías el botón? O sea, ¿en qué circunstancias? ¿Qué te empujaría a correr el riesgo de acabar con el planeta?

—Lo he pensado mucho, a lo largo de muchos años, como te imaginarás —contestó Pauline—. Hay tres condiciones. La primera: sea cual sea el problema, hemos intentado solucionarlo por todos los medios pacíficos posibles, hemos agotado todos los canales diplomáticos, pero no han funcionado.

—Bueno, vale, es obvio, ¿no?

—Ten paciencia, cariño, porque todo esto es importante. La segunda condición: el problema no puede solucionarse utilizando nuestro vasto arsenal de armas no nucleares.

—Me cuesta imaginarlo.

No costaba nada, pero Pauline decidió no meterse en camisas de once varas.

—La tercera y última condición: los ataques enemigos están matando o a punto de matar a ciudadanos estadounidenses. Como ves, la guerra nuclear es el último recurso cuando todo lo demás ha fallado. Ahí es donde discrepo de personas como James Moore, que considera las armas nucleares como primera opción… tras la que no queda nada.

—Pero si todas tus condiciones se cumplen, te arriesgarás a aniquilar a toda la raza humana.

Pauline no creía que el alcance fuera tan terrible, aunque sí bastante terrible, y no pensaba andarse con chiquitas.

—Sí, lo haría. Y si no fuera capaz de responder que sí a esa pregunta, no podría ser la presidenta.

—Guau —dijo Pippa—. Es brutal.

Pero ya no se lo tomaba tan a pecho. Conocer los datos objetivos la ayudaba a enfrentarse a la pesadilla. Pauline se puso de pie.

—Y ahora tengo que volver al Despacho Oval y asegurarme de que eso no pasa.

—Buena suerte, mami.

—Gracias, cariño.

La temperatura empezaba a bajar en el exterior. Pauline ya lo había notado antes. Decidió ir al Ala Oeste a través del túnel que había construido el presidente Reagan. Bajó al sótano, abrió la puerta de un armario, entró en el túnel y echó a andar a buen paso por la moqueta marrón oscuro. Sintió curiosidad por saber si Reagan pensaría que allí abajo estaba a salvo de un ataque nuclear. Seguro que más bien era que no le gustaba pasar frío cuando iba andando hasta el Ala Oeste.

Las fotografías enmarcadas de varias leyendas americanas del jazz, probablemente elegidas por los Obama, rompían la monotonía de las paredes. «Dudo que a los Reagan les gustara Wynton Marsalis», pensó. El túnel transcurría bajo la columnata y giraba hacia la derecha a medio camino para desembocar en una escalera que llevaba a una puerta escondida al lado del Despacho Oval.

Pauline pasó de largo y entró en el Estudio, un espacio de trabajo más pequeño y cómodo, sin la atmósfera ceremoniosa del Despacho Oval. Leyó el informe completo acerca de la incursión en Hufra, en el desierto del Sáhara, y se fijó en la reaparición de dos mujeres muy eficaces, Susan Marcus y Tamara Levit. Consideró el asunto de las armas norcoreanas encontradas en el campamento, y también el misterio del hombre que decía llamarse Park Jung-hoon.

Sus pensamientos volvieron a la conversación con Pippa. Al repasar lo que le había dicho, se dio cuenta de que no quería cambiar ni una coma. Tener que justificarte ante una cría era un buen ejercicio, reflexionó; te aclaraba las ideas.

No obstante, el abrumador sentimiento que le quedaba al final era la soledad.

Lo más seguro era que nunca tuviera que tomar la decisión por la que Pippa le había preguntado —Dios no lo quisiera—, pero todos los días le planteaban cuestiones difíciles. Sus decisiones acarreaban a la gente riqueza o pobreza, justicia o injusticia, vida o muerte. Lo hacía lo mejor que podía, pero nunca tenía la certeza absoluta de no equivocarse.

Y nadie podía compartir su carga.

Aquella noche el teléfono despertó a Pauline. El reloj de la mesilla marcaba la una de la madrugada. Estaba durmiendo sola en el Dormitorio Lincoln, otra vez. Contestó y oyó la voz de Gus:

—Creemos que Corea del Norte está a punto de atacar Corea del Sur.

—Mierda —dijo Pauline.

—Poco después de la medianoche de nuestro huso horario, la inteligencia de señales ha detectado una intensa actividad comunicativa en el cuartel de la Fuerza Aérea y Antiaérea del Ejército Popular coreano en Chunghwa, Corea del Norte. Se ha avisado a los altos cargos militares y políticos y te estamos esperando en la Sala de Crisis.

—Voy para allá.

Antes de que la despertaran, Pauline estaba sumida en un sueño profundo, pero tenía que espabilarse rápido. Se puso unos vaqueros y una sudadera y se calzó unos mocasines. Tenía el pelo revuelto, así que se encasquetó una gorra de béisbol y bajó a toda prisa al sótano del Ala Oeste. Para cuando llegó, estaba totalmente alerta.

Cuando se utilizaba la Sala de Crisis, lo más normal era que se llenara, que se ocuparan todas y cada una de las sillas que rodeaban la larga mesa y que los ayudantes se distribuyeran por los asientos pegados a las paredes de la sala, bajo las pantallas. Sin embargo, en aquel momento no había más que unos cuantos asistentes: Gus, Chess, Luis Rivera, la jefa de Gabinete Jacqueline Brody y la directora de Inteligencia Nacional Sophia Magliani, además de un puñado de ayudantes. No había habido tiempo para reunir a nadie más.

En cada puesto había un ordenador de sobremesa y un teléfono con auriculares y micrófono. Luis tenía puestos sus auriculares y, en cuanto Pauline entró por la puerta, habló sin preámbulos.

—Señora presidenta, hace dos minutos que uno de nuestros satélites de alerta temprana con sensores infrarrojos ha detectado el lanzamiento de seis misiles desde Sino-ri, una base militar de Corea del Norte.

La presidenta no se sentó.

—¿Dónde están ahora esos misiles?

Gus le puso delante una taza de café: cargado y con una pizca de leche, justo como a ella le gustaba.

—Gracias —murmuró, y bebió agradecida mientras Luis continuaba hablando.

—Uno ha fallado y ha caído en cuestión de segundos. Los otros cinco han entrado en Corea del Sur, aunque uno se ha desintegrado en pleno vuelo.

—¿Sabemos por qué?

—No, pero no es extraño que se produzcan fallos en los misiles.

—De acuerdo, continúa.

—Al principio creíamos que se dirigían a Seúl, ya que la capital parecía el objetivo más lógico, pero han pasado por encima de la ciudad y llevan rumbo a la costa sur. —Señaló la pantalla de un proyector—. El gráfico, creado a partir de la señal de los radares y de otros datos informáticos, muestra dónde se encuentran los misiles.

Pauline vio cuatro arcos rojos superpuestos en un mapa de Corea del Sur. Cada arco tenía una punta de flecha que avanzaba despacio hacia el sur.

—Veo dos objetivos probables: Busán y Jeju.

Busán, en la costa sudoeste, era la segunda ciudad más importante de Corea del Sur, con tres millones y medio de habitantes y una base naval enorme para las fuerzas tanto coreanas como estadounidenses. Pero la base naval de la turística isla de Jeju, a pesar de ser mucho más pequeña y de uso exclusivamente surcoreano, podía tener una importancia simbólica, ya que era allí donde habían destruido el submarino norcoreano el día anterior.

—Estoy de acuerdo —dijo Luis—, y pronto sabremos cuál de los dos es. —Levantó una mano para pedirle a todo el mundo que esperara mientras escuchaba lo que le decían por los auriculares. Luego anunció—: El Pentágono dice que los misiles ya han recorrido más de la mitad de Corea del Sur y que deberían llegar a la costa en dos minutos.

La velocidad a la que viajaban los misiles era impresionante, observó Pauline.

—Hay una tercera posibilidad: que no tengan ningún objetivo —intervino Chess.

—Explícate —dijo la presidenta.

—Los misiles podrían ser una mera demostración de fuerza para asustar a Corea del Sur, en cuyo caso podrían sobrevolar todo el país y caer en el mar.

—Esperemos que sea así, aunque no me parece a mí que sea el estilo del líder supremo —repuso Pauline—. Luis, ¿son misiles balísticos o de crucero?

—Creemos que se trata de misiles balísticos de alcance medio.

—¿Explosivos de alta potencia o nucleares?

—Explosivos de alta potencia. Estos misiles vienen de Sinori, que está bajo el control del líder supremo. Él ahora no dispone de armas nucleares: están todas en las bases controladas por los ultras rebeldes.

—¿Y por qué siguen volando? Corea del Sur tiene misiles antimisiles, ¿no?

—Los misiles balísticos no pueden ser derribados en pleno vuelo: viajan demasiado alto y demasiado rápido. El sistema tierra-aire Cheolmae 4HL de los surcoreanos los interceptará en la fase descendente, cuando se acerquen a su objetivo, que es cuando reducen la velocidad. El sistema no ha podido neutralizarlos cuando sobrevolaban Seúl.

—Pero ahora sí podría hacerlo.

—Y lo hará de un momento a otro.

—Esperemos que sí. —Se volvió hacia Chess—. ¿Qué hemos hecho para parar todo esto?

—En cuanto recibimos el aviso de la actividad de señales, llamé al ministro de Asuntos Exteriores chino, Wu Bai. Me ha contado no sé qué milongas, pero estaba claro que no tenía ni la menor idea de lo que estaba tramando el líder supremo.

—¿Has hablado con alguien más?

—Los surcoreanos no saben por qué los están atacando. El enviado de Corea del Norte en la ONU no me ha devuelto la llamada.

Pauline miró a Sophia.

—¿Y la CIA?

—En Langley no saben nada. —Sophia solía tener un aspecto glamuroso, pero aquella noche se había vestido con prisas: la melena, larga y ondulada, la llevaba peinada hacia atrás y recogida en un moño, y se había puesto un cortavientos amarillo y unos pantalones de correr verdes. Pero su cerebro sí funcionaba—. Su mejor hombre en Pekín, Davidson, está intentando por todos los medios hablar con el jefe del Guoanbu, al que conoce bien, pero aún no ha conseguido contactar con él.

Pauline asintió.

—Chang Kai. He oído hablar de él. Si hay alguien en Pekín que sepa lo que está pasando, es él.

Luis volvió a prestar atención a sus auriculares.

—El Pentágono ya tiene claro que el objetivo es Jeju —anunció.

—Eso lo aclara todo —dijo Pauline—. Es una venganza. El líder supremo quiere castigar a la base naval que destruyó su submarino. Como si no tuviera bastante que hacer con combatir a los rebeldes en su propio país.

—No ha conseguido sofocar la rebelión, y ahora parece débil —apuntó Gus—. Y el hundimiento del submarino no hizo sino empeorar la situación, así que está desesperado por obtener un logro que lo haga parecer fuerte.

—Tenemos acceso al vídeo de la base —dijo Luis—. No es público; deben de haberlo pirateado. —En una pantalla apareció una imagen—. Es un circuito cerrado de televisión —explicó el secretario de Defensa—, la grabación de las cámaras de seguridad.

Vieron un puerto grande rodeado por un dique artificial. En el interior del dique había un destructor, cinco fragatas y un submarino. La imagen cambió —por lo visto correspondía a una cámara de videovigilancia distinta—, y entonces vieron a unos marineros en la cubierta de un barco. En un cuarto trasero había alguien examinando las diferentes imágenes y seleccionando las que aportaban más información, porque el plano volvió a cambiar y vieron las carreteras que rodeaban unos edificios de oficinas y de apartamentos no muy altos. Las imágenes también mostraban una actividad frenética: hombres que corrían, coches que circulaban a toda velocidad, oficinistas que hablaban por el móvil a gritos.

—La batería antimisiles ha disparado —informó Luis.

—¿Cuántos misiles han lanzado? —preguntó Pauline.

—El sistema dispara ocho a la vez. Espere… —Se quedó callado un instante y luego añadió—: Uno de los ocho se ha estrellado segundos después del despegue. Los otros siete están en el aire.

Al cabo de un minuto, siete nuevos arcos aparecieron en el gráfico del radar. Su trayectoria era opuesta a la de los misiles que se acercaban y pretendían interceptar.

—Treinta segundos para el contacto —anunció Luis.

Los arcos de la pantalla se aproximaron.

—Si los misiles explotan sobre un área poblada… —dijo Pauline.

—Los misiles antimisiles no tienen ojiva —señaló Luis—. Destruyen la artillería atacante solo mediante el impacto. Pero la ojiva de los misiles atacantes podría estallar al chocar contra el suelo. —Se interrumpió—. Diez segundos.

En la sala reinaba el silencio. Todo el mundo miraba fijamente el gráfico. Los puntos se juntaron.

—Contacto —dijo Luis.

El gráfico se congeló.

—El cielo está lleno de cascotes —indicó Luis—. La señal de radar es confusa. Ha habido impactos, pero no sabemos cuántos.

—Tendrían que haber derribado todos, ¿no? Había siete interceptores para solo cuatro atacantes.

—Sí —respondió Luis—, pero los misiles nunca son perfectos. Ya lo tenemos… Mierda, solo dos impactos. Todavía hay dos misiles que avanzan hacia Jeju.

—¡Por el amor de Dios! —exclamó Chess—. ¿Por qué no han disparado todos los que tenían?

—¿Y qué harían entonces, si los norcoreanos les mandaran otros seis? —contestó Pauline.

Chess tenía otra pregunta.

—¿Qué ha pasado con los cinco misiles antimisiles que no han alcanzado su objetivo? ¿Pueden intentarlo de nuevo?

—A esa velocidad no pueden dar la vuelta. Tarde o temprano perderán velocidad y caerán, con suerte en el mar.

—Treinta segundos —indicó Luis.

Todos miraron las imágenes televisivas de la base naval, convertida en objetivo.

Pauline supuso que la gente no veía los misiles porque debían de moverse demasiado rápido para el ojo humano. Pero no cabía duda de que sabían que los estaban atacando: todo el mundo corría, algunos de forma enérgica y resuelta, otros invadidos por el pánico.

—Diez segundos —dijo Luis.

Pauline pensó que ojalá pudiera apartar la mirada. No quería ver a gente morir. Pero sabía que no debía inmutarse. Debía ser capaz de decir que había visto lo ocurrido.

Estaba mirando una hilera de edificios bajos cuando la pantalla mostró varios destellos, cinco o seis, todos a la vez. Tuvo el tiempo justo para darse cuenta de que los misiles debían de tener varias ojivas; luego una pared se derrumbó, un escritorio y un hombre salieron volando por los aires, un camión chocó contra un coche aparcado, y después un humo gris y espeso se tragó la escena.

La imagen cambió a la cámara del puerto y la presidenta vio que los otros misiles habían dejado caer sus minibombas sobre los barcos. Había sido puro azar, supuso: los misiles balísticos no eran tan precisos. Vio llamas y humo y metal retorcido y a un marinero que saltaba al agua.

Entonces se perdió la imagen.

El estupor dio paso a un silencio prolongado.

—Hemos perdido la conexión —señaló Luis—. Creen que el sistema ha quedado destruido… Como cabía esperar.

—Hemos visto lo suficiente para saber que habrá decenas de muertos y heridos, además de millones de dólares en daños

—dijo Pauline—. Pero ¿se ha acabado? Doy por hecho que nos habríamos enterado, si hubieran lanzado más misiles desde cualquier punto de Corea.

Luis se lo preguntó al Pentágono y esperó.

—No, no hay más —contestó al cabo de un momento.

Fue entonces cuando Pauline se sentó. Ocupó la silla de la cabecera de la mesa.

—Señoras y señores, eso no ha sido el inicio de una guerra.

Todos dedicaron unos instantes a asimilar sus palabras.

—Estoy de acuerdo, señora presidenta —dijo Gus—, pero ¿le importaría argumentarlo?

—Por supuesto. En primer lugar: ha sido un ataque estrictamente limitado, con seis misiles y un objetivo, no un intento de conquistar o destruir Corea del Sur. En segundo lugar: han tenido la cautela de no matar a ningún estadounidense; por eso han atacado una base naval que nuestros barcos no utilizan. En resumen, todo lo relacionado con este ataque sugiere contención. —Miró en torno suyo y añadió—: Por paradójico que resulte.

Gus asintió con aire pensativo.

—Le han devuelto el golpe a la base que destruyó su submarino, nada más. Quieren que se vea como una respuesta proporcionada.

—Quieren la paz —afirmó Pauline—. Están luchando para ganar una guerra civil, y no quieren verse obligados a combatir contra Corea del Sur, además de contra los ultras.

—¿En qué posición nos coloca eso? —preguntó Chess.

La presidenta pensaba deprisa e iba varios pasos por delante del grupo.

—Debemos evitar que Corea del Sur tome represalias. No les gustará, pero tendrán que fastidiarse. Tienen un acuerdo con nosotros, el Tratado de Defensa Mutua de 1953. El Artículo III de ese documento los obliga a consultarnos cuando se vean amenazados por un ataque armado externo. Deben preguntarnos.

La expresión de Luis era de escepticismo.

—En teoría —dijo.

—Cierto. La norma básica de las relaciones internacionales es que los gobiernos cumplen con las obligaciones que constan en los tratados solo cuando les conviene. En caso contrario, buscan excusas. Así que lo que tenemos que hacer ahora es forzarles a cumplirlas.

—Buena idea. ¿Cómo? —preguntó Chess.

—Voy a proponer un alto el fuego y una conferencia de paz: Corea del Norte, Corea del Sur, China y nosotros. Se celebrará en un país asiático, en algún lugar más o menos neutral. Sri Lanka podría valernos.

Chess asintió.

—Las Filipinas, quizá. O Laos, si los chinos prefieren una dictadura comunista.

—Como quieran. —Pauline se levantó—. Concierta llamadas con el presidente Chen y la presidenta No, por favor. Sigue intentando ponerte en contacto con el enviado de Corea del Norte en la ONU, aunque también le pediré a Chen que llame al líder supremo.

—Sí, señora —dijo Chess.

—Deberíamos evacuar a los familiares del personal militar de Corea del Sur —señaló Luis.

—Sí. Y hay cien mil civiles estadounidenses en el país. Hay que aconsejarles que se marchen.

—Una cosa más, señora presidenta. Creo que debemos aumentar el nivel de alerta a DEFCON 3.

Pauline dudó. Constituiría un reconocimiento público de que el mundo se había convertido en un lugar más peligroso. Eso no se hacía a la ligera.

La decisión referente a los niveles de alerta debían tomarla de forma conjunta la presidenta y el secretario de Defensa. Si Pauline y Luis se ponían de acuerdo, el encargado de anunciarlo sería Bill Schneider, el presidente del Estado Mayor Conjunto.

Jacqueline Brody intervino por primera vez:

—El problema es que eso pone a la gente muy nerviosa.

Luis no tenía paciencia cuando se hablaba de la opinión pública. No era lo que se dice un demócrata, precisamente.

—¡Necesitamos que nuestras fuerzas estén preparadas!

—Pero no necesitamos aterrorizar a los ciudadanos de Estados Unidos —replicó Jacqueline.

Pauline resolvió el asunto.

—Luis tiene razón. Aumentad el nivel de DEFCON. Que Bill lo anuncie mañana en la rueda de prensa matutina.

—Gracias, señora presidenta —dijo Luis.

—Sin embargo, Jacqueline también está en lo cierto —continuó Pauline—. Tenemos que dejar muy claro que es una medida preventiva y que la población estadounidense no corre peligro. Gus, creo que deberías comparecer con Bill para tranquilizar a la gente.

—Sí, señora.

—Ahora voy a darme una ducha, así que programa las llamadas para un poco más tarde. Pero quiero poner esto en marcha antes de que se acabe el día en Asia Oriental. Hoy ya no volveré a acostarme.

Entrevistaban a James Moore en un programa matutino de televisión. Lo emitían en un canal que ni siquiera se molestaba en fingir que informaba de manera objetiva. La entrevistadora era Caryl Cole, que se describía a sí misma como una mamá conservadora de clase media, pero que en realidad era una fanática y punto. Pauline se levantó de la mesa donde estaba desayunando y se fue al antiguo Salón de Belleza a verlo. Un minuto después entró Pippa, vestida para marcharse al instituto y con la mochila al hombro, y se sentó a ver la entrevista con su madre.

Pauline esperaba que Caryl se lo pusiera muy fácil a Moore, y eso fue lo que ocurrió.

«Extremo Oriente es un mal barrio —dijo Moore con su

habitual estilo campechano—. Lo dirige una pandilla de chinos que creen que pueden hacer lo que les venga en gana.»

«¿Y qué me dice de Corea? —preguntó Caryl.»

—Menuda pregunta —comentó Pauline—. Desde luego, no lo está poniendo contra las cuerdas.

«Los surcoreanos son aliados nuestros —contestó Moore—, y es bueno tener amigos en un barrio malo.»

«¿Y Corea del Norte?»

«El líder supremo es una mala persona, pero no está solo. Forma parte de una pandilla y recibe órdenes de Pekín.»

—Es simplista a más no poder —dijo Pauline—, pero muy fácil de entender y recordar.

«Los surcoreanos están de nuestro lado y tenemos que protegerlos —continuó Moore—. Por eso tenemos tropas allí… —Titubeó y después añadió—: Unos cuantos miles de soldados.»

—La cifra que estás buscando es veintiocho mil quinientos —le dijo Pauline a la tele.

«Y si nuestros chicos no estuvieran allí, toda Corea estaría invadida por los chinos —sentenció Moore.»

«Eso da que pensar —dijo Caryl.»

«El caso es que, anoche, los norcoreanos atacaron a nuestros aliados —insistió Moore—. Bombardearon una base naval y mataron a mucha gente.»

«La presidenta Green ha convocado una conferencia de paz —señaló Caryl.»

«Qué estupidez —replicó Moore—. Cuando alguien te pega un puñetazo en la boca, no convocas una conferencia de paz, ¡se lo devuelves!»

«Y si usted fuera el presidente, ¿cómo le devolvería el golpe a Corea del Norte?»

«Con un bombardeo masivo que arrasara hasta la última de sus bases militares.»

«¿Está hablando de bombas nucleares?»

«¿Qué sentido tiene tener armas nucleares si no las utilizas nunca?»

—¿De verdad acaba de decir eso? —preguntó Pippa.

—Sí —respondió Pauline—. ¿Y sabes qué es lo peor? Que lo dice en serio. Es aterrador, ¿a que sí?

—Es una estupidez.

—Puede que sea la mayor estupidez que se haya dicho nunca en toda la historia de la raza humana.

—¿No lo perjudicará?

—Eso espero. Si esto no hace descarrilar su campaña presidencial, nada lo hará.

Más tarde, la presidenta le repitió el mismo comentario a Sandip Chakraborty, quien le preguntó si podía citarlo en el comunicado de prensa sobre la conferencia de paz.

—¿Por qué no? —contestó ella.

Durante el resto del día, todos los noticiarios de televisión reprodujeron dos citas.

«¿Qué sentido tiene tener armas nucleares si no las utilizas nunca?»

Y:

«Puede que sea la mayor estupidez que se haya dicho nunca en toda la historia de la raza humana.»

32

La ciudad libia de Gadamés, construida en torno a un oasis, era como el castillo encantado de un cuento de hadas. En el desierto centro de la ciudad vieja, las casas blancas, hechas de barro y paja con troncos de palmera, estaban unidas entre sí formando una única construcción enorme. En la parte baja había arcadas sombrías entre los edificios, y las azoteas, que por tradición estaban reservadas a las mujeres, se conectaban mediante pequeños puentes. En los interiores blancos, los huecos y los arcos de las ventanas estaban vistosamente decorados con elaborados dibujos hechos con pintura roja. Naji correteaba feliz de un lado a otro.

Encajaba a la perfección con el estado de ánimo de Abdul y Kiah. Desde hacía casi una semana, nadie les había dicho lo que tenían que hacer, ni había intentado extorsionarlos, ni les había apuntado a la cabeza con una pistola. Avanzaban despacio a propósito. No tenían ninguna prisa por llegar a Trípoli.

Por fin empezaban a creerse que su pesadilla había acabado. Abdul continuaba estando alerta, mirando cada poco por el espejo retrovisor para asegurarse de que nadie los seguía, vigilando si otro coche se detenía cerca del suyo cuando lo aparcaba, pero nunca había visto nada siniestro.

Era posible que el EIGS hubiera hecho correr la voz entre sus amigos y socios para que buscaran a los fugitivos, pero eran una joven pareja árabe con un niño de dos años, y había miles como ellos. Aun así, Abdul mantenía los ojos abiertos, atento al perfil del hombre de rostro severo y cubierto de cicatrices de guerra de los yihadistas. No había visto a nadie ni remotamente sospechoso.

Dormían en el coche o en el suelo de alguna casa. Fingían que eran una familia. Su historia era que el hermano de Kiah había muerto en Trípoli, donde no tenía ningún familiar, y que tenían que ir a resolver sus asuntos, a vender el coche y la casa, y a llevarle el dinero a la madre de Kiah en Yamena. La gente se compadecía de ellos y jamás la ponía en duda. Naji era una gran ayuda: nadie sospechaba de una pareja con un crío.

En Gadamés hacía un calor abrasador, y la ciudad recibía alrededor de un par de centímetros de lluvia al año. La mayoría de sus habitantes no hablaba árabe: tenían su propio idioma, una lengua bereber. Aun así, había hoteles, los primeros que Kiah y Abdul veían desde que habían salido del Chad. Tras recorrer el mágico centro de la ciudad vieja, se registraron en uno de los establecimientos de la zona moderna y pidieron una habitación con una cama grande y una cuna para Naji. Abdul pagó en efectivo y enseñó su pasaporte chadiano, que por suerte bastó para todos, porque Kiah no tenía papeles de ningún tipo.

Abdul se llevó una alegría enorme cuando vio que la habitación tenía ducha; era rudimentaria y solo tenía agua fría, pero le parecía el colmo del lujo después de todo lo que había pasado. Pasó mucho rato bajo el chorro de agua. Luego salió y buscó una toalla.

Cuando Kiah lo vio desnudo, ahogó un grito de sorpresa y se dio la vuelta.

Él sonrió y preguntó con delicadeza:

—¿Qué pasa?

Ella se medio volvió tapándose los ojos, pero luego le entró la risa y Abdul se relajó.

Cenaron en la cafetería que había al lado del hotel. En la sala había un televisor, el primero que Abdul veía desde hacía semanas. Estaban echando un partido de fútbol italiano.

Metieron a Naji en la cuna e hicieron el amor en cuanto el niño se quedó dormido. Volvieron a hacerlo por la mañana antes de que se despertara. Abdul tenía unos cuantos condones, aunque a aquel ritmo no tardarían en terminarse. En aquella parte del mundo no era fácil comprar más.

Estaba enamorado de Kiah, de eso no cabía duda. Su belleza, su valor y su inteligencia vivaz le habían robado el corazón. Y estaba bastante convencido de que ella también lo amaba. Pero Abdul no se fiaba de esas emociones. Quizá los sentimientos de ambos no fueran más que el fruto de unas circunstancias que los habían forzado a unirse. Durante siete largas semanas, se habían ayudado el uno al otro en momentos de turbación extrema y grave peligro, día y noche. Recordaba el instante en que Kiah había prendido fuego a la gasolina del aparcamiento, sin el más mínimo temor por sí misma. Le había salvado la vida matando a Mohamed. Y no había mostrado arrepentimiento. Abdul admiraba su valentía. Pero ¿bastaba con eso? ¿Sobreviviría su amor a la vuelta a la civilización?

Y luego estaba lo de la brecha cultural, del tamaño del Gran Cañón del Colorado. Ella había nacido y se había criado a orillas del lago Chad, y hasta hacía unas semanas nunca había viajado más allá de Yamena. Las costumbres intolerantes y represivas de esa sociedad rural y pobre eran lo único que conocía. Él había vivido en Beirut y en Newark, y a las afueras de Washington D. C. En el instituto y en la universidad había aprendido la moralidad permisiva de su país de adopción. Y por eso, a pesar de que se acostaban juntos, Kiah se sobresaltaba cuando Abdul hacía algo tan normal para él como pasearse desnudo por una habitación de hotel.

Y además la había engañado. Le había hecho creer que era un vendedor de cigarrillos del Líbano, aunque estaba claro que a aquellas alturas ella ya sospechaba que era mentira. Tarde o temprano tendría que confesarle que era ciudadano estadounidense y agente de la CIA, ¿y cómo le sentaría?

Estaban tumbados el uno frente al otro en la sencilla habitación del hotel, con Naji aún dormido en la cuna. Tenían los postigos echados para protegerse del calor, y Abdul se recreaba en el arco de la nariz de Kiah, en el castaño de sus ojos, en el suave color dorado de su piel. Mientras le acariciaba el cuerpo, Abdul se puso a juguetear de forma distraída con su vello púbico. Kiah dio un respingo.

—¿Qué estás haciendo?

—Nada. Solo tocarte.

—Pero es una falta de respeto.

—¿Por qué? Es un gesto cariñoso.

—Eso se les hace a las prostitutas.

—¿Ah, sí? Nunca he estado con una prostituta.

Otra brecha. A Kiah le encantaba el sexo, eso había quedado claro desde la primera vez, cuando fue ella quien tomó la iniciativa, pero las ideas sobre el pudor con las que se había criado no tenían nada que ver con las de una persona criada en una ciudad de Estados Unidos. ¿Terminaría por adaptarse? ¿Se adaptaría él?

Naji se revolvió en la cuna y se dieron cuenta de que era hora de ponerse en marcha. Lavaron y vistieron al niño y luego volvieron a la cafetería a desayunar, y fue entonces cuando vieron las noticias.

Abdul estaba a punto de sentarse cuando las imágenes del lanzamiento de unos misiles atrajeron su mirada. Al principio pensó que debía de tratarse de una prueba, pero había tantos misiles —varias decenas— que le pareció un coste demasiado elevado para un mero ejercicio. A continuación aparecieron varios planos tomados desde tierra de los misiles en pleno vuelo, reconocibles sobre todo por las estelas blancas. Abdul dedujo que debían de ser misiles de crucero, porque los balísticos volaban a demasiada altitud y demasiada velocidad para poder grabarlos así.

—¿Por qué no te sientas? —preguntó Kiah.

Pero él permaneció de pie, con la mirada clavada en la pantalla del televisor, muerto de miedo.

Los comentarios eran en un idioma que no reconocía, aunque parecía de Asia Oriental. Entonces se atenuaron y comenzaron a traducirlos al árabe, y así se enteró de que los misiles los había lanzado el ejército surcoreano, que también se había encargado de grabar las imágenes, y de que aquella acción era la respuesta a un ataque perpetrado por misiles norcoreanos contra una de sus bases navales.

—¿Qué quieres comer? —le dijo Kiah.

—Chis —contestó.

Después apareció la grabación de una base militar, con una característica red de carreteras rectas que conectaba varios edificios bajos. Los carteles estaban escritos en jeroglíficos y la traducción árabe identificó la base como Sino-ri, en Corea del Norte. Había una actividad frenética en torno a lo que parecían unos lanzamisiles tierra-aire. Las imágenes podrían haber sido tomadas por un avión de reconocimiento, o tal vez por un dron. De repente se produjeron varias explosiones, lenguas de fuego seguidas de nubes de humo. Hubo más estallidos en el aire, cerca de la cámara: las fuerzas terrestres estaban contraatacando. Pero en tierra los daños eran tremendos. Saltaba a la vista que el ataque pretendía arrasar el objetivo por completo.

Abdul estaba horrorizado. Corea del Sur estaba atacando Corea del Norte con misiles de crucero, al parecer en venganza por un incidente anterior. ¿Qué había ocurrido para provocar un desastre así?

—Quiero *leben* —dijo Naji.

—Calla, que papá quiere escuchar las noticias —le reprendió Kiah.

Una parte del cerebro de Abdul detectó que acababan de llamarlo «papá».

Los comentarios de la televisión añadieron entonces un detalle fundamental: Sino-ri era la base que había lanzado los misiles contra la base naval surcoreana de Jeju.

Aquello era consecuencia de toda una historia de ojo por ojo y diente por diente que él se había perdido mientras estaba ilocalizable en el desierto. No obstante, aquella grabación tan cuidada demostraba que Corea del Sur quería que el mundo supiera que había devuelto el golpe.

¿Cómo era posible que los estadounidenses y los chinos hubieran permitido que ocurriera algo así?

¿Qué narices estaba pasando?

¿Y adónde llevaría todo aquello?

33

Chang Kai le pidió a Ting que se marchara de la ciudad.

Consiguió escabullirse del frenético ritmo de trabajo del despacho del Guoanbu y quedar con Ting y con su madre, Anni, en el gimnasio al que iban. Anni hacía ejercicios de fisioterapia para la vieja lesión de la pierna, y Ting corría en la cinta. Aquel día, cuando salieron del vestuario, él las estaba esperando en la cafetería con un té y bollos de semillas de loto.

—Tenemos que hablar —les dijo en cuanto se sentaron y probaron el té.

—¡Oh, no! —exclamó Ting—. Tienes una aventura. Me dejas.

—No seas tonta —dijo él con una sonrisa—. No te dejaré nunca, pero quiero que te marches de la ciudad.

—¿Por qué?

—Tu vida corre peligro. Creo que va a haber una guerra y, si estoy en lo cierto, Pekín será bombardeado.

—Se habla mucho de eso en internet —comentó Anni—. Si sabes dónde buscar.

A Kai no le extrañó. Muchos ciudadanos chinos sabían saltarse el cortafuegos del gobierno y acceder a las noticias occidentales.

—¿Tan mal están las cosas? —preguntó Ting.

«Sí, tan mal.» El bombardeo de Sino-ri por parte de Corea del Sur había pillado a Kai por sorpresa; a él, que se suponía que lo sabía todo. La presidenta No estaba obligada a consultar con los estadounidenses antes de emprender una acción de ese calibre. ¿La Casa Blanca había aprobado el ataque? ¿O acaso la presidenta No había decidido no preguntar? Kai debería saberlo, pero no lo sabía.

En cualquier caso, tenía la sensación de que a No Do-hui nadie le decía lo que tenía que hacer. Kai la había conocido en persona, y recordaba a una mujer delgada, de rostro severo, con el pelo canoso. Había sobrevivido a un intento de asesinato orquestado por el régimen de Corea del Norte. La tentativa había acabado con la vida de un veterano consejero que —como sabían Kai y un pequeño círculo de personas con acceso a información privilegiada— había sido su amante. No cabía duda de que aquello contribuía a su odio hacia el líder supremo.

Sino-ri había quedado arrasada, y la presidenta No había anunciado con aire triunfal que esa base norcoreana no volvería a lanzar más misiles. Hablaba como si aquello zanjara el asunto, pero estaba claro que no era así.

La capacidad del líder supremo Kang para contraatacar era limitada, pero en un sentido que no hacía sino empeorar las cosas. La mitad del ejército norcoreano estaba ya bajo el mando de los rebeldes, y la destrucción de Sino-ri había debilitado aún más a la otra mitad. Dos o tres golpes más como aquel dejarían al líder supremo casi indefenso frente a Corea del Sur. Había llamado por teléfono al presidente Chen y le había exigido el apoyo de las tropas chinas, pero Chen le había contestado que, en lugar de devolver el ataque, asistiera a la conferencia de paz de la presidenta Green. Kang estaba desesperado, y los hombres desesperados eran temerarios.

Los líderes mundiales estaban asustados. Rusia y el Reino Unido, que por lo general siempre estaban en bandos opuestos, habían aunado fuerzas en el Consejo de Seguridad de la ONU para forzar un alto el fuego. Francia los había apoyado.

Cabía la remota posibilidad de que el líder supremo aceptara la propuesta de la presidenta Green, detuviera el contraataque y asistiera a la conferencia de paz, pero Kai era pesimista al respecto. Para un tirano era difícil dar marcha atrás. Parecía un signo de debilidad.

Cuando Kai pensaba en un conflicto bélico generalizado, lo que más miedo le daba era que Ting pudiera sufrir algún daño. Él era el responsable de la seguridad de todos y cada uno de los mil cuatrocientos millones de ciudadanos chinos, pero se preocupaba sobre todo por uno de ellos.

—A China y Estados Unidos la situación se les ha ido de las manos —afirmó.

—¿Adónde quieres que me vaya? —preguntó Ting.

—A nuestra casa de Xiamen. Está a más de dos mil kilómetros de aquí. Al menos allí tendrías alguna esperanza de sobrevivir. —Miró a Anni—. Deberíais iros las dos.

—Es imposible, ya lo sabes. Tengo un trabajo… Una carrera —repuso Ting.

Kai ya se esperaba sus reticencias.

—Di que estás enferma —le sugirió—. Vete a casa y haz las maletas. Sales mañana por la mañana en tu precioso coche deportivo y paras a hacer noche en algún sitio. Conviértelo en unas vacaciones.

—No puedo llamar y decir que estoy enferma. Conoces la industria lo bastante bien para saberlo. En el mundo del espectáculo no hay excusas. Si tú no te presentas, se buscan a otra.

—¡Eres la protagonista!

—Eso no tiene tanta importancia como crees. No seré la estrella durante mucho tiempo si no aparezco en pantalla.

—Es mejor que morirse.

—Vale —dijo ella. Kai se llevó una sorpresa. No creía que fuera a ceder tan rápido. Pero Ting solo estaba actuando—. Iré si tú vienes conmigo.

—Ve tú, y yo iré en cuanto pueda.

—No, debemos irnos juntos.

Eso no iba a ocurrir, y Ting lo sabía.

—No puedo —dijo Kai.

—Claro que sí. Dimite del cargo. Tenemos dinero suficiente. Podríamos vivir durante un año o más sin pasar apuros, incluso más si vamos con cuidado. Volveríamos a Pekín en cuanto lo consideraras seguro.

—Tengo que intentar evitar que esta guerra estalle. Si lo consigo, es la mejor manera de proteger a mi familia y a mi país. No es solo un trabajo, es mi vida. Pero debo estar aquí para hacerlo.

—Y yo debo quedarme aquí porque te quiero.

—Pero el riesgo…

—Si vamos a morir en una guerra, muramos juntos.

Kai abrió la boca para hablar, pero no tenía nada que decir. Ting tenía razón. Si iba a haber una guerra, debían afrontarla juntos.

—¿Queréis más té? —preguntó Kai.

Cuando volvió al despacho, en su pantalla había un mensaje de su jefe, el ministro de Seguridad del Estado, Fu Chuyu, en el que anunciaba su dimisión. Se marchaba al cabo de un mes.

Kai se preguntaba por qué. Fu rondaba los sesenta y cinco años, pero eso no era una razón para jubilarse en las altas instancias del gobierno chino. Decidió hablar con Yawen, su secretaria.

—¿Ha visto el mensaje del ministro?

—Lo ha recibido todo el mundo.

Aquello suponía un desaire importante para Kai: siendo uno de los dos viceministros de Fu, habría esperado que lo avisara con antelación. Sin embargo, había recibido la información al mismo tiempo que las secretarias.

—Me gustaría saber por qué se marcha —comentó Kai.

—Su secretaria me lo ha dicho —contestó Yawen—. Tiene cáncer.

—Ah.

Kai pensó en el cenicero de Fu, hecho con un casquillo militar, y en su marca de tabaco, Double Happiness.

—Hace tiempo que sabía que tenía cáncer de próstata, pero

se negó a someterse a tratamiento y se lo dijo solo a unas cuantas personas. Ahora se le ha extendido a los pulmones y tienen que tratarlo en el hospital.

Aquello explicaba muchas cosas. En concreto, aclaraba la campaña de difamación contra Ting y, por asociación, contra el propio Kai. Alguien que quería el puesto de Fu había recibido el chivatazo y había intentado desacreditar al principal candidato. El villano era, con toda probabilidad, el jefe de Inteligencia Nacional, el viceministro Li Jiankang.

Fu era el típico comunista de la vieja escuela. «El hombre se está muriendo, pero sigue conspirando. Quiere asegurarse de que su sucesor sea alguien tan rígidamente ortodoxo como él. Esta gente no se detiene ni aun teniendo un pie en la tumba», pensó Kai.

¿Hasta qué punto corría peligro la persona de Kai? Parecía una pregunta trivial cuando Corea estaba al borde de una guerra sin cuartel. «¿Cómo es posible que yo sea vulnerable a estas mierdas cuando mi padre es el vicepresidente de la Comisión de Seguridad Nacional?», se preguntó.

Le sonó el teléfono personal. Yawen salió del despacho para que pudiera atender la llamada. Era el general Ham, desde Corea del Norte.

—El líder supremo Kang está luchando por su vida política —informó.

Kai pensó que Kang también debía de estar luchando por su vida física: si no lo mataban los surcoreanos, igual lo hacían los ultras.

—¿Qué te hace pensar eso ahora mismo? —dijo en cambio.

—Es incapaz de acabar con esta rebelión. Ha luchado hasta conseguir un parón temporal, pero se está quedando sin armas y le llevan ventaja. La única razón por la que los rebeldes no han eliminado ya a las restantes fuerzas gubernamentales es que creen que los surcoreanos les harán el trabajo.

—¿El líder supremo lo sabe?

—Creo que sí.

—Entonces ¿por qué está provocando una guerra con Corea del Sur? Parece un suicidio.

—Cree que China no puede permitirse prescindir de él. Que vais a tener que salvarlo. Kang está obsesionado con eso. Cree que tendréis que enviarle refuerzos, que no tenéis alternativa.

—No podemos enviar tropas chinas a Corea del Norte. Nos arrastraría a una guerra contra Estados Unidos.

—Pero no podéis dejar que Corea del Sur conquiste Corea del Norte.

—Eso también es cierto.

—Kang cree que solo hay una manera de poner fin a esto: lo ayudaréis a defenderse de Corea del Sur y además a derrotar a los ultras. Cuantos más daños sufra él, más presión sentirá China para acudir al rescate. Por eso no considera que se esté comportando con temeridad.

Kang se sentía invulnerable. Tal vez cualquiera que se autodenominase líder supremo pudiera convencerse de tal delirio.

—No está loco —continuó Ham—. Es lógico. No puede disputar una guerra larga y lenta, no dispone de recursos suficientes. Debe hacer un gran gesto de victoria o derrota. Si gana, gana. Y si pierde, los chinos tenéis que salvarlo, así que gana otra vez.

Aquello también era cierto.

—¿Le quedan misiles, después del ataque contra Sino-ri? —preguntó Kai.

—Más de los que te imaginas. Son todos móviles, montados en camiones. Después de disparar aquellos seis contra Jeju, sacó todos los lanzamisiles de las bases y los escondió.

—¿Y dónde demonios se esconden unos vehículos como esos? Los más pequeños miden casi doce metros de largo.

—Por todo el país. Están aparcados en lugares que no se ven desde las alturas, sobre todo túneles y bajo puentes.

—Muy inteligente. Así es casi imposible atacarlos.

—Tengo que colgar, lo siento —dijo Ham.

—Cuídate —contestó Kai, pero el general ya había colgado. Kai lo vio muy negro cuando reflexionó sobre la conversación tomando nota de los detalles para dejar constancia. Todo lo que Ham le había dicho tenía sentido. Ahora la única manera de evitar una guerra era que China contuviera a Corea del Norte y que Estados Unidos contuviera a los surcoreanos. Pero eso era más fácil decirlo que hacerlo.

Tras meditarlo durante unos minutos, le pareció dar con una forma de prevenir a los estadounidenses con discreción. Decidió probarla primero con un miembro de la vieja guardia comunista. Llamó a su padre. Le hablaría de cualquier otra cosa y luego deslizaría su idea en la conversación.

—Eres amigo de Fu Chuyu —le dijo Kai cuando contestó—. ¿Sabías que se está muriendo?

Hubo un titubeo que le aclaró la respuesta.

—Sí, me enteré hace unas semanas —contestó Jianjun.

—Ojalá me lo hubieras dicho.

Estaba claro que Jianjun se sentía culpable por habérselo ocultado, pero fingió lo contrario.

—Me lo contaron en confianza —se jactó—. ¿Acaso importa?

—Ha habido una desagradable campaña de cotilleos maliciosos contra tu nuera. La intención era hacerme daño a mí. Ahora entiendo por qué: tiene que ver con quién sucederá a Fu en el cargo de ministro.

—Primera noticia.

—Creo que Fu está conchabado con el viceministro Li.

—No tengo... —Jianjun tosió, el típico espasmo de un fumador para aclararse la garganta—. No tengo ninguna información al respecto.

«Espero que esos puñeteros cigarrillos no acaben también contigo», pensó Kai.

—Apuesto a que es Li, pero podrían ser media docena.

—Ese es el problema. Es una lista larga.

—Hablando de problemas, ¿qué opinas de la crisis de Corea?

Jianjun pareció sentirse aliviado de poner punto final a un tema embarazoso.

—¿Corea? Tarde o temprano tendremos que ponernos duros.

Aquella era su respuesta para todo. Kai decidió que era el momento de poner a prueba su idea.

—Acabo de hablar con nuestra mejor fuente en Corea del Norte. Dice que el líder supremo está entre la espada y la pared; se está quedando sin armas y es muy posible que empiece a actuar a la desesperada. Tenemos que controlarlo.

—Ojalá pudiéramos.

—O conseguir que los estadounidenses refrenen a Corea del Sur, que convenzan a la presidenta No de que no responda al próximo movimiento de Kang, sea el que sea.

—Esperemos.

—O podríamos sincerarnos con la Casa Blanca y advertir a la presidenta Green de que el líder supremo está tan débil que está desesperado —comentó con fingida despreocupación.

—Ni hablar —repuso Jianjun indignado—. ¿Comunicar a los americanos lo débil que está nuestro aliado?

—Una situación así requiere medidas excepcionales.

—Pero no una traición con todas las de la ley.

«Genial, ya tengo mi respuesta: la vieja guardia ni siquiera se plantearía la idea», pensó Kai. Fingió que su padre lo había convencido.

—Supongo que tienes razón. —Cambió de tema enseguida—. Imagino que mamá no accederá a marcharse de la ciudad, ¿verdad? A trasladarse a algún lugar más seguro, con menos probabilidades de ser bombardeado.

Se hizo un silencio, y entonces Jianjun contestó con severidad:

—Tu madre es comunista.

El comentario desconcertó a Kai.

—¿Te crees que no lo sabía?

—El comunismo es algo más que una mera teoría que aceptamos porque existen pruebas fehacientes, como la tabla periódica de los elementos de Mendeléiev.

—¿Qué quieres decir?

—El comunismo es una misión sagrada. Está por encima de

todo lo demás, incluso de nuestros lazos familiares y nuestra propia seguridad personal.

Kai no daba crédito.

—O sea que, para ti, ¿el comunismo es más importante que mi madre?

—Exacto. Y ella diría lo mismo respecto a mí.

Aquello era más radical de lo que Kai habría podido imaginar. Se quedó un tanto perplejo.

—A veces creo que tu generación no lo entiende —añadió su padre.

«En eso no vas desencaminado», pensó Kai.

—En fin, no te he llamado para discutir sobre el comunismo —repuso—. Avísame si te enteras de algo acerca de esas maniobras contra mí.

—Por supuesto.

—Cuando descubra quién ha estado intentando meterse conmigo valiéndose de mi mujer, le cortaré las pelotas con un cuchillo oxidado.

Colgó.

Kai no se había equivocado al temer que Jianjun estaría en contra de la idea de sincerarse con los estadounidenses. A su padre lo habían educado para ver a los imperialistas-capitalistas como enemigos de por vida. China había cambiado, el mundo había cambiado, pero los viejos permanecían estancados en el pasado.

Pero eso no quería decir que su idea fuera mala, solo que tenía que ponerse en práctica en la clandestinidad.

Cogió su teléfono y marcó. Le contestaron de inmediato.

—Aquí Neil.

—Soy Kai. Necesito saber si le disteis consentimiento previo a la presidenta No para el ataque contra Sino-ri. —Neil dudó—. Tenemos que ser sinceros el uno con el otro —insistió Kai—. Esta situación es demasiado peligrosa para actuar de cualquier otra forma.

—De acuerdo —accedió Neil—. Pero, si citas mis palabras, las negaré.

—Entendido.

—La respuesta es no, no nos consultaron antes de atacar; y si lo hubieran hecho, no lo habríamos aprobado.

—Gracias.

—Me toca. ¿Sabíais que el líder supremo iba a atacar Jeju?

—No. Lo mismo: fue sin previo aviso; de lo contrario, habríamos intentado detenerlo.

—¿En qué narices está pensando el líder supremo?

—De eso quería yo hablar contigo. Esta crisis es peor de lo que crees.

—Dios —dijo Neil—. Me cuesta imaginar algo peor.

—Créeme.

—Continúa.

—El problema es la debilidad del régimen de Corea del Norte.

—¿Debilidad, dices?

—Sí. Escucha. Ahora la mitad del ejército norcoreano está controlado por los rebeldes. Parte de la otra mitad quedó destruida en Sino-ri. El líder supremo ha dispersado sus lanzamisiles móviles por todo el país…

—¿Dónde?

—Túneles y puentes.

—Mierda.

—Sin contar con eso, desde el sur podrían eliminar lo que queda del ejército norcoreano con dos o tres ataques con misiles.

—O sea que Kang está de mierda hasta las cejas.

—Y eso lo vuelve temerario.

—¿Qué va a hacer?

—Algo drástico.

—¿Podemos detenerlo?

—Aseguraos de que la presidenta de Corea del Sur no vuelve a atacar.

—Pero el líder supremo igual la provoca.

—Claro que la provocará, Neil. Tiene que vengarse por lo de Sino-ri. Quiero que la presidenta Green se asegure de que la escalada se detiene ahí, de que la presidenta surcoreana no responde con un golpe aún más fuerte.

—Todo depende de lo severa que sea la venganza de Kang. Y los únicos capaces de poner freno al líder supremo sois vosotros, el gobierno chino.

—Lo estamos intentando, Neil. Créeme, lo estamos intentando.

34

—Me es totalmente imposible abandonar la Casa Blanca —les dijo Pauline a Pippa y a Gerry el día anterior a Acción de Gracias. Estaban en el Pasillo Central, al lado del piano, con las maletas esparcidas a su alrededor por el suelo abrillantado—. Lo siento muchísimo.

El amigo más antiguo de Gerry, un compañero de estudios de la facultad de Derecho de Columbia, tenía un rancho en Virginia. La presidenta y su familia habían acordado pasar el día de Acción de Gracias con él, su mujer y su hija, que era de la edad de Pippa. El instituto permanecería dos días cerrado, así que podían marcharse el miércoles por la tarde y volver el domingo. El rancho estaba cerca de Middleburg, a unos ochenta kilómetros de la Casa Blanca, una hora de coche, más si había tráfico. Pippa estaba entusiasmada: le encantaban los caballos, como a muchas chicas de su edad.

—No te preocupes —le contestó Gerry—. Estamos acostumbrados.

No parecía demasiado disgustado.

—Si lo de Corea se calma, puede que llegue a cenar el sábado por la noche.

—Vale, sería estupendo. Llámame si vienes, así avisaré a nuestros anfitriones de que pongan un plato más en la mesa.

—Claro. —Pauline se volvió hacia Pippa—. ¿No vas a pasar frío, todo el día montando a caballo al aire libre?

—El caballo te da calor —respondió Pippa—. Es como la calefacción del asiento de un coche.

—Está bien, pero llévate ropa de abrigo de todas maneras.

Pippa cambió de chip de golpe, lo típico de un adolescente, y empezó a preocuparse.

—Mamá, ¿no te vas a sentir mal… si pasas el día de Acción de Gracias tú sola?

—Te echaré de menos, cielo, pero no quiero fastidiarte las vacaciones. Sé que te hacen mucha ilusión. Y yo estaré demasiado ocupada salvando el mundo para sentirme sola.

—Si van a bombardearnos a todos hasta hacernos papilla, quiero que estemos juntos.

Pippa habló en un tono desenfadado, pero Pauline detectó en sus palabras una profunda preocupación latente. La presidenta también albergaba el secreto temor de no volver a ver a su hija, pero contestó en el mismo tono semiserio.

—Es todo un detalle por tu parte, pero creo que podré contener las bombas hasta el domingo por la tarde.

Un botones de la Casa Blanca cogió las maletas.

—El Servicio Secreto debería estar esperando —dijo Gerry.

—Sí, señor.

Pauline los besó y los observó mientras se alejaban.

Pippa había metido el dedo en la llaga con su comentario. Lo que Pauline estaba ocultando era su convencimiento de que tal vez Washington fuera bombardeado a lo largo de los días siguientes. Por eso se alegraba de que su hija se marchara de la ciudad. Lo único que deseaba era que se fuera más lejos.

El bombardeo de Sino-ri la había conmocionado. Nadie se esperaba que la presidenta No llevara a cabo una acción tan drástica sin consultar a Estados Unidos. Pauline, además, estaba enfadada: se suponía que eran aliados, que se habían comprometido a actuar de forma conjunta. Pero la presidenta surcoreana no había mostrado el menor arrepentimiento. A Pauline le daba miedo que la alianza se estuviera debilitando. Ella estaba perdiendo el control de Corea del Sur de la misma manera que

Chen estaba perdiendo el control de Corea del Norte. Era una evolución peligrosa.

Se dirigió al Despacho Oval, donde Chess estaba esperándola para despedirse. Llevaba puesto un plumífero largo y unas deportivas y estaba a punto de embarcarse en un vuelo hacia Colombo, Sri Lanka.

—¿Cuántas horas dura el vuelo? —le preguntó Pauline.

—Veinte, incluida la parada para repostar.

Chess se iba a la conferencia de paz. China enviaría a Wu Bai, el ministro de Asuntos Exteriores, que tenía el mismo rango que el secretario de Estado americano.

—Habrás visto el informe de la CIA, el que han enviado desde Pekín —dijo Pauline.

—Sí, por supuesto. Y me ha asombrado la sinceridad de ese tipo del servicio de inteligencia chino.

—Chang Kai.

—Sí. Creo que jamás habíamos recibido un mensaje tan franco del gobierno de China.

—Quizá no proceda del gobierno. Tengo la sensación de que Chang Kai está actuando por su cuenta. Teme lo que pretenda hacer el líder supremo en Corea del Norte y le preocupa que algunos miembros del gobierno chino no se estén tomando el peligro lo bastante en serio.

—Pues estoy a punto de hacerle una oferta atractiva al líder supremo.

—Esperemos que Kang lo vea así.

Lo habían debatido aquel mismo día en una reunión del gabinete. Tenían que darle algo a Kang, y habían decidido ofrecerle una revisión de las fronteras marítimas entre Corea del Norte y Corea del Sur, un tema delicado para Kang. De todas maneras, Pauline opinaba que la revisión tendría que haberse hecho hacía tiempo. Las líneas de 1953 se habían trazado cuando Corea del Norte estaba derrotada y China era débil, así que favorecían al sur, ya que bordeaban la costa de Corea del Norte y le asignaban a Corea del Sur los mejores territorios de pesca del mar Amarillo. La modificación era una cuestión de justicia, y le permitiría al líder supremo salvar las apariencias. La presidenta No de Corea del Sur pondría el grito en el cielo, pero terminaría aceptándolo.

—Tengo que irme. El avión me está esperando, y con nada más y nada menos que siete diplomáticos y miembros del ejército que quieren informarme con todo detalle durante el vuelo. —Chess se levantó y cogió su maletín—. Y cuando se cansen, tengo que leerme un montón de documentos.

—Buen viaje.

Chess se marchó.

Pauline se trasladó al Estudio, pidió que le sirvieran una ensalada allí mismo y se centró en el papeleo. Tuvo pocas interrupciones, de modo que aprovechó el tiempo al máximo. Cuando llamó para pedir un café, le echó un vistazo al reloj y vio que eran las nueve en punto. En esos momentos, Chess ya debía de estar en el aire, se dijo.

Recordó que, hacía un mes, había reunido a varios líderes mundiales para evitar el estallido de una guerra en la frontera entre Sudán y el Chad, y se preguntó si su diplomacia volvería a funcionar en esta ocasión. Se temía que la crisis coreana iba a ser mucho más complicada.

Entonces entró Gus.

La presidenta sonrió, feliz de verlo, contenta de encontrarse a solas con él en el Estudio. Reprimió una punzada de culpa: no le estaba siendo infiel a Gerry, salvo en sus ensoñaciones diurnas.

Pero Gus había ido a verla por trabajo.

—Creo que el líder supremo está a punto de hacer algo —dijo—. Hemos captado dos indicios. Uno es una intensa actividad comunicativa en torno a las bases militares norcoreanas. No podemos leer casi ninguno de los mensajes porque están encriptados, pero el patrón sugiere que se está preparando un ataque.

—Es su venganza. ¿Cuál es el segundo indicio?

—Han activado un virus latente en el sistema del ejército surcoreano y está enviando órdenes falsas. Han tenido que dar instrucciones a todas sus fuerzas militares de que ignoren los mensajes electrónicos y obedezcan solo órdenes telefónicas de seres humanos mientras intentan desinfectar el sistema.

—Eso podría ser el preludio de un ataque importante.

—Exacto, señora presidenta. Luis y Bill están ya en la Sala de Crisis.

—Vamos —dijo Pauline, y se puso en pie.

La Sala de Crisis comenzaba a llenarse. Primero llegó la jefa de Gabinete, Jacqueline Brody, después la directora de Inteligencia Nacional Sophia Magliani y, por último, el vicepresidente.

Varias de las pantallas cobraron vida y mostraron las imágenes de, al parecer, una cámara callejera. Pauline vio el centro de una ciudad, seguramente Seúl. Dedujo que debía de estar sonando una alarma, porque los transeúntes corrían de un lado a otro.

—¿Qué está pasando? —preguntó.

—Se acerca la artillería —contestó Bill Schneider, que escuchaba por los auriculares lo que decía el Pentágono.

Luis se lo explicó:

—Seúl está a solo veinticinco kilómetros de la frontera con Corea del Norte —explicó Luis—, sin duda dentro del rango de alcance de armas anticuadas de gran tamaño como el Koksan de 170 milímetros autopropulsado.

—¿Objetivos? —preguntó Pauline.

—Suponemos que Seúl —contestó Bill.

—¿Respuestas?

—Las tropas surcoreanas están disparando artillería para contraatacar. Las tropas estadounidenses esperan órdenes.

—No despleguéis las tropas estadounidenses sin que yo lo diga. De momento solo acciones defensivas.

—Sí, señora. Los impactos de la artillería han comenzado.

En el vídeo de Seúl, Pauline vio que de repente se abría un cráter en una carretera, una casa se derrumbaba, un coche daba vueltas de campana. Se sintió como si se le hubiera parado el corazón. El líder supremo se había extralimitado. Aquel ataque no era una respuesta proporcionada, un ataque testimonial, una represalia simbólica. Era una guerra.

—Los satélites de vigilancia han detectado misiles que emergen por encima de la capa de nubes de Corea del Norte —informó Bill.

—¿Cuántos? —quiso saber Pauline.

—Seis —contestó Bill—. Nueve. Diez. Va en aumento. Todos proceden de la mitad occidental de Corea del Norte, el área controlada por el gobierno. Ninguno de las zonas rebeldes.

Se iluminó otra pantalla. Mostraba los datos de un radar superpuestos sobre un mapa de Corea. Los misiles estaban tan apiñados que Pauline no pudo contarlos.

—¿Cuántos son ahora?

—Veinticuatro —fue la respuesta de Bill.

—Esto es un ataque a gran escala.

—Señora presidenta, esto es la guerra —la corrigió Luis.

Pauline sintió frío. Siempre había temido algo así. Se había dedicado en cuerpo y alma a evitar la guerra, y había fracasado.

«¿En qué me he equivocado?», pensó.

Se pasaría el resto de su vida intentando contestar esa pregunta. La desterró de su mente.

—Y tenemos a veintiocho mil quinientos soldados estadounidenses en Corea del Sur.

—Además de sus esposas e hijos.

—Y maridos, imagino.

—Y maridos —admitió Luis.

—Ponedme con el presidente Chen, por favor.

—Yo me ocupo —dijo Jacqueline Brody, y sacó un teléfono.

—¿Por qué está haciendo todo esto el líder supremo? —preguntó Pauline—. ¿Quiere suicidarse?

—No —dijo Gus—. Está desesperado, pero no quiere suicidarse. Está perdiendo la batalla contra los ultras y no será capaz de resistir mucho más tiempo. Seguro que al final lo ejecutan, así que se está enfrentando a su propia muerte. La única manera de cambiar las tornas es con la ayuda de China, pero el gobierno chino se niega a mandarle sus tropas. El líder supremo cree que puede forzar la situación, y tal vez tenga razón. China no lo salvará de sus rebeldes, pero puede que sí intervenga para impedir que Corea del Sur los invada.

—La están esperando, señora presidenta —anunció la jefa de Gabinete. Era evidente que los chinos estaban pendientes de esa llamada—. Puede hablar por el teléfono que tiene delante. En el resto de los aparatos de la sala solo se podrá escuchar la conversación.

Todos descolgaron los auriculares.

—Al habla la presidenta —dijo Pauline por teléfono.

—Un segundo, por favor, le paso con el presidente de China —contestó la operadora de la centralita de la Casa Blanca.

Un momento después, se oyó la voz de Chen:

—Me alegro de hablar con usted, presidenta Green.

—Le llamo por lo de Corea, como ya imaginará.

—Como sabe, señora presidenta, la República Popular China no tiene tropas en Corea del Norte y nunca las ha tenido.

Aquello era técnicamente cierto. Los soldados chinos que habían luchado en la guerra de Corea a principios de la década de 1950 habían sido voluntarios, en teoría. En cualquier caso, Pauline no tenía ninguna intención de meterse en ese debate.

—En efecto, lo sé, pero, aun así, espero que sea usted capaz de ayudarme a entender qué demonios está haciendo Corea del Norte en este preciso instante.

Chen cambió al mandarín. La intérprete se incorporó a la conversación. Sin duda era un comunicado preparado de antemano.

—El ataque con artillería y misiles que parece haberse lanzado desde Corea del Norte no cuenta con el permiso ni con la aprobación del gobierno chino.

—Me alivia saberlo. Y espero que entienda que nuestras tropas van a defenderse.

Chen habló con cuidado y la intérprete hizo lo mismo.

—Puedo asegurarle que el gobierno chino no tiene ninguna objeción, siempre y cuando las tropas estadounidenses no estén en territorio norcoreano, en espacio aéreo norcoreano ni en aguas territoriales norcoreanas.

—Comprendo.

Las palabras aparentemente tranquilizadoras de Chen eran en realidad una advertencia. Le estaba diciendo que las tropas de Estados Unidos debían permanecer en Corea del Sur. Pauline esperaba poder mantenerlas allí, pero no estaba dispuesta a prometerlo.

—Mi secretario de Estado, Chester Jackson, está ahora mismo en un avión rumbo a Sri Lanka para reunirse con su ministro de Asuntos Exteriores, Wu Bai, y otras personas, y albergo la esperanza de que este conflicto quede zanjado en dicha conferencia, si no antes.

—Yo también.

—Por favor, no dude en llamarme en cualquier momento, sea de día o de noche, en caso de que ocurra algo que considere inaceptable o provocativo. Estados Unidos y China no deben entrar en guerra. Ese es mi objetivo.

—Y el mío.

—Gracias, señor presidente.

—Gracias a usted, señora presidenta.

En cuanto colgaron, el general Schneider tomó la palabra de inmediato.

—Los norcoreanos han lanzado ahora misiles de crucero, y los bombarderos están despegando.

Pauline paseó la mirada por la Sala de Crisis.

—Chen ha sido muy claro: China se mantendrá al margen de este conflicto si nosotros nos mantenemos alejados de Corea del Norte. Bill, esa debe ser la base de nuestra estrategia. Evitar la intervención de China es lo mejor que podemos hacer para ayudar a Corea del Sur.

Aún no había acabado de decirlo y ya sabía cuánto desdén suscitaría aquel planteamiento en James Moore y sus seguidores en los medios.

—Sí, señora. —Bill Schneider era agresivo por naturaleza, pero hasta él se daba cuenta de que lo que decía la presidenta tenía sentido. Prosiguió—: Las tropas estadounidenses están preparadas para actuar de acuerdo con las restricciones de Chen. En cuanto dé la orden, iniciaremos los ataques de artillería contra las instalaciones militares de Corea del Norte. Los aviones de combate están en las pistas de despegue, listos para enfrentarse a los bombarderos que se dirigen a Corea del Sur. Pero en esta fase no vamos a enviar aviones estadounidenses tripulados al espacio aéreo norcoreano.

—Desplegad la artillería.

—Sí, señora.

—Que despeguen los cazas.

—Sí, señora.

Se encendieron más pantallas. Pauline vio pilotos que se encaramaban a sus aviones de combate en la que debía de ser la base de la Fuerza Aérea de Estados Unidos en Osan, a cincuenta kilómetros al sur de Seúl. Volvió a pasear la mirada por la sala.

—Opiniones, por favor. ¿Cabe la posibilidad de que gane Corea del Norte?

—Es improbable, pero no imposible —contestó Gus, y Pauline vio gestos de asentimiento alrededor de la mesa—. Su única esperanza es una guerra relámpago que cierre enseguida todos los puertos y aeródromos de Corea del Sur y que, por tanto, impida la llegada de refuerzos.

—Planteémonos solo por un instante qué podríamos hacer si viéramos que va a ocurrir eso.

—Dos cosas, aunque ambas conllevan nuevos riesgos. Podríamos aumentar la presencia de nuestras tropas en la región de forma masiva: más buques de guerra en el mar de la China Meridional, más bombarderos en nuestras bases de Japón, más portaaviones en Guam.

—Pero los chinos podrían considerarlo una provocación. Sospecharían que ese armamento va dirigido contra ellos.

—Sí.

—¿Y la otra opción?

—Aún peor —contestó Gus—. Podríamos anular al ejército norcoreano con un ataque nuclear.

—Eso será lo que James Moore defienda mañana por la mañana en la televisión.

—Y comportaría el riesgo de una respuesta nuclear, bien por parte de Corea del Norte, con los restos de su arsenal nuclear, bien por parte de China, lo cual sería aún peor.

—De acuerdo. Nos atenemos a nuestra estrategia actual pero vigilamos de cerca la batalla. Bill, ahora necesitamos que el Pentágono nos ponga en pantalla un recuento en tiempo real de los aviones y misiles norcoreanos derribados y de los que quedan en el aire. Gus, quiero que hables con Sandip. Que envíe comunicados a la prensa cada hora. Por favor, asegúrate de que se le mantiene al tanto de todo. Necesito que el Departamento de Estado informe a nuestras embajadas extranjeras. Y también necesitamos café. Y bocadillos. Va a ser una noche larga.

Cuando el sol se puso en Asia Oriental y el amanecer iluminó la Casa Blanca, el general Schneider anunció que la guerra relámpago de Corea del Norte no había funcionado. Al menos la mitad de los misiles habían errado su objetivo: algunos habían sido alcanzados por antimisiles, otros habían sufrido fallos debido a la interferencia de los ciberataques en su sistema y otros se habían estrellado sin razón aparente. Los cazas habían derribado varios bombarderos.

Aun así, se habían producido muchas víctimas entre militares y civiles, tanto estadounidenses como surcoreanos. La CNN emitía imágenes de Seúl y de otras ciudades. Algunos de los vídeos estaban tomados de la televisión surcoreana, otros de publicaciones en las redes sociales. Mostraban edificios derrumbados, incendios atroces y equipos de paramédicos intentando ayudar a los heridos y retirando los cadáveres. Sin embargo, ni un solo puerto ni un solo aeródromo militar habían cerrado. El ataque continuaba, pero el resultado ya no estaba en duda.

El café y la tensión mantenían activa a Pauline, aunque la presidenta creía que ya podía atisbar el final. Cuando Bill terminó de hablar, intervino ella.

—Creo que ahora deberíamos proponer un alto el fuego. Llamemos otra vez al presidente Chen.

Jacqueline inició los trámites.

—Señora presidenta, el Pentágono preferiría completar la destrucción de las fuerzas militares norcoreanas —apuntó Bill, envarado.

—No podemos hacerlo de forma remota —repuso—. Tendríamos que disponer de soldados sobre el terreno en Corea del Norte, y eso daría comienzo a otra guerra, esta vez con los chinos, a los que nos costaría una barbaridad vencer, mucho más que a los norcoreanos.

En la sala se oyeron comentarios de aprobación.

—De acuerdo —dijo Bill a regañadientes.

—De todos modos, hasta que los norcoreanos accedan al alto el fuego —añadió Pauline—, sugiero que los ataquéis con todo lo que tengáis.

A Bill se le iluminó el rostro.

—Muy bien, señora presidenta.

—Chen está al teléfono —anunció Jacqueline.

Pauline contestó e intercambiaron unos breves saludos.

—Hemos acabado con el ataque de Corea del Norte a Corea del Sur —comentó Pauline al presidente chino.

Chen habló a través de la intérprete.

—La agresión de las autoridades de Seúl contra la República Popular Democrática de Corea es injustificada.

Pauline se quedó atónita. Durante su última conversación, Chen se había mostrado razonable. Ahora parecía repetir frases propagandísticas como un loro.

—Aun así, Corea del Norte ha perdido la batalla —señaló Pauline.

—El Ejército Popular de Corea continuará defendiendo enérgicamente la República de Corea de los ataques instigados por Estados Unidos.

Pauline tapó el micrófono del teléfono con la mano.

—Conozco a Chen. No se cree ninguna de esas chorradas.

—Creo que el ala dura del Partido está con él en la sala, dictándole lo que tiene que decir —conjeturó Gus.

Varias personas asintieron para darle la razón.

Le resultaría más incómodo, pero, aun así, Pauline podía transmitir su mensaje.

—Creo que el pueblo de Estados Unidos y el pueblo de China pueden hallar la forma de poner fin a la masacre.

—La República Popular China considerará con minuciosidad su propuesta, claro está.

—Gracias. Quiero un alto el fuego. —Se produjo un silencio largo, hasta que Pauline añadió—: Le agradecería que les comunicara ese mensaje a sus camaradas de Pionyang.

Una vez más, la respuesta tardó en llegar, y Pauline se imaginó a Chen tapando el teléfono con la mano y hablando con los comunistas de la vieja escuela que lo acompañaban en su palacio junto al lago, en el complejo Zhongnanhai. ¿Qué estarían diciendo? Ninguno de los miembros del gobierno de Pekín quería aquella guerra, pondría la mano en el fuego. Corea del Norte no podía ganarla, los acontecimientos de aquella noche lo habían demostrado de sobra, y China no quería enzarzarse en un conflicto armado con Estados Unidos.

—¿Y puede asegurarnos que la presidenta No aceptará esta propuesta en Seúl? —preguntó Chen para ganar tiempo.

—Claro que no —contestó Pauline de inmediato—. Corea del Sur es un país libre. Pero haré lo imposible para convencerla.

Hubo otro largo silencio.

—Lo debatiremos con Pionyang —dijo Chen.

Pauline decidió presionarlo.

—¿Cuándo?

Esta vez Chen no titubeó.

—De inmediato.

Esas palabras habían sido de Chen, supuso Pauline, no de sus niñeras.

—Gracias, señor presidente.

—Gracias, señora presidenta.

—En Pekín ha cambiado algo —dijo Pauline en cuanto colgaron.

—Cuando empiezan los disparos, se impone la autoridad del ejército, y el ejército chino está dirigido por partidarios del ala dura —comentó Gus.

Pauline miró a Bill y pensó que la mayoría de los militares eran partidarios del ala dura.

—Muy bien, ahora hablaremos con Seúl.

—Me pondré en contacto con la presidenta No —dijo Jacqueline.

La centralita les pasó con Seúl y Pauline cogió el teléfono.

—Ha sido un día terrible para usted, señora presidenta, pero las tropas surcoreanas han luchado con valor y han derrotado a los agresores.

Se imaginó a la presidenta No: el pelo gris peinado severamente hacia atrás, la frente alta, los ojos oscuros y penetrantes, las arrugas que le rodeaban la boca y sugerían una historia de conflicto.

—El líder supremo ha descubierto que no puede atacar a los surcoreanos con impunidad —contestó la presidenta No. El dejo de profunda satisfacción de su voz le dio a entender a Pauline que la surcoreana no estaba pensando solo en el bombardeo de las últimas horas, sino también en el intento de asesinato que había acabado con la vida de su amante—. Agradecemos al valiente y generoso pueblo americano su inestimable ayuda.

«Se acabaron los preámbulos», pensó Pauline.

—Ahora debemos hablar de lo que hay que hacer a continuación.

—Aquí está oscureciendo y el intercambio de misiles ha cesado, pero se reanudará por la mañana.

—A no ser que lo impidamos —replicó Pauline.

—¿Y cómo pretende impedirlo, señora presidenta?

—Propongo un alto el fuego. —Silencio al otro lado de la línea. Para llenarlo, Pauline continuó—: Mi secretario de Estado y el ministro de Asuntos Exteriores chino llegarán a Sri Lanka en cuestión de horas para reunirse con su ministro de Asuntos Exteriores y su homólogo norcoreano. Deberían debatir los detalles del alto el fuego de inmediato, y después pasar a negociar un acuerdo de paz.

—Un alto el fuego dejaría al líder supremo al mando en Pionyang y en posesión de lo que quede de sus armas —dijo la presidenta No—, así que seguiría siendo una amenaza para nosotros.

Eso era cierto, desde luego.

—Continuar con la masacre no conduce a nada —señaló Pauline.

—No estoy de acuerdo —replicó No.

La respuesta pilló a Pauline por sorpresa. Frunció el ceño. No esperaba toparse con una oposición semejante. ¿A qué se refería No?

—Ha vencido a Corea del Norte —dijo Pauline—. ¿Qué más quiere?

—El líder supremo inició esta guerra —contestó No—. Y yo le pondré punto final.

«Cielo santo —pensó Pauline—. Quiere una rendición incondicional.»

—Un alto el fuego es el primer paso para terminar una guerra.

—Esta es una oportunidad única en la vida para liberar a nuestros compatriotas del norte de una tiranía asesina.

A Pauline le dio un vuelco el corazón. El líder supremo era, en efecto, un tirano asesino, pero la presidenta No Do-hui carecía del poder necesario para derrocarlo en contra de los deseos de los chinos.

—¿En qué está pensando?

—En la destrucción absoluta del ejército de Corea del Norte y en un régimen nuevo, no agresivo, en Pionyang.

—¿Está hablando de una invasión de Corea del Norte?

—Si es necesaria, sí.

Pauline quiso poner fin a aquella idea lo antes posible.

—Estados Unidos no se sumaría a sus esfuerzos.

—Tampoco querríamos que lo hiciera.

La respuesta de No Do-hui sorprendió a la presidenta Green; se quedó sin palabras unos instantes.

Ningún líder coreano había hablado de aquella forma desde la década de 1950. Si aquella guerra reunificaba el norte y el sur, el sur tendría que encontrar la manera de lidiar con un repentino flujo de veinticinco millones de personas medio muertas de hambre que no tenían ni idea de cómo vivir en una economía capitalista. La presidenta No había basado su campaña en una promesa de reunificación en un futuro impreciso: su eslogan «Antes de que me muera» significaba «no nunca», aunque también «ahora no». Sin embargo, el aspecto económico no era su mayor problema. Era China.

—Si ustedes se mantienen al margen —continuó No como si le leyera la mente—, China hará lo mismo, suponemos. Diremos que los problemas de Corea deben ser resueltos por el pueblo de Corea, sin la implicación de otros países.

—Pekín no le permitirá instalar un gobierno proestadounidense en Pionyang.

—Lo sé. Debatiríamos el futuro de Corea del Norte y del Sur con nuestros vecinos y aliados, por supuesto. Pero creemos que ha llegado el momento de que el conjunto de Corea deje de ser un mero peón en la partida de otros.

Pauline opinaba que aquello no era realista. Si lo intentaban, las consecuencias serían terribles. Respiró hondo.

—Señora presidenta, comprendo sus sentimientos, pero considero que lo que propone es peligroso para Corea y para el mundo.

—He prometido reunificar mi país. Puede que no se presente otra coyuntura como esta hasta dentro de cincuenta años. No pasaré a la historia como la presidenta que desperdició su oportunidad.

Así que era eso, pensó Pauline. Se trataba de vengar la muerte de su amante y de mantener su promesa electoral, y sobre todo se trataba de su legado. Tenía sesenta y cinco años y se planteaba el lugar que ocuparía en la historia. Aquel era su destino.

No había nada más que decir.

—Gracias, señora presidenta —dijo Pauline sin más, y colgó.

Miró en torno a la mesa. Todos habían oído la conversación.

—Nuestra estrategia para gestionar la crisis de Corea acaba de desmoronarse —señaló—. El norte ha atacado al sur y ha perdido, y el sur está decidido a invadir. Mi conferencia de paz ha muerto antes de nacer. La presidenta No Do-hui está planeando dar un vuelco tremendo a la política mundial.

Se quedó callada un momento para asegurarse de que los presentes asimilaban la gravedad de la situación. Luego pasó a abordar los detalles prácticos.

—Bill, quiero que hoy te encargues tú de la comparecencia matutina en la Sala de Prensa de la Casa Blanca. —Schneider se mostró reacio, pero Pauline quería a un hombre de uniforme—. Sandip Chakraborty estará contigo. —Estuvo a punto de añadir «para agarrarte de la manita», pero se contuvo—. Di que estábamos preparados para el ataque y que lo hemos combatido ocasionando el mínimo de daños. Ofréceles tantos detalles militares como te sea posible: número de misiles disparados, aviones enemigos derribados, víctimas civiles. Puedes decir que he mantenido contacto con los presidentes de China y Corea del Sur a lo largo de la noche, pero no contestes a ninguna pregunta política: diles que la situación aún no está clara y que además tú no eres más que un simple soldado.

—Muy bien, señora.

—Con suerte, ahora tendremos unas cuantas horas para reflexionar. Traed a vuestros ayudantes a esta sala, por favor, y marchaos a descansar un poco mientras en Asia Oriental duermen. Voy a darme una ducha. Nos vemos de nuevo esta tarde, cuando amanezca en Corea.

La presidenta se levantó y los demás la imitaron. Captó una

mirada de Gus y se dio cuenta de que quería acompañarla, pero Pauline pensó que no era buena idea tratarlo con evidente favoritismo delante de todos, así que miró hacia otro lado y salió de la sala.

Volvió a la Residencia y se duchó. Se sintió revitalizada pero cansada: necesitaba desesperadamente dormir. Sin embargo, primero se sentó en el borde de la cama en albornoz y llamó a Pippa para preguntarle cómo le iban las vacaciones.

—¡Ayer por la tarde el tráfico era horrible y tardamos dos horas en llegar! —le dijo su hija.

—Menudo rollo.

—Pero luego cenamos todos juntos y fue divertido. Josephine y yo hemos salido a montar esta mañana temprano.

—¿Qué caballo te han dado?

—Un poni precioso llamado Parsley, inquieto pero obediente.

—Perfecto.

—Después papá nos ha llevado en coche a Middleburg para comprar pasteles de calabaza y… ¿a que no sabes con quién nos hemos encontrado? ¡Con la señora Judd!

Pauline sintió que se le cerraba la boca del estómago. O sea que Gerry había organizado un encuentro con su amante en Acción de Gracias. Lo de Boston no había sido una mera aventura de una noche, entonces.

—Vaya, vaya —dijo forzando un tono de voz alegre. Y añadió sin querer—: ¡Qué coincidencia!

Esperó que Pippa no captara el sarcasmo.

—Por lo que se ve, está pasando estos días con una amiga que tiene una bodega no lejos de Middleburg —comentó Pippa, ajena al comentario de su madre—, así que papá se fue a tomar un café con la Judders mientras Jo y yo comprábamos las tartas. Ahora estamos volviendo y vamos a ayudar a la madre de Jo a rellenar el pavo.

—Me alegro mucho de que te lo estés pasando tan bien.

Pauline se dio cuenta de que sus palabras habían sonado un poco tristes. Pippa aún era una niña, pero tenía instinto femenino, y el tono vagamente deprimido de su madre le recordó que ella no estaba de vacaciones.

—Oye, ¿qué está pasando en Corea?

—Estoy intentando parar la guerra.

—Guau. ¿Deberíamos preocuparnos?

—Déjame eso a mí. Ya me preocupo yo por todos.

—¿Quieres hablar con papá?

—Si está conduciendo no.

—Sí, está conduciendo.

—Dale un beso de mi parte.

—Vale.

—Adiós, cielo.

—Adiós, mamá.

Cuando Pauline colgó, notó un regusto desagradable en la boca.

Gerry y Amelia Judd lo tenían todo planeado. A lo largo del fin de semana, Gerry encontraría alguna excusa para escabullirse de cara a sus anfitriones y tendrían una cita secreta. Su marido la había engañado, mientras que ella estaba resistiendo la tentación con valentía.

¿Qué había hecho mal? ¿Se había percatado Gerry de sus sentimientos hacia Gus? «Los sentimientos son inevitables», pensó, y la verdad es que no le había importado cuando empezó a sospechar que Gerry se sentía atraído por la señora Judd. «Pero las acciones no», se dijo. Gerry había sido infiel, y Pauline no. Una gran diferencia.

Eran las ocho en punto, horario de máxima audiencia para las noticias de la tele. En alguno de los programas estarían preguntando a James Moore sobre Corea. «Como si él supiera algo», pensó Pauline con amargura. Seguro que no sabía ni situar Corea en un mapa. Encendió el televisor y fue saltando de canal en canal hasta que lo encontró en un programa matutino para el gran público.

Llevaba una chaqueta de ante marrón con flecos. Aquello era una novedad: ya ni siquiera fingía ajustarse a la norma. ¿En serio que la gente quería un presidente que se pareciera a Davy Crockett?

La entrevista corría a cargo de Mia y Ethan. Ethan abrió la entrevista.

«Tú has visitado Asia Oriental, así que tienes conocimiento de primera mano de cómo está la situación en la zona.»

Pauline se echó a reír. Moore había hecho una gira de diez días por Asia Oriental y había pasado la friolera de un día en Corea, y sin apenas salir de un hotel de cinco estrellas de Seúl.

«No puedo decir que sea un experto, Ethan —contestó Moore—, y, desde luego, soy totalmente incapaz de pronunciar todos esos nombres raros... —Se interrumpió para que ambos se rieran—. Pero opino que es una situación que requiere sentido común. Corea del Norte nos ha atacado a nosotros y a nuestros aliados, y cuando te atacan, tienes que devolver el golpe, y bien fuerte.»

—La palabra que estás buscando es «escalada», Jim —dijo Pauline.

«Si no, lo único que consigues es alentar al enemigo —continuó Moore.»

Mia cruzó las piernas. Como todas las mujeres de aquel canal de televisión, tenía que llevar una falda corta para que se le vieran las rodillas.

«Pero ¿a qué te refieres, Jim, hablando en plata?»

«Lo que digo es que podríamos arrasar Corea del Norte con un único ataque nuclear, y podríamos hacerlo hoy mismo.»

«Bueno, eso es bastante drástico.»

Pauline volvió a reírse.

—¿Drástico? —le dijo a la pantalla—. Es una locura, más bien.

«No solo resolvería nuestro problema de un plumazo —añadió Moore—, sino que disuadiría a los demás. Digámosle a la gente: si atacas a Estados Unidos, estás perdido.»

A Pauline no le costó imaginarse a los seguidores de Moore alzando el puño en el aire. Pues bueno, ella iba a salvarlos de la aniquilación nuclear, quisieran o no.

Apagó el televisor.

Necesitaba dormir, pero quería hacer una cosa más antes de meterse en la cama.

Se puso un chándal y bajó a la planta inferior. Allí encontró al destacamento del Servicio Secreto y a un joven comandante del ejército que cargaba con el balón nuclear.

No era un balón, por supuesto, sino un maletín de aluminio de la marca Zero Halliburton dentro de una funda de cuero negro. Parecía un portatrajes, salvo por la antenita de comunicaciones que sobresalía cerca del asa. Pauline saludó al joven y le preguntó cómo se llamaba.

—Me llamo Rayvon Roberts, señora presidenta.

—Bien, comandante Roberts, me gustaría echarle un vistazo al interior del balón, para refrescarme la memoria. Ábralo, por favor.

—Sí, señora.

Roberts quitó enseguida la funda de cuero negro, dejó el maletín de metal en el suelo, abrió los tres cierres y levantó la tapa.

La maleta contenía tres objetos y un teléfono sin teclado.

—Señora, ¿desea que le recuerde para qué sirve cada uno de estos objetos? —preguntó Roberts.

—Sí, por favor.

—Este es el Libro Negro.

Era un archivador de anillas normal y corriente. El comandante se lo tendió a Pauline. Ella lo cogió y echó un vistazo a las páginas, impresas en negro y rojo.

—Ahí se listan sus opciones de represalia —indicó Roberts.

—Las distintas maneras de iniciar una guerra nuclear.

—Sí.

—No se me habría ocurrido pensar que hubiera tantas. ¿Qué más?

Roberts cogió otro archivador similar.

—Esto es una lista de los emplazamientos secretos repartidos por el país en los que podría refugiarse en caso de emergencia.

Lo siguiente era una carpeta de papel de manila con una decena aproximada de páginas grapadas.

—Aquí se detalla el Sistema de Alerta de Emergencia que le permitiría dirigirse a la nación a través de todas las emisoras de radio y televisión, en el caso de que se produjera una emergencia nacional.

Aquello estaba casi obsoleto, en la era de las noticias veinticuatro horas y siete días por semana, pensó Pauline.

—Y este teléfono marca un solo número: el del Centro Nacional del Mando Militar en el Pentágono. El centro le transmitirá las instrucciones para los centros de control de lanzamiento de misiles, los submarinos nucleares, los aeródromos con bombarderos y los jefes de operaciones.

—Gracias, comandante —dijo la presidenta.

Se despidió del grupo y volvió al piso de arriba. Por fin podía irse a la cama. Se quitó la ropa y, agradecida, se deslizó entre las sábanas. Se tendió con los ojos cerrados y en su cabeza volvió a ver el maletín forrado de cuero. Lo que contenía en realidad era el fin del mundo.

Se quedó dormida en cuestión de segundos.

35

Trípoli era una gran ciudad, la más grande que Kiah había visto jamás, puesto que tenía el doble de tamaño que Yamena. En la zona del centro había rascacielos con vistas a una playa, pero el resto estaba abarrotado de gente y sucio, y las bombas habían dañado muchos edificios. Algunos hombres llevaban ropa de estilo europeo, pero todas las mujeres lucían vestidos largos y el pelo tapado con un pañuelo.

Abdul llevó a Kiah y a Naji a un hotelillo, barato pero limpio, donde ningún empleado ni huésped era blanco y donde únicamente se hablaba en árabe. Al principio, a Kiah le habían intimidado los hoteles y creía que los empleados se burlaban de ella cuando se mostraban respetuosos, así que había preguntado a Abdul cómo debía tratarlos. «Sé agradable pero no tengas miedo a pedir lo que quieras —respondió él—. Y si muestran curiosidad por ti y te preguntan de dónde eres y demás, sonríe sin más y diles que estás muy ocupada y no puedes hablar.»

Kiah había descubierto que ese consejo funcionaba.

La primera mañana que se despertaron en el hotelito, Kiah pensó en el futuro. Hasta ese momento, había sido incapaz de creerse del todo que habían escapado del campamento minero. Mientras viajaban en coche por el norte de Libia, recorriendo carreteras cada vez en mejor estado y durmiendo en sitios cada vez más confortables, había temido en secreto que los yihadistas los capturaran de algún modo y los esclavizaran de nuevo. Esos hombres eran fuertes y brutales y solían salirse con la suya. Abdul era el único hombre capaz de plantarles cara que había conocido.

Ahora la pesadilla había terminado, gracias a Dios, pero ¿qué iban a hacer a continuación? ¿Cuál era el plan de Abdul? ¿Ella formaba parte de él?

Decidió preguntárselo, sin embargo Abdul le contestó con otra pregunta:

—¿Y tú qué quieres hacer?

—Ya lo sabes —respondió—. Quiero vivir en Francia, donde podré dar de comer a mi hijo y enviarlo al colegio. Pero ya me he gastado todo el dinero y sigo en África.

—A lo mejor puedo ayudarte. No estoy seguro, pero voy a intentarlo.

—¿Cómo?

—En estos momentos no puedo explicártelo. Por favor, confía en mí.

Claro que confiaba en él. Había puesto su vida en manos de Abdul. Sin embargo, notaba una cierta tensión latente en él, y sus preguntas habían hecho que aflorara. Le preocupaba algo. Pero no eran los yihadistas: al parecer, ya no temía que lo estuvieran siguiendo. Aunque de vez en cuando miraba atrás y echaba un vistazo a otros coches, ya no lo hacía cada dos por tres, en plan obsesivo. Así que ¿por qué estaba tan tenso? ¿Era porque estaba pensando en su futuro juntos… o separados?

A Kiah le pareció aterrador. Desde que lo había conocido, Abdul le había dado la impresión de que lo tenía todo bajo control, de que estaba preparado para cualquier cosa, de que no temía a nada. En cambio, ahora admitía que no sabía si podría ayudarla a concluir su viaje. ¿Qué haría ella si él le fallaba? ¿Cómo volvería al lago Chad?

—Todos necesitamos ropa nueva —dijo Abdul con un tono de voz animoso—. Vayamos de compras.

Kiah nunca había «ido de compras», pero sí había oído esa frase, así que sabía que las mujeres ricas solían pasearse por las tiendas en busca de cosas que comprar con el dinero que les sobraba. Nunca se había imaginado que pudiera hacer lo mismo. Las mujeres como ella solo gastaban dinero cuando tenían que hacerlo.

Abdul cogió un taxi y se dirigieron hacia el centro de la ciudad, donde, a la sombra, había unas galerías comerciales repletas de tiendas que colocaban la mitad de sus mercancías en la acera.

—Muchos árabes franceses visten con ropa tradicional —comentó Abdul—, pero igual os sentiréis más cómodos si vestís con ropa europea.

Encontraron una tienda especializada en ropa de niños. Naji disfrutó en todo momento del proceso de elegir colores y dar con su talla. Le encantó ponerse una camisa nueva y mirarse al espejo. Eso hizo gracia a Abdul.

—¡Qué vanidoso es para ser tan pequeño! —exclamó.

—Es igual que su padre —murmuró Kiah, porque Salim había sido un pelín vanidoso.

Entonces miró preocupada a Abdul, pues esperaba no haberlo ofendido al mencionar a su difunto marido. A un hombre no le gustaba que le recordaran que su mujer se había acostado con otro. Sin embargo, Abdul sonreía a Naji sin darle la menor importancia.

Le compró a Naji dos pantalones cortos, cuatro camisas, dos pares de zapatos, algunas prendas de ropa interior y una gorra de béisbol que el niño insistió en llevarse puesta.

En una tienda cercana, Abdul desapareció en el interior de un probador y salió vestido con un traje de algodón azul marino, camisa blanca y una corbata estrecha y lisa. Kiah era incapaz de recordar cuándo había sido la última vez que había visto a un hombre con corbata, aparte de en la televisión.

—¡Pareces un americano! —exclamó.

—*Quel horreur* —dijo Abdul.

Pero sonrió.

Entonces a Kiah se le ocurrió que igual sí era americano. Eso explicaría que tuviera tanto dinero. Se lo tenía que preguntar. En ese momento no, pero pronto.

Abdul regresó a la parte posterior de la tienda y reapareció vestido con su túnica habitual de color marrón grisáceo y con su ropa nueva en una bolsa.

Por fin fueron a una tienda para mujeres.

—No quiero gastar mucho, que es tu dinero —le dijo Kiah a Abdul.

—Hagamos una cosa —propuso él—. Elige dos conjuntos, uno con falda y otro con pantalón, y compra ropa interior y zapatos y todo lo que necesites que vaya a juego con cada uno. No te preocupes por el precio, aquí nada es caro.

La verdad es que Kiah no pensaba que los precios fueran baratos, pero como nunca había comprado ropa (solo la tela para confeccionarla), no sabía muy bien si lo eran o no.

—Y no corras —añadió Abdul—. Tenemos tiempo de sobra.

Kiah tuvo una sensación muy rara al no tener que preocuparse por lo que gastaba. Era agradable pero también un poco desconcertante, ya que temía que se llegara a creer que cualquier cosa de la tienda podía ser realmente suya. Indecisa, se probó una falda a cuadros y una blusa lila. Estaba tan cohibida que ni se atrevió a salir del probador para mostrarle a Abdul cómo le quedaba la ropa. Después se probó unos vaqueros azules y una camiseta verde. La dependienta le mostró lencería de encaje negra.

—A él le gustará —le aseguró la mujer.

Sin embargo, Kiah era incapaz de comprar una ropa interior que parecía de prostituta, así que insistió en elegirla de algodón blanco.

Aún se sentía avergonzada por lo que había hecho en el coche esa primera noche después de su fuga. Habían dormido abrazados para darse calor, pero al amanecer, mientras él seguía dormido, lo había besado en la cara y, una vez empezó, no pudo parar. Le había besado las manos y el cuello y las mejillas hasta que se despertó. Luego, por supuesto, habían hecho el amor. Lo había seducido, y eso la avergonzaba. Aun así, era incapaz de arrepentirse, porque estaba enamorada de él y pensaba que él se estaba enamorando de ella. A pesar de todo, estaba preocupada porque se había portado como una puta.

Lo metieron todo en una bolsa y le comentó a Abdul que le enseñaría cómo le quedaba la ropa cuando estuvieran en el hotel. Él sonrió y dijo que se moría de ganas de volver.

Al salir de la tienda, Kiah se preguntó con melancolía si alguna vez llegaría a vestir esa ropa en Francia.

—Tenemos que hacer una cosa más —dijo Abdul—. Mientras te estabas probando ropa, he preguntado si había algún sitio donde pudiéramos hacernos unas fotos. Por lo visto, en la calle siguiente hay una agencia de viajes que tiene un fotomatón.

Aunque Kiah nunca había oído hablar ni de agencias de viajes ni de fotomatones, no dijo nada. Abdul solía referirse a cosas sobre las que ella no sabía nada, pero, en vez de acribillarlo a preguntas todo el rato, Kiah prefería esperar a que cobrasen sentido por sí solas.

Doblaron un par de esquinas y entraron en una tienda que estaba decorada con fotografías de aviones y paisajes extranjeros. Dentro había una joven de aspecto serio y formal, sentada tras un mostrador. Vestía una falda y una blusa que se parecían un poco a las que Kiah había comprado.

A un lado había una pequeña cabina con una cortina. La mujer le dio a Abdul varias monedas a cambio de unos billetes y luego él explicó a Kiah cómo funcionaba la máquina. Su manejo era fácil, pero el resultado fue una especie de milagro: en unos segundos, una tira de papel salió de una ranura, como si fuera un niño sacando la lengua, y Kiah vio cuatro fotografías en color en las que se veía su cara. En cuanto Naji vio las fotos, quiso hacerse unas, lo que les vino muy bien porque Abdul comentó que también necesitaban fotos del niño.

Como cualquier crío de dos años, Naji no veía por qué tenía

que estar quieto, así que las fotos no salieron bien hasta el tercer intento.

—El Aeropuerto Internacional de Trípoli está cerrado —indicó la mujer desde el mostrador—, pero el aeropuerto de Mitiga tiene vuelos a Túnez, donde podrán coger otros vuelos con diferentes destinos.

Le dieron las gracias y salieron.

—¿Para qué necesitamos estas fotografías? —preguntó Kiah una vez en la calle.

—Para que podáis tener la documentación necesaria para viajar.

Kiah nunca había tenido documentación. Y no tenía intención de identificarse en las fronteras porque no formaba parte de su plan. Al parecer, Abdul creía que Kiah podría entrar en Francia legalmente, pero, por lo que ella sabía, eso era imposible. Si no, ¿a santo de qué pagaría nadie a las mafias?

—Dime tu fecha de nacimiento. Y la de Naji —le pidió Abdul.

Él frunció el ceño al oír la respuesta. Kiah supuso que trataba de memorizar ambas fechas. Pero algo la inquietaba.

—¿Y tú por qué no te has hecho una foto?

—Porque ya tengo la documentación necesaria.

Eso no era lo que realmente le quería preguntar.

—Cuando Naji y yo vayamos a Francia…

—¿Qué?

—¿Tú adónde irás?

Volvió a ponerse tenso.

—No lo sé.

Esta vez ella lo presionó. Tenía la sensación de que debía obtener una respuesta. No podía soportar tanta tensión.

—¿Nos acompañarás?

Sin embargo, su contestación no la tranquilizó.

—*Inshallah* —respondió—. Si Dios quiere.

Almorzaron en una cafetería. Pidieron *beghrir*, unas tortitas marroquíes de sémola aderezadas con una salsa de miel y mantequilla derretida. A Naji le encantaban.

Durante esa comida sencilla, Abdul tuvo una sensación muy extraña, un poco como sentir la cálida caricia del sol, algo parecido a un buen vaso de vino y que le recordó vagamente a Mozart. Se preguntó si la felicidad era eso.

—¿Eres americano? —le soltó Kiah mientras tomaban café.

—¿Por qué preguntas eso? —replicó él. Era muy lista.

—Porque tienes mucho dinero.

Abdul quería contarle la verdad, pero en esos momentos resultaría muy peligroso. Debía esperar a que la misión concluyera.

—Tengo que explicarte un montón de cosas. ¿Puedes esperar un poco más?

—Claro que sí.

Aunque Abdul no sabía qué les depararía el futuro, esperaba poder tomar algunas decisiones al final del día.

Regresaron al hotel y acostaron a Naji para que echara la siesta. Kiah enseñó a Abdul su ropa nueva. Sin embargo, en cuanto se puso el sujetador y las bragas blancas, ambos comprendieron que tenían que hacer el amor inmediatamente.

Después él se vistió con su traje nuevo. Era hora de regresar al mundo real. En Trípoli no había ninguna estación de la CIA, pero la DGSE francesa tenía allí una oficina y Abdul había concertado una cita.

—Tengo que ir a una reunión —le dijo a Kiah.

Ella puso cara de preocupación, aunque no hizo ningún comentario.

—¿Estarás bien aquí? —añadió él.

—Claro que sí.

—Si ocurre algo, puedes llamarme.

Abdul le había comprado un móvil hacía dos días y había cargado la tarjeta prepago al máximo, pero Kiah aún no lo había usado.

—Estaré bien, no te preocupes.

El hotel contaba con pocos servicios extra, pero en la recepción tenían un pequeño cuenco donde había unas tarjetas de visita con la dirección escrita en letras árabes. Abdul cogió unas cuantas al salir.

Fue al centro en taxi. Se sentía genial vestido otra vez al estilo americano. No es que fuera un traje de muy buena calidad, pero allí nadie se daría cuenta y, de todos modos, esa ropa le recordaba que pertenecía al país más poderoso del mundo.

El taxi se detuvo ante un edificio de oficinas destartalado. En la pared, junto a la entrada, había una columna con unas placas de latón deslustradas, cada una de ellas con un timbre, un altavoz y el nombre de un negocio grabado. Encontró uno donde ponía ENTREMETTIER & CIE. y apretó el timbre. Si bien el altavoz no emitió ningún ruido, la puerta se abrió y él entró.

Quería obtener algo de esa reunión, pero no estaba seguro de si lo conseguiría. Se le daba bien salirse con la suya en un enfrentamiento en la calle o en el desierto, pero las oficinas no eran su campo de batalla. Tenía bastantes posibilidades de obtener lo que esperaba, más del cincuenta por ciento, pero poco podría hacer como se mostraran testarudos.

Siguió unas señales que lo guiaron hasta una puerta de la tercera planta. Llamó y entró. Tamara y Tab lo estaban esperando.

Habían pasado un par de meses desde la última vez que los había visto, por lo que se emocionó bastante. Para su sorpresa, ellos reaccionaron de la misma manera. Tab tenía lágrimas en los ojos mientras le estrechaba la mano, y Tamara le dio un caluroso abrazo.

—¡Qué valiente has sido! —exclamó ella.

También se encontraba en la habitación un hombre vestido con un traje marrón que, tras saludar a Abdul de manera formal en francés, le dijo que su nombre era Jean-Pierre Malmain y le dio la mano. Abdul dio por hecho que se trataba del agente de mayor rango de la inteligencia francesa en Libia.

Se sentaron alrededor de una mesa.

—Que sepas, Abdul —dijo Tab—, que la toma de Hufra ha

sido nuestro mayor logro hasta ahora en la campaña contra el EIGS.

—Además de cerrar Hufra —añadió Tamara—, hemos obtenido un archivo gigantesco repleto de información sobre el EIGS: nombres, direcciones, puntos de encuentro, fotografías. Y hemos descubierto hasta qué punto Corea del Norte apoya el terrorismo africano; algo escandaloso. En materia de inteligencia, es el mayor golpe que se ha dado en la historia al yihadismo norteafricano.

Una secretaria vestida con gran elegancia entró con una bandeja en la que llevaba una botella de champán y cuatro copas.

—Celebrémoslo un poco… al estilo francés —dijo Tab.

Descorchó la botella y les sirvió.

—Por nuestro héroe —brindó Tamara, y todos bebieron.

Abdul tuvo la sensación de que la relación entre Tamara y Tab había cambiado desde el día que se había reunido con ellos a orillas del lago Chad. Si estaba en lo cierto y eran pareja, quería sacar el tema a colación, pues seguro que eso haría que reaccionaran mejor ante lo que estaba a punto de pedirles. Sonrió y preguntó:

—¿Ahora sois pareja?

—Sí —contestó Tamara.

A ambos se les veía encantados.

—Pero trabajáis para los servicios de inteligencia de naciones distintas… —señaló Abdul.

—He dimitido —lo corrigió Tab—. Pero debo trabajar hasta que mi dimisión sea efectiva. Regresaré a Francia para trabajar en el negocio familiar.

—Y yo he solicitado que me trasladen a una estación de la CIA en París —dijo Tamara—. Phil Doyle ha aprobado mi solicitud.

—Y mi jefe, Marcel Lavenu, ha recomendado a Tamara al jefe de la CIA de allí, que es amigo suyo.

—Bueno, pues os deseo lo mejor —dijo Abdul—. Tendréis unos hijos preciosos, siendo los dos tan guapos.

Ambos lo miraron extrañados.

—No he dicho que vayamos a casarnos —replicó Tamara.

Abdul se sintió avergonzado.

—Es que estoy chapado a la antigua y lo he dado por supuesto. Os pido disculpas.

—No hace falta —contestó Tab—. Todavía no nos lo hemos planteado, nada más.

Tamara cambió rápidamente de tema.

—En fin, si estás listo, te llevaremos de vuelta a Yamena. —Abdul no dijo nada—. Me temo que querrán interrogarte a fondo. Quizá eso les lleve unos cuantos días. Pero luego te esperan unas largas vacaciones. Te las has ganado.

«Allá vamos», pensó Abdul.

—Contestar a sus preguntas será todo un placer, por supuesto. —No era cierto, pero tenía que disimular—. Y cuento los días para irme de vacaciones. No obstante, la misión aún no ha terminado.

—¿Ah, no?

—Me gustaría intentar detectar el rastro. Sé que el cargamento no está en Trípoli; lo he comprobado con el dispositivo de seguimiento. Así que, casi seguro, ha cruzado el Mediterráneo.

—Abdul, ya has hecho bastante —repuso Tamara.

—De todas formas, puede haber ido a parar a cualquier lugar del sur de Europa, desde Gibraltar hasta Atenas —comentó Tab—. Eso son miles de kilómetros de costa.

—Pero es más probable en algunos sitios que en otros —dijo Abdul—. El sur de Francia, por ejemplo, cuenta con una estructura para importar y distribuir drogas desde hace tiempo.

—Aun así, es una zona muy grande para rastrearla.

—No te creas. Si recorro en coche esa carretera de la costa (la Corniche, creo que se llama), quizá detecte la señal. Entonces podríamos seguir el rastro de la cocaína hasta el final y averiguar quién está detrás. No podemos dejar pasar una oportunidad tan buena.

Jean-Pierre Malmain intervino:

—No estamos aquí para atrapar a traficantes de drogas, sino a terroristas.

—Pero el dinero procede de Europa —insistió Abdul—. En última instancia, quienes financian toda la operación son esos chavales que compran droga en los clubes. Si podemos desbaratar la parte francesa, eso afectará a todos los negocios de tráfico ilegal del EIGS, que seguro que son más importantes para ellos que esa mina de oro en Hufra.

—Obviamente, esa decisión deben tomarla nuestros superiores —comentó Malmain con desdén.

Abdul negó con la cabeza.

—No podemos permitirnos el lujo de perder el tiempo. Los radiotransmisores serán descubiertos en cuanto abran los sacos de cocaína, cosa que quizá ya haya ocurrido, pero que, si no, con suerte, podría ocurrir cualquier día de estos. Quiero partir hacia Francia mañana.

—No puedo autorizar eso.

—No es una petición. Forma parte de mis órdenes originales. Si me equivoco, me obligarán a volver de Francia. Pero ir voy a ir.

Malmain se encogió de hombros, resignado.

—Abdul, ¿hay algo en lo que podamos ayudarte ahora mismo? —preguntó Tamara.

—Sí. —A pesar de que esa era la parte delicada, ya tenía pensado cómo iba a plantear la petición. Se palpó los bolsillos buscando un bolígrafo, pero se dio cuenta de que había perdido la costumbre de llevar uno encima—. ¿Alguien tiene un lápiz y una hoja, por favor?

Malmain se levantó. Mientras le traía el material para escribir, Abdul les explicó:

—Cuando escapé de Hufra lo hice acompañado de dos esclavos, una mujer y un niño, inmigrantes ilegales. Los he usado como tapadera, actuando como si fuéramos una familia. Es una coartada perfecta y me gustaría mantenerlo así.

—Me parece buena idea —afirmó Tamara.

Malmain le dio un cuaderno y un lápiz. Abdul escribió: «Kiah Haddad y Naji Haddad», y añadió sus respectivas fechas de nacimiento.

—Necesito dos pasaportes franceses auténticos, uno para cada uno.

Como todos los servicios secretos del mundo, la DGSE era capaz de conseguir pasaportes para cualquiera, pues eso formaba parte de su trabajo.

Tamara observó lo que había escrito.

—¿Ahora llevan tu apellido?

—Fingimos que somos una familia —le recordó Abdul.

—Oh, sí, por supuesto —contestó, pero Abdul sabía que Tamara había adivinado la verdad.

—Necesitaré sus fotografías —dijo Malmain, a quien era evidente que no le gustaba el plan de Abdul.

Abdul sacó del bolsillo de la chaqueta las dos tiras de fotos que se habían hecho en la agencia de viajes, las dejó sobre la mesa y las empujó hacia Malmain.

—¡Oh! ¡Es la mujer del lago Chad! —exclamó Tamara—. Ya decía yo que el nombre de Kiah me sonaba de algo. —Entonces puso en antecedentes a Malmain—. Conocimos a esta mujer en el Chad. Nos preguntó cómo era la vida en Europa. Le dije que no se fiara de los traficantes de personas.

—Un buen consejo —señaló Abdul—. Se quedaron con su dinero y la dejaron tirada en un campamento de esclavos libio.

Malmain habló con cierto desdén.

—Así que te has hecho amigo de esta mujer.

Abdul no respondió.

Tamara seguía contemplando la fotografía.

—Es muy guapa. Recuerdo haberlo pensado ya en su día.

Todos sospechaban que Kiah y él tenían una relación muy estrecha, por supuesto. Abdul no intentó explicarse. Que pensaran lo que les diera la gana.

Tamara, que lo apoyaba, se volvió hacia Malmain y le preguntó:

—¿Cuánto tiempo tardarás en tener listos los pasaportes? ¿Una hora o así?

Malmain titubeó. Sin duda alguna, pensaba que Abdul debería volver primero a Yamena para ser interrogado, pero era muy difícil negarle nada después de todo lo que había hecho, y Abdul contaba con eso.

Malmain se dio por vencido

—Dos horas —contestó encogiéndose de hombros.

Abdul intentó disimular su alivio. Actuando como si hubiera estado seguro de que iba a pasar justo eso, le entregó a Malmain una de las tarjetas de visita que había cogido en la recepción del hotel.

—Por favor, que los lleven a mi hotel.

—Por supuesto.

Abdul se marchó unos minutos después. Una vez en la calle, paró un taxi y le dio la dirección de la agencia de viajes que había visitado antes. Por el camino, reflexionó sobre lo que había hecho. Se había comprometido a llevar a Kiah y a Naji a Francia. El sueño de Kiah se iba a hacer realidad. Pero ¿qué sería de él? ¿Qué planes tenía para más adelante? Desde luego, esa pregunta se la planteaban tanto él como ella. Había ido demorando el momento de responder con la excusa de que no sabía cómo reaccionarían la CIA y la DGSE. Pero, ahora que lo sabía, no había ninguna razón para no afrontar el auténtico problema.

Cuando llegaran a Francia, y Kiah y Naji se instalaran allí, ¿se despediría de ellos y regresaría a su hogar, a Estados Unidos, para nunca volver a verlos? Siempre que se planteaba esa posibilidad, se deprimía. Pensó en el almuerzo de ese día y en lo feliz que se había sentido. ¿Cuándo había sido la última vez que había experimentado la sensación de estar satisfecho con el lugar que ocupaba en el mundo? Quizá nunca.

El taxi se detuvo y Abdul entró en la agencia de viajes. La misma joven vestida con elegancia seguía detrás del mostrador y se acordó de que había estado allí por la mañana. En un primer momento, se mostró recelosa, como si pensara que Abdul había vuelto sin su esposa para pedirle una cita.

Él sonrió de una forma tranquilizadora.

—Necesito reservar un vuelo para Niza —le dijo—. Tres billetes. Solo de ida.

36

Un viento desagradable soplaba por el lago sur circular del complejo gubernamental de Zhongnanhai a las siete en punto de la mañana. Chang Kai salió del coche y se subió la cremallera del abrigo para protegerse del frío.

Aunque estaba a punto de reunirse con el presidente, estaba pensando en Ting. La noche anterior, ella le había preguntado por la guerra y él le había respondido que las superpotencias impedirían que el conflicto se recrudeciera. Aun así, en lo más hondo de su corazón, no lo tenía claro, y Ting lo había intuido. Se habían ido a la cama y se habían abrazado como para protegerse el uno al otro. Al final, habían hecho el amor con desesperación, como si pudiera ser la última vez.

Después Kai no había podido pegar ojo. De joven había intentado dar con la respuesta a la pregunta de quién, de hecho, tenía el poder. ¿Era el presidente, el jefe del ejército o los miembros del Politburó como colectivo? Poco a poco se había ido dando cuenta de que todo el mundo tenía sus limitaciones. El presidente de Estados Unidos estaba sometido a la opinión pública; y el presidente chino, al Partido Comunista. Los multimillonarios tenían que obtener beneficios; y los generales, ganar batallas. El poder no se encontraba en un solo lugar, sino en una red increíblemente compleja, en un conjunto de personas e instituciones clave que carecían de una voluntad común y empujaban, todas ellas, en direcciones distintas.

Y él formaba parte de eso. Lo que sucediera sería tan culpa suya como de cualquier otro.

Tumbado en la cama, escuchando el susurro de las ruedas en la carretera, se preguntó qué más podría hacer, desde el lugar que ocupaba en la red, para impedir que la crisis coreana se convirtiera en una catástrofe global. Tenía que asegurarse de que sus padres y Ting y la madre de Ting no morían bajo una tormenta de bombas y una lluvia de cascotes y escombros y radiación letal.

Ese pensamiento lo mantuvo despierto un buen rato.

Ahora, mientras cerraba la puerta del coche y se subía la capucha del abrigo, vio a dos personas junto a la orilla, de espaldas a él, que contemplaban el lago frío y gris. Reconoció la figura de su padre, Chang Jianjun, quien vestía un abrigo negro y, si no fuera porque estaba fumando, parecería una estatua encorvada. El hombre que estaba con él debía de ser su viejo colega el general Huang, quien desafiaba al frío ataviado con la guerrera de su uniforme, ya que era tan duro que no le hacía falta llevar una bufanda de lana. «La vieja guardia está aquí», pensó Kai.

Aunque se les aproximó, no oyeron sus pisadas, seguramente por culpa del viento.

—Si los americanos quieren guerra, la tendrán —oyó decir a Huang.

—El supremo arte de la guerra consiste en someter al enemigo sin luchar —replicó Kai—. Lo dijo Sun Tzu.

Huang pareció enfadarse.

—No necesito que un mocoso como tú me dé lecciones sobre la filosofía de Sun Tzu.

Llegó otro coche y de él salió el joven ministro de Defensa Nacional, Kong Zhao. Kai se alegró de ver a un aliado. Kong sacó una chaqueta de esquí roja del maletero del coche y se la puso.

—¿Por qué no entramos? —preguntó al ver a los tres hombres junto a la orilla.

—El presidente quiere caminar —respondió Jianjun—. Cree que necesita hacer ejercicio.

Jianjun habló en un tono ligeramente irrespetuoso. Algunos de los militares de la vieja escuela pensaban que hacer ejercicio era una moda de la gente joven.

El presidente Chen salió del palacio muy bien abrigado con unos guantes y un gorro de punto. Un ayudante y un guardia lo seguían. De inmediato adoptó un paso ligero. Los demás se le unieron, y Jianjun tiró su cigarrillo. Dieron vueltas alrededor del lago en el sentido de las agujas del reloj.

El presidente habló de un modo formal.

—Chang Jianjun, como vicepresidente de la Comisión de Seguridad Nacional, ¿cuál es su opinión sobre la guerra de Corea?

—El sur está ganando —contestó Jianjun sin titubear—. Tienen más armas y sus misiles son más precisos.

Hablaba de esa manera sucinta tan propia de un informe militar; se ceñía a los hechos: uno, dos y tres, sin florituras.

—¿Cuánto tiempo podrá resistir Corea del Norte? —preguntó Chen.

—Se quedarán sin misiles en pocos días, como mucho.

—Pero si les estamos reabasteciendo.

—Sí, y no podemos ir más rápido. Sin duda, los estadounidenses están haciendo lo mismo con el sur. Pero es imposible que mantengamos este ritmo indefinidamente, ni ellos ni nosotros.

—¿Y qué ocurrirá?

—Quizá el sur invada el norte.

El presidente se volvió hacia Kai.

—¿Con ayuda de Estados Unidos?

—La Casa Blanca no enviará tropas al norte —respondió Kai—. Pero no les hará falta. El ejército de Corea del Sur puede ganar sin ellas.

—Y entonces el régimen de Seúl gobernará toda Corea —señaló Jianjun—, es decir, Estados Unidos.

Kai ya no tenía claro si esa última afirmación era cierta, pero no era el momento adecuado para discutir sobre ese tema.

—¿Alguna recomendación? —preguntó Chen.

—Debemos intervenir —afirmó Jianjun, rotundo—. Es la única forma de impedir que Corea se convierta en una colonia estadounidense… a las puertas de China.

Eso era lo que temía Kai: una intervención militar. Pero, antes de que pudiera decir nada, Kong Zhao habló.

—No estoy de acuerdo —dijo, sin esperar a que el presidente le preguntara.

A Jianjun le sentó como un tiro que le contradijera.

—Adelante, Kong —indicó amablemente Chen—. Explíquenos por qué.

Kong se pasó la mano por el pelo, ya despeinado.

—Si intervenimos, estaremos legitimando que los estadounidenses hagan lo mismo. —Habló con un tono razonable, como si se tratara de un debate filosófico, en un claro contraste con la agresividad con la que Jianjun había presentado los hechos—. Aquí lo más importante no es cómo salvar a Corea del Norte, sino cómo impedir una guerra con Estados Unidos.

El general Huang negó vigorosamente con la cabeza.

—Los americanos desean una guerra tan poco como nosotros —aseveró—. Mientras nuestras fuerzas no crucen la frontera y no entren en Corea del Sur, no harán nada.

—Eso no se sabe. —Kong se encogió de hombros—. Nadie sabe a ciencia cierta qué hará Estados Unidos. Lo que estoy preguntando es si podemos asumir el riesgo de que estalle una guerra entre superpotencias.

—La vida es riesgo —gruñó Huang.

—Y la política es el arte de evitar esos riesgos —replicó Kong.

Kai decidió que había llegado el momento de hablar.

—¿Puedo hacer una sugerencia?

—Por supuesto —contestó Chen, quien sonrió a Jianjun—. Las sugerencias de su hijo suelen ser útiles.

A decir verdad, Jianjun no estaba de acuerdo con esa afirmación. Agachó la cabeza como si aceptara el cumplido, pero no dijo nada.

—Podríamos probar una cosa antes de enviar tropas chinas a Corea del Norte —apuntó Kai—: proponer que se reconciliaran el líder supremo de Pionyang y los ultras de Yeongjeo-dong. —Chen asintió—. Si el régimen y los rebeldes se reconciliaran, la mitad que ahora le falta al ejército de Corea del Norte se podría desplegar.

Jianjun se mostraba pensativo.

—Y las armas nucleares.

Eso era un problema.

—Las armas nucleares no tienen por qué usarse —añadió Kai enseguida—. El mero hecho de que el gobierno de Pionyang pueda disponer de ellas debería bastar para que los surcoreanos se sienten a negociar.

A Chen se le ocurrió otro posible escollo.

—Cuesta imaginarse al líder supremo compartiendo el poder con nadie, y mucho menos con la gente que ha intentado derrocarlo.

—Pero si debe elegir entre eso y una derrota total…

Chen reflexionó. Durante un minuto o dos, permaneció sumido en sus pensamientos.

—Merece la pena intentarlo.

—¿Llamará al líder supremo Kang, señor? —preguntó Kai.

—Ahora mismo.

Kai se sintió satisfecho.

Pero el general Huang no. No le gustaba transigir: eso hacía que China pareciera débil. El presidente Chen lo había decepcionado. Huang y la vieja guardia habían apoyado a Chen en su ascenso al poder creyendo que se mostraría favorable al comunismo ortodoxo. No obstante, en cuanto asumió el cargo, Chen no había optado tanto por la línea dura como habían esperado.

Sin embargo, como Huang sabía cuándo debía aceptar una derrota para limitar así los daños, dijo:

—No podemos permitirnos el lujo de demorarnos más. Si Kang está de acuerdo, presidente, sugiero, si me lo permite,

que usted insista en que debe presentar esta oferta a los rebeldes hoy.

—Bien pensado —dijo Chen.

Huang pareció calmarse.

El grupo había dado la vuelta al lago y prácticamente había
regresado al Salón Qinzheng. En un momento dado, cuando
nadie los podía oír, Jianjun habló en voz baja con Kai.

—¿Has hablado con tu amigo Neil últimamente?

—Por supuesto. Hablo con él una vez por semana al menos.
Es una fuente de información muy valiosa sobre cómo piensa la
Casa Blanca.

—Hum.

—¿Por qué lo preguntas?

—Ten cuidado —contestó Jianjun.

Todos entraron en el edificio y subieron por las escaleras.

—Póngame al teléfono con Kang —dijo Chen a un ayudante.

Se quitaron los abrigos y se frotaron las frías manos. Un criado les trajo té para que entraran en calor.

Kai se preguntó qué había querido decir su padre. Sus palabras habían sonado siniestras. ¿Sabía alguien lo que hablaba con
Neil? Era posible. Igual estaban espiándolos, a pesar de las precauciones que tomaban. Tanto Kai como Neil informaban sobre
sus conversaciones de forma rutinaria, y tales informes podían
haberse filtrado. ¿Había dicho Kai algo que pudiera incriminar-
le? Bueno, sí, le había contado a Neil que Corea del Norte era
muy débil, y esa revelación podía ser considerada una deslealtad.

Kai se sintió inquieto.

El teléfono sonó y Chen lo cogió.

Todos escucharon en silencio mientras el presidente repasaba
los puntos sobre los que habían estado debatiendo. Kai prestó
atención al tono que empleaba Chen. Aunque, en teoría, todos
los presidentes tenían el mismo rango jerárquico, en realidad
Corea del Norte dependía de China, y eso se reflejaba en la actitud de Chen: era como si un padre le hablara a su hijo adulto,
el cual podía obedecer o no.

A continuación hubo un largo silencio, mientras Chen escuchaba.

—Hoy —fue la única palabra que dijo a la postre.

Las esperanzas de Kai crecieron. Eso sonaba bien.

—Debe ser hoy —insistió Chen.

Hubo un silencio.

—Gracias, líder supremo.

Chen colgó.

—Ha dicho que sí.

En cuanto Kai volvió al Guoanbu, llamó a Neil Davidson. Neil estaba en una reunión; sobre Corea, supuso Kai. Sintonizó el telediario surcoreano, donde a veces eran los primeros en informar de ciertas noticias. Por lo visto, el norte estaba aún más débil, ya que lanzaban pocos misiles y la mayoría eran interceptados, mientras que los surcoreanos estaban limpiando los escombros con brío y reforzando los edificios dañados por las bombas. No contaron nada nuevo.

Al mediodía, el general Ham llamó a Kai.

Le habló en voz baja; era evidente que tenía el móvil muy cerca de la boca, como si temiera que pudieran oírlo.

—El líder supremo ha cumplido todas mis expectativas. —Aunque parecía un halago, Kai sabía que era justo lo contrario. Ham continuó—: Ha justificado por entero la decisión que tomé hace tantos años. —Se refería a la decisión de espiar para China—. Sin embargo, ahora me acaba de sorprender, ya que intenta llegar a un acuerdo de paz.

Kai ya lo sabía, por supuesto, pero no hizo ningún comentario al respecto.

—¿Cuándo ha sucedido eso?

—Kang ha llamado a Yeongjeo-dong esta mañana.

Kai calculó que había llamado justo después de hablar con el presidente Chen. Se había dado mucha prisa.

—Kang está desesperado —afirmó.

—No tanto —replicó Ham sin vacilar—. No ha ofrecido a los rebeldes ningún incentivo, aparte de una amnistía. No se fían de él, no creen que cumpla su palabra; además, quieren mucho más.

—¿Como qué?

—El líder de los rebeldes, Pak Jac-jin, quiere que se le nombre ministro de Defensa y que se le designe heredero del líder supremo.

—Y Kang se ha negado.

—No me extraña —contestó Ham—. Designar heredero a un rebelde es como firmar tu propia sentencia de muerte.

—Kang podría haber transigido en algo.

—Pero no lo ha hecho.

Kai suspiró.

—Así que no habrá tregua.

—No.

Kai estaba consternado, aunque no muy sorprendido. Los rebeldes no querían una tregua. Obviamente, pensaban que tan solo había que ser pacientes y esperar a que el régimen de Pionyang fuera destruido, y entonces ellos llenarían ese vacío de poder. No eran conscientes de que no resultaría tan sencillo. En cualquier caso, ¿por qué el líder supremo no le ponía más empeño?

—A estas alturas, ¿qué es lo que quiere realmente Kang? —preguntó Kai.

—La muerte o la gloria —respondió Ham.

A Kai se le hizo un nudo en el estómago. Sonaba como si hablaran del fin del mundo.

—Pero ¿eso qué quiere decir? —insistió.

—No estoy seguro. Pero no le quites el ojo de encima a tu radar.

Ham colgó.

Kai temía que el líder supremo se envalentonara más que nunca. Había hecho lo que Chen le había ordenado, aunque a regañadientes, y había ofrecido a los rebeldes un trato, y dado que lo habían rechazado, a lo mejor ahora se creería con derecho a reaccionar de una forma violenta. El acuerdo de paz que había sugerido Kai esa mañana podía haber empeorado aún más las cosas.

«A veces, es imposible ganar, joder», pensó.

Escribió una breve nota en la que indicaba que los rebeldes habían rechazado el acuerdo de paz del líder supremo y se la envió al presidente Chen con copia a todos los cargos de mayor rango del gobierno. Aunque una nota así debería haber sido enviada con la firma de su jefe, Fu Chuyu, Kai ya ni siquiera iba a fingir que respetaba su autoridad. Fu conspiraba en su contra, y eso lo sabía todo el mundo que supiera algo. Debía recordar a los líderes de China que era Kai, y no Fu, quien les enviaba esas informaciones vitales.

Requirió la presencia del jefe de la sección de Corea, Jin Chin-hwa. A Jin no le vendría mal un corte de pelo, pensó Kai, porque el flequillo le tapaba un ojo. Justo cuando iba a comentárselo, cayó en la cuenta de que había visto a otros jóvenes con ese aspecto, así que no dijo nada porque debía de tratarse de una moda.

—¿Podemos vigilar Corea del Norte con un radar? —prefirió decirle.

—Claro —contestó Jin—. Nuestro ejército cuenta con un sistema de radar, o también podemos espiar el sistema de radar del ejército surcoreano, que aún estará más centrado en sus vecinos del norte.

—Esté atento. Puede que esté a punto de ocurrir algo. Y páseme aquí también la imagen del radar, por favor.

—Sí, señor. Por favor, cambie al número cinco.

Kai cambió de canal, tal y como le había indicado. Un minuto más tarde, la imagen del radar apareció sobreimpresionada en un mapa. Sin embargo, el cielo norcoreano se veía tranquilo tras varios días de guerra aérea.

Neil le devolvió la llamada a media tarde.

—Estaba en una reunión —dijo con su acento texano—. Mi

jefe es capaz de hablar más que un predicador baptista. ¿Qué hay de nuevo?

—¿Es posible que alguien sepa de qué hablamos tú y yo en nuestra última conversación? —le preguntó Kai.

Neil dudó.

—Oh, joder —soltó tras un momento.

—¿Qué?

—Estás usando un teléfono seguro, ¿no?

—No puede haber uno más seguro.

—Acabamos de despedir a alguien.

—¿A quién?

—A un técnico de ordenadores. Aunque trabajaba para la embajada y no para la estación de la CIA, estaba husmeando en nuestros archivos. Lo descubrimos bastante rápido, pero debe de haber visto la nota que redacté sobre nuestra conversación. ¿Estás en apuros?

—Algunas de las cosas que te dije podrían ser malinterpretadas... sobre todo por mis enemigos.

—Lo siento.

—Ese técnico no espiaba para mí, obviamente.

—Creemos que pasaba información al Ejército Popular de Liberación.

Es decir, al general Huang. Así era como el padre de Kai se había enterado del contenido de su conversación.

—Gracias por ser tan franco conmigo, Neil.

—Ahora mismo no podemos permitirnos el lujo de ser otra cosa.

—Jo, qué gran verdad acabas de decir. Hablaremos en breve.

Colgaron.

Kai se recostó y reflexionó. La campaña en su contra se recrudecía. Ya no se trataba únicamente de que circularan chismorreos sobre Ting. Alguien intentaba dejarlo como un traidor. Lo que tenía que hacer era olvidarse de todo lo demás y enfrentarse cara a cara con sus enemigos. Debería sembrar dudas sobre la lealtad del viceministro Li, extender rumores acerca del grave problema de ludopatía del general Huang y hacer circular la orden de que nadie debía hablar sobre los problemas mentales de Fu Chuyu. Pero no tenía tiempo para esas gilipolleces.

De repente, el radar cobró vida. La esquina superior izquierda de la pantalla se llenó de flechas. A Kai le costó calcular cuántas eran.

Jin Chin-hwa lo llamó por teléfono.

—Es un ataque con misiles —informó.

—Sí. ¿Cuántos son?

—Muchos. Veinticinco, treinta.

—Creía que a Corea del Norte no le quedaban tantos.

—Quizá se trate de todas sus reservas.

—El último aliento del líder supremo.

—Observe la parte inferior de la pantalla para ver la respuesta surcoreana.

Pero pasó algo primero. Apareció otro grupo de flechas, también en la parte norcoreana, pero más cerca de la frontera.

—¿Qué diablos…? —soltó Kai.

—Podrían ser drones —respondió Jin—. No sé si es cosa de mi imaginación, pero creo que se mueven más despacio.

«Misiles y drones; ya solo faltan los bombarderos», pensó Kai.

Puso la televisión surcoreana, en la que avisaban de que se iba a producir un ataque aéreo, a la vez que intercalaban imágenes en las que se veía a gente corriendo para refugiarse en aparcamientos subterráneos y en las más de setecientas estaciones del Metro Metropolitano de Seúl. El agudo alarido de las sirenas ahogaba el ruido del tráfico. Kai sabía que hacían simulacros de ataques aéreos una vez al año, pero siempre a las tres de la tarde, así que, como ya era la última hora de la tarde, los surcoreanos sabían que era un ataque real.

La televisión norcoreana todavía no estaba emitiendo nada, pero dio con una emisora de radio en la que ponían música.

Volvió a contemplar la pantalla del radar, donde daba comienzo el encuentro entre la artillería y las defensas antimisiles.

Por extraño que pareciera, era un espectáculo muy poco dramático: dos flechas en movimiento, una que atacaba y otra que defendía, convergían y se tocaban, y después desaparecían silenciosamente, sin hacer ruido y sin indicar en modo alguno que millones de dólares en equipamiento militar acababan de hacerse trizas.

Sin embargo, Kai tenía muy claro que, como en cualquier ataque con misiles, las defensas no eran impenetrables. Le daba la impresión de que al menos la mitad de los misiles norcoreanos y los drones las estaban atravesando. Pronto alcanzarían ciudades muy pobladas. Volvió a poner la televisión surcoreana.

Entre las alertas del ataque aéreo, intercalaban imágenes de unas calles que, en vez de una ciudad, parecían de un pueblo fantasma. Casi no había tráfico. Los coches, los autobuses, los camiones y las bicicletas estaban aparcados allá donde sus conductores, presas del pánico, los habían abandonado. En los cruces desiertos, los semáforos cambiaban de verde a amarillo y a rojo a ojos de nadie. Se podía ver a unas pocas personas corriendo, a ninguna caminando. Un camión de bomberos rojo recorría lentamente una calle, a la espera de que se desataran los incendios, seguido por una ambulancia blanca y amarilla. «Esos sí que son valientes», pensó Kai. Se preguntó quién estaba grabando esas imágenes y supuso que debían de manejar las cámaras por control remoto.

Entonces empezaron a caer bombas, y Kai se llevó otro sobresalto.

Las bombas apenas causaban daños. Parecían llevar muy poca carga explosiva. Algunas estallaban en el aire, a quince o treinta metros de altitud. Ningún edificio se vino abajo, ningún coche explotó. Los paramédicos bajaron de un salto de sus ambulancias y los bomberos desplegaron las mangueras, pero se quedaron quietos, contemplando perplejos los proyectiles sibilantes.

Los trabajadores de emergencias empezaron a toser y estornudar.

—¡Oh, no, no! —soltó Kai.

Al cabo de nada, la gente jadeaba sin aliento. Algunos cayeron al suelo. Aquellos que todavía eran capaces de moverse corrieron hacia sus vehículos para ponerse unas máscaras antigás.

—Los muy hijos de puta están usando armas químicas. —Kai hablaba a un despacho vacío.

Otra cámara mostró una escena en un campamento del ejército surcoreano. Por lo visto, allí usaban una sustancia distinta: los soldados corrían para ponerse unos trajes NBQ, pero ya tenían las caras rojas; algunos vomitaban, otros estaban tan confusos que no sabían qué hacer y los más afectados sufrían convulsiones tirados en el suelo.

—Eso es cianuro de hidrógeno —dijo Kai.

En el aparcamiento de un supermercado, los clientes salían de su coche en pleno atasco para intentar llegar a la tienda; algunos iban con bebés y niños. A muchos no les dio tiempo a alcanzar las puertas y cayeron sobre el asfalto con la boca abierta, lanzando unos gritos que Kai no podía oír, mientras el gas mostaza formaba ampollas en su piel, les cegaba los ojos y les destrozaba los pulmones.

Lo peor lo vio en una base del ejército de Estados Unidos. Ahí habían lanzado un gas nervioso. Al parecer, muchos de los soldados se habían puesto antes un equipo protector, una medida preventiva muy acertada. Desesperados, intentaban ayudar a quienes todavía no se lo habían podido poner, entre ellos muchos civiles. Los hombres y mujeres afectados estaban medio ciegos, empapados de sudor, vomitaban y se retorcían descontroladamente. Kai supuso que estaban expuestos al VX, un arma asesina de invención inglesa por la que los norcoreanos tenían predilección, que actuaba con rapidez: la agonía daba paso a la parálisis y a la muerte por asfixia.

El teléfono sonó y Kai respondió sin apartar la mirada de la pantalla.

Era el ministro de Defensa Kong Zhao.

—Joder, ¿estás viendo esto?

—Están utilizando armas químicas —contestó Kai—. Y quizá también biológicas. Aún no podemos saberlo porque las biológicas actúan más despacio.

—¿Qué cojones vamos a hacer?

—Eso da igual —respondió Kai—. Ahora lo único que importa es qué van a hacer los americanos.

DEFCON 2

A UN PASO DE LA GUERRA NUCLEAR.

LAS FUERZAS ARMADAS SE PREPARAN PARA
ENTRAR EN COMBATE
EN MENOS DE SEIS HORAS.

(LA ÚNICA VEZ QUE SE HA ALCANZADO UN
NIVEL DE ALERTA TAN ALTO FUE EN LA CRISIS
DE LOS MISILES CUBANOS DE 1962.)

37

Por unos instantes, Pauline se quedó paralizada por el horror. Había encendido la televisión mientras se vestía, pero ahora estaba de pie frente a la pantalla, en paños menores, incapaz de apartar la vista. La CNN emitía sin interrupción imágenes de Corea del Sur, sobre todo grabaciones hechas con móviles y subidas a las redes sociales, así como las emitidas por la televisión coreana: todas ellas mostraban una pesadilla monstruosa que superaba a cualquiera que hubieran concebido los pintores medievales al representar el día del juicio final.

Era una tortura de largo alcance. Los aerosoles tóxicos y los gases atacaban indiscriminadamente: hombres y mujeres y niños, coreanos y estadounidenses y todos los demás. Los más perjudicados habían sido aquellos a los que el ataque había sorprendido en un espacio abierto, aunque las tiendas y oficinas contaban con unos sistemas de ventilación que absorbían algunas de las sustancias químicas, y el aire mortífero podía filtrarse en las casas unifamiliares y los bloques de pisos, pues se colaba en silencio por los resquicios de las puertas y ventanas; incluso se había filtrado por las rampas que llevaban a los aparcamientos subterráneos, donde algunas personas se habían refugiado, provocando así unas espantosas escenas de pánico e histeria. Las máscaras antigás no ofrecían una protección completa (tal y como señalaban los medios de comunicación más serios), dado que algunas sustancias letales podían penetrar en el torrente sanguíneo a través de la piel.

Lo que más conmovió a la presidenta fueron los bebés y los niños: los gritos, los jadeos desesperados, las caras quemadas, los espasmos incontrolados. Ver a los adultos sufriendo tanto ya era de por sí bastante duro, pero ver padecer a los niños tal agonía resultaba insoportable y Pauline cerraba los ojos para, al cabo de un instante, obligarse a mirar.

El móvil sonó. Era Gus.

—¿Cuál ha sido el alcance? —preguntó Pauline.

—Las tres ciudades más importantes de Corea del Sur se han visto afectadas: Seúl, Busán e Incheon, así como casi todas las bases militares estadounidenses y coreanas.

—No me jodas.

—Esa gente sí que está jodida.

—¿Cuántos estadounidenses han muerto?

—No tenemos una cifra aún, pero serán cientos, incluidos algunos familiares de los miembros de nuestras tropas.

—¿El ataque continúa?

—El ataque con misiles ha terminado, pero las sustancias tóxicas continúan provocando víctimas.

Pauline tenía un nudo en la garganta de pura rabia y quería chillar, pero se obligó a mantenerse impasible y se quedó pensativa un minuto.

—Obviamente, esto requiere una respuesta contundente por parte de Estados Unidos, pero no voy a tomar una decisión precipitada. Esta es la mayor crisis desde el 11-S.

—En Extremo Oriente ya es de noche y quizá ya no haya más ataques hasta mañana, lo cual nos da un día para planificarla.

—Pero empezaremos pronto. Que todo el mundo esté en la Sala de Crisis a las… pongamos que a las ocho y media.

—Hecho.

Colgaron, y ella se sentó en la cama, pensando. Las armas químicas y biológicas eran inhumanas y contravenían las leyes internacionales. Eran espantosamente crueles. Y las habían empleado para matar a estadounidenses. La guerra en Corea había dejado de ser una trifulca local. El mundo estaría esperando la respuesta de Estados Unidos a esa atrocidad. Es decir, su respuesta.

Se vistió con esmero con un sombrío traje con falda de color gris oscuro y una blusa de un blanco crudo, que reflejaban su lúgubre estado de ánimo.

Para cuando llegó al Despacho Oval, los programas de noticias que se emitían a la hora del desayuno recogían algunas reacciones. La gente no necesitaba que un político demagogo exaltase sus ánimos. La furia de Pauline era compartida a lo largo y ancho del país. Las personas a las que entrevistaban en las estaciones de metro de camino al trabajo estaban furiosas: si cualquier ataque contra sus compatriotas las encolerizaba, con aquel les hervía la sangre.

Aunque Corea del Norte no tenía embajada en Estados Unidos, sí tenía una Misión Permanente en las Naciones Unidas, cuya oficina, de una sola habitación, se encontraba en el Diplomat Center, en la Segunda Avenida de la ciudad de Nueva York. Frente al edificio se había congregado una multitud furiosa, que gritaba hacia las ventanas de la planta trece.

En Columbus, Georgia, un joven blanco asesinó a tiros a una pareja estadounidense de origen coreano. No les robó dinero, aunque sí se llevó un cartón de tabaco de Marlboro Light.

Pauline leyó los informes que le habían preparado durante la noche y llamó a media docena de personas clave, entre ellas el secretario de Estado Chester Jackson, quien acababa de llegar de su inútil viaje a Sri Lanka y de una conferencia de paz que no llegó a celebrarse.

Pippa la llamó enfadada desde el rancho de caballos.

—¿Por qué han hecho esto, mamá? ¿Son unos monstruos o qué?

—No, no son unos monstruos. Son unos hombres desesperados, y eso es casi igual de malo —contestó Pauline—. El hombre que gobierna Corea del Norte está entre la espada y la pared. Está siendo atacado por los rebeldes de su propio país, por sus vecinos del sur y por Estados Unidos. Cree que va a perder la guerra, el poder y, probablemente, la vida también. Es capaz de hacer cualquier cosa.

—¿Y qué vas a hacer?

—Todavía no lo sé, pero cuando atacan así a unos compatriotas, debo hacer algo. Como todo el mundo, quiero devolver el golpe. Pero debo asegurarme de que esto no se convierte en una guerra entre China y nosotros. Eso sería diez veces peor, cien veces peor, que lo que ha pasado en Seúl.

—¿Por qué es todo tan complicado? —preguntó Pippa con un dejo de frustración.

«Ajá, estás madurando», pensó Pauline.

—Lo que pasa es que los problemas fáciles se solucionan enseguida y solo quedan los difíciles. Por eso nunca deberías creer a un político que ofrezca respuestas sencillas.

—Ya, supongo.

Pauline se preguntó si debía ordenar que Pippa regresara a la Casa Blanca un día antes, pero concluyó que estaba algo más segura en Virginia.

—Hasta mañana, cielo —dijo de la manera más despreocupada posible.

—Vale.

Sentada frente a su escritorio, Pauline desayunó una tortilla y una taza de café y a continuación se dirigió a la Sala de Crisis.

La tensión que reinaba en el ambiente podía cortarse con un cuchillo. ¿También se podía oler? Percibió el aroma a abrillantador de muebles que desprendía la mesa reluciente, el calor corporal que despedía la treintena aproximada de hombres y mujeres que la rodeaban y el dulce perfume de una ayudante que debía de estar cerca, pero había algo más. «El olor del miedo», pensó.

Fue directa al grano.

—Lo primero es lo primero. —Asintió mirando al general Schneider, el presidente del Estado Mayor Conjunto, quien iba vestido de uniforme—. Bill, ¿qué sabemos sobre el número de bajas estadounidenses?

—Nos han confirmado que han muerto cuatrocientos veinte militares estadounidenses y que han resultado heridos mil ciento noventa y uno… pero la cifra subirá. —Hablaba como si impartiera órdenes a voz en grito en una plaza de armas, y Pauline supuso que era su forma de mantener a raya sus emociones—. El ataque concluyó hace unas tres horas y me temo que todavía no hemos localizado a todos. La cifra total será más alta. —Tragó saliva—. Señora presidenta, hoy, en Corea del Sur, un buen número de valientes compatriotas ha sacrificado su vida o su salud por el bien de su país.

—Y todos les agradecemos su coraje y lealtad, Bill.

—Sí, señora.

—¿Qué se sabe de las bajas civiles? Hace unos días teníamos a cien mil ciudadanos estadounidenses no militares viviendo en Corea del Sur. ¿A cuántos hemos logrado evacuar?

—No a los suficientes. —Le costaba hablar. Carraspeó para aclararse la voz—. Suponemos que han muerto alrededor de cuatrocientos civiles y cuatro mil han resultado heridos, aunque eso no es más que una estimación razonable.

—Las cifras son trágicas, pero la forma en que murieron fue de lo más espantosa.

—Sí. Con gas mostaza, cianuro de hidrógeno y gas nervioso VX.

—¿Han utilizado armas biológicas?

—No, que nosotros sepamos.

—Gracias, Bill. —Miró a Chester Jackson, quien, con su traje de tweed y su camisa con botones, contrastaba con el general Schneider—. Chess, ¿por qué ha ocurrido esto?

—Me están pidiendo que le lea la mente al líder supremo. —Chess, al igual que Gerry, iba con pies de plomo a la hora de plantear las dudas y los peros, así que, al igual que con Gerry, había que armarse de paciencia para tratar con él—. Así que mi respuesta es solo una conjetura, pero allá va. Creo que Kang ha actuado con temeridad porque supone que China se verá obligada a acudir en su rescate tarde o temprano y, cuanto más desesperada sea la situación, antes sucederá eso.

La directora de Inteligencia Nacional, Sophia Magliani, intervino.

—Si me permite, señora presidenta, eso es lo que opina casi todo el mundo en la comunidad de inteligencia.

—Pero ¿Kang está en lo cierto? —preguntó Pauline—. Al final, ¿China intervendrá para salvarle el culo?

—Eso requiere otro ejercicio de telepatía, señora presidenta —respondió Chess, y Pauline contuvo su impaciencia—. Es difícil saber qué piensa Pekín porque hay dos facciones: la de los jóvenes progresistas y la de los viejos comunistas. Los progresistas creen que el líder supremo es un incordio y les gustaría quitárselo de encima. Los comunistas, en cambio, piensan que es un bastión indispensable para defenderse del imperialismo capitalista.

—Y la conclusión es… —dijo Pauline para animarlo a seguir hablando.

—La conclusión es que ambos bandos tienen como objetivo impedir que Estados Unidos entre en Corea del Norte. Si entramos en su territorio, en su espacio aéreo o en su demarcación marítima, nos arriesgaremos a que estalle una guerra contra Pekín.

—Dices que nos arriesgaremos a que estalle una guerra, no que sea inevitable.

—Sí, y he elegido las palabras con mucho cuidado. No sabemos dónde pondrán el límite los chinos. Seguramente, ni ellos mismos lo saben. Quizá no tomen esa decisión hasta que se vean obligados a tomarla.

Pauline recordó las palabras de Pippa: «¿Por qué es todo tan complicado?».

Todo aquello eran prolegómenos. El grupo estaba esperando a que hablara ella. Ella era la capitana y ellos la tripulación: ellos se encargarían de que el barco navegara, pero ella tenía que decirles adónde ir.

—El ataque de esta mañana de los norcoreanos lo ha cambiado todo —aseguró Pauline—. Hasta ahora, nuestra prioridad ha sido evitar una guerra. Pero ese ya no es el problema principal. A pesar de todos nuestros esfuerzos, la guerra ha estallado. No la queríamos, pero aquí está. —Se calló un instante y después añadió—: Ahora nuestra tarea consiste en proteger la vida de nuestros compatriotas.

Aunque tenían unas caras muy serias, también se les veía aliviados. Al menos sabían qué camino seguir.

—¿Y cuál será nuestro primer paso? —Pauline notó que se le aceleraba el corazón. Nunca había hecho nada parecido. Respiró hondo y, a continuación, habló con lentitud y rotundidad—. Nos aseguraremos de que Corea del Norte no vuelva a matar nunca más a ningún estadounidense. Pretendo arrebatarles, de manera permanente, su capacidad para hacernos daño. Destruiremos por entero sus fuerzas militares. Y lo haremos hoy.

Los hombres y mujeres que se encontraban alrededor de la mesa irrumpieron en aplausos espontáneos. No cabía duda de que eso era lo que habían estado esperando.

Tras unos momentos, la presidenta retomó la palabra.

—Quizá haya más de una manera de alcanzar este objetivo. —Se volvió de nuevo hacia el presidente del Estado Mayor Conjunto—. Bill, expón las opciones militares que tengamos, por favor.

Bill habló con una confianza tremenda, nada que ver con el tono que había empleado Chess, más bien propio de un profesor.

—Permítame empezar con la opción más radical —dijo—. Podríamos lanzar un ataque nuclear contra Corea del Norte y convertir el país entero en un paisaje lunar.

Esa propuesta estaba totalmente descartada, pero Pauline no lo dijo en voz alta. Había preguntado qué opciones tenían y Bill se las estaba dando. Desestimó la propuesta con un gesto sutil.

—Eso será lo que James Moore exija en su próxima entrevista en la tele —afirmó.

—Sin embargo —intervino Chess—, es la opción que, casi

con total seguridad, nos arrastraría a una guerra nuclear con China.

—No la estoy recomendando —señaló Bill—, pero había que ponerla sobre la mesa.

—Sí, así es, Bill —admitió Pauline—. ¿Qué más?

—También se podría alcanzar el objetivo indicado mediante la invasión de Corea del Norte con tropas estadounidenses. Un contingente lo suficientemente grande podría conquistar Pionyang, capturar al líder supremo y a todo su equipo, desarmar a los militares y destruir todos los misiles del país, así como cualquier reserva de armas químicas y biológicas.

—Y, una vez más, tendríamos que pensar en la reacción de los chinos —repuso Chess.

El general Schneider habló con una indignación contenida:

—No iremos a permitir que el miedo a los chinos determine nuestra respuesta a esta atrocidad, espero.

—No, Bill, no lo permitiremos —le aseguró Pauline—. Solo estamos evaluando las opciones. ¿Cuál sería la siguiente?

—La tercera, y probablemente la última —respondió Bill—, es una intervención mínima: un ataque aéreo contra las instalaciones militares y gubernamentales de Corea del Norte utilizando bombarderos y cazas, así como misiles de crucero y drones, pero sin tropas de infantería. El objetivo sería la destrucción total de la capacidad de Pionyang para librar una guerra por tierra, mar o aire… sin invadir realmente Corea del Norte.

—Incluso eso ofenderá a los chinos —comentó Chess.

—Sí —contestó Pauline—, pero estaríamos bordeando el límite. La última vez que hablé con el presidente Chen, insinuó que no tomaría represalias si atacábamos Corea del Norte con nuestros misiles, siempre que las tropas estadounidenses no entraran en territorio, espacio aéreo ni demarcación marítima norcoreanos. La opción de intervención mínima que Bill ha propuesto implica que violaremos el espacio marítimo y aéreo norcoreano… pero nuestras tropas terrestres no entrarán en el país.

—¿Y Chen tolerará eso? —Chess se mostraba escéptico.

—No lo garantizo —respondió Pauline—. Tendríamos que correr ese riesgo.

Reinó el silencio durante unos instantes eternos.

Gus Blake habló por primera vez.

—Solo para tenerlo claro, señora presidenta, en cualquiera de las tres opciones, ¿atacaríamos la parte de Corea del Norte que controlan los rebeldes?

—Sí —afirmó con contundencia Schneider—. Son norcoreanos y tienen armas. No podemos dejar el trabajo a medias.

—No —saltó Chess—. Tienen armas nucleares. Si los atacamos con el objetivo marcado de aniquilarlos, ¿qué les impediría lanzar un contraataque nuclear?

—Estoy con Chess, pero por otra razón —intervino Gus—. Cuando el líder supremo ya no esté, Corea del Norte necesitará un gobierno, y lo más inteligente sería dejar que los rebeldes participasen de algún modo en él.

Pauline tomó una decisión.

—No voy a atacar a una gente que no ha hecho nada para hacer daño a Estados Unidos. Sin embargo, si en algún momento actúan contra nosotros, los borraremos del mapa.

Todos se mostraron de acuerdo.

—Diría que hemos alcanzado un consenso —añadió la presidenta—. La opción de intervención mínima de Bill es la que deberíamos debatir.

Una vez más, se oyeron murmullos que le daban la razón.

—He dicho que lo haremos hoy y hablaba en serio —prosiguió Pauline—. Esta noche a las ocho en punto, horario local, justo después del amanecer en Asia Oriental. Bill, ¿es posible tenerlo todo listo a esa hora?

Schneider se sintió revitalizado.

—Delo por hecho, señora presidenta.

—Misiles de crucero, drones, bombarderos y cazas. También el despliegue de los barcos de la Armada de Estados Unidos para que ataquen cualquier nave de la flota norcoreana.

—¿Incluso en puertos norcoreanos?

Pauline caviló un momento.

—Incluso en los puertos. El objetivo es la aniquilación de las fuerzas militares norcoreanas. No debe quedar ni un escondite.

—¿Elevamos el nivel de alerta?

—Desde luego. DEFCON 2.

—Para causar el mayor daño posible, también debemos desplegar las tropas emplazadas fuera de Corea; en concreto, las de Japón y Guam —señaló Gus.

—Adelante.

—Y estaría bien que algunos de nuestros aliados participaran, para demostrar que se trata de un esfuerzo internacional, no solo de Estados Unidos.

—Creo que estarán deseosos de sumarse al ataque —comentó Chess—, sobre todo porque se han usado armas químicas ilegales.

—Me gustaría que los australianos participasen —dijo Gus.

—Llámalos —le ordenó Pauline—. Yo me dirigiré a la nación a través de las cadenas de televisión en el momento en que dé comienzo nuestro ataque, a las ocho en punto de la noche. —Pauline se puso en pie, y todos hicieron lo mismo—. Gracias, damas y caballeros —añadió—. Manos a la obra.

En cuanto volvió al Despacho Oval, requirió la presencia de Sandip Chakraborty, quien le informó de que James Moore ya había iniciado una campaña acusándola de cobarde.

—Eso no es precisamente una sorpresa —comentó Pauline.

Acto seguido, le ordenó que le reservara quince minutos en todas las cadenas a las ocho de la tarde.

—Bien pensado. Así, los programas de noticias se pasarán el día especulando sobre qué piensa hacer y no prestarán mucha atención a las críticas maliciosas de Moore.

—Estupendo. —A decir verdad, Moore ya apenas le importaba, pero Pauline no quería enfriar el entusiasmo de Sandip.

Después del director de Comunicaciones, la presidenta recibió a Gus.

—Quiero que repases conmigo el protocolo para declarar la guerra nuclear.

Gus se mostró consternado.

—¿Hasta ese punto vamos a llegar?

—No, si puedo evitarlo. Pero debo estar preparada para cualquier eventualidad. Sentémonos.

Se sentaron en sendos sofás, uno delante del otro.

—Ya estás familiarizada con el maletín nuclear, ¿no es así? —dijo Gus.

—Sí, aunque únicamente se usa cuando estoy fuera de la Casa Blanca.

—Vale, así que, si estás aquí, que es lo más probable, lo primero que se supone que debes hacer es reunirte con tus consejeros.

—Todo el mundo cree que la decisión la toma el presidente en solitario.

—En la práctica sí —repuso Gus—, porque seguramente no hay tiempo para debatir. Sin embargo, si es posible, hay que hacerlo.

—Bueno, supongo que querría, si pudiera.

—Quizá solo hables conmigo. Por si acaso, espera un minuto.

—¿Y luego qué?

—Luego darás el segundo paso: llamarás a la Sala de Guerra del Pentágono; si no estás en la Casa Blanca, usarás el teléfono especial que está en el maletín nuclear. Cuando contactes con ellos, tendrás que demostrar que eres quien dices ser. ¿Tienes la Galleta?

Pauline se sacó del bolsillo un envoltorio opaco de plástico.

—Voy a abrirla.

—La única manera es partiéndola en dos.

—Lo sé.

Cogió el pequeño envoltorio con ambas manos y lo retorció en direcciones opuestas. Se rompió fácilmente. Contenía un rectángulo de plástico similar a una tarjeta de crédito que se cambiaba cada día.

—Lo que está impreso en la tarjeta es el código de identificación —le explicó Gus.

—Aquí pone: «Veintitrés Hotel Víctor».

—Se lo leerás y así sabrán que eres tú quien da la orden.

—¿Y ya está?

—No, aún no. Falta el tercer paso: la Sala de Guerra enviará una orden encriptada a los equipos que manejan los lanzamisiles, los submarinos y los bombarderos. Habrán transcurrido tres minutos.

—Y en ese momento los equipos tienen que descodificar la orden.

—Sí…

Gus no añadió un «obviamente», pero Pauline notó cierto tono de impaciencia en su voz y se dio cuenta de que le estaba interrumpiendo con preguntas estúpidas, una señal de que la conversación la estaba poniendo muy tensa. «Hoy debo mantener la calma», pensó.

—Perdona, ha sido un comentario absurdo. Sigue.

—La orden enviada por la Sala de Guerra especificará los objetivos, la hora del lanzamiento y los códigos requeridos para desbloquear las cabezas nucleares. A menos que la situación de emergencia se produzca de un modo totalmente inesperado, esos objetivos deberán ser aprobados primero por ti.

—Pero yo no he…

—Bill te enviará una lista la próxima hora o así.

—De acuerdo.

—El cuarto paso es la preparación de los lanzamientos. Los equipos tendrán que confirmar los códigos de autenticación, introducir las coordenadas de los objetivos y desbloquear los misiles. Hasta este momento, tendrás la posibilidad de revocar tu orden.

—Supongo que podré ordenar a los bombarderos que se retiren en cualquier momento.

—Correcto. Pero ahora llegamos al quinto paso: se lanzan los misiles y ya no hay forma de desactivarlos, ni siquiera de redirigirlos. El tiempo transcurrido es de cinco minutos. La guerra nuclear ha comenzado.

Pauline notó el gélido peso del destino sobre los hombros.

—Dios nos libre de tener que hacerlo.

—Amén —dijo Gus.

Pauline estuvo preocupada todo el día. Lo que había decidido hacer era peligroso, y el hecho de que sus colegas se hubieran mostrado conformes con el plan por unanimidad no le hacía sentirse menos responsable. Pero las alternativas eran peores. La opción del ataque nuclear —a la que James Moore exigía recurrir, tal y como Pauline había previsto— era todavía más arriesgada. Sin embargo, tenía que darle la puntilla a un régimen que amenazaba a Estados Unidos y al mundo entero.

No paraba de darle vueltas y siempre llegaba a la misma conclusión.

El equipo de televisión llegó al Despacho Oval a las siete. Todos los canales compartirían lo que grabase ese único equipo. Hombres y mujeres vestidos con vaqueros y zapatillas deportivas montaron las cámaras, las luces y los micrófonos, arrastrando cables de aquí para allá por la alfombra de color dorado. Entretanto, Pauline le dio los últimos retoques al discurso y Sandip lo cargó en el *teleprompter*.

Sandip le trajo una blusa azul claro, un color que quedaba mejor ante las cámaras.

—El traje gris se verá negro en televisión, pero es adecuado dada la situación —le aseguró.

Una maquilladora se ocupó de la cara y una peluquera peinó su melenita rubia cortada al estilo bob y le echó laca.

Aún estaba a tiempo de cambiar de opinión. Volvió a darle vueltas a su razonamiento una vez más. Pero llegó a la misma conclusión.

El reloj avanzaba y, cuando quedaba un minuto para las ocho, se hizo el silencio en la sala.

El productor inició la cuenta atrás de los últimos segundos con los dedos.

Pauline miró a cámara.

—Compatriotas americanos.

38

La sala de conferencias del cuartel general del Guoanbu en Pekín se sumió en el silencio cuando la presidenta Green dijo: «Compatriotas americanos».

Eran las ocho en punto de la mañana. Chang Kai había convocado a todos los jefes de departamento para ver juntos la retransmisión. Algunos estaban aún adormilados y saltaba a la vista que se habían vestido con prisas. El resto del personal del cuartel general del Guoanbu estaba viendo las mismas imágenes en otras salas.

Los canales de noticias del mundo entero se habían pasado las últimas doce horas especulando sobre qué iba a decir Pauline Green, pero no se había filtrado nada. La información recopilada mediante la interceptación de señales indicaba que el flujo de comunicaciones en el ejército de Estados Unidos se había incrementado, así que tramaban algo, pero ¿qué? Incluso los generosamente pagados espías de Kai en Washington habían sido incapaces de obtener la más mínima pista. El presidente Chen había hablado con la presidenta Green dos veces y solo había sacado en claro que, según sus propias palabras, era una «tigresa al acecho». Los ministros de Exteriores de los dos países habían estado en contacto toda la noche. El Consejo de Seguridad de la ONU estaba reunido en sesión permanente.

Sin lugar a dudas, la presidenta Green actuaría contra el gobierno de Pionyang por haber empleado armas químicas, pero ¿cómo? En teoría, podía anunciar cualquier cosa, desde una protesta diplomática hasta el lanzamiento de una bomba nuclear. Sin embargo, en la práctica, tenía que anunciar algo impactante. Ningún país podía renunciar a las represalias ante esa clase de ataque contra sus soldados y ciudadanos.

El gobierno chino se hallaba entre la espada y la pared. Corea del Norte estaba fuera de control, y Pekín sería considerado culpable de los crímenes de Pionyang. No se podía permitir que una situación tan peligrosa se prolongara ni un solo día más. Pero ¿qué podía hacer China?

Kai esperaba que la presidenta Green le diera una pista.

«Compatriotas americanos, hace escasos segundos, Estados Unidos ha lanzado un ataque a gran escala contra las fuerzas militares de Pionyang, en Corea del Norte.»

—¡Mierda! —exclamó Kai.

«Dichas fuerzas han matado a miles de estadounidenses con unas armas infames que han sido vetadas por todos los países civilizados del mundo, y estoy aquí para deciros… —hablaba despacio, haciendo hincapié en cada palabra— que el régimen de Pionyang está siendo aniquilado ahora mismo.»

A Kai le dio por pensar que esa pequeña mujer rubia que estaba detrás de aquel escritorio enorme resultaba, en ese preciso instante, más imponente que cualquier líder que hubiera visto jamás.

«Mientras hablo con vosotros, estamos lanzando misiles y bombas no nucleares sobre todo objetivo militar y gubernamental que esté bajo el control de Pionyang.»

—No nucleares —repitió Kai—. Menos mal.

«Asimismo, los pilotos de nuestros bombarderos ya están despegando, dispuestos a seguir a los misiles para asegurarse de que los objetivos han sido destruidos por completo.»

—Misiles y bombas, pero nada de armas nucleares —dijo Kai—. Que alguien ponga las imágenes del radar y de los satélites en las pantallas.

«En las próximas horas —añadió la presidenta Green—, el hombre que se autodenomina líder supremo será incapaz de atacar a Estados Unidos. Lo dejaremos completamente indefenso.»

Kai sacó el móvil y marcó el número personal de Neil Davidson. Le saltó el buzón de voz, como era de esperar: Neil querría escuchar el mensaje de la presidenta sin que nadie le interrumpiera. Pero Kai quería ser la primera persona a la que llamara cuando acabara. En los próximos minutos, Neil recibiría un informe diplomático del Departamento de Estado que ampliaría el mensaje de Pauline Green y respondería a algunas de las preguntas que bullían en la mente de Kai. El viceministro esperó a oír el pitido y dijo:

—Soy Kai, estoy viendo a tu presidenta. Llámame.

Colgó.

«La decisión de atacar tiene una gran trascendencia —estaba diciendo Pauline—. Siempre había tenido la esperanza de no tener que tomarla. Al escoger este camino, no me he dejado llevar por las emociones, ni por un enconado deseo de venganza. Lo he debatido con serenidad y calma con mi gabinete y todos coincidimos en que esta es la única opción viable para Estados Unidos como pueblo libre e independiente que es.»

Una pantalla cobró vida en la pared. Mostraba una imagen de radar superpuesta en un mapa. Kai se quedó totalmente atónito; no tenía muy claro qué estaba viendo. Los misiles parecían estar más allá de Corea del Sur, a millas de distancia sobre el mar.

—Pero ¿cuántos puñeteros misiles han lanzado? —masculló Yang Yong, que era muy rápido a la hora de descifrar esa clase de información.

—No lo sé —respondió Kai—, pero diría que los americanos no tienen tantos misiles en Corea del Sur, y menos después de los últimos días.

—No, estos no vienen de Corea del Sur —afirmó Yang con seguridad—. De hecho, creo que proceden de Japón. —Como Estados Unidos tenía bases en las islas principales de Japón y en las islas de Okinawa, podían lanzar misiles de crucero desde los barcos y aviones que tenían allí—. ¡Y son un montón!

Kai recordó que Estados Unidos contaba con unos submarinos gigantescos que podían llevar más de ciento cincuenta misiles Tomahawk cada uno.

—Esto es lo que pasa cuando decides pegarte con la nación más rica del mundo.

Jin Chin-hwa, el jefe de la sección de Corea, estaba mirando su ordenador portátil.

—Escuchen esto —dijo—. Un carguero que estaba descargando un cargamento de arroz en el puerto norcoreano de Nampo nos acaba de enviar un mensaje.

En toda embarcación china, incluidos los barcos comerciales, había al menos un miembro de la tripulación cuya misión era informar de cualquier cosa importante que viera. Estos tripulantes enviaban sus mensajes a lo que ellos suponían que era el Centro Marítimo de Inteligencia situado en el puerto de Shenzhen, cuando de hecho los enviaban al Guoanbu.

—Dicen que un destructor americano, el USS *Morgan,* se ha dirigido a la desembocadura del río Taedong y ha disparado un misil de crucero que ha alcanzado y hundido un navío de la armada norcoreana delante de sus ojos —informó Jin.

—¡¿Ya?! —exclamó Zhou Meiling, la joven experta en internet.

—La presidenta no bromeaba —observó Kai—. Va a aniquilar al ejército de Corea del Norte.

—Eso no es lo que ha dicho —lo corrigió Yang Yong, puntilloso—. No exactamente.

Kai se volvió hacia él. Yang no solía hablar como los oficiales jóvenes, quienes siempre intentaban demostrar lo inteligentes que eran.

—¿A qué se refiere? —le preguntó Kai.

—Nunca ha dicho que fuera a atacar Corea del Norte, siempre ha hablado de Pionyang e incluso ha mencionado una vez al líder supremo.

Kai no había reparado en ese detalle.

—Bien visto. Eso tal vez signifique que dejará en paz a los rebeldes ultras.

—O, simplemente, prefiere dejar esa opción en el aire por el momento.

—Intentaré averiguarlo cuando hable con la CIA.

El mensaje a la nación de la presidenta llegó a su fin sin revelar nada más. Unos minutos más tarde, Kai fue convocado en Zhongnanhai para una reunión urgente de la Comisión de Asuntos Exteriores. Se lo comunicó a Monje, cogió su abrigo y abandonó el edificio.

Preveía que, cuando debatieran en grupo la respuesta china al ataque estadounidense, se dividirían en halcones y palomas, como siempre. Kai intentaría alcanzar un acuerdo que permitiera a China guardar las apariencias sin iniciar la Tercera Guerra Mundial.

De camino a Zhongnanhai, mientras sorteaba el denso tráfico habitual de Pekín —y los misiles estadounidenses surcaban el cielo en un vuelo de cientos de kilómetros desde Japón hasta Corea del Norte—, Neil Davidson lo llamó.

Su acento texano no transmitía la calma que lo caracterizaba. De hecho, se le notaba incluso tenso.

—Kai, antes de que alguien se precipite, queremos ser muy claros con todos vosotros: Estados Unidos no tiene ninguna intención de invadir Corea del Norte.

—Así que pensáis afrontar la situación actual tomando unas medidas que no requieran una invasión, si bien tampoco descartáis del todo esa posibilidad, ¿no? —matizó Kai.

—Sí, lo has clavado.

Kai se sintió tremendamente aliviado, porque eso quería decir que aún cabía la posibilidad de contener la crisis, pero ese pensamiento se lo guardó. Ponerle las cosas fáciles al otro bando nunca era lo más inteligente.

—Pero, Neil, el USS *Morgan* ya ha violado las fronteras norcoreanas al aproximarse a la desembocadura del río Taedong para hundir un barco de la armada norcoreana con un misil de crucero. ¿Me estás diciendo que eso no es una invasión?

Hubo un silencio, y Kai supuso que Neil no sabía nada del ataque del *Morgan*.

—Los bombardeos navales no están descartados —respondió cuando se recuperó de la sorpresa—. Pero, por favor, hazme caso cuando te digo que no tenemos ninguna intención de enviar tropas estadounidenses a suelo norcoreano.

—Estás hilando muy fino —observó Kai, aunque, la verdad, no se sentía descontento. Si era ahí donde los estadounidenses querían trazar la línea que separara un ataque de una invasión, el gobierno chino tal vez podría aceptarlo; al menos de forma extraoficial.

—Mientras hablamos, nuestro secretario de Estado está llamando a vuestro embajador en Washington para comunicarle lo mismo —señaló Neil—. Nuestra disputa es con quienes lanzaron esas bombas químicas, no con la gente de Pekín.

—¿Estás insinuando que vuestro ataque ha sido una respuesta proporcionada? —preguntó Kai con un tono de voz que denotaba cierto escepticismo.

—Eso es exactamente lo que estoy diciendo, y creemos que el resto del mundo lo verá de la misma manera.

—No creo que el gobierno chino lo vea con tan buenos ojos.

—Deben comprender que nuestras intenciones son las que son. No es nuestro deseo hacernos con el control del gobierno de Corea del Norte.

Eso era importante, si es que era cierto.

—Transmitiré el mensaje.

Kai vio que había una llamada en espera en su móvil. Debía de ser de su oficina, para decirle que los primeros misiles habían alcanzado sus objetivos. Pero necesitaba algo más de Neil.

—Hemos observado que la presidenta Green no ha dicho que estaba atacando Corea del Norte, sino que se ha referido en repetidas ocasiones al régimen de Pionyang. ¿Eso quiere decir que no vais a bombardear las bases militares rebeldes?

—La presidenta no atacará a quien nunca haya hecho daño a sus compatriotas.

Eso era un consuelo y una amenaza al mismo tiempo. Los rebeldes estarían a salvo siempre y cuando permanecieran neutrales. Si atacaban a estadounidenses, se convertirían en sus objetivos.

—Me ha quedado bastante claro —dijo Kai—. Tengo otra llamada. Seguiremos en contacto.

Sin aguardar una respuesta, colgó y atendió la llamada en espera.

Era Jin Chin-hwa.

—Los primeros misiles han alcanzado Corea del Norte —le informó.

—¿Dónde?

—En varios lugares simultáneamente: en Chunghwa, el cuartel general de las fuerzas aéreas norcoreanas a las afueras de Pionyang; en la base naval de Haeju; en una residencia de la familia Kang…

—Todos los objetivos se encuentran en el oeste del país, lejos de la zona rebelde —lo interrumpió Kai, que había ido trazando un mapa mental de Corea del Norte.

—Sí.

Eso confirmaba lo que Neil le había dicho.

En ese instante, el coche de Kai estaba pasando por el complejo sistema de seguridad habitual de la Puerta de la Nueva China.

—Gracias, Jin.

Y colgó.

Monje aparcó en una hilera de limusinas que se encontraba delante de la Sala de la Preciada Compasión, el edificio donde se reunían los comités políticos importantes. Al igual que la mayoría de los edificios del interior del complejo de Zhongnanhai, estaba diseñado en un estilo tradicional, con tejados de líneas curvas. A pesar de que contaba con un auditorio colosal para las reuniones ceremoniales, la Comisión de Asuntos Exteriores se reunía en una sala de conferencias.

Kai salió del coche y aspiró la brisa fresca procedente del lago. Aquel era uno de los pocos lugares de Pekín donde el aire no estaba contaminado. Se tomó unos segundos para respirar hondo y oxigenarse la sangre. Luego entró.

El presidente Chen ya estaba allí. Para sorpresa de Kai, vestía de traje pero no llevaba corbata y tampoco se había afeitado. Kai nunca lo había visto desaliñado: debía de llevar despierto la mitad de la noche. Estaba enfrascado en una conversación con el padre de Kai, Chang Jianjun. De los halcones, estaban presentes Huang Ling y Fu Chuyu, y Kong Zhao representaba a las palomas. Los moderados que no se alineaban con ninguno de los dos bandos estaban representados por el ministro de Exteriores Wu Bai y el propio presidente Chen. A todos los veía tremendamente preocupados.

Chen ordenó a todo el mundo que se sentara y cedió la palabra a Jianjun para que los pusiera al tanto de la situación. Jianjun les informó de que las defensas antimisiles norcoreanas no habían funcionado bien, en parte por culpa de un ciberataque estadounidense a sus lanzadores, y que era probable que el asalto lograra precisamente lo que la presidenta Green pretendía: en concreto, la destrucción total del régimen de Pionyang.

—No hace falta que les recuerde, camaradas —señaló Jianjun—, que el tratado de 1961 entre China y Corea del Norte nos obliga a acudir en ayuda de Corea del Norte cuando es atacada.

—Por supuesto, es el único tratado de defensa que China tiene con cualquier nación, el único —repitió el presidente Chen—. Si no lo cumplimos, quedaremos humillados ante el mundo entero.

Fu Chuyu, el jefe de Kai, hizo un resumen de la información con la que contaba la división de Kai. A continuación, Kai demostró que estaba mejor informado que él al revelar lo que había descubierto gracias a Neil Davidson hacía escasos minutos: que los estadounidenses no planeaban hacerse con el control del gobierno norcoreano.

Fu le lanzó una mirada asesina.

—Imaginémonos una situación similar a esta —señaló el general Huang—. Supongamos que México hubiera atacado Cuba con armas químicas y hubiera matado a cientos de consejeros rusos; y que, en respuesta, los rusos hubieran lanzado un ataque aéreo masivo, diseñado para aniquilar al gobierno y al ejército mexicanos. ¿Estados Unidos habría defendido México? ¿Acaso tenemos la más mínima duda? ¡Por supuestísimo que lo habrían hecho!

—Pero ¿cómo? —se limitó a preguntar Kong Zhao.

Eso sorprendió a Huang.

—¿Qué quiere decir con cómo?

—¿Bombardearían Moscú?

—Considerarían sus opciones.

—Exacto. En la situación que ha imaginado, camarada, los estadounidenses se enfrentarían al mismo dilema al que nosotros nos enfrentamos ahora. ¿Usted iniciaría la Tercera Guerra Mundial con motivo de un ataque a un país vecino de segunda fila?

Huang no disimuló su frustración.

—Cada vez que se sugiere que el gobierno de China debería actuar con firmeza, alguien dice que eso podría desatar la Tercera Guerra Mundial.

—Porque ese peligro siempre está ahí.

—No podemos dejar que eso nos paralice.

—Pero tampoco podemos ignorarlo.

El presidente Chen intervino.

—Ambos tienen razón, por supuesto —dijo—. Lo que hoy les pido es un plan para lidiar con el ataque estadounidense contra Corea del Norte sin que la crisis se recrudezca.

—Si me permite, señor presidente… —dijo Kai.

—Adelante.

—Debemos aceptar el hecho de que hoy Corea del Norte no tiene un gobierno único sino dos.

Huang se enfureció ante la idea de tratar a los rebeldes como si fueran un gobierno, pero Chen asintió.

—El líder supremo —continuó Kai—, quien se supone que

es nuestro aliado, ya no coopera con nosotros y ha provocado una crisis que no buscábamos. Los rebeldes controlan la mitad del país y todas las armas nucleares. Debemos considerar qué clase de relación queremos tener con los ultras de Yeongjeo-dong, quienes, nos guste o no, se han convertido en el gobierno alternativo.

Huang estaba indignado.

—Una rebelión contra el Partido Comunista jamás se debe permitir que sea un éxito —sentenció—. Y, en cualquier caso, ¿cómo podríamos hablar con esta gente? No sabemos quiénes son sus líderes ni cómo contactar con ellos.

—Yo sé quiénes son y puedo contactar con ellos —lo corrigió Kai.

—¿Y eso cómo es posible?

Kai recorrió la habitación con la mirada, fijándose, con toda la intención del mundo, en los ayudantes que estaban ahí presentes.

—General, tiene derecho, por supuesto, a recibir información del más alto secreto, pero perdóneme que dude a la hora de identificar ciertas fuentes de información en extremo sensibles.

Huang se dio cuenta de que había metido la pata y se retractó.

—Sí, sí, olvide que he hecho esa pregunta.

—Muy bien, así que podemos hablar con los ultras —dijo el presidente Chen—. Siguiente pregunta: ¿qué queremos decirles?

Aunque Kai tenía una idea muy clara al respecto, no quería que en esa reunión se le impusiera una estrategia que luego lo constriñera, así que respondió:

—Primero habría que tantear el terreno.

Sin embargo, Wu Bai era lo bastante astuto como para saber qué estaba tramando Kai y no quería darle carta blanca.

—Podemos hacer algo mejor —propuso el ministro de Exteriores—. Sabemos qué queremos: el cese total e incondicional de las hostilidades. Y podemos adivinar qué quieren los ultras: tener una participación alta en el nuevo gobierno de Corea del Norte, sea el que sea.

—Y mi tarea consistirá en averiguar con exactitud qué exigirán a cambio de poner fin a su rebelión —señaló Kai, aunque sabía que no se conformaría con averiguar eso.

Huang repitió su objeción anterior.

—No deberíamos empoderar a gente que ha desafiado al Partido.

—Gracias por la apreciación, general —dijo Wu, y se volvió hacia el resto del grupo—. Creo que lo que ha afirmado el camarada Huang es totalmente correcto. —Huang pareció calmarse, aunque, en realidad, el ministro Wu Bai no estaba para nada de acuerdo con él—. No podemos dar por sentado que podemos fiarnos de esos ultras —comentó Wu, pero añadió un matiz—: Será imposible alcanzar un acuerdo con ellos si no se establecen unas garantías claras.

Huang, que era incapaz de captar tales sutilezas, asintió con ganas. Kai dedujo que el carisma de Wu, a quien los más radicales calificaban de superficial, era una trampa letal. Wu había neutralizado a Huang, y este ni se había enterado.

—Es un buen plan, pero no lo solucionaremos de un día para otro —concluyó Chen—. ¿Qué podemos hacer hoy, ahora, para rebajar la tensión?

Kong Zhao tenía una sugerencia.

—Podemos pedir un alto el fuego a ambas partes, y al mismo tiempo presionar a Pionyang para que cese el fuego de forma unilateral.

—¿Les quedan misiles? —preguntó Chen.

—Un puñado —respondió Kai—, escondidos bajo algunos puentes y en algunos túneles.

Chen asintió pensativo.

—De todos modos, pensarán que un alto el fuego unilateral será, prácticamente, como admitir su derrota.

—Aun así, por probar que no quede —repuso Kai.

—De acuerdo. Así pues, ¿cómo deberíamos plantearlo?

Kai desconectó. La discusión prometía ser muy larga. Aunque la parte importante de la reunión ya había concluido, ahora todo el mundo aportaría algo de menor relevancia. Hizo un gran esfuerzo para mantener a raya su impaciencia y empezó a planear su reunión con los ultras.

Como tenía que comunicarse con el líder rebelde, y no con el general Ham, redactó un mensaje en su móvil:

A la atención del general Pak Jae-jin
ALTO SECRETO
Un emisario de muy alto rango de la República Popular China desea visitarlo. Se presentará acompañado únicamente por el piloto del helicóptero; ambos irán desarmados. Su misión es de la máxima importancia para Corea y China.
Por favor, confirme la recepción de este mensaje e indique si está dispuesto a reunirse con dicho representante.
Remitente: Ministerio de Seguridad Nacional

Envió el mensaje a Jin Chin-hwa con la orden de que lo reenviara a todas las direcciones de internet que encontrara, relacionadas con la base militar de Yeongjeo-dong. Aunque habría preferido mandarlo a una única dirección segura, la urgencia primaba sobre la seguridad.

En cuanto la reunión terminó, acorraló a su padre.

—Necesito que un avión de la fuerza aérea me lleve a Yanji. Y luego que un helicóptero me transporte a Yeongjeo-dong.

—Yo me ocupo —respondió Jianjun—. ¿Para cuándo?

Kai miró su reloj. Eran las diez en punto.

—Salida de Pekín a las once, transbordo a las dos en Yanji y aterrizaje en Yeongjeo-dong a las tres, aproximadamente.

—De acuerdo.

Estar de acuerdo con su padre por una vez era todo un alivio, pensó Kai.

—Les he dicho a los ultras que únicamente me acompañará el piloto y que ambos iremos desarmados. Así que nada de armas en el helicóptero, por favor.

—Bien pensado. En cuanto estés en territorio rebelde, siempre te superarán en número. La única forma de seguir con vida será no luchar.

—Es lo que pensaba.

—Dalo por hecho.

—Gracias.

—Buena suerte, hijo mío.

Hacía un día claro y sin nubes en Corea del Norte. Mientras sobrevolaba a baja altura la zona este en un helicóptero de las fuerzas aéreas chinas, Kai contemplaba el paisaje iluminado por la luz invernal del sol. Daba la impresión de que el país funcionaba con normalidad. Había trabajadores en los campos y camiones en las carreteras.

Aunque no era como China, por supuesto: no había grandes atascos en las ciudades, la neblina rosácea de la polución no era tan intensa y apenas había torres de pisos como las que brotaban como malas hierbas en las afueras de las ciudades chinas. Corea del Norte era más pobre y estaba menos poblada.

No vio nada que indicase que estaban en guerra: ni edificios derruidos, ni campos quemados, ni vías de tren destrozadas. En un principio, la rebelión había provocado algunas escaramuzas en torno a las bases militares; después, los nuevos gobernantes de la zona habían permanecido al margen del conflicto internacional. Solo por eso, la gente debía de adorarlos. ¿Esos ultras eran listos? ¿O habían tenido suerte y punto? Kai pronto lo sabría.

Tampoco había señales visibles del ataque estadounidense. Tal y como habían prometido, su objetivo era el oeste del país, el territorio que seguía bajo el mando del líder supremo. Tal vez hubiera misiles volando por encima de Kai, pero lo harían tan alto y a tanta velocidad que sería imposible verlos.

La maquinaria gubernamental estaba funcionando bien en la zona rebelde. El piloto de Kai había contactado con el control de tráfico aéreo coreano del modo habitual y le habían dado permiso para entrar.

El líder rebelde Pak Jae-jin había respondido enseguida el mensaje de Kai. Al parecer, tenía muchas ganas de hablar. Había aceptado reunirse con él, le había dado las coordenadas exactas de la base militar y había fijado la hora de la cita a las tres y media de la tarde.

Mientras Kai estaba en tránsito en el aeropuerto militar de Yanji, el general Ham, su espía en el campamento de Pak Jae-jin, lo había llamado muy nervioso.

—¿Qué estás haciendo? —le había preguntado Ham.

—Debemos poner fin a la guerra.

—¿Pretendes hacer un trato con los ultras?

—Es una conversación para tantear el terreno.

—Son unos fanáticos. Su nacionalismo es como una religión.

—Parecen haber logrado muchos apoyos.

—La mayoría de sus partidarios piensan que cualquiera sería mejor que el líder supremo.

Kai se había quedado callado, pensando. Ham no solía exagerar. Si estaba preocupado, sus razones tendría.

—Ya que debo reunirme con esa gente, ¿qué me recomiendas?

—Que no te fíes de ellos —había sido la inmediata respuesta del general.

—Entendido.

—Asistiré a la reunión.

—¿Para qué?

—Para traducir. Aquí no hay mucha gente que sepa mandarín. La mayoría de los ultras consideran tu idioma como un símbolo de la opresión extranjera.

—Vale.

—Ten mucho cuidado. Que no se note que ya nos conocemos.

—Por supuesto.

Y habían colgado.

Durante todo el trayecto desde la frontera entre China y Corea, un helicóptero de combate fabricado en Rusia, un modelo apodado el Cocodrilo por su hocico amenazador, vigilaba de cerca el helicóptero de Kai. Aunque iba pintado con pintura de camuflaje, llevaba la insignia redonda de las Fuerzas Aéreas y Antiaéreas del Ejército Popular de Corea: una estrella de cinco puntas dentro de un círculo doble de color rojo y azul. La aeronave coreana se mantuvo a una distancia prudencial y no hizo ninguna maniobra amenazadora.

Kai se dedicó a dar vueltas a qué iba a decirle al general Pak. Había cien maneras de formular la pregunta: «¿Podemos hacer un trato?». Pero ¿cuál era la mejor en esta ocasión? A Kai no solía faltarle confianza en sí mismo —más bien, al contrario—, pero esa reunión era algo excepcional. En toda su vida, nunca nada había dependido tanto de su éxito o fracaso.

Cada vez que veía de refilón el Cocodrilo, recordaba que estaba asumiendo también un gran riesgo. Los rebeldes podían decidir arrestarlo y meterlo en una celda e interrogarlo. Podían decir que era un espía. Y lo era. Sin embargo, no tenía sentido preocuparse por eso ahora. Se había comprometido a llevar a cabo su plan.

Lo único que sabía era que no se limitaría a investigar los hechos. Pretendía negociar con los rebeldes, aunque nadie se lo había ordenado ni nadie conocía sus intenciones. Y si lograba alcanzar un acuerdo razonable, estaba seguro de que persuadiría al presidente Chen de que debía apoyarlo.

Era una estrategia arriesgada. Pero se trataba de una emergencia.

El helicóptero se aproximó a Yeongjeo-dong siguiendo un río angosto que recorría un valle boscoso. Kai vio algunas señales que indicaban que la batalla por el control de la base de hacía cuatro semanas había tenido lugar allí: una aeronave estrellada en un arroyo, una casa de campo arrasada, una zona de bosque quemada. Oyó que el piloto hablaba con el control de tierra.

Mientras descendían hacia la base, vio que los ultras lo esperaban haciendo una exhibición de fuerza: seis misiles balísticos intercontinentales, de más de veinte metros de largo cada uno, perfectamente alineados en unos vehículos de lanzamiento transportadores erectores de once ejes. Kai sabía que tenían un alcance de unos once mil kilómetros, la distancia que los separaba de Washington D. C. Cada uno de los misiles iba armado con múltiples cabezas nucleares. Los rebeldes estaban enseñando a Kai su mejor baza.

Dirigieron la aeronave de Kai hasta un helipuerto.

La pequeña comitiva de recibimiento iba armada hasta los dientes, pero los hombres se relajaron cuando Kai salió con las manos vacías, vestido con traje y corbata y el abrigo desabrochado; evidentemente, iba desarmado. Aun así, lo cachearon a conciencia antes de escoltarlo hasta un edificio de dos plantas que, sin duda, era su cuartel general. Kai reparó en que había agujeros de balas en los ladrillos.

Lo guiaron hasta la suite del comandante, un espacio nada acogedor con mobiliario barato y suelo de linóleo. Como estaba muy mal ventilado y la calefacción no funcionaba bien, era un lugar frío y a la vez sofocante. Había tres hombres esperando para saludarlo, vestidos con el uniforme de general norcoreano, incluida esa gorra enorme que siempre le había hecho mucha gracia a Kai. A un lado había un cuarto general, y Kai reconoció a Ham.

El que estaba en medio de los tres dio un paso al frente, se dio a conocer como Pak Jae-jin, presentó a los demás y a continuación guio al grupo hasta un despacho interior.

Pak se quitó la gorra y se sentó tras un escritorio funcional donde solo había un teléfono. Con una seña, le indicó a Kai que se sentara en un asiento situado delante del escritorio. Ham cogió una silla que había en una esquina y los otros dos generales se quedaron de pie detrás del escritorio, uno a cada lado de Pak, invistiéndolo de autoridad. El líder rebelde era un hombre bajo y delgado de unos cuarenta años, con un pelo corto que se batía en retirada. A Kai le recordó esos cuadros en los que se veía a un Napoleón de mediana edad.

Kai daba por hecho que Pak debía ser valiente e inteligente, para haber llegado a general a una edad relativamente temprana. Supuso que también sería un hombre orgulloso y susceptible, al que molestaría cualquier comentario que sugiriera que era un advenedizo. Lo mejor para acercarse a él era mostrarse lo más sincero posible y un tanto halagador.

Pak habló en coreano y Kai en mandarín. Ham fue traduciendo para ambos.

—Explíqueme por qué está aquí —dijo Pak.

—Usted es un soldado y le gusta ir al grano, así que yo haré lo mismo —contestó Kai—. Le voy a contar la verdad pura y dura. La prioridad máxima del gobierno chino es que Corea del Norte no caiga en manos estadounidenses.

Pak puso cara de indignación.

—No caerá en manos de nadie, salvo del pueblo coreano.

—En eso estamos de acuerdo —convino Kai de inmediato, a pesar de que era una verdad a medias. Pekín preferiría un gobierno en el que China y Corea compartieran el poder, al menos durante un tiempo. Pero mencionaría ese detalle más adelante—. De modo que la pregunta es… ¿cómo lograr que eso suceda?

Pak hizo una mueca despectiva.

—Eso sucederá sin la ayuda de China —contestó—. El régimen de Pionyang está a punto de venirse abajo.

—Veo que estamos de acuerdo, una vez más. Me alegra que veamos las cosas del mismo modo. Es una señal esperanzadora.

Pak esperó en silencio.

—Lo cual nos lleva a plantearnos la cuestión de qué reemplazará al gobierno del líder supremo —añadió Kai.

—No hay que plantearse ninguna cuestión. Será el gobierno de Pak.

«No se le puede acusar de falsa modestia», pensó Kai. Pero era pura fachada. Si Pak realmente hubiera creído que no necesitaba la ayuda de los chinos, no habría accedido a celebrar esa reunión. Kai lo miró a los ojos.

—Tal vez —dijo simple y llanamente. Y esperó a ver su reacción.

Hubo un silencio. Al principio, Pak parecía enfadado y a punto de protestar. Entonces le cambió la cara y disimuló su ira.

—¿Tal vez? —preguntó—. ¿Acaso hay otra posibilidad?

«Por fin estamos avanzando», pensó Kai.

—Hay varias, y la mayoría son desagradables —respondió—. Podría ser Corea del Sur quien cante victoria al final, o Estados Unidos, o China, pero podría haber alguna posibilidad más. —Se inclinó hacia delante y habló con más vehemencia—. Si quiere que se cumpla su deseo, que Corea del Norte sea gobernada por los norcoreanos, tendrá que aliarse, como mínimo, con uno de los otros contendientes.

—¿Por qué tendría yo que aliarme con nadie?

Kai se fijó en cómo había metido ese «yo» en la pregunta, suponiendo que Ham hubiera traducido con exactitud. Desde el punto de vista de Pak, él era la rebelión.

—Si estoy ganando —añadió el general, confirmando así lo que Kai pensaba.

—En efecto —dijo Kai con un tono de admiración—. Pero hasta ahora solo ha combatido contra el régimen de Pionyang, el rival más débil de los involucrados en este conflicto. Acabará con él con solo un pequeño esfuerzo más; el ataque aéreo de hoy ha debido de ocasionarles un daño irreparable. Aun así, podría usted tener dificultades cuando entre en conflicto con Corea del Sur o Estados Unidos.

Aunque Pak puso cara de ofendido, Kai estaba seguro de que se percataría de que su razonamiento tenía una lógica innegable.

—¿Ha venido aquí con una propuesta? —preguntó Pak con un semblante muy serio.

Kai carecía de autoridad para hacer propuestas, pero no lo admitió.

—Tal vez haya un modo de que usted controle Corea del Norte y cuente al mismo tiempo con una defensa inexpugnable ante las futuras injerencias de Corea del Sur o Estados Unidos.

—¿Y su plan consiste en…?

Kai se calló; quería escoger las palabras con cuidado. Ese era el momento crucial de la conversación. También era el punto en el que excedería sus órdenes. Se estaba jugando el cuello.

—Punto uno —respondió Kai—: atacar Pionyang inmediatamente con todas sus fuerzas, sin usar las armas nucleares, y asumir el control del gobierno.

Pak se mostró impasible: eso siempre había estado dentro de sus planes.

—Punto dos: ser reconocido inmediatamente por Pekín como presidente de Corea del Norte.

A Pak se le iluminaron los ojos. Se estaba imaginando como el presidente reconocido de su país. Había soñado mucho tiempo con eso, sin duda, pero ahora Kai le estaba ofreciendo serlo al día siguiente y respaldado por el poder de China.

—Punto tres: declarar un alto el fuego unilateral e incondicional en la guerra entre Corea del Norte y del Sur.

Pak frunció el ceño.

—¿Unilateral?

—Ese es el precio que hay que pagar —contestó Kai con firmeza—. Pekín le reconocerá como presidente y usted, al mismo tiempo, declarará el alto el fuego. Sin demora, ni prerrequisitos ni negociaciones.

Kai esperaba que se resistiera, pero Pak tenía otra cosa en mente.

—Será necesario que el presidente Chen en persona venga a visitarme.

Kai comprendía por qué esa visita era tan importante para Pak. Era un hombre vanidoso, por supuesto, pero también un político astuto, y las fotografías de ambos dándose la mano legitimarían su posición como ninguna otra cosa.

—De acuerdo —contestó Kai, a pesar de que no tenía autoridad para mostrarse de acuerdo en nada.

—Bien.

Kai pensó que quizá ya había logrado lo que esperaba, pero se dijo que aún era pronto para echar las campanas al vuelo. Todavía podían meterlo entre rejas. Decidió salir de allí mientras aún llevaba las de ganar.

—Como no hay tiempo para redactar unos acuerdos formales por escrito —señaló—, tendremos que confiar el uno en el otro.

Mientras hablaba, recordó las palabras del general Ham: «No te fíes de ellos». Pero a Kai no le quedaba más remedio: debía apostar por Pak.

Pak estiró el brazo por encima del escritorio.

—Entonces, démonos la mano.

Kai se puso de pie y le estrechó la mano.

—Gracias por haber venido a verme —añadió Pak.

Kai se dio cuenta de que aquello daba por concluida la reunión. Pak ya se estaba comportando como un presidente.

—Lo llevaré hasta su helicóptero —dijo Ham levantándose.

Guio a Kai hasta el exterior.

Aunque seguía haciendo frío, lucía el sol, apenas soplaba el viento y no había nubes, unas condiciones perfectas para volar. Kai y Ham se mantenían a un metro de distancia el uno del otro mientras cruzaban la base camino del helipuerto.

—Creo que lo he conseguido —susurró Kai—. Ha aceptado la propuesta.

—Esperemos que cumpla su palabra.

—Llámame esta noche si puedes, para confirmar si el ataque contra Pionyang está en marcha.

—Haré todo lo posible. Necesitas los datos para contactar de un modo seguro con Pak y él contigo.

Ham anotó una serie de números y direcciones en un cuaderno, Kai hizo lo mismo, y luego los intercambiaron.

Mientras Kai subía al helicóptero, Ham se despidió de él con un saludo marcial.

Los rotores giraron al mismo tiempo que se abrochaba el cinturón de seguridad. Unos minutos más tarde, la aeronave se elevó, se ladeó y viró al norte.

Kai se permitió el lujo de saborear su minuto de gloria. Si su acuerdo salía bien, la crisis habría acabado por la mañana. Reinaría la paz entre Corea del Norte y del Sur, los estadounidenses estarían satisfechos y China aún tendría esa crucial barrera defensiva en su sitio.

Ahora debía asegurarse de que el presidente Chen estuviera de acuerdo con su plan.

Aunque le habría gustado llamar a Pekín en ese mismo momento, su móvil no funcionaba en aquel país y, de todos modos, no debía hacerlo por razones de seguridad. Tendría que esperar a llegar a Yanji y llamar desde allí antes de subir a bordo del avión que lo llevaría a Pekín. Hablaría con Chen, pero en su informe pasaría por alto el detalle de que se había excedido en autoridad.

El mayor peligro que corría era que la vieja guardia convenciera a Chen de que no debía aceptar esa propuesta. A Huang todavía le horrorizaba la idea de sellar la paz con aquellos que se habían rebelado contra el régimen comunista. Pero, si la guerra continuaba, ¿acaso el precio a pagar no sería sin duda muy alto?

En plena hora punta, la noche caía sobre Yanji mientras el helicóptero descendía hacia la base aérea militar situada junto al aeropuerto civil. Kai fue recibido por un capitán que lo llevó hasta un teléfono seguro.

Llamó a Zhongnanhai y contactó con el presidente Chen.

—Señor presidente, los ultras rebeldes planean lanzar su ataque final contra Pionyang esta noche.

Habló como si se tratara de una información que había obtenido, en vez de una propuesta que hubiera hecho.

Eso sorprendió a Chen.

—Hasta ahora, no habíamos oído el más mínimo rumor al respecto.

—La decisión se ha tomado en las últimas horas. Pero es la estrategia correcta para los ultras. El ataque aéreo que han lanzado hoy los estadounidenses habrá casi arrasado las defensas que aún permitían resistir a Pionyang. Nunca encontrarán un momento mejor para llevar a cabo su asalto al poder.

—Creo que es un paso acertado —afirmó un pensativo Chen—. Bien sabemos que debemos librarnos de Kang.

—Pak me ha hecho una propuesta —dijo Kai, invirtiendo el papel real que había desempeñado cada uno en la negociación—.

Si lo reconocemos como presidente, se compromete a declarar un alto el fuego unilateral.

—Eso es muy esperanzador. Los combates cesarían. El nuevo régimen daría sus primeros pasos sellando un acuerdo con nosotros, lo cual es una buena manera de empezar nuestra relación. Tendré que persuadir al general Huang, pero esta propuesta parece ser muy ventajosa para nosotros. Bien hecho.

—Gracias, señor.

El presidente colgó. «Todo va según el plan», pensó Kai.

Marcó el número de su despacho y habló con Jin Chin-hwa.

—Los ultras atacarán Pionyang esta noche. Se lo he contado al presidente, pero encárguese de informar a los demás.

—Ahora mismo.

—¿Alguna novedad por su parte?

—Según parece, el bombardeo estadounidense ha concluido, al menos por hoy.

—Dudo que continúe mañana. No debe de quedar mucho que bombardear.

—Sospecho que todavía tienen guardados unos cuantos misiles.

—Con un poco de suerte, esto terminará mañana.

Kai colgó y subió al avión. Cuando el piloto arrancó los motores, su móvil personal sonó. Era el general Ham.

—Ya está en marcha. —Su tono reflejaba sorpresa—. Ahora mismo, los helicópteros de combate se dirigen a la capital. Varios escuadrones van camino de la Residencia Presidencial para arrestar al líder. Los tanques y otros vehículos blindados siguen a los helicópteros. Están atacando con todo. Se lo juegan todo a una carta.

Ham estaba proporcionando unos detalles demasiado concretos, y eso era peligroso. Aunque usaba un móvil distinto cada vez y lo tiraba después de usarlo, cabía la posibilidad de que los espías de Pionyang o los servicios de inteligencia de Pak captaran la llamada por pura casualidad. Entonces se darían cuenta de qué estaba pasando, aunque no serían capaces de identificar a los interlocutores; al menos, no de inmediato. Corría un riesgo, pequeño pero letal. La vida de un espía era peligrosa.

—El general está preocupado por si Pekín le ha tendido una trampa —continuó Ham—. Cree que todos los chinos son mentirosos y malintencionados. Pero esta era su gran oportunidad y no podía desaprovecharla.

—¿Vas a la capital?

—Sí.

—Mantente en contacto.

—Por supuesto.

Colgaron.

Como el avión a reacción de las fuerzas aéreas no tenía wifi para los pasajeros, Kai no podía utilizar su móvil durante el vuelo. Cuando se reclinó en el asiento, en cierto modo se sintió aliviado. Había hecho cuanto había podido en un solo día, había conseguido lo que esperaba y ahora estaba cansado. Se moría de ganas de pasar la noche compartiendo cama con Ting.

Cerró los ojos.

39

En cuanto el avión descendió sobre Pekín, sonó el móvil. Kai se despertó, se frotó los ojos y cogió la llamada.

Era Jin Chin-hwa.

—¡Corea del Norte ha bombardeado Japón!

Por un momento, Kai se quedó completamente desconcertado. Incluso llegó a pensar que estaba soñando.

—¿Quién ha sido? ¿Los rebeldes?

—No, el líder supremo.

—¿Japón? ¿Por qué demonios ha atacado Japón?

—Ha alcanzado tres bases americanas.

De repente, Kai lo entendió. Era una represalia. Los misiles y bombarderos que habían atacado ese día Corea del Norte procedían de las bases de Estados Unidos en Japón. Mientras notaba que el tren de aterrizaje entraba en contacto con la pista, comentó:

—Así que al líder supremo aún le quedaban algunos misiles balísticos, ¿eh?

—Debe de haber usado al menos seis. Tres han sido interceptados y tres han pasado. Hay tres bases aéreas estadounidenses en Japón, y cada una ha recibido un impacto: Kadena en Okinawa, Misawa en la isla principal, y la que ha salido peor parada Yokata, que está en Tokio, así que habrá muchas bajas japonesas.

—Esto es una catástrofe.

—El presidente Chen está reunido con unos camaradas en la Sala de Crisis. Le están esperando.

—Vale. Llámeme si hay noticias.

—Claro.

Kai salió del avión y lo llevaron hasta su coche.

—¿A casa, señor? —preguntó Monje cuando arrancó.

—No —respondió Kai—. Lléveme a Zhongnanhai.

Como ya no era hora punta, el tráfico de la ciudad era fluido. Era de noche, pero Pekín tenía trescientas mil farolas, recordó Kai.

Japón era un enemigo poderoso, iba pensando Kai, pero lo peor de aquella noticia era que, hacía mucho tiempo, el país había firmado un tratado militar con Estados Unidos según el cual Estados Unidos debía intervenir si Japón era atacado. Así que no era una mera cuestión de cómo iba a responder Japón al bombardeo, sino de qué iban a hacer ahora los estadounidenses.

¿Y cómo afectaría eso al trato que Kai acababa de cerrar en Yeongjeo-dong?

Llamó a Neil Davidson.

—¿Diga? Al habla Neil.

—Soy Kai.

—Menuda putada, Kai.

—Hay algo que debes saber. —Kai había decidido jugársela—. El régimen del líder supremo en Corea del Norte se habrá extinguido mañana a estas horas.

—¿Por... por qué dices eso?

—Porque vamos a instaurar un nuevo régimen. —Era una aspiración, aunque la presentaba como un logro—. No me pidas más detalles, por favor.

—Me alegro de que me hayas avisado.

—Supongo que la presidenta Green está hablando con el primer ministro Ishikawa sobre cómo van a responder Washington y Tokio al bombardeo de las bases estadounidenses en Japón.

—Efectivamente.

—Pues ya puedes decirles que pueden dejar en manos de China la abolición del régimen que ha lanzado esos misiles.

Kai no esperaba que Neil aceptara la propuesta. Como preveía, dio una respuesta evasiva.

—Es bueno saberlo —contestó el texano.

—Solo dadnos veinticuatro horas. Es lo único que pido.

Neil siguió mostrándose escrupulosamente neutral.

—Pasaré la información.

Kai ya no podía hacer nada más.

—Gracias —dijo, y colgó.

Esa conversación lo dejó con la mosca detrás de la oreja. No por la neutralidad estudiada de Neil, que ya era de esperar, sino por algo más que había despertado su intranquilidad. Sin embargo, no era capaz de precisar de qué se trataba.

Llamó a casa. Ting respondió con voz de preocupación.

—Normalmente me llamas cuando vas a llegar tan tarde.

—Lo siento —dijo Kai—. He estado en un sitio donde no había cobertura. ¿Va todo bien?

—Salvo por la cena, sí.

Kai suspiró.

—Me alegra oír tu voz. Y saber que alguien se preocupa por mí cuando no aparezco. Eso hace que me sienta querido.

—Querido lo eres, ya lo sabes.

—Me gusta que me lo recuerden.

—Ya me has puesto cachonda. ¿Cuándo llegarás?

—No estoy seguro. ¿Te has enterado de la noticia?

—¿De qué noticia? He estado estudiando el guion.

—Pon la tele.

—Dame un minuto. —Hubo un silencio—. ¡Oh, Dios mío! ¡Corea del Norte ha bombardeado Japón!

—Ahora ya sabes por qué estoy trabajando hasta tan tarde.

—Claro, claro. Pero que sepas que, cuando acabes de salvar a China, te estaré esperando con la cama calentita.

—No puede haber una mejor recompensa.

Se despidieron y colgaron.

El coche de Kai llegó a Zhongnanhai, pasó los controles de seguridad y aparcó delante del Salón Qinzheng. Kai se ajustó el abrigo de camino hacia la entrada. Aquel día hacía más frío en Pekín que en Yeongjeo-dong.

Pasó los controles de seguridad del edificio y, acto seguido, bajó corriendo las escaleras que llevaban al sótano, a la Sala de Crisis. Al igual que en anteriores ocasiones, el gran espacio que quedaba alrededor de la tarima lo ocupaban puestos de trabajo. Había más gente trabajando en la sala que la última vez, y ahora estaba en pie de guerra. Aunque reinaba el silencio, se podía oír un tenue ruido de fondo, algo así como el murmullo de un tráfico lejano. Pero como era imposible que el ruido del tráfico llegara hasta allí, Kai concluyó que lo que se oía debía de ser el sistema de ventilación. El aire olía ligeramente a desinfectante, como en un hospital, y Kai supuso que se purificaba de forma rigurosa, ya que la sala estaba diseñada para seguir funcionando incluso si, arriba, la ciudad sufría una plaga infecciosa o un ataque con sustancias tóxicas o incluso radiactivas.

Todo el mundo escuchaba una conversación telefónica en medio de un silencio sepulcral. Uno de los interlocutores era el presidente Chen. El otro hablaba en un idioma que Kai identificó como japonés y la tercera voz que se oía era la del intérprete, quien dijo:

—Me alegro de tener esta oportunidad de hablar con el presidente de la República Popular China.

Esa frase sonó muy poco sincera, incluso a pesar de ser una traducción.

—Señor primer ministro, le aseguro que el ataque con misiles contra territorio japonés perpetrado por el gobierno de Pionyang se ha llevado a cabo sin el consentimiento ni la aprobación del gobierno chino —señaló Chen.

Sin lugar a dudas, Chen estaba hablando con Eiko Ishikawa, el primer ministro de Japón. Chen, al igual que Kai, esperaba impedir que los japoneses reaccionaran de un modo exagerado al ataque con misiles que habían sufrido. China persistía en evitar la guerra. «Bien», se dijo Kai.

Mientras se traducía al japonés la declaración de Chen, Kai

se acercó con sigilo a la tarima, hizo una reverencia ante el presidente y se sentó a la mesa.

—Siento un gran alivio al oír eso —fue la respuesta que llegó desde Tokio.

Chen abordó el punto clave enseguida.

—Si aguarda unas horas, se dará cuenta de que este ataque, aunque es muy grave, no requiere que tomen represalias.

—¿Por qué dice eso?

Hubo algo en esa frase que llamó la atención de Kai, pero prefirió posponer sus cavilaciones y concentrarse en escuchar la conversación.

—Porque el régimen del líder supremo se habrá extinguido en las próximas veinticuatro horas —contestó Chen.

—¿Y qué lo sustituirá?

—Perdóneme, pero no puedo entrar en detalles. Solo quiero asegurarle que las personas responsables de lo que ha sucedido hoy en Japón serán derrocadas de inmediato y llevadas ante la justicia.

—Comprendo.

La conversación continuó en la misma línea: Chen intentaba apaciguar a Ishikawa e Ishikawa se mostraba evasivo, hasta que colgaron.

Kai pensó de nuevo en la frase del presidente nipón: «¿Por qué dice eso?». Neil había usado esas mismas palabras. Era una evasiva, una manera de eludir la respuesta, una señal de que el interlocutor no bajaba la guardia; normalmente, porque tenía algo que esconder. Tanto Neil como Ishikawa no se habían mostrado muy sorprendidos cuando se habían enterado de que el régimen de Pionyang estaba a punto de ser derrocado. Era como si ya supieran que Pionyang estaba condenado. Pero ¿cómo era posible? El mismísimo Pak no había tomado esa decisión hasta hacía apenas unas horas.

Tanto la CIA como el gobierno de Japón sabían algo que Kai ignoraba. Y eso no era nada bueno para un jefe de Inteligencia. ¿De qué se podía tratar?

A Kai se le ocurrió una posibilidad, una que era tan sorprendente que apenas era capaz de formularla.

El general Huang estaba hablando, pero Kai no escuchaba. Se levantó, se retiró y bajó de la tarima. Varias cejas se arquearon alrededor de la mesa ante aquella falta de respeto a Huang. Kai llamó a su despacho y habló con Jin.

—Mire las últimas imágenes vía satélite de Corea del Norte. —Hablaba en voz baja mientras se alejaba de la tarima—. El cielo debería estar despejado; lo estaba hace unas horas cuando estuve ahí. Quiero ver la zona que va desde el sur de Pionyang, pasando por la frontera, hasta llegar a Seúl justo al otro lado. Lo que me interesa es lo que se encuentra entre las dos ciudades, la carretera que llaman la Autopista de la Reunificación. Cuando la imagen sea buena, póngala en la pantalla de la Sala de Crisis. Asegúrese de que está alineada con el norte por la parte superior.

—Hecho.

Kai regresó a la gran mesa que había sobre la tarima. Huang seguía hablando. Kai observó las pantallas. Un par de minutos después, una de ellas mostró una imagen nocturna. En la negrura destacaban dos cúmulos de luces, uno al sur y otro al norte: las dos capitales de Corea. Entre ambas reinaba la oscuridad.

En gran parte.

Al observar con más detenimiento, Kai vio dos manchas estrechas de luz, demasiado largas para ser un fenómeno natural. Debían de ser dos hileras de tráfico. Calculó que cada una se extendía de treinta a cincuenta kilómetros. Eso significaba que ahí había cientos de vehículos.

Miles.

Ahí estaba la explicación de por qué Neil e Ishikawa no se habían sorprendido. No habían averiguado que Pak tenía la intención de atacar Pionyang, sino que se habían enterado de que otra fuerza militar pretendía destruir el régimen esa noche.

El resto de los que estaban sentados a la mesa miraron hacia donde miraba Kai; uno a uno, fueron perdiendo interés en el discurso de Huang. Incluso el presidente miró hacia la pantalla.

Huang por fin se calló.

—¿Qué es? —preguntó Chen.

—Corea del Norte —respondió Kai—. Las manchas de luz son convoyes, hay cuatro. Esos vehículos se dirigen a Pionyang.

—Basándome únicamente en esta fotografía —intervino el ministro de Defensa Kong Zhao—, yo diría que son dos divisiones y que cada una se desplaza en dos columnas. En total serán alrededor de veinticinco mil efectivos y varios miles de vehículos. La zona desmilitarizada entre Corea del Norte y Corea del Sur es un campo de minas de dos a tres kilómetros de ancho, pero la han dejado atrás, así que, para atravesar esa barrera, han tenido que abrir unas vías seguras bastante amplias. Esta operación se planeó hace mucho tiempo, estoy seguro. En paralelo, supongo que sus tropas aerotransportadas estarán lanzándose en paracaídas ahora mismo para establecer cabezas de puente y puntos obligados de paso antes de que llegue el grueso del ejército. Además estarán desembarcando en las playas de la costa; podemos intentar confirmarlo.

—No ha mencionado a quién pertenecen esas tropas —observó Chen.

—Deduzco que son surcoreanas.

—Así que es una invasión.

—Sí, señor presidente —contestó Kong—. Es una invasión.

Poco después de la una de la madrugada, Kai al fin se metió en la cama junto a Ting. Ella se dio la vuelta y lo abrazó y lo besó apasionadamente, y al instante se volvió a dormir.

Kai cerró los ojos y repasó las últimas horas. En la Sala de Crisis había estallado una acalorada discusión sobre cómo deberían responder ante la invasión surcoreana. Las negociaciones de Kai con Pak habían pasado a ser irrelevantes de forma instantánea. Llegados a ese punto, un alto el fuego quedaba totalmente descartado.

El tratado de defensa que China tenía con Corea del Norte

dejaba varias opciones abiertas. El padre de Kai, Chang Jianjun, y el general Huang habían propuesto que China invadiera Corea del Norte para protegerla del sur. Sin embargo, varios camaradas con una visión más fría habían señalado que, en cuanto las tropas chinas se hallaran allí, las tropas de Estados Unidos reaccionarían del mismo modo, y los ejércitos chino y estadounidense se encontrarían en el campo de batalla. Kai sintió un gran alivio cuando la mayoría de los que estaban sentados alrededor de la mesa reconocieron el peligro que suponía y consideraron que el precio a pagar sería muy alto.

Aunque el líder supremo estaba en las últimas, Pak y sus rebeldes eran fuertes y ya estaban sobre el terreno. Con la aprobación de todos, Huang llamó en persona a Pak, le contó todo lo que sabían sobre la invasión y lo animó a bombardear los convoyes surcoreanos que se aproximaban. El radar mostró que Pak lo hizo de inmediato, sin abandonar su ataque contra Pionyang.

Hasta el momento, los rebeldes habían lanzado muy pocos misiles, así que tenían de sobra; los convoyes se detuvieron.

Ese era un buen primer paso.

Aunque las tropas chinas no participarían en el conflicto, China, desde el amanecer, suministraría a los ultras cuanto necesitaran: misiles, drones, helicópteros, cazas, artillería, fusiles y munición ilimitada. Los ultras ya controlaban medio país y probablemente avanzarían aún más en las próximas horas. Sin embargo, el enfrentamiento clave sería la batalla por Pionyang.

En apariencia, era el escenario menos malo. Si los japoneses se mostraban razonables, la guerra no saldría de los confines de Corea.

El presidente Chen se había retirado a dormir y casi todos los demás habían hecho lo mismo. Quedaban tan solo aquellos que se encargaban de preparar la logística necesaria para enviar unas cantidades descomunales de armamento a Corea del Norte a través de la frontera, en muy poco tiempo.

Kai se fue a dormir pensando que el gobierno chino podía haberlo hecho mucho peor.

En cuanto se despertó, llamó al Guoanbu y habló con el encargado nocturno Fan Yimu, quien le dio la buena noticia de que los rebeldes habían arrestado al líder supremo y el general Pak había establecido su cuartel general en la simbólica Residencia Presidencial situada en el norte de Pionyang. Sin embargo, el ejército surcoreano era más duro de roer y había reanudado su avance sobre la capital.

En los telediarios matutinos chinos, se anunció que el líder supremo Kang había dimitido por problemas de salud y había sido reemplazado por el general Pak. El presidente chino había enviado un mensaje de apoyo a Pak, reafirmando así el compromiso de China con su tratado de defensa mutua. Y el valiente Ejército Popular de Corea del Norte estaba repeliendo vigorosamente una incursión de las fuerzas surcoreanas.

Kai no se preocupó porque todo eso ya se lo esperaba, pero la segunda noticia de portada sí que lo inquietó. Vio una concentración de nacionalistas japoneses furiosos que se habían congregado en Tokio al alba para protestar contra el bombardeo. El reportaje señalaba que entre el pueblo japonés ya existía un cierto rechazo a los coreanos, que la propaganda racista avivaba, y que únicamente se veía contrarrestado por la devoción que los jóvenes japoneses sentían por la música pop y las películas coreanas. A la salida de una escuela de Kioto, una mala bestia había dado una paliza a un profesor de etnia coreana. Entrevistaron a un presidente de un grupo político de extrema derecha, que, con una voz ronca y teñida de emoción, exigió librar una guerra total contra Corea del Norte.

El primer ministro Ishikawa había convocado una reunión de su gabinete a las nueve. Las protestas presionarían al gobierno japonés para que tomara medidas drásticas, pero la presidenta Green haría todo lo posible por contener a Japón. Kai esperaba que Ishikawa hiciera un esfuerzo en ese sentido.

En el coche, de camino al Guoanbu, leyó los informes de Inteligencia sobre la evolución de la batalla de Pionyang. Al parecer, los invasores surcoreanos habían avanzado con rapidez y ahora estaban asediando la capital. Kai esperaba conocer más detalles gracias al general Ham.

Ya en su despacho, encendió el televisor y vio el inicio de la rueda de prensa del primer ministro tras la reunión del gabinete.

«El régimen de Pionyang ha cometido un acto de guerra contra Japón, así que no me queda más remedio que ordenar a las Fuerzas de Autodefensa de Japón que se preparen para entrar en acción y repeler la agresión de Corea del Norte.»

Ishikawa estaba usando un lenguaje ambiguo, por supuesto. El artículo 9 de la Constitución japonesa prohibía al gobierno entrar en guerra. Sin embargo, sí podía ejercer su derecho a la autodefensa. Todo lo que hacían los militares japoneses debía ser considerado como un acto defensivo.

No obstante, el comunicado era enigmático por una razón distinta. ¿Contra quién se estaban defendiendo? Dos ejércitos rivales se disputaban el dominio de Corea del Norte, y ni el uno ni el otro eran responsables del bombardeo del día anterior. El régimen que lo había ordenado ya no existía.

El jefe de la sección de Japón le contó a Kai lo que comentaban los espías chinos en Tokio. Las bases militares japonesas y estadounidenses eran un hervidero de actividad, pero no daban muestras de prepararse para la guerra: los aviones de combate japoneses realizaban tareas de vigilancia, pero no había despegado ningún bombardero; tampoco había zarpado ningún destructor de ningún puerto y no se había cargado ningún misil en ninguna lanzadera. Las fotografías vía satélite confirmaban lo que comentaban los espías: reinaba la calma.

El general Ham llamó desde Pionyang.

—Los ultras están perdiendo.

Kai se lo temía.

—¿Por qué?

—Porque los surcoreanos son muchos y están muy bien armados. Los suministros de China todavía no han llegado y nuestros tanques, que han partido de las bases del este, todavía están de camino. Se nos agota el tiempo.

—¿Qué hará Pak?

—Pedir tropas a Pekín.

—Nos negaremos. No queremos que Estados Unidos intervenga.

—Entonces perderemos Pionyang; quedará en manos de los surcoreanos.

Eso también era inconcebible.

—Debo irme —dijo Ham de repente.

Y desconectó.

«Implorar ayuda a Pekín debe de ser humillante para Pak», pensó Kai. Pero ¿qué otra cosa podía hacer el líder rebelde? Los pensamientos de Kai se vieron interrumpidos, ya que requirieron su presencia en la sala de conferencias. El gobierno japonés había entrado en acción.

Doce cazas habían despegado de la base de Naha en Okinawa en dirección oeste y, minutos más tarde, habían comenzado a patrullar el mar de la China Oriental entre Okinawa y China. Trazaban círculos en torno a un pequeño conjunto de islas y rocas deshabitadas llamadas islas Diaoyu. Aunque se encontraban a mil kilómetros de Japón y a tan solo trescientos kilómetros de China, los japoneses reclamaban su soberanía y las llamaban islas Senkaku.

Como los cazas chinos también sobrevolaban el mar de la China Oriental, Kai monitorizó sus transmisiones de vídeo. Vio las islas, que sobresalían del agua como si unos dioses antiguos las hubieran esparcido por ahí de cualquier manera. En cuanto los aviones japoneses llegaron, dos submarinos de combate de la clase Soryu emergieron cerca de las islas.

¿De verdad los japoneses habían decidido que ese era el momento adecuado para reclamar la soberanía de un montón de rocas perdidas en el mar que no tenían ningún valor?

Kai observó cómo los marineros de los submarinos japoneses subían a unos botes hinchables y desembarcaban en una playa angosta, donde descargaron lo que debían de ser unos lanzamisiles tierra-aire portátiles. Se abrieron paso hasta uno de los pocos lugares donde el suelo era llano y plantaron una bandera japonesa.

En cuestión de minutos montaron unas tiendas y una cocina de campaña.

El jefe de la sección de Japón lo llamó desde la planta inferior para decirle que los militares japoneses habían anunciado que, como «medida preventiva», habían establecido un puesto avanzado en las islas Senkaku, las cuales —recalcaron— formaban parte de Japón.

Un minuto después se requirió la presencia de Kai en Zhongnanhai.

En el coche, por el camino, había seguido leyendo los informes y analizando las grabaciones de vídeo. Al mismo tiempo tenía un ojo en las señales del radar, que controlaba desde el móvil. No había combates. Ahora mismo, todos daban palos de ciego.

En la Sala de Crisis reinaba un ambiente sepulcral. Kai ocupó su lugar junto a la mesa en silencio.

En cuanto llegó todo el mundo, Chen pidió a Chang Jianjun que le pusiera al corriente de la situación. Kai advirtió que a su padre se le veía muy viejo: tenía el pelo ralo y la piel gris y fláccida; además, no se había afeitado bien. Aunque todavía no había cumplido setenta años, Jianjun llevaba fumando medio siglo, tal y como atestiguaban sus dientes amarillentos. Kai esperaba que estuviera bien.

—Durante los dos últimos meses, hemos visto cómo se recrudecían los ataques contra China —observó Jianjun tras un resumen de la situación actual—. En primer lugar, Estados Unidos endureció las sanciones a Corea del Norte, lo que desencadenó una crisis económica y la rebelión de los ultras. Después un dron estadounidense masacró a más de un centenar de conciudadanos nuestros en Puerto Sudán. A continuación pillamos a unos geólogos estadounidenses (escondidos de mala manera a bordo de un barco vietnamita) que buscaban petróleo dentro de nuestras aguas territoriales. En cuarto lugar, nuestro proyecto clandestino en Hufra, en el desierto del Sáhara, sufrió un violento ataque que arrasó el campamento. Por último, Corea del Norte, nuestro leal aliado, fue atacado con misiles surcoreanos, luego con aviones, barcos y misiles estadounidenses, y anoche fue invadido. Y hoy las islas Diaoyu, que son territorio chino desde cualquier punto de vista imparcial, han sido invadidas y ocupadas por soldados japoneses.

Era una lista impresionante, eso era innegable, y el propio Kai pensó por un momento que tal vez había cometido el fallo de no ver ahí un patrón.

—Y en todo ese tiempo —añadió Jianjun recalcando cada palabra—, ¿qué ha hecho China? A excepción del hundimiento del *Vu Trong Phung*, la única, no hemos disparado ni una sola vez. Lo que estoy diciendo, camaradas, es que hemos alentado esta serie de agresiones en escala porque nuestras represalias han sido débiles.

—No se mata a un hombre por robar una bicicleta —replicó el ministro de Defensa Kong Zhao—. Sí, debemos responder ante esta intolerable invasión japonesa… pero nuestra respuesta debe ser proporcionada. Los funcionarios de Estados Unidos han confirmado en repetidas ocasiones que las islas Diaoyu están incluidas en el tratado militar firmado por Estados Unidos y Japón, por lo que los estadounidenses están obligados a defenderlas. Seamos sinceros: esa ocupación no representa ninguna amenaza para nosotros. No hay nada que los soldados japoneses puedan hacer allí que no puedan hacer mejor a bordo de sus submarinos… salvo plantar una bandera. Las banderas son algo simbólico, por supuesto (ese es su único propósito), y esta actuación japonesa también lo es, nada más. Nuestra respuesta debe ser proporcionada y adecuada.

«Yo no lo habría expresado mejor», pensó Kai. Kong había conseguido rebajar el ambiente belicoso de la reunión.

En ese momento, el general Huang intervino.

—Tenemos un vídeo de las islas ocupadas. Ha sido grabado por un dron chino. Son un par de minutos. ¿Desean verlo, camaradas?

Todos deseaban verlo, por supuesto.

Huang habló con un ayudante y señaló a la pantalla.

Se veía una islita: era tan solo un pico rocoso, con una zona de tierra llana cubierta de arbustos dispersos y hierbajos, y una playa estrecha. Dos submarinos flotaban en la bahía. Ambos exhibían el sol rojo sobre fondo blanco, la insignia de la armada japonesa. Había unos treinta hombres en la isla, la mayoría jóvenes y al parecer animados. En un plano más cercano se les veía charlando y sonriendo mientras montaban las tiendas. Uno de ellos saludó con la mano a la aeronave que los estaba filmando. Otro la apuntó con un dedo —un gesto despectivo y hostil que resultaba tremendamente ofensivo en Japón y en China— y el resto se rio. La grabación terminó.

Se oyeron unos murmullos airados alrededor de la mesa. El comportamiento de aquellos soldados era insultante.

—Esos idiotas se están burlando de nosotros —saltó el ministro de Exteriores Wu Bai, quien acostumbraba a ser muy cortés.

—¿Qué cree que deberíamos hacer, Wu Bai? —le preguntó el presidente Chen.

Sin lugar a dudas, el vídeo había ofendido a Wu, quien habló con un rencor impropio de él.

—El camarada Chang Jianjun ha señalado que hemos soportado una serie de humillaciones por mantener la paz. —La palabra «humillación» tenía una connotación terrible: despertaba recuerdos de los años en que el país había estado bajo el yugo del colonialismo occidental y siempre levantaba ampollas—. En algún momento, en algún lugar, tendremos que adoptar una actitud firme y, en mi opinión, este es el momento y el lugar adecuados. Es la primera ocasión en que se ha invadido territorio chino. —Se calló y respiró hondo—. Camaradas, deberíamos dejar claro a nuestros enemigos que esta es la línea roja que no deben cruzar.

—Estoy de acuerdo. —A Kai le sorprendió que el presidente Chen apoyara a Wu en el acto—. Mi deber principal es proteger la integridad territorial del país. Si fracaso en eso, fracasaré como presidente.

Era una afirmación rotunda a más no poder, ¡y todo porque unos chavales muy animosos se habían mostrado irrespetuosos! Kai estaba consternado, pero no dijo nada. Era imposible imponerse al ala dura cuando esta contaba con el apoyo del presidente y el ministro de Exteriores. Kai había aprendido hacía tiempo que solo debía librar aquellas batallas que pudiera ganar.

Chen se retractó ligeramente.

—Aun así, deberíamos reaccionar de una forma mesurada.

Había un destello de esperanza, se dijo Kai.

—Con una bomba será suficiente para destruir el pequeño campamento que los japoneses han montado —continuó Chen—. Además, seguramente también matará a casi todos los marineros que se encuentran allí. Almirante Liu, ¿qué barcos tenemos en los alrededores?

Liu, que ya estaba consultando su portátil, respondió de inmediato.

—El portaaviones *Fujian* está a cincuenta millas náuticas de distancia. Cuenta con cuarenta y cuatro aeronaves, incluidos treinta y dos cazas Flying Shark. Los Flying Shark portan cuatro bombas guiadas por láser que pesan unos quinientos kilos cada una. Sugiero que enviemos dos aviones, uno para lanzar la bomba y otro para grabar el ataque.

—Por favor, almirante, indiquen al portaaviones las coordenadas exactas del objetivo y díganles que se preparen para el lanzamiento.

—Sí, señor.

Kai decidió dar su opinión, pero prefirió no manifestar una oposición frontal al bombardeo.

—Deberíamos tener en cuenta la posible reacción de los estadounidenses. No queremos llevarnos una sorpresa.

Kong Zhao lo apoyó de inmediato.

—Estados Unidos no se quedará de brazos cruzados. De lo

contrario, daría la impresión de que el tratado de defensa que firmaron con Japón es papel mojado. Tendrán que hacer algo.

Wu Bai se ajustó el elegante pañuelo que llevaba en el bolsillo de la pechera y tomó la palabra.

—La presidenta Green evitará actuar con agresividad, si le es posible. Se mostró débil cuando mataron a esos soldados con unos fusiles Norinco en el Chad, y cuando los geólogos estadounidenses murieron a raíz del hundimiento del *Vu Trong Phung,* y también se mostró débil en un primer momento cuando murieron esos estadounidenses en Corea del Sur, hasta que nuestros camaradas de Pionyang fueron tan tontos que usaron armas químicas. No creo que la presidenta entre en guerra por unos pocos marineros japoneses. Adoptará unas cuantas medidas simbólicas a modo de represalia, e incluso tal vez solo dé una respuesta puramente diplomática.

«De ilusiones también se vive», pensó Kai, aunque era absurdo comentar eso en voz alta.

—Señor presidente, los cazas están listos —informó el almirante Liu.

—Ordéneles que despeguen —contestó Chen.

—Adelante —dijo Liu hablando a su micrófono—. Repito, adelante.

El segundo caza estaba filmando al primero, y una de las pantallas de la Sala de Crisis mostraba la imagen con claridad. Kai vio la parte trasera del primer Flying Shark, con sus peculiares alerones verticales y tubos de escape dobles. Un instante después, el caza aceleró, recorrió la cubierta, subió por la rampa de lanzamiento curva, que recordaba a un trampolín de esquí, situada en la parte frontal del portaaviones, y se elevó hacia el cielo como una exhalación. La cámara lo siguió y, por un momento, Kai sintió un leve mareo a medida que ganaba velocidad y salía disparada al final de la rampa.

Los dos cazas aceleraron.

—Pero ¿a qué maldita velocidad vuelan? —preguntó alguien.

—Su velocidad máxima es de unos dos mil quinientos kilómetros por hora —respondió el almirante Liu. Tras un silencio momentáneo, añadió—: Pero no alcanzarán esa velocidad ni de lejos en este trayecto tan corto.

Como los cazas ascendieron tan alto que desde ahí arriba ya no se podía ver ningún barco, centraron su atención en las imágenes de vídeo que transmitía el dron, que mostraban a los marineros japoneses en el campamento. Las tiendas ahora formaban una hilera ordenada y daba la impresión de que varios hombres estaban preparando el almuerzo. Otros estaban en una playa diminuta haciendo el bobo, chapoteando y echándose arena. Uno de ellos grababa al resto con un *smartphone*.

Disfrutaron de su bendita ignorancia apenas unos segundos.

Unos cuantos miraron hacia arriba, tal vez porque habían oído a los cazas. Debía de dar la sensación de que el avión se encontraba demasiado lejos para ser una amenaza; además, desde tierra no se podían ver sus insignias, así que, en un primer momento, los marineros se quedaron ahí plantados, mirando fijamente.

El primer caza se ladeó y viró, seguido por la cámara del segundo avión, y entonces empezó el bombardeo.

Tal vez los marineros recibieron alguna clase de advertencia de su submarino, porque de repente cogieron fusiles automáticos y lanzamisiles portátiles y, sin más dilación, tomaron unas posiciones defensivas alrededor de la minúscula isla que parecían tener prefijadas. Los lanzamisiles, que tenían el tamaño y la forma de unos mosquetes del siglo XVI, debían de ser una versión japonesa del FIM-92 estadounidense que disparaba un misil Stinger antiaéreo.

—Los cazas se encuentran a unos diez mil metros de altitud y vuelan a ciento cincuenta metros por segundo —informó el almirante Liu—. Esas armas portátiles no suponen una amenaza.

Por un momento reinó el silencio. Los marineros permanecieron en sus posiciones en la isla y el primer caza se mantuvo estable en la lente de la cámara del segundo.

—Lancen las bombas —ordenó Liu.

Kai pensó que había captado un destello que tal vez había sido el misil al ser lanzado.

El islote estalló en llamas y humo. Fragmentos de arena y roca volaron por los aires, emergieron del humo y cayeron al mar, junto a unos objetos pálidos que guardaban una horripilante semejanza a trozos de cuerpo humano. Los militares que estaban en la Sala de Crisis lanzaron gritos de júbilo.

Pero Kai no se sumó a su alegría.

Poco a poco, los escombros se fueron asentando, el humo se disipó y la superficie del agua recobró la normalidad.

No quedaba nadie vivo.

La Sala de Crisis se sumió en un silencio sepulcral.

Fue Kai quien lo rompió.

—Y así, camaradas, hemos entrado en guerra con Japón.

DEFCON I

LA GUERRA NUCLEAR ES INMINENTE
O HA COMENZADO.

40

Pauline no estaba durmiendo cuando Gus la llamó. No era normal que no pegara ojo por las noches. Ninguna crisis previa le había impedido conciliar el sueño. Cuando el móvil sonó, no le hizo falta mirar al reloj de la mesita de noche, pues ya sabía la hora: eran las doce y media de la madrugada.

—Los chinos han bombardeado las islas Senkaku —dijo Gus cuando Pauline contestó—. Han matado a un montón de marineros japoneses.

—Joder.

—Las personas clave están en la Sala de Crisis.

—Iré a vestirme.

—Te acompañaré hasta la sala. Estoy en la Residencia, en tu planta, en la cocina, junto al ascensor.

—Vale.

Pauline colgó y se levantó de la cama. Casi se sintió aliviada por poder hacer algo en vez de estar ahí tumbada pensando. Ya dormiría después.

Se puso una camiseta azul marino, una chaqueta vaquera encima y se cepilló el pelo. Recorrió el Pasillo Central, entró en la zona de la cocina y vio que Gus estaba donde le había dicho que estaría, esperando junto al ascensor. Entraron y apretaron el botón del sótano.

Pauline, de repente, se sintió desanimada y con ganas de llorar.

—¡Lo único que intento es hacer del mundo un lugar más seguro, pero todo va de mal en peor!

En el ascensor no había cámaras de seguridad. Él la rodeó con sus brazos y ella apoyó la mejilla en su hombro. Permanecieron así hasta que el ascensor se detuvo. Se separaron antes de que las puertas se abrieran. Un agente del Servicio Secreto los estaba esperando fuera.

A Pauline se le pasó el desánimo enseguida. Para cuando llegaron a la Sala de Crisis, ya era la de siempre. Se sentó, miró a su alrededor y preguntó:

—Chess, ¿en qué situación nos encontramos?

—Contra las cuerdas, señora presidenta. El tratado de defensa que tenemos firmado con Japón es la piedra angular de la estabilidad en Asia Oriental. Estamos obligados a defender Japón cuando es atacado, y dos de los últimos presidentes han confirmado públicamente que este compromiso abarca también las islas Senkaku. Si no tomamos represalias, nuestro tratado con Japón será papel mojado. Infinidad de cosas dependen de lo que hagamos ahora.

«Como siempre», pensó Pauline.

—Con permiso, señora presidenta —intervino el presidente del Estado Mayor Conjunto Bill Schneider.

—Adelante, Bill.

—Tenemos que reducir drásticamente su capacidad de ataque contra Japón. Si miramos la costa este de China o, lo que es lo mismo, la parte más cercana a Japón, sus principales bases navales son Qingdao y Ningbo. Sugiero lanzar varios ataques potentes con misiles contra cada una, seleccionando con precisión los objetivos para minimizar las bajas civiles.

Chess ya estaba negando con la cabeza para mostrar su desacuerdo.

—Eso supondría recrudecer el conflicto una barbaridad —señaló Pauline.

—Es lo que hicimos al régimen de Pionyang: destruimos su capacidad para atacarnos.

—Se lo merecían. Habían utilizado armas químicas. Por eso el mundo estaba de nuestro lado. Esto no es lo mismo.

—Considero que es una respuesta proporcionada, señora presidenta.

—De todas formas, busquemos una opción menos agresiva.

—Podríamos proteger las islas Senkaku con un anillo de acero —sugirió Chess—. Destructores, submarinos y cazas.

—¿Indefinidamente?

—Más adelante se podrían relajar las medidas, cuando la amenaza disminuya.

—Los chinos han grabado el bombardeo, señora presidenta —señaló el secretario de Defensa, Luis Rivera—. Lo han mostrado al mundo; están orgullosos de lo que han hecho.

—Muy bien, echemos un vistazo.

La grabación apareció en una pantalla de la pared. Primero mostraba un plano general de una isla diminuta; luego la cámara se acercaba y se veían varios marineros japoneses plantando una bandera; después un caza chino despegando de un portaaviones. Los planos del caza se fueron intercalando con primeros planos donde se veía a un marinero joven señalando con descaro con el dedo y a un camarada suyo riéndose.

—Esa es la versión asiática de hacer una peineta, señora presidenta —explicó Luis.

—Me lo he imaginado.

«El gesto habrá enfurecido a los líderes chinos», pensó Pauline. Otra cosa no, pero esos hombres eran sensibles a más no poder. Se acordó de los preparativos para una reunión con el presidente Chen en una cumbre del G20: sus ayudantes habían exigido hacer cambios en una docena de detalles nimios que, según ellos, el presidente chino podía interpretar como un desaire, desde la altura de las sillas hasta qué fruta había en un bol de una mesita.

En la grabación, los soldados se ponían en alerta y tomaban posiciones defensivas, y después la isla parecía explotar. Mientras los escombros se asentaban, un plano tomado por un supuesto dron hacía zoom sobre el cadáver de un marinero joven tirado en la arena, y una voz en off en mandarín, con subtítulos en inglés, decía: «Los ejércitos extranjeros que violen el territorio chino sufrirán un destino similar».

A Pauline se le revolvieron las tripas, por lo que había visto y por lo orgullosos que, por lo visto, se sentían los chinos.

—Qué horror.

—Esa amenaza final indica que un anillo de acero no sería suficiente —comentó Luis Rivera—. Además, hay otras islas en disputa. No estoy seguro de que podamos protegerlas todas de esa forma.

—Bien, pero no voy a reaccionar de un modo desproporcionado —insistió Pauline—. Dame algo que sea más que un anillo de acero pero menos que una masacre con misiles en la China continental.

Luis tenía una respuesta.

—El caza que lanzó la bomba procedía de un portaaviones chino llamado *Fujian*. Contamos con misiles antibuque que podrían destruirlo.

—Eso es cierto —afirmó Bill Schneider—. Con solo uno de nuestros misiles de crucero invisibles antibuque de largo alcance podemos hundir un barco, aunque en este caso lanzaríamos unos cuantos para cerciorarnos de que hundimos algo tan enorme como un portaaviones. El alcance es de quinientos cincuenta kilómetros, y contamos con muchos a menos distancia del objetivo. Se pueden disparar desde barcos y aviones, y disponemos de ambos.

—Si lo hacemos, deberíamos dejar claro que responderemos del mismo modo a cualquier ataque similar —apostilló Luis—. Señora presidenta, China no puede permitirse el lujo de ver sus portaaviones destruidos. Nosotros tenemos once, pero ellos solo tres, y si hundimos el *Fujian*, tan solo les quedarán dos. Y no les resultará fácil reemplazarlo. Cada portaaviones cuesta trece mil millones de dólares y se tardan años en construir uno. En mi opinión, si hundimos el *Fujian* y amenazamos con hundir los otros portaaviones, la belicosidad del gobierno chino se reducirá sobremanera.

—O los empujará a tomar medidas desesperadas —objetó Chess.

—¿Podemos ver el *Fujian* en pantalla? —preguntó Pauline.

—Por supuesto. Tenemos aviones y drones volando por la zona.

En apenas un minuto, contemplaban el colosal barco gris en pantalla, a vista de pájaro. Tenía una forma peculiar, con una rampa curvada al final de la proa que recordaba a un trampolín de esquí. En la cubierta, apiñados cerca de la superestructura, había media docena de cazas y helicópteros, y alrededor se veían unos cuantos hombres muy atareados, que a esta distancia parecían hormigas dando de comer a sus larvas. El resto de la gigantesca cubierta era una pista desnuda.

—¿Cuántos tripulantes hay a bordo? —se interesó Pauline.

—Alrededor de unos dos mil quinientos, incluyendo a pilotos y demás personal de vuelo —respondió Bill.

La mayoría se encontraban bajo las cubiertas. En ese sentido, el barco era como un edificio de oficinas: desde fuera no se veía a casi nadie.

«La explosión mataría a unos cuantos, unos pocos quizá sobrevivirían, y la mayoría se ahogarían», pensó Pauline.

No quería acabar con dos mil quinientas vidas.

—Estaríamos matando a la gente que mató a esos marineros japoneses —matizó Luis—. Sería una respuesta justa, aunque desproporcionada en número.

—Los chinos no lo verán así —aseguró Pauline—. Tomarán represalias.

—Pero en este juego tienen las de perder, y lo saben. Si juegan hasta el final, solo cabe un resultado: que China se convierta en un páramo nuclear. China tiene unas trescientas cabezas nucleares; nosotros, más de tres mil. Por tanto, en algún momento negociarán. Y si les causamos un daño considerable ahora, buscarán una solución pacífica más pronto que tarde.

La sala se quedó en silencio. «Esto es lo que hay —pensó Pauline—. Toda la información está disponible, todo el mundo tiene su opinión, pero al final solo una persona toma la decisión… y esa soy yo.»

Fue la amenaza china lo que la empujó a tomar una determinación: «Los ejércitos extranjeros que violen el territorio chino sufrirán un destino similar». Estaban dispuestos a volver a hacerlo. Si a eso se sumaba que el tratado obligaba a Estados Unidos a defender Japón, estaba claro que una protesta simbólica no sería suficiente. Su respuesta tenía que hacerles daño.

—Hazlo, Bill —ordenó Pauline.

—Sí, señora presidenta. —Bill pasó a hablar por el micro de sus auriculares.

Una mujer de piel oscura, vestida con uniforme blanco de cocinera, entró con una bandeja.

—Buenos días, señora presidenta. He pensado que querría tomar café.

Dejó la bandeja al lado de la presidenta.

—Es todo un detalle que te hayas levantado en mitad de la noche para traernos esto, Merrilee —contestó Pauline—. Gracias.

Se sirvió el café en una taza y le añadió un chorrito de leche.

—De nada —dijo Merrilee.

Aunque había cientos de personas esperando a satisfacer el más mínimo deseo de la presidenta, por alguna razón, a Pauline la conmovió el hecho de que Merrilee le hubiera preparado café en plena noche.

—Te lo agradezco mucho —añadió.

—Por favor, si necesita cualquier otra cosa, hágamelo saber.

Merrilee se marchó.

Pauline dio un sorbo al café y miró de nuevo al *Fujian* en la pantalla. Tenía trescientos metros de eslora. ¿En serio lo iba a hundir?

Un plano ampliado reveló que varios barcos de apoyo acompañaban al portaaviones.

—¿Alguno de esos barcos más pequeños puede desviar los misiles que lancemos? —preguntó Pauline.

—Pueden intentarlo, señora, pero no podrán con todos —contestó Bill Schneider.

Había algunas pastas en la bandeja. Pauline cogió una y le dio un mordisco. Aunque no tenía nada de malo, notó que a duras penas podía tragarla. Tomó café para engullir el trozo y dejó el resto en la bandeja.

—Los misiles de crucero están listos para ser lanzados, señora presidenta —informó Bill—. Dispararemos desde aviones y barcos.

—Adelante —ordenó ella con gran pesar—. Disparen.

—La primera salva ha sido lanzada desde el barco —dijo Bill al cabo de un momento—. Los misiles tienen que recorrer cincuenta millas náuticas y alcanzarán el objetivo en seis minutos. El avión está más cerca y lanzará los misiles en cinco minutos.

Pauline clavó la mirada en el *Fujian*. «Dos mil quinientas personas», pensó. No se trataba ni de mafiosos ni de asesinos; la mayoría no eran más que unos jóvenes que habían optado por alistarse en la armada, para llevar una vida surcando las olas del océano. Tenían padres, hermanos y hermanas, amantes, hijos. Dos mil quinientas familias que sufrirían un dolor muy hondo.

Pauline recordó que su padre había estado en la Armada de Estados Unidos antes de casarse con su madre. Según él, había aprovechado su estancia allí para leer *Los cuentos de Canterbury* al completo en inglés antiguo, pues sabía que nunca volvería a tener tanto tiempo libre.

Un helicóptero despegó de la cubierta del *Fujian*. «Ese piloto ha escapado de la muerte por solo unos minutos —se dijo Pauline—. Es la persona más afortunada del mundo.»

Había mucho ajetreo alrededor de lo que tenía pinta de ser una batería de artillería.

—Eso es un lanzamisiles tierra-aire de corto alcance —explicó Bill—. Está cargado con ocho misiles Red Banner. Cada uno mide metro ochenta y es capaz de volar a ras del mar. Su propósito es interceptar el fuego enemigo.

—Así que un Red Banner es un misil antimisiles.

—Sí, y esta actividad nos indica que el radar chino ha detectado que nuestros misiles antibuque se acercan.

—Tres minutos —anunció alguien.

El lanzamisiles de la cubierta giró y al cabo de un instante surgió una nube de humo de su boca que indicaba que había disparado algo. Después, un plano tomado a gran altura mostró las estelas de vapor de media docena o más de misiles que se aproximaban a una velocidad increíble siguiendo un rumbo de colisión lateral con el *Fujian*. El lanzamisiles de la cubierta disparó de nuevo, con rapidez, y uno de los misiles que se acercaban estalló en pedazos y cayó al mar.

Entonces Pauline se dio cuenta de que otro grupo de misiles se aproximaba al *Fujian* desde la dirección contraria. Supuso que eran los que había lanzado el avión.

Algunos de los barcos pequeños que escoltaban al *Fujian* estaban disparando, pero apenas quedaban unos segundos para el impacto.

En cubierta, los marineros corrieron para recargar los Red Banners, pero sin la suficiente celeridad.

Los impactos fueron casi simultáneos y se concentraron en la parte central del barco. Se produjo una explosión enorme. Pauline lanzó un grito ahogado cuando la cubierta del *Fujian* pareció elevarse y partirse por el medio, de tal modo que todos los aviones se deslizaron por la cubierta hasta caer al mar. Unas llamas surgieron del interior y brotó humo. A continuación, las dos mitades de la cubierta de trescientos metros se hundieron lentamente. Pauline observó horrorizada cómo el gigantesco barco se partía en dos. Ambas mitades se quedaron en posición vertical: las partes centrales se hundían mientras que la proa y la popa se elevaban en el aire. Creyó ver unas figuras humanas, minúsculas a esa distancia, que volaban por los aires y caían al agua.

—¡Oh, no! —susurró.

Notó que Gus la agarraba del brazo, se lo apretaba con delicadeza y luego se lo soltaba.

Los minutos pasaron mientras los restos del barco se iban llenando de agua y descendían a las profundidades. La popa se hundió primero, dejando un breve cráter en el mar que enseguida se llenó y escupió espuma. La proa se hundió poco después de un modo similar. Pauline se quedó mirando cómo la superficie recuperaba la normalidad. Al rato, el mar se halló en calma. Unos cuantos cuerpos inmóviles flotaban entre los restos del pecio: maderas, gomas y plásticos. Desde los barcos escolta descendieron unos botes, para recoger a los supervivientes, sin lugar a dudas. Pauline pensó que no habría muchos.

Era como si el *Fujian* nunca hubiera existido.

Los líderes de China estaban anonadados.

Kai pensó que tenían muy poca experiencia bélica. La última vez que las fuerzas armadas chinas habían participado en un conflicto grave había sido en 1979, durante una breve e infructuosa invasión de Vietnam. La mayoría de los que estaban en la sala jamás habían presenciado lo que acababan de ver en vídeo: la muerte violenta y deliberada de miles de personas.

Kai estaba seguro de que los ciudadanos de a pie sentirían la misma ira y tristeza que la gente allí reunida. El deseo de venganza sería enorme en la sala, y aún más en las calles, entre personas cuyos impuestos habían pagado el portaaviones. El gobierno chino tenía que contraatacar. Incluso Kai pensaba así. No podían ignorar la muerte de tantos compatriotas.

—Como mínimo, debemos hundir uno de sus portaaviones para vengarnos —dijo el general Huang.

Como era habitual, Kong Zhao, el joven ministro de Defensa, aportó sensatez y prudencia.

—Si lo hacemos, hundirán otro nuestro. Si seguimos con el ojo por ojo, no nos quedará ninguno, mientras que los americanos todavía tendrán… —Se calló para pensar un momento—. Ocho.

—¿Va a dejar que se vayan de rositas?

—No, pero creo que necesitamos una pausa para reflexionar.

El móvil de Kai sonó. Abandonó la mesa y buscó un rincón tranquilo de la sala.

Era Ham.

—Los surcoreanos están tomando la ciudad de Pionyang. El general Pak se ha marchado.

—¿Adónde ha ido?

—A su base de origen, en Yeongjeo-dong.

—Donde están los misiles nucleares.

Kai los había visto el día que había estado allí de visita. Tenían seis, alineados sobre unos vehículos de lanzamiento gigantescos.

—Hay una forma de evitar que los utilice.

—Di, rápido.

—No te va a gustar.

—Bueno.

—Convence a Estados Unidos de que obligue al ejército surcoreano a retirarse de Pionyang.

Era una sugerencia drástica, pero tenía sentido. Por un momento, Kai no dijo nada; estaba pensando.

—Tienes contactos estadounidenses, ¿no? —añadió Ham.

—Los llamaré, pero quizá no sean capaces de hacer lo que quieres.

—Diles que, si los surcoreanos no se retiran, Pak usará sus armas nucleares.

—¿Lo hará?

—Es posible.

—Eso sería un suicidio.

—Es su última bala. No le queda nada más. No puede ganar de otra manera. Y si pierde, lo matarán.

—¿De verdad crees que usaría esas armas nucleares?

—Nada se lo impide.

—Veré qué puedo hacer.

—Dime una cosa. Dame tu opinión. ¿Qué posibilidades tengo de morir en las próximas veinticuatro horas?

Kai sintió que le debía a Ham una respuesta sincera.

—Un cincuenta por ciento.

—Así que quizá nunca llegue a vivir en mi casa nueva —comentó Ham con resignación y tristeza.

Kai sintió una punzada de compasión.

—Esto aún no ha acabado —afirmó.

Ham colgó.

Antes de llamar a Neil, Kai regresó a la tarima.

—El general Pak se ha marchado de Pionyang —informó—. Los surcoreanos ahora controlan la capital.

—¿Adónde ha ido Pak? —preguntó el presidente Chen.

—A Yeongjeo-dong —respondió Kai. Y tras una pausa añadió—: Donde están los misiles nucleares.

—Señora presidenta, si me permite —dijo Sophia Magliani, la directora de Inteligencia Nacional, después de hablar por el móvil.

—Por favor.

—Como sabe, tenemos otros canales abiertos con Pekín.

Se refería a las vías de comunicación con las que los gobiernos se intercambiaban información de manera extraoficial.

—Sí, lo sé.

—Nos acabamos de enterar de que los rebeldes han abandonado Pionyang. Corea del Sur ha ganado.

—Eso son buenas noticias, ¿no?

—No necesariamente. Lo único que puede hacer el general Pak ahora es usar sus armas nucleares.

—¿Y lo hará?

—Los chinos creen que sí... a menos que los surcoreanos se retiren.

—Dios.

—¿Hablará con la presidenta No?

—Por supuesto. —Pauline miró a la jefa de Gabinete Jacqueline Brody—. Jacqueline, ponme con ella, por favor.

—Sí, señora.

—Aunque no albergo muchas esperanzas —añadió Pauline.

La presidenta No Do-hui había hecho realidad el mayor sueño de su vida: había reunificado Corea del Norte y Corea del Sur bajo el mando de un único líder: ella misma. ¿Renunciaría ante la amenaza de un ataque nuclear? ¿Abraham Lincoln habría renunciado al Sur tras ganar la guerra de Secesión? No, pero Lincoln no se enfrentaba a la amenaza de unas armas nucleares.

El teléfono sonó. Pauline descolgó y dijo:

—Hola, señora presidenta.

—Hola, señora presidenta. —La voz de No Do-hui sonaba triunfal.

—Felicidades por su espléndida victoria militar.

—La cual no habría conseguido si le hubiera hecho caso a usted.

En cierto sentido, era una desventaja que No Do-hui hablara tan bien inglés. Su soltura le permitía ser más firme y tajante.

—Me temo que el general Pak podría estar a punto de arrebatarle esa victoria —replicó Pauline.

—Que lo intente.

—Los chinos creen que va a usar sus armas nucleares.

—Eso sería un suicidio.

—Aun así, puede que lo haga… a menos que retire usted sus tropas.

—¿Que las retire? —le espetó con incredulidad—. ¡He ganado! La gente está celebrando la largamente esperada reunificación de Corea del Norte y del Sur.

—Es una celebración prematura.

—Si ordeno la retirada ahora, mañana ya no seré presidenta. El ejército se levantará y me derrocará mediante un golpe militar.

—¿Y un repliegue parcial? Podrían retirarse a las afueras de Pionyang, declararla una ciudad neutral e invitar a Pak a participar en una asamblea constituyente donde se debatiría el futuro de Corea del Norte.

Pauline no tenía nada claro que Pak estuviera dispuesto a aceptar esas condiciones como las bases para la paz, pero merecía la pena intentarlo.

Sin embargo, No Do-hui descartó esa posibilidad.

—Mis generales lo considerarían una rendición innecesaria. Y estarían en lo cierto.

—Así que está dispuesta a arriesgarse a una aniquilación nuclear.

—Todos corremos ese riesgo cada día, señora presidenta.

—Este, no.

—En breves segundos debo dirigirme a mi pueblo por televisión. Gracias por su llamada y, por favor, discúlpeme.

Colgó.

Pauline se quedó estupefacta. Muy poca gente colgaba el teléfono a la presidenta de Estados Unidos.

—¿Podemos ver la televisión surcoreana en nuestras pantallas, por favor? —preguntó al cabo de unos momentos—. Probad la YTN. Es el canal de noticias por cable.

Apareció un locutor hablando en coreano y, tras una pausa, unos subtítulos en tiempo real en la parte inferior de la pantalla. Pauline se dio cuenta de que, en algún lugar de la Casa Blanca, había un intérprete que era capaz de traducir simultáneamente del coreano al inglés y a la vez mecanografiar el texto.

La imagen cambió y se vio un plano tembloroso de una ciudad arrasada por las bombas grabado desde un vehículo; los subtítulos rezaban: «Las fuerzas surcoreanas han tomado el control de Pionyang». Sentado sobre un tanque en movimiento y con un micrófono en la mano, un reportero muy emocionado gritaba como un histérico a cámara. Llevaba un casco militar e iba vestido con traje y corbata. Ya no hubo más subtítulos, tal vez porque el intérprete no podía oír bien lo que estaba diciendo el reportero; de todos modos, no hacían falta muchas explicaciones. Detrás de la cabeza del reportero, Pauline vio una larga hilera de vehículos militares que recorrían lo que, sin lugar a dudas, era la carretera principal que permitía acceder a la ciudad. Era una entrada triunfal en la capital enemiga.

—Mierda —soltó Pauline—, seguro que Pak está viendo esto y le hierve la sangre.

Los habitantes de Pionyang contemplaban el espectáculo desde las ventanas y las puertas abiertas, y unos cuantos, los más audaces, se atrevieron a saludar con la mano, aunque no salieron a las calles a celebrar su liberación. Habían vivido bajo el yugo de uno de los gobiernos más represores del mundo, así que no se arriesgarían a mostrar sus sentimientos hasta estar seguros de que había caído.

La imagen de la pantalla volvió a cambiar, y Pauline vio la cara arrugada y el pelo gris peinado con sobriedad de la presidenta No. Como siempre, tenía a un lado la bandera surcoreana, con su fondo blanco y su *taegeuk* rojo y azul, el emblema del equilibrio cósmico, rodeado por cuatro trigramas igualmente simbólicos. Sin embargo, al otro lado tenía la bandera azul y blanca de la Unificación. Era una declaración de intenciones que no llevaba a error: ahora gobernaba las dos mitades del país.

Sin embargo, Pauline sabía que ese no era el despacho de la presidenta No, puesto que había estado allí. Supuso que No Do-hui se encontraba en un búnker subterráneo.

No Do-hui habló, y los subtítulos regresaron.

«Nuestros valientes soldados han conquistado la ciudad de Pionyang. La barrera artificial que dividía Corea desde 1945 está cayendo. Pronto seremos en la realidad lo que siempre hemos tenido en mente: un país.»

«Suena bien, pero oigamos los detalles concretos», pensó Pauline.

«La Corea Unida será un país libre y democrático que mantendrá unos estrechos lazos de amistad tanto con China como con Estados Unidos.»

—Eso es más fácil decirlo que hacerlo —comentó Pauline.

«Estableceremos de inmediato una secretaría para organizar

las elecciones. Mientras tanto, el ejército de Corea del Sur actuará como fuerza pacificadora.»

De repente, Bill Schneider se levantó, con la mirada clavada en una pantalla.

—¡Santo Dios, no!

Todo el mundo desvió la vista hacia donde él miraba. Pauline vio una señal en el radar que indicaba la trayectoria de un único misil.

—¡Eso es Corea del Norte! —gritó Bill.

—¿De dónde procede el misil? —preguntó la presidenta Green.

Bill, que todavía tenía puestos los auriculares, contactó directamente con el Pentágono.

—Ha salido de Yeongjeo-dong —contestó—, de la base nuclear.

—Joder, lo ha hecho. Pak ha lanzado un misil nuclear.

—Se desplaza a ras de las nubes. Su objetivo está cerca —observó Bill.

—Entonces, casi seguro que se trata de Seúl —concluyó Pauline—. Quiero ver Seúl en las pantallas. Que lo sobrevuelen unos drones.

Primero vio una foto vía satélite de la ciudad, por la que serpenteaba el ancho río Han, con más puentes de los que era capaz de contar. Un operario invisible hizo zoom en la foto hasta que Pauline pudo ver el tráfico en las calles y las líneas blancas de un campo de fútbol. Un momento después, varias pantallas más se iluminaron. Las imágenes, presumiblemente, procedían de cámaras de tráfico y de otras cámaras de vigilancia de la ciudad. Era media tarde. Los coches y los autobuses y los camiones formaban colas en los semáforos y en los estrechos puentes.

Allí vivían diez millones de personas.

—La distancia que debe recorrer es de unos cuatrocientos kilómetros, que equivalen a dos minutos de vuelo —indicó Bill—. El misil lleva en el aire alrededor de un minuto, así que supongo que quedan sesenta segundos para el impacto.

En sesenta segundos, a Pauline le resultaba imposible hacer nada.

No llegó a ver el misil. Supo que había impactado cuando todas las pantallas que mostraban Seúl se quedaron en blanco.

Durante varios instantes, todos contemplaron las pantallas vacías. Entonces apareció una imagen, seguramente tomada por un dron militar estadounidense. Pauline sabía que eso era Seúl, porque reconoció el meandro con forma de W del río, pero nada más era igual. En una zona central que ocupaba unos tres kilómetros de ancho, no había nada: ni edificios, ni coches, ni calles. El paisaje estaba como vacío. Los edificios habían sido arrasados, todos y cada uno de ellos, advirtió. Las pilas de escombros cubrían todo lo demás, incluidos los cuerpos. Era diez veces peor que el peor de los huracanes, quizá cien veces peor.

Más allá de esa zona central, se habían desatado incendios por todas partes: algunos grandes y otros pequeños, incendios virulentos con la gasolina de los vehículos calcinados, llamas aquí y allá en oficinas y tiendas. Los coches estaban volcados y desperdigados como si fueran juguetes. El fuego y el polvo ocultaban parte de los daños.

Siempre había una cámara en alguna parte, y ahora uno de los técnicos del cuarto trasero había dado con una transmisión en directo que por lo visto se emitía desde un helicóptero que se elevaba desde uno de los aeropuertos del oeste de la ciudad. Pauline vio que unos cuantos coches se desplazaban en las afueras de Seúl, lo cual indicaba que había supervivientes. Vio a gente herida caminando; algunos avanzaban a trompicones, quizá porque el fogonazo los había cegado; otros sangraban, tal vez alcanzados por los cristales que habían salido volando; otros estaban ilesos y ayudaban a los demás.

Pauline estaba aturdida. Jamás se le había ocurrido que presenciaría semejante destrucción.

Se estremeció: de ella dependía que se hiciera algo al respecto.

—Bill, eleva el nivel de alerta a DEFCON 1 —ordenó—. La guerra nuclear ha comenzado.

Tamara se despertó en la cama de Tab, como casi todas las mañanas de un tiempo a esa parte. Lo besó, se levantó, fue desnuda a la cocina, encendió la cafetera y regresó al dormitorio. Se acercó a la ventana y contempló la ciudad de Yamena, que se calentaba con rapidez bajo el sol del desierto.

No disfrutaría de esas vistas muchas mañanas más. Había logrado que la trasladaran a París. Dexter se había opuesto, pero como su éxito con la misión de Abdul la había convertido en la candidata lógica para encargarse de dirigir a los agentes que se infiltraban en los grupos islamistas francoárabes, habían desestimado las objeciones de Dexter. Ella y Tab se mudarían.

El estimulante aroma del café inundaba el piso. Tamara encendió la tele. La noticia del día era que Estados Unidos había hundido un portaaviones chino.

—Joder —exclamó—. Tab, despierta.

Sirvió el café y lo tomaron en la cama mientras veían la tele. Según el locutor, el portaaviones, que se llamaba *Fujian*, había sido hundido en represalia por el bombardeo chino contra tropas japonesas en las islas Senkaku.

—Esto no va a acabar así —afirmó Tab.

—Fijo que no. Puedes apostarte el culo.

Se ducharon, se vistieron y desayunaron. Tab, que era capaz de preparar una comida deliciosa con los ingredientes que hubiera en un frigorífico casi vacío, hizo unos huevos revueltos con queso parmesano gratinado, perejil picado y una pizca de pimentón.

Él se puso una chaqueta italiana de sport fina y ella se cubrió la cabeza con un pañuelo de algodón. Tab estaba a punto de apagar el televisor cuando una noticia aún más impactante los paralizó. Los rebeldes norcoreanos habían lanzado una bomba nuclear sobre Seúl, la capital de Corea del Sur.

—Es una guerra nuclear —dijo Tab.

Ella asintió con gesto pesimista.

—Este podría ser nuestro último día en este mundo. —Se volvieron a sentar—. Quizá deberíamos hacer algo especial.

Tab estaba pensativo.

—Se me ha ocurrido una cosa.

—¿Qué?

—Es una idea un poco disparatada.

—Suéltalo.

—¿Podríamos…? ¿Tú querrías…? Es decir, me refiero a que… ¿Quieres casarte conmigo?

—¿Hoy?

—¡Pues claro que hoy!

Tamara no podía hablar. Se quedó callada un instante eterno.

—No te ha sentado mal, ¿no?

Tamara al fin logró hablar.

—No sé cómo decirte lo mucho que te quiero —contestó, y notó que le caía una lágrima.

Tab borró la lágrima con un beso.

—Entonces, me lo tomaré como un sí.

41

Una avalancha de información irrumpió en la Sala de Crisis de Zhongnanhai, y Kai la asimiló mientras combatía contra una sensación de impotencia y aturdimiento. Durante los minutos siguientes, el mundo entero se quedó estupefacto. Era la primera vez que se usaban armas nucleares desde 1945. Las noticias viajaban rápido.

En unos segundos, los mercados de valores de Asia Oriental cayeron en picado. La gente intentaba convertir sus acciones en dinero, como si este fuera a servirles de algo en una guerra nuclear. El presidente Chen cerró las bolsas de Shanghái y Shenzhen una hora antes de lo habitual. Ordenó que se cerrara también la de Hong Kong, pero Hong Kong se negó y cayó un veinte por ciento en diez minutos.

El gobierno de Taiwán, una isla que nunca había formado parte de la China comunista, realizó una declaración formal en la que afirmaba que atacarían a las fuerzas militares de cualquier país que violase el espacio aéreo taiwanés o las aguas circundantes. Kai entendió inmediatamente qué implicaba aquella declaración. Durante años, los cazas chinos habían sobrevolado Taiwán, ya que afirmaban que estaban en su derecho porque Taiwán se encontraba en China, y los taiwaneses habían reaccionado en repetidas ocasiones ordenando el despegue de aviones y el despliegue de lanzamisiles, aunque no habían llegado a atacar nunca a los intrusos. Ahora, por lo visto, eso había cambiado: pensaban derribar los aviones chinos.

—Esto es una guerra nuclear —dijo el general Huang—. Y en una guerra nuclear es mejor golpear primero. Contamos con lanzamisiles en tierra y en los submarinos, así como con bombarderos de largo alcance. Deberíamos utilizarlos todos desde el inicio. Si permitimos que Estados Unidos golpee primero, gran parte de nuestro arsenal nuclear será destruido antes de poder ser utilizado.

Huang siempre hablaba como si estuviera exponiendo unos hechos irrefutables, incluso cuando no planteaba más que conjeturas, pero en este caso tenía razón. Si los estadounidenses golpeaban primero, la capacidad militar china quedaría gravemente mermada.

El ministro de Defensa Kong Zhao puso cara de desesperación.

—Aunque golpeemos primero, deben tener muy presente que contamos exactamente con trescientas veinte cabezas nucleares; y Estados Unidos, con algo más de tres mil. Imagínense que cada una de nuestras armas destruye una de las suyas en un primer ataque. A ellos todavía les quedarían muchas y a nosotros no nos quedaría nada.

—No necesariamente —lo corrigió Huang.

Kong Zhao perdió los nervios.

—¡No me venga con chorradas! —gritó—. He visto los condenados simulacros de guerra y usted también. Siempre perdemos. ¡Siempre!

—Los simulacros de guerra son eso, simulacros —repuso Huang con desdén—. La guerra es la guerra.

Antes de que Kong pudiera replicar, Chang Jianjun intervino.

—¿Me permiten que les sugiera la estrategia de una guerra nuclear limitada y que les explique cómo podríamos librarla?

Kai había oído hablar a su padre al respecto en otras ocasiones. El propio Kai no creía en las guerras limitadas. La historia enseñaba que las guerras rara vez respetaban los límites. Sin embargo, permaneció callado de momento.

—Deberíamos realizar un pequeño número de primeros ataques sobre objetivos estadounidenses seleccionados con minuciosidad —explicó Jianjun—; nada de ciudades importantes, solo bases militares en zonas de escasa población. Y luego ofrecer de inmediato un alto el fuego.

—Eso podría funcionar —señaló Kai— y, desde luego, sería mejor que una guerra total. Pero ¿no podríamos probar otra estrategia antes?

—¿Qué tiene en mente? —preguntó el presidente Chen.

—Si lográramos que se descartara el empleo de armas nucleares, podríamos acabar con todas esas incursiones militares en nuestro territorio. Incluso podríamos echar a los surcoreanos de Corea del Norte.

—Tal vez —dijo el presidente—. Pero ¿cómo vamos a impedir que los estadounidenses recurran a las armas nucleares?

—Ofreciendo una excusa primero y lanzando una amenaza después.

—Explíquese.

—Deberíamos decirle a la presidenta Green que el ataque nuclear a Seúl lo han llevado a cabo ciertos elementos rebeldes de Corea, quienes ahora mismo están siendo aplastados y despojados de sus armas nucleares, con el fin de que tales atrocidades no vuelvan a ocurrir.

—Pero eso podría no ser verdad.

—Ya. Pero no podemos perder la esperanza. Y esa excusa nos permitirá ganar tiempo.

—¿Y la amenaza?

—Un ultimátum a la presidenta Green. Sugiero que lo formulemos de esta manera: si Estados Unidos lanza un ataque nuclear contra Corea del Norte, lo consideraremos un ataque nuclear contra China. Es similar a la réplica del presidente Kennedy en los sesenta. «Será la política de esta nación considerar cualquier misil nuclear lanzado desde Cuba contra cualquier nación del hemisferio occidental como un ataque de la Unión Soviética contra Estados Unidos, que requeriría que se tomasen unas represalias muy severas en contra de la Unión Soviética.» Creo que esas fueron sus palabras.

En su día, Kai había redactado un ensayo para la universidad sobre la crisis de los misiles cubanos.

Chen asintió pensativo.

—Eso quiere decir que, si lanzáis un ataque nuclear contra Corea del Norte, lo estaréis lanzando contra nosotros.

—Exactamente, señor.

—Eso no difiere mucho de nuestra política actual.

—Pero la pone de manifiesto. Y quizá consiga que la presidenta Green dude y se lo piense dos veces. Mientras tanto, nosotros podemos buscar el modo de evitar una guerra nuclear.

—Creo que es una buena idea —afirmó el presidente Chen—. Si todo el mundo está de acuerdo, adoptaremos esta estrategia.

Aunque el general Huang y Chang Jianjun parecían descontentos, nadie rebatió la propuesta, así que la aceptaron.

Pauline llamó al presidente del Estado Mayor Conjunto.

—Bill, tenemos que impedir que el general Pak lance bombas nucleares sobre nuestros aliados de Corea del Sur… o sobre cualquier otro puñetero objetivo. ¿Cuáles son mis opciones?

—Solo veo una, señora presidenta, y consiste en lanzar un ataque nuclear sobre el territorio rebelde de Corea del Norte para destruir Yeongjeo-dong y cualquier otra base militar que pudiera tener armas nucleares.

—Y, a nuestro entender, ¿cómo reaccionaría Pekín?

—Entraría en razón, tal vez —contestó Bill—. No quiere que los rebeldes usen esas bombas nucleares.

Gus se mostró escéptico.

—Hay otra posibilidad, Bill: que consideren que hemos iniciado una guerra nuclear al atacar a su aliado más próximo, lo cual los obligará a lanzar un ataque nuclear contra Estados Unidos.

—Asegurémonos de que todos sabemos exactamente de qué estamos hablando —dijo Pauline—. Luis, haznos un resumen de las posibles consecuencias de un ataque nuclear chino contra Estados Unidos.

—Sí, señora. —Al secretario de Defensa le bastaron un par de clics para disponer de esa información—. China tiene alrededor de sesenta misiles balísticos intercontinentales terrestres con cabezas nucleares capaces de alcanzar Estados Unidos. Son armas que o las usan o las pierden, o sea que las lanzarían todas al instante porque es muy probable que sean destruidas en la primera fase de una guerra nuclear. En el último gran simulacro de guerra que se llevó a cabo en el Pentágono, se dio por sentado que la mitad de los misiles balísticos intercontinentales estarían apuntando a las diez mayores ciudades de Estados Unidos y la otra mitad a objetivos estratégicos como bases militares, puertos, aeropuertos y centros de telecomunicaciones. Como los veríamos llegar, desplegaríamos las defensas antimisiles, que interceptarían uno de cada dos, y eso siendo optimistas.

—Llegados a este punto, ¿cuántas bajas crees que habríamos sufrido?

—Unos veinticinco millones, señora presidenta.

—Santo Dios.

—Nosotros lanzaríamos de inmediato la mayor parte de nuestros cuatrocientos misiles balísticos intercontinentales —continuó Luis—, a los que seguirían rápidamente más de un millar de cabezas nucleares lanzadas desde aviones y submarinos. Eso nos dejaría un número similar en reserva, pero no nos harían falta porque, a esas alturas, habríamos anulado la capacidad bélica del gobierno de China. Su rendición se produciría enseguida. En otras palabras, señora presidenta, ganamos.

«Ganamos —pensó Pauline—, con veinticinco millones de muertos o heridos y nuestras ciudades transformadas en páramos.»

—Dios no lo quiera, obtener una victoria así —dijo afectada.

Una de las pantallas captó la atención de Pauline. La CNN

mostraba imágenes de unas calles de Washington que le resultaban muy familiares, con atascos de tráfico a pesar de que aún era de noche.

—¿Qué pasa ahí fuera? —preguntó—. Son las cuatro y media de la madrugada, las calles deberían estar prácticamente desiertas.

—La gente se marcha de la ciudad —respondió Jacqueline Brody—. Hace unos minutos, han entrevistado a unos cuantos conductores que estaban parados en los semáforos. Piensan que, si hay una guerra nuclear, Washington será la zona cero.

—¿Adónde van?

—Creen que estarán más seguros lejos de las ciudades: en los bosques de Pennsylvania, en la cordillera Azul. Los neoyorquinos están haciendo algo parecido: se dirigen a las montañas de Adirondack. Supongo que los californianos se irán a México en cuanto se despierten.

—Me sorprende que la gente se haya enterado ya de lo que pasa.

—Un canal de televisión envió una cámara dron a Seúl. El mundo entero ha podido ver la devastación.

Pauline se volvió hacia Chess.

—¿Qué está pasando en Corea del Norte?

—Los surcoreanos están atacando todas las fortalezas rebeldes. La presidenta No Do-hui ha sacado todo su arsenal.

—No usaré armas nucleares salvo que no me quede más remedio. Dejemos que la presidenta No nos haga el trabajo sucio.

—Señora presidenta, un mensaje del presidente chino —anunció Jacqueline Brody.

—Pásamelo.

—Lo tiene en pantalla.

Pauline leyó en voz alta el ultimátum de Chen:

—«Cualquier ataque nuclear de Estados Unidos contra Corea del Norte será considerado un ataque nuclear contra China».

—Kennedy dijo algo similar durante la crisis cubana —comentó Chess.

—Pero ¿esto cambia algo? —preguntó Pauline.

—Nada en absoluto —respondió Luis Rivera, rotundo—. Si no hubiéramos recibido este mensaje, habríamos dado por hecho que esa era su política.

—Añade algo que podría ser importante —señaló Pauline—. Dice que el ataque nuclear a Seúl lo perpetraron ciertos elementos rebeldes de Corea del Norte, a quienes ahora mismo se les está arrebatando las armas nucleares, con el fin de que tales atrocidades no vuelvan a ocurrir.

—¿No han añadido un «esperamos» al final? —comentó Luis.

—No te falta razón, Luis, pero creo que debemos dar una oportunidad a esta estrategia. Si el ejército surcoreano puede aniquilar a los ultras rebeldes, el problema se resolverá sin más ataques nucleares. No podemos descartar esa posibilidad solo porque creamos que es improbable.

Recorrió la mesa con la mirada. A algunos no les gustaba la idea, pero nadie se opuso.

—Bill, por favor, ordena al Pentágono que se preparen para un posible ataque contra los rebeldes norcoreanos. Fija como objetivo de nuestras armas nucleares todas las bases militares de las zonas rebeldes. Aunque es un plan de contingencia, debemos estar preparados. No atacaremos hasta que veamos cómo se desarrolla la batalla en tierra.

—Señora presidenta, si esperamos, daremos a los chinos la oportunidad de que sean ellos los primeros en lanzar un ataque nuclear —observó Bill.

—Lo sé —respondió Pauline.

Ting llamó a Kai.

—¿Qué está pasando? —preguntó con una voz aguda y temblorosa.

Él se alejó de la tarima y habló en voz baja.

—Los rebeldes de Corea han lanzado una bomba nuclear sobre Seúl.

—¡Lo sé! Estábamos grabando una escena y, de repente, todos los técnicos se han quitado los auriculares y se han marchado. El rodaje se ha parado. Voy de camino a casa.

—Espero que no estés conduciendo tú.

Estaba demasiado alterada para conducir en condiciones, se notaba.

—No, me lleva un chófer. Kai, ¿qué significa todo esto?

—No lo sabemos, pero estamos haciendo lo imposible para asegurarnos de que no va a más.

—No me sentiré segura hasta que esté contigo. ¿A qué hora llegarás a casa?

Aunque Kai vaciló en un primer instante, le contó la verdad.

—Dudo que vaya a casa esta noche.

—Es grave, ¿verdad?

—Podría serlo.

—Pasaré a buscar a mamá y la llevaré a nuestro piso. No te importa, ¿verdad?

—Claro que no.

—Es que no quiero estar sola esta noche —dijo Ting.

Pauline se desvistió en el Dormitorio Lincoln y se metió en la ducha. Tenía unos minutos para asearse y cambiarse: no podía llevar una chaqueta vaquera, hoy menos que nunca.

Cuando salió de la ducha, Gerry estaba sentado al borde de la cama, vestido con un pijama y una bata de lana pasada de moda.

—¿Estamos a punto de entrar en guerra?

—No, si puedo evitarlo. —Pauline cogió una toalla. De repente le daba vergüenza estar desnuda delante de él. Después de quince años de matrimonio, eso era raro. «No seas absurda», se dijo, y se secó—. Has oído hablar de Raven Rock, ¿verdad?

—Es un búnker nuclear. ¿Tienes previsto ir allí?

—A un sitio similar, pero más secreto. Y sí, quizá hoy tengamos que ir. Pippa y tú deberíais prepararos.

—Yo no pienso ir —dijo Gerry.

Pauline supo en el acto cómo discurriría el resto de la conversación. Él le diría que su matrimonio había terminado. Ella ya se lo medio esperaba, aunque no por eso resultaba menos doloroso.

—¿Qué quieres decir?

—No quiero ir a un búnker nuclear, ni ahora ni más adelante, ni contigo ni sin ti.

Se calló y la miró, como si ya hubiera dicho bastante.

—¿No quieres estar con tu esposa y tu hija por si la guerra estalla? —preguntó Pauline.

—No.

Ella esperó, pero él no le dio ninguna explicación.

Se puso el sujetador, las bragas y las medias, y se sintió menos incómoda.

Como él no iba a decir lo que había que decir, tendría que hacerlo ella.

—No deseo torturarte y menos interrogarte —dijo Pauline—. Pero estoy bastante segura de que quieres estar con Amelia Judd. Dime, ¿me equivoco?

Un carrusel de emociones se reflejó en la cara de Gerry: primero sorpresa; después, mientras se preguntaba cómo lo sabía y decidía que era mejor no preguntárselo, curiosidad; a continuación, vergüenza por haberla engañado; y, por último, despecho. Alzó la barbilla.

—Tienes razón —contestó.

—Espero que no intentes llevarte a Pippa —repuso Pauline, poniendo de manifiesto su mayor temor.

—Ah, no —contestó Gerry, con cara de agradecer que la objeción fuera tan fácil.

Por un momento, Pauline se sintió tan aliviada que fue incapaz de hablar. Bajó la mirada, se llevó una mano a la frente y se tapó los ojos.

—Ni siquiera necesito preguntárselo a Pippa porque sé qué va a contestar —dijo Gerry—. Querrá quedarse contigo. —Era obvio que había estado pensando en el tema y había tomado una decisión—. Una hija necesita a su madre. Y lo entiendo, por supuesto.

—Gracias de todas formas.

Se puso el conjunto que transmitía más autoridad: un traje de chaqueta negro con falda y debajo un suéter de lana merina de color gris plateado.

Sin embargo, Gerry no se marchó. No había terminado.

—No te hagas la inocente —le espetó.

Eso la pilló por sorpresa.

—¿Qué insinúas?

—Tú ya tienes a otro. Te conozco.

—Ahora ya no importa, pero que sepas que no me he acostado con nadie más desde que empezamos a salir. Aunque últimamente se me ha pasado por la cabeza.

—Lo sabía.

Él quería pelea, pero ella no estaba dispuesta a darle ese gusto. Se sentía tan triste que no quería discutir.

—¿Qué nos ha pasado, Gerry? Nos queríamos tanto.

—Creo que, en todos los matrimonios, el amor se agota tarde o temprano. La cuestión es si la pareja sigue junta por pura pereza o se separa para intentar rehacer su vida.

Era una respuesta de lo más superficial, pensó Pauline. Que si nadie tiene la culpa, que si así es la vida, y blablablá: eso era una excusa, no una explicación. Y no se la creyó ni por un instante, pero no le apetecía llevarle la contraria.

Gerry se levantó de la cama y se dirigió a la puerta.

Pauline mencionó cierto problema que debían solucionar.

—Pippa se despertará pronto —le dijo—. Tienes que ser tú quien le diga que hemos roto. Y explicárselo lo mejor posible. No voy a hacerlo por ti.

Se quedó parado con la mano en el pomo.

—Muy bien. —Sin duda, no le hacía ninguna gracia, pero no podía negarse a hablar con su hija—. Aunque ahora no. ¿Quizá mañana?

Pauline titubeó, pero, bien mirado, se alegraba de que lo pospusiera. No quería lidiar con una adolescente traumatizada, y menos ese día.

—Luego, en algún momento, tendremos que anunciarlo públicamente.

—No hay prisa.

—Ya discutiremos cómo y cuándo. Pero, por favor, que no se filtre a la prensa. Sé discreto.

—Por supuesto. A Amelia también le preocupa. Obviamente, esto va a afectar a su carrera profesional.

«La carrera de Amelia… Me importa una mierda la carrera de Amelia», pensó Pauline.

Pero se lo calló.

Gerry salió del dormitorio.

Pauline cogió de su joyero un collar de oro con una sola esmeralda y se lo puso. Se echó un vistazo rápido en el espejo. Tenía un aspecto presidencial. Estaba bastante bien.

Abandonó la Residencia y regresó a la Sala de Crisis.

—¿Cómo va? —preguntó.

—La presidenta No presiona cada vez más a los ultras, pero resisten —contestó Gus—. Según parece, los chinos todavía están pensando cómo reaccionar al hundimiento del *Fujian*; todavía no han hecho nada, pero lo harán. Han llamado los presidentes y primeros ministros de unos cuantos países, entre ellos Australia, Vietnam, Japón, Singapur e India. Y está a punto de empezar una sesión de emergencia del Consejo de Seguridad de las Naciones Unidas.

—Será mejor que devuelva esas llamadas —dijo Pauline—. Empezaré por Japón.

—Me pondré en contacto con el primer ministro Ishikawa —indicó Jacqueline.

Sin embargo, la primera llamada que recibió Pauline fue de su madre.

—Hola, cariño. Espero que estés bien.

Pauline oyó el motor de un coche.

—Mamá, ¿dónde estás?

—Estamos en la I-90, justo a las afueras de Gary, en Indiana. Conduce tu padre. ¿Y tú?

—En la Casa Blanca, mamá. ¿Qué estáis haciendo en Gary?

—Vamos a Windsor, a Ontario. Espero que no nieve hasta que lleguemos.

Por mucho que Windsor fuera la ciudad canadiense más próxima a Chicago, estaba a casi quinientos kilómetros de distancia. Comprendió que, para sus padres, Estados Unidos ya no era un lugar seguro. Se sintió consternada, aunque tampoco se lo podía echar en cara. Habían perdido la fe en ella, en su capacidad de protegerlos. Al igual que millones de compatriotas.

Pero todavía tenía la oportunidad de salvarlos.

—Mamá, llámame para que sepa cómo estáis, por favor. No dudes en hacerlo, ¿vale?

—Vale, cariño. Espero que todo te salga bien.

—Haré todo lo posible. Te quiero, mamá.

—Nosotros también, cielo.

—Hemos recibido una alerta de misiles del satélite de infrarrojos —señaló Bill Schneider cuando colgó.

—¿Dónde?

—Espere… Corea del Norte.

A Pauline le dio un vuelco el corazón.

—Mira el radar —le indicó Gus, que estaba sentado a su lado.

Pauline vio un arco rojo.

—Un único misil —afirmó.

Bill, que llevaba los auriculares que lo mantenían en contacto permanente con el Pentágono, comentó:

—No se dirige a Seúl; vuela demasiado alto.

—Entonces ¿adónde va? —preguntó Pauline.

—Lo están triangulando… Espere un momento… Busán.

Era la segunda ciudad más importante de Corea del Sur, un puerto enorme situado en la costa sur, con ocho millones de habitantes. Pauline enterró la cabeza en las manos.

—Esto no habría pasado si hubiéramos lanzado un ataque

nuclear contra Yeongjeo-dong hace una hora —aseguró Luis.

De repente, a Pauline se le agotó la paciencia.

—Luis, si lo único que sabes decir es «ya te lo dije», vale más que cierres el pico.

Luis palideció de rabia y estupefacción, pero se calló.

—Veamos una foto satelital del objetivo —ordenó la presidenta sin dirigirse a nadie en particular.

—Aunque hay nubes dispersas, la visibilidad es buena —respondió un ayudante.

La imagen apareció en una pantalla y Pauline la observó con detenimiento. Vio el delta de un río, una línea de ferrocarril ancha y unos muelles gigantescos. Recordó su breve visita a Busán, cuando era congresista. La gente se había mostrado afectuosa y afable. Le habían regalado una prenda tradicional: un chal rojo y dorado que todavía se ponía de vez en cuando.

—El radar confirma que se trata de un único misil —dijo Bill.

—¿Tenemos imágenes de vídeo?

Una de las pantallas se iluminó y mostró una panorámica de la ciudad. Por la forma en que la cámara subía y bajaba, no cabía duda de que el vídeo procedía de un barco. El sonido se activó, y Pauline oyó el ruido sordo de un motor enorme y el rumor de las olas, así como una conversación casual entre dos hombres que, sin duda, no tenían ni idea de lo que estaba a punto de ocurrir.

Entonces, una cúpula de un naranja rojizo apareció sobre los muelles. Quienquiera que estuviera filmando gritó impresionado. La cúpula creció hasta convertirse en una columna de humo, que luego adquirió la letal forma de un hongo.

Pauline quiso cerrar los ojos, pero no pudo.

«Ocho millones de personas», pensó. Algunos habrían muerto al instante, otros habrían resultado horriblemente heridos y muchos habrían sido envenenados para siempre por la radiación. Víctimas coreanas y estadounidenses y, como era una ciudad portuaria, de las más diversas nacionalidades. También colegiales y abuelas y recién nacidos. Luis tenía razón: ella podía haberlo evitado y no lo había hecho. No tropezaría dos veces con la misma piedra.

La onda expansiva alcanzó con retraso el barco y la cámara enfocó primero a la cubierta, luego al cielo y después la pantalla se quedó en blanco. Pauline esperaba que el marinero que había estado grabando hubiera sobrevivido.

—Bill, que el Pentágono confirme que lo que acabamos de ver ha sido una explosión nuclear.

—Sí, señora.

En realidad, no lo dudaba, pero los detectores de radioisótopos podrían verificarlo; además, para lo que estaba a punto de hacer necesitaba pruebas muy sólidas.

El general Pak había hecho lo mismo dos veces. Pauline ya no podía actuar como si se pudiera evitar una guerra nuclear, y era la única persona del mundo capaz de impedir que Pak hiciera lo mismo una tercera vez.

—Chess, envía un mensaje como sea al presidente Chen para decirle que Estados Unidos está a punto de destruir todas las bases nucleares de Corea del Norte, pero que no atacará China.

—Sí, señora.

Pauline sacó la Galleta del bolsillo. Retorció la envoltura de plástico para romper el sello y a continuación extrajo la tarjetita del interior.

Todos los que se encontraban en la habitación la observaban en silencio.

—Confirmado. Era nuclear —informó Bill.

La última y débil esperanza que albergaba Pauline se desvaneció.

Acto seguido, ordenó:

—Llama a la Sala de Guerra.

Su teléfono sonó y ella lo cogió.

—Señora presidenta, soy el general Evers. La llamo desde la Sala de Guerra del Pentágono.

—General, según mis instrucciones anteriores, ha fijado

como objetivo de nuestras armas nucleares todas las bases militares de la zona de Corea del Norte que está en manos de los rebeldes —respondió Pauline.

—Sí, señora.

—Ahora le proporcionaré el código de autenticación. En cuanto haya oído el código correcto, dará la orden de disparar.

—Sí, señora.

Pauline contempló la Galleta y leyó el código:

—Óscar noviembre tres siete tres. Repito: Óscar noviembre tres siete tres.

—Gracias, señora presidenta. Código correcto. Ya he dado la orden de disparar.

Pauline colgó.

—Ya está hecho —dijo con un hondo pesar.

En Zhongnanhai observaron la imagen de radar que mostraba cómo unos misiles se elevaban en el cielo estadounidense, cual bandada de gansos grises que se embarcaran en su gran migración estacional.

—Lancen un ciberataque generalizado contra cualquier tipo de comunicación estadounidense —ordenó Chen.

Era una medida rutinaria. Kai suponía que tendría éxito solo en parte. Estados Unidos se había preparado para la ciberguerra, al igual que los chinos, y ambos bandos tenían planes B y opciones para contraatacar. El ciberataque causaría daños pero no sería decisivo.

—¿Dónde está el resto de los misiles? —preguntó Fu Chuyu—. Solo veo veinte o treinta.

—Por lo visto, es un ataque limitado —respondió Kong Zhao—. No han iniciado una guerra nuclear total, lo cual quiere decir que, probablemente, el objetivo no es China.

—Pero no podemos estar seguros—objetó Huang—. Y no podemos correr el riesgo de contraatacar demasiado tarde.

—Pronto lo sabremos —señaló Kong—. De todos modos,

ahora mismo, el objetivo podría ser cualquier punto entre Vietnam y Siberia.

Kai advirtió que, según las imágenes del radar, los misiles ya estaban sobrevolando Canadá.

—¡Que alguien nos dé un tiempo estimado de llegada! —pidió a voces.

—Veintidós minutos —contestó un ayudante—. Y el objetivo no es Siberia. Los misiles están demasiado al sur para dirigirse allí.

Kai se dio cuenta de que el objetivo podía ser incluso el edificio donde se hallaba. La Sala de Crisis estaba protegida ante cualquier cosa menos el impacto directo de una bomba nuclear. Si los misiles estadounidenses eran precisos, estaría muerto en veintidós minutos.

Ahora, en menos.

Sintió la tentación imperiosa de llamar a Ting. Pero se contuvo.

Ahora los misiles sobrevolaban el océano.

—Quince minutos —informó un ayudante—. Vietnam no puede ser el objetivo. Es Corea o China.

Era Corea, Kai estaba seguro. Y no era un mero deseo. La presidenta Green estaría loca si atacaba China con solo treinta misiles, porque los chinos sobrevivirían a los daños, y se vengarían con cuanto tuvieran a mano, por lo que destruirían gran parte del aparato militar estadounidense antes de su despliegue. De todas formas, era el general Pak quien había lanzado sendas bombas nucleares sobre Seúl y Busán.

—He recibido un mensaje formal de la Casa Blanca que indica que están atacando las bases nucleares de Corea del Norte y nada más —informó el ministro de Exteriores Wu Bai.

—Podría ser una mentira —repuso Huang.

—Diez minutos —informó el ayudante—. Los objetivos son múltiples, todos en Corea del Norte.

Aun suponiendo que no fuera una mentira, ¿cómo iban a afrontar la situación los hombres que se encontraban en aquella sala? Estados Unidos ya había hundido un portaaviones, matando de paso a dos mil quinientos marineros chinos, y estaba a punto de transformar la mitad de Corea del Norte, el único aliado militar de China, en un páramo radiactivo. Kai sabía que su padre y los comunistas de la vieja escuela no podrían vivir tras sufrir tamaña humillación a manos de su antiguo enemigo. Su orgullo personal y como país no lo soportaría. Exigirían lanzar un ataque nuclear contra Estados Unidos. Aunque sabían cuáles serían las consecuencias, querrían hacerlo.

—Cinco minutos. Los objetivos se encuentran al norte y al este de Corea, de modo que eluden Pionyang y el resto del territorio ocupado por el ejército surcoreano.

Después de aquello, a Kai y a Kong Zhao les costaría refrenar al general Huang y sus aliados, entre los que se encontraba Chang Jianjun. Aun así, el presidente Chen tendría la última palabra, y Kai presentía que al final optaría por una respuesta moderada. Probablemente.

—Un minuto.

Kai clavó la mirada en la imagen de Corea del Norte que enviaba el satélite. La sensación de que se iba a producir una tragedia lo abrumó, pues sabía que había fracasado a la hora de evitarla.

Las gráficas del radar mostraban que los misiles impactarían en breves segundos por todo el nordeste de Corea. Según los rápidos cálculos de Kai, había once bases militares en esa zona y daba la impresión de que la presidenta Green las había alcanzado todas.

La situación quedó aún más clara en la imagen del satélite de infrarrojos.

Chang Jianjun se puso en pie.

—Si me permite, señor presidente, quiero hablar como vicepresidente de la Comisión de Seguridad Nacional.

—Adelante.

—Nuestra respuesta debe ser contundente y debe causar un daño real a Estados Unidos, aunque, pese a todo, debería ser proporcional a la agresión. Propongo lanzar tres ataques nucleares contra bases americanas situadas fuera del corazón de Estados Unidos: en Alaska, Hawái y Guam.

Chen negó con la cabeza.

—Con uno bastará. Un objetivo, una bomba… si es que llegamos a hacerlo.

—Siempre hemos dicho que nunca seríamos los primeros en utilizar armas nucleares —saltó Kong Zhao.

—Y no seremos los primeros —replicó Jianjun—. Si hacemos lo que sugiero, acabaremos siendo los terceros. Los ultras norcoreanos han sido los primeros y Estados Unidos, los segundos.

—Gracias, Chang Jianjun —dijo el presidente Chen, y miró a Kai; sin lugar a dudas, esperaba que rebatiera esa idea.

Kai se encontró con que se enfrentaba a su padre en un conflicto público en directo.

—En primer lugar, he de señalar que en la agresión de los estadounidenses, en el hundimiento del *Fujian*, no se emplearon armas nucleares.

—Y ese es un detalle importante —afirmó Chen.

Eso animó a Kai. Saltaba a la vista que el presidente optaba por una respuesta comedida. Tal vez la opción moderada se acabaría imponiendo.

—En segundo lugar —prosiguió el viceministro de Inteligencia—, los estadounidenses no han utilizado armas nucleares contra nosotros, ni siquiera contra nuestros amigos en Corea del Norte, sino contra un grupo de rebeldes renegados a quienes la República Popular China no les debe ninguna lealtad. Podríamos considerar incluso que la presidenta Green nos ha hecho un favor a nosotros y al mundo al librarnos de ese peligroso grupo de usurpadores que casi han logrado iniciar una guerra nuclear.

Un ayudante susurró algo al oído al ministro de Exteriores. Wu Bai torció el gesto.

—El jefe ejecutivo de Hong Kong nos ha traicionado —informó con gravedad—. Ha elevado una petición formal para que las fuerzas armadas chinas evacúen su guarnición en Hong Kong de inmediato, las doce mil personas que componen el personal al completo, para cerciorarse de que Hong Kong no se convierte en un objetivo nuclear. —Wu se calló un instante—. Ha hecho esta petición públicamente.

Huang se puso rojo de ira.

—¡Traidor!

—¡Creía que teníamos eso bajo control! —exclamó furioso el presidente Chen—. Escogimos a ese jefe ejecutivo porque era leal al Partido.

«Instauraste un gobierno títere y no esperabas que tu marioneta te mordiera», pensó Kai.

El jefe de Kai, Fu Chuyu, tomó la palabra.

—Siento tener que dar unas noticias todavía peores. Pero tengo un mensaje del viceministro de Inteligencia Nacional que deberían escuchar. Según parece, hay problemas en Xinjiang. —En la vasta y desierta provincia del oeste de China, la mayoría de la población era musulmana y había un pequeño movimiento independentista—. Los separatistas se han hecho con el control del aeropuerto de Diwopu y de la sede central del Partido Comunista en Urumchi, la capital. Han declarado que Xinjiang es ahora el país independiente del Turquestán Oriental y permanecerán neutrales en el conflicto nuclear actual.

Kai supuso que esa rebelión probablemente duraría media hora. El ejército destacado en Xinjiang se abalanzaría sobre los separatistas como una manada de lobos sobre un rebaño de ovejas. No obstante, en un momento como aquel, incluso un golpe militar tan ridículo constituía un grave ataque contra el orgullo chino.

Resultaba enervante, como demostró enseguida el general Huang.

—Esto es obra del imperialismo reaccionario, obviamente. —Huang echaba humo—. Miren lo que ha ocurrido en los dos últimos meses. En Corea del Norte, Sudán, el mar de la China

Meridional, las islas Diaoyu, Taiwán y ahora Hong Kong y Xinjiang. Es la muerte de los mil cortes, una campaña orquestada al detalle cuyo fin es arrebatar territorios a China poco a poco, ¡y Estados Unidos ha estado detrás en todo momento! Tenemos que ponerle punto final ya. Tenemos que lograr que los estadounidenses paguen cara esta agresión; si no, no pararán hasta que China quede reducida a colonia servil, como lo fuera hace un siglo. Un ataque nuclear limitado es la única opción que nos queda.

—Aún no hemos llegado a tal punto de desesperación —dijo el presidente Chen—. Aunque quizá lleguemos, lo sé. No obstante, por ahora debemos probar unos métodos menos apocalípticos.

Con el rabillo del ojo, Kai vio que su padre y el general Huang se miraban. «Es normal —pensó—, perder esta discusión los desalentaría.»

Entonces Jianjun se levantó, masculló algo sobre que debía responder a la llamada de la naturaleza y abandonó la sala. A Kai le sorprendió. Su padre no tenía problemas de vejiga, como era habitual entre los hombres de avanzada edad. De hecho, Jianjun nunca admitía que tuviera problemas de salud, pero la madre de Kai mantenía a su hijo informado al respecto. En cualquier caso, Jianjun debía de tener una razón de peso para abandonar la sala en medio de una discusión tan crucial. ¿Estaría enfermo? Aunque el viejo era un dinosaurio, Kai lo quería.

—General Huang, por favor, prepare al Ejército Popular de Liberación para que entre en Hong Kong y tome el control del gobierno —ordenó Chen.

No era lo que Huang quería, pero eso era mejor que nada, así que accedió sin plantear la menor objeción.

Kai se percató de que Wang Qingli entraba en la sala. Wang era el jefe de Seguridad Presidencial. Aunque era un compinche de Huang y Jianjun, solía vestir mucho mejor que ellos, hasta el punto de que a veces lo confundían con el presidente al que protegía. Subió a la tarima y susurró algo a Chen al oído.

A Kai aquello le dio muy mala espina. Algo estaba pasando. Jianjun había abandonado la sala y, acto seguido, había entrado Wang. ¿Era una coincidencia?

Su mirada se cruzó con la de Kong Zhao, su aliado. Kong arrugó el ceño. También estaba desconcertado.

Miró al presidente. Chen estaba escuchando a Wang, primero con cara de sorprendido y luego de preocupado; incluso palideció un poco. Estaba conmocionado.

A esas alturas, todos los que estaban alrededor de la mesa se habían dado cuenta de que pasaba algo raro. La discusión cesó y aguardaron en silencio.

Fu Chuyu, el ministro de Seguridad y jefe de Kai, se puso en pie.

—Perdónenme, camaradas, pero me veo obligado a interrumpir la discusión. Debo informarles de que una investigación interna del Guoanbu ha aportado pruebas fehacientes de que Chang Kai es un agente de Estados Unidos.

—¡Eso es ridículo! —exclamó Kong Zhao.

Fu insistió.

—Chang Kai ha llevado a cabo su propia estrategia en materia de política exterior de un modo clandestino, sin que lo supieran sus camaradas.

Kai no daba crédito a lo que estaba ocurriendo. ¿De verdad estaban conspirando para librarse de él en medio de una crisis nuclear global?

—No, no, no podéis hacer esto —replicó—. China no es una república bananera.

Fu continuó como si Kai no hubiera hablado.

—Tenemos pruebas contra él de tres delitos gravísimos. El primero, que informó a la CIA sobre la debilidad del régimen del líder supremo en Corea del Norte. El segundo, que en Yeongjeo-dong llegó a un acuerdo con el general Pak, cuando no estaba autorizado a negociar. El tercero, que alertó a los estadounidenses de nuestra decisión de reemplazar al líder supremo por el general Pak.

Todo eso era más o menos cierto. Sí, Kai había hecho esas cosas, pero no porque fuera un traidor, sino por el bien de China.

Pero aquello no tenía nada que ver con la justicia. La justicia no pintaba nada en esa clase de acusaciones. Podrían haberlo acusado de corrupción con la misma facilidad. Aquello era un ataque político.

Kai había creído que estaba protegido frente a las maniobras de sus enemigos políticos porque era un principito. Su padre era el vicepresidente de la Comisión de Seguridad Nacional, por lo que él debería haber sido intocable.

Pero su padre había abandonado la sala.

Kai se dio cuenta de lo profundamente simbólico que había sido ese acto.

—El compinche de Kai en esas fechorías ha sido Kong Zhao —añadió Fu.

A Kong le sentó como una patada.

—¿Yo? —preguntó con incredulidad. Enseguida recuperó la compostura y replicó—: Señor presidente, es obvio que estas alegaciones se han sacado a colación en este preciso momento porque una facción en extremo belicista, dentro de su gobierno, considera que es la única manera de ganar este debate.

Chen no contestó a Kong.

—No me queda más remedio que arrestar a Chang Kai y a Kong Zhao —dijo Fu.

«¿Cómo van a arrestarnos en la Sala de Crisis?», pensó Kai.

Pero lo tenían todo pensado.

La puerta principal se abrió y entraron seis hombres del cuerpo de seguridad de Wang, sus característicos trajes y corbatas negros.

—¡Esto es un golpe de Estado! —exclamó Kai.

Supuso que eso era lo que su padre había estado tramando con Fu Chuyu y el general Huang mientras cenaban pies de cerdo en el restaurante Enjoy Hot.

Wang volvió a dirigirse a Chen, pero esta vez alzó la voz para que todo el mundo pudiera oírle.

—Con su permiso, señor presidente.

Chen titubeó unos instantes que se hicieron eternos.

—Señor presidente —intervino Kai—, si les sigue la corriente, dejará de ser el líder de nuestro país y se convertirá en un mero títere de los militares.

Daba la impresión de que Chen estaba de acuerdo con lo que acababa de oír. Sin lugar a dudas, pensaba que los moderados habían ganado el debate. Sin embargo, la vieja guardia era más poderosa. ¿Podía desafiarlos y sobrevivir? ¿Podía desafiar al ejército y a la autoridad colectiva de los antiguos comunistas?

No, no podía.

—Adelante —dijo el presidente Chen.

Wang hizo una seña a sus hombres para que se acercaran.

Sumidos en un hipnótico silencio, todos los presentes observaron cómo los guardias de seguridad cruzaban la sala y subían a la tarima. Dos se colocaron junto a Kai y otros dos junto a Kong, uno a cada lado. Cuando los dos se levantaron, los cogieron ligeramente de los codos.

Kong habló con furia.

—¡Vais a destruir vuestro país, malditos idiotas! —gritó mirando a Fu Chuyu.

—Llévense a los dos a la prisión de Qincheng —dijo Fu tan tranquilo.

—Sí, ministro —respondió Wang.

Los guardias escoltaron a Kai y a Kong mientras bajaban de la tarima y recorrían la sala hasta abandonarla.

Chang Jianjun estaba en el vestíbulo, junto a los ascensores. Había salido para no presenciar el arresto.

Kai recordó una conversación en la que su padre le había dicho: «El comunismo es una misión sagrada. Está por encima de todo lo demás, incluso de nuestros lazos familiares y nuestra propia seguridad personal». Ahora entendía lo que el viejo había querido decir.

Wang se detuvo.

—Chang Jianjun, ¿deseaba hablar con su hijo? —preguntó dubitativo.

Jianjun rehuía la mirada de Kai.

—Yo ya no tengo hijo.

—Ah, pero yo sí tengo un padre —replicó Kai.

42

P auline había matado a cientos de personas, tal vez a miles, al bombardear las bases militares norcoreanas, y muchas más habrían sido mutiladas por la explosión y sufrirían los estragos de la radiación. Desde un punto de vista racional, sabía que había hecho lo correcto: el régimen asesino del general Pak debía ser derrocado. Sin embargo, aunque le sobraran razones, se sentía fatal. Cada vez que se lavaba las manos, pensaba en lady Macbeth intentando limpiarse la sangre.

Se había dirigido a la nación a través de un mensaje televisado a las ocho en punto de la mañana. Había anunciado que la amenaza nuclear que suponía Corea del Norte había dejado de existir. Los chinos y el resto del mundo deberían entender que ese era el destino que esperaba a cualquier grupo que utilizara armas nucleares contra Estados Unidos o sus aliados. Había informado de que había recibido mensajes de apoyo de más de la mitad de los líderes mundiales, ya que un régimen sin escrúpulos con armas nucleares era una amenaza para todos. Llamó a la calma, pero no aseguró a la audiencia que todo fuera a salir bien.

Temía que los chinos tomaran represalias, aunque eso lo omitió. Solo de pensarlo la aterraba.

Como decir que no cundiera el pánico no solía ser una medida muy eficaz, aún más gente huyó de las ciudades. En núcleos urbanos importantes, el tráfico se colapsó. Cientos de coches formaban colas en los pasos fronterizos para entrar en Canadá y en México. En las tiendas de armas se agotó la munición. En un Costco de Miami, un hombre murió de un disparo en una riña por ver quién se quedaba la última docena de latas de atún.

Inmediatamente después de dirigirse a la nación, Pauline y Pippa se montaron en el *Marine One* para volar al País de Munchkin. Como había estado despierta toda la noche, Pauline se echó un sueñecito durante el viaje. Cuando el helicóptero aterrizó, no quería abrir los ojos. En fin, ya dormiría más adelante una hora o dos, si podía.

Mientras ambas bajaban en el ascensor, Pauline agradeció estar bajo tierra. Por un instante se sintió como una cobarde por pensar en su propia seguridad, pero miró a Pippa y se alegró.

La primera que vez que había visitado el País de Munchkin lo había hecho como si fuera una celebridad y hubiera ido a ver una importante exposición. Todo estaba impecable, el ambiente sereno. Ahora era distinto. Las instalaciones estaban a pleno rendimiento y los pasillos eran un hervidero de actividad, sobre todo de gente con uniforme. El gabinete de Pauline y los oficiales de alto rango del Pentágono se estaban trasladando allí. Las despensas se estaban llenando y había por todos lados cajas de cartón medio vacías. Los ingenieros accedían a la maquinaria que controlaba el ambiente; la revisaban, engrasaban y volvían a revisar. Los ordenanzas colocaban toallas en los baños y preparaban las mesas del comedor de oficiales. Reinaba en el ambiente una sensación de dinamismo y eficiencia que no tapaba del todo el trasfondo de miedo reprimido.

El general Whitfield le dio la bienvenida; en su cara redonda se adivinaba la tensión. La última vez se había comportado como el director afable de una instalación que nunca se había usado; ahora cargaba con la pesada de cruz de dirigir lo que podía ser el último bastión de la civilización estadounidense.

Las dependencias donde se alojaba Pauline eran modestas, para ser una suite presidencial: un dormitorio, una sala de estar que hacía las veces de oficina, una cocina pequeña y un baño compacto con bañera y ducha combinadas. Era todo adecuadamente básico, como en un hotel de categoría media, con reproducciones baratas enmarcadas y una alfombra verde. Se oía el ruido constante de unos extractores y se olía el aroma antinatural del aire purificado. Cuando se preguntó cuánto tiempo tendría que vivir allí, sintió cierta añoranza al pensar en el opulento palacio que era la Residencia de la Casa Blanca. Pero ahora se trataba de sobrevivir, no de estar cómodo.

Pippa se alojaba cerca en una habitación individual. Estaba emocionada con la mudanza y ansiosa por explorar el búnker.

—Es como ese momento en que forman un círculo con los carromatos para defenderse en una vieja peli del Oeste —comentó.

Pippa daba por sentado que su padre se uniría a ellas más tarde, y Pauline no la sacó de su error. Los sobresaltos, mejor de uno en uno.

Le ofreció a Pippa un refresco del frigorífico.

—¡Tienes un minibar! —exclamó Pippa—. Yo lo único que tengo son botellas de agua. Debería haber traído unas chuches.

—Hay una tienda. Podrás comprar unas cuantas.

—Y podré ir de compras sin el Servicio Secreto. ¡Mola!

—Sí, claro que sí. Este es el lugar más seguro del mundo.

Lo que resultaba irónico, pensó Pauline.

Pippa también captó la ironía. Su euforia se esfumó. Se sentó, con cara pensativa.

—Mamá, ¿qué pasa en una guerra nuclear?

Pauline se acordó de cuando, apenas hacía un mes, le había pedido a Gus que le recordara la realidad pura y dura de lo que pasaría, y volvió a sentir el mismo espanto que había sentido cuando le había repetido esa letanía de agonía y destrucción. Miró con cariño a su hija, que llevaba una vieja camiseta de PAULINE PRESIDENTA. La expresión de Pippa reflejaba curiosidad y preocupación en vez de miedo. Nunca había vivido en un entorno violento ni sabía qué se sentía cuando a uno le rompían el corazón. «Se merece saber la verdad, aunque se lleve un disgusto», pensó Pauline.

Aun así, suavizó los detalles. En vez de «En la primera millonésima de segundo, se formará una gran bola de fuego de unos doscientos metros de ancho. Todo aquel que quede dentro morirá al instante», le dijo:

—En primer lugar, muchas personas morirán al instante por el calor. Ni se enterarán de lo que ha pasado.

—Qué suerte.

—Tal vez. —«La explosión arrasará los edificios en un kilómetro y medio a la redonda. Prácticamente todos los que estén en esa zona morirán»—. Después la explosión destruirá los inmuebles y caerán escombros.

—¿Y las… autoridades, o como se diga, qué harán? —preguntó Pippa.

—Ningún país del mundo tiene médicos ni enfermeras suficientes para atender a las víctimas de una guerra nuclear. Nuestros hospitales se saturarían y mucha gente moriría por falta de atención médica.

—Pero ¿cuánta?

—Depende de cuántas bombas caigan. En una guerra entre Estados Unidos y Rusia, como ambos tienen unas reservas enormes de armas nucleares, morirían unos ciento sesenta millones de estadounidenses.

Pippa se quedó perpleja.

—Pero eso es como la mitad del país o algo así.

—Sí. El peligro que corremos ahora mismo es que estalle una guerra con China, que tiene unas reservas inferiores. Aun así, creemos que serían asesinados alrededor de veinticinco millones de estadounidenses.

A Pippa se le daba bien la aritmética.

—Una persona de cada trece.

—Sí.

Pippa intentaba imaginárselo.

—Eso son treinta chavales de mi escuela.

—Sí.

—Cincuenta mil habitantes de Washington D. C.

—Y eso solo sería el principio, me temo —dijo Pauline. «Será mejor que se lo cuente todo por muy horroroso que sea», pensó—. Con los años, la radiación causaría cánceres y otras enfermedades. Lo sabemos porque es lo que ocurrió en Hiroshima y Nagasaki, donde explotaron las primeras bombas nucleares.

—Dudó, y entonces añadió—: Y lo que ha pasado hoy en Corea es como treinta Hiroshimas.

Pippa estaba al borde del llanto.

—¿Por qué lo has hecho?

—Para evitar algo peor.

—¿Qué puede ser peor?

—El general Pak atacó dos ciudades con bombas nucleares. La tercera podría haber caído en Estados Unidos.

Pippa pareció molestarse.

—Las vidas estadounidenses no valen más que las vidas coreanas.

—Toda vida humana es valiosa. Pero el pueblo de Estados Unidos me ha escogido a mí para que sea su líder, y prometí protegerlo. Estoy haciendo lo imposible. Y no se me ocurre nada que hubiera podido hacer en los dos últimos meses para evitar lo que está pasando ahora. Evité una guerra en la frontera entre el Chad y Sudán. Intenté impedir que ciertos países vendieran armas a terroristas. Dejé que los chinos se fueran de rositas después de que hundieran un barco vietnamita. Eliminé los campamentos del EIGS en el desierto del Sáhara. Me contuve y no invadí Corea del Norte. No puedo considerar equivocada ni una sola de esas decisiones.

—¿Y qué pasa con el invierno nuclear?

Pippa insistía, pero tenía derecho a recibir respuestas.

—El calor de las explosiones nucleares dará paso a miles de incendios, y el humo y el hollín se elevarán en la atmósfera y bloquearán la luz del sol. Si estallan cientos de bombas, incluso millares, al taparse el sol, la Tierra se enfriará y las lluvias se reducirán. Algunas de nuestras mayores regiones agrícolas se volverán demasiado frías o secas para cultivar cosechas. Por tanto, muchas de las personas que sobrevivirán a la explosión y al calor y a la radiación acabarán muriendo de hambre.

—Así que es el fin de la raza humana, ¿no?

—Puede que no, si Rusia se mantiene al margen. Incluso en el peor de los escenarios, igual unas pocas personas logran sobrevivir en lugares donde llegue la luz del sol y la lluvia. En cualquier caso, sí será el final de la civilización que conocemos.

—Me pregunto cómo será la vida entonces.

—Hay miles de novelas sobre eso, y cada una cuenta una historia distinta. Lo cierto es que nadie lo sabe.

—Sería mejor que nadie tuviera armas nucleares.

—Lo cual no va a suceder. Sería como pedirles a los texanos que entreguen sus armas.

—A lo mejor todos podríamos tener menos y ya está.

—A eso se le llama control de armas. —Pauline besó a Pippa—. Y así, inteligente hija mía, has dado el primer paso en el camino de la sabiduría. —Había pasado un buen rato hablando a Pippa de la vida, pero tenía que cuidar también del resto de sus compatriotas. Cogió el mando de la tele—. A ver qué dicen en las noticias.

«Millones de hogares y centros de trabajo del país se han quedado sin electricidad esta mañana tras los fallos que han sufrido los sistemas informáticos de diferentes compañías eléctricas —informó un presentador—. Algunos analistas sospechan que los fallos han sido causados por un único virus informático.»

—Han sido los chinos —dijo Pauline.

—¿Pueden hacer eso?

—Sí. Y es probable que nosotros les estemos haciendo algo parecido. A esto se le llama ciberguerra.

—Por suerte, aquí estamos bien.

—Este lugar cuenta con un generador de electricidad propio.

—Me pregunto por qué han decidido atacar el suministro eléctrico de los hogares.

—No es más que una de la docena de cosas distintas que habrán intentado hacer. Para ellos, lo ideal hubiera sido sabotear las comunicaciones militares para que no pudiéramos lanzar misiles ni hacer despegar aviones. Pero nuestro software militar está bien protegido. Los sistemas de seguridad civil no son tan buenos.

Pippa miró muy seria a Pauline.

—Tus palabras son tranquilizadoras, pero tienes cara de preocupación —señaló con perspicacia.

—Tienes razón, cielo. Creo que podremos sobrevivir al ciberataque. Pero me preocupa otra cosa. Según la filosofía militar china, el ciberataque es un preludio. Lo que vendrá a continuación será la auténtica guerra.

Abdul salió de Niza y se dirigió al oeste conduciendo por la costa, con Kiah a su lado y Naji atado en una sillita para niños en la parte de atrás. Había comprado un coche familiar pequeño de dos puertas con tres años de antigüedad. El asiento del conductor era un poco estrecho para alguien de su altura, pero para recorrer distancias cortas no importaba.

Como era invierno, la carretera discurría junto a unas playas mediterráneas desiertas y unos restaurantes cerrados. En París y otras grandes ciudades había atascos, ya que la gente huía asustada al campo, pero como era muy poco probable que la Costa Azul fuera un objetivo nuclear, aunque allí la gente también tenía miedo, no se le ocurría otro sitio más seguro adonde ir.

Como Kiah sabía muy poco de política global y solo tenía una idea vaga de lo que era un arma nuclear, no era consciente del horror de lo que podía pasar, y Abdul tampoco iba a explicárselo.

Paró el coche junto a un gran puerto deportivo de una ciudad pequeña. Echó un vistazo al dispositivo que llevaba en el bolsillo y se tranquilizó al ver la misma señal que había detectado en su primera visita a ese lugar dos días antes.

Tras aparcar el pequeño coche, Kiah y él salieron del vehículo e inhalaron el vigorizante aire marino. Se pusieron sus nuevos abrigos de invierno, que habían comprado en las Galerías Lafayette. Aunque hacía sol, como soplaba la brisa, a una gente acostumbrada al desierto del Sáhara le parecía que hacía frío. Kiah había escogido un abrigo de paño negro entallado con cuello de piel que la hacía parecer una princesa. Abdul llevaba un chaquetón que le daba un aire marinero.

Kiah le puso a Naji su abrigo y su gorro de punto, también nuevos. Abdul abrió la sillita y entre los dos acomodaron a Naji en ella.

—Ya empujo yo —dijo Kiah.

—Ya lo hago yo, no te preocupes.

—Eso es degradante para un hombre. No quiero que la gente piense que eres un calzonazos.

Abdul sonrió.

—Los franceses no piensan así.

—¿Has mirado a tu alrededor? Hay miles de árabes en esta parte del mundo.

Era cierto. En el puerto deportivo no había nadie de piel oscura en ese preciso momento, pero en la zona de Niza donde vivían había un elevado porcentaje de etnias norteafricanas.

Abdul se encogió de hombros. En realidad, daba igual quién empujara la sillita y, con el tiempo, Kiah cambiaría de manera de pensar. No hacía falta presionarla.

Deambularon por el puerto deportivo. Abdul había pensado que a lo mejor a Naji le gustaría ver los barcos, pero fue Kiah quien se quedó asombrada. Había sido propietaria de uno, pero nunca había visto unas embarcaciones como aquellas. El yate más pequeño le parecía increíblemente lujoso. En algunos estaban los dueños, limpiando o pintando o, simplemente, tomándose un trago allí sentados. También había un puñado de yates transatlánticos enormes. Abdul se detuvo a contemplar uno llamado *Mi Amore*, cuya tripulación, vestida con uniforme blanco, limpiaba las ventanas.

—¡Es más grande que la casa donde vivía! —exclamó Kiah—. ¿Para qué sirve?

—Es para él. —Abdul señaló a un hombretón con un suéter grande y grueso que estaba sentado al sol en la cubierta, con dos jovencitas un tanto ligeras de ropa para el tiempo que hacía y con pinta de tener frío. Estaban bebiendo champán—. Por puro placer.

—Me pregunto cómo habrá ganado tanto dinero.

Abdul sabía muy bien cómo había ganado dinero aquel hombre.

Dieron vueltas por el puerto durante una hora. A pesar de que había cuatro cafeterías, tres estaban cerradas y una abierta, aunque no muy concurrida. Por dentro estaba limpia y hacía calor, y las cafeteras plateadas se veían relucientes. El eficiente y brioso propietario sonrió a Naji y les dijo que se sentaran donde quisieran. Escogieron una mesa junto a la ventana que les permitía disfrutar de una buena vista de los barcos, incluido el *Mi Amore*. Se quitaron los abrigos y pidieron chocolate caliente y unas pastas.

Abdul cogió una cucharada de chocolate y esperó a que se enfriara para dársela a Naji, quien pidió más porque le encantó.

Si esa tarde todo iba según el plan, la misión de Abdul habría concluido al caer la noche.

Después ya no podría seguir mintiendo, ni a sus jefes ni a sí mismo. Tendría que afrontar el hecho de que no quería volver a casa. Y aunque tenía dinero suficiente para pasar varios meses sin hacer nada, no estaba seguro de que a la raza humana le quedara tanto tiempo.

Cuando miraba a Kiah y Naji, se sentía seguro de una cosa: no los abandonaría. Había hallado serenidad y felicidad al compartir su vida con ellos, y no renunciaría nunca a eso. Sabía qué estaba ocurriendo en Corea, y daba igual el tiempo que le quedara, ya fueran sesenta años o sesenta horas o sesenta segundos: lo único que le importaba era pasarlo con ellos.

Vio entrar en el puerto dos pequeñas embarcaciones, una lancha motora y una veloz lancha neumática, ambas blancas, con rayas rojas y azules y la palabra POLICÍA escrita en letras grandes. Pertenecían a la Police Judiciaire, el cuerpo policial nacional que se ocupaba de los delitos más graves, un poco como el FBI.

Un momento después, Abdul oyó unas sirenas, y varios coches policiales abandonaron la carretera para entrar en el puerto. Ignoraron las señales de PROHIBIDO EL PASO y recorrieron el embarcadero a una velocidad vertiginosa.

—¡Menos mal que no estamos en medio! —exclamó Kiah.

Tanto los coches como los barcos se aproximaron al *Mi Amore*.

La policía saltó de los coches. Iba armada hasta los dientes. Todos llevaban pistolas enfundadas a la cintura, y algunos sostenían fusiles. Se movieron con rapidez. Unos cuantos se desplegaron por el muelle mientras otros cruzaban la pasarela a la carrera y abordaban el yate. Abdul se alegró de ver que la redada había sido planeada y ensayada.

—No me gustan esas armas —comentó Kiah—. Se les podrían disparar por accidente.

—Quedémonos aquí, en la cafetería. Creo que es el lugar más seguro.

La tripulación con uniforme blanco del *Mi Amore* levantó las manos.

Varios policías bajaron a la cubierta inferior.

Otro, armado con un fusil, subió a la cubierta superior. El hombretón habló con él agitando los brazos fuera de sí. El poli, con total indiferencia, se limitaba a apuntarle con el fusil y a negar con la cabeza.

Entonces un poli musculoso y enorme subió a cubierta con un saco grande de polietileno reforzado que tenía impreso en varios idiomas CUIDADO: SUSTANCIAS QUÍMICAS PELIGROSAS.

Abdul recordó una escena nocturna en una dársena de Guinea-Bisáu, donde unos hombres descargaban unos sacos como ese bajo una luz artificial, mientras una limusina esperaba con el motor al ralentí.

—Bingo —se dijo en voz baja.

Kiah le oyó y lo miró con curiosidad, pero no le pidió ninguna explicación.

Esposaron a la tripulación, la sacaron del yate y la metieron a empujones en la parte posterior de una furgoneta. El hombretón y sus chicas recibieron un trato similar, a pesar de la indignación de este. De la cubierta inferior surgieron unas cuantas personas, a quienes también esposaron y metieron en vehículos.

La cara de la última persona que sacaron de ahí abajo les sonaba de algo.

Era un joven norteafricano gordinflón que vestía una sudadera verde y unos pantalones cortos blancos y sucios. Llevaba al cuello un grisgrís hecho de cuentas y piedras que Abdul había visto antes.

—Ese no puede ser Hakim, ¿verdad? —preguntó Kiah.

—Se le parece mucho —contestó Abdul.

De hecho, sabía que era él. Los hombres que dirigían la operación habían decidido, por alguna razón, que Hakim debía acompañar al cargamento durante todo el trayecto hasta llegar a Francia, y por eso estaba allí.

Abdul se levantó y salió a la calle para ver mejor. Kiah se quedó dentro con Naji.

Un poli agarró el grisgrís de Hakim y tiró de él con fuerza. El collar se rompió y las piedras cayeron al muelle. Hakim lanzó un grito de dolor: ya no contaba con su protección mágica.

Los polis se rieron al ver cómo rebotaban los adornos en el hormigón.

Aprovechando que estaban distraídos, Hakim se zambulló en el agua del embarcadero y se puso a nadar enérgicamente.

A Abdul le sorprendió que Hakim nadara tan bien. En el desierto, poca gente sabía siquiera nadar. Tal vez Hakim había aprendido en el lago Chad.

De todos modos, su intento de escapar estaba condenado al fracaso. ¿Adónde podía ir? Si salía del agua en el embarcadero o en la playa, lo volverían a detener. Si se alejaba del puerto nadando, lo más probable era que se ahogase en alta mar.

En cualquier caso, no llegaría muy lejos. Los dos polis de la lancha neumática fueron a por él. Uno conducía la lancha mientras el otro sacaba una porra telescópica de acero y la alargaba al máximo. Le dieron alcance con facilidad. El poli de la porra la alzó y golpeó la cabeza de Hakim con todas sus fuerzas.

Hakim metió la cabeza en el agua, cambió de dirección y continuó nadando rápido, pero la lancha lo seguía y el poli lo golpeó de nuevo; aunque no le dio en la cabeza, lo alcanzó en el hombro. El agua marina se tiñó de sangre.

Hakim continuaba resistiéndose, nadando con un brazo e intentando mantener la cabeza bajo el agua, pero el poli estaba con la porra preparada y, en cuanto Hakim salió a tomar aire, lo golpeó de nuevo. Los agentes que estaban en el embarcadero lo jalearon y aplaudieron.

Abdul se acordó de un juego de niños llamado Aplasta al Topo.

El poli volvió a atizar con la porra en la cabeza a Hakim, y fue aclamado de nuevo.

Al final, Hakim se quedó inmóvil, así que lo sacaron del agua, lo tiraron al suelo de la lancha y lo esposaron. Parecía que tenía el brazo izquierdo roto y le sangraba la cabeza.

Abdul entró en la cafetería. Un hombre brutal había sufrido una paliza brutal. Se había impuesto una justicia brutal.

Se llevaron a los detenidos en los vehículos policiales y rodearon el yate con cinta policial para delimitar la escena del delito. Subieron más sacos de polietileno de la cubierta inferior, unos cuantos millones de dólares que no irían a parar al EIGS, pensó Abdul con una profunda satisfacción. Los policías armados hasta los dientes se marcharon y fueron reemplazados por unos detectives y, a juzgar por su aspecto, por técnicos de la científica.

—Ya podemos irnos —le dijo Abdul a Kiah.

Pagaron los chocolates calientes que habían tomado y regresaron al coche.

—Tú sabías lo que iba a pasar, ¿verdad? —preguntó Kiah mientras se alejaban.

—Sí.

—¿Había drogas en esas bolsas de plástico?

—Sí. Cocaína.

—¿Por eso viajaste con nosotros en autobús desde el lago Chad? ¿Por esa cocaína?

—Es un poco más complicado.

—¿Me lo vas a explicar?

—Sí. Ahora ya puedo, porque ha terminado. Tengo mucho que contarte. Una parte sigue siendo secreta, pero te lo puedo contar casi todo. Quizá esta noche, cuando Naji se vaya a dormir. Tendremos tiempo de sobra. Y podré responder todas tus preguntas.

—Vale.

Estaba oscureciendo. Volvieron a Niza y aparcaron delante de su edificio. A Abdul le encantaba el lugar. Había una pastelería en el bajo, y el olor a pan y pasteles le recordaba la casa de su niñez en Beirut.

Abdul tomó en brazos a Naji y subieron al piso. Era pequeño pero confortable. Tenía dos dormitorios y una sala de estar, así como una cocina y un baño. Como Kiah nunca había vivido en una casa con más de una habitación, pensaba que estaba en el paraíso.

Naji se caía de sueño, tal vez por el aire fresco del mar. Abdul le dio de cenar unos huevos revueltos y un plátano. Kiah lo bañó y le puso un pañal limpio y un pijama. Abdul le leyó un cuento sobre un koala llamado Joey, pero Naji se durmió antes de que llegara al final.

Kiah preparó la cena para ambos, dados de cordero con una pizca de semillas de sésamo y zumaque. Casi siempre tomaban comida árabe tradicional. En Niza podían comprar todos los ingredientes, por lo general a tenderos libaneses o argelinos. Sentado, Abdul admiraba los gráciles movimientos de Kiah, que iba de un lado a otro de la cocina.

—¿No quieres ver las noticias? —preguntó ella.

—No —contestó un feliz Abdul—. No quiero ver las noticias.

Qincheng era una cárcel para presos políticos, quienes recibían un trato mejor que los criminales comunes. En un conflicto político, los perdedores solían acabar encarcelados por delitos falsos: para los miembros de la élite china, eran gajes del oficio. Aunque la celda de Kai solo tenía cinco metros por cuatro, contaba con un escritorio, un televisor y una ducha.

Le permitían vestir con su propia ropa, pero le habían quitado el móvil. Se sentía desnudo sin él. No recordaba cuándo había sido la última vez que había estado sin un móvil más tiempo del que uno tardaba en ducharse.

El golpe de Estado que se había perpetrado ese día en Pekín lo había pillado por sorpresa, si bien se daba cuenta de que, al menos, debería haberse planteado esa posibilidad. Había estado tan concentrado en persuadir al presidente Chen de que no iniciara una guerra que ni se le había pasado por la cabeza que los halcones pudieran arrebatar a Chen su capacidad de decisión.

La sección del Guoanbu que se ocupaba de la Seguridad Nacional debería haber descubierto esa conspiración contra el presidente, pero, claro, el jefe del departamento, el viceministro Li Jiankang, había formado parte del complot, y su superior, el ministro de Seguridad Fu Chuyu, había sido uno de los cabecillas. Como los militares y el servicio de inteligencia estaban detrás del golpe, era imposible que fracasara.

Lo que más le había sorprendido era que su padre lo traicionara. Sí, claro que había oído a Jianjun decir que la revolución comunista era más importante que cualquier otra cosa, incluidos los lazos familiares, pero la gente solía hablar así aunque en el fondo no lo pensaba. O eso había creído siempre Kai. Sin embargo, su padre había hablado muy en serio.

Sentado ante el escritorio, mientras veía las noticias en la pequeña pantalla del televisor, Kai se sintió impotente, lo cual era una sensación extraña para él. El destino de China y del mundo ya no estaba en sus manos. Y como Kong Zhao también estaba encarcelado, no quedaba nadie para refrenar a los militares. Seguramente, llevarían a cabo el plan de Jianjun de iniciar una guerra nuclear limitada. Tal vez provocarían la destrucción de China. No le quedaba más remedio que esperar a ver qué pasaba.

Aunque ojalá hubiera podido esperar con Ting. Jamás perdonaría a su padre que los obligara a estar separados durante lo que bien podrían ser los últimos días de su vida. Estaba desesperado por hablar con ella. Miró su reloj. Quedaba una hora para la medianoche.

El reloj le dio una idea.

Golpeó la puerta para llamar la atención. Al cabo de un par de minutos entró un agente penitenciario musculoso y joven llamado Liang. No tomó ninguna precaución: era obvio que los guardias daban por sentado que Kai no era una amenaza, lo cual era cierto.

—¿Pasa algo? —preguntó el hombre.

—Deseo hablar con mi esposa por teléfono, en serio.

—Imposible, lo siento.

Kai se quitó el reloj y lo sostuvo en alto para que Liang pudiera verlo.

—Es un Rolex de acero Datejust que cuesta ocho mil dólares de segunda mano. La llamada a cambio del reloj.

Liang llevaba un reloj militar de pulsera que valía diez pavos. Le brillaron los ojos de pura codicia.

—Debe de ser un corrupto, si se puede permitir un reloj como ese —dijo con cautela.

—Fue un regalo de mi esposa.

—Entonces debe de ser ella la corrupta.

—Mi esposa es Tao Ting.

—¿La de *Amor en el palacio*? —Liang se emocionó—. ¡Me encanta esa serie!

—Interpreta a Sun Mailin.

—¡Ya lo sé! La concubina favorita del emperador.

—Podrías llamarla por mí con tu móvil.

—¿Quiere decir que podría hablar con ella?

—Si quieres… Pero luego pásame el móvil.

—¡Jo, espere a que mi novia se entere de esto!

—Te escribiré el número para que lo marques.

Liang dudó.

—Pero el reloj también me lo quedo.

—Vale. En cuanto me pases el móvil.

—De acuerdo.

Liang marcó el número que le dio Kai.

—¿Estoy hablando con Tao Ting? —preguntó Liang al cabo de un momento—. Sí, estoy con su marido, pero, antes de pasárselo, solo quiero decirle que a mi novia y a mí nos encanta la serie y es un honor hablar con usted… ¡Ay, es muy amable al decir eso, gracias! Sí, aquí está.

Le dio el móvil a Kai, y Kai le dio el Rolex.

—Cariño —dijo Kai, y Ting rompió a llorar—. No llores.

—Tu madre me ha dicho que te han encarcelado… Según ella, ¡por culpa de tu padre!

—Es verdad.

—¡Y los americanos han destruido la mitad de Corea del Norte con bombas nucleares y todo el mundo dice que China será la siguiente! ¿Eso es cierto?

Kai presentía que, si respondía con sinceridad, Ting se alteraría aún más.

—No creo que el presidente Chen sea tan insensato como para permitir que eso suceda —respondió; en el fondo no le estaba diciendo una mentira, aunque tampoco la verdad.

—Esto es de locos. Todos los semáforos de Pekín están apagados y el tráfico está paralizado.

—Eso es cosa de los americanos —comentó Kai—: la ciberguerra.

Liang se quitó su viejo reloj y se puso su nuevo Rolex. Alzó la muñeca y sonrió encantado al ver cómo le quedaba.

—¿Cuándo saldrás de ahí? —preguntó Ting.

«Si los viejos comunistas atacan con un arma nuclear a Estados Unidos, nunca», se dijo Kai.

—Si mi madre y tú presionáis a mi padre, puede que no tarde mucho.

Ting respiró hondo y logró dejar de llorar.

—¿Cómo estás ahí dentro? ¿Tienes frío? ¿Pasas hambre?

—Se está mucho mejor que en una prisión normal —contestó Kai—. No te preocupes, estoy bien.

—¿Y cómo es la cama? ¿Serás capaz de dormir?

Ahora mismo, Kai no se imaginaba durmiendo, pero supuso que la naturaleza seguiría su curso tarde o temprano.

—Lo único malo que tiene mi cama es que tú no estás en ella.

Al oír eso, Ting se echó a llorar de nuevo.

Liang dejó de admirar su reloj y avisó a Kai:

—No le queda mucho tiempo. Los otros guardias se preguntarán qué estoy haciendo.

Kai asintió.

—Cariño, tengo que colgar.

—Voy a poner tu foto en la almohada junto a mí, para que aún pueda verte.

—Tú túmbate y piensa en los buenos tiempos que hemos compartido. Eso te ayudará a dormir.

—Mañana a primera hora iré a ver a tu padre.

—Buena idea.

En persona, Ting podía ser muy persuasiva.

—Haré todo lo posible para sacarte de ahí.

—La esperanza es lo último que se pierde.

—Debemos pensar en positivo. Te voy a dar las buenas noches. Hasta mañana.

—Felices sueños —dijo Kai—. Adiós, amor mío.

Por primera vez, Pauline celebraba una reunión en la Sala de Crisis del País de Munchkin. Era una réplica de la que había en la Casa Blanca. La gente clave estaba presente: Gus, Chess, Luis, Bill, Jacqueline y Sophia. La tensión se palpaba en el ambiente, aunque todavía no sabían qué iba a hacer China. En Pekín era de noche y tal vez el gobierno tomara una decisión por la mañana. Hasta entonces, Estados Unidos podía hacer muy poco, salvo repeler los ciberataques, que hasta el momento habían sido un incordio pero sin consecuencias graves.

Pauline regresó a sus dependencias para almorzar con Pippa. Pidieron que les llevaran hamburguesas.

—¿Cuándo va a venir papá? —dijo Pippa.

Pauline esperaba esa pregunta. Había intentado contactar con Gerry, pero no respondía al móvil. Ahora tenía que contarle a Pippa la verdad. «Allá vamos», pensó.

—Papá y yo tenemos un problema.

Pippa se quedó desconcertada aunque también preocupada. Se olía que le iban a dar una mala noticia.

—¿Qué quieres decir?

Pauline titubeó. ¿Hasta qué punto lo entendería Pippa? ¿Hasta qué punto lo habría entendido ella con catorce años? No estaba segura: había pasado un montón de tiempo y, de todos modos, sus padres no se habían separado. Tragó saliva y respondió:

—Papá se ha enamorado de otra persona.

Pippa se quedó perpleja. Estaba claro que no se lo habría imaginado jamás. Como casi todos los niños, había dado por hecho que el matrimonio de sus padres era eterno.

—No nos va a abandonar, ¿verdad?

Si Gerry se iba, Pippa no solo lo vería como que abandonaba a su madre sino también a ella. Sin embargo, Gerry no había dicho que se fuera a mudar.

—No sé qué hará —contestó Pauline con sinceridad, aunque podría haber añadido que era capaz de adivinarlo—. Lo único que sé es que, ahora mismo, quiere estar con ella.

—¿Qué tenemos nosotras de malo?

—No lo sé, cielo. —Pauline se hacía la misma pregunta. ¿Era su trabajo? ¿La monotonía sexual? ¿O que a Gerry le apetecía algo distinto y punto?—. Quizá nada —añadió—. Quizá algunas personas, simplemente, necesitan cambiar de pareja.

—Por cierto, ¿quién es?

—Alguien que conoces.

—¿En serio?

—Es la señora Judd.

Pippa estalló en carcajadas. También dejó de reírse de sopetón.

—Estás de guasa. Mi padre y la directora de mi escuela. Perdona que me haya reído. No debería tener gracia, pero la tiene.

—Sí, ya lo sé. Todo este asunto es un tanto grotesco.

—¿Desde cuándo salen?

—Quizá desde ese viaje a Boston.

—¿En ese hotel de mierda? ¡Imagínatelo!

—Prefiero no entrar en detalles, cielo, si no te importa.

—Es como si todo se derrumbara. La guerra nuclear, papá nos abandona, ¿y después qué?

—Aún nos tenemos la una a la otra —respondió Pauline—. Te prometo que eso no va a cambiar.

La comida llegó. A pesar de lo angustiada que estaba, Pippa se comió una hamburguesa con queso y patatas fritas y se tomó un batido de chocolate. Luego regresó a su habitación.

Pauline por fin logró contactar con Gerry.

—Tengo que hablar de un par de temas contigo.

Hablaba en un tono frío y formal, lo cual resultaba de lo más extraño, tratándose del hombre con quien había compartido cama durante quince años. Se preguntó si la señora Judd estaría en la habitación con él. Por cierto, ¿dónde estaba? ¿En casa de ella? ¿En un hotel? Tal vez habían ido a esa bodega de Middleburg cuyo propietario era un amigo de la señora Judd. Allí correrían menos peligro que en el centro de Washington, aunque tampoco mucho menos.

—Vale —respondió él con pies de plomo—. Te escucho.

Por su tono de voz, Pauline notaba que Gerry estaba feliz. «Está feliz sin mí. ¿Es culpa mía? ¿Qué hice mal?»

Apartó esos pensamientos absurdos de su mente.

—Le he contado a Pippa lo que está pasando —le explicó—. Tenía que hacerlo. Ella no entendía por qué no estás aquí con nosotras.

—Lo lamento. No quería cargarte con esa responsabilidad.
—No daba la impresión de que lo lamentara demasiado—. Yo
se lo he contado al Servicio Secreto, aunque ya se lo imaginaban.

—Aún tienes pendiente hablar con ella —le espetó Pauline—.
Tiene un montón de preguntas y yo no puedo contestarlas todas.

—¿Está contigo ahora?

—No, está en su cuarto, pero tiene su móvil; podrías llamarla.

—Vale. ¿De qué más querías hablar? Me has dicho que de un
par de temas.

—Sí. —Pauline estaba decidida a no discutir con el hombre al
que había amado durante años. A ser posible, quería que ambos
recordaran con cariño el tiempo que habían estado juntos—. Solo
quería darte las gracias —dijo—. Gracias por los buenos momentos. Gracias por haberme amado el tiempo que me amaste.

Hubo un silencio breve y, cuando habló, se notaba que Gerry tenía un nudo en la garganta.

—Eso que has dicho es maravilloso.

—Me apoyaste durante años. Te merecías que te hubiera
prestado más atención y te hubiera dedicado más tiempo, pero
no pude. Ya es demasiado tarde, lo sé, pero lo siento.

—No tienes que disculparte. Fue un privilegio estar contigo.
Estuvo bastante bien, ¿a que sí?

—Sí —contestó Pauline—. Bastante bien.

Había quien era incapaz de apartar la vista de la televisión. Otros
estaban de fiesta como si fuera el fin del mundo. Tamara y Tab estaban de celebración.

Contra todo pronóstico, habían logrado casarse apenas unas
horas después de decidirlo e incluso habían organizado un bodorrio.

Tamara quería que oficiara la boda la humanista que había
celebrado la de Drew Sandberg, jefe de prensa de la embajada,
con Annette Cecil, del MI6, así que había llamado a Annette
para pedirle el número de teléfono.

—¡Tamara! —había chillado Annette—. ¡Te vas a casar! ¡Eso es maravilloso, querida!

—Calma, calma.

—¿Quién es él? Ni siquiera sabía que salías con alguien.

—No te emociones. No es para mí, sino para una amiga.

Annette no se lo había creído.

—Cómo puedes ser tan arpía. Me muero de ganas de saberlo.

—Por favor, Annette, tú solo dame sus datos de contacto.

Annette había dado su brazo a torcer y le había pasado la información.

La oficiante humanista se llamaba Claire y estaba libre esa noche.

—Listo —había dicho Tamara a Tab, y lo había besado eufóricamente—. Y ahora, ¿dónde celebramos la ceremonia y la fiesta?

—El hotel Lamy tiene una sala privada preciosa que da a los jardines. Caben unas cien personas. Podríamos celebrar la ceremonia y la fiesta en el mismo sitio.

Se habían pasado el día organizándolo todo. Como la Sala Oasis del Lamy estaba disponible, y el hotel tenía una provisión considerable de champán reserva Travers, Tab la había alquilado.

—¿Habrá baile? —le había preguntado él.

—Sí, claro. Me enamoré de ti cuando vi lo mal que bailas.

Como la banda de jazz de Mali, los Desert Funk, también estaba disponible, Tamara la había contratado.

Habían enviado las invitaciones por email.

Luego, esa misma tarde, Tamara se había plantado ante el armario de Tab para echar un vistazo a sus trajes.

—¿Qué nos pondremos?

—Hay que ir elegantes —le había contestado Tab de inmediato—. Todo el mundo debe saber que no es una boda en plan Las Vegas, aunque la hayamos organizado en el último minuto. Es un enlace matrimonial de verdad, para toda la vida.

Al oír aquello, Tamara no había podido evitar volver a besarlo. Luego había vuelto al armario.

—¿Esmoquin?

—Buena idea.

Se había fijado en la funda de plástico de un traje donde ponía TEINTURERIE DE L'OPÉRA. Debía de ser de una tintorería situada cerca de la place de l'Opéra de París.

—¿Qué hay aquí dentro?

—Un frac. Nunca he llevado ese traje en el Chad. Por eso sigue en la funda de la tintorería.

Tamara había sacado el traje de la funda.

—Oh, Tab, estarás guapísimo con esto.

—Según dicen, me queda bien. Pero entonces tú tendrás que llevar un vestido de gala.

—No hay problema. Tengo el vestido perfecto. Se te pondrá dura con solo mirarme.

A las ocho en punto de la tarde, la Sala Oasis estaba a reventar: había el doble de gente de la que habían invitado. Nadie se había quedado fuera.

Tamara llevaba un vestido de color rosa pálido con un escote deslumbrante.

Delante de todos sus amigos, Tamara y Tab juraron ser compañeros, aliados y amantes el resto de su vida, con independencia de lo breve o larga que fuera. Claire los declaró marido y mujer, y un camarero descorchó una botella de champán y todo el mundo aplaudió.

Desert Funk empezó a tocar un blues suave. Los camareros quitaron las tapas a las bandejas del bufet y sirvieron el champán. Tamara y Tab cogieron las dos primeras copas y les dieron un sorbo.

—Ahora vas a tener que cargar conmigo —le comentó Tab—. ¿Qué se siente?

—Nunca me imaginé que podía ser tan feliz —le contestó Tamara.

—Mamá, me comentaste que para usar armas nucleares había que cumplir tres condiciones —dijo Pippa.

Las preguntas de Pippa le resultaban muy útiles a Pauline porque la ayudaban a concentrarse en lo básico.

—Sí, lo recuerdo.

—¿Me las repites?

—La primera es que hemos intentado resolver el problema por todas las vías pacíficas posibles, pero no han funcionado.

—Sí, parece que ya las has agotado.

«¿Ah, sí?», caviló Pauline.

—Sí, así es.

—¿Y la segunda?

—Que no podemos resolver el problema usando armas convencionales no nucleares.

—¿Esa condición se cumplió en Corea del Norte?

—Creo que sí. —Una vez más, Pauline se calló para reflexionar al respecto, pero llegó a la misma conclusión—. Después de que los rebeldes devastaran dos ciudades con bombas nucleares, nuestro deber era asegurarnos de que acabábamos de una vez por todas con su arsenal, para que no lo repitieran jamás. El armamento convencional no nos lo habría garantizado por muchas armas que usáramos.

—Supongo que no.

—La tercera condición es que el enemigo esté matando o a punto de matar a ciudadanos de Estados Unidos.

—Y en Corea del Sur los estaban asesinando.

—Correcto.

—¿Volverás a hacerlo? ¿Volverás a lanzar más misiles nucleares?

—Si tengo que hacerlo, sí, cielo; si matan a nuestros compatriotas o amenazan con matarlos, sí.

—Pero intentarás no hacerlo.

—Con todas mis fuerzas. —Pauline miró su reloj—. Y eso es lo que voy a hacer ahora mismo. Hemos convocado una reunión, y en Pekín se acaban de despertar.

—Buena suerte, mamá.

Cuando se dirigía a la Sala de Crisis, Pauline pasó junto a una puerta con el rótulo de CONSEJERO DE SEGURIDAD NACIONAL y, por impulso, llamó.

—¿Sí? —Era la voz de Gus.

—Soy yo, ¿estás listo?

Él abrió la puerta.

—Me estoy poniendo la corbata. ¿Quieres pasar un momento?

Mientras observaba cómo se hacía el nudo de la corbata, que era de color gris oscuro, le comentó:

—No sé qué van a hacer los chinos, pero lo harán en las próximas doce horas, creo yo. Si lo posponen para otro día, dará la impresión de que se lo han pensado demasiado.

Gus asintió.

—En gran parte, se trata de aparentar que eres fuerte, tanto ante tus aliados como ante tus enemigos.

—Y no es una mera cuestión de vanidad. Si aparentas que eres fuerte, es menos probable que te ataquen, tanto en un conflicto internacional como en el patio del colegio.

Gus se volvió hacia ella.

—¿Tengo bien la corbata?

Pauline se la ajustó, aunque no hacía falta. Gus olía a humo de leña y lavanda. Con las manos apoyadas en su pecho, alzó la vista hacia él. No lo tenía previsto, pero las palabras surgieron de sus labios sin que pudiera evitarlo:

—No podemos esperar cinco años.

Se sorprendió a sí misma. Pero era la verdad.

—Lo sé —dijo él.

—Quizá no tengamos cinco años.

—Quizá no tengamos cinco días.

Pauline respiró hondo y se quedó pensativa.

—Gus —dijo al fin—, si cuando acabe este día aún estamos vivos, ¿pasaremos la noche juntos?

—Dios, claro.

—¿Lo deseas? ¿Seguro?

—Con todo mi corazón.

—Acaríciame la cara.

Él posó la mano sobre su mejilla. Ella giró la cabeza y le besó en la palma de la mano. El deseo crecía en su interior. Temía que fuera a perder el control. No quería esperar ni siquiera hasta la noche.

El teléfono de la habitación sonó.

Pauline retrocedió sintiéndose culpable, como si quien llamaba fuera capaz de ver lo que sucedía en la habitación.

Gus se volvió y cogió el auricular.

—Vale —dijo al cabo de un momento, y colgó. Luego añadió—: Tienes una llamada del presidente Chen.

La atmósfera que reinaba en la habitación cambió al instante.

—Se ha levantado pronto —comentó Pauline. Eran las cinco de la mañana en Pekín—. Cogeré la llamada en la Sala de Crisis para que todos puedan escucharla.

Salieron de la habitación juntos.

Pauline apartó de su mente lo que sentía por Gus y se concentró en lo inminente. Tenía que olvidarse de la vida cotidiana. Era la madre de una adolescente, la esposa de un marido infiel y una mujer enamorada de un colega, pero tenía que olvidarse de todas esas relaciones y ser la líder del mundo libre. Aun así, debía recordar que, si tomaba la decisión equivocada, Pippa, Gerry y Gus también sufrirían las consecuencias.

Se irguió y entró en la Sala de Crisis.

Las pantallas de las paredes mostraban todas las fuentes de información que había disponibles: satélites, infrarrojos y los telediarios de Estados Unidos, Pekín y Seúl. Sus colegas y consejeros más importantes estaban sentados a la mesa. Poco tiempo atrás, habría comenzado la reunión del gabinete con un comentario jocoso, pero ya no.

Se sentó.

—Ponedlo en el altavoz. —Adoptó un tono amistoso—. Buenos días, presidente Chen. Hoy se ha levantado muy temprano.

Su cara apareció en las pantallas que había repartidas por toda la sala. Chen vestía su traje azul oscuro habitual.

—Buenos días —saludó él.

Y nada más. Ni preliminares por cortesía, ni charla. Había contestado con frialdad. Pauline supuso que había más gente con él, vigilando cada palabra que decía.

—Señor presidente, creo que ambos tenemos que frenar el recrudecimiento de esta crisis. Seguro que está de acuerdo conmigo.

Su réplica fue instantánea y agresiva:

—¡China no ha recrudecido nada! ¡Estados Unidos ha hundido un portaaviones, ha atacado Corea del Norte y ha empleado armas nucleares! ¡Ustedes han recrudecido el conflicto!

—Ustedes bombardearon a esos pobres marineros japoneses en las islas Diaoyu.

—Eso fue un acto de defensa. ¡Habían invadido China!

—Eso es debatible, pero, en cualquier caso, ellos no emplearon la violencia. No hicieron daño ni a un solo chino. Sin embargo, ustedes los mataron. Y eso es recrudecer el conflicto.

—¿Y qué hubiera hecho usted si unos soldados chinos hubieran ocupado San Miguel?

Pauline tuvo que pensar un momento para recordar que San Miguel era una isla deshabitada de gran tamaño situada frente a la costa sur de California.

—Me habría enfadado mucho, señor presidente, pero no habría bombardeado a sus hombres.

—Eso habría que verlo.

—En cualquier caso, esto debería acabar ya. No emprenderé nuevas acciones militares si usted se compromete a hacer lo mismo.

—¿Cómo puede decir tal cosa? Han hundido un portaaviones, han matado a miles de chinos y han atacado Corea del Norte con armas nucleares, y ahora me pide un compromiso de no intervención militar. Esto es absurdo.

—Para cualquiera que quiera evitar una guerra mundial, es la única salida razonable.

—Permítame que le deje algo claro —dijo Chen, y Pauline

tuvo la inquietante sensación de que estaba oyendo la voz de la muerte—. Hubo un tiempo en que las potencias occidentales podían hacer lo que quisieran en Asia Oriental sin temor a las repercusiones. Nosotros, los chinos, la llamamos la Era de la Humillación. Señora presidenta, esos días acabaron.

—Usted y yo siempre hemos hablado como iguales...

Pero Chen no había terminado.

—China responderá a su agresión nuclear —afirmó—. El propósito de esta llamada es comunicarle que nuestra respuesta será mesurada, proporcionada y no promoverá un recrudecimiento del conflicto. Después podrá pedirnos que nos comprometamos a no emprender nuevas acciones militares.

—Elegiré la paz y no la guerra mientras pueda, señor presidente —respondió Pauline—. No obstante, ahora me toca a mí dejar algo muy claro. La paz terminará en el momento en que mate a ciudadanos de Estados Unidos. El general Pak ha aprendido esa lección esta mañana, y ya sabe lo que le ha pasado tanto a él como a su país. No piense que con ustedes va a ser diferente.

Pauline esperó la respuesta de Chen, pero el presidente chino colgó.

—No me jodas —dijo Pauline.

—Hablaba como si un comisario político le estuviera apuntando a la cabeza con una pistola —comentó Gus.

—Tal vez sea así, Gus, literalmente —comentó la directora de Inteligencia Nacional, Sophia Magliani—. La CIA que opera en Pekín cree que ha habido una especie de revuelta en las altas esferas, quizá un golpe de Estado. Según parece, Chang Kai, el viceministro de Inteligencia Internacional, ha sido arrestado. He dicho «según parece» porque nadie ha anunciado nada, pero nuestro mejor agente en Pekín ha obtenido esa información de la esposa de Chang. Chang es un joven reformista, así que su arresto sugiere que el ala dura se ha hecho con el control.

—Entonces es más probable que actúen con mayor agresividad —dedujo Pauline.

—Exacto, señora presidenta.

—Leí el Plan Chino hace tiempo —dijo Pauline. El Pentágono había diseñado planes de guerra para diversas contingencias. El mayor y más importante era el Plan Ruso. China era el siguiente—. Repasémoslo para que todo el mundo sepa de qué estamos hablando. ¿Luis?

Aunque el secretario de Defensa iba tan acicalado como siempre, estaba ojeroso. Todos se enfrentaban a una segunda noche sin dormir.

—Cada una de las bases militares chinas que tienen armas nucleares, o podrían tenerlas, ya son el objetivo de uno o más misiles balísticos armados con cabezas nucleares que están listos para ser lanzados desde Estados Unidos. Dispararlos será nuestro primer acto de guerra.

Cuando Pauline había revisado el plan en su día, había sido en abstracto. Lo había estudiado al detalle, pero en todo momento había estado pensando que su verdadera misión era asegurarse de que nunca tuvieran que llevar a cabo ese plan. Ahora todo había cambiado. Ahora sabía que tal vez tendría que implementarlo, y se imaginó esa flor infernal de un naranja rojizo, los edificios destruidos y los horribles cadáveres calcinados de hombres, mujeres y niños.

Aun así, mantuvo un tono pragmático y enérgico.

—Los chinos verán los misiles en sus satélites y radares en cuestión de segundos, pero los misiles tardarán treinta minutos o más en alcanzar China.

—Sí, en cuanto los vean aparecer, los chinos lanzarán su propio ataque nuclear contra Estados Unidos.

«Sí —pensó ella—. Los colosales rascacielos de Nueva York se derrumbarán, las resplandecientes playas de Florida se volverán radiactivas y los bosques majestuosos del oeste arderán hasta que no quede nada salvo una alfombra de cenizas.»

—Pero tenemos algo que los chinos no tienen —repuso Pauline—: sistemas antimisiles.

—Desde luego, señora presidenta: tenemos interceptores en Fort Greely, en Alaska, y en la base de las fuerzas aéreas de Vandenberg, en California, así como unos sistemas interceptores más pequeños en el mar.

—¿Funcionarán?

—No se espera que sean eficaces al cien por cien.

Bill Schneider, quien siempre llevaba puestos los auriculares que lo mantenían en contacto con el Pentágono, gruñó:

—Son los mejores del mundo.

—Pero no son perfectos —observó Pauline—. Tengo entendido que, si acaban con la mitad de los proyectiles, podremos darnos por satisfechos.

Bill no la contradijo.

—También tenemos submarinos con armas nucleares patrullando el mar de la China Meridional —señaló Luis—. Contamos con catorce de esas naves y, en estos momentos, la mitad están a una distancia desde la que podrían alcanzar China. Cada uno está armado con veinte misiles balísticos, y cada misil cuenta con de tres a cinco cabezas nucleares. Señora presidenta, cualquiera de esos submarinos tiene la suficiente capacidad destructora como para devastar cualquier país del orbe terrestre. Y abrirán fuego inmediatamente contra la China continental.

—Pero se supone que los chinos tienen unos submarinos similares.

—En realidad, no. Tienen cuatro o cinco submarinos de clase Jin, con doce misiles balísticos cada uno, pero cada misil cuenta tan solo con una cabeza nuclear. Su capacidad destructora no es comparable a la nuestra ni de lejos.

—¿Sabemos dónde están sus submarinos?

—No. Los submarinos modernos son muy silenciosos. Nuestros sensores hidroacústicos no los detectan hasta que se aproximan a nuestras costas. Los detectores de anomalías magnéticas que suelen ir montados en las aeronaves pueden captar únicamente los submarinos que navegan cerca de la superficie. En resumen, los submarinos se pueden esconder hasta el último instante.

Pauline había aprobado el Plan Chino, pero no garantizaba una victoria rápida, y no veía cómo se podía mejorar. Estados

Unidos ganaría, pero millones de personas morirían en ambos países.

—¡Han disparado un misil! ¡Han disparado un misil! —gritó de repente Bill Schneider.

—¡Oh, no! —Pauline miró las pantallas repartidas por toda la sala, pero no vio ni rastro del misil—. ¿Dónde?

—En el océano Pacífico —contestó Bill, y hablando a su micrófono añadió—: ¡Por amor de Dios, sed más precisos! —Tras un momento de silencio, indicó—: En el Pacífico Este, señora presidenta. —Hablando de nuevo al micro, exclamó—: ¡Que unos drones con cámaras sobrevuelen la zona! ¡Rápido!

—Radar en la pantalla tres —anunció Gus.

Pauline miró la pantalla y vio un gráfico que mostraba un arco rojo sobre un mar azul. Entonces la imagen se movió y, a la izquierda de la pantalla, apareció una isla que le resultaba familiar.

—Es solo un misil balístico, nada más —señaló Bill.

—¿Desde dónde lo han lanzado? —preguntó Gus—. No puede venir de China; lo habríamos visto hace media hora.

—Deben de haberlo lanzado desde un submarino que se ha sumergido de inmediato —contestó Bill.

—Aquí está la imagen del dron —dijo Gus.

Pauline la contempló detenidamente. Casi toda la isla estaba cubierta de bosque, pero en el sur había una zona urbanizada que contaba con un aeropuerto enorme y un puerto natural. Gran parte de la costa era una franja dorada de playas.

—Dios mío, eso es Honolulú.

—Están bombardeando Hawái —afirmó un incrédulo Chess.

—¿A qué distancia está el misil? —preguntó Pauline.

—Falta un minuto para el impacto —respondió Bill.

—¡Dios! ¿Hawái tiene defensas antimisiles?

—Sí —contestó Bill—, tanto en tierra como a bordo de barcos, en el puerto.

—¡Ordénales que disparen!

—Ya he dado la orden, pero el misil vuela muy bajo y rápido, así que será difícil alcanzarlo.

Ahora todas las pantallas mostraban diversas vistas de Honolulú. Era media tarde en Hawái. Pauline distinguió las hileras de sombrillas de brillantes colores en la playa de Waikiki. Le entraron ganas de llorar. Un inmenso avión a reacción despegaba del aeropuerto de Honolulú, probablemente lleno de turistas que regresaban a casa tras unas vacaciones y que escaparían de la muerte por unos segundos. En Pearl Harbor había anclados varios acorazados y submarinos de la Armada de Estados Unidos.

«Pearl Harbor —pensó Pauline—. Dios mío, la historia se repite. No creo que pueda soportarlo.»

—Treinta segundos —señaló Bill—. El sistema de vigilancia vía satélite de infrarrojos ha confirmado que el submarino es chino.

Pauline sabía qué tenía que hacer. Con el corazón en un puño y casi sin habla, logró decir:

—Comunica al Pentágono que se prepare para ejecutar el Plan Chino cuando dé la orden.

—Sí, señora.

—¿Estás segura? —le preguntó Gus en voz baja.

—Aún no —contestó Pauline—. Si ese misil lleva explosivos convencionales, quizá seamos capaces de evitar una guerra nuclear.

—Pero si no es así, no.

—No.

—Estoy de acuerdo.

—Veinte segundos —dijo Bill.

Pauline se dio cuenta de que se había puesto de pie, al igual que el resto de la sala. No recordaba cuándo se había levantado.

Las imágenes de los drones iban cambiando: mostraban paso a paso cómo la estela de vapor sobrevolaba primero un bosque y unos cultivos y luego una autopista repleta de coches y camiones; bajo el sol reinaba una serenidad absoluta. A Pauline se le partía el corazón. Se repetía mentalmente: «Esto es culpa mía, mía».

—Diez segundos.

De repente surgieron media docena de estelas de vapor nuevas: varios misiles defensivos lanzados desde Pearl Harbor.

—¡Seguro que alguno lo alcanzará! —gritó Pauline.

Entonces una imagen mostró cómo el espantosamente familiar círculo mortal de color naranja rojizo aparecía en la ciudad, al este del puerto y al norte del aeropuerto.

Los círculos de fuego engulleron a las personas y los edificios y después se transformaron en columnas de humo coronadas por hongos. En el puerto, una ola gigantesca inundó la isla Ford por entero. Todos los edificios del aeropuerto fueron arrasados súbitamente, y los aviones que estaban junto a las puertas de embarque se incendiaron. La ciudad de Honolulú ardió en llamas en cuanto estallaron los depósitos de gasolina de cada uno de los coches y autobuses.

Pauline quería desplomarse, enterrar la cabeza entre las manos y llorar, pero se obligó a controlarse.

—Pon en el altavoz la Sala de Guerra del Pentágono, por favor —dijo con un levísimo temblor en la voz.

Sacó la Galleta. Había roto el envoltorio de plástico esa mañana… Pauline se extrañó: ¿de verdad era el mismo día?

—Soy el general Evers —dijo una voz por el altavoz—. Estoy en la Sala de Guerra del Pentágono, señora presidenta.

La sala estaba en silencio. Todo el mundo miraba a Pauline sin pestañear.

—General Evers, en cuanto me haya oído leer el código de autenticación correcto, ejecutará el Plan Chino de inmediato. ¿Queda claro?

—Sí, señora.

—¿Alguna pregunta?

—No, señora.

Pauline miró de nuevo las imágenes que llegaban del satélite. Mostraban la pesadilla que estaba viviendo la humanidad. «Medio Estados Unidos será como ese infierno si no leo en voz alta estos números —pensó—. Y si los leo, quizá también.»

—Óscar noviembre tres siete tres. Repito: Óscar noviembre tres siete tres.

—He dado la orden de ejecutar el plan —respondió el general Evers.

—Gracias, general.

—Gracias, señora presidenta.

Muy despacio, Pauline se sentó. Apoyó los brazos en la mesa y agachó la cabeza. Pensó en los muertos y moribundos de Hawái, y en aquellos que pronto morirían en China y poco después en las grandes ciudades de la parte continental de Estados Unidos. Cerró los ojos con fuerza, pero aún podía verlos. Todo su aplomo y confianza en sí misma la abandonaron, como la sangre que brota de una herida arterial. Se adueñaron de ella una tristeza y una impotencia tan abrumadoras que tembló de arriba abajo. Tenía la sensación de que el corazón le iba a estallar e iba a morir.

Y entonces, al fin, rompió a llorar.

AGRADECIMIENTOS

Mis asesores para *Nunca* han sido Catherine Ashton, James Cowan, Kim Darroch, Marc Lanteigne, Jeffrey Lewis, Kim Sengupta y Tong Zhao.

Varias personas tuvieron la amabilidad de concederme unas entrevistas que me resultaron muy útiles, sobre todo Gordon Brown, Des Browne y Enna Park.

Mis editores han sido Gillian Green, Vicki Mellor, Brian Tart y Jeremy Trevathan.

Entre los amigos y familiares que me han ayudado están Ed Balls, Lucy Blythe, Daren Cook, Barbara Follett, Peter Kellner, Chris Manners, Charlotte Quelch, Jann Turner, Kim Turner y Phil Woolas.

Os estoy muy agradecido a todos.

«Para viajar lejos no hay mejor nave que un libro.»
EMILY DICKINSON

Gracias por tu lectura de este libro.

En **penguinlibros.club** encontrarás las mejores
recomendaciones de lectura.

Únete a nuestra comunidad y viaja con nosotros.

penguinlibros.club

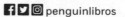